Sándor Márai werd op 11 april 1900 geboren in het Hongaarse Kassa (nu Košice, Slowakije) in een welgesteld burgerlijk milieu. Hij studeerde in Leipzig, Frankfurt en Berlijn, vertaalde Trakl en Kafka in het Hongaars en was van 1923 tot 1929 correspondent van de *Frankfurter Zeitung* in Parijs. Vanaf 1929 publiceerde hij romans, verhalen, gedichten, essays en toneelstukken. Gedurende de nazitijd leidde hij in Boedapest een teruggetrokken leven. In 1948 ontvluchtte Márai het communisme en ging in ballingschap, tot 1950 in Zwitserland, tot 1952 in Italië, daarna in de Verenigde Staten, van 1968 tot 1979 weer in Italië en uiteindelijk in de vs. Zijn boeken werden in Hongarije verboden en verschenen vrijwel onopgemerkt in het buitenland. De laatste jaren van zijn leven leidde hij met zijn vrouw en aangenomen zoon een eenzaam bestaan in San Diego. Enige tijd nadat beiden waren overleden, pleegde hij op 22 februari 1989 zelfmoord. Márai wordt sedert zijn herontdekking in 1999 door literatuurliefhebbers algemeen beschouwd als een van de belangrijkste Europese schrijvers van de twintigste eeuw. Van Márai verschenen bij Wereldbibliotheek de romans *Gloed* (2000), *De erfenis van Eszter* (2000), *De opstandigen* (2003) en *De gravin van Parma* (2004). *Gloed* werd succesvol bewerkt voor toneel. In 2002 verscheen het autobiografische *Land, land!...*

# Sándor Márai

# Kentering van een huwelijk

Uit het Hongaars vertaald door
Henry Kammer

Achtste druk

WERELDBIBLIOTHEEK • AMSTERDAM

De vertaler ontving voor deze vertaling een werkbeurs
van de Stichting Fonds voor de Letteren

Eerste druk, juni 2005
Tweede druk, juli 2005
Derde druk, juli 2005
Vierde druk, september 2005
Vijfde druk, oktober 2005
Zesde druk, december 2005
Zevende druk, januari 2006
Achtste druk, maart 2006

Omslagontwerp Nico Richter
Omslagfoto Brassaï *Couple d'amoureux dans un petit café parisien*, c. 1932
© 2004 ESTATE BRASSAÏ – R.M.N.

Oorspronkelijk titel *Az Igazi / Judit*
© Erven Sándor Márai / Vörösvary-Weller Publishing Toronto
© 2005 Nederlandse vertaling Henry Kammer en
Uitgeverij Wereldbibliotheek bv
Spuistraat 283 • 1012 VR Amsterdam

www. wereldbibliotheek.nl

ISBN 90 284 2110 6

DEEL I

Zeg, zie je die man daar? Nee, niet meteen kijken, draai je weer om en praat gewoon door. Ik zou het vervelend vinden als hij deze kant op keek en mij zag, ik wil niet dat hij me groet. Nu kun je je weer omdraaien. Dat kleine, gedrongen mannetje in die bontjas met marterkraag? Nee, die bedoel ik niet. Die lange, bleke man in die zwarte winterjas, hij staat met dat magere, blonde dienstertje te praten. Daar bij de toonbank, ze pakt juist gekonfijte sinaas-appelschilletjes voor hem in. Eigenaardig, voor mij kocht hij die nooit.

Wat mij scheelt? Niets. Ik moet alleen even mijn neus snuiten. Is hij al weg? Geef me een seintje wanneer hij vertrokken is.

Heeft hij al betaald? Hoe ziet zijn portefeuille eruit? Let goed op, ik wil niet zijn kant uit kijken. Is het een portefeuille van bruin krokodillenleer? Ja? Daar ben ik nou blij om, weet je.

Waarom ik dat belangrijk vind? Zomaar. Of liever gezegd: omdat hij die portefeuille van mij heeft gekregen indertijd, voor zijn veertigste verjaardag, nu tien jaar geleden. Of ik van hem gehouden heb? Een moeilijke vraag die je me daar stelt, liefje. Ja, ik denk dat ik inderdaad van hem gehouden heb. Is hij al weg?

Ik ben blij dat hij weg is. Wacht, ik wil even mijn neus poede-ren. Kun je aan me zien dat ik heb gehuild? Het is dwaas, maar wij mensen zijn nu eenmaal dwaas. Als ik hem zie, begint mijn hart altijd te bonzen. Wil je weten wie hij is? Dat mag best, liefje, het is echt geen geheim. Die man is mijn vroegere echtgenoot.

Zeg, laten we allebei een portie pistache-ijs bestellen. Ik snap niet waarom ze beweren dat je 's winters geen ijs kunt eten. Ik ga naar deze theesalon het liefst 's winters, en hoofdzakelijk om ijs te eten. Soms denk ik wel eens dat je iets alleen moet doen omdat je het wilt, en niet omdat het goed of zinvol is. Vooral sinds ik alleen ben, kom ik hier 's winters graag, tussen vijf en zeven. Ik houd van deze rode salon met zijn meubels uit de vorige eeuw, zijn bejaarde serveersters en zijn grote spiegelruiten waardoor je zo goed naar de drukte op het plein en naar de binnenkomende mensen kunt kijken. Het heeft allemaal iets warms, het bevat een vleugje fin de siècle. Bovendien is de thee hier veel beter dan ergens anders, proef je het? Ik weet het, moderne vrouwen gaan niet naar een theesalon. Ze gaan naar koffiebars waar je je moet haasten, waar je niet comfortabel kunt zitten. Ze betalen er veertig fillér voor een espresso en eten daarbij een portie sla. Dat is de nieuwe wereld, maar ik behoor nog tot de oude wereld, ik ben gesteld op deze elegante theesalon, met zijn fraaie meubels, zijn roodzijden behang en zijn spiegelkasten. En op de oude dames die hier komen, gravinnen en aartshertoginnen. Natuurlijk ga ik er niet elke dag naar toe, zo nu en dan, vooral 's winters, en dan vind ik het hier altijd heel aangenaam. Er was een tijd dat ik hier regelmatig met mijn man afsprak, zo tegen zessen, als hij van kantoor kwam. We dronken in deze salon dan een kopje thee.

Ook vandaag moet hij na kantoortijd rechtstreeks hierheen zijn gekomen. Tien voor halfzeven, dat is zijn tijd. Ik weet nog steeds precies hoe zijn dag is ingedeeld, het lijkt wel of ik nog met hem samenleef. Om vijf voor zes belt hij altijd en dan komt de bediende om zijn jas af te borstelen en die voor hem op te houden als hij hem aantrekt. Ook zijn hoed krijgt dan een beurt met de borstel. Als hij eenmaal buiten is, geeft hij de chauffeur opdracht voor hem uit te rijden, en dan gaat hij er zelf te voet achteraan om een luchtje te scheppen. Hij loopt te weinig, daarom ziet hij zo bleek. Misschien heeft die bleekheid trouwens ook wel een andere oorzaak, ik zou het echt niet weten. De oorzaak is mij onbekend, want ik zie of spreek hem bijna nooit meer, de laatste keer was drie jaar geleden. Ik heb een hekel aan zoetsappige scheidingen waarbij de echtgenoten na de uitspraak gearmd de rechtbank verlaten om samen in het beroemde restaurant in het stadspark te gaan lunchen. Tijdens de maaltijd gedragen ze zich zo teder en attent tegenover elkaar dat het wel lijkt of er niets gebeurd is, maar daarna gaan ze elk hun eigen weg. Ik heb een andere moraal en een andere mentaliteit. Ik geloof er niets van dat echtgenoten na hun scheiding goede vrienden kunnen blijven. Een huwelijk is een huwelijk en een scheiding een scheiding. Zo zie ik dat.

Hoe denk jij er trouwens over? Eigenlijk een gekke vraag van me, want je bent nooit getrouwd geweest.

Weet je, ik geloof niet dat iets wat de mens ooit heeft bedacht en vervolgens millennialang gedachteloos heeft herhaald alleen maar een formaliteit kan zijn. Ik geloof dat het huwelijk heilig is, en dat scheiden gelijkstaat met heiligschennis. Zo ben ik nu eenmaal opgevoed. Maar ik geloof dat ook om andere redenen, niet alleen omdat mijn opvoeding en mijn geloof mij daartoe dwingen. Ik geloof het omdat ik een vrouw ben en omdat een echtscheiding voor mij evenmin een inhoudsloze formaliteit is als de plechtigheid in het gemeentehuis of de kerk die twee mensen lichamelijk en geestelijk voor eeuwig met elkaar verbindt. Wat er in de rechtszaal gebeurt, is niet minder ingrijpend dan in de trouwzaal, want daar worden twee mensenlevens voorgoed van elkaar gescheiden, ja uiteengerukt. Toen wij gingen scheiden, heb ik geen ogenblik gedacht dat mijn man en ik 'vrienden' zouden kunnen blijven. Hij was in die tijd natuurlijk hoffelijk, attent en grootmoedig, zoals een man volgens de geldende fatsoensnormen en maatschappelijke conventies op zo'n moment behoort te zijn. Zelf was ik helemaal niet hoffelijk of grootmoedig, ik heb me, toen ik bij hem wegging, zelfs de piano toegeëigend, lekker ordinair en zo wraaklustig als de pest. Het liefst had ik de hele woning meegenomen, met alles wat erbij hoorde, de hele mikmak, zelfs de gordijnen. Vanaf het moment van de scheiding was ik zijn vijandin geworden, en dat zal ik ook blijven zolang ik leef. Mij hoeft hij niet voor een vriendschappelijk dineetje in het Stadspark uit te nodigen, ik ben niet bereid het meevoelende vrouwtje te spelen dat af en toe naar de woning van haar ex gaat om daar het dienstmeisje ter verantwoording te roepen, als ze weer eens zijn linnengoed heeft achterovergedrukt; voor mijn part gapt ze zijn hele hebben en houden. Zelfs als iemand me zou vertellen dat hij ziek was, ging ik nog niet naar hem toe. Waarom niet? Omdat we gescheiden zijn, snap je? Bij een scheiding kun je je nooit neerleggen.

Wacht even, dat laatste, over ziek zijn, neem ik toch liever terug. Ik wil niet dat hij ziek wordt. Als dat gebeurde en hij in een sanatorium werd opgenomen, zou ik hem toch opzoeken. Waarom lach je nu? Lach je me uit? Wou je beweren dat ik juist hoop dat hij ziek wordt, zodat ik hem kan opzoeken? Natuurlijk hoop ik dat. Ik zal het blijven hopen zolang als ik leef. Maar hij moet niet al te ziek worden. Heb je daarstraks gezien hoe bleek hij was? De laatste jaren ziet hij altijd zo bleek.

Ik zal je het hele verhaal vertellen. Heb je tijd om het aan te horen? Zelf heb ik heel veel tijd, helaas.

Kijk eens, daar heb je ons ijs. Kun je je nog herinneren dat ik, toen we van het internaat kwamen, op een kantoor ben gaan werken? In die periode hebben we een tijdje gecorrespondeerd, weet je nog? Jij vertrok onmiddellijk naar Amerika, maar we hielden contact door elkaar af en toe te schrijven. Drie of vier jaar lang hebben we dat volgehouden, als ik me goed herinner. Ik herinner me dat we op een dwaze, ongezonde manier verliefd op elkaar waren, dat er een soort kalverliefde tussen ons was; een liefde waar ik achteraf niets goeds over kan zeggen, maar kennelijk kan een mens niet zonder liefde leven. In die tijd was ik dus verliefd op jou. Overigens was er een standsverschil tussen ons, want jullie waren rijk, terwijl wij slechts tot de middenstand behoorden. Wij woonden heel bescheiden: drie kamers, een keuken en een voordeur die uitkwam op een gemeenschappelijke gang. Ik keek tegen je op… een dergelijke bewondering van een jongere voor een leeftijdgenoot is eigenlijk al een soort verliefdheid. Ik had net als jij een kinderjuffrouw, maar de mijne mocht alleen 'tweedehands' badwater gebruiken, ze moest het water gebruiken waarin ik had gebaad. Dergelijke details zijn heel belangrijk. Overigens zijn er enorm veel schakeringen tussen armoede en rijkdom. En wat dacht je van de schakeringen tussen armoede en helemaal niets bezitten? Die zijn zo talrijk dat ik ze onmogelijk zou kunnen opnoemen. Jij bent rijk en daardoor weet je niet hoe ongelooflijk groot het verschil is tussen vierhonderd en zeshonderd per maand. Dat is groter dan het verschil tussen tweeduizend en tienduizend per maand. Ik weet waar ik het over heb. Bij ons thuis hadden we achthonderd per maand. Mijn man verdiende vijfenzestighonderd per maand. Daar moest ik echt aan wennen.

In het ouderlijk huis van mijn man was alles een beetje anders dan bij ons. Wij woonden in een huurwoninkje, mijn man en zijn familie in een gehuurde villa. Wij hadden een balkon met geraniums, zij een bescheiden tuin met twee bloembedden en een oude notenboom. Wij hadden een normale ijskast, waar we 's zomers ijs voor kochten, terwijl mijn schoonouders de gelukkige eigenaren waren van een elektrisch ijskastje, waarmee je mooie vierkante ijsblokjes kon maken. Wij hadden een dienstmeisje voor alle voorkomende werkzaamheden, hun personeel bestond uit een echtpaar, waarvan de man als knecht werkte en de vrouw als kokkin. Wij hadden drie kamers, zij vier, als je de hal meerekent zelfs vijf. Ja, zij hadden een heuse hal, waarvan de deuren met chiffon waren bekleed, terwijl wij het met een simpele vestibule moesten doen, waarin wegens ruimtegebrek ook nog de ijskast stond, zo'n donkere vestibule met een borstelhouder en een ouderwetse kapstok, zoals je in veel huizen in Boedapest ziet. Wij hadden een radiotoestelletje dat mijn vader op afbetaling had gekocht. Een gebrekkig functionerend toestel met drie lampen, dat de radiosignalen alleen uit de ether plukte als het daar zin in had. Zij hadden een radiomeubel zo groot als een kast, met een elektrische grammofoon die automatisch de platen wisselde en een radio waarmee je zelfs Japanse zenders kon ontvangen. Mijn ouders hadden me geleerd dat een mens zelf voor zijn levensonderhoud moet zorgen, dat hij dus moet werken; zijn ouders hadden hem bijgebracht dat werken niet het allerbelangrijkste is, maar dat een mens in de eerste plaats moet leven – fatsoenlijk, welgemanierd en gedisciplineerd. Dat zijn enorme verschillen in opvatting, maar dat wist ik toen nog niet.

Toen we nog maar pas getrouwd waren, zei mijn man op een ochtend aan het ontbijt: 'Die eetkamerstoelen zijn een beetje vermoeiend voor het oog door die mauve bekleding. Ze zijn zo fel van kleur dat het lijkt of ze het voortdurend uitschreeuwen. Kijk eens of je in de stad een stof met een meer neutrale kleur kunt vinden, ik wil ze tegen de herfst opnieuw laten bekleden.'

Twaalf stoelen die met een minder 'vermoeiende' stof moesten worden bekleed. Ik keek hem verbaasd aan en dacht dat hij een grapje maakte, maar dat was niet zo. Hij was al weer in zijn krant gedoken en las met een ernstig gezicht de berichten. Het was duidelijk dat hij meende wat hij zei en dat die mauve kleur, die inderdaad een beetje ordinair was, hem werkelijk stoorde. Maar mijn moeder had die bekleding met liefde voor ons uitgezocht en ze was nog bijna nieuw. Toen hij de voordeur achter zich dicht-trok, barstte ik in snikken uit. Ik was niet achterlijk en begreep precies wat hij bedoelde. Hij had me op een bedekte manier te kennen gegeven dat ik niet zo'n verfijnde smaak had als hij en dat ik uit een ander milieu kwam, ook al had ik goede manieren en een goede opleiding en behoorde ik tot de gegoede burgerij. De wereld waarin ik was opgegroeid, verschilde van de wereld die hem vertrouwd en dierbaar was, al was dit verschil slechts miniem en ging het om niet meer dan nuances. Mensen die tot de bourgeoi-sie behoren zijn veel gevoeliger voor dergelijke nuanceverschillen dan aristocraten. Wie tot de bourgeoisie behoort, moet zich tot zijn dood bewijzen, terwijl aristocraten dat al bij hun geboorte doen. Een burger moet ofwel geld verdienen ofwel geld beleggen. Mijn ex-man behoorde niet meer tot de verdienende generatie en zelfs niet tot de tweede generatie, die van de beleggers. Eén keer heeft hij daarover iets gezegd. Hij had een Duits boek gelezen en daarin, zoals hij het uitdrukte, het antwoord op zijn belangrijkste levensvraag gevonden. Zelf heb ik het niet zo begrepen op dat soort belangrijke vragen. Volgens mij wordt een mens tijdens zijn leven met miljoenen kleine vragen geconfronteerd en is alleen het geheel, het totaal belangrijk. Daarom vroeg ik enigszins spottend: 'Geloof je werkelijk dat je jezelf nu volledig kent?'

'Absoluut,' antwoordde hij, en hij keek me door zijn bril zo openhartig aan dat ik spijt kreeg die vraag gesteld te hebben. 'Ik ben een kunstenaar, alleen ontbreekt mij het benodigde talent. Dat komt in de bourgeoisie wel vaker voor. Het betekent de ondergang van de familie.'

Daarna zei hij nooit meer iets over dit onderwerp.

Ik begreep hem toen niet. Hij schreef niet, hij schilderde niet en hij musiceerde niet, want hij had een hekel aan amateurkunstenaars. Het enige wat hij wel deed, was veel lezen, 'systematisch lezen', zoals hij het uitdrukte. Volgens mij las hij een beetje té systematisch. Ik las met hartstocht, maar alleen boeken die harmonieerden met mijn stemming en mijn smaak, terwijl hij las alsof hij een heilige plicht vervulde. Als hij eenmaal aan een boek was begonnen, hield hij niet op voordat hij het uit had, zelfs al ergerde of verveelde het hem. Lezen was voor hem iets heiligs, hij vereerde het geschreven woord als priesters hun heilige teksten. En als hij naar een museum, een schouwburg of een concertzaal ging, gedroeg hij zich precies zo, hij had dezelfde eerbiedige aandacht voor alles wat hij daar zag en hoorde. Ja, mijn ex hield werkelijk van kunst, hij hield van alles wat een ziel had. Ik hield niet zo van kunst, ik hield eigenlijk alleen maar van hem.

Zijn enige probleem was eigenlijk dat hij 'het benodigde talent' miste. Hij leidde de fabriek, reisde veel en gaf ook opdrachten aan kunstenaars, die hij zeer goed betaalde. Maar hij drong zijn medewerkers en zijn adviseurs nooit zijn smaak op, die veel verfijnder was dan de hunne. Als hij sprak, zwakte hij elke uitgesproken zin met de daaropvolgende af, alsof hij fijngevoelig en hoffelijk vergiffenis vroeg voor de impertinentie dat hij een mening had verkondigd, zodat het vaak leek of hij radeloos was en hulp nodig had. Toch kon hij bij het nemen van belangrijke beslissingen en in zakelijke aangelegenheden zeer gedecideerd en zelfs koppig zijn.

Weet je wat hij was? Iets heel zeldzaams, een echte man.

Ik gebruik dit woord niet in zijn theatrale betekenis, mijn man was geen Don Juan of krachtpatser, maar hij had een mannelijke geest. Zijn geest was bespiegelend en rechtlijnig, maar ook onrustig, zoekend en wantrouwend. Ook dit had ik toen nog niet ontdekt. Een mens leert maar heel langzaam van het leven.

Op het internaat hebben wij nooit dergelijke dingen geleerd, jij noch ik, heb ik gelijk?

Misschien moet ik beginnen je te vertellen dat hij me op een dag aan een van zijn vrienden voorstelde, aan Lázár, de schrijver.

Heb je wel eens van hem gehoord? Ken je zijn boeken? Ik wel, allemaal. Ik heb ze bijna stukgelezen, alsof daarin het antwoord op een vraag was te vinden; een vraag die mijn leven beheerste. Maar toen ik ze allemaal uit had, wist ik het antwoord nog steeds niet. Kennelijk is er geen antwoord op dergelijke vragen. Alleen het leven geeft antwoord, en soms op een heel verrassende manier. Voordat ik die schrijver ontmoette, had ik geen letter van zijn werk gelezen. Ik kende zijn naam wel maar ik wist niet dat mijn man hem persoonlijk kende, dat ze met elkaar bevriend waren. Op een avond, toen ik thuiskwam, trof ik mijn man in het gezelschap van die schrijver aan. Daarna gebeurde er iets heel vreemds. Het was het moment waarop ik me voor het eerst realiseerde dat ik mijn man niet werkelijk kende, hoewel we al meer dan twee jaar waren getrouwd. Ik leefde met iemand samen van wie ik bijna niets afwist. Altijd had ik gedacht dat ik hem kende en nu kwam ik tot de ontdekking dat zijn werkelijke liefhebberijen, zijn smaak en zijn verlangens mij volslagen vreemd waren. Weet je wat die twee, Lázár en mijn man, die avond aan het doen waren?

Een spelletje.

Maar een heel eigenaardig en verontrustend spelletje!

Ze speelden geen rummy, nee, absoluut niet. Mijn man had trouwens een enorme hekel aan platvloerse genoegens als kaartspelen. Nee, ze speelden een ander spel, dat zo vreemd en zo griezelig was dat ik het in het begin niet eens goed begreep. Terwijl ze daarmee bezig waren, hoorde ik hen angstig en met een beklemd gemoed aan, met het gevoel dat ik me in het gezelschap van twee krankzinnigen bevond. Het leek wel of mijn man enkel door de aanwezigheid van die man totaal was veranderd. Stel je voor, na meer dan twee jaar huwelijk kom ik op een avond thuis en tref mijn man aan in het gezelschap van een onbekende heer, die me vriendelijk tegemoetkomt, mijn man aankijkt en dan zegt: 'Dag, Ilonka. Je bent toch niet boos dat ik Péter heb meegebracht, hè?'

Hij wees op mijn man, die met een verlegen uitdrukking op zijn gezicht opstond en me berouwvol aankeek. Ik dacht dat die twee kerels gek waren geworden en dat moet duidelijk aan me te zien zijn geweest, maar ze sloegen geen acht op me en gingen gewoon door. De onbekende klopte mijn man op zijn schouder en zei: 'We zijn elkaar op de Arénaweg tegengekomen. Stel je voor, die rare Péter wilde meteen doorlopen nadat hij me had gegroet, maar dat was me toch een beetje te gortig. Ik heb tegen hem gezegd: "Zeg Péter, ouwe dwaas, je bent toch niet boos op me?" Daarna heb ik hem bij de arm genomen en meegetroond. Nou, beste mensen,' vervolgde hij met gespreide armen, 'omhels elkaar eens. Zelfs een kusje zie ik vandaag door de vingers.'

Je kunt je wel voorstellen hoe ik me voelde. Ik stond daar met mijn hoed, mijn handschoenen en mijn tas midden in de kamer, als een onnozel gansje, en staarde die twee kerels aan. Mijn eerste opwelling was naar de telefoon te hollen en de huisarts of de eerstehulpdienst te bellen. Daarna dacht ik aan de politie, maar mijn man kwam naar me toe, gaf me verlegen een handkus en zei met gebogen hoofd: 'Laten we vergeten wat er allemaal is gebeurd, Ilonka. Ik ben blij dat je nu gelukkig bent.'

Daarna gingen we aan tafel. De schrijver ging op Péters plaats zitten en gaf aanwijzingen alsof hij de heer des huizes was. Tijdens het hierop volgende gesprek tutoyeerde hij mij. Het kamermeisje dacht natuurlijk dat we krankzinnig waren geworden en liet van schrik een kom met sla vallen. Die avond kreeg ik niet te horen wat voor spel ze speelden, wat ik achteraf begrijpelijk vind, want het kon alleen gespeeld worden als ik nergens van wist. Ze hadden dit met elkaar afgesproken voordat ik thuiskwam, en ze speelden het zo volmaakt dat beroepstoneelspelers het niet hadden kunnen verbeteren. Het idee dat aan het spel ten grondslag lag, was dat ik al jaren geleden van Péter was gescheiden en vervolgens met die onbekende, met die schrijver en vriend van mijn man, was getrouwd. Péter was hierdoor zo gekwetst dat hij alles aan ons had afgestaan, de woning en de hele inboedel, kortom alles wat hij bezat. En nu had die schrijver mijn gekrenkte ex-man op straat ontmoet, hem bij de arm genomen en naar onze woning meegetroond. Hij had tegen hem gezegd: 'Doe nou niet zo moeilijk, het heeft geen zin steeds weer op het verleden terug te komen, vanavond eet je bij ons. Ilonka wil je ook graag weer eens zien.' Péter had die uitnodiging aangenomen en nu bevonden we ons met ons drieën in de woning waar ik vroeger met Péter had samengeleefd en gebruikten we in goede harmonie de maaltijd. De schrijver had Péters plaats in mijn leven ingenomen, was met me getrouwd en sliep in Péters bed. Kun je het volgen? Zo zat dat spel in elkaar. Het was krankzinnig.

Overigens was dat spel niet alleen dwaas maar ook subtiel, want Péter speelde dat hij zich opgelaten voelde omdat hij door herinneringen werd gekweld, en de schrijver deed alsof hij alleen maar veinsde dat hij volledig op zijn gemak was, hoewel hij in werkelijkheid evenzeer last had van de eigenaardige situatie omdat hij zich tegenover Péter schuldig voelde. Dat was de reden waarom hij zich zo luidruchtig en joviaal gedroeg. En wat ik speelde? Om je de waarheid te zeggen speelde ik helemaal niet mee, ik zat daar maar tussen die twee kerels in die zich zo waanzinnig gedroegen en staarde hen beurtelings met grote ogen aan. Op den duur begon ik de regels van het spel natuurlijk te begrijpen en toen deed ik ook mee met dit eigenaardige gezelschapsvermaak. Behalve het spel begon ik trouwens ook nog iets anders te begrijpen.

Ik kwam tot het inzicht dat mijn man, van wie ik gedacht had dat hij mij geheel en al toebehoorde, met huid en haar, zoals het heet, met al zijn zielsgeheimen, in werkelijkheid volstrekt niet van mij was maar van een vreemde, van iemand van wie ik heel weinig afwist. Ik voelde me alsof ik iets schandelijks over hem had vernomen dat ik tot dan toe niet wist, bijvoorbeeld dat hij in de gevangenis had gezeten of op een ziekelijke manier verslaafd was – zaken die volstrekt niet pasten bij het beeld dat ik me de afgelopen jaren van hem had gevormd. Ik ontdekte dat ik mijn man slechts in bepaalde opzichten kende en dat hij mij overigens even vreemd was als de schrijver die hij op straat had opgepikt en mee naar huis genomen om dat vreemde spelletje te spelen – een spelletje dat schijnbaar zinloos was, maar zich in wezen tegen mij richtte. Ik ontdekte dat mijn man behalve de wereld die ik kende, ook nog een andere wereld had.

En wat ik daarbij nog te weten kwam, was dat die onbekende, die schrijver, een grote macht had over de ziel van mijn man.

Zeg me eens wat macht is? Er wordt de laatste tijd zo dikwijls over dit fenomeen geschreven. Wat is politieke macht, hoe is het mogelijk dat één mens miljoenen zijn wil kan opleggen? En waarin bestaat de macht, de kracht die ons vrouwen is gegeven? In de liefde, zeg je. Misschien heb je wel gelijk. Ik heb soms mijn twijfels als ik dit woord hoor. Waarmee ik niet wil zeggen dat liefde niet bestaat, absoluut niet. Liefde is de grootse kracht hier op aarde. Maar toch heb ik soms het gevoel dat mannen, wanneer ze ons beminnen – iets waartoe zij zijn gedwongen –, soms een beetje neerkijken op de liefde. In alle echte mannen bespeur ik iets terughoudends, het is alsof ze een bepaald gedeelte van hun wezen, van hun ziel afsluiten voor de vrouw van wie ze houden en zeggen: 'Tot hier liefje, en niet verder. Hier, in de diepste ruimte van mijn ziel, krijgt niemand toegang.' Domme vrouwen ergeren zich daaraan. Verstandige verbijten hun teleurstelling, onderdrukken hun nieuwsgierigheid en berusten ten slotte in het onvermijdelijke.

Maar wat is macht? Wat is de macht van een mens over de ziel van zijn medemens? Hoe kon die ongelukkige, nerveuze, intelligente en imponerende, maar toch onvolmaakte en bezeerde man, die schrijver, macht hebben over de ziel van mijn man?

Want macht hád hij, dat heb ik later ontdekt, een onzalige, noodlottige macht. Op een keer, lang na die eerste ontmoeting, zei mijn man dat die vriend van hem de 'getuige' was van zijn leven. Hij probeerde me ook uit te leggen wat hij daarmee bedoelde. Hij zei dat elk mens een getuige in zijn leven heeft, iemand die hij in zijn jeugd heeft ontmoet en die sterker is dan hij. Alles wat we doen, doen we alleen om onze slechte eigenschappen verborgen te houden voor die onbarmhartige getuige, die tegelijk onze rechter is. Maar de getuige laat zich niet misleiden. Hij weet dingen van ons die anderen onmogelijk kunnen weten. En al worden we tot minister benoemd of krijgen we de Nobelprijs, de getuige glimlacht alleen geringschattend. Geloof je dat zoiets mogelijk is?

En hij zei ook nog dat een mens eigenlijk alles wat hij in zijn leven doet, voor die getuige doet; hij is degene die we trachten te overtuigen, aan wie we willen laten zie hoe goed en hoe knap we zijn.

De grote krachtsinspanningen die we ons in ons leven getroosten om in het leven vooruit te komen, zouden we niet kunnen opbrengen als die getuige er niet was. Ken je de pijnlijke situatie dat een pas getrouwde man zijn boezemvriend, de kameraad uit zijn jeugdjaren, aan zijn vrouw voorstelt? Opgewonden observeert hij zijn vrouw om te zien welke indruk die vriend op haar maakt, of zij het eens is met zijn keus. De vriend probeert haar natuurlijk te imponeren en voor zich te winnen, maar hij is tegelijk jaloers op haar omdat hij weet dat zijn relatie met haar man door het huwelijk op de achtergrond wordt gedrongen. Ongeveer zo behandelden ze me die avond, maar veel extremer dan normaal het geval is omdat ze veel geheimen deelden waar ik toen nog niet van wist.

En toch werd er die avond een tipje van de sluier opgelicht, want uit hun gesprekken begreep ik dat die twee boezemvrienden, mijn man en de schrijver, iets over de relatie tussen een man en een vrouw wisten waarover mijn man nooit met mij had gesproken. Het was alsof ik onwaardig was in dit geheim ingewijd te worden.

Zodra de zonderlinge gast – pas na middernacht – was vertrokken, ging ik voor mijn man staan en vroeg hem zonder er doekjes omheen te winden: 'Je hebt geen al te hoge dunk van me, hè?'

Hij keek me door de rook van zijn sigaret vermoeid knipogend aan, alsof hij aan een slemppartij had deelgenomen en nu met een houten hoofd verwijten aanhoorde. Heus waar, die avond waarop mijn man voor het eerst de schrijver mee naar huis nam om met hem dat vreemde spelletje te spelen liet een wrangere smaak achter dan een drinkgelag of een verboemelde nacht. We waren allebei bekaf en werden door sombere en zelfs bittere gedachten gekweld.

'Nee,' zei hij ernstig, 'ik kijk niet op je neer, absoluut niet. Waarom denk je dat? Je hebt een goed verstand en gezonde instincten,' voegde hij er vastberaden en vol overtuiging aan toe.

Ik hoorde zijn woorden wantrouwend aan en dacht na. We zaten tegenover elkaar aan de afgeruimde tafel, want in plaats van na de maaltijd naar de salon te verhuizen waren we de hele avond aan de eetkamertafel tussen asbakken vol sigarettenpeuken en lege wijnflessen blijven zitten, omdat onze gast dat prettig vond. Wantrouwend zei ik: 'Ik heb verstand en instincten, dat is heel fijn. Maar wat vind je van mijn karakter en mijn ziel?'

Terwijl ik dit zei, voelde ik dat het een beetje pathetisch klonk. Mijn man keek mij oplettend aan, maar gaf geen antwoord.

Het was alsof hij wilde zeggen: Dat is mijn geheim. Wees ermee tevreden dat ik je verstand en je instincten waardeer.

Zo ongeveer is het allemaal begonnen. Later heb ik vaak teruggedacht aan die avond.

De schrijver bezocht ons hierna zelden en buitenshuis ontmoette mijn man hem slechts af en toe. Als dat was voorgekomen, merkte ik het, als een jaloerse vrouw die de geur ruikt van een vluchtig avontuurtje dat haar man zich heeft veroorloofd – de parfumgeur die een vrouwenhand op zijn huid heeft achtergelaten. Natuurlijk was ik afgunstig op de schrijver en aanvankelijk drong ik er bij mijn man op aan dat hij hem nog eens voor het eten zou uitnodigen, maar mijn man weerde dit verzoek steeds opnieuw verlegen af. 'Het is geen man die graag onder de mensen komt,' zei hij, mijn blik ontwijkend. 'Het is een zonderling, een schrijver, iemand die eeuwig zit te werken.'

Toch merkte ik dat ze elkaar wel eens ontmoetten. Op een keer, toen ik in de binnenstad was, zag ik ze toevallig in een café zitten. Voor het eerst voelde ik een ongezonde, vlijmende pijn, alsof iemand een puntig voorwerp – een mes of een naald – in mijn lijf stak. Ze zagen me niet omdat ze nogal achteraf zaten in het café. Ik zag dat mijn man iets tegen de schrijver zei, waarop ze allebei begonnen te lachen. Mijn man had een eigenaardige uitdrukking op zijn gezicht, heel anders dan thuis. Hij zag er niet zo uit als ik hem kende. Ik liep snel door en voelde het bloed uit mijn gezicht wegtrekken. Waarschijnlijk ben ik op dat moment heel bleek geworden.

Je bent gek, dacht ik, wat denk je nu eigenlijk? Je man heeft een vriend, die toevallig een beroemd auteur en een intelligente, excentrieke figuur is. Het is niet onfatsoenlijk dat hij hem zo nu en dan ontmoet. Waarom vind je dat zo vreemd? Waarom klopt je hart zo snel? Ben je misschien bang dat je niet met hun bizarre spelletjes mag meedoen? Ben je bang dat ze je niet intelligent of ontwikkeld genoeg vinden? Ben je soms jaloers?

Toen ik dat dacht, moest ik lachen, maar toch bleef mijn hart onstuimig bonzen. Het ging even wild tekeer als toen ik tijdens mijn zwangerschap naar het sanatorium moest, maar dat was een heel ander soort bonzen geweest, dat me vrolijk en blij had gemaakt. Ik liep snel door en voelde me bedrogen en buitengesloten door die twee mannen. Intussen zei mijn verstand me dat alles in orde en normaal was. Mijn man wilde liever niet dat ik zijn vriend ontmoette, omdat de schrijver zo'n zonderlinge, vreemde kerel was en omdat hij iemand was die alleen hij kon doorgronden door het feit dat ze vanaf hun jeugd met elkaar hadden opgetrokken. Dat hij niet over hun ontmoetingen sprak, was niets bijzonders. Hij was nu eenmaal zwijgzaam van aard. Aldus trachtte ik mezelf te overtuigen, maar intussen voelde ik me toch bedrogen. Toen mijn man 's avonds op het gebruikelijke tijdstip thuiskwam, bonsde mijn hart nog steeds.

'Waar ben je geweest?' vroeg ik toen hij mijn hand kuste.

'Waar ik geweest ben?' Hij staarde naar het plafond. 'Nergens. Ik ben meteen naar huis gegaan.'

'Je liegt,' zei ik.

Hij keek me lang aan en zei daarop: 'O, ja, dat was ik vergeten. Ik heb onderweg Lázár ontmoet. We zijn wat gaan drinken. Inderdaad, dat was ik vergeten. Heb je ons daar zien zitten?'

Zijn stem klonk rustig en eerlijk, maar ook verbaasd. Ik schaamde me toen hij zo onbevangen reageerde.

'Neem me niet kwalijk,' zei ik. 'Ik vind het onaangenaam dat ik niets van die man afweet. Ik geloof niet dat hij werkelijk een vriend van je is. Van mij is hij dat ook niet, van geen van ons beiden. Verbreek de relatie met hem, ga hem uit de weg.' Mijn stem klonk bijna smekend toen ik dit van hem verlangde.

Mijn man keek me verbaasd aan en antwoordde alleen: 'Een man als Lázár hoef je niet uit de weg te gaan, die dringt zich niet op.' Intussen poetste hij zijn brillenglazen schoon, zoals hij altijd deed als er iets pijnlijks gebeurde.

Daarna sprak hij nooit meer over de schrijver, met geen woord.

Na dit gesprek wilde ik alles weten wat er over Lázár te weten viel. Ik begon zijn boeken te lezen. Een paar van zijn romans vond ik in de boekenkast van mijn man. Het viel me op dat de boeken van eigenaardige, met de hand geschreven opdrachten waren voorzien. Wat er zo eigenaardig aan was? Ze waren zo... hoe zal ik het zeggen... zo respectloos... nee, dat is niet het goede woord... ze waren zo zonderling, zo spottend. Het was alsof de auteur de persoon aan wie de opdracht was gericht minachtte, maar niet alleen hem: hij minachtte ook zijn eigen boeken en zichzelf, omdat hij die boeken schreef. Er school iets neerbuigends, iets bitters en verdrietigs in die opdrachten. Het was alsof de schrijver eigenlijk bedoelde te zeggen: ik kan nu eenmaal niet anders dan dergelijke boeken schrijven, maar ik distantieer me ervan.

Voor mij waren schrijvers altijd een soort wereldlijke priesters geweest en Lázár beantwoordde aan dit beeld doordat hij zich in zijn boeken op hoogst ernstige toon tot de wereld richtte. Ik begreep niet alles wat hij schreef. Het leek wel of hij mij, een van zijn lezeressen, onwaardig achtte om de hele waarheid te vernemen en daarom opzettelijk duister schreef. Ik was niet de enige die dat vond, want veel critici en lezers zeiden hetzelfde.

Zoals alle beroemdheden had Lázár veel vijanden. Zelf sprak hij nooit over zijn boeken en nog minder over de literatuur in het algemeen. Hij zei daar nooit wat over maar stelde alleen vragen. Zo kwam hij op een avond bij ons langs om te vragen of ik hem wilde uitleggen hoe hazenpeper wordt klaargemaakt. Heb je ooit zoiets gehoord? Echt waar, hazenpeper. Ik moest hem daar alles over vertellen en daarna wilde hij het ook nog van onze kokkin horen. Toen hij voldoende informatie had vergaard, vertelde hij allerlei wetenswaardigheden over giraffen, die ik heel interessant vond. Hij sprak ook over allerlei andere zaken en je kon merken dat hij veel wist; alleen over literatuur repte hij met geen woord.

Je denkt misschien dat schrijvers allemaal een beetje geschift zijn. Zoiets dacht ik toen ook, maar later ben ik ervan overtuigd geraakt dat de zaak wat ingewikkelder is, zoals zo veel dingen in het leven ingewikkelder zijn dan ze op het eerste oog lijken. Nee, schrijvers zijn niet gek, maar ongelooflijk kwetsbaar en schuw.

Na verloop van tijd kwam Lázár niet meer bij ons op bezoek. Toch hadden we tot op zekere hoogte nog contact met hem doordat we zijn boeken en artikelen lazen. Soms werd zijn naam genoemd als het gesprek over politici en beroemde vrouwen ging, maar wat we dan hoorden, was rijkelijk vaag. Politici noemden hem een literair genie en beweerden dat hij achter hen stond en vrouwen spraken over hem als over een roofdier, dat ze in hun netten hadden verstrikt. Maar ten slotte hoorden we helemaal niets meer over hem, want het 'roofdier' had zich in zijn hol teruggetrokken. Zo gingen er jaren voorbij zonder dat we hem zagen. Wat hij in die tijd deed? Ik weet het niet. Hij leefde, hij las en hij schreef boeken. Misschien toverde hij wel in die tijd. Daarover wil ik je straks nog iets vertellen.

Na die eerste ontmoeting met Lázár volgden nog vijf huwelijksjaren. Ik ben ruim zeven jaar getrouwd geweest. Ons kind werd in het derde jaar van ons huwelijk geboren. Ik heb je indertijd een foto van hem toegestuurd. Een wondermooi kind inderdaad. Daarna heb ik je niet meer geschreven, noch jou noch iemand anders, ik leefde uitsluitend nog voor mijn kind. Er was niemand meer aan wie ik aandacht schonk, noch in mijn onmiddellijke nabijheid noch daarbuiten. De mensen kwamen me ook niet meer opzoeken, zelfs niet de vrienden en kennissen die dicht bij ons woonden. Het is niet goed om zo intens van iemand te houden, zelfs niet als die persoon je eigen kind is. Elke liefde is in wezen niet meer dan ongebreideld egoïsme. Ja, ik weet het nog goed: na de geboorte van mijn kind kwam er een eind aan onze correspondentie. Jij was mijn enige vriendin, maar zelfs jou had ik niet meer nodig. Die twee jaren met het kind waren het paradijs op aarde, ik verkeerde in een toestand van euforische rust en concentreerde me volledig op mijn taak als moeder. Ik wist namelijk dat het kind niet lang in leven zou blijven. Hoe ik dat wist? Zoiets voel je eenvoudig. Wij mensen voorvoelen alles, onze hele levensloop. Ik wist dat een dergelijk geluk mij niet toekwam, dat ik geen recht had op de schoonheid en liefde die dit jongetje in zich verenigde en dat hij daarom zou sterven. Berisp me niet omdat ik dit zeg, ik alleen kan over mezelf oordelen. Maar zoals gezegd, die twee jaren waren een paradijselijke periode in mijn leven.

Hij overleed aan roodvonk, drie weken na zijn tweede verjaardag, in de herfst. Weet je waarom kleine kinderen sterven? Heb je daar ooit over nagedacht? Ik wel, heel dikwijls zelfs. Helaas geeft God geen antwoord op dergelijke vragen.

Ik heb in mijn leven niets te doen behalve daarover na te denken. Ja, dat doe ik nog steeds en ik zal het blijven doen zolang als ik leef. Een dergelijk verdriet komt een mens nooit te boven. De dood van een kind is het enige verdriet dat werkelijk telt, elk ander verdriet is daar slechts een flauwe afspiegeling van. Jij kunt niet weten hoe dat voelt. Ik weet overigens niet of ik je daarom moet benijden of dat ik medelijden met je moet hebben omdat je nooit zo'n intense ervaring hebt meegemaakt. Ja, ik geloof dat ik toch eerder medelijden met je heb.

Misschien was het allemaal anders gegaan als er in dat derde jaar geen kind was geboren. En misschien was het ook anders gegaan als het kind in leven was gebleven. Ik zeg misschien, want de geboorte van een kind is wel het grootste wonder dat een mens kan meemaken en de enige zinvolle gebeurtenis in het leven, maar laten we ons niets wijsmaken: als een huwelijk slecht is, is het slecht. Daarom voeg ik er meteen aan toe dat het kind waarschijnlijk toch niet onze onderhuidse spanningen en onopgeloste conflicten had kunnen wegnemen. Maar genoeg hierover. Zoals ik zei: op een dag werd het kind geboren, het leefde twee jaar en stierf kort na zijn tweede verjaardag. Mijn man en ik zijn daarna nog twee jaar bij elkaar gebleven, maar toen hebben we ons huwelijk laten ontbinden.

Nu ben ik er zeker van dat we, als we het kind niet hadden gehad, al in ons derde huwelijksjaar zouden zijn gescheiden. Hoe ik dat weet? Omdat ik toen al had gemerkt dat ik niet goed kon samenleven met mijn man. Het is ontzettend verdrietig als je van iemand houdt maar toch niet met hem kunt samenleven.

Waarom dat niet ging? Hij heeft het één keer gezegd, toen ik beslist van hem wilde weten wat er tussen ons niet in orde was. Hij zei: 'Je verlangt van mij dat ik afzie van mijn menselijke waardigheid. Dat kan ik niet. Ik zou nog liever sterven.'

Ik begreep onmiddellijk wat hij bedoelde en ik zei: 'Sterf liever niet. Leef maar en blijf voor mij een vreemde.'

Hij was namelijk iemand die altijd deed wat hij zei, zo was hij nu eenmaal, al ging hij niet meteen tot handelen over en duurde het soms jaren voordat hij zijn woorden in daden omzette. Andere mannen praten alleen maar voor de aardigheid over hun plannen en mogelijkheden, meestal na het avondeten, en ze vergeten daarna bijna onmiddellijk weer wat ze hebben gezegd. Mijn man was heel anders, die was juist bijzonder consequent. Het was alsof hij zichzelf aan zijn woorden gebonden achtte, want als hij eenmaal iets had gezegd hield hij er hardnekkig aan vast. Wanneer hij zei: 'Ik zou nog liever doodgaan', wist ik dat hij inderdaad liever zou sterven dan aan mijn wens toegeven. Zo was zijn karakter en alleen zo kon hij leven. Soms liet hij in een gesprek een paar woorden vallen, verkondigde zijn mening over iemand of schetste een plan, en daarna verstreken er jaren waarin hij die persoon of dat voornemen niet meer ter sprake bracht, totdat ik op een dag merkte dat de persoon wiens daden hij had veroordeeld uit ons leven was verdwenen, of dat het plan waarover hij terloops had gesproken werkelijkheid was geworden. In het derde jaar van ons huwelijk wist ik dus al dat het niet goed tussen ons ging. Mijn man gedroeg zich weliswaar hoffelijk en teder, ja, hij hield zelfs van me, bedroog me niet en hield er geen liefjes op na, maar toch... alsjeblieft, kijk me nu niet aan, want anders begin ik misschien te blozen... toch had ik in die eerste drie en die laatste twee jaar van mijn huwelijk het gevoel dat ik niet zijn vrouw was, maar... nu ja, je begrijpt me wel. Hij hield wel van me, maar toch beschouwde hij me als een indringster in zijn woning en zijn leven en duldde hij me daar alleen. Hij had iets vriendelijks en toegeeflijks over zich, alsof hij geen keus had en er daarom maar in berustte dat ook ik daar woonde, in een van de vertrekken van dat driekamerappartement. Omdat dat nu eenmaal de loop der dingen was. Hij sprak graag met mij en was daarbij heel vriendelijk, zette zijn bril af, luisterde aandachtig, gaf goede raad en maakte soms zelfs grapjes. Soms gingen we naar de schouwburg en dan zag ik hoe hij met over elkaar geslagen armen en het hoofd wat achterovergebogen, lichtelijk spottend en sceptisch de mensen aanhoorde. Maar ook tegenover anderen stelde hij zich gereserveerd op. Hij luisterde ernstig en met verantwoordelijkheidsbesef naar wat ze zeiden en gaf daarna antwoord, maar zijn stem had dan een wat medelijdende klank, alsof hij wist dat in menselijke aangelegenheden altijd onmacht, hartstocht, leugenachtigheid en onwetendheid meespelen en je niet alles moet geloven wat een ander je vertelt, ook al is hij te goeder trouw. Dat kon hij de mensen natuurlijk niet zeggen en daarom beschouwde hij hen met milde superioriteit, ernst en scepsis, terwijl hij af en toe glimlachend zijn hoofd schudde, alsof hij wilde zeggen: Gaat u maar rustig door, maar ik heb over deze zaak zo mijn eigen mening.

Je hebt me een poosje geleden gevraagd of ik van hem hield. Ik heb veel geleden toen ik met hem samenleefde, maar ik ben er van overtuigd dat ik van hem heb gehouden, en ik weet ook waarom. Omdat hij eenzaam en verdrietig was en niemand hem kon helpen, zelfs ik niet. Maar wat heeft het veel tijd gekost om dat te begrijpen, en wat heb ik intussen veel geleden! Lange tijd heb ik gedacht dat hij me verachtte, dat hij op me neerkeek. In zijn houding was trouwens ook nog iets anders bespeurbaar. Hij was op veertigjarige leeftijd zo eenzaam als een kluizenaar in de woestijn. Wij woonden in een grote stad, leefden op grote voet, hadden veel kennissen en een uitgebreide vriendenkring en toch waren we allebei eenzaam.

Slechts één keer in mijn leven heb ik een andere kant van hem gezien. Dat was het moment vlak na de geboorte van het kind, toen hij, bleek en droefgeestig, tot de kraamkamer werd toegelaten. Hij kwam verlegen binnen, alsof hij getuige was van een pijnlijke, al te menselijke situatie en zich daarvoor geneerde. Bij de wieg gekomen bleef hij staan en boog zich met zijn armen op zijn rug onzeker voorover, zoals hij dat wel meer deed, voorzichtig en terughoudend. Hoewel ik dodelijk vermoeid was, sloeg ik hem oplettend gade. Toen hij zich over de wieg boog, klaarde zijn bleke gezicht heel even op, alsof het vanbinnen werd verlicht, maar hij zei niets en keek alleen langdurig en roerloos naar de baby, misschien wel twintig minuten lang. Daarna kwam hij naar me toe, legde zijn hand op mijn voorhoofd en bleef zwijgend zo staan. Hij keek me niet aan, maar staarde door het raam naar buiten. Het was nog ochtend, een mistige oktoberochtend. Mijn man bleef nog een poosje bij mijn bed staan en streelde met zijn warme hand mijn voorhoofd. Daarna begon hij met de dokter te praten alsof hij de geboorte van zijn kind had afgehandeld en zijn aandacht nu weer op iets anders kon richten.

Later heb ik me gerealiseerd dat hij op dat moment – misschien voor de eerste en tegelijk de laatste keer in zijn leven – gelukkig moet zijn geweest. Misschien was hij toen zelfs bereid iets van zijn innerlijk te tonen, iets te onthullen van het geheim dat hij 'menselijke waardigheid' noemde. Tijdens het leven van het kind sprak hij anders en vooral openhartiger met me dan daarvoor en daarna. Ik merkte toen wel dat hij me nog steeds niet volledig accepteerde en dat hij moeite had een innerlijke weerstand te overwinnen die het gevolg was van zijn afkeer van het normale gedragspatroon – een weerstand die zich als een merkwaardige mengeling van hoogmoed, angst, verbittering en wantrouwen manifesteerde –, maar omwille van het kind was hij bereid zich met de wereld te verzoenen… althans tot op zekere hoogte en gedurende een bepaalde periode. Toen het kind nog in leven was, observeerde ik met een op niets gebaseerde hoop hoe hij tegen zijn karakter vocht. Hij leek op een dompteur die probeert een wild dier te temmen. Ondanks zijn zwijgzaamheid, trots en zwaarmoedigheid probeerde hij mededeelzaam, bescheiden en nederig te zijn. Hij bracht in die tijd ook regelmatig cadeautjes voor me mee, kleinigheden. Ik vond dat ontroerend omdat hij er altijd moeite mee had gehad kleine cadeautjes te geven. Met Kerstmis en voor mijn verjaardag kreeg ik altijd iets duurs of spectaculairs van hem: een mooie reis, een dure bontjas, een nieuwe auto of sieraden, maar nooit bracht hij 's avonds een zakje gepofte kastanjes van twintig fillér mee – iets wat ik veel liever had gehad. Begrijp je wat ik bedoel? Zelfs een zakje kandijsuiker of een andere kleinigheid had ik heel erg op prijs gesteld. En nu deed hij dat opeens wel. Hij was uitermate gul en gunde me alles: de beste artsen, het mooiste kinderkamerinterieur en noem maar op. Ook deze ring heb ik toen van hem gekregen. Ja, die is heel duur geweest. Het kwam zelfs voor dat hij, als hij 's avonds thuiskwam, met een verlegen, bijna bedeesde glimlach een pakje openmaakte dat hij had meegebracht. Uit het fraaie zijdepapier kwam dan bijvoorbeeld een gehaakt babyjasje en een babymutsje te voorschijn. Hij legde de kledingstukken op de kinderkamertafel neer en verliet schuldbewust glimlachend het vertrek.

Zoals gezegd, op zo'n moment kon ik wel in snikken uitbarsten, kon ik huilen van blijdschap en hoopvolle verwachting. Maar er was ook nog een andere emotie die op zo'n moment in mij opkwam: angst. Ik was bang dat het hem niet zou lukken, dat hij de strijd met zichzelf niet zou kunnen winnen, dat wij – hij, het kind en ik – niet tegen zijn moeilijk karaktereigenschappen zouden zijn opgewassen. Er klopte iets niet met hem, maar wat was dat toch? Als ik dergelijke twijfels voelde, ging ik meestal naar de kerk om te bidden. 'Help ons, Heer!' zei ik dan, maar God weet dat wij alleen onszelf kunnen helpen.

Zolang het kind leefde, duurde dat innerlijke gevecht in hem voort.

Zie je, nu ben je al even ongerust als ik toen was. Je vraagt wat er met ons aan de hand was, wat voor karakter mijn man had. Een moeilijke vraag, liefje. Ik heb me daar meer dan zeven jaar het hoofd over gebroken. En zelfs nu we gescheiden zijn, denk ik er nog over na. Soms denk ik dat ik het antwoord weet, maar elke theorie heeft zijn zwakke punten. Ik kan je geen zekerheid verschaffen, maar hoogstens de symptomen beschrijven.

Je vraagt of hij van me gehouden heeft. Ja, die vraag kan ik bevestigend beantwoorden, maar eigenlijk geloof ik dat hij vooral van zijn vader en van zijn kind heeft gehouden.

Tegenover zijn vader gedroeg hij zich voorkomend en eerbiedig. Hij zocht hem elke week op. Mijn schoonmoeder kwam één keer in de week bij ons lunchen. Schoonmoeder, wat een akelig woord! Deze vrouw, de moeder van mijn man, was een van de voornaamste mensen die ik ooit heb ontmoet. Toen mijn schoonvader overleed en die rijke, trotse vrouw alleen in de ruime woning achterbleef, was ik bang dat ze ons tot last zou worden. Een mens is nu eenmaal met allerlei vooroordelen behept. Mijn vrees bleek ongegrond, want ze was tactvol en toegevend. Ze betrok een kleinere woning, viel niemand lastig en loste haar problemen zelf op, waarbij ze behoedzaam en verstandig tewerk ging. Ze verlangde medelijden noch hulp. Natuurlijk wist ze iets van haar zoon dat ik niet mocht weten. Alleen moeders kennen de waarheid. Ze wist dat haar zoon, hoe liefderijk, respectvol en attent hij zich ook tegenover haar gedroeg, waarschijnlijk niet van haar hield. Dat klinkt heel hard, maar toch wil ik het ronduit zeggen, want tijdens mijn huwelijk heb ik geleerd – mijn man en ik danken die wijsheid aan Lázár – dat ware woorden een creatieve en zuiverende kracht hebben. Mijn man had nooit ruzie of meningsverschillen met zijn moeder; het was altijd 'lieve moeder' en 'lieve jongen'. Handkussen en beleefdheidsfrasen waren aan de orde van de dag, maar intiemere omgangsvormen leken wel taboe. Ze verbleven nooit lang in dezelfde kamer, als ze samen in één kamer waren, stond een van hen beiden na korte tijd op en liep met een smoesje de deur uit. Ook kwam het voor dat ze in zo'n situatie iemand anders uitnodigden om naar de betreffende kamer te komen. Ze durfden kennelijk niet goed langdurig zonder de aanwezigheid van andere mensen in één kamer te verblijven, alsof ze dan iets hadden moeten bespreken, wat tot narigheid zou hebben geleid, tot grote narigheid zelfs, namelijk tot het openbaar worden van een geheim dat ze zorgvuldig bewaarden. Zo lag de zaak voor mijn gevoel, maar of het werkelijk zo was? Ja, nu ik er beter over nadenk, geloof ik dat het inderdaad zo was.

Ik had die twee mensen graag met elkaar verzoend, maar hoe had ik dat kunnen doen, ze hadden immers helemaal geen ruzie? Soms tastte ik heel voorzichtig, alsof ik een wond aanraakte, hun relatie af, maar al bij de eerste aanraking begonnen ze geschrokken over iets anders te praten. Wat had ik ook kunnen zeggen? Er was niets concreets waarop ik een verwijt of een klacht had kunnen baseren. Had ik kunnen zeggen dat moeder en zoon elkaar op een of andere manier tekort deden? Nee, want ze vervulden allebei getrouw 'hun plicht'. Dat was hun alibi en dat hielden ze zorgvuldig in stand. Naamdagen, verjaardagen, Kerstmis, alle kleine en grote familiefeesten werden met de grootste stiptheid en nauwgezetheid gevierd. Mammie kreeg een cadeau en mammie overhandigde een cadeau. Mijn man gaf haar een handkus en mijn schoonmoeder kuste mijn man op zijn voorhoofd. Mammie kreeg aan de familietafel de ereplaats en iedereen onderhield zich respectvol met haar over familieaangelegenheden of de wereldpolitiek. Nooit kwam het tot een discussie, maar men luisterde aandachtig naar wat mammie zachtjes, afgemeten en hoffelijk te berde bracht en ging daarna op een ander onderwerp over. Steeds weer op een ander onderwerp, helaas. O, die familiedineetjes! Die gesprekspauzes! Dat steeds weer van onderwerp veranderen, dat tactvolle zwijgen! Als aangetrouwd lid van de familie kon ik moeilijk klagen over het feit dat ze te vaak van onderwerp wisselden terwijl we zo jaar in jaar uit aan tafel zaten en gezamenlijk verjaardagen of het kerstfeest vierden. Ik kon helemaal niets zeggen, want mijn man deed tegenover mij precies hetzelfde en veranderde, als hij met mij sprak, ook steeds van onderwerp, zodat ik eveneens onder dat zwijgen en verzwijgen gebukt ging, precies zoals mijn schoonmoeder. Soms dacht ik zelfs dat wij daar beiden schuld aan hadden omdat we zo onverstandig waren niet het geheim van zijn ziel te doorvorsen, wat onze taak was, wat de enige taak was die wij in dit leven hadden. Wij wisten niet hoe we met die man om moesten gaan. Zij had hem het leven geschonken en ik een kind. Kan een vrouw een man meer geven? Jij denkt van niet? Ik weet het niet zeker. In elk geval begon ik er op een gegeven moment aan te twijfelen. Ik zal je dat zo dadelijk vertellen. Het is daarvoor een goede gelegenheid, want we hebben nog wat tijd en ik heb mijn ex net weer eens gezien. Ik voel alle herinneringen weer bovenkomen, en met zo'n kracht dat ik ze niet meer voor me kan houden. Misschien lucht het me wat op als ik ze aan je vertel, dat zou goed zijn, want ik denk veel te vaak aan het verleden. Je krijgt dus alles van me te horen. Vermoei ik je niet te zeer met mijn gepraat? Heb je nog een halfuurtje? Misschien lukt het me in die korte tijd.

Waarschijnlijk had hij zowel voor zijn moeder als voor mij respect, en waarschijnlijk hield hij ook van ons, maar noch zijn moeder noch ik wist hoe we hem moesten benaderen. Daardoor is ons leven op een mislukking uitgedraaid.

Je zegt dat je de liefde niet hoeft te 'begrijpen' en dat dit zelfs onmogelijk is. Daarin vergis je je, liefje. Ik heb dat zelf ook lange tijd beweerd en zelfs uitdagend de wereld toegeschreeuwd. Liefde is een gevoel dat aanwezig is of niet, dus wat valt eraan te 'begrijpen'? Wat zou de waarde zijn van een gevoel waarachter bepaalde bedoelingen of oogmerken schuilgaan? Weet je, als je ouder wordt, ontdek je dat de dingen anders zijn dan ze op het eerste gezicht lijken en dat je ze wel degelijk moet 'begrijpen', dat je alles moet leren, ook de liefde. Echt waar, schud nou niet je hoofd en onderdruk je glimlach. Wij zijn mensen en we gebruiken bij alles wat we doen ons verstand. Ook onze gevoelens en emoties worden uiteindelijk door ons verstand beheerst. Liefde alleen is niet genoeg.

Maar laten we geen ruzie maken. Ik heb een paar dingen in mijn leven heel goed geleerd. Overigens heb ik een hoge prijs betaald voor die kennis. Wat voor dingen? Hoe het leven in elkaar zit, liefje, het leven en de wereld. Hoe het mogelijk is dat ik op dit moment in deze rode theesalon zit en dat mijn man niet voor mij maar voor een ander gekonfijte sinaasappelschilletjes koopt. Het verbaast me overigens niets dat hij dat doet, want die ander heeft niet bepaald een verfijnde smaak.

Over wie ik het heb? Over die andere vrouw natuurlijk. Ik kan het niet over mijn hart verkrijgen haar naam uit te spreken. Dat mens met wie hij daarna is getrouwd. O, wist je niet dat hij is hertrouwd? Ik dacht dat dit bericht wel tot jou in Boston zou zijn doorgedrongen. Zie je, zo naïef is de mens. Hij denkt dat zijn persoonlijke aangelegenheden wereldschokkende gebeurtenissen zijn. Toen dat allemaal plaatsvond, de scheiding en het hertrouwen van mijn man, gebeurden er juist allerlei belangrijke dingen in de wereld. Landen werden uit elkaar gerukt, legers maakten zich gereed voor de strijd en op een gegeven moment brak de oorlog werkelijk uit. Dat was niet verrassend, want zoals Lázár heeft gezegd: iets waarop mensen zich langdurig en met veel wilskracht, uithoudingsvermogen en behoedzaamheid voorbereiden – bijvoorbeeld een oorlog –, gebeurt ten slotte ook werkelijk. Mij zou het echter niet verbaasd hebben als de kranten in die maanden op hun voorpagina's met grote letters over mijn privéoorlog hadden bericht, over mijn veldslagen, nederlagen, gedeeltelijke overwinningen en alle andere gebeurtenissen die in die tijd plaatsvonden aan de gevechtslinie waarin mijn leven was veranderd. Maar dat is een ander verhaal. Bij de geboorte van ons kind lag dit alles nog in een ver verschiet.

Misschien moet ik het zo zeggen: voor die periode van twee jaar waarin ons kind leefde, sloot mijn man vrede met mij en met de wereld. Nog geen echte vrede, meer een inleiding daarop: een wapenstilstand. Hij wachtte af en observeerde me. Hij probeerde orde te scheppen in zijn gemoed. Hij had namelijk een zuiver gemoed. Ik heb je al gezegd dat hij een echte man was, maar hij was ook nog iets anders: een heer. Natuurlijk niet zo'n casinofiguur, die duelleert of zichzelf doodschiet omdat hij zijn speelschulden niet kan betalen. Kaarten deed hij niet eens. Op een keer zei hij tegen me: een heer speelt geen kaart, want een mens heeft alleen recht op wat hij met werken verdient. In die zin was hij een heer, dat wil zeggen: hij was beleefd en geduldig met mensen die zwakker waren dan hij, maar hij gedroeg zich tegenover zijn gelijken streng en zelfbewust. De klasse waartoe hij behoorde, de bourgeoisie, was volgens hem de hoogst bereikbare, geen enkele maatschappelijke of kerkelijke titel gaf iemand het recht zich daarboven te verheffen. Alleen voor kunstenaars had hij veel respect. Hij zei altijd dat kunstenaars de kinderen van God zijn en dat zij het zwaarst denkbare lot hebben gekozen. Buiten hen erkende hij niemand als zijn meerdere.

Omdat hij een heer was, probeerde hij na de geboorte van ons kind de angstaanjagende, beklemmende afstandelijkheid waar ik zo onder leed uit zijn ziel te verdrijven en zocht hij op een ontroerende manier toenadering tot mij en ons kind. Het was alsof een tijger had besloten van de ene dag op de andere vegetariër te worden en tot het Leger des Heils toe te treden. O, wat is het toch moeilijk te leven en mens te zijn!

Zoals gezegd, aldus leefden we twee jaar lang. Niet echt aangenaam en zeker niet gelukkig, maar wel rustig. Die twee jaren moeten hem enorm veel kracht hebben gekost. Tegen je natuur in leven vergt een bijna onmenselijke kracht. Hij probeerde als het ware tandenknarsend en krampachtig gelukkig te zijn en zich zorgeloos en luchthartig te gedragen, zijn afstandelijkheid van zich af te schudden. De stakker! Misschien had hij niet zo hoeven te lijden als ik hem toen had losgelaten en al mijn hartstocht en liefdesverlangen op ons kind had gericht, maar intussen was er ook met mij iets vreemds aan de hand, iets wat ik toen absoluut niet begreep: ik hield alleen vanwege mijn man van ons kind. Het is best mogelijk dat God mij daarvoor heeft gestraft. Waarom kijk je me met zulke grote ogen aan? Geloof je me niet? Of ben je geschrokken? Ja, liefje, mijn verhaal is niet bepaald amusant. Ik was dol op dat kind, ik leefde alleen voor dat jongetje en had gedurende die twee jaar voor het eerst het gevoel dat mijn leven een doel en een zin had, maar toch was die liefde uiteindelijk alleen maar gericht op mijn man. Dat ik zo dol was op die baby, kwam uitsluitend doordat ik toenadering zocht tot mijn man. Begrijp je me? Ik wilde hem via ons kind aan me binden, ook innerlijk, zonder enige reserve. Het klinkt misschien afschuwelijk, maar nu weet ik dat ons kind, om wiens dood ik tot het einde van mijn leven zal rouwen, voor mij alleen maar een middel was, een middel om mijn man tot liefde te dwingen. Als ik dat indertijd had willen biechten, zou ik tot diep in de nacht in de biechtstoel hebben moeten zitten omdat ik voor die bekentenis niet de juiste woorden had kunnen vinden. Mijn man wist dit overigens, zonder dat ik er ooit op had gezinspeeld, heimelijk, diep in zijn hart, zoals ook ik het wist, hoewel ik het onmogelijk op een begrijpelijke manier had kunnen uitleggen, want in die tijd kon ik de verschijnselen die we in het leven tegenkomen nog niet benoemen. De noodzakelijke woorden komen later pas, en je betaalt er een verschrikkelijk hoge prijs voor. De enige die toen over woorden beschikte, was Lázár. Op een dag reikte hij me die aan, met een luchthartig gebaar, alsof hij de schakelaar van een apparaat omzette of een geheim laatje openmaakte. In die tijd wisten we nog maar heel weinig van elkaar. Alles was toen nog volmaakt in orde, althans van buitenaf gezien, voor onze omgeving. Het kindermeisje trok de baby's morgens roze of lichtblauwe kleertjes aan en bracht hem naar de eetkamer. Mijn man praatte tegen ons kind en met mij en reed vervolgens met zijn auto naar de fabriek. 's Avonds aten we in de stad of hadden we gasten, die de loftrompet staken over ons geluk en ons mooie huis, over de jonge moeder en de aangename sfeer in onze woning. Wat ze dachten bij hun vertrek? Ik denk dat ik dat wel weet. De onnozelen onder hen benijdden ons, maar de verstandigen en de gevoeligen haalde opgelucht adem als ze ons huis verlieten en dachten: gelukkig is dit bezoek achter de rug! Als we een dineetje gaven, lieten we de duurste gerechten en de zeldzaamste buitenlandse wijnen opdienen en converseerden we met onze gasten op zachte, beschaafde toon over zorgvuldig gekozen onderwerpen. Toch was het altijd alsof er iets niet in orde was, en de mensen waren altijd blij als het tijd was om afscheid te nemen. Zelfs mijn moeder maakte altijd een verschrikte indruk als ze bij ons binnenkwam, en ze vertrok meestal al na korte tijd. We voelden dit allemaal, maar de oorzaak was onduidelijk. Alleen mijn man kende die misschien, ja, hij moet die hebben geweten, maar hij kon er niets aan doen en trachtte krampachtig gelukkig te zijn.

Ik liet hem innerlijk niet los, zelfs niet heel even, maar ik bond hem via ons kind zo veel mogelijk aan me en chanteerde hem zwijgend met mijn emotionele verlangens. Of er zulke krachten tussen mensen werkzaam kunnen zijn? Andere krachten spelen nauwelijks een rol. Ik besteedde al mijn tijd aan ons kind, maar ik deed dat alleen omdat ik wist dat hij zolang ons kind leefde, bij me zou blijven en volledig de mijne zou zijn. God vergeeft zoiets niet. Geforceerde liefde is ongeoorloofd. Je mag niet krampachtig en als een waanzinnige liefhebben. Of denk je dat zo'n manier van liefhebben de enig denkbare is? Nu, in mijn geval was dat inderdaad zo.

Zo leefden we samen dankzij ons kind en intussen streden we

met elkaar. Glimlachend en beleefd, hartstochtelijk en zwijgend. Maar op een dag gebeurde er iets vreemds: ik werd opeens heel moe en had nauwelijks nog gevoel in mijn handen en voeten. Geen wonder, want ik verbruikte in die jaren meer kracht dan ik in me had, net als hij.

Ik was net zo vermoeid als wanneer je op het punt staat ziek te worden. De herfst was al begonnen, maar het weer was nog zacht, bijna zomers. Ons kind was toen ruim twee jaar oud en begon al een interessant klein mensje, een echte persoonlijkheid, te worden. Op een avond, toen ons kind al naar bed was gebracht, zaten we in de tuin. Mijn man vroeg opeens: 'Heb je zin om zes weken met me naar het buitenland te gaan? Naar Merano bijvoorbeeld?'

Twee jaar daarvoor had ik hem in het begin van de herfst gevraagd of we een paar weken in Merano konden doorbrengen. Ik ben bijgelovig en heb vertrouwen in kwakzalverij, ik zag wel iets in de druivenkuren die daar worden aangeboden. Omdat hij toen geen zin had om op reis te gaan, wimpelde hij mijn verzoek met een smoesje af. Ik wist dat hij niet graag met me op reis ging, omdat hij bang was dat een langdurig gezamenlijk verblijf in hotelkamers tot een te grote vertrouwelijkheid tussen ons zou leiden. Thuis, in onze ruime woning had hij voldoende mogelijkheden om mij te ontlopen, bovendien werd hij daar geabsorbeerd door zijn werk, zijn sociale verplichtingen en de dagelijkse huiselijke beslommeringen. Maar nu wilde hij me iets fantastisch aanbieden.

We reisden dus naar Merano. Zoals gebruikelijk nam mijn schoonmoeder voor ons vertrek haar intrek in onze woning om op de kleine te passen.

Het werd een eigenaardige reis: een mengeling van een huwelijksreis, een afscheid, een kennismaking, een martelgang en noem maar op. Péter probeerde zich zo goed mogelijk voor me open te stellen. En ik moet zeggen dat het nooit saai was om in zijn gezelschap te vertoeven, maar toch voelde ik me voortdurend onbehaaglijk en soms stierf ik bijna van ellende en werd ik door zijn aanwezigheid haast verpletterd. Maar er waren ook momenten dat ik me in zijn gezelschap als herboren voelde. Ik kan in ieder geval zeggen dat ik me geen moment verveeld heb. Ja, zo was dat tijdens die reis naar Merano.

De herfst was dat jaar mild en zonnig, om ons heen bruiste het leven en de wereld was wonderschoon. We reisden per auto. De bomen hingen vol gele vruchten en de lucht was nevelig en geurig als in een tuin met verwelkende planten. De mensen die wij ontmoetten, waren rijk en zorgeloos; in het warme, laag invallende zonlicht leken ze op dikke wespen die zoemend en brommend door de lucht zweven. Joviale Amerikanen, libelachtige Françaises en ingetogen Engelsen koesterden zich behaaglijk in de naar most geurende zonneschijn. In die tijd was de wereld nog niet met planken verduisterd, alles schitterde nog in het felle licht, Europa bruiste van het leven. Toch had dit alles ook iets haastigs, iets gulzigs. De mensen wisten al wat hun boven het hoofd hing. We logeerden in het beste hotel van de stad en gingen regelmatig naar de paardenrennen en naar concerten. Mijn man had twee hotelkamers naast elkaar gereserveerd; kamers met uitzicht op de bergen.

Nog steeds vraag ik me af wat de bedoeling van die zes weken was, en welke verwachtingen eraan ten grondslag lagen. Rondom ons was het heel stil. Mijn man had boeken van huis meegenomen. Hij had evenals Lázár een 'absoluut gehoor' voor literatuur, zoals grote musici voor muziek hebben. 's Avonds, als de schemering inviel, zaten we altijd op het balkon en dan las ik hem voor: Franse gedichten, Engelse romans of doorwrocht Duits proza. Goethe bijvoorbeeld of een paar scènes uit *Florian Geyer* van Gerhart Hauptmann, een stuk waar hij dol op was. Hij had het ooit in Berlijn gezien en was het nooit vergeten. Ter afwisseling Büchners *Danton, Hamlet* of *Richard III*. Ook de gedichten van János Arany[1] hoorde hij graag, bijvoorbeeld de cyclus *Öszikék*. Als we ons voldoende aan de literatuur hadden gelaafd, kleedden we ons voor het diner en gingen naar een van de beste restaurants om heerlijkheden als kreeft te eten en zoete Italiaanse wijn te drinken.

We leefden een beetje als nieuwe rijken die alles wat ze gemist hebben in één klap willen inhalen, die alles willen proeven en horen en, terwijl ze naar Beethoven luisteren, kapoen eten en champagne drinken. Maar tegelijk leefden we ook als mensen die afscheid aan het nemen zijn. Het waren de laatste jaren voor de oorlog en de mensen waren in een weemoedige stemming, alsof ze voelden dat de vrede in Europa niet lang meer kon duren. Mijn man sprak hier een paar keer over en ik luisterde zwijgend naar hem. Ik nam geen afscheid van een tijdperk – laten wij vrouwen onszelf niets wijsmaken en eerlijk toegeven dat dergelijke formuleringen ons weinig aanspreken –, maar ik worstelde met een gevoel waarvan ik me onmogelijk kon bevrijden. Soms voelde ik me zo machteloos dat ik bang was te stikken.

Op een avond zaten we op het balkon van onze hotelkamer. Op de tafel, die met een glazen plaat was bedekt, lagen druiven en grote gele appels, want in Merano was de appeloogst aan de gang. De lucht rook intens naar zoete vruchten, alsof iemand een reusachtige weckfles had geopend. Op het terras onder ons speelde een Frans orkestje oude Italiaanse opera-aria's. Mijn man had wijn naar boven laten brengen: Lacrimae Christi, een donkerbruine drank, die in een kristallen karaf op de tafel stond. Alles wat ons omgaf, ook de muziek, had iets zoetelijks, iets overrijps, iets weerzinwekkends.

Mijn man bespeurde mijn weerzin en zei: 'Morgen gaan we naar huis.'

Opeens vroeg hij met een eigenaardige diepe stem, die de droefgeestige klank van een exotisch, primitief muziekinstrument had: 'Zeg Ilonka, hoe moet het straks verder?'

Of ik begreep waar hij het over had? Over ons huwelijk natuurlijk. Het was een heldere nacht, zodat ik de sterren aan de Italiaanse herfsthemel kon zien staan, en ik huiverde onwillekeurig. Ik voelde dat het ogenblik was gekomen waarop geen krachtsinspanning meer iets kon uitrichten, waarop de waarheid moest worden gezegd.

Mijn handen en voeten waren op dat moment ijskoud, maar tegelijkertijd zweette ik van opwinding en voelde ik mijn handpalmen vochtig worden. Ik zei: 'Ik weet het niet, Péter, ik weet het echt niet. Ik kan je onmogelijk verlaten, want ik kan me een leven zonder jou niet voorstellen.'

'Ik weet dat dat heel moeilijk is en ik verlang het ook niet van je,' zei hij rustig. 'Misschien is de tijd daarvoor nog niet gekomen en wellicht komt hij wel nooit. Maar ons huwelijk, en trouwens ook deze reis, heeft iets vernederends, iets beschamends. Zijn we niet dapper genoeg om elkaar te zeggen wat er mis is tussen ons?'

Eindelijk had hij het gezegd. Ik sloot mijn ogen en voelde me duizelig worden. Gedurende korte tijd zweeg ik zonder mijn ogen weer te openen. Ten slotte stamelde ik: 'Zeg dan eindelijk eens wat er mis is tussen ons.'

Hij dacht geruime tijd na en stak de ene na de andere sigaret op. Hij rookte in die tijd sterke Engelse sigaretten met opium-houdende tabak, waarvan de rook me altijd een beetje bedwelmde. Maar ook deze geur hoorde bij hem, net als de hooigeur in de kleerkast. Hij liet zijn bovenkleren en zijn ondergoed namelijk altijd met een Engels reukmiddel met een bitterzoete hooilucht besproeien, dat vond hij aangenaam ruiken. Wat heeft een mens toch een oneindig aantal facetten!

Ten slotte zei hij: 'Ik heb eigenlijk geen behoefte aan liefde.'

'Dat is onmogelijk,' zei ik tandenklapperend. 'Je bent een mens. Ook jij hebt liefde nodig, dat kan niet anders.'

'Het is iets wat vrouwen niet geloven, niet begrijpen en niet kunnen weten,' zei hij met een stem alsof hij tegen de sterren sprak, 'maar er zijn mannen die geen behoefte aan liefde hebben, die ook zonder liefde kunnen leven.'

Hij had zonder enig pathos gesproken, heel afstandelijk maar ook heel natuurlijk. Ik wist dat hij, zoals altijd, de waarheid sprak. Dat hij in elk geval dacht de waarheid te spreken.

Ik begon te marchanderen. 'Je kunt niet alles van jezelf weten. Misschien heb je niet de moed om dit gevoel te verdragen. Je moet bescheidener en nederiger zijn,' zei ik smekend.

Hij gooide zijn sigaret weg en stond op. Hij was lang – heb je daarstraks gezien hoe lang hij was? –, een hoofd groter dan ik, maar op dat moment leek hij nog langer dan gewoonlijk. Hij rees hoog boven me uit en leunde tegen de balustrade van het balkon, een lange, droefgeestige gestalte onder de zuidelijke sterrenhemel, met in zijn hart het geheim dat ik zo graag wilde doorgronden. Hij kruiste zijn armen over de borst en zei: 'Wat is het belangrijkste in het leven van een vrouw? Een gevoel, waaraan ze zich met huid en haar overgeeft. Ik weet dat, maar alleen op een verstandelijke manier. Zelf kan ik me niet aan dat gevoel overgeven.'

'En ons kind?' vroeg ik, plotseling strijdlustig wordend.

'Daar gaat het juist om,' zei hij levendig, maar met een onrustige beving in zijn stem. 'Omwille van ons kind ben ik bereid heel veel te verdragen. Ik houd van dat kind. En dankzij het kind houd ik ook van jou.'

En ik... wilde ik losbarsten, maar ik hield me in.

Ik durfde hem niet te zeggen dat ik in de eerste plaats van hem hield en dat het kind voor mij eigenlijk alleen maar een middel was om hem aan me te binden.

Die nacht spraken we lang, maar er vielen ook langdurige stiltes. Soms lijkt het of ik me elk woord van dat gesprek herinner.

Hij zei ook: 'Een vrouw kan dat niet begrijpen. Een man kan ook van zijn eigen ziel leven. Alles daarbuiten is alleen toegift en bijproduct. Of een wonder, zoals ons kind. Dat kind is voor mij overigens de belangrijkste reden om met je te onderhandelen. Laten we het een en ander afspreken. Ik wil dat we bij elkaar blijven, maar dan moet jij proberen minder van me te houden. Probeer meer van het kind te houden en minder van mij,' zei hij met een zonderlinge, verstikte stem, die bijna dreigend klonk. 'Mij moet je innerlijk loslaten. Je weet dat ik niets in mijn schild voer, dat ik geen achterbakse gedachten of heimelijke plannen heb. Ik kan alleen niet onder die emotionele spanning leven. Er zijn mannen die iets vrouwelijks hebben en niet zonder liefde kunnen, maar er zijn ook andere mannen, voor wie de liefde alleen maar een last is. Zo'n man ben ik. Alle echte mannen zijn kuis, dat zou jij moeten weten.'

'Wat wil je dan,' vroeg ik gekweld, 'wat moet ik doen?'

'Je moet een soort verbond met me sluiten,' zei hij, 'een verbond omwille van het kind, zodat we bij elkaar kunnen blijven. Je weet precies wat ik bedoel,' voegde hij er heel ernstig aan toe. 'Alleen jij kunt hierbij helpen, alleen jij kunt de band tussen ons losser maken. Als ik je zou willen verlaten, deed ik dat, maar ik wil niet van je weggaan, noch van jou noch van ons kind. Ik verlang meer van je dan dat, misschien wel het onmogelijke. Ik wil dat we bij elkaar blijven, maar niet zo heftig, niet zo onvoorwaardelijk, niet zo op leven en dood, want daar kan ik niet tegen. Het spijt me voor je, maar ik kan er niet tegen,' herhaalde hij op hoffelijke toon.

Ik stelde hierop een domme vraag. Ik vroeg: 'Waarom ben je dan met me getrouwd?'

Het antwoord dat hij hierop gaf, was angstaanjagend: 'Toen ik met je trouwde, wist ik bijna alles van mezelf, maar van jou heel weinig. Ik ben ervan uitgegaan dat je niet van me zou gaan houden.'

'Is dat dan een misdaad?' vroeg ik. 'Is het een misdaad dat ik zo van je houd?'

Hij lachte. Werkelijk, hij stond daar in het donker te roken en zachtjes te lachen, maar het was een droevig lachje, het klonk absoluut niet cynisch of superieur. 'Het is erger dan een misdaad,' zei hij, 'het is een fout.' Daarop zei hij nog: 'Dit antwoord heb ik niet zelf bedacht. Talleyrand heeft dit gezegd toen hij hoorde dat Napoleon de hertog van Enghien had laten ombrengen. Het is een gemeenplaats,' voegde hij er vriendelijk aan toe.

Wat konden mij Napoleon en de hertog van Enghien schelen! Ik wist precies wat hij hiermee bedoelde, mijn gevoel zei het me. Ik begon weer te marchanderen. 'Luister nu eens,' zei ik, 'misschien is het samenleven met mij wel helemaal niet zo onverdraaglijk. Voordat je het weet ben je oud, en als alles om je heen dan killer wordt, is het misschien helemaal niet zo onaangenaam je een beetje aan een ander te kunnen warmen.'

'Dat bedoel ik nu net,' zei hij, 'de ouderdom, dat is wat op de achtergrond op de loer ligt.'

Hij was achtenveertig jaar toen hij dat zei, juist die herfst geworden, maar hij leek veel jonger. Pas na onze scheiding is hij snel oud geworden.

Die nacht spraken we niet meer over dit onderwerp en ook de volgende dag niet. Twee dagen daarop aanvaardden we de terugreis. Toen we aankwamen, had het kind al koorts. Een week later stierf het. Daarna hebben we het niet meer over persoonlijke aangelegenheden gehad. We leefden eenvoudig langs elkaar heen en wachtten ergens op. Op een wonder misschien, maar wonderen bestaan helaas niet.

Enkele weken na de dood van ons kind, toen ik zijn grafje had bezocht, ging ik naar de kinderkamer.

Tot mijn verbazing zag ik mijn man daar in het donker staan. 'Wat moet je hier,' vroeg hij grof.

Daarna kwam hij tot bezinning en verliet snel de kamer.

'Neem me niet kwalijk,' verontschuldigde hij zich koeltjes vanuit de deuropening.

Hij was degene die de kinderkamer had ingericht. Hij had elk meubelstuk met zorg uitgezocht en daarvoor een geschikte plaats aangewezen. Merkwaardigerwijs was hij de door hem ingerichte kamer tijdens het leven van ons kind slechts zelden binnengegaan, en als hij dat toch wilde doen, bleef hij op het laatste moment meestal verlegen op de drempel staan, alsof hij bang was zich in een sentimentele situatie belachelijk te maken. In plaats daarvan liet hij ons kind elke morgen naar zijn kamer brengen en elke ochtend en avond informeerde hij hoe de kleine geslapen had, of hij goed at en hoe het met zijn gezondheid ging. Na het overlijden van ons kind is hij op die ene keer na niet meer in de kinderkamer geweest. Wij deden de deur van de kamer op slot en ik bewaarde de sleutel. Drie jaar lang, tot onze scheiding, bleef alles zoals het was op het moment dat we ons kind naar het ziekenhuis hadden gebracht. Ik was de enige die wel eens de kamer in ging om stof af te nemen en… nu ja, laat maar. Ik deed het alleen als niemand het zag.

In de weken na de begrafenis was ik bijna krankzinnig, maar ik sleepte me met ijzeren wilskracht voort, ik wilde niet in elkaar storten. Ik wist dat hij er zo mogelijk nog slechter aan toe was dan ik, dat hij zo kapot was van verdriet dat hij me nodig had, al wilde hij dat niet toegeven. In die weken gebeurde er iets eigenaardigs, iets wat zich tussen mij en hem, of tussen hem en de wereld afspeelde… precies kan ik het niet zeggen. Er knapte iets in hem. Dit alles gebeurde natuurlijk zonder dat er woorden aan te pas kwamen, zoals grote, gevaarlijke dingen altijd woordeloos gebeuren. Als een mens praat, huilt of schreeuwt, is het ergste al voorbij.

Tijdens de begrafenis was hij heel rustig en zwijgzaam. Zijn rust ging op mij over en we liepen zwijgend en zonder een traan te plengen achter het witte, met goud beslagen kistje aan. Wist je dat hij daarna nooit meer samen met mij het graf heeft bezocht? Misschien dat hij er alleen naar toe is gegaan, dat zou kunnen.

Op een keer zei hij: 'Als je huilt, ben je al niet meer eerlijk. Dan heb je de zaak al verwerkt. Ik geloof niet in tranen. Echt verdriet heeft tranen noch woorden.'

Wat er in die weken in mij omging? Achteraf kan ik het beste zeggen dat ik vooral door wraakzucht was bezield: ik zwoer dat ik me zou wreken. Wreken op wie? Op het lot? Op de mensen? Het was een dwaas plan. Ons kind was vanzelfsprekend door de beste artsen van de stad behandeld. We hadden 'alles gedaan wat menselijkerwijs mogelijk was', zoals men in dergelijke situaties zegt. Dit zijn maar loze woorden. Er was natuurlijk niet alles gedaan wat menselijkerwijs mogelijk was. De mensen waren in de dagen dat ons kind op sterven lag met heel andere dingen dan zijn ziekte bezig. Ze hadden andere besognes dan het redden van mijn kind. Dat kan ik de mensen niet vergeven, zelfs nu nog niet. Ik zwoer ook dat ik nog op een andere manier wraak zou nemen, niet met mijn verstand, maar met mijn gevoel. In mijn binnenste laaide de wilde, koude vlam van een vreemde onverschilligheid en verachting. Het is niet waar dat je door te lijden gelouterd wordt, dat je daardoor een beter, wijzer, en begripvoller mens wordt. Integendeel: je wordt er koud, uitgekookt en onverschillig door. Als je voor de eerste keer in je leven werkelijk ervaart wat het woord noodlot betekent, word je bijna kalm. Je wordt kalm en voelt je op een eigenaardige manier eenzaam, angstaanjagend eenzaam.

In die weken ging ik, zoals gewoonlijk, biechten, maar wat had ik mijn biechtvader te vertellen? Wat waren mijn zonden? Ik had het gevoel dat er geen onschuldiger schepsel op aarde was dan ik.

Dat gevoel heb ik tegenwoordig niet meer. Niet alleen de handelingen die in de catechismus worden genoemd, zijn zonden. Een zonde is niet zozeer iets wat je hebt gedaan, maar iets wat je hebt nagelaten omdat je niet voldoende kracht had om het te doen. Toen mijn man – voor de eerste en de laatste maal tijdens ons huwelijk – zo grof tegen me uitvoer in de kinderkamer, begreep ik dat ik in zijn ogen zondig was omdat ik ons kind niet had gered.

Je zegt niets en kijkt verlegen voor je uit. Je denkt dat dit enkel de overdreven gevoelens van een gekwetste ziel zijn, dat alleen een wanhopige zo overdrijft. Ik vind die gedachte van je heel begrijpelijk. Je zegt dat ik 'al het menselijkerwijs mogelijke heb gedaan'. Inderdaad, een rechter van instructie had me nooit kunnen laten opsluiten, want ik heb alles gedaan wat ik naar de mening van de mensen moest doen. Acht dagen lang heb ik aan één stuk door aan het bed van ons kind gezeten. Ik sliep daar, ik verzorgde het en ik bekommerde me niet om de lange tenen van de artsen, maar liet ook andere artsen komen toen de eerste en de tweede niets konden uitrichten. Ja, ik heb al het mogelijke gedaan, maar enkel en alleen opdat mijn man geestelijk gezond zou blijven, opdat ik hem kon behouden, opdat hij mij lief zou hebben, desnoods via het kind als dit de enige mogelijkheid was. Begrijp je wat ik zeg? Als ik voor ons kind bad, bad ik eigenlijk voor mijn man. Uitsluitend zíjn leven was belangrijk, het leven van ons kind was dat niet, het was enkel het middel om mijn man te kunnen behouden. Dat is een zonde, zeg je. Wat betekent dat woord eigenlijk: zonde? Ja, ik weet het al: het is een mens volstrekt liefhebben en volledig vasthouden, met al je innerlijke kracht. Ik heb dat geprobeerd, maar na de dood van ons kind was ik er niet meer toe in staat. Ik wist dat ik mijn man kwijt was omdat hij me – overigens zonder daar ooit iets over te zeggen – de schuld gaf van de dood van ons kind. Je noemt dat onzinnig en onrechtvaardig. Ik weet niet of je daar gelijk in hebt, ik kan er niets over zeggen.

De eerste tijd na de dood van ons kind was ik volledig uitgeput. Vanzelfsprekend werd ik ook meteen ziek, ik kreeg longontsteking. Nu eens ging het wat beter met me, dan weer had ik een terugval. Ik kwakkelde maandenlang, werd in een sanatorium opgenomen en kreeg vaak bloemen van mijn man, die me 's middags en 's avonds, als hij op weg was van de fabriek naar huis, bezocht. Ik had een eigen verpleegster, die mij moest voeren omdat ik zo zwak was. Intussen wist ik dat het allemaal zinloos was, dat mijn man mij niet vergaf en dat ook mijn ziekte hem niet genadig stemde. Wel was hij even hoffelijk en teder als vroeger, maar zo angstaanjagend correct dat ik elke keer moest huilen als hij vertrokken was.

Ook mijn schoonmoeder bezocht me dikwijls. Op een keer, in het begin van de lente, toen ik enigszins op krachten was gekomen, zat ze zwijgend te breien naast mijn ligstoel, zoals ze meestal deed. Na een poosje legde ze haar breiwerk neer, zette haar bril af, lachte me vriendelijk toe en zei op vertrouwelijke toon: 'Wat bedoel je toch met wraak, Ilonka?'

'Hoezo?' vroeg ik geschrokken en ik kreeg een kleur. 'Wat bedoelt u precies?'

'Toen je koorts had, mompelde je steeds: "Wraak, wraak." Wraak leidt tot niets, liefje, alleen geduld kan ons helpen.'

Ik hoorde haar opgewonden aan. Het was misschien de eerste keer sinds de dood van ons kind dat ik zo oplettend luisterde. Opeens kon ik me niet meer beheersen en zei: 'Ik houd het niet langer uit, mama. Wat heb ik misdaan? Ik weet dat ik niet volmaakt ben, maar ik kan niet begrijpen wat mijn zonde is, wat ik verkeerd heb gedaan. Hoor ik niet bij Péter? Moeten we ons laten scheiden? Als u dat beter vindt, doe ik dat, mama. U weet dat hij alles voor mij betekent, maar als ik hem niet kan helpen, laat ik me liever scheiden. Alstublieft, mama, geeft u mij raad.'

Ze keek me verstandig aan met een blik waaruit zowel ernst als droefenis sprak en antwoordde: 'Wind je niet zo op, kleintje. Je weet toch net zo goed als ik dat je een medemens geen raad kunt geven. Een mens moet zijn leven naar eigen inzicht leven en de moeilijkheden in zijn leven verdragen.'

'Leven, leven!' riep ik uit. 'Ik kan niet leven als een plant. Leven kun je alleen als je weet waarvóór je leeft. Toen ik Péter leerde kennen en op hem verliefd raakte, kreeg mijn leven een zin, maar daarna werd alles steeds vreemder. Ik kan niet eens zeggen dat hij minder van me houdt dan in het eerste jaar. Hij houdt nog steeds van me, maar hij is ook boos op me.'

Mijn schoonmoeder gaf geen antwoord. Waarschijnlijk was ze het niet eens met me, maar wilde ze me toch niet tegenspreken.

'Is het niet waar wat ik zeg?' vroeg ik onrustig.

'Misschien niet helemaal,' zei ze voorzichtig, 'ik geloof niet dat hij boos op je is. Of beter gezegd: ik geloof niet dat hij op jou boos is.'

'Op wie dan wel?' vroeg ik heftig. 'Wie heeft hem iets misdaan?'

De verstandige oude dame keek me ernstig aan. 'Een moeilijke vraag,' zei ze, 'moeilijk om te beantwoorden.'

Ze legde zuchtend haar breiwerk weg en vroeg: 'Heeft hij je nooit iets over zijn jeugd verteld?'

'Jawel,' antwoordde ik. 'Af en toe. Op zijn gebruikelijke manier. Met een vreemde, nerveuze lach, alsof hij zich ervoor geneerde over persoonlijke zaken te spreken. Hij heeft me over zijn kennissen en vrienden verteld, maar hij heeft nooit gezegd dat iemand hem gekrenkt heeft.'

'Nee, natuurlijk niet,' antwoordde mijn schoonmoeder terloops, bijna onverschillig. 'Dat is ook niet zo. Krenken… het leven krenkt een mens op allerlei manieren.'

'Lázár,' zei ik, 'de auteur. Kent u hem, mama? Hij is misschien de enige die iets van hem weet.'

'Ja,' zei mijn schoonmoeder, 'die heeft hij een tijd heel erg gemogen. Lázár weet meer van hem. Maar met hem valt niet te praten. Hij is geen goed mens.'

'Merkwaardig,' zei ik, 'dat gevoel heb ik ook altijd gehad.'

Mijn schoonmoeder nam haar breiwerk weer op en zei met een glimlach: 'Maak je niet zo druk, meisje. Nu heb je nog veel pijn, maar straks voel je je beter en dan begint het leven weer, en dat leven zal op een wonderbaarlijke manier alles in orde brengen wat nu zo onverdraaglijk lijkt. Je gaat weer naar huis, jullie gaan op reis, in plaats van de kleine krijg je een ander kind.'

'Dat denk ik niet, mama,' zei ik, terwijl mijn hart ineenkromp van wanhoop. 'Ik heb een heel slecht voorgevoel. Ik geloof dat ons huwelijk een aflopende zaak is. Zegt u mij alstublieft of dat werkelijk zo is. Is ons huwelijk inderdaad een slecht huwelijk?'

Ze fronste haar wenkbrauwen, keek me door haar bril met een strenge blik aan en zei op zakelijke toon: 'Ik geloof niet dat jullie huwelijk werkelijk slecht is.'

'Eigenaardig,' zei ik mismoedig. 'Ik denk soms dat geen enkel huwelijk slechter is dan het onze. U kent vast wel betere, mama.'

'Betere?' vroeg ze verbaasd, en ze wendde haar hoofd af, alsof haar aandacht door iets in de verte werd getrokken. 'Misschien zijn die er wel, ik weet het niet. Geluk openbaart zich, als het echt is, niet op een opvallende manier. Maar slechtere huwelijken zijn mij wel bekend. Bijvoorbeeld…'

Opeens zweeg ze, alsof ze geschrokken was en spijt had over dit onderwerp begonnen te zijn, maar ik liet haar niet met rust. Ik richtte me in mijn ligstoel op, wierp de deken van me af en vroeg op dwingende toon: 'Bijvoorbeeld?'

'Nou ja,' zei ze zuchtend. Ze begon opnieuw te breien. 'Het spijt me dat we hierover zijn begonnen, maar als het je troost, wil ik je vertellen dat mijn huwelijk slechter was dan dat van jullie. Ik hield namelijk niet van mijn man.'

Ze zei dat heel rustig, bijna onverschillig, zoals alleen oude mensen dat kunnen; mensen die de ware betekenis van de woorden hebben leren kennen en nergens meer bang voor zijn, die meer respect hebben voor de waarheid dan voor menselijke conventies.

Toen ik haar zo over haar huwelijk hoorde praten, verbleekte ik van schrik.

'Dat is onmogelijk,' zei ik onnozel en verlegen. 'U hebt zo'n heerlijk leven gehad met uw man.'

'Ons leven was inderdaad niet slecht,' zei ze afgemeten, terwijl ze opnieuw begon te breien. 'Ik bracht de fabriek in toen we trouwden en hij hield van mij. Zo gaat het altijd: de een is verliefder dan de ander. Degene die het meest verliefd is, heeft het gemakkelijkste deel. Jij houdt van je man en daardoor heb je het gemakkelijker dan hij, al lijd je ook onder zijn gebrek aan liefde. Ik moest een gevoel verdragen dat me innerlijk absoluut niet raakte.

Dat is veel moeilijker, maar ik heb het gedaan, mijn leven lang, en ik ben er niet aan gestorven, zoals je ziet. Het leven is nu eenmaal niet gemakkelijk en heeft ons mensen niet al te veel te bieden. Wie meer wil dan dat kleine beetje, is een waanzinnige dweper. Ik ben dat beslist nooit geweest. Jij hebt het beter dan ik het heb gehad, geloof me maar. Ik ben bijna jaloers op je.' Ze keek me met een schuin hoofd oplettend aan.

'Denk maar niet dat ik er zwaar onder geleden heb. Ik heb normaal geleefd, zoals andere mensen. Ik zou je ook nooit iets over mijn huwelijksproblemen verteld hebben als je niet zo onrustig en koortsig was. Nu ben je in ieder geval op de hoogte. Je vroeg me of jullie huwelijk slecht is. Ik geloof het niet. Het is een normaal huwelijk.' Dit laatste zei ze op rustige maar strenge toon, alsof ze een vonnis velde.

'U vindt dus dat we bij elkaar moeten blijven?' vroeg ik in angstige verwachting.

'Natuurlijk,' zei ze. 'Wat had je anders gedacht? Hoe stel je je het huwelijk voor? Als een stemming? Als een idee? Het huwelijk is een sacrament en het is in overeenstemming met de levenswetten. Aan een scheiding mag je niet eens denken.' Ze sprak alsof ze gekwetst was, bijna op vijandige toon. Hierna zwegen we geruime tijd. Ik keek naar haar benige handen, de snelle bewegingen van haar handige vingers en het patroon van het breiwerk. Ook wierp ik af en toe een blik op haar kalme, bleke, met witte haarlokken omlijste gezicht en haar vloeiende gelaatstrekken. Ik zag op dat gezicht geen sporen van leed. En als ze toch geleden heeft, dacht ik, is ze erin geslaagd de zwaarste taak waarvoor een mens zich gesteld ziet te vervullen. Ze is niet verbitterd geraakt, maar heeft het moeilijkst denkbare examen glansrijk doorstaan. Meer kun je van een mens eigenlijk niet verwachten. Al het andere – verlangens, onrust – is hiermee vergeleken onbetekenend. Dit en nog veel meer probeerde ik mezelf wijs te maken, maar intussen wist ik heel goed dat ik nooit in een slecht huwelijk zou kunnen berusten. Ten slotte zei ik: 'Ik kan de gedachte dat hij ongelukkig is niet verdragen. Als hij bij mij niet gelukkig is, kan hij beter een andere vrouw zoeken.'

'Wie zou dat dan moeten zijn?' vroeg mijn schoonmoeder, terwijl ze de mazen van haar breiwerk zorgvuldig inspecteerde, alsof ze niets belangrijkers te doen had dan dat.

'Iemand van wie hij werkelijk houdt,' zei ik op effen toon.

'Je weet het dus?' vroeg mijn schoonmoeder zachtjes en zonder me aan te kijken.

Op dat moment raakte ik opnieuw in verlegenheid, zoals je misschien begrijpt. In het gezelschap van die twee mensen, moeder en zoon, voelde ik me altijd onvolwassen. Het was dan bijna alsof ik nog niet volledig in de geheimen van het leven was ingewijd.

'Wat bedoelt u precies? Wat zou ik moeten weten?' vroeg ik bijna gretig.

'Van wie hij werkelijk houdt, natuurlijk,' zei mijn schoonmoeder aarzelend. 'Daar had je het toch over?'

'Is er dan zo iemand? Bestaat die echt?' vroeg ik met zeer luide stem.

Mijn schoonmoeder boog zich diep over haar breiwerk en zei toen zachtjes: 'Zo iemand is er altijd.'

Hierna zweeg ze en ook later sprak ze hierover met geen woord. Ze was precies als haar zoon, ook zij had dikwijls een noodlottige invloed op mensen.

Ik was zo geschrokken van dit gesprek dat ik niet lang meer ziek bleef. Eerst had ik de woorden van mijn schoonmoeder niet goed begrepen. Ze had in zulke algemene en abstracte bewoordingen gesproken dat ik geen serieuze verdenkingen opvatte. Natuurlijk is er altijd zo iemand, maar hoe zat het dan met mij? Wat betekende ik dan nog voor Péter? En wie was de persoon van wie hij werkelijk hield, nu bleek dat ik dat niet was? Waar woonde ze? Hoe zag ze eruit? Was ze jonger dan ik? Had ze blond of donker haar? Wat wist ze van ons leven? Plotseling voelde ik een ontzettende angst. Als gevolg van mijn paniek genas ik heel snel, zodat ik een paar dagen na het gesprek met mijn schoonmoeder weer naar huis mocht. Thuisgekomen liet ik dadelijk nieuwe japonnen naaien en holde ik van de kapper naar de tennisbaan en van de tennisbaan naar het zwembad. Ik had na mijn thuiskomst niets verdachts gemerkt, maar er was toch iets vreemd: het was alsof iemand voorgoed de woning had verlaten, of beter gezegd, alsof er iéts uit was verdwenen. Wat ik miste, was de betrekkelijke gelukzaligheid waarin ik de laatste jaren had geleefd – een gelukzaligheid die overigens dikwijls was afgewisseld door verdrietige en onrustige gevoelens, zo hevig dat ik ze indertijd als onverdraaglijk had ervaren. Maar nu dit alles was vervluchtigd, begreep ik opeens dat die emoties toch het beste waren wat ik van het leven had ontvangen.

In de woning was alles zoals ik het had achtergelaten, maar toch leek elke kamer zo leeg alsof hij door een deurwaarder was ontruimd, alsof iemand de voornaamste meubels eruit had weggesleept. Een woning dankt haar karakter niet alleen aan de inrichting, maar ook aan de gevoelens van de mensen die erin leven.

Mijn man was in die tijd geestelijk al zo ver van mij verwijderd dat het was alsof hij in het buitenland verbleef. Ik zou niet verbaasd zijn geweest als ik op een dag een brief uit de belendende kamer had ontvangen.

Vroeger had hij soms heel voorzichtig, alsof het een experiment betrof, met mij over de fabriek en over zijn plannen gesproken en dan, het hoofd wat schuin houdend, met de oplettendheid van een examinator op mijn antwoord gewacht. Nu sprak hij niet meer over zijn plannen, alsof hij die helemaal niet meer had. Ook Lázár nodigde hij niet meer uit, zodat er wel een jaar verstreek voordat we die weer zagen. We lazen nog wel zijn boeken en artikelen.

Op een keer – ik herinner me nog precies wanneer, het was op een ochtend in april, om precies te zijn de veertiende april, een zondag – zat ik buiten op de veranda. Vandaar had ik een fraai uitzicht op de met gele bloemen beplante en hier en daar met paardenbloemen begroeide tuin, die aarzelend in voorjaarsstemming trachtte te komen. Ik las een boek en had het gevoel dat er iets bijzonders met me gebeurde. Lach me maar gerust uit als je daar behoefte aan hebt, ik wil me echt niet als Jeanne d'Arc voordoen. Ik hoorde heus geen hemelse boodschap, maar wel zei een stem die even krachtig was als de heftigste gevoelens die een mens kan

48

ervaren, dat ik zo niet verder kon gaan, dat mijn leven zinloos was geworden en dat de toestand waarin ik me bevond vernederend, afschuwelijk en onmenselijk was. Ik moest daar verandering in brengen door een wonder te verrichten. Er zijn van die duizelingwekkende ogenblikken in het leven waarop een mens alles duidelijker ziet, waarop hij zich van zijn eigen kracht en zijn mogelijkheden bewust wordt en inziet dat hij iets moet doen waarvoor hij tot dusver te laf en te zwak is geweest. Op zulke momenten, die zich even onaangekondigd voordoen als de dood of een religieuze bekering, neemt ons leven een plotselinge wending.

Ik beefde over mijn hele lichaam en had kippenvel van ontroering. Tegelijkertijd kreeg ik het heel koud.

Toen ik naar de tuin keek, werden mijn ogen vochtig.

Wat ik op dat moment voelde? Dat ik zelf verantwoordelijk was voor mijn leven. Dat alles van mijzelf afhing. Dat een mens niet moet wachten totdat de gebraden duiven hem in de mond vliegen, noch wat zijn privéleven, noch wat zijn relaties met andere mensen betreft. Tussen mij en mijn man was iets niet in orde. Ik begreep mijn man niet. Hij was niet van mij, hij wilde me niet volledig toebehoren. Toch wist ik dat er geen andere vrouw in zijn leven was… dat ik jong en mooi was, dat ik van hem hield. Ook ík had dus macht, niet alleen Lázár, de heksenmeester. En ik wilde die macht gebruiken.

Ik voelde op dat ogenblik een ongelooflijke kracht in me, een kracht waarmee je draken zou kunnen verslaan of een nieuwe wereld bouwen. Misschien voelen normaliter alleen mannen die kracht op de beslissende momenten in hun leven, terwijl wij vrouwen daarvoor terugschrikken en onzeker worden.

Maar ík wilde niet wijken. Die dag, zondag de veertiende april, enkele maanden na de dood van ons kind, besloot ik voor de eerste keer in mijn leven handelend op te treden. Je hoeft me niet met zulke grote ogen aan te kijken. Luister maar rustig naar mijn verhaal, je bent mijn vriendin en ik wil je alles vertellen.

Ik besloot mijn man te veroveren.

Wat lach je nu? Het is helemaal niet om te lachen. Ik heb er tenminste nooit iets grappigs aan gevonden.

Eerst was ik overweldigd door de omvang van de taak waarvoor ik mezelf zag gesteld. Mijn adem stokte, zozeer was ik onder de indruk. Ik voelde namelijk dat deze taak mijn levensopdracht was en dat ik die niet kon laten liggen. Ik mocht het niet langer aan de tijd of aan het toeval overlaten of er misschien ooit iets positiefs zou gebeuren en intussen berustend en afwachtend doorleven. Opeens begreep ik dat het niet alleen zo was dat ik die taak had uitgekozen, maar dat ook het omgekeerde gold: die taak had mij uitgezocht. We hielden elkaar vast met een hardnekkigheid alsof het bestaan van de wereld ervan afhing en we zouden elkaar pas loslaten als er iets zou gebeuren – iets definitiefs. Of hij kwam bij me terug, die man, uit vrije wil en volledig, zonder remmingen en voorbehoud, of ik zou bij hem weggaan. Of hij had een geheim dat ik niet kende, maar dat ik desnoods met mijn tien vingers zou opgraven, dat ik met mijn nagels uit de grond zou krabben als een hond een begraven bot, als een van verdriet waanzinnig geworden minnaar het lijk van zijn gestorven geliefde, of ik zou falen en me terugtrekken. Zoals de situatie nu was, kon ze in ieder geval niet blijven. Zoals ik al zei: ik besloot mijn man te veroveren.

Dit klinkt nogal simpel, maar je bent een vrouw en weet dat dit een van de moeilijkste taken is die je op je kunt nemen, misschien wel de allermoeilijkste van allemaal.

Als een man besluit iets te volvoeren, dan doet hij dat, al staat de hele wereld tussen hem en zijn plan, tussen hem en zijn wil, zijn bedoeling. Welnu, in een dergelijke geestestoestand verkeerde ik, zo was de situatie. Voor ons vrouwen is niets belangrijker dan de man van wie we houden. Toen Napoleon, van wie ik overigens niet veel meer weet dan dat hij korte tijd de heerser over de wereld is geweest en dat hij de hertog van Enghien heeft laten ombrengen – wat niet alleen een misdaad was, maar iets nog kwalijkers: een fout –, toen Napoleon besloot Europa te veroveren, nam hij geen moeilijker taak op zich dan ik op die winderige zondag in april.

Misschien voelt een onderzoeker iets dergelijks als hij ongeacht de wilde dieren of het extreme klimaat besluit naar Afrika of de noordpool te gaan om iets te ontdekken, om iets te weten te komen wat nog onbekend is, wat nog geen mens heeft ontdekt. Ja, zo is het ongeveer wanneer een vrouw besluit het geheim van een man te doorgronden. Ze daalt er desnoods voor in de hel af, als ze er maar in slaagt hem zijn geheim te ontfutselen. Ook ik besloot daarvoor desnoods het hellevuur te trotseren.

Of was het anders en nam ík geen besluit maar besloot het plan? Koos het mij uit om zich te laten volvoeren? Zoiets kun je nooit met zekerheid weten. Een mens handelt dikwijls niet vrijwillig maar noodgedwongen. Mijn vastberadenheid was even groot als die van slaapwandelaars, wichelroedelopers en dorpsgek-ken. Als die op pad gaan, wijken alle mensen, gewone burgers en autoriteiten, eerbiedig en bijgelovig voor hen uit, omdat ze in hun blik iets lezen waarmee niet te spotten valt, omdat ze een teken op hun voorhoofd dragen, omdat ze simpele maar onheilspel-lende plannen hebben en niet rusten voordat ze die volledig heb-ben uitgevoerd. In zo'n gemoedstoestand verkeerde ik toen ik dat besluit had genomen en op de thuiskomst van mijn man wachtte. En met zulke gevoelens begroette ik hem die middag toen hij van zijn zondagse wandeling thuiskwam.

Hij was met de hond in Hüvösvölgy geweest. Die hond was een broodkleurige Hongaarse staander, waar hij dol op was en die hij altijd meenam als hij ging wandelen. Toen ze via de tuinpoort de tuin inkwamen, stond ik roerloos en met gekruiste armen op de veranda. Het was een zeer heldere lentedag, een storm gierde door de takken van de bomen en mijn haren wapperden in de wind. Dat ogenblik zal ik mijn leven lang niet vergeten, zoals ik daar stond in het koude licht dat alles onwerkelijk maakte: de lande-rijen, de tuin, en zelfs mijn binnenste, dat een en al onrust was.

Toen ze me zagen, baas en hond, bleven ze allebei staan, onwil-lekeurig behoedzaam, alsof ze bang waren voor een natuurver-schijnsel. Kom maar gerust hier, dacht ik kalm. Kom allemaal maar hier, vreemde vrouwen, vrienden, jeugdherinneringen, fami-lieleden en de rest van de vijandige wereld. Ik zal jullie deze man afnemen. In die stemming ging ik met mijn man aan tafel voor de lunch.

Na de maaltijd had ik een lichte hoofdpijn. Ik besloot een slaapje te doen en lag tot het donker in mijn verduisterde kamer.

Ik ben geen schrijver zoals Lázár en daardoor kan ik je niet goed vertellen wat er die middag in me omging, door welke gedachten ik werd bestormd. Ik zag alleen maar de opgenomen taak voor me en wist dat ik niet zwak mocht zijn, dat ik moest uitvoeren wat ik me had voorgenomen. Maar ik wist ook dat niemand op de wereld me hierbij kon helpen en dat ik er geen idee van had wat ik moest doen, hoe ik moest beginnen. Begrijp je dat? Er waren ogenblikken waarop ik mezelf belachelijk vond omdat ik zo iets onmogelijks op me had genomen.

Hoe zal ik beginnen? vroeg ik me wel honderd keer af. Ik kon tenslotte moeilijk een brief sturen naar een tijdschrift waarin adviezen voor huwelijksproblemen worden gegeven. Ik kende die brieven maar al te goed, en ook de antwoorden, die gewoonlijk tussen de redactionele mededelingen worden gepubliceerd. Meestal krijgt de teleurgestelde echtgenote het advies de moed niet op te geven. Haar man is waarschijnlijk overwerkt, ze moet meer tijd in het huishouden steken en voor het slapengaan bepaalde cosmetica, een poedersoort of een crème, gebruiken, dan wordt haar huid weer jeugdig en gaaf en zal haar man opnieuw verliefd op haar raken. Nee, zo eenvoudig was mijn probleem niet te verhelpen. Crèmes en poeder konden mij niet baten, dat wist ik zeker. Aan het huishouden viel trouwens niets te verbeteren, wat dat betrof was alles volmaakt in orde. Ook was ik in die tijd nog jong en mooi, ik ben waarschijnlijk zelfs nooit knapper geweest dan in dat jaar. Wat ben je toch een onnozel gansje, dacht ik. Het is onnozel om zelfs maar te denken aan zoiets, want het gaat in jouw geval om heel iets anders.

Ik kon ook niet naar waarzegsters of helderzienden gaan, brieven aan beroemde auteurs schrijven of met vriendinnen en familieleden de eeuwige, banale, maar voor mij toch essentiële vraag bespreken hoe je een man moet veroveren. 's Avonds ging mijn hoofdpijn in een regelrechte migraine over, maar ik zei dat niet tegen mijn man, ik nam twee hoofdpijnpoeders in en ging gewoon met hem naar de schouwburg en daarna hebben we samen gesoupeerd. De volgende dag, op maandag vijftien april – zie je hoe precies ik me die datum herinner, alleen een dag waarop je in een levensgevaarlijke situatie hebt verkeerd blijft je zo nauwkeurig bij –, stond ik in alle vroegte op om naar de kerk te gaan – naar een klein kerkje in Tabán, waar ik misschien tien jaar daarvoor voor het laatst was geweest. Normaliter ging ik altijd naar de kerk in de Krisztinawijk, waar we indertijd getrouwd zijn. In die kerk is trouwens ook graaf István Széchenyi in het huwelijk getreden, daar heeft hij Crescencia Seilern eeuwige trouw beloofd. Misschien heb je wel eens gehoord – en anders weet je het nu – dat zijn huwelijk evenmin een groot succes is geweest als het mijne. Overigens geloof ik dergelijke verhaaltjes tegenwoordig niet meer zo gauw, de mensen zeggen zo veel.

De kerk in Tabán was die ochtend helemaal leeg. Ik zei tegen de koster dat ik wilde biechten. Daarna wachtte ik enige tijd in mijn dooie eentje op een bank in de schemerige kerk. Na een poosje verscheen een mij onbekende, grijsharige pastoor met een ernstig gezicht, die in de biechtstoel plaatsnam en me beduidde dat ik bij hem neer moest knielen. Aan deze geestelijke, die ik daarna nooit meer heb gezien, heb ik alles verteld.

Ik heb dat gedaan op een manier die nooit te herhalen is, zo biechten kun je in je leven maar éénmaal. Ik heb alles verteld: over mezelf, over het kind en over mijn man. Ik heb gezegd dat ik het hart van mijn man wilde heroveren en dat ik niet wist hoe ik dat moest doen; dat ik Gods hulp daarbij nodig had. Ik heb die pastoor ook verteld dat ik een vrouw van onbesproken gedrag was, die zelfs in haar dromen nergens anders aan dacht dan aan de liefde voor haar man. Ik heb gezegd dat ik niet wist bij wie de fout lag, bij mij of bij hem. Kortom, ik heb die pastoor alles verteld. Maar anders dan ik het jou nu vertel. Nu zou ik daar niet meer toe in staat zijn, ik zou het te pijnlijk vinden. Maar die ochtend in dat schemerige kerkje heb ik bij die oude priester mijn hart volledig uitgestort.

Ik heb langdurig gebiecht, en de priester heeft me oplettend aangehoord.

Ben je wel eens in Florence geweest? Ken je het beeldhouwwerk van Michelangelo, misschien weet je wat ik bedoel, die wondermooie groep van vier personen, in de domkerk daar... hoe heet het ook weer? Ja, ik weet het weer: de Pietà. Voor een van de beelden heeft de kunstenaar zichzelf als voorbeeld genomen, het heeft het gezicht van Michelangelo op hoge leeftijd. Toen ik met mijn man in die stad was, heeft hij me de beelden laten zien. Hij zei dat het een gezicht was dat boosheid noch verlangen weerspiegelde, waarvan het leven elke emotie had gewist; het gezicht van een mens die alles wist en niets begeerde, straffen noch vergeven... absoluut niets. Zo behoort een mens te zijn, zei mijn man toen we daar stonden. Die heilige onverschilligheid, die volstrekte eenzaamheid, die doofheid voor verdriet en vreugde is de absolute menselijke volmaaktheid. Iets dergelijks zei hij. Toen ik onder het biechten zo nu en dan met tranen in mijn ogen naar de priester opkeek, zag ik dat zijn gezicht sprekend op het gelaat van dat Pietà-beeld leek, het was bijna angstaanjagend.

Hij zat met halfgesloten ogen en over de borst gekruiste armen in de biechtstoel. Zijn handen waren bijna geheel verborgen tussen de plooien van de soutane die hij droeg. Hij keek me niet aan, maar had zijn hoofd een beetje zijwaarts gedraaid, en terwijl ik sprak, zweeg hij op een eigenaardige manier, alsof hij geheel in zichzelf was gekeerd en absoluut niet luisterde. Het was alsof hij een dergelijk relaas al heel dikwijls had gehoord, alsof hij alles wat ik hem vertelde geheel overbodig en zinloos vond. Op die manier hoorde hij me aan. Maar toch luisterde die oude priester met zijn eigenaardige, gedrongen gestalte goed naar me. En zijn gezicht, ja, zijn gezicht was dat van een mens die alles weet wat anderen hem over verdriet en ellende kunnen vertellen en die bovendien nóg iets weet... iets wat niet met woorden is te zeggen. Toen ik ophield met spreken, zweeg hij lange tijd.

Ten slotte zei hij: 'Je moet geloven, mijn dochter.'

'Dat doe ik ook, eerwaarde,' zei ik werktuigelijk.

'Nee,' zei hij en zijn kalme, serene gezicht kreeg een levendige uitdrukking en zijn waterige blauwe ogen fonkelden. 'Je moet op een andere manier geloven. Probeer niet allerlei slimmigheden te bedenken. Een mens moet alleen geloven, verder niets,' mompelde hij.

Hij was ongetwijfeld hoogbejaard, want het spreken viel hem zichtbaar zwaar.

Ik kreeg de indruk dat hij niets anders kon of wilde zeggen, daarom zweeg ik maar en wachtte op de penitentie en de absolutie. Ik had het gevoel dat wij elkaar niets meer te zeggen hadden, maar na geruime tijd – een tijd waarin hij met gesloten ogen onbeweeglijk in de biechtstoel zat, alsof hij was ingedommeld – begon hij plotseling op levendige toon te spreken.

Terwijl ik naar hem luisterde, verbaasde ik me steeds meer. Zoals hij sprak had nog nooit iemand tegen me gesproken en zeker niet in de biechtstoel. De priester drukte zich in heel eenvoudige bewoordingen uit, alsof we een normale conversatie voerden. Hij sprak volkomen normaal, zonder enige zalverigheid, maar zo nu en dan klaaglijk zuchtend, zoals oude mensen plegen te doen, wat zeer aandoenlijk was. Wat hij zei, klonk zo natuurlijk dat het wel leek alsof de hele wereld Gods kerk was en God bij alle menselijke zaken was betrokken, zodat we in het gesprek met Hem geen bijzondere nadruk aan onze woorden hoeven te verlenen door deftige bewoordingen te kiezen, met onze ogen te rollen of ons op de borst te kloppen, maar dat het voldoende is de waarheid te spreken, hoe onaangenaam of onvoordelig die misschien ook is. Op die manier sprak hij.

Sprak? Zoals gezegd, hij keuvelde eerder, onbevooroordeeld en halfluid. Hij sprak met een licht Slavisch accent. De laatste keer dat ik dit accent had gehoord, was in mijn kindertijd, in Zemplén.

'Lieve dochter,' zei hij, 'ik zou je graag helpen. Ooit heeft zich een vrouw tot mij gewend die haar man zozeer liefhad dat ze hem had omgebracht. Niet met een mes of met vergif, maar door hem niet los te laten. Ze wilde hem volledig bezitten, van de wereld weghouden. Die twee mensen hebben lang met elkaar gestreden. Ten slotte was de man zo uitgeput dat hij is gestorven. Die vrouw wist dat hij dood zou gaan. Haar man is overleden doordat hij volkomen uitgeput was. Weet je, lieve dochter, tussen mensen spelen allerlei krachten, mensen brengen elkaar op alle mogelijke manieren om het leven. Het is niet voldoende van iemand te houden. Liefde kan ook mateloos egoïstisch zijn. Je moet nederig liefhebben, als een gelovige. Het leven heeft alleen zin voor degenen die geloven. God heeft de mens de liefde gegeven opdat ze elkaar en de wereld kunnen verdragen. Wie zonder nederigheid bemint, zadelt de ander met een zware last op. Begrijp je dit, dochter?' vroeg hij met de vriendelijkheid van een oude onderwijzer die een klein kind het abc leert.

'Ik denk het wel,' zei ik een beetje geschrokken.

'Ooit zul je het volledig begrijpen, maar eerst zul je veel leed moeten verduren. Hartstochtelijke zielen als jij zijn zo trots dat ze veel lijden. Je zegt dat je het hart van je man wilt veroveren. Je zegt ook dat je man een echte man is, geen rokkenjager, maar een ernstig, zuiver mens met een geheim. Wat zou dat voor een geheim zijn? Omdat je dat niet weet, kwel je jezelf zo, lieve dochter, je wilt er met alle geweld achterkomen. Maar weet je dan niet dat God ieder mens een eigen ziel heeft gegeven – een ziel die evenveel geheimen heeft als het heelal? Waarom moet je weten wat God in een ziel heeft verborgen? Misschien is het wel de zin van je leven, ja je roeping, die toestand van onwetendheid te verdragen. Misschien zou je je man kwetsen, hem geheel te gronde richten als je zijn ziel openbrak, als je hem tot een leven en tot gevoelens dwong die hem tegenstaan. Je mag niet op gewelddadige wijze beminnen. De vrouw over wie ik je zoëven vertelde was even jong als jij en ze beging allerlei dwaasheden om de liefde van haar man te herwinnen. Ze legde het zelfs met andere mannen aan om hem jaloers te maken. Ze leefde als een krankzinnige, dofte zich op, kocht voor kapitalen dure kleren, de nieuwste mode uit Wenen, zoals ongelukkige vrouwen doen die hun geloof hebben verloren en geestelijk onstabiel zijn geworden. Verder ging ze overal naar toe, naar nachtclubs en soirees, naar allerlei plaatsen waar vertier was en veel mensen samenkwamen – mensen die aan de leegte van hun bestaan en hun ijdelheid en hopeloze hartstochten probeerden te ontkomen, die trachtten hun ellende te vergeten. En wat baat het allemaal,' zei hij meer tegen zichzelf dan tegen mij, 'het is onmogelijk je ellende te vergeten.'

Dat soort dingen zei hij. Ik luisterde nu heel aandachtig naar hem, maar hij scheen mij geheel vergeten te zijn. Hij bromde wat op verwijtende toon, zoals oude mensen vaak doen. Het leek wel of hij een discussie met de mensheid voerde.

Opnieuw zei hij: 'Het is onmogelijk je ellende te vergeten. God laat niet toe dat we de vraag die het leven ons stelt in hartstochten smoren. In je binnenste woedt een vuur, mijn dochter: het vuur van de ijdelheid en de zelfzucht. Het is best mogelijk dat je man niet de gevoelens voor je heeft die je zou wensen, dat hij een trotse en eenzame ziel is, die zijn gevoelens niet durft te tonen omdat hij ooit is gekwetst. Er zijn veel gekwetste mensen op de wereld. Ik kan je man niet van schuld vrijpleiten, mijn lieve dochter, omdat ook hij geen nederigheid kent. Twee mensen die zo trots zijn, kunnen elkaar veel leed berokkenen. Maar in je ziel bespeur ik een gulzigheid die bijna zondig is. Je wilt je de ziel van een medemens toe-eigenen, zoals verliefden altijd willen. Dat is een zonde.'

'Ik wist niet dat dat een zonde is,' antwoordde ik, en terwijl ik daar zo op mijn knieën lag, beefde ik over al mijn ledematen.

'Het is altijd een zonde als we geen genoegen nemen met wat de wereld vrijwillig geeft, met wat een mens uit zichzelf aanbiedt, als we met gretige handen trachten iemands geheim te bemachtigen. Waarom kun je niet bescheidener leven? Met minder emotionele verlangens? Liefde – en ik bedoel ware liefde – is altijd geduldig, lieve dochter. De liefde is grenzeloos en kan wachten. Wat jij wilt, is een onmogelijke en onmenselijke onderneming. Je wilt het hart van je man veroveren, hoewel God je aardse aangelegenheden al geregeld heeft. Begrijp je dat niet?'

'Ik ben erg verdrietig, eerwaarde,' zei ik, terwijl ik bang was in snikken uit te barsten.

'Dan ben je maar verdrietig,' zei hij dof, bijna onverschillig.

'Waarom heb je zo'n afkeer van verdriet?' vroeg hij korte tijd later. 'Leed is een vlam die je hart van zelfzucht en ijdelheid zuivert. Wie is er nou gelukkig? En met welk recht wil je gelukkig zijn? Ben je er dan zo zeker van dat je verlangen en je liefde onzelfzuchtig zijn en dat je het verdient gelukkig te zijn? Als dat zo was, zou je hier niet op je knieën zitten, maar was je op de plaats gebleven die het leven je heeft toegewezen. Je zou je werk doen en op de bevelen van het leven wachten,' voegde hij er streng aan toe. Bij die laatste woorden keek hij me strak aan.

Het was de eerste keer dat hij me aankeek, met kleine, fonkelende ogen. Onmiddellijk daarna wendde hij zich af en sloeg zijn ogen neer.

Nadat hij een tijdje had gezwegen, zei hij ook nog: 'Je zegt dat je man je de dood van jullie kindje niet vergeeft.'

'Die indruk heb ik althans.'

'Tja,' zei hij nadenkend, 'het zou kunnen.'

Het was duidelijk merkbaar dat mijn veronderstelling hem niet verraste en dat hij in de verhoudingen tussen de mensen alles mogelijk achtte.

Daarop vroeg hij quasi terloops: 'En hoe zit het met jou? Heb je jezelf ook aangeklaagd?'

Hij sprak het woord 'aangeklaagd' met een licht Slowaaks accent uit, wat me op dat ogenblik om een onverklaarbare reden troostte.

'Hoe kan ik daarop antwoorden, eerwaarde? Wie is in staat zulke vragen te beantwoorden?'

'Want zie je,' zei hij zo vriendelijk en rechtstreeks dat ik hem wel om de hals had willen vallen – hij sprak heel ijverig en eenvoudig, zoals alleen oude priesters in de provincie doen –, 'ik kan onmogelijk weten wat er in je ziel omgaat zolang je me dit niet eerlijk hebt gezegd. Wat je me gebiecht hebt, lieve dochter, kwam niet spontaan in je op en je had er een bijbedoeling mee. De Heer fluistert me toe dat je niet de waarheid hebt gesproken. Een stem in mij fluistert dat je een en al zelfbeklag bent vanwege de dood van jullie kind of om andere redenen. Maar misschien vergis ik me,' zei hij op een toon alsof hij zich wilde verontschuldigen. Opeens zweeg hij, alsof hij spijt had van wat hij had gezegd.

'En toch is het goed dat je onder zelfbeklag gebukt gaat,' zei hij wat later zachtjes en ingetogen. 'Misschien word je daardoor toch nog ooit gezond.'

'Wat moet ik doen?' vroeg ik.

'Bidden,' zei hij eenvoudig, 'bidden en werken. Dat is het gebod van ons geloof. Meer kan ik niet zeggen. Heb je berouw van je zonden?' vroeg hij haastig en bijna werktuiglijk, alsof hij van onderwerp wilde wisselen.

'Ja, ik heb berouw,' antwoordde ik even mechanisch.

'Vijf onzevaders en vijf weesgegroetjes,' zei hij. 'Ego te absol-
vo...'

Onmiddellijk daarop begon hij te bidden. Van mij wilde hij
niets meer horen.

Twee weken daarna vond ik dat paarse lint in de portefeuille
van mijn man.

Of je het gelooft of niet, ik doorzocht nooit de portefeuille of
de zakken van mijn man. Ik pikte ook nooit geld van hem, hoe
ongeloofwaardig dit misschien ook klinkt. Hij gaf me alles wat
ik begeerde, dus waarom zou ik hem bestelen? Ik weet wel dat
vele vrouwen hun man bestelen omdat dit zo hoort, om te laten
zien hoe flink ze zijn. 'Ik ben niet op mijn achterhoofd gevallen,'
zeggen ze en ze doen dingen die ze eigenlijk verafschuwen. Ik
heb dit nooit gedaan. Ik zeg dit niet om op te scheppen, het is de
zuivere waarheid.

Die ochtend keek ik dan ook alleen maar in zijn portefeuille
omdat hij opbelde om te zeggen dat hij hem thuis had laten liggen. Hij zei dat hij een bediende van het kantoor zou sturen om
de portefeuille op te halen. Dat is nog geen reden om te doen wat
je gedaan hebt, zeg je. Je hebt gelijk, maar zijn stem klonk die
ochtend zo vreemd, zo gejaagd, het leek wel of hij opgewonden
was. Zijn stem had iets rusteloos. Het was te horen dat die kleine
nalatigheid belangrijk voor hem was. Zoiets merk je meer met je
hart dan met je oren.

De portefeuille die ik bedoel, was het exemplaar van krokodillenleer dat je daarstraks hebt gezien. Ik heb die indertijd voor
hem gekocht, had ik je dat al verteld? Hij gebruikte hem dan ook
heel trouw. Want ik moet je nog iets zeggen: In het diepst van zijn
ziel was deze man de trouw zelf. Ik bedoel, hij kon niet ontrouw
zijn, al had hij het gewild. Zelfs de voorwerpen bleef hij trouw.
Hij wilde alles behouden, alles bewaren. Dat was zijn burgerlijke
kant, een edel soort burgerlijkheid. Hij wilde niet alleen voorwerpen bewaren, maar alles wat in het leven aangenaam, fraai,
waardevol en zinvol is, snap je... meubels, bruggen, fraaie gebruiken, levenswijzen, de christelijke moraal, ideeën en hartstocht, de
wereld zoals de mensen die met kolossale inspanningen hebben

ingericht, de een door briljante uitvindingen te doen, de ander door vlijtig met zijn handen te werken. Dat alles lag hem in gelijke mate aan het hart, het was de wereld die hij liefhad, die hij wilde behouden. Mannen noemen dat 'de cultuur'. Wij vrouwen houden niet van zulke grote woorden en zwijgen meestal als ze dergelijke dure woorden in ons bijzijn gebruiken. Tenslotte kennen wij de essentie van het leven en zij alleen abstracte begrippen. Die twee hebben over het algemeen weinig met elkaar te maken.

Maar om terug te komen op die portefeuille van krokodillenleer, ook die heeft hij bewaard. Omdat hij mooi was en van edel materiaal, en omdat hij hem van mij had gekregen. Toen het stiksel versleten was en de naden losgingen, heeft hij hem laten herstellen. Hij was inderdaad pijnlijk precies. Op een keer zei hij lachend tegen me dat hij eigenlijk avontuurlijker was dan wie dan ook omdat avonturen alleen in een ordelijke omgeving en met creatieve zorg uitvoerbaar zijn. Vind je dat vreemd? Ik vond het ook raar als hij dergelijke dingen zei. De omgang met mannen is moeilijk, liefje, want ze hebben een ziel.

Wil je een sigaret? Ik steek er een op omdat ik zo opgewonden ben. Nu ik aan dat paarse lint terugdenk, voel ik weer de opwinding van destijds. Zoals gezegd, die dag hoorde ik iets vreemds aan zijn stem. Hij belde anders nooit voor dergelijke kleinigheden op. Ik zei dat ik de portefeuille 's middags naar de fabriek zou brengen als hij dat wilde, maar hij sloeg dit aanbod af en verzocht me de portefeuille in een envelop te doen, dan zou de bediende hem dadelijk komen ophalen.

Na dat telefoontje heb ik de portefeuille nauwkeurig bekeken en elk vakje doorzocht. Ik had dat nooit eerder gedaan. Je kunt je wel voorstellen dat ik heel grondig heb gekeken.

In het buitenste vakje vond ik geld en een lidmaatschapsbewijs van de Kamer van Koophandel, verder acht postzegels van tien fillér, vijf van twintig fillér, zijn rijbewijs en een toegangsbewijs met pasfoto voor het Margaretha-eiland. De foto was waarschijnlijk zo'n tien jaar eerder genomen, vlak nadat hij naar de kapper was geweest, zodat hij er belachelijk jong uitzag, net alsof hij pas eindexamen had gedaan. Ik trof ook nog een paar visitekaartjes aan, alleen met zijn naam erop, geen familiewapen of titel. Hij hield er niet van daarmee te pronken. Hij wilde ook niet dat ik zijn kleding of het zilvergoed met een adelskroontje liet merken. Niet dat hij geen waarde hechtte aan zulke dingen, maar hij wilde er niet mee te koop lopen. Hij zei altijd dat een mens slechts één rang heeft: zijn karakter. Zulke hoogmoedige, bijna bitse opmerkingen maakte hij wel vaker.

In het buitenste vakje van de portefeuille vond ik dus niets bijzonders. Er heerste een bijna pijnlijke orde, precies zoals in zijn leven, in zijn bureauladen en in zijn aantekeningen. Hij werd nu eenmaal omgeven door orde, dus het is logisch dat ook zijn portefeuille ordelijk was ingericht. Misschien was de enige plaats waar geen volmaakte orde en harmonie heersten zijn ziel. Weet je, kennelijk camoufleren de mensen met uiterlijke ordelijkheid de wanorde die diep in hun binnenste aanwezig is. Maar je begrijpt dat ik op dat moment niet in de stemming was om te filosoferen. Ik wroette in die portefeuille als een mol in de rulle aarde.

In het binnenvakje vond ik een foto van ons kind. Toen die gemaakt werd, was het acht uur oud. Het had dicht haar en woog achtendertighonderd gram. Hoewel het sliep, had het zijn vuistjes geheven. In die houding was het door iemand gefotografeerd. Hoe lang zal de aanblik van die foto me nog pijn doen? Zolang ik leef? Waarschijnlijk wel.

Die foto was het ene voorwerp dat ik in het binnenvak van zijn portefeuille aantrof. Het andere was een paars stukje lint.

Ik nam het in de hand en betastte het, en natuurlijk rook ik er ook aan.

Het lint rook nergens naar, hoogstens naar krokodillenleer. Het was al oud en donkerpaars van kleur. De lengte ervan was vier centimeter – ik heb het gemeten – en de breedte één centimeter. Het was zorgvuldig afgeknipt.

Ik was zo geschrokken dat ik moest gaan zitten.

Zo zat ik daar met dat paarse lint in mijn handen, nog steeds vast van plan mijn man te veroveren, zoals Napoleon Engeland wilde veroveren. Ik was niet minder verbijsterd dan wanneer ik in de bladen zou hebben gelezen dat mijn man in de buurt van

Rákosszentmihály door de politie was gearresteerd omdat was gebleken dat hij een roofmoordenaar was. Of dan de vrouw van 'het monster van Düsseldorf' moet zijn geweest toen haar op een avond werd meegedeeld dat haar man was gearresteerd omdat de brave borst, die als een voortreffelijke huisvader en belastingbetaler bekend stond, elke keer dat hij in het café op de hoek een biertje ging drinken, op weg daar naar toe iemand een mes in zijn buik plantte. Ongeveer zo voelde ik me toen ik dat eindje paars lint ontdekte en in mijn hand nam.

Ik zie aan je dat je me een hysterisch gansje vindt. Nee, liefje, ik ben geen gansje maar een vrouw en dus, als de man van wie ik houd in het geding is, ook indiaan, meesterspeurder, heilige en spion. Ik schaam me daar niet voor. God heeft me zo gemaakt. Het is mijn levenstaak. Toen ik dat lint zag, werd ik zo duizelig dat de kamer voor mijn ogen begon te draaien, en voor die duizeligheid waren verscheidene goede redenen.

In de eerste plaats had ik nooit een dergelijk lint bezeten. Een vrouw weet zoiets zeker. Aan geen van mijn kleren of hoeden had ik ooit zo'n lint gedragen. Ik houd niet van zulke sombere kleuren. Ik was er dus heel zeker van dat mijn man het niet van een van míjn kledingstukken of hoeden had geknipt om het liefdevol te bewaren. Daar hoefde ik echt niet lang over na te denken.

In de tweede plaats was ik verbijsterd omdat het lint niet alleen niet bij míj paste, maar ook niet bij mijn man. Ik concludeerde dus dat dit stukje stof, dat hij zo in ere hield dat hij het waarschijnlijk al jarenlang in zijn portefeuille bewaarde en dat hij kennelijk zo belangrijk vond dat hij er opgewonden over naar huis belde, meer moest zijn dan een aandenken of een relikwie. Dat hij alleen dáárover had opgebeld hoef ik je niet uit te leggen, want waar zou hij die ochtend op de fabriek zo dringend geld, visitekaartjes of dat lidmaatschapsbewijs voor nodig hebben gehad? Daarom was ik zo over mijn toeren.

Mijn man had dus een aandenken dat belangrijker was dan ik, zijn vrouw. Zo waardevol was dat stukje lint blijkbaar.

Het lint had ook nog een andere eigenschap: het was niet verbleekt maar toch oud, op de eigenaardige manier waarop de bezittingen van overledenen oud worden. Het is je vast wel eens opgevallen dat de hoeden of zakdoeken van overledenen zeer snel verouderen, eigenlijk op het moment waarop hun eigenaar sterft. Op de een of andere manier veranderen ze van kleur, zoals een van een boom afgerukt blad meteen zijn levendigheid verliest. Blijkbaar vloeit er door een mens een soort elektrische stroom, die alles bezielt wat bij hem hoort, zoals het zonlicht de wereld doet leven.

Uit dit paarse stukje lint was bijna al het leven geweken. Het moest al heel lang geleden zijn dat iemand het voor het laatst had gedragen. Misschien was die persoon allang dood… althans dood voor mijn man. Dergelijke gedachten gingen door me heen. Ik bekeek het lint, rook eraan, wreef het tussen mijn vingers en probeerde aldus achter het geheim te komen, maar het lint gaf dit niet prijs. Het zweeg met de koppige zwijgzaamheid van levenloze voorwerpen.

Maar ondanks die zwijgzaamheid verried het toch het een en ander over zichzelf, superieur en vol leedvermaak. Het leek de boosaardige paarse tong van een kobold, die naar me was uitgestoken om me uit te lachen en te bespotten. Die tong zei: 'Kijk maar goed naar me, ooit bevond ik me achter de fraaie, goed geordende façade van jullie leven. Ik was daar en eigenlijk ben ik er nog steeds. Ik ben de onderstroom, het geheim, de onzichtbare waarheid.' Of ik deze boodschap begreep? Er ging zo'n maalstroom van opwinding, teleurstelling en verbijstering – maar ook boosheid en nieuwsgierigheid – door mij heen dat ik het liefst de trappen was afgehold en de straat opgegaan om de vrouw te gaan zoeken die ooit dit lint in haar haar of aan haar korset had gedragen. Ik bloosde van woede en schaamte. Zie je wel, nu ik het vertel, wordt mijn gezicht net als toen vuurrood en warm. Alleen maar omdat ik aan dat stukje lint heb gedacht. Zeg, mag ik even je poederdoos lenen, dan knap ik me wat op.

Zo, dat is beter. Dankjewel. Om verder te gaan met mijn verhaal: toen de bediende aanbelde, had ik alles weer netjes in de portefeuille opgeborgen – de visitekaartjes, het lidmaatschapsbewijs, het geld en het paarse stukje lint dat voor mijn man zo belangrijk was dat hij daarvoor opgewonden naar huis had opgebeld en een bediende had gestuurd om het op te halen. Daarna overpeinsde ik nog trillend van emotie mijn belangrijke besluit en ik kreeg steeds meer het gevoel dat ik niets van het leven begreep.

Maar dat gevoel was onjuist: ik begreep er toch wel iets van.

Degene die ik trachtte te doorgronden, was noch een sentimentele student noch een meelijwekkende oude geilaard. Hij was een volwassen man en zijn handelingen waren zinvol en doelmatig. Als hij een stukje paars lint van een vrouw in zijn portefeuille bewaarde, moest hij er een goede reden voor hebben. Geleidelijk begon ik dit te begrijpen, en ten slotte begreep ik het even goed als de geheimen van mijn eigen leven.

Als mijn man al jarenlang sentimenteel een stukje stof met zich meedroeg, moest daarvoor een belangrijke reden zijn. Dan moest de persoon van wie de stof afkomstig was belangrijker voor hem zijn dan enig ander mens op de wereld.

In ieder geval belangrijker dan ik voor hem was. Míjn foto bewaarde hij bijvoorbeeld niet in zijn portefeuille. Nu denk je natuurlijk – ook al zeg je geen woord, ik zie aan je neuspunt dat dit je gedachte is – dat hij geen behoefte aan een foto van mij had omdat hij me dag en nacht zag, maar die redenering klopt niet. Hij hoorde me ook te willen zien wanneer ik níét bij hem was. En als hij zijn portefeuille pakte, moest hij dat doen om er een foto van míj uit te halen en niet het paarse lint van een vreemde vrouw. Waar of niet? Zie je nou wel. Dat was het minste wat ik van mijn man mocht verwachten.

Terwijl dergelijke gedachten door mijn hoofd speelden, laaide het vuur van de woede steeds hoger in me op, als een brand die in een vreedzame familiewoning door een achteloos weggeworpen lucifer ontstaat. Wat zich achter de façade van ons leven ook mocht bevinden, het geheel was toch een stevig bouwwerk, een huis met kamers en een dak. Maar op dit dak was nu een brandende lucifer terechtgekomen – het paarse eindje lint.

Die middag kwam mijn man niet thuis eten en 's avonds moesten we naar een feest. Ik kleedde me daarvoor met de uiterste zorgvuldigheid omdat ik met alle geweld zo aantrekkelijk mogelijk wilde zijn. Ik koos een witzijden avondjurk uit, waarin ik er deftig en waardig uitzag. 's Middags bracht ik twee volle uren bij de kapper door en tegen de avond ging ik nog even vlug naar het centrum om in een modewinkel een paars strikje te kopen, een onnozel dingetje dat wel iets weg had van een viooltje. Dergelijke frutsels werden in die tijd vaak door de dames op hun kleding gedragen en ze waren toen in alle mogelijke soorten te koop. Het strikje dat ik kocht, had precies de kleur van het eindje lint in mijn mans portefeuille en ik speldde het vlak naast mijn decolleté. Daarna dofte ik me zo zorgvuldig op als een actrice voor een galavoorstelling. Toen mijn man thuiskwam, stond ik al in mijn bontstola klaar. Hij kleedde zich haastig om omdat het al laat was. Meestal moest hij op mij wachten, maar deze keer ik op hem, wat ik geduldig deed.

Onderweg zaten we zwijgend naast elkaar in de auto. Ik merkte dat Péter moe en verstrooid was. Mijn hart bonsde, maar desondanks voelde ik me ijzingwekkend kalm. Ik wist dat de komende avond beslissend voor mijn leven zou zijn. Stil en naar parfum geurend zat ik met een ernstig gezicht voor me uit te kijken met mijn fantastisch opgemaakte haar, mijn bontstola van blauwvos, mijn witte, zijden jurk en de paarse strik boven mijn hart.

Het huis waar wij verwacht werden, had kolossale afmetingen. Voor de deur stond een portier in uniform en in de hal werden we door bedienden in livrei ontvangen. Toen mijn man zijn jas uittrok en die aan een van de bedienden overhandigde, ontmoetten onze blikken elkaar in de spiegel. Hij glimlachte minzaam en beleefd, alsof hij wilde zeggen: Ja ik weet het, je bent heel mooi, misschien wel de mooiste van alle vrouwen hier, maar dat maakt helaas niets uit. Het gaat niet om je uiterlijk.

Omdat hij niets zei, brak ik me het hoofd over de vraag of ik wel mooier was dan de vrouw van wie hij het eindje lint bewaarde, maar ik had niet veel tijd om na te denken, want weldra betraden we een grote zaal, waar de meeste gasten zich al hadden verzameld – beroemdheden, politici, enkele zeer vooraanstaande mannen en talrijke knappe vrouwen, die met elkaar converseerden alsof ze familieleden van elkaar waren en alsof ieder van hen nauwkeurig wist waarop de ander met zijn opmerkingen zinspeelde, alsof ze allen ingewijd waren in… ja, waarin eigenlijk? Laten we zeggen in de verfijnde, decadente en opwindende, zwoele en hooghartige, deprimerende en kille sfeer van 'de andere wereld', waarmee ik het sociale leven van de hogere klassen bedoel. De zaal was opmerkelijk groot en had roodmarmeren zuilen. Lakeien met kniebroeken en witte kousen bewogen zich tussen de gasten door en boden op kristallen dienbladen cocktails aan: giftig uitziende, kleurige mengseltjes met een hoog alcoholgehalte. Ik nam wel een cocktail, maar nipte alleen aan mijn glas, want ik kan niet goed tegen sterke drank en als ik wat te veel drink, word ik meteen draaierig en tolt de hele wereld om me heen. Ik had die avond trouwens weinig behoefte aan opwekkende middelen. Ik bespeurde een dwaze, belachelijke en kinderachtige spanning bij mezelf, alsof het lot mij voor een zware taak had uitgekozen, alsof alle aanwezigen – al die knappe en interessante vrouwen en al die beroemde, machtige en intelligente mannen – die avond alleen maar aandacht hadden voor mij. Ik lachte elke aanwezige vriendelijk toe en was tegen iedereen even beminnelijk. Ik gedroeg me zo'n beetje als een hertogin uit vroeger tijden die een soiree geeft, je weet wel zo'n minzame dame met een gepoederde pruik. En het vreemde was dat ik die avond inderdaad het middelpunt was… het sterke levensgevoel dat ik toen had, straalde onweerstaanbaar op anderen af en liet bijna niemand onberoerd. Op een gegeven moment zag ik mezelf, zoals ik daar tussen de roodmarmeren zuilen stond, midden in de zaal, omgeven door mannen en vrouwen, het middelpunt van het gezelschap, van alle kanten complimentjes ontvangend en met al mijn woorden succes oogstend. Ik straalde die avond een griezelig zelfvertrouwen uit. Ja, ik had succes… maar wat is dat, succes? Wilskracht blijkbaar, een waanzinnig soort wilskracht waarmee je iedereen in je ban krijgt. En dat alleen maar omdat ik wilde weten wie degene was die ooit een paars lint op haar japon of haar hoed had gedragen en of die persoon voor mijn man misschien belangrijker was dan ik.

Ik dronk die avond dus geen cocktails en later, bij het diner, dronk ik alleen een half glas droge Franse champagne. Desondanks gedroeg ik me alsof ik een beetje tipsy was… maar op een vreemde manier, weet je, bijna berekenend en kil.

Terwijl we ons in afwachting van het diner met elkaar onderhielden, vormden zich verscheidene groepen in de zaal, als op het podium van een schouwburgzaal. Mijn man stond in de deuropening van de bibliotheek en praatte met een pianist. Zo nu en dan voelde ik zijn blik op mij rusten. Ik wist dat hij me ongerust in de gaten hield omdat hij mijn succes niet begreep – dat plotselinge onverklaarbare succes, dat hem verheugde maar ook zorgen baarde. Hij zag er enigszins verward uit en ik voelde me trots toen ik dat zag. Op dat moment was ik absoluut zeker van mijn zaak en wist ik dat ik de koningin van het feest was.

Dergelijke ogenblikken zijn de vreemdste die er in een mensenleven zijn. Opeens schijnt de wereld zich te openen en zijn alle ogen op je gericht. Ik zou niet verrast geweest zijn als ik die avond door aanbidders was benaderd. Weet je, eigenlijk voel ik me helemaal niet thuis in de wereld, ik bedoel, in die andere, mondaine wereld. Mijn man heeft me daar geïntroduceerd, maar ik had er altijd plankenkoorts en bewoog me zo voorzichtig als een circusartieste die haar nummer op de evenwichtsbalk uitvoert. Ik was voortdurend bang een misstap te maken en te vallen. Zelfs na jaren gedroeg ik me op die feesten altijd te beleefd en te attent of juist te gewoontjes… kortom, ik was nooit mezelf maar altijd onzeker, koel of overdreven spontaan. Ik voelde me altijd opgelaten en verkrampt, maar op de avond waar ik het nu over heb, was mijn verkramptheid als bij toverslag verdwenen. Ik zag alles door een waas – de lichten en de gezichten van de mensen. Als de aanwezigen af en toe voor me zouden hebben geapplaudisseerd, had dat me niet verbaasd.

Opeens merkte ik dat iemand me fixeerde. Ik draaide me langzaam om en probeerde de persoon te ontdekken die me zo aanstaarde en wiens blik als een elektromagnetische straling, ja zelfs bijna als een aanraking aanvoelde. Het bleek Lázár te zijn. Hij stond naast een zuil en was in gesprek met de gastvrouw, maar verloor mij intussen niet uit het oog. We hadden elkaar al lange tijd niet meer ontmoet.

Toen de bedienden de grote spiegeldeuren openden en we de schemerige, met kerkkaarsen verlichte eetzaal betraden, wat op mij de indruk maakte dat we de toneelzaal van een schouwburg binnengingen, kwam hij naar me toe. 'Wat is er met u aan de hand?' vroeg hij bijna eerbiedig en met verstikte stem.

'Hoezo?' vroeg ik een beetje hees en nog steeds beduusd van mijn succes op het feest.

'Er is iets bijzonders met u aan de hand,' zei hij. 'Ik geneer me overigens nog steeds voor het feit dat we u die avond op dat plat- vloerse spelletje hebben vergast. Herinnert u zich dat nog?'

'Ja,' zei ik. 'U hoeft zich daarvoor niet te generen. Grote geesten zijn speels.'

'Bent u op iemand verliefd?' vroeg hij kalm en ernstig. Terwijl hij deze vraag stelde staarde hij naar het midden van mijn voor- hoofd, alsof hij mijn gedachten wilde lezen.

'Inderdaad,' zei ik even kalm en gedecideerd. 'Op mijn man.'

We stonden in de deuropening van de eetzaal. Hij nam me van top tot teen op en zei toen zacht en met diep medelijden: 'Ach jee.'

Daarop nam hij me bij de arm en geleidde me naar mijn plaats.

Aan tafel was hij mijn buurman. Aan de andere kant van me zat een oude graaf, die absoluut niet wist wie ik was en me tijdens de maaltijd voortdurend met archaïsch aandoende complimen- ten overlaadde. Links van Lázár zat de vrouw van een beroemde diplomaat, die alleen Frans sprak. Dat kwam goed uit, want het diner was in Franse stijl. Tussen twee gangen van de maaltijd, toen de in het Frans gevoerde gesprekken even stokten, wendde Lázár zich opnieuw tot mij en zei heel zachtjes, zodat niemand het kon horen, maar op volstrekt natuurlijke toon, alsof we een al geruime tijd gevoerde discussie voortzetten: 'En, wat bent u van plan?'

Ik was juist aan het gevogelte en de compote begonnen. Over mijn bord gebogen en met mijn vork en mes in mijn handen, ant- woordde ik glimlachend, alsof ik een opgewekte en onschuldige conversatie met hem voerde:

'Ik ben van plan zijn hart te veroveren en hem terug te winnen.'

'Dat is onmogelijk,' zei hij. 'Hij heeft u nooit verlaten. Daarom is het onmogelijk. U kunt proberen iemand terug te krijgen die u ontrouw is geweest, maar iemand die nooit werkelijk de uwe is geweest... nee, dat gaat niet.'

'Waarom is hij dan met me getrouwd?' vroeg ik.

'Omdat hij anders te gronde was gegaan.'

'Waaraan?'

'Aan gevoelens die sterker waren dan hijzelf. En die hem onwaardig waren.'

'Aan de gevoelens die hij voor de vrouw met het paarse lint koesterde?' vroeg ik rustig en met gedempte stem, zodat niemand anders me kon horen.

'Weet u daarvan?' vroeg hij nerveus opkijkend.

'Ik weet alleen hoofdzaken, geen details,' zei ik oprecht.

'Wie heeft het u verteld? Péter zelf?'

'Nee,' zei ik, 'maar van degene die je liefhebt, weet je alles.'

'Dat is waar,' zei hij ernstig.

'En u?' vroeg ik, me verbazend over het feit dat mijn stem niet beefde. 'Kent u de vrouw met het paarse lint?'

'Ik?' stamelde hij, terwijl zijn gezicht betrok. Hij tuurde gemelijk naar zijn bord. 'Ja, ik ken haar.'

'Ontmoet u haar wel eens?'

'Zelden, bijna nooit.' Hij staarde voor zich uit. 'Ik heb haar al heel lang niet meer gezien.'

Hij begon met zijn benige vingers nerveus op de tafel te trommelen. De vrouw van de diplomaat vroeg iets in het Frans en ik moest aandacht schenken aan de oude graaf, die me om onbegrijpelijke redenen onverwachts op een Chinese gelijkenis trakteerde, waar ik natuurlijk niet al te zeer geïnteresseerd in was. De bedienden verschenen met champagne en fruit. Nadat ik de eerste slok van de bleekroze champagne had genomen en de graaf met veel moeite en pijn de ingewikkelde Chinese parabel had opgedist, wendde Lázár zich opnieuw tot me. Hij vroeg: 'Waarom draagt u vanavond die paarse strik?'

'Is het u opgevallen?' vroeg ik, aan een druiventros plukkend.

'Meteen toen u binnenkwam.'

'Denkt u dat het Péter ook is opgevallen?'

'Pas op,' zei hij ernstig. 'Het is zeer gevaarlijk wat u doet.'

We wierpen gelijktijdig een blik op Péter, als twee samenzweerders. De grote zaal, het onrustige licht van de flakkerende kaarsvlammen, onze bijna fluisterend gesproken woorden en de inhoud en vooral de sfeer van ons gesprek – het had allemaal iets onheilspellends. Ik zat stijf en roerloos rechtop en keek strak voor me uit. Af en toe glimlachte ik even om de indruk te wekken dat mijn tafelburen me met kostelijke grappen en interessante verhalen vermaakten. Dat het interessant was wat ik aan tafel hoorde, kan ik trouwens moeilijk ontkennen. Ik heb noch daarvoor noch daarna ooit nog iets gehoord wat me meer belangstelling inboezemde dan wat Lázár die avond tegen me zei.

Toen we na het diner opstonden, voegde Péter zich bij ons. 'Je hebt onder het eten veel gelachen, maar je ziet toch bleek. Zou je niet even de tuin in gaan?' zei hij.

'Nee,' antwoordde ik, 'ik voel me prima. Het komt door de verlichting dat ik zo bleek lijk.'

'Weet u wat,' zei Lázár, 'laten we naar de wintertuin gaan. Daar wordt ook koffie geserveerd.'

'Mag ik ook mee?' vroeg Péter schertsend maar toch nerveus. 'Ik wil ook wel eens lachen.'

'Nee,' zei ik.

Lázár viel me bij: 'Nee, vandaag spelen we het spel anders. Vandaag spelen wij het met zijn tweeën en ben jij de buitenstaander. Ga jij maar naar je gravinnen.'

Op dat ogenblik viel de blik van mijn man op het paarse strikje. Hij knipperde met zijn bijziende ogen, zoals hij altijd deed als hij iets merkwaardigs zag, en boog zich onwillekeurig in mijn richting om het beter te kunnen zien, maar Lázár vatte me bij de arm en trok me mee.

Vanuit de deuropening van de wintertuin keek ik achterom. Mijn man stond nog steeds in de eetzaal tussen het gewoel van de van tafel gaande mensen en staarde ons met half dichtgeknepen ogen na. Zijn gelaatsuitdrukking was zo verdrietig en radeloos, ja zelfs wanhopig dat ik niet verder kon lopen en dacht dat mijn hart zou breken. Misschien heb ik nooit zo veel van hem gehouden als op dat moment.

Daar zaten Lázár en ik dan samen in de wintertuin... zeg, verveel ik je niet met mijn verhaal? Zeg het maar gerust als je er genoeg van hebt. Ik zal je trouwens niet lang meer plagen, want de rest is gauw verteld. Weet je, die avond ging het ook allemaal even snel, het leek wel een droom.

In de wintertuin hing een klamme, bijna zwoele hitte en het rook er aangenaam, als in een tropisch oerwoud. We zaten onder een palm en konden door de openstaande deur de fraai verlichte zalen van het huis zien. Ergens ver weg, in een hoek van een van die zalen, speelde een orkestje zachte, sentimentele muziek, waarop de gasten aan het dansen waren. In een ander vertrek werd gekaart. Het was een luisterrijke soiree, stijlvol, maar ook zielloos, zoals alles in dat huis.

Lázár rookte zwijgend een sigaret en keek naar de dansende mensen. Het was wel een jaar geleden sinds ik hem voor het laatst had ontmoet en nu ik hem weer zag, maakte hij op mij een vreemde indruk. Hij leek zo eenzaam als iemand die op de noordpool leeft. Maar behalve eenzaam was hij ook rustig, op een droevige manier rustig. Ik voelde dat hij nergens meer naar streefde, naar geluk noch naar succes, misschien wilde hij zelfs wel niet meer schrijven maar alleen nog de wereld leren kennen en doorgronden, alleen de waarheid ontdekken. Het viel me ook op dat hij kaal was geworden sinds ik hem voor het laatst had ontmoet. Hij leek zich te vervelen, maar hij liet dat niet openlijk blijken en gedroeg zich heel beleefd. Het klink misschien vreemd, maar hij maakte op mij de indruk van een ondoorgrondelijke boeddhistische monnik die de wereld met zijn scheefstaande ogen observeert.

Nadat we koffie hadden gedronken, vroeg hij: 'Bent u bang voor oprechtheid?'

'Ik ben nergens bang voor,' antwoordde ik.

'Luistert u goed,' zei hij op gedecideerde, barse toon. 'Niemand heeft het recht zich met het leven van een ander te bemoeien. Ook ik niet, maar Péter is mijn vriend. Niet alleen in de goedkope zin van het woord, zoals het door de mensen achteloos wordt gebruikt. Mij zijn slechts heel weinig mensen dierbaar. Deze man, uw echtgenoot, bewaart voor mij het geheim en de betoverende schoonheid van onze jeugd. En nu moet ik u iets zeggen wat misschien een beetje dramatisch klinkt.'

Ik zat stijf rechtop, bleek als het marmeren standbeeld van een vorstin. 'Zegt u het maar,' zei ik.

'Platvloers gezegd komt het hierop neer: handen thuis!'

'Dat klinkt inderdaad nogal platvloers, maar ik begrijp u niet goed,' zei ik. 'Waar moet ik van afblijven?'

'Van Péter en van het paarse lint. En van degene die dat heeft gedragen. Begrijpt u het nu? Ik zeg het even ruw als het in de film wordt gezegd. Handen thuis. U weet niet wat u met een aanraking kunt uitrichten. De wond die u wilt openrijten begint al te genezen, het bloed is al geronnen, er ligt zelfs een dun korstje op. Sinds vijf jaar observeer ik het leven van u en Péter, observeer ik dit genezingsproces. Ik waarschuw u, als u die wond openrijt, als u die met uw nagels openkrabt, zal hij weer gaan bloeden. Mogelijk bloedt er dan iets of iemand in hem dood.'

'Is het zo riskant?' vroeg ik, een blik op de dansende paren werpend.

'Ik denk het wel,' zei hij bedachtzaam en voorzichtig. 'Het is volgens mij heel gevaarlijk.'

'En toch zal ik het doen,' zei ik.

Mijn stem klonk eigenaardig op dat moment; hij was hees en beverig.

Hij pakte mijn hand. 'Probeer het te verdragen,' zei hij bijna smekend en met grote warmte in zijn stem.

'Nee,' zei ik, 'ik verdraag het niet... Al vijf jaar lang word ik bedrogen. Ik ben slechter af dan vrouwen die een rokkenjager als man hebben. Al vijf jaar lang vecht ik tegen iemand die geen gezicht heeft maar toch met ons samenleeft, als een spook. Ik heb daar schoon genoeg van. Ik kan niet tegen gevoelens strijden. Ik had liever een tegenstandster van vlees en bloed gehad in plaats van een waandenkbeeld. U heeft ooit gezegd dat de waarheid altijd eenvoudiger is dan de leugen.'

'Dat is waar,' zei hij geruststellend. 'Eenvoudiger maar ook oneindig veel gevaarlijker.'

'Dan maar gevaarlijker,' zei ik. 'Wat kan me voor kwalijkers overkomen dan dat ik met iemand samenleef die mij niet is toegedaan? Die zich niet van een herinnering kan bevrijden en die herinnering via mij wil kwijtraken. Die zich van die herinnering en van de daarbij horende gevoelens en verlangens wil ontdoen omdat ze hem onwaardig zijn. Zo hebt u het daarstraks toch gezegd, niet waar? Laat hij toch liever dat onwaardige verlangen aanvaarden, laat hij zich ertoe verlagen, al kost het hem zijn eer en zijn waardigheid.'

'Dat is onmogelijk,' zei hij met een hese, geëmotioneerd klinkende stem. 'Hij zou eraan te gronde gaan.'

'Te gronde gaan we aan de toestand zoals hij nu is ook,' zei ik kalm. 'Het kind is er al het slachtoffer van geworden. Zelf voel ik me bijna een slaapwandelaar. Ik ben met onzekere stappen op weg naar iets wat het midden houdt tussen leven en dood. Pas op dat u mij niet afleidt, want dan val ik in de afgrond… Helpt u me, als u daartoe in staat bent. Ik ben met die man getrouwd omdat ik van hem hield en omdat ik dacht dat die liefde wederkerig was, maar het blijkt een vergissing te zijn. Sinds vijf jaar leef ik met iemand samen die zich niet volledig aan me geeft. Ik heb mijn uiterste best gedaan om zijn hart te veroveren. Ik heb geprobeerd hem te begrijpen. Ik heb mezelf met absurde verklaringen gerustgesteld. Hij is een man, heb ik tegen mezelf gezegd, en bovendien een trotse man. En ook: hij is een bourgeois en dus eenzaam. Maar het waren allemaal leugens. Vervolgens heb ik geprobeerd hem met de sterkste band die er is, met een kind, aan me te binden, maar dat is niet gelukt. Waarom niet? Weet ú het? Is het het noodlot? Of toch iets anders? U bent schrijver, u bent wijs, u bent een ingewijde. U bent getuige geweest van Péters leven… waarom zwijgt u nu? Soms denk ik wel eens dat u medeoorzaak bent van alles wat er is gebeurd. U hebt macht over Péters ziel.'

'Ik heb die macht gehad,' zei hij, 'maar ik heb hem moeten delen. Doet u dat ook. Het is waarschijnlijk de beste oplossing voor alle partijen,' voegde hij er schuchter en verward aan toe.

Nog nooit had ik die eenzame, zelfverzekerde man zo beslui-teloos gezien. De boeddhistische monnik was een heel gewoon mens geworden die zich het liefst uit de voeten had gemaakt om geen antwoord te hoeven geven op mijn pijnlijke en riskante vra-gen, maar ik liet hem niet meer los.

'U weet beter dan wie ook dat het woord "delen" in de liefde niet bestaat,' zei ik.

'Dat is een gemeenplaats,' antwoordde hij, mismoedig een siga-ret opstekend. 'Alles is mogelijk. Juist in de liefde is alles moge-lijk.'

'Maar wat blijft er dan voor mij over als ik mijn mans liefde met iemand moet delen?' vroeg ik zo hartstochtelijk dat ik van mijn eigen stem schrok. 'Een dak boven mijn hoofd? Een maat-schappelijke positie? Iemand met wie ik 's middags en 's avonds de dagelijkse maaltijd tot mij neem, die me af en toe wat tederheid schenkt, zoals je een patiënt die over hoofdpijn klaagt een eetlepel water met een daarin opgeloste hoofdpijnpoeder toedient? Is dat niet de vernederendste en onmenselijkste situatie die er te beden-ken valt, zo'n schijnhuwelijk? Als ik getrouwd ben, wil ik mijn man helemaal voor mezelf hebben!' zei ik bijna luid.

Dat soort dingen zei ik tegen Lázár, wanhopig maar ook thea-traal. Hartstocht heeft altijd iets theatraals.

Er liep iemand door de wintertuin, een officier. Hij bleef staan, keek geschrokken achterom en liep daarna haastig en hoofd-schuddend door.

Ik schaamde me en vervolgde op zachte, smekende toon: 'Een man die ik niet met iemand hoef te delen, is dat zo onmogelijk?'

'Nee,' zei hij, naar zijn handpalm starend, 'onmogelijk is het niet, maar het is wel heel gevaarlijk.'

'En het leven dat we nu leiden, is dat soms niet gevaarlijk? Wat dacht u daarvan? Het is zelfs levensgevaarlijk,' zei ik vastberaden. Toen ik dat gezegd had, verbleekte ik, want ik voelde dat het waar was wat ik me had laten ontvallen.

'Het leven is nu eenmaal gevaarlijk,' antwoordde hij koeltjes en beleefd, alsof hij eindelijk weer in zijn element was, alsof hij uit de borrelende wereld van de hartstochten in de koelere, gematigde zone van het denken en het exact formuleren was teruggekeerd, waar hij de hem vertrouwde en passende woorden gemakkelijker kon vinden. 'Dat is nu eenmaal een eigenschap van het leven, dat het levensgevaarlijk is. Maar je kunt met gevaren op verschillende manieren omgaan: bepaalde mensen leven alsof ze met een wandelstok in hun hand over vlak terrein lopen, terwijl anderen leven alsof ze keer op keer vanaf een rots de Atlantische Oceaan in duiken. Een mens moet proberen de gevaren te omzeilen,' zei hij ernstig. 'Dat is de moeilijkste taak die er is en vaak is er enorme moed voor nodig.'

In de wintertuin klaterde een fonteintje; we luisterden naar het rustgevende maar toch levendige geluid van het water en naar het veel wildere ritme van de moderne, mondaine muziek.

'Ik weet nota bene niet eens met wie of met wat ik hem moet delen,' zei ik na een poosje. 'Met een persoon of met een herinnering?'

'Dat doet er niet toe,' zei hij schouderophalend. 'De betreffende persoon is meer een herinnering dan een levend mens. Ze wil niets, behalve...'

'Behalve aanwezig zijn,' zei ik.

'Precies,' zei hij.

Ik stond op. 'Dan moet er een eind aan worden gemaakt,' zei ik, mijn handschoenen zoekend.

'Waaraan? Aan haar aanwezigheid? Aan de aanwezigheid van die persoon?' vroeg hij, onwillig opstaand.

'Aan de aanwezigheid van die persoon, aan die herinnering, aan het leven dat we nu leiden,' zei ik. 'Kunt u me bij die vrouw brengen?'

'Nee, dat doe ik niet,' zei hij. We liepen langzaam in de richting van de dansende paren.

'Dan probeer ik haar zelf te vinden,' zei ik vastberaden. 'In deze stad wonen miljoenen mensen, en in de rest van het land nog veel meer. Ik heb geen enkele aanwijzing behalve een eindje paars lint, ik heb haar foto niet gezien en ik ken haar naam niet. Toch weet ik even zeker als een wichelroedeloper die op een eindeloze vlakte naar water zoekt of een metaalzoeker die in de bergen naar erts speurt dat ik zal vinden wat ik zoek, dat ik het fenomeen dat mijn geluk in de weg zit – of het nu een herinnering of een persoon van vlees en bloed is – zal opsporen. Gelooft u me niet?'

Hij haalde zijn schouders op en keek me geruime tijd onderzoekend en droevig aan. 'Misschien,' zei hij. 'Ik denk dat de mens tot alles in staat is als hij zijn instincten volgt. Tot heel goede en tot heel slechte dingen. Ja, ik geloof werkelijk dat u tussen miljoenen mensen die persoon zult kunnen vinden. Ze zal uw roep beantwoorden, zoals een kortegolfzender de oproep van een andere zender beantwoordt. Daar is niets geheimzinnigs aan. Sterke gevoelens trekken elkaar aan. Maar wat denkt u daarna te doen?'

'Daarna?' vroeg ik onzeker. 'Daarna zal de situatie duidelijker zijn. Ik moet die persoon zien, haar motieven doorgronden. En als ze werkelijk degene is die...'

'Over wie heeft u het' vroeg hij ongeduldig.

'Over haar,' antwoordde ik even ongeduldig. 'Over die ander, mijn tegenstandster. Als zij inderdaad degene is door wie mijn man niet gelukkig kan zijn, als zij er de oorzaak van is dat mijn man zich niet volledig aan mij kan geven als gevolg van een verlangen, van een herinnering, van een sentimenteel waanidee... wel, dan laat ik die twee aan hun lot over.'

'Ook als Péter hierdoor te gronde gaat?'

'Hij moet het maar verdragen,' zei ik nijdig. 'Als dat zijn lot is, moet hij het verdragen.'

We stonden nu in de deuropening van de grote zaal. Lázár zei nog: 'Hij heeft alles gedaan om het te verdragen. U weet niet hoe zwaar het leven van die man de laatste jaren is geweest. Met de inspanningen die hij zich heeft getroost om zijn herinneringen te verdringen, zou je bergen kunnen verzetten. Ik denk dat ik dat beter dan wie dan ook kan weten. Ik heb hem er dikwijls om bewonderd. Hij heeft geprobeerd iets te doen wat moeilijker is dan al het andere wat een mens in zijn leven kan proberen te doen. Weet u wat hij heeft gedaan? Hij heeft getracht zijn gevoelens met zijn verstand te onderdrukken. Dat is zoiets als met woorden en argumenten een staaf dynamiet proberen over te halen niet te ontploffen.

'Nee,' zei ik verward. 'Dat is onmogelijk.'

'Bijna onmogelijk,' zei hij kalm en ernstig, 'maar hij heeft het toch geprobeerd. Waarom? Om zijn ziel te redden. Om zijn zelf-respect te redden, wat voor elke man een levensvoorwaarde is. Maar hij heeft het ook voor u gedaan, en bovendien, met het laatste beetje kracht dat hem nog restte, voor het kind. Want hij houdt ook van u. Ik hoop dat u dat weet.'

'Ja, anders zou ik niet zo voor hem vechten. Maar hij houdt niet onvoorwaardelijk van me. Er is iemand die tussen ons in staat. Er zijn maar twee mogelijkheden: ofwel ik verjaag die persoon uit ons leven, ofwel ik verlaat hem voorgoed. Is ze werkelijk zo sterk en angstaanjagend, de vrouw met het paarse lint?'

'Als u haar vindt,' antwoordde hij, met van vermoeidheid knipperende ogen in de verte starend, 'zult u verbaasd zijn. U zult verbaasd zijn dat de werkelijkheid zo veel eenvoudiger is dan u denkt, zo veel banaler en gewoner, maar toch ook heel bizar en gevaarlijk.'

'En u wilt haar naam niet zeggen? Tegen geen enkele prijs?'

Hij zweeg. Het was duidelijk aan hem te zien dat hij in twee-strijd verkeerde. 'Gaat u graag naar uw schoonmoeder?' vroeg hij opeens. De vraag verbijsterde me. 'Ja, natuurlijk, maar wat heeft zij hiermee te maken?'

'Péter komt in ieder geval graag in zijn ouderlijk huis,' zei hij verlegen. 'Wie iets vinden wil, moet allereerst binnenshuis naar sporen zoeken. In het werkelijke leven zijn de zaken vaak even slordig gearrangeerd als in een detectiveverhaal. U weet toch dat de politie op de plaats van het misdrijf altijd koortsachtig op zoek is naar sporen. De rechercheurs prikken met hoedenspelden in de spleten van de muren om te zien of daarin iets is verstopt, maar intussen ligt de gezochte brief open en bloot op het bureau van het slachtoffer. Niemand die dat opvalt.'

'Moet ik Péters moeder naar de vrouw met het paarse lint vra-gen?' vroeg ik, steeds minder van zijn toespelingen begrijpend.

'Ik kan alleen maar zeggen dat u, voordat u in de wereld op zoek gaat om Péters geheim te doorgronden, eerst in zijn ouder-lijk huis moet rondkijken,' antwoordde hij voorzichtig en zonder me aan te kijken. 'U zult daar beslist iets vinden dat u in de juiste richting wijst. Alles begint immers altijd in het ouderlijk huis, daar is alles bijeen wat de kern van een mens vormt.'

'Dank u,' zei ik. 'Morgenochtend vroeg zal ik naar mijn schoonmoeder gaan en daar rondkijken. Ik weet alleen nog niet wat ik er moet zoeken.'

'Het is uw beslissing,' zei hij, alsof hij elke verantwoordelijkheid wilde afwijzen.

De muziek werd luider. We gingen de zaal in en mengden ons onder de dansende paren. Mannen spraken me aan en na een poosje nam mijn eigen man me bij de arm en leidde me de deur uit. We gingen rechtstreeks naar huis. Dit gebeurde allemaal op maandag vijftien april, in het vijfde jaar van ons huwelijk.

Die nacht sliep ik heel diep. Het was alsof een sterke elektrische stroom door mijn lichaam ging en daar kortsluiting veroorzaakte, zodat mijn ziel verduisterd werd. Toen ik eindelijk wakker was geworden en de tuin in ging – in die dagen hadden we van die lauwe lenteochtenden en woei er een siroccoachtige, warme wind, zodat ik in de tuin liet dekken voor het ontbijt –, zag ik dat mijn man al naar zijn werk was gegaan. Ik ontbeet in mijn eentje en nam kleine teugjes van de ongezoete, bittere thee die we altijd dronken. Trek had ik niet. Op de tafel lagen enkele kranten. Ik las verstrooid een paar vette koppen waaruit bleek dat er zojuist een kleine staat van de wereldkaart was geveegd. Ik probeerde me voor te stellen hoe de mensen in dat vreemde land zich hadden gevoeld toen ze 's morgens vroeg merkten dat hun leven en hun leefwijze, ja alles waar ze in geloofden, waaraan ze met hart en ziel gehecht waren, van de ene dag op de andere was verdwenen, dat dit alles niet meer gold en dat er nu iets heel anders begon – misschien iets beters, misschien iets slechters, maar in elk geval iets wat zo volkomen anders was dan wat ze gewend waren dat het leek of hun vaderland in zee was verzonken en ze van nu af aan een heel ander leven moesten gaan leiden: een onderwaterleven. Dergelijke gedachten gingen door mijn hoofd. En ik dacht er ook over na wat ik nu eigenlijk wilde. Wat voor opdracht had ik gekregen, wat voor hemelse boodschap? Wat had die voortdurende onrust van mijn gemoed voor zin? Wat betekenden mijn zorgen, mijn verdriet en mijn gekwetstheid vergeleken bij de ellende van miljoenen mensen die bij het ontwaken moesten constateren dat ze het waardevolste van het leven, hun vaderland en de daarbij horende gemoedelijkheid en ordelijkheid van het dagelijkse leven, hadden verloren? Maar hoe wereldschokkend dit nieuws ook was, toch bladerde ik verstrooid in de kranten. Ik kon me niet met hart en ziel op de berichten concentreren. Ik vroeg me af of ik in een dergelijke wereld wel het recht had me zo verkrampt en bezeten af te vragen wat er van me zou worden. Wat betekenden het geheim van mijn man en mijn verdriet daarover ten opzichte van de onnoemelijke en onverklaarbare ellende in de wereld? Maar het waren pseudo-vragen die ik mezelf stelde. Wij vrouwen hebben nu eenmaal geen gevoel voor de wereld. Daarna bedacht ik dat de oude pastoor in de kerk van Tabán wellicht gelijk had. Misschien was het werkelijk waar dat ik te oppervlakkig en met onvoldoende nederigheid geloofde. Misschien had mijn krankzinnige plan iets hoogmoedigs, was het een christen, een christelijke vrouw onwaardig en kon ik beter afzien van de taak die ik mezelf had opgelegd, kon ik beter ophouden met in het oerwoud van het leven als een detective naar het geheim van mijn man, naar de vrouw met het paarse lint, te speuren.

Zo spookten er allerlei zinnen door mijn hoofd die met het woordje 'misschien' begonnen.

Intussen zat ik in de tuin en nipte van mijn thee, die al koud was geworden. De zon scheen en de vogels kwetterden vrolijk. De lente was zichtbaar in volle gang. Ik bedacht dat Lázár niet van de lente hield; hij zei altijd dat dit gistende, dampende jaargetijde het maagzuur vermeerderde en het evenwicht tussen het verstand en het gevoel verstoorde. Dat soort woorden gebruikte hij. Opeens kwam me alles voor de geest waar we enkele uren eerder over hadden gesproken in dat hoogmoedige, kille huis, onder begeleiding van muziek, bij een fontein, in de zwoele oerwoudgeur van de wintertuin. Ik zag alles weer voor me en herinnerde me het alsof ik het niet zelf had meegemaakt maar ergens gelezen.

Ken je de situatie dat je op een diep tragisch ogenblik van je leven opeens al je pijn en wanhoop vergeet en eigenaardig nuchter en onverschillig, ja bijna vrolijk wordt? Bijvoorbeeld wanneer je tijdens de begrafenis van een geliefde persoon plotseling bedenkt dat je thuis de ijskast hebt laten openstaan, zodat de hond bij het daarin opgeborgen koude vlees kan komen dat voor het begrafenismaal is bestemd. En terwijl aan het graf nog wordt gezongen, begin je fluisterend en volkomen rustig het probleem van die openstaande ijskast op te lossen. Want ook dat is kenmerkend voor ons mensen, dat we tussen twee oneindig ver van elkaar verwijderde oevers leven. Ik zat daar in het zonnetje en herinnerde me alles wat er was gebeurd heel kalm en gelaten, alsof ik over het trieste leven van iemand anders nadacht. Elk woord dat Lázár had gesproken kwam me weer voor de geest, maar geen ervan bracht me nog in beroering. De spanning van de vorige dag was verdwenen. Het was alsof ík niet degene was geweest die in de wintertuin in zijn gezelschap had vertoefd, maar iemand anders, en het stukje paars lint kwam me als het onderwerp van een kletspraatje voor. Dat was niet eens zo'n vreemde gedachte van me, want het is heel goed mogelijk dat andere mensen tijdens de receptie of het diner over de zin en het noodlot van mijn leven hebben geroddeld en tegen hun tafelgenoten hebben gezegd: 'Kennen jullie het echtpaar X? Precies, de fabrikant en zijn vrouw. Ze wonen in de wijk Rózsadomb.[2] Die twee hebben geen goed huwelijk. De vrouw heeft gemerkt dat haar man van iemand anders houdt. Stel je voor, ze heeft in zijn portefeuille een paars lint gevonden en daardoor is alles aan het licht gekomen. Ja, ze gaan scheiden.' Misschien was er wel zo over ons gesproken. Hoe dikwijls had ik niet op een feestje met een half oor naar dergelijke roddelverhalen geluisterd en nu waren we misschien zelf wel het onderwerp van dergelijke praatjes – ikzelf, mijn man en de vrouw met het paarse lint.

Ik sloot mijn ogen, leunde achterover en probeerde als een dorpswaarzegster het beeld van de vrouw met het paarse lint in me op te roepen. Ik wilde weten hoe ze eruitzag.

Ergens moest ze aanwezig zijn, in een naburige straat of op een andere plaats in het heelal. Wat wist ik van die vrouw? Wat kun je überhaupt van een mens weten? Ik leefde al vijf jaar samen met mijn man en meende dat ik hem heel goed kende, niet alleen zijn karakter, maar ook al zijn gewoontes en gebaren, de manier waarop hij een kam door zijn haar haalde of voor het eten zijn handen waste, haastig en zonder in de spiegel te kijken, of de manier waarop hij verstrooid en geërgerd glimlachte, zonder te zeggen wat hij dacht. En nog veel meer, alle angstaanjagende, alledaagse, ontroerende, deprimerende, grandioze en nietszeggende aspecten van het lichaam en de ziel van een ander mens. Ik had in de veronderstelling geleefd dat ik dit alles heel goed kende, maar opeens had ik gemerkt dat ik niets van hem wist, nog minder dan Lázár, de vreemde, gedesillusioneerde en verbitterde man die macht had over de ziel van mijn man. Wat voor een macht? Een mannelijke. Een andere dan mijn vrouwelijke macht, die zwakker was. Ik wist niet waarom ik dat dacht, maar ik voelde het altijd wanneer die twee samen waren. Maar diezelfde Lázár had me gisteravond ook gezegd dat hij zijn macht met die andere vrouw moest delen. En al gebeurden er in de wereld de meest grandioze en verschrikkelijke dingen, al zei ik tegen mezelf dat ik egoïstisch was en dat het me aan geloof en nederigheid ontbrak, al waren mijn problemen in verhouding met de ellende van de wereld en van sommige volkeren en miljoenen mensen onmetelijk gering, toch wist ik zeker dat ik niets anders kon doen dan kleinzielig en zelfzuchtig, blind en bezeten op zoek te gaan naar de vrouw die zo belangrijk voor me was, de vrouw, met wie ik een appeltje had te schillen. Ik moest haar zien, haar stem horen, haar in de ogen kijken, ik moest haar huid, haar voorhoofd en haar handen observeren. Lázár had gezegd – en terwijl ik met gesloten ogen in de zonovergoten tuin zat, hoorde ik weer zijn stem en raakte ik opnieuw in de ban van de bedwelmende, onwerkelijke sfeer van de soiree en ons door muziek begeleide gesprek – dat de werkelijkheid niet alleen gevaarlijk was, maar ook veel alledaagser en platvloerser dan ik me voorstelde. Hoe zou die alledaagse werkelijkheid eruitzien? Wat bedoelde hij daar precies mee?

In ieder geval had hij me de weg gewezen, had hij me aangeduid in welke richting ik moest zoeken. Ik besloot nog vóór de middag naar mijn schoonmoeder te gaan en openhartig met haar te spreken.

Toen ik zover was gekomen met mijn gedachten voelde ik me heel warm worden. Weer had ik het gevoel dat ik me in een droge en hete luchtstroom bevond.

Ik probeerde mijn verhitte ziel met praktische en nuchtere gedachten af te koelen, want het bloed steeg even onstuimig naar mijn hoofd als toen ik een dag eerder om dezelfde tijd – wat leek dat langgeleden! – het paarse lint in het geheime vakje van de portefeuille had ontdekt. Lázár had me aangeraden niets aan te raken en geduld te hebben. Zag ik dan alleen maar spoken? Misschien was het corpus delicti, het paarse lint, toch niet zo belangrijk als ik dacht. Het was natuurlijk ook mogelijk dat Lázár alleen maar een van zijn eigenaardige en onbegrijpelijke spelletjes met me had gespeeld. Zou het leven voor deze man niet meer dan een angstaanjagend en bizar spel zijn, materiaal voor een experiment dat hij even onverschrokken uitvoerde als een scheikundige gevaarlijke zuren en vloeistoffen door elkaar mengt, zich niet bekommerend om de mogelijkheid dat de wereld hierdoor in de lucht zou vliegen? In zijn blik, in die ongenadig zakelijke, onverschillige en toch ook uitermate nieuwsgierige blik, had ik een koude straling bespeurd toen hij me aanraadde naar de woning van mijn schoonmoeder te gaan en daar, 'op de plaats van het misdrijf', naar Péters geheim te vorsen. Toch voelde ik dat hij de afgelopen avond de waarheid had gesproken en geen spelletje had gespeeld. Ik had ook het gevoel dat ik werkelijk in gevaar verkeerde… weet je, er zijn van die dagen dat je niet graag je kamer verlaat, dat alles betekenisvol is en je iets te zeggen heeft, dat alles je lijkt te waarschuwen: de hemel, de sterren en je hele omgeving. Nee, het paarse lint en alles wat daarachter schuilging, in de woning van mijn schoonmoeder of elders, was geen fictie maar werkelijkheid.

Toen ik zover was gevorderd met mijn gedachten, kwam de kokkin de tuin in om me het huishoudboek te overhandigen. We vulden het in en bespraken de maaltijden voor die dag.

In die tijd verdiende mijn man heel goed en hij gaf me altijd een flinke hoeveelheid geld voor de noodzakelijke inkopen, zonder er op te letten hoeveel. Bovendien had ik nog een chequeboek waar ik vrijelijk over kon beschikken. Natuurlijk probeerde ik alleen het strikt noodzakelijke te kopen, maar 'strikt noodzakelijk' is een zeer rekbaar begrip. Ik merkte al gauw dat ik zaken die ik enkele jaren daarvoor nog als onbereikbare luxe had beschouwd, nu strikt noodzakelijk achtte. Vis en gevogelte bestelden we telefonisch bij de duurste delicatessenwinkel in de binnenstad. Naar de markt ging ik al jaren niet meer, noch in mijn eentje, noch met de kokkin. Ik bekommerde me er niet om wat de eerste voorjaarsgroenten, de zogenoemde primeurs, kostten, maar liet het personeel eenvoudigweg het duurste en het beste van alles kopen. Mijn gevoel voor de werkelijkheid liet me in die jaren in de steek. Terwijl ik het huishoudboek doorkeek, waarin de kokkin, die diefachtige ekster, natuurlijk precies schreef wat haar het beste uitkwam, bedacht ik voor het eerst sinds lange tijd dat alles wat me nu zo kwelde en schokte misschien alleen door de duivelse toverkracht van het geld zo belangrijk voor me was geworden. Als ik arm was geweest, had ik me misschien veel minder druk gemaakt over mijn huwelijk en dat paarse lint. Armoede en ziekte zijn wonderwel in staat gevoelens van onbehagen en psychische problemen op de achtergrond te dringen. Maar ja, ik was nu eenmaal niet arm of ziek, althans niet in medische zin. Dus zei ik tegen de kokkin: 'Vanavond wil ik koude kip met mayonaise eten, maar alleen borstvlees. En kropsla als groente.'

Daarna ging ik naar binnen om me aan te kleden en klaar te maken voor mijn zoektocht naar de vrouw met het paarse lint. Dat was nu eenmaal mijn levenstaak. Niet dat ik die taak zelf had uitgezocht: ik volgde een bevel op.

Toen ik op straat in de warme zonneschijn liep, had ik er natuurlijk geen flauw idee van naar wie ik op zoek was en waar ik uiteindelijk zou terechtkomen. Het enige wat ik wist, was dat ik naar mijn schoonmoeder moest gaan. Dat Lázár me tijdens ons gesprek zulke goede aanwijzingen had gegeven dat ik nauwelijks hoefde te zoeken en het geheim bliksemsnel kon ontrafelen, was me op dat moment natuurlijk onbekend. Toch twijfelde ik er geen ogenblik aan dat ik degene die ik zocht, zou vinden.

Daarom was ik ook niet echt verbaasd toen me dat gelukte. 'Ontrafelde' is eigenlijk een veel te groot woord, ik was in die dagen alleen het instrument van een zich voltrekkend noodlot. Als ik hieraan terugdenk, duizelt het me en heb ik diep ontzag voor de hogere macht die alles bestuurt, want de invloed daarvan was in alles bespeurbaar: de gebeurtenissen voltrokken zich op een uitzonderlijk ordelijke manier, elk detail ontwikkelde zich snel en nauwkeurig uit het voorgaande en alles paste haarfijn in elkaar. Het was alsof iemand de gebeurtenissen regisseerde, zo onvoorstelbaar vloeiend volgden ze elkaar op. Ja, het was een geruststellende ervaring en in die tijd heb ik werkelijk leren geloven. Op de manier waarop godloochenaars tijdens een storm op zee leren geloven, als hun schip dreigt te vergaan, snap je? Opeens zag ik dat achter onze wanordelijke wereld een andere werkelijkheid schuilgaat, waar orde heerst; een orde even wonderbaarlijk en intelligent als in de muziek. De situatie, die van levensbelang was voor alle drie de partijen – ik zeg drie partijen omdat ook degene die ik zocht daarbij belang had –, bleek op dat moment volledig 'rijp' te zijn en alles wat daarin besloten was, drong zich plotsklaps naar buiten en vertoonde zich als de weelderige schoonheid van een plant met giftige vruchten. Ik had in dit proces geen aandeel, maar was daarvan alleen de toeschouwster.

Maar op het moment zelf dacht ik dat alles mijn werk was. Ik stapte in de bus en reisde, zoals Lázár me had aangeraden, naar het huis van mijn schoonmoeder.

Ik was van plan daar maar kort te blijven en er zo onopvallend mogelijk wat rond te kijken. Een moment van rust in de aangename, zuivere sfeer in het huis van mijn schoonmoeder zou me trouwens goed doen. Ik zou er tot kalmte komen en de zwaarmoedige, deprimerende gevoelens die me kwelden enigszins kunnen vergeten. Misschien zou ik mijn schoonmoeder vertellen wat ik had ontdekt en zou ik in haar aanwezigheid eens lekker uithuilen, zodat ze me zou troosten en opbeuren. Als ze iets van Péters verleden wist, zou ze me dat misschien vertellen. Zo stelde ik me mijn bezoek voor. Terwijl ik in de bus zat, kwam mijn schoonmoeders woning me als een kuuroord in het hooggebergte voor, waar ik vanuit een zompig en dampend moerasgebied naar toe reisde. In die stemming belde ik bij haar aan.

Mijn schoonmoeder woonde op de tweede verdieping van een oud huurhuis in de binnenstad, dat zeker honderd jaar geleden was gebouwd. Er hing in haar appartement en zelfs in het trappenhuis altijd de geur van lavendel, die je normaliter alleen in kasten met linnengoed aantreft. Toen ik had aangebeld en op de lift wachtte, rook ik die aangename, koele geur en ik voelde een onuitsprekelijk verlangen naar een kalmer, zuiverder en minder bewogen leven. Terwijl de lift me naar boven voerde, schoten mijn ogen vol tranen. Ik wist nog steeds niet dat de kracht die alles bestuurde me ook op dat ogenblik leidde.

De huishoudster van mijn schoonmoeder opende de deur. 'Wat jammer,' zei ze toen ze me zag. 'Mevrouw is niet thuis.'

Ze pakte met een geoefende beweging mijn hand en kuste die. 'Niet doen!' zei ik, maar het was al te laat.

Ik trok mijn hand terug en zei: 'O, dat geeft niet, Judit, ik wacht wel tot ze thuiskomt.'

Terwijl we zo tegenover elkaar stonden, keek ik haar glimlachend aan. Ze had een open, kalm gezicht, dat een zekere innerlijke fierheid weerspiegelde. Judit was een boerendochter uit Transdanubië en werkte al zestien jaar bij mijn schoonmoeder. Ze was bij haar als dienstmeisje begonnen in de tijd dat mijn schoonmoeder nog in een groot huis woonde. Toen ze werd aangenomen, was ze nog heel jong, een jaar of vijftien. Na de dood van mijn schoonvader besloot mijn schoonmoeder naar een kleinere woning in de binnenstad te verhuizen en Judit, die toen al een oude vrijster van over de dertig was, verhuisde met haar mee en werd tot huishoudster bevorderd.

Het was nogal schemerig in de vestibule waar we ons bevonden, zodat ik Judit niet al te goed kon zien. Toen ze het licht had aangedaan, begon ik op slag te beven. Mijn benen trilden, het bloed trok uit mijn gezicht en ik wist me maar met moeite op de been te houden. De huishoudster droeg die ochtend een laag uitgesneden, kleurige dirndljurk van katoen, een goedkoop geval, zoals dienstmeisjes tijdens het werk dragen. Ze had een doek om haar hoofd gebonden en was kennelijk met de schoonmaak bezig. Om haar bleke, forse boerenhals hing een paars lint en daaraan een goedkoop medaillonnetje, zoals je dat op jaarmarkten kunt kopen.

Ik stak mijn hand uit en rukte zonder een moment te aarzelen het lint met het medaillon van haar hals. Het viel op de grond en het medaillon ging open. Weet je wat nog het vreemdste was? Dat Judit het niet probeerde op te rapen. Ze stond kaarsrecht en kruiste langzaam en zich nog hoger oprichtend haar armen over haar borst. In die houding zag ze vanuit de hoogte roerloos toe hoe ik me bukte, het medaillon oppakte en de twee daarin geplakte fotootjes herkende – foto's van mijn man. De ene foto was een oude opname, al zestien jaar geleden gemaakt. Mijn man was toen tweeëndertig en Judit vijftien. De andere was vorig jaar genomen. Hij had die zogenaamd voor zijn moeder laten maken, als kerstcadeau.

We stonden lang en zwijgend tegenover elkaar.

Ten slotte zei ze: 'Laten we hier niet blijven staan, mevrouw. Gaat u mee naar mijn kamer.' Het klonk bijna waardig en voornaam zoals ze dat zei.

Ze opende de deur van haar kamer en wees me met een hoffelijk gebaar de weg. Zwijgend ging ik naar binnen. Judit bleef bij de deur staan, deed die achter zich dicht en draaide met een kalme, vastberaden beweging de sleutel twee keer om.

Ik was nog nooit in de kamer van die vrouw geweest. Wat had ik er ook moeten zoeken? En of je het gelooft of niet, ik had haar gezicht nog nooit werkelijk oplettend bekeken.

Nu deed ik dat voor de eerste maal.

Midden in de kamer stond een witgeverfde tafel met twee stoelen. Ik voelde me slap en was bang dat ik duizelig zou worden, daarom liep ik langzaam naar een van de stoelen en nam daarop plaats. Judit ging zelf niet zitten; ze stond met gekruiste armen voor de afgesloten deur, kalm en vastberaden, alsof ze wilde beletten dat er iemand zou binnenkomen en ons storen.

Ik keek uitgebreid om me heen, alsof ik alle tijd had en ieder klein voorwerp, elk propje papier in deze kamer van belang was omdat ik me op de 'plaats van het misdrijf' bevond, zoals Lázár had gezegd. Die speurzin van me lijkt misschien wat eigenaardig, maar ik was beïnvloed door de krantenberichten. Je las in die tijd namelijk bijna elke dag in de krant dat de politie zich na de arrestatie van de dader naar de plaats van het misdrijf had begeven om daar de situatie in ogenschouw te nemen. Ik keek dus met een speurdersblik om me heen, alsof in Judits kamer een misdrijf had plaatsgevonden, heel lang geleden, in de oertijd van het leven, en ik voelde me zowel rechter van instructie als getuige en misschien ook slachtoffer van dat misdrijf. Judit zei niets en stoorde me op geen enkele wijze; ze begreep heel goed dat alles in deze kamer voor mij van het grootste belang was.

Tot mijn verbazing zag ik niets opvallends. De kamer was niet armzalig maar ook niet comfortabel gemeubileerd. Hij had iets van een gastenkamer voor de wereldlijke bezoekers van een klooster. Een ijzeren bed, witte meubels, witte gordijnen, een gestreept boerenkleed, boven het bed een Mariabeeldje met rozenkrans, op het nachtkastje een pot met een bloeiende plant en verder wat eenvoudige maar zorgvuldig gekozen toiletartikelen op het glazen plaatje boven de wastafel. Weet je wat voor sfeer die kamer ademde? De sfeer van ascese, vrijwillig aanvaarde ascese. Op het moment dat ik dat zag, verdween de woede uit mijn hart en voelde ik alleen nog droefheid en mateloze angst.

Maar er gingen nog veel meer gevoelens door me heen gedurende die langdurige minuten. Ik nam alles op en zag ook wat achter de voorwerpen verborgen was – een lot, een leven. Zoals gezegd, opeens was ik bang. Op dat moment hoorde ik met mijn innerlijk gehoor heel duidelijk de hese, droevige stem van Lázár, die me voorspeld had dat ik tot mijn verbazing zou merken dat de werkelijkheid veel eenvoudiger en banaler maar ook veel angstaanjagender was dan ik dacht. Inderdaad, wat ik zag was tamelijk banaal, maar ook angstwekkend. Maar laat ik niet vooruitlopen op de dingen en je alles in de juiste volgorde vertellen.

Zoëven zei ik dat ik een ascetische sfeer in die kamer bespeurde. Maar tegelijkertijd was er ook een sfeer van list en intrige, van gewelddadigheid zelfs voelbaar. Denk maar niet dat het een eenvoudig hokje was, zoals de meeste meidenkamers. Het was een ruime, goed schoongehouden kamer, en dat was ook vanzelfsprekend. In het huis van mijn schoonmoeder kon een meidenkamer er niet anders uitzien. Ik heb je al gezegd dat hij veel weg had van zo'n gastenkamer in een klooster. Dat zijn eigenlijk een soort monnikscellen, waar de gasten niet alleen de nacht doorbrengen en zich wassen, maar zich ook met hun ziel bezighouden omdat de inrichting hen daartoe dwingt. In zulke kamers herinneren alle aanwezige voorwerpen en de sfeer die ze uitstralen aan de strenge geboden van een hogere macht. Nergens zag ik zoiets als reukwater, eau de cologne of geparfumeerde zeep. Naast de wasbak lag alleen een stuk huishoudzeep. En verder zag ik een flesje mondwater, tandenborstels, een kam en een haarborstel. Verder nog een doos poudre de riz en een stukje zeemleer. Ik bekeek alles met de grootst mogelijke nauwkeurigheid.

Op het nachtkastje stond een ingelijste groepsfoto: twee kleine meisjes, twee sluw kijkende jongens van een jaar of zestien à achttien, een van hen in uniform, en twee verschrikt uitziende oude mensen, een man en een vrouw, in hun zondagse kleren. Kortom de familie, ergens in Transdanubië.

In een als vaas gebruikt waterglas een bosje wilgenkatjes.

Op de tafel stond een naaimand vol kapotte kousen en daarnaast lag een oud exemplaar van een reisblad met op de titelpagina een foto van een golvende zee en kinderen die op het strand speelden. Het tijdschrift was gekreukt en had ezelsoren, je kon duidelijk zien dat er dikwijls in was gebladerd. Aan een haak op de deur hing een zwarte dienstbodejurk met een wit schort. Dat was alles wat ik in die kamer zag.

Het leek niet bijzonder, maar in de plaatsing en rangschikking van deze alledaagse voorwerpen was een strenge zelfdiscipline bespeurbaar. Het was duidelijk dat in deze kamer iemand woonde die heel goed wist wat orde en netheid inhouden. De bewoonster was iemand die zich goed in de hand hield. Je weet toch waarmee diensbodes gewoonlijk hun kamer volproppen. Met onmogelijke dingen. Met alles wat ze in hun wereldje te pakken kunnen krijgen: hartjes van taaitaai, kleurige ansichtkaarten, afgedankte zitkussens, goedkope siervoorwerpen, kortom met alles wat uit de 'andere wereld', de wereld van meneer en mevrouw, hun wereldje binnendrijft. Ik heb ooit een dienstmeisje gehad dat mijn lege poederdozen verzamelde en mijn weggegooide parfumflessen bewaarde. Ze verzamelde die rommel zoals rijken tabaksdozen, gotisch houtsnijwerk of schilderijen van Franse impressionisten verzamelen. In haar wereldje hadden deze zaken de functie van kunstvoorwerpen. Wij mensen kunnen nu eenmaal niet enkel doelmatig en in de rauwe werkelijkheid leven, we hebben ook behoefte aan iets overbodigs, iets opvallends, al is het maar een goedkoop glitterdingetje. Bijna niemand kan zonder de verblinding van de schoonheid leven. We hebben iets nodig om ons te verzoenen met de naaktheid van het bestaan, al is het maar een ansichtkaart van zes fillér met de afbeelding van een vlammende zonsondergang of een ochtendlijk bosgezicht. Zo zijn we nu eenmaal, ook de armen onder ons.

Maar de vrouw die in de kamer voor de afgesloten deur stond, was niet zo.

De vrouw die in deze kamer woonde, had bewust afgezien van elk gemak, van elke luxe en van alle goedkope tierelantijnen. Het was duidelijk te merken dat ze iemand was die zich met onverbiddelijke strengheid alles ontzegde wat haar van de overvloed van de wereld ten deel viel. Ja, het was een ascetisch ingerichte kamer. Hier werd niet gedagdroomd, niet geluilakt, niet op de divan gelegen, hier leefde een vrouw even sober als een non die de kloostergelofte heeft afgelegd. Maar die ascetische leefwijze maakte haar niet sympathiek en ik voelde daardoor zelfs een zekere angst voor haar.

De kamer waarin ik me bevond, was niet het hokje van het kokette kamerkatje dat de zijden kousen en de afgedankte kleren van haar mevrouw draagt, zich stiekem met de parfum van haar werkgeefster besprenkelt of het met de heer des huizes probeert aan te leggen. En de vrouw die tegenover me stond, was noch de kwade geest van de huishouding noch de heimelijke geliefde en verleidster van een verdorven en gedemoraliseerde huisvader. Nee, deze vrouw kon onmogelijk het liefje van mijn man zijn, ook al droeg ze zijn foto in een medaillon aan een paars lint om haar hals. Weet je wat voor vrouw ze was? Ik zal je zeggen wat voor indruk ze op me maakte: ik vond haar onsympathiek maar gelijkwaardig aan mezelf. Verder was ze even geestdriftig, gevoelig, sterk, karaktervol, sensibel en kwetsbaar als ik, ja als alle mensen die op een waardige manier leven.

Ik zat daar met het paarse lint en het medaillon in mijn hand en kon geen woord uitbrengen.

Ook Judit zei niets. Ze leek nauwelijks geëmotioneerd en hield zich kaasrecht. Het viel me op dat ze brede schouders had en niet bijzonder slank was, maar haar lichaam was goed geproportioneerd. Als ze de avond daarvoor haar entree zou hebben gemaakt in het huis waar dat feest werd gegeven, hadden alle beroemde mannen en knappe vrouwen haar nagekeken en gevraagd: Wie is die vrouw? En iedereen zou gedacht hebben dat ze een belangrijk persoon was. Ze had het figuur en de lichaamshouding die een vorstin zou moeten hebben. Ik heb in mijn leven al heel wat vorstinnen gezien, maar geen van hen had het vorstelijke figuur van Judit. Er was nog iets wat me bang maakte toen ik me in die kamer bevond. Ik weet niet waar dat aan lag, waarschijnlijk aan haar ogen of haar gelaatsuitdrukking, misschien ook aan de inrichting en de sfeer van haar kamer. Zoëven heb ik de woorden 'vrijwillig aanvaarde ascese' gebruikt, maar ik moet er iets aan toevoegen: de ascese die ik bij Judit bespeurde, was niet puur, maar ze was op een verwachting gestoeld, op een krampachtige verwachting zelfs. Of misschien moet ik zeggen: op een paraatheid. Op de eis: alles of niets. Op een loerend instinct dat jarenlang, ja decennia achtereen van geen opgeven weet. Op een nooit aflatende oplettendheid. Het was geen onzelfzuchtige en nederige vorm van ascese, maar een hoogmoedige en trotse. Ik heb talloze gravinnen en hertoginnen ontmoet, maar deze mensen waren geen van allen hoogmoedig. Ze waren eerder onzeker en enigszins schuldbewust, zoals alle voorname mensen. Met deze dochter van een Transdanubische boerenknecht was het heel anders gesteld: ze was schuldbewust noch nederig, dat bleek duidelijk uit de manier waarop ze me fixeerde. In haar blik bespeurde ik de kille glans van een jachtmes. Ik moet er aan toevoegen dat ze zich volkomen beheerst en respectvol gedroeg. Ze zei niets en verroerde zich niet, zelfs haar wimpers waren onbeweeglijk. Het was duidelijk aan haar te zien dat ze het belangrijkste moment van haar leven doormaakte en dat ze hiervan met hart en ziel, met haar hele lichaam en wezen genoot.

Gastenkamer in een klooster, heb ik dat gezegd? Inderdaad, dat waren mijn woorden, maar de kamer waarin ik me bevond was ook een kooi – de kooi van een wild dier. Al zestien jaar lang leefde ze in deze kooi, liep ze daar rusteloos in rond – een edel wild dier, volledig beheerst door hartstocht en verwachtingen. En nu was ik die kooi van haar binnengegaan en stonden we oog in oog met elkaar. Nee, deze vrouw was niet met wat armzalige snuisterijen om te kopen of van haar voornemens af te brengen. Ze wilde alles bezitten wat het leven te bieden heeft, inclusief de bijbehorende gevaren. En ze kon wachten, deze vrouw. Je hebt niet tevergeefs zo lang gewacht, dacht ik met een zekere bewondering – een gedachte die me deed huiveren.

Nog steeds lagen het paarse lint en het medaillon in mijn schoot. Ik zat wezenloos op mijn stoel, alsof ik een beroerte had gehad.

'Geeft u me die foto alstublieft terug,' zei ze ten slotte.

Toen ik geen aanstalten maakte aan haar verzoek te voldoen, voegde ze eraan toe: 'Die ene, van verleden jaar, mag u houden, als u dat wilt, maar die andere wil ik terughebben.'

Ze zei dat op een toon alsof ze een haar toekomende zaak opeiste, alsof we ons in een rechtszaal bevonden. Ze had overigens gelijk, want die oudere foto was zestien jaar geleden gemaakt, toen ik Péter nog niet eens kende. Zij kende hem toen al wel, en waarschijnlijk beter dan ik hem ooit gekend heb. Ik bekeek nog een keer de twee foto's en overhandigde haar toen zwijgend het medaillon.

Ook zij bekeek de foto's lang en grondig, alsof ze zich ervan wilde overtuigen dat ik ze niet had beschadigd. Ze liep naar het raam en trok vanonder het bed een versleten koffer te voorschijn.

Daarna nam ze uit de la van het nachtkastje een sleuteltje, opende daarmee de koffer en borg het medaillon in de koffer op. Ze deed dit alles langzaam en zonder enige opwinding of haast, alsof ze alle tijd van de wereld had. Ik verloor haar geen moment uit het oog. Vaag schoot de gedachte door me heen dat ze me niet met mevrouw had aangesproken toen ze de foto's terugverlangde.

Bijna op hetzelfde moment had ik een eigenaardige ervaring. Hoewel er intussen vele jaren verstreken zijn, ben ik me daar duidelijker van bewust dan indertijd. Het was alsof een innerlijke stem me zei dat alles wat ik op dat moment meemaakte niets bijzonders was, dat ik het allemaal vooruit had geweten. Natuurlijk zou ik verbaasd zijn geweest als Lázár me de vorige avond ronduit had verteld dat de vrouw met het paarse lint naar wie ik zo hardnekkig op zoek was vlakbij woonde, een paar straten verderop, in het huis van mijn schoonmoeder; dat ik haar al vaak had gezien en ook gesproken en dat ik, als ik naar mijn grote tegenspeelster in het leven op zoek zou gaan, haar bijna onmiddellijk zou vinden. Als iemand me dat een dag eerder verteld had, zou ik vast gezegd hebben dat we beter van onderwerp konden veranderen omdat ik geen zin had om grappen over mijn problemen aan te horen, maar desondanks was ik niet verbaasd nu ik alles wist. Ik was noch verbaasd over de eigenaardige situatie waarin ik me bevond noch over de identiteit van mijn mans aanbedene. Van Judit wist ik bijna niets. Ik had alleen gehoord dat ze erg gedienstig was en dat mijn schoonmoeder heel veel steun aan haar had, zodat ze haar bijna als een familielid beschouwde. Maar nu ik me in haar kamer bevond, was alles heel anders en leek het wel of ik altijd veel meer van haar had geweten, ja zelfs alles. Niet dat ik die mij bekende feiten met woorden zou hebben kunnen omschrijven of verstandelijk zou hebben kunnen bevatten, maar wat ik wist, wist ik met mijn gevoel, ja zelfs met mijn hele wezen. Al die jaren dat ik haar kende had ik alles van haar geweten, ook al had ik nauwelijks meer tegen haar gezegd dan 'Dag, Judit', 'Is mijn schoonmoeder thuis?' en 'Zou je me een glas water willen brengen?'

Ja, ik had alles geweten – en haar waarschijnlijk daarom nooit aangekeken. Ik was bang voor haar geweest. Een vrouw leefde aan de andere zijde van het leven, deed haar werk, wachtte en werd ouder, evenals ikzelf. En ik leefde aan mijn zijde en wist niet waarom mijn leven zo onvolmaakt en onverdraaglijk was, en wat het vage onrustgevoel betekende dat mijn dagen en nachten als een heimelijke, boosaardige straal doordrong. Ik had niets van de relatie tussen mijn man en Judit geweten, maar er zijn momenten in het leven waarop we begrijpen dat het ongerijmde en onmogelijke eigenlijk heel gewoon en eenvoudig is. Plotseling zien we hoe het leven in elkaar zit: gestalten die we voor belangrijk hielden, verdwijnen naar de achtergrond en vanaf die achtergrond komen anderen naar voren – mensen van wie we eigenlijk niets weten. En plotseling, op het moment van hun verschijning, zien we dat we naar die bijna-onbekenden reikhalzend hebben uitgekeken en zij naar ons – met hun hele wezen.

Kortom de situatie was inderdaad zoals Lázár haar had gekwalificeerd: banaal.

Een diensmeisje van boerenafkomst bewaart in een medaillon dat ze om haar hals draagt twee foto's van mijn man. Ze was vijftien jaar toen ze van het platteland naar de stad kwam om in een deftig huis te dienen. Natuurlijk werd ze verliefd op de jongeheer. De jongeheer trouwde en verliet het huis. Af en toe ziet ze hem nog, maar ze hebben niets meer met elkaar te maken. Het klasseverschil tussen het meisje en de jongeheer wordt een steeds diepere kloof. En beiden worden steeds ouder. De jongeheer is tot een volwassen man gerijpt. Het meisje is al bijna een oude vrijster. Ze is nooit getrouwd. Waarom eigenlijk niet?

Alsof ik hardop gedacht had, antwoordde ze op mijn vraag: 'Ik ga hier weg. Het spijt me voor de oude mevrouw, maar ik ga hier weg.'

'Waar wil je dan naar toe gaan, Judit?' vroeg ik. Het uitspreken van haar voornaam kostte me moeite.

'Naar het platteland. Ik ga daar een andere baan zoeken,' antwoordde ze.

'Kun je niet naar huis teruggaan?' Ik keek naar de familiefoto.

Ze haalde haar schouders op. 'Ze zijn arm,' zei ze zachtjes en op vlakke toon.

Het woord 'arm' leek nog enige tijd zachtjes in de kamer te weerklinken. Het was alsof dit woord het kernwoord was van al onze toekomstige gesprekken. Bijna hadden we het nagekeken, als een voorwerp dat door het raam naar binnen was geworpen, ik nieuwsgierig, zij zakelijk en onverschillig. Ze wist maar al te goed wat het betekende.

'Ik geloof niet dat het enige zin heeft als je dat doet,' zei ik ten slotte. 'Waarom zou je weggaan? Niemand legt je een strobreed in de weg en je bent al jaren hier. Weet je,' zei ik, alsof we een discussie voerden en ik een sterk argument had bedacht, 'als je tot nu toe bent gebleven, kun je gerust nog langer blijven. Er is niets veranderd.'

'Nee,' zei ze, 'ik ga weg.'

We spraken zachtjes en met half afgemaakte zinnen, zoals vrouwen in een dergelijke situatie doen.

'Waarom dan?'

'Omdat hij er nu toch achter komt.'

'Wie?'

'Hij natuurlijk.'

'Mijn man?'

'Ja.'

'Heeft hij het dan tot nu toe niet geweten?'

'Dat wel,' zei ze, 'maar hij is het vergeten.'

'Wie zou hem er dan aan herinneren als hij het vergeten is,' vroeg ik.

'U,' zei ze eenvoudig.

Ik legde mijn handen op mijn borst. 'Meisje,' zei ik, 'wat haal je je toch in je hoofd? Je lijkt wel krankzinnig. Waarom denk je dat ik dat zal doen? Wat zou ik trouwens moeten zeggen?'

Opeens keken we elkaar aan, zonder een zweem van schuwheid en met onverholen nieuwsgierigheid, zo strak en gretig alsof we, na jarenlang geen blik te hebben gewisseld, nu opeens niet genoeg konden krijgen van elkaar. Gelijktijdig beseften we dat we het jarenlang niet hadden gewaagd elkaar recht in de ogen te kijken. Als onze blikken elkaar toevallig toch eens hadden gekruist, hadden we gauw een andere kant op gekeken en iets onbenulligs gezegd om de spanning te verbreken. Jarenlang hadden we elk op onze eigen plek geleefd en in ons hart het geheim bewaard dat de zin was van ons bestaan. En nu hadden we dit geheim uitgesproken.

Hoe ze eruitzag? Misschien kan ik haar beschrijven.

Maar eerst drink ik een glas water, goed? Ik heb zo'n droge keel. Juffrouw, wilt u me een glas water brengen. Dank u wel. Moet je zien, ze doen de lampen al uit. Geeft niet, ik ben zo klaar met mijn verhaal. Wil je nog een sigaret?

Welnu, ze had een hoog voorhoofd, een bleek, open gezicht en blauwzwart haar. Ze droeg het in een knotje opgestoken, met een scheiding in het midden. Haar neus was stomp, een beetje Slavisch en haar gezicht glad, open en duidelijk gelijnd als het gelaat van een voor de kribbe geknielde Maria op een altaarschildering van een dorpskerk. Je weet wel, zo'n religieuze voorstelling van de hand van een rondtrekkende, naamloze meester. Haar trotse, opvallend bleke gezicht werd door haar blauwzwarte haar omlijst als door een... nee, ik ben niet goed in het maken van vergelijkingen. Hoe zou ik het kunnen omschrijven? Lázár is daar beter in, maar hij zou zich beperken tot een glimlach omdat hij een hekel heeft aan vergelijkingen. Hij houdt alleen van feiten en enkelvoudige zinnen.

Laat ik me ook maar tot de feiten beperken als ik je nog niet verveel.

Ze had een hoogmoedig, knap, maar toch boers gezicht. Waarom boers? Omdat het zo eenvoudig was. Er ontbrak de gecompliceerdheid aan die door de gezichten van de bourgeoisie wordt weerspiegeld, de verbittering, gekrenktheid en innerlijke spanning van deze klasse. Dit gezicht was glad en onverbiddelijk. Het liet zich niet door goedkope complimenten en vriendelijkheden tot een glimlach verleiden en bewaarde herinneringen uit lang vervlogen tijden, die misschien niet eens persoonlijk waren; herinneringen van de stam van haar voorgeslacht. De mond en de ogen leidden elk hun eigen leven. Ook haar ogen waren blauwzwart. In de dierentuin van Dresden heb ik ooit een poema gezien die precies zulke ogen had.

Met die ogen keek ze me aan, als een drenkeling die naar iemand op de oever kijkt, zich welbewust van het feit dat die persoon zowel zijn moordenaar als zijn redder kan zijn. Zelf heb ik ook kattenogen, helbruine, met een warme glans. Ik weet zeker dat mijn ogen op dat moment glansden en onderzoekende stralen uitzonden, als een schijnwerper vlak voor een luchtaanval.

Zo staarden we elkaar aan. Maar het griezeligst aan haar waren haar lippen, haar zachte, gekrenkte lippen, waardoor ze iets had van een roofdier dat afgeleerd heeft vlees te eten. En haar sterke, hagelwitte, tanden. Want ze was een sterke vrouw, goedgebouwd en gespierd. Het was alsof er op dat moment een schaduw op haar bleke gezicht viel, maar ze klaagde niet. Ze antwoordde even zacht als ik had gesproken en op vrijmoedige toon, niet als een dienstmeid, maar als een gelijkwaardige vrouw.

'Dat ik die foto's van hem heb,' zei ze. 'Dat ik die bewaar. Daar zal hij nu achter komen. Ik ga weg,' zei ze nog een keer, koppig en enigszins verward.

'Denk je dat hij dat niet weet?'

'Ach wat,' zei ze, 'hij kijkt al heel lang niet meer naar me.'

'Draag je dat medaillon altijd?'

'Nee,' antwoordde ze. 'Alleen wanneer ik alleen thuis ben.'

'Als hij hier is en je hem bedient,' vroeg ik bijna vriendschappelijk, 'draag je het dan niet?'

'Nee,' antwoordde ze even vrijmoedig. 'Ik wil namelijk niet dat hij eraan terugdenkt.'

'Waarom niet?'

'Daarom niet,' zei ze, en ze sperde haar blauwzwarte ogen heel wijd open, alsof ze in een put, in de put van het verleden keek. 'Waarom zou hij eraan moeten terugdenken als hij het kennelijk is vergeten?'

Op zachte maar zeer dringende toon vroeg ik vriendelijk: 'Wat bedoel je, Judit? Wat is hij volgens jou vergeten?'

'Niets,' zei ze hard.

'Ben je zijn geliefde geweest? Zeg het me.'

'Nee, ik ben niet zijn geliefde geweest,' zei ze luid en duidelijk; het klonk als een aanklacht.

We zwegen enige tijd. Ze had zo vastberaden geantwoord dat elke tegenwerping misplaatst zou zijn geweest. Misschien veracht je me om wat ik nu ga zeggen en vind je dat minderwaardig, maar ik zeg het toch. Terwijl ik een zekere opluchting voelde, was er ook een heimelijk, zorgelijk stemmetje in me dat zei: Helaas spreekt ze de waarheid. Hoeveel eenvoudiger was alles geweest als…

'Wat ben je dan wel van hem geweest?' vroeg ik haar.

Ze haalde haar schouders op en was eerst heel verlegen, maar opeens flitsten er woede, hartstocht en wanhoop over haar gezicht, als bliksemschichten over een doods landschap.

'Zult u het niet verder vertellen, mevrouw?' vroeg ze op bijna dreigende toon. Haar stem was rauw en hees.

'Wat bedoel je?' vroeg ik.

'Als ik het u zeg, zult u het dan niet verder vertellen?'

Ik keek haar in de ogen, duidelijk beseffend dat ik zou moeten nakomen wat ik haar beloofde. Ze zou me vermoorden als ze merkte dat ik haar bedroog.

'Als je me de waarheid zegt,' zei ik ten slotte, 'zal ik die aan niemand vertellen.'

'Zweert u het?' vroeg ze somber en wantrouwend.

Ze liep naar het bed, nam de rozenkrans van de muur en overhandigde me die.

'Zweert u het?' vroeg ze opnieuw.

'Ik zweer het,' zei ik.

'Dat u meneer nooit zult zeggen wat u van Judit Áldozó hebt gehoord?'

'Ik zal het hem nooit zeggen. Ik zweer het,' zei ik.

Ik zie aan je gezicht dat je dit alles heel eigenaardig vindt. Als ik eraan terugdenk, vind ik het zelf ook vreemd, maar toen was het allemaal heel natuurlijk en eenvoudig. Ik zat in de kamer van het dienstmeisje van mijn schoonmoeder en zwoer dat ik mijn man nooit zou zeggen wat ik van haar te horen zou krijgen. Is dat niet eenvoudig? Volgens mij wel.

'Goed,' zei ze, kennelijk iets gekalmeerd. 'Dan zal ik het u zeggen.'

Haar stem klonk opeens heel vermoeid. Ze hing de rozenkrans

weer aan de muur en liep tweemaal door de kamer, met lange, soepele passen... inderdaad, als een poema in een kooi. Daarna leunde ze tegen de wand. Nu leek ze lang, veel langer dan ik zelf was.

Ze boog haar hoofd achterover, kruiste haar armen en keek naar het plafond. 'Van wie hebt u het gehoord?' vroeg ze wantrouwend en minachtend. Haar stem had op dat moment de onbeschaafde klank van dienstmeisjesstemmen in de buitenwijken van de stad.

'Ik weet het gewoon,' antwoordde ik.

'Heeft híj het u verteld?'

In dat woordje 'hij' lag veel vertrouwelijkheid en achterbaksheid besloten, maar ook veel respect voor mijn man. Het was duidelijk dat ze me nog steeds wantrouwde en achter alles een ingewikkelde intrige vermoedde, dat ze bang was dat ik haar bedroog. Ze gedroeg zich als een verdachte die door een rechercheur of een rechter van instructie wordt verhoord en op het laatste moment, als hij al onder de last van de tegen hem aangevoerde bewijzen bezwijkt en een bekentenis wil afleggen, toch nog even aarzelt en denkt dat de rechter van instructie hem bedriegt, dat de magistraat de waarheid niet kent, maar alleen doet alsof en hem op een slinkse manier en met geveinsde welwillendheid de waarheid tracht te ontlokken. Maar tegelijk weet hij dat hij niet langer kan zwijgen. In zijn ziel is een proces op gang gekomen dat niet meer te stuiten is en daardoor wil hij uiteindelijk niets liever dan bekennen.

'Goed,' zei ze, even haar ogen sluitend. 'Ik zal u vertrouwen.'

'Vooruit, ik zal het u zeggen,' voegde ze er zwaar ademhalend aan toe. 'Hij wilde dat ik zijn vrouw zou worden.'

'O, ja?' zei ik, alsof wat ze vertelde de natuurlijkste zaak van de wereld was. 'Wanneer was dat dan?'

'Twaalf jaar geleden, in december. En later ook nog. Nog twee jaar lang.'

'Hoe oud was je toen?'

'Achttien jaar.'

Mijn man was toen dus vierendertig. Ik vroeg zonder overgang: 'Heb je nog een foto uit die tijd?'

'Van hem?' vroeg ze verbaasd. 'Die hebt u daarstraks toch gezien?'

'Nee,' zei ik. 'Van jezelf.'

'O, bedoelt u dat,' zei ze korzelig en met diezelfde ordinaire tongval. 'Ja, die heb ik wel.'

Ze opende de la van het nachtkastje en haalde er een schoolschrift met een geruite kaft uit te voorschijn, je weet wel, zo'n schrift waar we op het internaat Franse woordjes in noteerden toen we de *Fabels* van La Fontaine moesten lezen. In dat schrift begon ze te zoeken. Er zat van alles in: bidprentjes, uitgeknipte advertenties en noem maar op. Ik stond op, ging naar haar toe en keek over haar schouder, terwijl zij in het schrift bladerde.

Op de bidprentjes waren Sint-Antonius van Padua en Sint-Jozef afgebeeld, maar verder had alles in het schrift rechtstreeks of zijdelings betrekking op mijn man. Zo had ze uit kranten reclames voor de fabriek van mijn man geknipt. Ook zag ik de rekening voor een hoge hoed, gekocht bij een hoedenmaker in de binnenstad. Verder nog de rouwadvertentie van mijn schoonvader en een op geschept papier gedrukte aankondiging van ons huwelijk.

Dat alles bladerde ze bijna onverschillig en een beetje vermoeid door, alsof ze al die vodjes papier al zo vaak had gezien dat ze er genoeg van had, maar ze toch maar bewaarde omdat ze niet wist wat ze er anders mee moest doen. Terwijl ze zo bezig was, bekeek ik voor de eerst maal in mijn leven haar handen. Ik zag sterke, benige, lange handen met zorgvuldig geknipte maar ongemanicuurde nagels. Ook haar vingers waren lang en krachtig.

Ze nam een foto uit het schrift en hield hem omhoog. 'Daar heb je hem,' zei ze met een misprijzende glimlach.

Op de foto was Judit Áldozó afgebeeld, op achttienjarige leeftijd, toen mijn man met haar wilde trouwen.

Het portret was van een betrekkelijk klein formaat. Blijkens een opdruk op de achterzijde was het afkomstig van een fotograaf in de binnenstad, die in gouden letters beloofde elke heuglijke familiegebeurtenis nauwkeurig te zullen vereeuwigen. De foto was geroutineerd genomen maar maakte desondanks een gekunstelde indruk: onzichtbare ijzeren staven dwongen het meisjeshoofd zich in een bepaalde richting te wenden en naar een punt in de verte te staren, waardoor de gefotografeerde een verschrikte, glazige blik had. Het meisje had in navolging van koningin Elisabeth haar twee vlechten om haar hoofd gewonden en haar verschrikte maar trotse boerinnengezichtje had een hulpzoekende uitdrukking.

'Geef maar weer terug,' zei Judit opeens bits. Ze nam me de foto af en schoof die weer in het ruitjesschrift, als iemand die een kostbaar voorwerp veilig opbergt, zodat de buitenwereld er niet bij kan komen.

'Zo zag ik er toen uit,' zei ze. 'Ik werkte hier toen al drie jaar. Hij zei nooit iets tegen me. Eén keer heeft hij gevraagd of ik kon lezen. Ik heb ja gezegd, waarop hij zei: "Mooi zo." Maar een boek heeft hij me nooit gegeven. We hebben eigenlijk ook nooit met elkaar gepraat.'

'Wat hadden jullie dan voor verhouding?' vroeg ik.

'Geen enkele.' Ze haalde haar schouders op. 'Alleen wat ik verteld heb.'

'Besefte je dat wel?'

'Zoiets besef je altijd.'

'Dat klopt,' zuchtte ik. 'En daarna?'

'Aan het eind van het derde jaar heeft hij iets tegen me gezegd,' zei ze langzaam en haperend, terwijl ze opnieuw naar het plafond keek. Ze leunde tegen de kast en staarde even verschrikt en glazig kijkend voor zich uit als op de foto. 'Dat was op kerstdag, in de salon, 's middags. Hij heeft van alles gezegd en was heel zenuwachtig. En ik heb naar hem geluisterd.'

'O,' zei ik, krampachtig slikkend.

'Ja,' zei ze, eveneens slikkend. 'Hij zei dat de situatie erg moeilijk was. En hij wilde niet dat ik zijn liefje werd maar zijn vrouw. Hij wilde met me naar het buitenland gaan. Naar Italië,' zei ze. De spieren van haar gespannen gezicht verslapten en ze glimlachte met glanzende ogen, alsof ze de betekenis van dat prachtige woord geheel begreep en dit het heerlijkste was dat een mens in zijn leven kon zeggen.

We keken allebei onwillekeurig naar de titelpagina van de verfomfaaide reisbrochure, waarop een golvende zee en op het strand spelende kinderen waren te zien. Dat was alles wat haar in haar leven van Italië ten deel was gevallen.

'En jij wilde dat niet?'

'Nee,' zei ze, versomberend.

'Waarom niet?'

'Daarom niet,' zei ze kortaf. Daarna, wat onzekerder: 'Ik was bang.'

'Waarvoor?'

'Overal voor,' antwoordde ze schouderophalend.

'Was je bang omdat hij een heer was en jij een dienstmeisje?'

'Ja, ook daarvoor,' zei ze gedwee. Ze keek me bijna dankbaar aan, alsof ze blij was dat ik voor haar dat onaangename feit onder woorden had gebracht. 'Ik was veel te bang. Maar niet alleen daarvoor, ook voor andere dingen. Ik voelde dat het niet in orde was. Hij stond veel te ver boven me.' Ze schudde haar hoofd.

'Was je ook bang voor zijn moeder, voor de oude mevrouw?'

'Voor mevrouw? Nee,' zei ze, opnieuw glimlachend. Het was duidelijk aan haar te zien dat ze me als naïef beschouwde, als iemand die volstrekt niet weet hoe het leven in elkaar zit. Waarschijnlijk om die reden begon ze in eenvoudige bewoordingen en op belerende toon tegen me te spreken, zoals je dat doet met een kind dat iets niet begrijpt. 'Nee, voor haar was ik niet bang. Ze wist het immers.'

'Mevrouw?'

'Ja.'

'Wie wist het nog meer?'

'Alleen zijn moeder en zijn vriend. De schrijver.'

'Lázár?'

'Ja.'

'Heeft die er met jou ook over gesproken?'

'De schrijver? Ja, ik ben één keer bij hem geweest.'

'Waarom?'

'Omdat hij dat wilde. Uw man.'

De manier waarop ze mijn man aanduidde, was neutraal, maar toch ook spottend en onverzoenlijk. Ze zei daarmee eigenlijk: Voor mij is hij de man die hij werkelijk is. Ik kan dat weten. Voor jou is hij alleen maar je man.

'Ik begrijp het,' zei ik. 'Er waren behalve jou en mijn man dus twee mensen die van de zaak op de hoogte waren: mijn schoonmoeder en de schrijver. En wat heeft de schrijver tegen je gezegd?'

'Niets,' zei ze. 'Hij heeft me een stoel aangeboden en me daarna lange tijd zwijgend aangestaard.'

'Lange tijd?'

'Tamelijk lang. Hij' – weer sprak ze het persoonlijk voornaamwoord waarmee ze mijn man aanduidde op gerekte toon uit – 'wilde dat de schrijver met me zou praten, dat hij me zou zien. Dat hij me zou overhalen. Maar toen ik er eenmaal was, heeft die man niets gezegd. In zijn kamer waren ontelbaar veel boeken, zoveel boeken had ik nog nooit bij elkaar gezien. Hij ging niet zitten, maar bleef staan, tegen de tegelkachel geleund. Hij staarde me alleen maar aan en rookte de ene sigaret na de andere. Tot het donker werd. Pas toen zei hij voor het eerst wat.'

'Wat zei hij dan?' vroeg ik. In gedachten zag ik Lázár en Judit Áldozó voor me, zag ik hoe ze elkaar zwijgend in die steeds donker wordende kamer fixeerden, woordeloos om de ziel van mijn man strijdend, tussen de 'ontelbare boeken' van Lázár.

'Hij zei niets, maar stelde alleen vragen. Hij wilde bijvoorbeeld weten hoeveel grond we hadden.'

'Hoeveel grond heeft je familie dan?'

'Ongeveer vier hectare.'

'Waar?'

'In de provincie Zala.'

'En wat zei hij toen je dat vertelde?'

'Dat het te weinig was voor vier mensen.'

'Dat klopt,' zei ik snel en verlegen. Ik weet niets van zulke zaken, maar dat het te weinig was, begreep zelfs ik.

'En toen?'

'Toen heeft hij het meisje gebeld en gezegd: "Je kunt gaan, Judit Áldozó." Geen woord meer. Maar toen wist ik al dat er niets van zou komen.'

'Omdat hij het niet goedvond?'

'Hij niet, maar ook anderen niet. Iedereen was ertegen. Maar er waren nog meer belemmerende redenen. Bovendien wilde ik het zélf niet. Het leek wel een ziekte,' riep ze, met haar vuist op de tafel slaand. Ik herkende haar bijna niet, zo was ze opeens veranderd. Ze leek haast te exploderen en haar ledematen schokten alsof ze onder stroom stonden. Er school een onmetelijke kracht in haar. Ze sprak zachtjes maar toch had ik de indruk dat ze schreeuwde. 'Het leek wel een ziekte, dat hele gedoe. Daarna heb ik niet meer gegeten, een jaar lang, alleen thee gedronken. Maar u moet niet denken dat ik hem wilde bevasten,' zei ze haastig, haar hand op haar hartstreek leggend.

'Wat?' vroeg ik verbluft. 'Bevasten? Wat is dat?'

'Dat deden ze vroeger in ons dorp,' zei ze met neergeslagen ogen, alsof het niet helemaal oorbaar was dat ze een stamgeheim aan een buitenstaander verklapte. 'Iemand praat en eet niet meer totdat de ander het doet.'

'Wat doet?'

'Wat de ander wil, natuurlijk.'

'En werkt dat dan?'

Ze haalde haar schouders op. 'Ja, maar het is een zonde.'

'Inderdaad,' zei ik, ervan overtuigd dat ze ondanks haar ontkenning mijn man toch 'bevast' had.

'Maar jij hebt die zonde nooit begaan?'

'Nee, nooit,' zei ze snel en hoofdschuddend, waarbij ze een kleur kreeg, zodat het leek of ze jokte. 'Ik heb het niet gedaan omdat ik toen absoluut niets meer wilde. Omdat het een soort ziekte was. Ik kon niet meer slapen en kreeg uitslag op mijn gezicht en mijn bovenbenen. En koorts, die lange tijd niet over wilde gaan. Mevrouw heeft me toen verpleegd.'

'En wat heeft mevrouw allemaal tegen je gezegd?'

'Niets,' zei ze mild en dromerig. 'Ze heeft gehuild, maar niets gezegd. Toen ik koorts had, heeft ze me lepels suikerwater gegeven en medicijnen op een lepel. En ze heeft me een keer gekust,' voegde ze eraan toe. Ze keek met een zachtmoedige uitdrukking op haar gezicht voor zich uit, alsof dit de mooiste herinnering van haar leven was.

'Wanneer?'

'Toen meneer op reis ging.'

'Waarheen?'

'Naar het buitenland,' zei ze eenvoudig. 'Voor vier jaar.'

Ik dacht even na. Dat was de tijd die mijn man in Londen, Parijs, Noord-Europa en enkele Italiaanse steden had doorgebracht. Hij was daar enkele jaren geweest en had na zijn terugkeer de fabriek overgenomen. Soms vertelde hij me wel eens over die tijd, die hij zijn zwerversjaren noemde. Hij zei er alleen nooit bij dat hij vanwege Judit Áldozó op reis was gegaan.

'Hebben jullie elkaar voor zijn vertrek nog gesproken?'

'Nee,' antwoordde ze, 'want toen was ik al weer beter. We hebben elkaar maar één keer echt gesproken, op die kerstdag. Toen heb ik van hem ook het medaillon met de foto en het paarse lint gekregen. Maar van het lint heeft hij een stukje afgeknipt. Het zat allemaal in een doosje,' zei ze op een ernstige, explicerende toon, alsof dit een zeer belangrijk detail was of iets toevoegde aan de betekenis van het cadeau. Ik vond dat niet vreemd, want ik had op dat moment zelf ook het gevoel dat elk detail buitengewoon belangrijk was.

'Heb je die andere foto ook van hem gekregen?'

'Die van vorig jaar? Nee,' – ze sloeg haar ogen neer – 'die heb ik gekocht.'

'Waar?'

'Bij de fotograaf. Hij kostte een pengö,' antwoordde ze.

'Ik begrijp het,' zei ik. 'Heb je nog iets anders van hem gekregen?'

'Iets anders?' vroeg ze verbaasd. 'Ja, hij heeft me een keer een zakje gekonfijte sinaasappelschilletjes gegeven.'

'Hou je daarvan?'

Opnieuw sloeg ze haar ogen neer. Blijkbaar schaamde ze zich voor deze zwakte.

'Ja,' zei ze. 'Maar ik heb ze niet opgegeten,' voegde ze eraan toe, alsof ze zich wilde verontschuldigen. 'Wilt u ze zien? Ik heb ze in het zakje bewaard.'

Ze draaide zich om naar de kast, vol goede wil om haar onschuld te bewijzen. Ik hief afwerend mijn hand.

'Laat maar, Judit,' zei ik, 'ik geloof je. En daarna, wat is er toen gebeurd?'

'Daarna is er niets meer gebeurd,' zei ze op een toon alsof ze een verhaal vertelde. 'Hij is op reis gegaan en ik ben weer beter geworden. Toen ik weer gezond was, heeft mevrouw me voor drie maanden naar huis gestuurd. Het was zomer en we hebben de oogst binnengehaald. Maar ze heeft me wel mijn volle loon gegeven,' zei ze op waarderende toon. 'Daarna ben ik weer naar de stad teruggegaan om voor haar te werken. Hij is lang weggebleven, vier jaar. En ik ben in die tijd helmaal tot rust gekomen. Na zijn terugkeer heeft hij niet meer bij ons gewoond. We hebben elkaar ook niet meer gesproken. Geschreven heeft hij me ook nooit. Ja, het was een ziekte,' zei ze verstandig en ernstig, alsof ze een argument naar voren bracht in een discussie die ze al heel lang met zichzelf voerde.

'En daarmee was het voorbij?'

'Ja, hij is getrouwd. En daarna is het kind geboren. En gestorven. Ik heb vreselijk gehuild en medelijden met u gehad.'

'Ja, ja, laat maar,' zei ik nerveus en verstrooid, alsof ik haar beleefde betuiging van deelneming wilde afweren. 'Maar zeg eens eerlijk, Judit, hebben jullie elkaar later werkelijk nooit meer gesproken?'

'Nooit,' zei ze, me recht in de ogen kijkend.

'Ook niet meer over wat er tussen jullie was geweest?'

'Daar niet over en ook nergens anders over,' zei ze streng.

Ze sprak de waarheid, dat stond voor mij als een paal boven water. Ze was evenmin tot liegen in staat als Péter. Ik werd misselijk van angst en walging. Een ongunstiger mededeling dan dat ze elkaar nooit meer hadden gesproken had ze onmogelijk kunnen doen. Al twaalf jaar spraken ze niet meer tegen elkaar en daarmee was alles gezegd. Maar intussen droeg de een het medaillon met de foto van de ander om haar hals en bewaarde die ander in het geheime vakje van zijn portefeuille het eindje paars lint dat hij van de draagband van het medaillon had afgeknipt. En de een was met mij getrouwd zonder volledig mijn man te worden, terwijl de ander al jarenlang op hem wachtte. Mijn handen en voeten waren ijskoud en ik voelde me rillerig en beroerd.

'Ik wil je nog één ding vragen,' zei ik. 'Je hoeft niet te zweren.

En wat ik gezworen heb, zal ik werkelijk doen. Ik zal mijn man niets zeggen van ons gesprek. De vraag die ik je wil stellen is: heb je er spijt van?'

'Waarvan?'

'Dat je indertijd niet met hem bent getrouwd.'

Ze liep met gekruiste armen naar het raam en staarde naar de schemerige binnenplaats van het huis. Na een lange stilte zei ze, zich maar half omdraaiend: 'Ja.'

Het woord kwam tussen ons terecht als een bom die de kamer in was gegooid maar niet meteen ontplofte. We luisterden zwijgend naar het bonzen van ons hart en naar het tikken van de onzichtbare helse machine. Hij is lang blijven tikken, die bom… nog twee jaar. Pas toen is hij geëxplodeerd.

Uit de vestibule drong geluid tot ons door, mijn schoonmoeder was kennelijk weer thuis. Judit liep op haar tenen naar de deur en deed die geluidloos en handig als een inbreker van het slot. De deur ging open en mijn schoonmoeder stond in de deuropening. Ze had haar bontmuts nog op haar hoofd en haar bontjas nog aan.

'Wat, ben jij hier?' zei ze, en ik zag haar verbleken.

'We hebben gezellig gebabbeld, mama,' zei ik.

Met zijn drieën stonden we daar in Judits kamer, de vrouwen die in Péters leven een rol speelden, als de drie schikgodinnen in een tableau vivant. Toen ik dat bedacht, begon ik ondanks mijn ellende nerveus te lachen, maar de lust om te lachen verging me dadelijk, want mijn schoonmoeder ging met een doodsbleek gezicht op de rand van Judits bed zitten, begroef haar gezicht in haar gehandschoende handen en begon geluidloos en met schokkende schouders te huilen.

'Alstublieft niet huilen, mevrouw,' zei Judit. 'Ze heeft gezworen dat ze hem niets zal zeggen.'

Ze nam me langzaam en oplettend van top tot teen op en verliet toen de kamer.

Na het middageten belde ik Lázár op. Een bediende nam de telefoon aan en zei dat hij niet thuis was. Tegen halfvijf rinkelde de telefoon. Het was Lázár, die vanuit de stad telefoneerde. Toen ik mijn verzoek had gedaan, zweeg hij lang, alsof hij zich heel ver weg bevond, in een ander zonnestelsel, of lang moest nadenken over wat ik van hem verlangde, hoewel het iets heel eenvoudigs was: ik wilde hem zo snel mogelijk spreken. 'Zal ik bij u langskomen?' vroeg hij ten slotte korzelig, maar dat was geen goed idee omdat mijn man elk ogenblik thuis kon komen. En in een café of een theesalon kon ik hem als ongechaperonneerde vrouw natuurlijk ook bezwaarlijk ontmoeten. Ten slotte zei hij heel onwillig: 'Als u wilt, ga ik nu naar huis en ontvang ik u in mijn woning.'

Ik was blij met dit aanbod. Ik verkeerde in die dagen, en vooral in de eerste uren na het gesprek met Judit, in de eigenaardige gemoedstoestand van iemand die zich in de gevaarlijkste regionen van het leven beweegt, bijvoorbeeld in een tuchthuis of een ziekenhuis, waar het leven door andere regels wordt beheerst dan in de huizen en salons in de binnenstad. Zelfs toen ik naar Lázár ging had ik dat eigenaardige gevoel nog. Het was alsof ik naar de eerstehulpdienst of naar de politie op weg was. En toen ik bij hem aanbelde, merkte ik aan het trillen van mijn hand dat ik me op een ongewone weg bevond, die ik misschien niet had mogen inslaan.

Lázár deed eigenhandig open. Hij kuste zwijgend mijn hand en geleidde me naar een grote kamer.

De auteur woonde op de vijfde verdieping van een pasgebouwd huis aan de Donau. Alles in zijn huis was splinternieuw, modern en comfortabel, maar de meubels waren ouderwets en provinciaal. Ik keek verbaasd om me heen. Ondanks mijn verlegenheid en opwinding vielen de bijzonderheden van het interieur me toch op. Weet je, het is eigenlijk raar gesteld met een mens: ik denk dat je zelfs als je op het punt staat naar de galg te worden gebracht, nog bepaalde details waarneemt, een vogel in een boom bijvoorbeeld, of een pukkel op de wang van de rechter die je doodvonnis voorleest. Maar om terug te komen op die woning: ik had het gevoel dat ik bij het verkeerde huis had aangebeld. In het geheim had ik me Lázárs woning al vaak voorgesteld. Ik weet niet wat ik verwachtte, misschien een indiaans huis, een wigwam met veel boeken en de scalpen van knappe vrouwen en collega-schrijvers, maar daar klopte niets van. Ik zag degelijke meubels van kersenhout uit de vorige eeuw, het type dat je eigenlijk alleen nog in salons in de provincie aantreft, ongemakkelijke dingen met witte, metalen sierknoopjes en gewelfde rugleuningen, en een vitrinekast vol kleinburgerlijke prullaria: glaswerk uit Marienbad en porselein uit Holic. De kamer leek op de woonkamer van een middelmatig verdienende advocaat die van de provincie naar de hoofdstad is verhuisd. De meubels behoorden tot de bruidschat van Lázárs vrouw en zouden door nieuwe worden vervangen, maar daarvoor was nog geen gelegenheid geweest. Lázár moest gemakkelijk in staat zijn nieuwe meubels te kopen, want hij stond als rijk bekend Overigens zag ik nergens sporen van een vrouwenhand.

Anders dan hij met Judit had gedaan, voerde hij mij niet de kamer met de 'ontelbare boeken' in, maar behandelde hij me beleefd en zelfs bijna pijnlijk attent, zoals een arts een nieuwe patiënt die voor het eerst op het spreekuur komt. Hij verzocht me plaats te nemen, maar bood me niets te drinken aan. Gedurende mijn bezoek toonde hij zich geïnteresseerd maar terughoudend, alsof hij al heel wat van dergelijke gesprekken achter de rug had en wist dat ze volkomen zinloos zijn. Hij had iets van een arts die een ongeneeslijk zieke patiënt behandelt en ondanks de wetenschap dat er geen probaat geneesmiddel tegen de ziekte is, toch meelevend de klachten van zijn patiënt aanhoort en hem een poeder of een siroop voorschrijft. Waarom hij zo terughoudend was? Hij wist dat je iemand in gevoelskwesties geen raad kan geven. Dat inzicht begon tijdens de loop van het gesprek ook tot mij door te dringen. Toen ik daar tegenover hem zat, constateerde ik mismoedig dat ik de tocht naar zijn huis tevergeefs had gemaakt. Je kunt iemand geen adviezen geven over de manier waarop hij moet leven. De dingen gaan zoals ze gaan en wij mensen kunnen daar weinig aan veranderen.

'Hebt u haar gevonden?' was zijn eerste vraag.

'Ja,' antwoordde ik zonder er iets aan toe te voegen, want Lázár was niet iemand die je veel hoefde uit te leggen.

'En bent u nu wat tot rust gekomen?'

'Niet echt. Daarom ben ik juist naar u toe gekomen. Ik wil u vragen hoe het verder moet.'

'Dat kan ik u niet zeggen,' antwoordde hij rustig. 'Misschien kunt u het beste niets doen. Herinnert u zich nog dat ik u heb aangeraden deze zaak te laten rusten? De wond was al gesloten of, zoals de artsen zeggen, gegranuleerd. En nu heeft u eraan gezeten en is hij weer gaan bloeden.'

Het verraste me niet dat hij dergelijke medische termen gebruikte, want het was alsof ik me in de spreekkamer van een dokter bevond. Weet je, in dat huis was niets 'literairs', kwam niets overeen met de voorstelling die ik had van de woning van een schrijver. Alles wat ik zag was hoofdzakelijk burgerlijk, kleinburgerlijk zelfs en zeer bescheiden. Bovendien heerste er een pijnlijke orde en netheid in de kamer. Lázár ving mijn blik op. Het was onaangenaam tegenover hem te zitten, omdat hij altijd alles opmerkte en je bijna bang was dat hij het door hem opgemerkte in een van zijn romans zou verwerken, dat was namelijk zijn gewoonte; je hield serieus rekening met de mogelijkheid dat je jezelf later in een van zijn boeken zou tegenkomen. Hij zei rustig: 'Ik heb de ordelijkheid van de bourgeoisie nodig. Innerlijk ben ik avontuurlijk genoeg, maar uiterlijk wil ik leven als de directeur van een postkantoor in een provinciestad. Als je je wilt concentreren, is orde van het grootste belang.'

Hij zei niet waarop hij zich wilde concentreren, maar ik had daar wel mijn gedachten over, op het volledige universum ongetwijfeld, op alle facetten van het leven, op de buitenwereld en de binnenwereld van de mens, waar paarse linten wapperen.

'Ik heb moeten zweren dat ik niets tegen mijn man zou zeggen,' zei ik.

'O,' zei hij, 'hij zal het heus wel horen.'

'Van wie?'

'Van u. Zoiets kun je niet verborgen houden. Een mens spreekt niet alleen met zijn mond, maar ook met zijn ziel. Uw man zal alles te weten komen, waarschijnlijk zelfs zeer binnenkort.'

Hij zweeg. Wat later vroeg hij bijna ruw: 'Wat kan ik voor u doen, mevrouw?'

'Ik wil een duidelijk antwoord hebben,' zei ik, verrast door mijn kalmte en helderheid op dat moment. 'U had gelijk toen u me waarschuwde. Er is iets geëxplodeerd. Is dat mijn schuld of het werk van het toeval? Eigenlijk is dat niet eens meer van belang. Een dergelijk toeval is trouwens ondenkbaar. Mijn huwelijk is mislukt. Ik heb er als een krankzinnige voor gevochten en er mijn hele leven voor opgeofferd, maar het heeft niet mogen baten. Ik weet niet wat ik verkeerd heb gedaan. Nu heb ik een spoor, een aanwijzing gevonden. Ik heb een vrouw gesproken die beweert dat ze een sterkere band met mijn man heeft dan ik.'

Lázár leunde tegen de tafel en rookte zwijgend zijn sigaret.

'Gelooft u werkelijk dat deze vrouw zo'n onuitwisbare indruk in het hart en de ziel van mijn man heeft achtergelaten dat hij haar niet meer kan vergeten? Is zoiets denkbaar? Wat is dat eigenlijk, liefde?'

'Neemt u me niet kwalijk,' zei hij hoffelijk maar een beetje spottend, 'ik ben maar een schrijver en een gewoon mens. Ik kan zulke moeilijke vragen niet beantwoorden.'

'Gelooft u dat de liefde zo'n macht over iemands ziel kan krijgen dat de betreffende persoon nooit meer in staat is van iemand anders dan zijn oorspronkelijke geliefde te houden?'

'Misschien,' zei hij voorzichtig en diep nadenkend, als een goede arts die al veel meegemaakt heeft en niet te snel wil oordelen. 'Heb ik zoiets al eerder gehoord? Ja. Maar vaak? Nee.'

'Wat gebeurt er in de ziel als iemand verliefd is?' vroeg ik als een schoolmeisje.

'In de ziel gebeurt niets,' antwoordde hij bereidwillig. 'Onze gevoelens spelen zich niet in de ziel af, ze blijven daarbuiten. Maar ze kunnen de ziel overstromen, zoals een buiten haar oevers tredende rivier het land overstroomt.'

'Kan een verstandig, intelligent mens zo'n overstroming bij zichzelf tegenhouden?' vroeg ik.

'Tja,' zei hij levendig, 'dat is een interessante vraag. Ik heb me daar veel mee beziggehouden en kan u zeggen dat het tot op zekere hoogte mogelijk is. Laat ik het zo formuleren: het verstand is niet in staat gevoelens op te wekken of op te heffen, maar het kan ze wel reguleren. Men kan gevoelens die sociaal onwenselijk zijn als het ware in een kooi opsluiten.'

'Als een poema?' vroeg ik onwillekeurig.

'Voor mijn part als een poema,' antwoordde hij schouderophalend. 'Als dat is gelukt, ijsbeert het arme gevoel rusteloos en knarsetandend door de kooi of rukt het aan de tralies, maar ten slotte geeft het de strijd op, zijn haren en tanden vallen uit en het wordt oud, tam en droevig. Zoiets is mogelijk… ik heb dat wel eens gezien. Het verstand is hiertoe in staat. Het kan gevoelens temmen en dresseren. Natuurlijk is het verstandig de kooi niet voortijdig te openen,' voegde hij er bedachtzaam aan toe, 'want dan gaat de poema naar buiten en veroorzaakt, als hij nog niet tam en droevig genoeg is, aanzienlijke schade.'

'Zou u dat wat eenvoudiger willen zeggen,' vroeg ik.

'Eenvoudiger kan ik het niet zeggen,' antwoordde hij geduldig. 'U wilt van me weten of een mens zijn gevoelens met behulp van zijn verstand kan opheffen. Op die vraag is mijn antwoord ronduit nee. Maar ik kan u troosten door hieraan toe te voegen dat hij in gunstige gevallen zijn gevoelens kan temmen en laten verschrompelen. Kijkt u maar naar mij. Ik heb het gedaan en ik leef nog steeds.'

Ik kan je niet goed zeggen hoe ik me op dat moment voelde, maar ik was niet langer in staat die man aan te kijken. Opeens moest ik weer aan de avond denken waarop ik hem voor het eerst had ontmoet en ik kreeg een kleur. Ik herinnerde me namelijk dat vreemde spelletje. Werkelijk, ik voelde me zo verlegen als een jong meisje. Ook hij keek me niet aan. Hij leunde met gekruiste armen tegen de tafel en staarde naar het raam, alsof er iets bijzonders was te zien aan het buurhuis waar het op uitkeek. Onze verlegenheid duurde geruime tijd. Het waren de pijnlijkste minuten van mijn leven.

'U hebt indertijd Péter afgeraden met het meisje te trouwen,' zei ik haastig om het gesprek in andere banen te leiden.

'Ik heb alles gedaan wat ik kon om een huwelijk met haar te voorkomen. In die tijd had ik nog invloed op hem.'

'Nu niet meer?'

'Nee.'

'Nu heeft die vrouw meer invloed dan u?'

'Die vrouw?' vroeg hij, zijn hoofd achteroverbuigend en zijn lippen bewegend, alsof hij al tellend de machtsverhoudingen tegen elkaar afwoog. 'Ik denk het wel.'

'Heeft mijn schoonmoeder u indertijd gesteund toen u zich tegen het huwelijk verzette?'

Hij schudde met een ernstig gezicht zijn hoofd alsof er een onaangename herinnering in hem opkwam. 'Niet bepaald.'

'Ze is een voorname, trotse en hoogstaande vrouw. U wilt toch niet beweren dat ze voor zo'n krankzinnig idee geporteerd was?'

'Ik wil helemaal niets beweren, ik weet alleen dat deze voorname, trotse en hoogstaande vrouw haar leven in een kilte heeft doorgebracht alsof ze niet in een gewoon huis maar in een koelcel woonde. Zulke verkleumde mensen hebben er begrip voor als iemand wat warmte zoekt bij een medemens.'

'En u, waarom was u ertegen dat Péter... zoals u het hebt uitgedrukt... warmte probeerde te vinden door een dergelijke uitzonderlijke relatie aan te gaan?'

'Omdat ik het niet goed vind dat iemand probeert warm te worden door zich aan een spit te laten braden,' zei hij opnieuw geduldig en belerend.

'Acht u Judit Áldozó dan zo gevaarlijk?'

'Haar persoonlijkheid? Die vraag is niet gemakkelijk te beantwoorden. Maar de situatie die uit die relatie had kunnen ontstaan, acht ik bijzonder gevaarlijk.'

'En de situatie die in plaats daarvan is ontstaan, acht u die minder gevaarlijk?' vroeg ik. Het kostte me moeite om zachtjes en beheerst te blijven spreken.

'In elk geval is die normaler.'

Ik begreep hem niet goed en keek hem verbluft aan.

'Mevrouw,' zei hij, 'u hebt er geen idee van hoe ouderwets en gezagsgetrouw ik ben. Misschien zijn alleen wij schrijvers nog zo. De gewone burgers zijn veel avontuurlijker en radicaler dan iedereen denkt. Die zijn dol op revolutie. Het is echt geen toeval dat alle grote revolutionaire bewegingen door gefrustreerde, in de ontplooiing van hun talenten gefnuikte bourgeois zijn geleid. Maar wij schrijvers kunnen ons de luxe van een revolutie niet veroorloven, we zijn de hoeders van de bestaande waarden. Iets behoeden is veel moeilijker dan iets verwerven of vernietigen. Ik kan niet toestaan dat de mensen zich tegen de wetten keren die in de boeken en in hun eigen hart gegrift staan. Ik moet in deze wereld, waarin iedereen erop uit is het oude te verwoesten – zogenaamd om iets nieuws te kunnen opbouwen –, de ongeschreven menselijke afspraken beschermen; afspraken die de orde en de harmonie van de samenleving waarborgen. Ik leef onder wildstropers en ben de beschermer van het wild – een gevaarlijk bestaan. Een nieuwe wereld bouwen!' zei hij met zo'n bittere verachting dat ik hem met opengesperde ogen aanstaarde. 'Alsof de mens zich ooit zal kunnen vernieuwen.'

'Dus dáárom wilde u niet dat Péter met Judit zou trouwen.'

'Natuurlijk niet alleen daarom. Péter is een bourgeois, een zeer waardevolle zelfs, zoals je nog maar zelden ziet. Hij is een drager van culturele waarden die ik heel belangrijk acht. Ooit heeft hij schertsend gezegd dat ik de getuige van zijn leven ben. Ik heb toen, eveneens schertsend maar met een serieuze ondertoon, geantwoord dat ik goed op hem moest passen, en wel om zakelijke redenen omdat hij een van mijn lezers was. Ik dacht hierbij natuurlijk niet aan de verkoopcijfers van mijn boeken, maar aan de paar verlichte geesten die zich nog bewust zijn van hun verantwoordelijkheid voor deze wereld. Voor die mensen schrijf ik, anders zou mijn werk geen enkele zin hebben. Péter behoort tot dat kleine groepje mensen. Er zijn nog maar weinig van dergelijke mensen, zowel in Hongarije als daarbuiten. De rest van de mensheid interesseert me niet. Maar toch was dit niet de werkelijke reden waarom ik tegen dit huwelijk was. Ik maakte me eenvoudig zorgen over hem omdat ik hem graag mocht. Ik ben niet iemand die zich door zijn gevoelens laat meeslepen, maar ik was bevriend met hem en het gevoel dat bij vriendschap hoort, is veel verfijnder en gecompliceerder dan het gevoel dat "liefde" wordt genoemd. Het is het meest intense gevoel dat er is. En het is volkomen onzelfzuchtig. Vrouwen kennen het niet.'

'Maar waarom was u nu zo bezorgd over de relatie die hij had met die vrouw?' vroeg ik koppig doorvragend. Ik luisterde met de grootste aandacht naar wat hij zei en kreeg de indruk dat hij om de hete brij heen draaide.

'Omdat ik een hekel heb aan gevoelsheroïek,' zei hij ten slotte berustend, alsof hij begreep dat hij er niet onderuit kon en de waarheid moest spreken. 'Om te beginnen vind ik dat alles in het leven zijn eigen plaats heeft en daar ook moet blijven. Maar ik maakte me niet alleen vanwege het standsverschil zorgen over hem. Vrouwen leren snel, ze kunnen zich in korte tijd eigen maken wat zich in eeuwen heeft ontwikkeld. Ik twijfel er niet aan dat deze vrouw aan Péters zijde heel snel haar lesje zou hebben geleerd en dat ze zich op een feest zoals we dat gisterenavond in dat prachtige huis hebben meegemaakt, even onberispelijk zou gedragen als u of ik. Vrouwen staan wat smaak en goede manieren betreft gewoonlijk ver boven mannen van hun eigen stand. Maar Péter zou zich desondanks van de vroege morgen tot de late avond een held hebben gevoeld omdat hij zich in een situatie had begeven die weliswaar zeer begrijpelijk en voor God en de wereld volkomen aanvaardbaar is, maar die toch iets heroïsch heeft. En ik denk dat dit uiteindelijk belastend zou zijn geweest voor hem. En dan was er nog iets: de vrouw zelf. Ze zou Péter nooit hebben vergeven dat hij een bourgeois is.'

'Dat geloof ik niet,' zei ik onzeker.

'Ik weet het zeker,' zei hij uiterst gedecideerd. 'Overigens is dit allemaal niet van belang voor de oplossing van uw huwelijksproblemen. Ik maakte me zorgen over de duurzaamheid van zijn gevoelens. Hoe belangrijk waren die gevoelens voor Péter en welke verlangens en emoties speelden daarbij een rol? Ik weet het niet, maar ik heb die aardbeving op haar gevaarlijkste moment gezien. Alles in zijn ziel was in beweging en alles stond op het spel: zijn maatschappelijke positie, zijn financiële omstandigheden, ja zijn hele leefwijze. Zoiets is niet alleen een privézaak. Als een mens als hij, die alle waarden van een cultuur in zich draagt en die waarden ook tot uitdrukking laat komen, in elkaar stort, gaat niet alleen hijzelf te gronde maar ook een waardevol deel van de realiteit dat het leven de moeite waard maakt. Ik heb deze vrouw heel goed geobserveerd. Het probleem was niet dat ze uit een andere klasse stamde. Misschien is het voor de wereld zelfs wel heilzaam als leden van verschillende klassen zich in de maalstroom van een grote hartstocht met elkaar verenigen. Nee, die vrouw had iets wat mij zeer tegenstond, waarmee ik me niet kon verzoenen, iets waaraan ik Péter niet wilde uitleveren. Ik voelde een waanzinnig sterke wil, een barbaarse kracht. Heeft u dat niet gevoeld?' Hij richtte zijn blik op me en zijn vermoeide, slaperige ogen begonnen te blinken. Alsof hij moeite had de juiste woorden te vinden om uit te drukken wat hij dacht, voegde hij er enigszins aarzelend aan toe: 'Er zijn mensen die alles wat zich in hun omgeving bevindt met een wilde oerkracht absorberen, alles wat voor het leven noodzakelijk is, zoals lianen in het oerwoud honderden meters om zich heen zoveel vocht en voedingsstoffen aan de bodem onttrekken dat de bomen in hun omgeving tekort komen. Alleen op deze eigenaardige manier kunnen ze bestaan. Ze doen het niet uit boosaardigheid, ze zijn eenvoudig zo. Kwaadaardige mensen kun je proberen te overreden en voor je te winnen, misschien kun je hen zelfs helpen het innerlijke vuur te blussen dat hen verteert, het pijnigende vuur dat in hen de lust doet ontstaan om zich op hun medemensen of op het leven te wreken. Dergelijke mensen vallen eigenlijk best mee. Maar er zijn ook anderen, die je met lianen kunt vergelijken, mensen die geen kwaad in de zin hebben maar die met een dodelijke, onlesbare dorst de hen omringende wereld omklemmen en daaruit alle levenskracht wegzuigen. Zulke mensen zijn barbaren, zijn een natuurramp. Onder mannen vind je ze zelden, het zijn meestal vrouwen. De kracht die van hen uitgaat, is zelfs in staat weerbare zielen als Péter te vernietigen. Hebt u dat niet gemerkt toen u haar sprak? Het is alsof je met een zandstorm of een kolkende rivier te doen hebt.'

'Ik heb alleen maar met een vrouw gesproken en niet met een zandstorm,' zei ik zuchtend. 'Maar met een vrouw die inderdaad over veel kracht beschikt.'

'Ja, wat dom van me. Vrouwen nemen een vrouw natuurlijk anders waar dan mannen,' zei hij toegeeflijk. 'Ik heb een heilig ontzag voor die kracht en ben er zelfs bang voor. Probeert u zich eens in de situatie van Péter te verplaatsen. Probeert u zich eens in te denken wat een zware strijd hij heeft moeten voeren, hoeveel kracht hij nodig heeft gehad om zich uit die omklemming los te maken. Want deze vrouw wil alles hebben, begrijpt u? Ze neemt geen genoegen met zaken als een tweekamerwoninkje in een eenvoudig buurtje, een zilverbontje en een stiekeme vakantie van drie weken met haar geliefde. Ze wil alles, want ze wenst geen bijzit te zijn maar een echtgenote. Hebt u dat niet gemerkt?'

'Ja,' zei ik, 'en als het niet goedschiks gaat, probeert ze hem te bevasten.'

'Wat doet ze?' vroeg hij verrast.

'Ze bevast hem,' zei ik. 'Dat heeft ze me zelf verteld. Een dom en boosaardig bijgeloof. Iemand hongert zich uit om te bereiken wat hij wil.'

'Heeft ze dat gezegd?' vroeg hij op gerekte toon. 'In het Verre Oosten doen ze zoiets. Het is een manier om iemand je wil op te leggen.' Hij lachte nerveus en geprikkeld. 'Ja, Judit Áldozó behoort tot de gevaarlijke soort. Er zijn vrouwen die graag willen dat je hen naar een duur restaurant meeneemt en met kreeft en champagne overlaadt; dat is de ongevaarlijke soort. Maar er zijn ook andere, die liever honger lijden. Ik ben toch bang dat u alles onnodig hebt opgerakeld. Ze had de strijd al bijna opgegeven. Ik heb haar lang niet meer gezien, onze laatste ontmoeting dateert van jaren geleden, maar toen al had ik het gevoel dat de factoren die het lot van u drieën bepalen aan het veranderen waren. Het vuur laaide niet meer, maar gloeide alleen nog en zou binnen niet al te lange tijd uitdoven. Het leven bestaat immers niet alleen uit kolkende rivieren en barbaarse krachten… er zijn ook andere momenten. Bovendien is er nog de wet van de traagheid. Ik raad u aan op die wet te vertrouwen.'

'Ik kan daar niet op vertrouwen omdat ik zo niet wil leven,' antwoordde ik. 'Ik begrijp niets van Judit Áldozó, ik kan niet beoordelen wat ze voor mijn man heeft betekend en wat ze momenteel nog voor hem betekent, anders gezegd: hoe gevaarlijk ze is. Ik kan eenvoudig niet geloven dat er passies zijn die een leven lang in de ziel smeulen, als een onderaards vuur, als een veenbrand.

Misschien bestaan ze wel, maar ik denk dat het leven zulke vuren blust. Bent u dat niet met me eens?'

'Jawel, jawel,' zei hij net iets te haastig en te bereidwillig. Terwijl hij dit antwoord gaf, staarde hij naar de gloeiende punt van zijn sigaret.

'Ik zie dat u het niet met me eens bent,' vervolgde ik. 'Het is best mogelijk dat ik geen gelijk heb. Misschien zijn er wel passies die zo intens zijn dat ze het leven, de redelijkheid en de tijd overwinnen. Zou zo'n passie alles verzengen en verbranden? Misschien, maar in dat geval moet ze toch sterker zijn dan deze hartstocht, dan moet ze niet flakkeren, maar laaien. Hoe het ook zij, ik wil mijn huis niet aan de voet van de Stromboli bouwen, ik verlang naar vrede en rust. Daarom laat het verleden me koud. Mijn leven is één grote nederlaag en het is volkomen onverdraaglijk. Ook ik heb kracht in me en ook ik kan wachten en hopen, niet alleen Judit Áldozó, zelfs al bevast ik niemand maar eet ik kip met mayonaise en sla. Er moet eindelijk maar eens een einde komen aan dit geluidloze duel. U bent een van de secondanten daarbij geweest en daarom wend ik me tot u. Gelooft u dat Péter nog altijd aan deze vrouw gebonden is?'

'Ja,' zei hij simpelweg.

'Dan is hij dus niet werkelijk aan mij gebonden,' zei ik rustig en met vaste stem. 'Dan moet hij iets doen, met haar trouwen of niet met haar trouwen, met haar te gronde gaan of gelukkig worden, maar hij moet eindelijk eens rust krijgen. Ik wil in ieder geval zo niet doorleven. Ik heb die vrouw gezworen dat ik Péter niets over ons gesprek zal zeggen en ik ben van plan mijn woord te houden, maar het zou mij niet onwelkom zijn als u ooit... binnen niet al te lange tijd, laten we zeggen een van de komende dagen... tactvol of niet tactvol met hem zou praten. Zou u dat willen doen?'

'Als u dat met alle geweld wilt,' zei hij met tegenzin.

'Ik wil het heel graag,' zei ik. Ik stond op en begon mijn handschoenen aan te trekken. 'Ik zie aan u dat u me graag zou willen vragen wat ik van plan ben te gaan doen. Ik wil u het antwoord op die vraag niet onthouden. Ik zal Péters beslissing aanvaarden. Ik houd niet van zulke tientallen jaren voortdurende stille dra-

ma's met onzichtbare tegenstanders en bleke, bloedeloze verwikkelingen. Er horen in een drama gevechten voor te komen en
doden te vallen en het moet heel luidruchtig zijn, met veel gefluit
en applaus. Ik wil weten wat mijn rol en mijn betekenis is in dit
drama. Als ik het onderspit delf, trek ik me terug. Dan moet het
lot maar zijn loop nemen en interesseer ik me niet meer voor Péter
en Judit Áldozó.'

'Dat meent u niet,' zei hij bedaard.

'Ik meen het wél en ik doe het echt,' zei ik. 'Als hij in twaalf jaar
geen beslissing heeft kunnen nemen, zal ík dat voor hem doen, en
wel zeer binnenkort. Als hij de ideale geliefde niet kan vinden, zal
ík die voor hem zoeken.'

'En wie zal dat dan zijn?' vroeg hij met een plotseling ople-
vende, intense belangstelling. Tijdens ons hele gesprek had ik hem
zo niet gezien. Het leek wel of hij iets verrassends of grappigs had
gehoord. 'Aan wie denkt u?'

'Dat heb ik u toch al gezegd,' antwoordde ik met enige gêne.
'Waarom kijkt u me zo ongelovig lachend aan? Mijn schoonmoeder heeft me ooit gezegd dat de ideale geliefde altijd ergens te
vinden is. Misschien is Judit Áldozó die persoon, misschien ben
ik het, maar het is ook heel goed mogelijk dat het iemand anders
is. Als hij haar niet kan vinden, zal ík dat voor hem doen.'

'Ik begrijp het,' zei hij.

Hij staarde naar het tapijt, alsof hij zich gewonnen gaf.

Daarmee was ons gesprek afgelopen. Hij begeleidde me zwijgend naar de vestibule en kuste daar mijn hand, maar om zijn lippen speelde nog steeds dat zonderlinge glimlachje. Daarna opende
hij langzaam de voordeur en maakte een diepe buiging voor me.

Ik denk dat we langzamerhand maar eens moesten betalen, want
ze willen kennelijk erg graag sluiten. Juffrouw, mag ik twee thee
en twee porties pistache-ijs afrekenen. Nee, liefje, je bent vandaag
mijn gast. Laat maar. Je hoeft echt geen medelijden met me te
hebben. Het loopt wel tegen het eind van de maand, maar het
betalen van deze bescheiden verteringen zal me heus niet ruïne-
ren. Ik leid een onafhankelijk en zorgeloos leven en ontvang mijn

alimentatie altijd stipt op de eerste dag van de maand. Ik krijg zelfs veel meer dan ik nodig heb. Nee, mijn leven is helemaal zo slecht nog niet.

Het is alleen nogal zinloos, denk je misschien. Ook dat is niet waar. Er zijn zo veel interessante dingen in het leven. Daarstraks, toen ik op weg hierheen was om je te ontmoeten, liep ik door een straat in de binnenstad. Opeens begon het te sneeuwen. Het was zo'n waarachtig, puur genoegen om dat te zien. De eerste sneeuw. Vroeger kon ik nooit van zulke dingen genieten. Ik had het daar veel te druk voor en lette niet op mijn omgeving. Mijn aandacht was uitsluitend op een man gericht en niet op de wereld. Maar toen ik die man kwijtraakte, kreeg ik de wereld als compensatie voor dit verlies. Een slechte ruil, denk je misschien. Ik weet het niet. Het kan zijn dat je gelijk hebt.

Ik heb niet veel meer aan mijn relaas toe te voegen. De rest weet je eigenlijk al. Ik heb me van hem laten scheiden en leef nu alleen. Hij heeft ook een tijdje alleen geleefd en daarna is hij met Judit Áldozó getrouwd. Maar dat is een ander verhaal.

Het is natuurlijk allemaal niet zo snel gegaan als ik het me tijdens dat bezoek aan Lázár voorstelde. Na dat gesprek heb ik nog twee jaar met hem samengeleefd. Kennelijk gebeurt alles in het leven op tijdstippen die door een onzichtbare klok worden bepaald. Je kunt onmogelijk 'te vroeg' beslissen maar alleen op het moment dat de dingen en de situaties zelf de knoop doorhakken. Elke andere handelwijze is geforceerd, onzinnig, onmenselijk en misschien zelfs immoreel. Het leven neemt zélf de noodzakelijke beslissingen, en het doet dat op een verrassende en elegante manier. En dan is alles heel eenvoudig en vanzelfsprekend.

Ik ging na mijn bezoek aan Lázár naar huis en zei mijn man niets van mijn gesprek met Judit Áldozó. Eigenlijk wist de stakker alles al, op het belangrijkste na. En dat belangrijkste kon ook ik hem niet vertellen omdat ik het op dat moment zelf nog niet wist, nog lang niet zelfs. Alleen Lázár wist het, en op het moment van het afscheid, toen hij zo merkwaardig glimlachte, moet hij daaraan hebben gedacht. Maar hij zei niets, want het belangrijkste kun je niet met woorden overbrengen, dat moet iedereen zelf ervaren.

Wat dat is, het belangrijkste? Luister eens, ik wil je geen pijn doen. Je bent toch net op die Zweedse prof verliefd? Waar of niet? Nu goed, je hoeft niets op te biechten, maar sta mij dan toe dat ik evenmin wat zeg. Ik wil dat mooie, warme gevoel van je niet bederven en ik zou je misschien zelfs kwetsen.

Ik weet niet wanneer Lázár met mijn man heeft gepraat, de volgende dag al of pas weken later, en ik weet ook niet wat ze hebben besproken. Hoe het ook zij, alles ging precies zoals Lázár had voorspeld. Mijn man wist alles, ook dat ik het paarse lint en de draagster ervan had gevonden. Hij wist zelfs dat ik Judit had gesproken, die de eerste van de maand na ons gesprek het huis van mijn schoonmoeder inderdaad verliet, zoals ze had aangekondigd. Twee jaar lang hoorde niemand meer iets van haar. Mijn man trachtte haar met de hulp van privédetectives op te sporen, maar ten slotte kon hij eenvoudig niet meer en werd hij ziek. Hij gaf het op naar haar te zoeken. Weet je wat mijn man in die twee jaar na de verdwijning van Judit Áldozó heeft gedaan?

Hij heeft alleen maar gewacht.

Ik had nooit geweten dat je op zo'n manier kunt wachten. Het leek wel dwangarbeid. Zoiets als stenen verbrijzelen in een steengroeve. Met dezelfde kracht en systematiek, en even vastberaden en wanhopig. Toen hij in dat stadium verkeerde, kon zelfs ik hem niet meer helpen. En als ik eens, op mijn sterfbed, de waarheid moet zeggen, zal ik toegeven dat ik hem ook niet meer wílde helpen. Ik was toen al geheel verbitterd en radeloos. Twee jaar lang heb ik die afschuwelijke krachtsinspanning aangezien, heb ik moeten aanschouwen hoe die altijd glimlachende, zwijgende, hoffelijke maar steeds bleker en stiller wordende man een innerlijke discussie voerde. De beweging waarmee hij 's morgens naar de post greep! Hij leek wel een verslaafde die zijn hand naar een flesje met een verdovend middel uitsteekt en die ontmoedigd laat zakken als hij ziet dat er niets in zit. De manier waarop hij opkeek als de telefoon overging! Of met zijn schouders trok als er aan de deur werd gebeld! En je had moeten zien hoe hij om zich heen keek als we in een restaurant of de foyer van de schouwburg waren. Met de blik van iemand die eeuwig op zoek is naar iets. Twee jaar lang hebben we zo geleefd en al die tijd was Judit Áldozó spoorloos verdwenen.

Later hebben we gehoord dat ze naar het buitenland was gegaan en als dienstmeisje bij een Engels artsengezin werkte, ergens in Londen. In die tijd waren Hongaarse dienstbodes in Engeland zeer gewild.

Niemand wist iets van haar, zelfs haar familie of mijn schoonmoeder niet. Ik ging in die jaren vrij vaak bij mijn schoonmoeder op bezoek en bracht dan hele middagen bij haar door. De stakker was toen al ziek; ze had last van trombose en moest maandenlang roerloos in bed liggen. Om haar ellende wat te verlichten zat ik vaak bij haar. In die tijd ben ik echt van haar gaan houden. We lazen, breiden en keuvelden gezellig. Je zou bijna kunnen zeggen dat we pluksel maakten om de verbandvoorraad aan te vullen, zoals de vrouwen vroeger deden, als de mannen zich op het slagveld bevonden. Ik wist dat mijn man zich op dat veld in een gevaarlijke positie bevond en elk ogenblik kon sneuvelen. Mijn schoonmoeder was zich daar evenzeer van bewust, maar we konden hem geen van beiden helpen. Er komt in ieder mensenleven een moment dat de betrokkene er alleen voorstaat en door niemand kan worden bijgestaan. Dat moment was voor mijn man aangebroken. Hij was eenzaam en verkeerde min of meer in levensgevaar. Het enige wat hij nog deed, was wachten.

Mijn schoonmoeder en ik liepen als we bij hem waren bijna op onze tenen om hem heen, als verpleegsters die een doodzieke patiënt verzorgen. We kozen onze gespreksonderwerpen zorgvuldig uit en spraken opgewekt en zo natuurlijk mogelijk over neutrale zaken. Over de scène in de dienstbodekamer heeft mijn schoonmoeder nooit meer iets gezegd; waarschijnlijk geneerde ze zich daarvoor of vond ze het tactloos daarover te beginnen. Die middag, toen ze in Judits kamer tegenover ons was gaan zitten en in snikken was uitgebarsten, hadden zij en ik zwijgend een overeenkomst gesloten, die inhield dat we elkaar zo veel mogelijk zouden helpen en niet onnodig zouden nakaarten over wat er was voorgevallen. Over mijn man spraken we als over een dierbare zieke die in een weliswaar zorgwekkende maar nog niet levensgevaarlijke toestand verkeert. Ik bedoel een toestand waarin een mens nog lang kan doorleven. We vielen hem nergens mee lastig en verrichtten eenvoudige diensten voor hem, zoals het opschudden van zijn kussen, het openen van een weckfles of het samenvatten van de nieuwsberichten. In die twee jaar hebben we dus heel stil en rustig geleefd en zijn we zelden uitgegaan. Mijn man begon in die periode alle bruggen af te breken die hem met de buitenwereld verbonden. Hij trok zich geleidelijk en tactvol terug uit zijn gewone wereldje en probeerde daarbij niemand te kwetsen. Na een tijdje bleven onze vaste bezoekers weg en moesten we het met ons tweeën of drieën stellen. Dat was absoluut niet zo onaangenaam als je misschien denkt. Vijf avonden in de week brachten we thuis door. We lazen dan of luisterden naar muziek. Ook Lázár kwam nooit meer bij ons op bezoek. Dat was ook onmogelijk, want hij woonde toen in Rome.

Zo vegeteerden we dus en het leek of we alledrie ergens op wachtten: mijn schoonmoeder op de dood, mijn man op Judit Áldozó en ik op het moment dat de terugkeer van Judit Áldozó of een andere onvoorzienbare gebeurtenis een onvermijdelijke wending in mijn leven teweeg zou brengen en ik eindelijk te weten zou komen of ik werkelijk bij Péter hoorde en wat er met me ging gebeuren. Vraag je je af waarom ik mijn man toen niet heb verlaten en hoe ik in staat was met iemand samen te leven die op een ander wachtte, die elke keer als de deur openging, opkeek in de hoop zijn aanbedene te zien binnenkomen, die ziek van verlangen elk contact met de wereld had verbroken? Gemakkelijk was het niet, dat is zeker, en ook niet bepaald een feest, maar ik was nu eenmaal zijn vrouw en mocht hem niet in de steek laten in die toestand. Ik had voor het altaar gezworen dat ik hem trouw zou blijven, in goede en in slechte tijden, zo lang als hij dat wilde en zo lang als hij me nodig had. En op dat moment hád hij me nodig. Als hij die twee jaar in zijn eentje had moeten doorbrengen, was hij ongetwijfeld te gronde gegaan. We leefden en wachtten op een teken van de aarde of de hemel, of liever gezegd: op de terugkeer van Judit Áldozó.

Het ergste was de tijd nadat mijn man had gehoord dat ze de stad had verlaten en naar Engeland was gegaan. Overigens wist niemand haar adres daar, zelfs haar familie en haar bekenden niet. In die periode werd hij echt ziek van het wachten en raakte hij in een toestand die misschien de onaangenaamste is die in een mensenleven kan voorkomen. Ik heb het zelf ook meegemaakt, maar pas later, na onze scheiding. Ik heb toen een tijdlang, misschien wel een jaar, precies zo op hem gewacht als hij op Judit Áldozó. Weet je wat er dan gebeurt? Je wordt 's nachts wakker en snakt als een astmalijder naar adem. Je steekt in het donker je hand uit en probeert de hand van de ander aan te raken zonder te begrijpen dat hij er niet meer is, dat hij nergens is – niet in je nabijheid, niet in het huis van de buren en ook niet in de volgende straat. Je loopt door de stad en kijkt spiedend om je heen, maar je ziet de ander nergens lopen. Telefoneren heeft geen zin en de kranten staan vol betekenisloze berichten, bijvoorbeeld dat er een wereldoorlog is uitgebroken of dat er een grote brand heeft gewoed in een miljoenenstad. Je hoort die berichten onverschillig maar beleefd aan en zegt: 'O ja? Is het heus? Heel interessant,' of 'Wat vreselijk!' maar zonder er iets bij te voelen. Ik heb ooit in een mooi, knap geschreven maar droevig Spaans boek gelezen – de naam van de auteur is me helaas ontschoten, het is een lange naam voorafgegaan door veel voornamen, zo'n naam als torero's hebben – dat de eigenaardige tranceachtige toestand waarin mensen verkeren die tevergeefs op hun geliefde wachten, veel lijkt op de toestand van gehypnotiseerde personen. Ook hun blik is gebroken en herinnert aan de versluierde blik van zieken die traag knipogend uit een koortsdroom ontwaken. Voor zulke mensen bestaat de wereld enkel nog in het gelaat van hun aanbedene en ze horen in elk geluid zijn of haar naam.

Maar op een dag worden ze weer wakker.

Kijk maar naar mij.

Als het zover is, kijk je om je heen en wrijf je je ogen uit. Opeens zie je niet meer uitsluitend dat ene gezicht. Het is er nog wel, maar vager en meer op de achtergrond. In plaats daarvan zie je een kerktoren, een bos, een schilderij of de gezichten van andere mensen, zie je weer de oneindig geschakeerde wereld om je heen. Het is een eigenaardige ervaring. Wat gisteren nog onverdraaglijk was en pijn deed, voel je nu niet meer. Je zit op een bankje en bent volkomen op je gemak. Je denkt aan zaken als kippensoep of *Die Meistersinger von Nürnberg*. Of dat je een nieuw peertje moet kopen voor de eetkamerlamp. Dergelijke zaken zijn opeens weer belangrijk geworden. Gisteren waren ze dat nog niet, was alles vaag, onwerkelijk en zinloos, gisteren zag de wereld er heel anders uit dan nu. Gisteren snakte je nog naar wraak of naar verlossing van je pijn, hoopte je dat hij je zou opbellen omdat hij je dringend nodig had of droomde je ervan dat hij in de gevangenis zou worden opgesloten en terechtgesteld. Weet je, zolang je in die toestand bent, heeft de ander, die zo onbereikbaar ver weg is, reden om zich te verkneuteren omdat hij je nog steeds in zijn macht heeft. Zolang je nog wraak wilt nemen, kan die ander zich in zijn handen wrijven, want wraakzucht is een teken van verlangen en afhankelijkheid. Maar ooit komt er een dag waarop je volledig ontwaakt, je ogen uitwrijft en gaapt. En dan merk je dat je helemaal niets meer van die ander wilt. Het laat je koud als je hem op straat tegenkomt. Als hij je opbelt, sta je hem beleefd te woord. Als hij je met alle geweld wil spreken, denk je: waarom eigenlijk ook niet? En alles in je voelt geheel ontspannen en natuurlijk aan. Het is afgelopen met de verkramptheid, de doorwaakte nachten en het uitzinnige verdriet. En je kunt maar niet begrijpen wat er met je is gebeurd. Je wilt je niet meer op hem wreken en je ontdekt dat de ware, volmaakte wraak erin bestaat dat je hem niet meer nodig hebt, dat je hem goed noch kwaad toewenst en dat hij je op geen enkele manier meer pijn kan doen. Vroeger schreven de mannen op zo'n moment een brief aan hun geliefde die als volgt begon: 'Geachte mevrouw'. Daarmee was alles gezegd. Daarmee was ook gezegd: 'Je kunt me niet meer pijn doen.' Een intelligente vrouw barstte, als ze dit las, in snikken uit. En als ze nog slimmer was, hield ze haar ogen droog en dacht na. Intelligente mannen stuurden hun voormalige aanbedene na zo'n ontwaken een mooi cadeau: een bos rozen of een lijfrente. Waarom ook niet? Het kon nu, het deed nu geen pijn meer.

Ja, zo gaat dat in het leven, ik heb het zelf meegemaakt. Op een ochtend werd ik wakker en begon ik opnieuw te leven, eerst nog wat moeizaam, maar geleidelijk steeds gemakkelijker.

Maar mijn man, die stakker, is niet meer wakker geworden. En ik weet absoluut niet of hij dat ooit nog wordt. Soms bid ik voor hem.

Om terug te komen op die twee moeilijke jaren: weet je wat we in die tijd deden? We vegeteerden en mijn man nam afscheid van de wereld, van de kring mensen waartoe hij behoorde, zwijgend, als een meesteroplichter die heimelijk zijn vlucht naar het buitenland voorbereidt maar intussen plichtsgetrouw zijn werk doet. In zijn geval was het buitenland Judit, de ander, de ware geliefde. En behalve dat we vegeteerden, wachtten we, en we hadden eigenlijk niet eens een slecht leven. Op de een of andere manier begrepen we elkaar in die tijd, echt waar. Aan tafel of onder het lezen wierp ik af en toe een steelse blik op hem, zoals je naar het gezicht van een zieke kijkt. Ik gedroeg me als iemand die een ziek familielid verzorgt en, innerlijk huiverend omdat de ziekte al haar stempel op het gezicht van de patiënt heeft gedrukt, opgewekt lachend zegt: 'Heus, je ziet er vandaag veel beter uit dan gisteren.' We wachtten op Judit Áldozó, die spoorloos was verdwenen, het serpent. Ik durf haar gerust zo te noemen omdat ze heel goed wist dat ze niets slechters had kunnen doen dan naar het buitenland gaan. Ben je het niet met me eens? Vind je het woord 'serpent' te sterk? Wil je zeggen dat ook zij onder de situatie heeft geleden, dat ook zij heeft gestreden, dat ook zij een vrouw met gevoelens is? Het zou me niet onwelkom zijn als je dat zei, want ik ben langzamerhand zover dat ik dat graag zou willen geloven. Ze heeft twaalf jaar gewacht en is toen naar Engeland vertrokken. Ze heeft Engels geleerd, met mes en vork leren eten en de zee aanschouwd. En op een dag is ze in Hongarije teruggekeerd met zeventig pond – dat heb ik althans gehoord –, een schotsgeruite rok en een fles toiletwater van Atkinson. Kort daarop zijn we gescheiden.

Ik was kapot van verdriet en dacht een jaar lang dat ik het niet zou overleven, maar op een dag ben ik wakker geworden en heb ik iets begrepen. Niet zomaar iets, maar het allerbelangrijkste, iets wat een mens alleen maar door eigen ervaring kan leren.

Zal ik je zeggen wat ik heb geleerd?

Ook als die wetenschap je pijn doet?

Denk je dat je het kunt verdragen?

Inderdaad, ik heb door te volharden iets geleerd, maar ik zeg niet graag tegen de mensen wat dat is. Ik wil niemand het geloof ontnemen, de wondermooie illusie, waaruit zoveel verdriet maar ook veel schoonheid voortkomt: heldendaden, kunstwerken, wonderbaarlijke menselijke prestaties. Jij verkeert nu in die gemoedstoestand, ik weet het. En toch wil je dat ik het je zeg?

Nu goed dan, als je erop staat. Maar je moet niet boos op me worden. God heeft me gestraft en begiftigd met deze kennis, die ik met veel pijn en verdriet heb verworven, maar zonder eraan te bezwijken. Wat die kennis inhoudt? Laat ik het je dan maar zeggen: de droevige waarheid is dat de ideale geliefde niet bestaat.

Op een dag ben ik ontwaakt en rechtop in bed gaan zitten, met een glimlach. Al mijn pijn was verdwenen en ik begreep opeens dat de ideale geliefde niet bestaat. Noch op aarde noch in de hemel. Hij bestaat eenvoudig niet, die unieke persoon. Er zijn alleen maar mensen, en elk mens heeft iets van de ideale geliefde in zich, maar in niemand treffen we alles aan wat we van onze geliefde verwachten en hopen. Er zijn geen volmaakte mensen en die unieke, wonderbaarlijke droomprins bestaat eenvoudig niet. Elk mens is een mengeling van lelijkheid en schoonheid. Lázár wist dat toen hij me uitgeleide deed, en toen ik zei dat ik voor mijn man de ideale geliefde zou zoeken, gaf hij geen antwoord maar glimlachte alleen. Hij wist dat ik een onmogelijke taak op me wilde nemen, maar zweeg en vertrok daarna naar Rome, waar hij een boek heeft geschreven. Van schrijvers kun je eigenlijk ook niet meer verwachten.

Maar mijn arme man was geen schrijver. Hij was slechts een bourgeois en daarbij nog een kunstenaar zonder het benodigde talent. Daardoor was hij gedoemd te lijden. Toen Judit Áldozó, de vermeende ideale geliefde weer opdook, die na haar verblijf in Engeland naar toiletwater van Atkinson rook en bij het aannemen van de telefoon 'Hello' zei, hebben we ons laten scheiden. Zoals gezegd, het was een moeilijke scheiding, ik heb zelfs de piano opgeëist.

Hij is niet onmiddellijk met haar getrouwd, maar pas na een

jaar. Of ze een goed huwelijk hebben? Ik dacht dat het wel redelijk gaat. Je hebt daarstraks zelf kunnen zien dat hij gekonfijte sinaasappelschilletjes voor haar koopt.

Ik vind hem alleen wel oud geworden. Niet stokoud, maar op een droevige manier oud. Wat denk je, zou hij er ook al achtergekomen zijn? Ik ben bang dat het nog een hele tijd zal duren voordat het zover is. En intussen gaat zijn leven voorbij.

Zeg, ik geloof dat ze nu werkelijk gaan sluiten.

Sorry, vroeg je iets? Waarom ik daarstraks een traan wegpinkte toen ik hem zag? En waarom ik mijn neus begon te poederen toen ik hoorde dat hij de portefeuille van bruin krokodillenleer nog altijd gebruikte? Wat je eigenaardig vindt omdat ik net heb zitten beweren dat de ideale geliefde niet bestaat en dat alles uit is tussen hem en mij en ik dat volkomen heb verwerkt. Laat me even nadenken over die vragen. Ja, ik geloof dat ik het antwoord al weet. Hoewel de ideale geliefde inderdaad niet bestaat en illusies snel vervluchtigen, werd ik toch verlegen toen ik hem zag en was ik genoodzaakt mijn neus te poederen. Waarom? Omdat ik inderdaad nog steeds van hem houd, maar dat heeft niets met irrationele verwachtingen te maken. Als je werkelijk van iemand houdt, begint je hart automatisch te bonzen als je hem toevallig tegenkomt of iets over hem hoort. Ik geloof namelijk dat alles vergankelijk is behalve de liefde, maar ik voeg er haastig aan toe dat die gedachte geen enkele praktische betekenis meer voor me heeft.

Nou, tot ziens maar weer, liefje. Tot volgende week dinsdag, goed? We zitten altijd zo lekker te kwekken samen. Kwart over zes, als je dat schikt. In elk geval niet veel later. Ik zal zorgen dat ik op tijd ben.

DEEL 2

Zeg, zie je die vrouw daar? Ze staat daar bij de draaideur. Die blonde met die ronde hoed? Nee, die niet, die lange met die nertsjas – precies, die lange vrouw met donker haar die geen hoed draagt. Ze stapt nu in de auto. Dat kleine, gedrongen mannetje houdt de deur voor haar open. Daarnet zaten ze samen aan de hoektafel. Ik zag ze al toen ik hier binnenkwam, maar dat kon ik toen moeilijk zeggen. Ze hebben ons waarschijnlijk niet eens gezien. Pas nu ze weg zijn, durf ik je te zeggen dat die man degene is met wie ik dat dwaze en genante duel heb gehad.

Vanwege die vrouw? Ja, natuurlijk ging het om haar.

Hoewel dit laatste niet eens zo zeker is. Ik had toen gewoon zin om iemand om te brengen. Misschien niet die man, want met hem had ik niets te maken, maar hij was toevallig in de buurt.

Of ik kan zeggen wie die vrouw is? Maar natuurlijk, beste kerel. Dat is mijn ex-vrouw. Niet de eerste, maar de tweede. We zijn drie jaar geleden gescheiden. Sinds dat duel.

Zullen we nog een fles wijn bestellen? Na middernacht wordt de grote zaal van dit café altijd heel leeg en koud. De laatste keer dat ik hier ben geweest, studeerde ik nog. Het was tijdens de carnavalsdagen. In die tijd kwamen er ook vrouwen in deze beroemde zaak, kleurige, amusante nachtvlinders. Na dat carnaval ben ik hier jaren niet meer geweest. De tijd verstreek, de zaal werd opgeknapt en ook de clientèle veranderde. Tegenwoordig wordt dit café door de crème de la crème van het uitgaanspubliek bezocht... je weet wel wat voor soort mensen zo worden genoemd. Ik had er natuurlijk niet het flauwste vermoeden van dat ik hier mijn ex-vrouw zou aantreffen.

Wat een fantastische wijn! Bleekgroen als het Balatonmeer vlak voor een storm. Gezondheid!

Wil je echt het hele verhaal horen? Nu goed dan, als je erop staat.

Misschien lucht het me wel op als ik iemand eens alles vertel.

Je hebt mijn eerste vrouw niet gekend, hè? Nee, dat kan ook niet, want toen zat je in Peru om daar spoorlijnen aan te leggen. Eigenlijk is het heel verstandig van je geweest dat je praktisch meteen na je afstuderen de sprong hebt gewaagd en in het buitenland bent gaan werken. Ik moet toegeven dat ik je daar dikwijls om heb benijd. Als ik indertijd die kans had gehad, was ik vandaag misschien een gelukkiger mens. Het heeft niet zo mogen zijn, ik ben in Hongarije gebleven en heb geprobeerd daar iets te... hoe zal ik het noemen?... iets te behoeden. Maar op een dag is het me allemaal te veel geworden en nu behoed ik helemaal niets meer. Wat ik probeerde te behoeden? De fabriek misschien, of een levensstijl. Ik zou het niet eens kunnen zeggen. Ik was vroeger bevriend met Lázár, de schrijver, ken je hem? Heb je nog nooit van hem gehoord? Wat een gelukzalig land, dat Peru! Ik heb hem wél goed gekend. Een tijdlang heb ik hem als mijn vriend beschouwd. Hij beweerde altijd dat ik een hoeder was, de hoeder van een teloorgaande levensstijl, die van de bourgeoisie. Daarom ben ik volgens hem nooit uit Hongarije weggegaan, maar ik weet niet of dat waar is.

Alleen de feiten staan vast, de realiteit... maar onze verklaringen voor die feiten zijn hopeloos ingewikkeld. Het lijkt wel of ze uit een roman afkomstig zijn. Weet je, ik heb niet zoveel belangstelling meer voor literatuur. Een tijdlang heb ik veel gelezen, alles wat ik in handen kreeg. Ik ben bang dat slechte literatuur de mensen het hoofd op hol brengt en hun allerlei pseudogevoelens bezorgt. Veel tragedies in deze wereld zijn kunstmatig en worden grotendeels door leugenachtige theorieën in dubieuze boeken veroorzaakt. Meestal gaat het om zelfmedelijden, sentimentele leugens en onnatuurlijke verwikkelingen, en die zijn voor een belangrijk deel het gevolg van valse, onnozele en zelfs kwaadaardige literatuur. Als in een krant een leugenachtige roman als feuilleton wordt gepubliceerd, kun je meteen doorbladeren naar de gemengde berichten om te lezen wat de gevolgen zijn van zo'n publicatie, bijvoorbeeld de tragedie van een naaistertje dat loog heeft gedronken omdat een timmerman haar in de steek heeft gelaten, of het ongeval van de vrouw van een regeringsadviseur, die Veronal heeft geslikt omdat een acteur niet op een rendez-vous met haar is verschenen. Waarom kijk je me zo geschrokken aan? Je vraagt me wat ik het meest veracht. De literatuur, het tragische misverstand dat 'liefde' wordt genoemd of simpelweg de mensheid? Een moeilijke vraag. Ik veracht niets of niemand, daartoe heb ik ook het recht niet, ik wil me gedurende het nog resterende deel van mijn leven alleen met hart en ziel aan een passie overgeven. Een passie die je 'liefde voor de waarheid' zou kunnen noemen. Ik accepteer eenvoudig niet meer dat de mensen tegen me liegen. Noch van romanschrijvers noch van vrouwen duld ik dat tegenwoordig nog. Ook ben ik opgehouden mezelf te bedriegen.

Je zegt dat ik praat als iemand die erg gekwetst is. Dat klopt. Iemand heeft me gekwetst. Misschien was het de vrouw die je zoëven hebt gezien, mijn tweede echtgenote. Mogelijk ook de vrouw met wie ik daarvóór was getrouwd. Er is iets helemaal misgegaan en ik ben vereenzaamd nadat ik zware emotionele klappen heb moeten incasseren. Bovendien ben ik verbitterd en heb ik in niets en niemand meer vertrouwen, niet in de liefde, niet in vrouwen en niet in mijn medemensen. Je denkt waarschijnlijk: wat een meelijwekkende en beklagenswaardige figuur, en je wilt me er voorzichtig op wijzen dat de relaties tussen mensen niet alleen door hartstocht en geluk worden bepaald. Er zijn ook nog belangrijke deugden als liefde, geduld, medeleven en vergevings-gezindheid. Je wilt me de les lezen en me verwijten dat ik onvol-doende dapper of geduldig ben geweest tegenover mensen die me de weg versperden en dat ik nu, vereenzaamd als een door de troep uitgestoten roofdier, niet moedig genoeg ben om te erken-nen dat de fout bij mij lag. Voordat je hiermee begint, beste kerel, wil ik je zeggen dat men mij dit al eerder voor de voeten heeft geworpen en dat ik grondig over deze verwijten heb nagedacht. Een gepijnigde op de folterbank zou niet eerlijker kunnen zijn dan ik tegenover mezelf ben geweest. Ik heb elk mensenleven dat ik van nabij gade kon slaan met de grootste nauwkeurigheid geanalyseerd en daarbij mijn hoofd door het denkbeeldige venster van dit leven gestoken om het ook van binnen te bekijken. Nee, ik ben absoluut niet bescheiden of terughoudend geweest, maar ik heb aandachtig gespeurd en geobserveerd. Aanvankelijk dacht ik zelf ook dat de fout bij mij lag. Ik heb als verklaring van alles aangevoerd: gretigheid, egoïsme, wellust, maatschappelijke barrières en zelfs het mechanisme van de wereld. Wil je weten wát ik heb geprobeerd te verklaren? Die vraag is gemakkelijk te beantwoorden. Het faillissement van mijn leven en mijn eenzaamheid natuurlijk, het ravijn van eenzaamheid waar elk leven vroeg of laat in terechtkomt, zoals een nachtelijke zwerver in een kuil belandt. Wij mannen verkeren in een hopeloze situatie, begrijp je? Wij zijn tot een eenzaam leven gedoemd en moeten overal het volle pond voor betalen, wij moeten zwijgend dulden en alles verdragen: eenzaamheid, onze karaktereigenschappen en de wet van het leven.

De zorg voor een gezin? Ik zie dat je dat daarover wilt beginnen. Of ik niet geloof dat het gezin een hogere, onpersoonlijke betekenis aan het leven van de mens verleent, of deze samenlevingsvorm niet de belichaming is van een hogere harmonie? Anders gezegd: je wilt zeggen dat we niet leven om gelukkig te zijn, maar om ons gezin te onderhouden en onze kinderen tot fatsoenlijke mensen op te voeden, zonder daarvoor dank of geluk te verwachten. Op die vraag wil ik een oprecht antwoord geven. Mijn antwoord is dat je gelijk hebt. Weliswaar geloof ik niet dat het vaderschap gelukkig maakt. Niets kan ons mannen gelukkig maken, maar de zorg voor een gezin is zo belangrijk voor onszelf en voor de wereld dat het de moeite waard is daarvoor de zinloze zorgen en de onoplosbare problemen van het leven te verdragen. Ik geloof niet in het 'gelukkige gezin' en ik heb samenlevingsvormen gezien, menselijke gemeenschappen, waarvan de leden elkaar allemaal tegenwerkten en volkomen langs elkaar heen leefden. Toch deden de leden van zo'n samenlevingsvorm als het nodig was ook iets voor de gemeenschap, hoewel ze normaliter als hongerige wolven tegen elkaar tekeergingen. De zorg voor een gezin... het klinkt nogal gezwollen, maar misschien moeten we het doel van het leven in die richting zoeken.

Overigens is daarmee niets opgelost. En eigenlijk heb ik ook nooit een echt gezin gehad.

Ik ben oplettend door het leven gegaan en heb mijn ogen en oren goed de kost gegeven. En ik heb naar moderne, strenge predikers geluisterd, die beweerden dat die eenzaamheid een ziekte van de bourgeoisie is. Ze wezen op de gemeenschap, de niet genoeg te prijzen gemeenschap, die het individu in zich op zou nemen en verheffen, waardoor het leven onverwachts toch nog een zin zou krijgen omdat je dan noch voor jezelf noch voor de enge kring van het gezin leeft, maar voor een bovenmenselijk ideaal, voor de gemeenschap. De waarheid van die bewering heb ik grondig onderzocht. Niet theoretisch, maar waar ik de feiten op heterdaad kon betrappen, in het leven zelf. Ik heb het leven van de zogeheten armen geobserveerd – tenslotte vormen zij de grootste gemeenschap in onze samenleving – en door mijn observaties ben ik erachter gekomen dat het besef met anderen tot dezelfde gemeenschap te behoren, bijvoorbeeld tot de vakbond van metaalarbeiders of tot het pensioenfonds van particuliere werknemers, deze lieden inderdaad een intensiever levensgevoel geeft. Ook de wetenschap in het parlement goed vertegenwoordigd te worden, draagt aan dit levensgevoel bij. Dat is heel begrijpelijk, want het is inderdaad een verheffende gedachte dat er op de wereld ontelbare metaalarbeiders en particuliere werknemers zijn die zonder uitzondering naar een beter en menswaardiger leven verlangen. Als hun maatschappelijke positie dankzij taaie politieke strijd en verhitte woordenwisselingen soms werkelijk iets verbetert, zodat ze voortaan geen honderdtachtig pengö verdienen maar tweehonderdtien, wordt dit gevoel natuurlijk versterkt. Je schrikt misschien van deze bedragen, maar de onderste loonschalen hebben nu eenmaal geen benedengrens. Wie in deze onderste regionen verkeert, verheugt zich over alles wat de onbarmhartigheid en de strengheid van het leven verzacht. Toch heb ik bij degenen die uit idealisme of beroepshalve tot dergelijke grote gemeenschappen behoren, geen geluksgevoelens en innige levensvreugde aangetroffen. Ik ben in die kringen uitsluitend beledigde, droevige, ontevreden, woedende, taai strijdende, berustende, stompzinnige of juist intelligente en sluw tewerk gaande mensen tegengekomen; mensen die erop vertrouwden dat hun lot geleidelijk aan zou verbeteren dankzij onvoorspelbare veranderingen van de omstandigheden. Dat is natuurlijk een aangename gedachte, maar ze lost de fundamentele eenzaamheid van de mens niet op. Het is niet waar dat alleen de bourgeoisie eenzaam is. Een slootgraver op de poesta voelt zich vaak even alleen als een tandarts in Antwerpen.

Later heb ik gelezen dat al onze problemen het gevolg zijn van de beschaving, een bewering waar ik vaak over heb nagedacht.

Het lijkt wel of de vreugde op deze aarde is afgekoeld. Soms flakkert ze hier en daar nog wat op. Diep in onze ziel sluimert de herinnering aan een vrolijke, zonnige, speelse wereld, waarin plichten vermakelijk waren en krachtsinspanningen aangenaam en zinvol. De oude Grieken, ja, misschien waren zij nog gelukkig. Weliswaar vermoordden ze vriend en vijand en voerden ze eindeloos lange en verschrikkelijk bloedige oorlogen, maar desondanks waren ze met een blijmoedig gemeenschapsgevoel gezegend, want ze waren zonder uitzondering uiterst ontwikkeld, in de oorspronkelijke, preliteraire betekenis van het woord, zelfs de pottenbakkers. Met ons is het anders gesteld: wij leven niet in een cultuur, maar in een onbewuste, mechanische beschaving. Elk lid van onze civilisatie wordt daardoor beïnvloed en niemand kent nog werkelijke vreugde. Iedereen kan, als hij zich voldoende inspant, in warm water baden, schilderijen bekijken, muziek beluisteren en met mensen in andere werelddelen converseren, bovendien beschermt de wet de rechten en de belangen van de armen tegenwoordig even goed als die van de rijken. Maar bekijk de gezichten van de mensen eens goed! Waar je ook komt, in grotere of in kleinere gemeenschappen, overal in de wereld zijn de mensen angstig, wantrouwend en gespannen en drukken hun gelaatstrekken een krampachtig verzet uit. Ze zijn zo gespannen door hun eenzaamheid. Voor die eenzaamheid zijn verschillende verklaringen en voor elk daarvan is iets te zeggen, maar geen enkele noemt de werkelijke oorzaak. Ik ken vrouwen die, hoewel ze zes kinderen hebben, even eenzaam, verkrampt en verbitterd zijn als alleen-staande mensen. En ik ken ook jongelui van goeden huize die hun handschoenen op een overdreven precieze manier uittrekken, alsof ze willen demonstreren dat hun leven een aaneenschakeling is van dwanghandelingen. En hoe dwangmatiger kinderen in door politici en profeten kunstmatig tot stand gebrachte gemeenschappen tot gemeenschapszin worden opgevoed, des te onverbiddelijker is de eenzaamheid van de ziel. Ben je het niet met me eens? Toch is het waar, ik weet het zeker. En ik word nooit moe anderen hierop te wijzen.

Was ik priester, kunstenaar of auteur, zodat ik me beroeps-halve tot de mensen kon richten, dan zou ik hun smeken zich tot de vreugde te bekeren en proberen hen daarvoor enthousiast te maken. Ik zou hen aansporen de eenzaamheid van zich af te schudden en te vergeten. Misschien is dit meer dan alleen een droomwens. Eenzaamheid is immers geen onoplosbaar maat-schappelijk probleem, maar een gevoelstoestand die door opvoe-ding en bewustmaking kan worden geëlimineerd. De mensen kijken tegenwoordig zo glazig dat ze wel slaapwandelaars lijken. En niet alleen glazig maar ook wantrouwend. Helaas heb ik niet zo'n beroep.

Toch heb ik ooit een gezicht gezien dat vrij was van al deze narigheid – vrij van ontevredenheid, wantrouwen en ziekelijke spanning. Een ontspannen gezicht.

Jij hebt dat gezicht zoëven ook gezien, maar wat je hebt gezien is enkel nog een masker, het masker van een actrice die een rol ver-tolkt. Toen ik dat gezicht voor het eerst zag, nu vijftien jaar gele-den, was het open, verwachtingsvol en stralend, zoals het gezicht van de mens oorspronkelijk moet zijn geweest, toen niemand nog van de boom der kennis had gegeten en pijn en angst onbekende begrippen waren. Helaas is dit vrouwengezicht geleidelijk ver-somberd. De ogen werden oplettend en de mond, die in extati-sche verrukking altijd gedeeltelijk geopende mond, sloot zich en werd harder. De vrouw met dit gezicht heet Judit Áldozó en ze is een boerendochter. Ze kwam op zestienjarige leeftijd in mijn ouderlijk huis als dienstmeisje werken. Wij hebben in die tijd niets met elkaar gehad. Dat is dom van me, zeg je? Ik geloof het niet. Zoiets zegt iedereen, maar het leven duldt geen platvloerse slimmigheden. Het is bepaald geen toeval dat ik geen premature verhouding heb gehad met dit boerenmeisje, dat later mijn vrouw is geworden.

Maar zij was mijn tweede vrouw en je wilt graag iets over de eerste horen. Welnu, beste kerel, mijn eerste vrouw was een verrukkelijk schepsel, intelligent, fatsoenlijk, knap en ontwikkeld. Je ziet dat ik in de termen van een huwelijksadvertentie over haar praat. Of zoals Othello, als hij van plan is Desdemona te doden: '*Zo kunstig met haar naald! – Een onvergelijkelijke zangeres! O, zij zou er de woestheid van een beer mee bezweren.*' Moet ik er nog aan toevoegen dat ze graag las en van de natuur hield? Daar is geen woord van gelogen. Zo prijzen gepensioneerde houtvesters hun jongere zusters in provinciale blaadjes aan, terwijl ze terloops nog een klein lichamelijk gebrek vermelden. Maar mijn eerste vrouw had dergelijke aanprijzingen niet nodig, want ze had geen enkele tekortkoming. Ze was jong, mooi en gevoelig. Wat het probleem dan was met haar? Waarom ik niet met haar kon leven? Wat ik bij haar miste? Vleselijk genot? Absoluut niet, ik zou liegen als ik dat beweerde. Ik heb met haar even goede momenten beleefd als met andere vrouwen – beroepstrijdsters in het grote duel dat liefde heet. Voor alle duidelijkheid: ik geloof niet in Don Juans en ik betwijfel, of het geoorloofd is met meer dan één vrouw te slapen. Een man behoort één enkele vrouw tot een instrument te maken dat alle liefdesmelodieën ten gehore brengt. Soms heb ik medelijden met de mensen omdat ze zo zinloos en wanhopig om zich heen graaien. Je krijgt zin om ze op de vingers te tikken en te zeggen: 'Laat dat! Houd allemaal je handen thuis! Ga fatsoenlijk zitten. Iedereen krijgt zijn portie als hij aan de beurt is!' Ja, ze gedragen zich werkelijk als gulzige kinderen, de mensen, en ze beseffen niet dat rust onmogelijk is zonder geduld en dat de harmonie die ze zo krampachtig nastreven en voor geluk houden, met heel eenvoudige kunstgrepen is te verwezenlijken. Leg me eens uit waarom de manier waarop man en vrouw met elkaar behoren om te gaan niet op school wordt onderwezen. Ik verzoek je dit in alle ernst, want de kennis hiervan is zeker niet minder belangrijk dan de orografie of de hydrografie van ons land of de grondregels van de beschaafde conversatie. De zielenrust van de mens hangt er misschien nog wel meer vanaf dan van de fatsoensregels of de juiste spelling. Ik zou geen onbenullig leervak aan het lesrooster willen toevoegen, maar ik pleit ervoor dat intelligente mensen – bijvoorbeeld dichters en artsen – de jeugd die daarvoor oud genoeg is, op de genoegens en de mogelijkheden van het huwelijksleven gaan wijzen. Het accent moet hierbij niet op de geslachtelijke omgang liggen, maar op de bevordering van bepaalde deugden zoals levensvreugde, geduld, bescheidenheid en tevredenheid. Dat ik de meeste mensen veracht, komt in de eerste plaats door hun lafheid – door de laffe manier waarop ze het geheim van het leven voor zichzelf en de wereld verborgen houden.

Begrijp me goed: ook ik heb een afkeer van exhibitionistische, pathetisch gebrachte zelfonthullingen en ziekelijke openhartigheid die tot smakeloze bekentenissen leidt, maar de waarheid is mij dierbaar. En natuurlijk wordt die meestal verzwegen en maken alleen zieken en lieden met vrouwelijke neigingen – dikdoeners en opscheppers – hun geheimen nodeloos kenbaar, maar toch is het nog altijd beter de waarheid aan te horen dan leugenverhalen te vertellen. Helaas hoor ik meestal leugens.

Je vraagt me wat de waarheid is en hoe een mens zichzelf kan genezen en het vermogen tot levensvreugde kan ontwikkelen. Ik zal het je zeggen, beste kerel, en daar heb ik maar twee woorden voor nodig: door nederigheid en zelfkennis. Dat is het hele geheim.

Nederigheid is misschien een te groot woord. Die geestesgesteldheid veronderstelt een bijzondere genade en kan als zeer uitzonderlijk worden beschouwd. In het dagelijks leven volstaan bescheidenheid, het streven onze werkelijke verlangens en neigingen te leren kennen en de bereidheid daarvoor eerlijk uit te komen. Ook is het van belang dat we ons aan de bestaande mogelijkheden aanpassen.

Ik zie dat je glimlacht. Je denkt: als alles zo eenvoudig is, als er een eenvoudige leidraad voor het leven bestaat, waarom is het jou dan niet gelukt? Tenslotte heb je met twee vrouwen geëxperimenteerd, en niet een klein beetje, maar zo dat de stukken eraf vlogen. Je kunt moeilijk zeggen dat het leven je zijn beschermengelen heeft onthouden, maar toch is alles op een mislukking uitgedraaid, je beide huwelijken, en ben je eenzaam geëindigd. Al je zelfkennis, nederigheid en grandioze voornemens hebben tot niets geleid. Je leven is op een fiasco uitgelopen en nu verkoop je loze praatjes over de manier waarop een mens behoort te leven. Dit is wat je denkt, beste vriend, heb ik gelijk of niet?

Ik zal je dus moeten vertellen hoe mijn eerste huwelijk is geweest en waarom het is misgegaan. Dat eerste huwelijk was volmaakt. Het is dus absoluut niet zo dat ik niet van mijn eerste vrouw heb gehouden. Ze had wel een klein foutje, maar daar kon ze echt niets aan doen. Ik doel niet op een psychisch gebrek, maar op een heel ander probleem: de stakker was een bourgeoise. Begrijp me niet verkeerd, ik ben zelf ook een bourgeois en ik ben dat met hart en ziel. Ik ken de fouten en zonden van deze klasse, maar ik aanvaard haar zoals ze is. En ik aanvaard ook het lot dat daarbij hoort, het lot van de bourgeoisie. Ik heb een hekel aan salonrevolutionairen. Een mens behoort zijn eigen soort trouw te blijven, degenen met wie hij door afstamming, opvoeding, belangen en herinneringen is verbonden. Ik heb alles aan de bourgeoisie te danken: mijn opvoeding, mijn leefwijze, mijn behoeften, en ook de hoogtepunten van mijn leven, de momenten waarop ik besefte in een gemeenschappelijke cultuur te zijn ingewijd. De laatste tijd heeft men het er vaak over dat onze klasse gedoemd is te verdwijnen, dat ze haar historische roeping heeft vervuld en niet langer geschikt is voor de leidende rol die ze eeuwenlang heeft vervuld. Ik moet je zeggen dat ik daar niets van begrijp. Ik ben er vast van overtuigd dat men de bourgeoisie wat al te ijverig onder de grond wil stoppen. Misschien rest deze klasse toch nog enige kracht, misschien heeft ze nog een rol te spelen op het wereldtoneel, misschien zal de bourgeoisie in de toekomst opnieuw de brug zijn waarop revolutie en ordentelijkheid elkaar ontmoeten. Als ik zeg dat mijn eerste vrouw een bourgeoise was, is dat dus geen verwijt, maar de aanduiding van een geestesgesteldheid. Zelf ben ik ook een bourgeois en ik zal dat altijd blijven. Alleen al om die reden zal ik deze klasse nooit verloochenen. Als ze wordt aangevallen, zal ik haar verdedigen, maar niet blindelings en bevooroordeeld. Ik wil een duidelijk inzicht hebben in mijn achtergrond en daarom moet ik weten wat de bourgeoisie verkeerd heeft gedaan en of die klasse werkelijk door een ziekte van haar levenskracht is beroofd. Vanzelfsprekend heb ik met mijn vrouw nooit over deze kwesties gesproken.

Wat het probleem was? Wacht, ik zal je dit uit de doeken doen. In de eerste plaats dat ik tot het gedeelte van de bourgeoisie behoorde dat de rituelen heel goed kende.

Ik kom uit een rijke familie, terwijl de familie van mijn vrouw juist arm was. Overigens is het al dan niet tot de bourgeoisie behoren geen kwestie van geld. Het is mijn ervaring dat juist de armste leden van de bourgeoisie het krampachtigst vasthouden aan de burgerlijke mentaliteit en leefwijze. Rijke mensen houden zich nooit zo strikt aan maatschappelijke gewoonten en conventies, aan leef- en fatsoensregels en gebruikelijke manieren om te groeten. Dat laten ze aan kleine burgerlieden over. De laatstgenoemden willen door de strikte naleving van deze regels tonen dat ze precies weten hoe het hoort. Een goed voorbeeld is de directeur van een bijkantoortje die precies bijhoudt welke wooneisen, kledingvoorschriften en etiquetteregels met de verschillende loonschalen corresponderen. Rijkelui hebben ook de neiging tot een beschaafd soort avontuurlijkheid, bijvoorbeeld tot het dragen van een valse baard – een hulpmiddel waarmee ze voor kortere of langere tijd uit de o zo voorname maar saaie gevangenis van het bezit ontsnappen. Het is mijn heimelijke overtuiging dat de rijken zich van de vroege ochtend tot de late avond vervelen, terwijl de kleine burgerman, die wel zijn status heeft maar geen geld, zich nooit verveelt omdat hij het daar veel te druk voor heeft, omdat hij, als een heldhaftige kruisridder, dag in dag uit bezig is de leefwijze en de leefregels van de bourgeoisie te beschermen. Onder de leden van de bourgeoisie hechten alleen de kleine burgerlieden aan dergelijke formaliteiten. Ze kunnen niet anders omdat ze zich tot aan hun dood moeten waarmaken.

Mijn vrouw was zeer zorgvuldig opgevoed. Ze had een paar talen geleerd en kende nauwkeurig het onderscheid tussen goede muziek en goedkope melodieën, tussen literatuur en leugenachtige romannetjes. Ze wist waarom een schilderij van Botticelli mooi is en wat Michelangelo met de Pietà heeft willen uitdrukken. Ze had dit voor een groot deel van mij geleerd tijdens onze reizen en gesprekken, maar natuurlijk ook uit boeken. Wat ze thuis en op school had geleerd, was er met veel strengheid ingepompt, zodat ik het als mijn taak zag het schematisme van die schoolse kennis te doorbreken en haar het geleerde op een meer emotionele manier te laten beleven. Dat was geen eenvoudige opgave. Ze had een uitstekend gehoor, ook in overdrachtelijke zin, en als ze merkte dat ik haar wilde opvoeden, was ze gekrenkt. Mensen kunnen om allerlei redenen gekrenkt zijn en dikwijls wordt de wrijving door kleine verschillen tussen hen veroorzaakt. De een heeft zijn kennis kunnen verkrijgen doordat hij in gunstige omstandigheden werd geboren en zo de kans had om inzicht te krijgen in het broze geheim van de ware cultuur, de ander had die mogelijkheid niet en kon alleen wat schoolkennis verwerven. Ja, zo eenvoudig zit de wereld in elkaar, maar het kost vaak een heel mensenleven voordat we dat begrijpen.

Voor de kleine burgerman, beste vriend, is cultuur en alles wat daarbij hoort niet iets wat emotioneel ervaren dient te worden, maar wat uit het hoofd geleerd moet worden. De bovenlaag van de bourgeoisie bestaat uit kunstenaars, uit creatieve geesten. Tot die groep heb ik zelf behoord. Ik zeg dat niet hoogmoedig, maar verdrietig, want uiteindelijk heb ik niets gecreëerd. Ik miste iets wat daarvoor noodzakelijk is. Wat, zou ik moeilijk kunnen zeggen. Lázár zei altijd: het heilige vuur, maar hij heeft nooit uitgelegd wat hij daarmee bedoelde.

Wat het probleem was – met mijn eerste vrouw? Overgevoeligheid en ijdelheid. Dat is niet zo bijzonder, want als je naar de oorzaken van de menselijke misère zoekt, kom je meestal bij ijdelheid en hoogmoed uit. En ook bij angst, want door hun ijdelheid durven de mensen niet het geschenk te aanvaarden dat liefde heet. Er is veel moed voor nodig om zonder voorbehoud liefde te aanvaarden. Inderdaad, moed en misschien zelfs heldhaftigheid. De meeste mensen zijn niet tot het geven en ontvangen van liefde in staat omdat ze laf en ijdel zijn en vooral bang. Ze schamen zich wanneer ze liefde geven, en ze schamen zich nog meer wanneer ze zich tegenover hun partner blootgeven en hun geheim verraden, het droevige geheim dat ze behoefte aan tederheid hebben, dat ze niet zonder kunnen. Ik geloof dat dit de waarheid is, of beter gezegd: ik heb het lang geloofd. Tegenwoordig durf ik het niet meer zo stellig te zeggen omdat ik al tamelijk oud ben en mijn leven op een mislukking is uitgedraaid. De oorzaak van die mislukking? Dat heb ik toch net gezegd. Ik ben niet moedig genoeg geweest in mijn huwelijk en ik heb de liefde van de vrouw die van mij hield niet durven aanvaarden. Ik geneerde me daarvoor en ik keek een beetje op haar neer omdat ze anders was dan ik, omdat ze door haar afkomst tot de kleine burgerij behoorde en een andere smaak en een ander levensritme had dan ik. Bovendien was ik bezorgd over mezelf, over mijn prestige. Ik was bang dat ik me aan de edele en gecompliceerde chantage bloot zou stellen waarmee de liefde gepaard gaat. In die tijd wist ik nog niet wat ik nu weet, wist ik nog niet dat je je nergens voor hoeft te schamen in het leven. Alleen lafheid is schandelijk – lafheid die een mens belet gevoelens te tonen of te aanvaarden. Die eigenschap is bijna onfatsoenlijk, en in fatsoen geloof ik heilig. Met smaad valt niet te leven.

Proost! Ik ben dol op deze wijn, ook al is hij niet volledig helder en smaakt hij nogal zoet. De laatste tijd heb ik me aangewend elke avond een fles te ontkurken. Wacht, ik zal je een vuurtje geven.

Om kort te gaan: het probleem met mijn eerste vrouw was dat we niet hetzelfde levensritme hadden. Kleine burgerlieden zijn altijd wat stijf en schrikachtig en ook wat gekunsteld, het is net alsof ze een rol spelen. Bovendien voelen ze zich gauw gekrenkt. Die eigenschappen komen vooral tot uitdrukking als deze mensen buiten hun oorspronkelijke omgeving en leefmilieu terechtkomen. Ik ken geen bevolkingsgroep die zo verschrikt en wantrouwend door het leven gaat als zij. Als die vrouw – mijn eerste echtgenote – in gelukkiger omstandigheden was geboren, ik bedoel een trapje hoger of lager, zodat ze wat vrijer zou zijn geweest, had ik misschien alles van haar ontvangen wat een man van een vrouw ontvangen kan. Ze wist namelijk alles en ze kon alles. Ze wist welke soorten bloemen in de herfst en in het voorjaar het voordeligst in onze oude Florentijnse vaas uitkwamen en hoe ze zich correct en smaakvol moest kleden, en als we in gezelschap verkeerden, maakte ze me nooit te schande, maar converseerde ze precies zoals het hoort. Ook onze huishouding liep op rolletjes en de dienstboden verrichtten geruisloos hun werk, zoals mijn vrouw het ze had geleerd. We leefden zoals wordt aangeraden in boeken over goede manieren. De fout was alleen dat we net zo braaf leefden in die andere, meer natuurlijke dimensie van het menselijke bestaan, in het gebied van oerwouden en watervallen dat de andere kant vormt van het leven. Ik doel hiermee niet alleen op het echtelijk bed, hoewel dat in dit verband zeker niet onbelangrijk is. Dat bed is namelijk ook een oerwoud of een waterval, en het roept herinneringen op aan archaïsche en absolute fenomenen, aan ervaringen die het leven zin en inhoud geven. Als we dit wilde gebied van onkruid ontdoen en tot een park maken, krijgen we iets heel moois, gecultiveerds en bekoorlijks: aangenaam geurende bloemen, schilderachtige bomen, fraai gegroepeerde heesters en klaterende fonteinen die alle kleuren van de regenboog vertonen, maar met het oerwoud en de waterval, met de oeroude plaatsen waar we onze lusten kunnen botvieren, is het dan voorgoed gedaan.

De rol van de bourgeoisie in de samenleving is heel belangrijk, maar omdat hij zo'n belangrijke rol vervult, moet hij een hoge prijs betalen, zoals iedereen die een heldenrol speelt. Waarschijnlijk betaalt niemand zo veel voor zijn vorming als de burgerman. Die prijs die hij betaalt is zijn moed, de moed die hij nodig heeft om gelukkig te worden. De kunstenaar ervaart zijn vorming en opleiding als iets heel moois, maar de burgerman beleeft die enkel als dressuur, zij het ook als een dressuur die tot wonderbaarlijke eindresultaten leidt. In het verre land waar jij woont, in de gelukkige smeltkroes van rassen en exotische levenswijzen die Peru wordt genoemd, hoor je natuurlijk nooit iemand zoiets zeggen, maar ik heb mijn leven nu eenmaal in Boedapest doorgebracht en altijd in de wijk Rózsadomb gewoond. Een mens wordt bepaald door de levensomstandigheden van het land waar hij woont.

Er is veel gebeurd in mijn leven dat ik onmogelijk kan vertellen.

Mijn eerste vrouw leeft nog, maar ze heeft geen levensgezel. Soms kom ik haar wel eens tegen. We maken nooit een afspraak voor een ontmoeting, want dat zou haar op het verkeerde been zetten, ze houdt namelijk nog steeds van me. Weet je, ze is niet het type vrouw dat je na de scheiding precies op de eerste van de maand de alimentatie-uitkering stuurt, en met Kerstmis en met haar verjaardag een bontjas of een sieraad, waarmee de zaak is afgehandeld. Ze houdt nog steeds van me en ze zal waarschijnlijk nooit meer van iemand anders gaan houden. Ze is ook niet boos op me, want als twee mensen werkelijk van elkaar hebben gehouden, kunnen ze elkaar onmogelijk haten. Er is wel woede of wraakzucht denkbaar als ze zijn gescheiden, maar haat, ik bedoel zo'n taaie, berekenende, afwachtende haat... nee, dat is onmogelijk. Ze leeft haar eigen leven en misschien vergis ik me wel en wacht ze helemaal niet meer op me. Langzaam gaat haar leven voorbij en ten slotte zal ze stilletjes en op een voorname, fijnzinnige manier overlijden. Ze zal sterven omdat haar leven geen nieuwe inhoud krijgt, omdat een mens niet zonder het gevoel kan leven dat iemand hem nodig heeft, alleen hem en niemand anders. Ik denk overigens dat ze dit tekort zelf niet beseft. Waarschijnlijk denkt ze dat ze zich heeft neergelegd bij onze scheiding. In de carnavalstijd heb ik eens een avontuurtje gehad met een vrouw die een jeugdvriendin van haar was. Die vrouw was kort voor onze ontmoeting uit Amerika teruggekeerd. We ontmoetten elkaar op een van de bals die in die periode van het jaar worden gegeven en het kostte me weinig moeite haar naar mijn woning te tronen. Tegen de ochtend vertelde ze dat Ilonka ooit met haar over me had gesproken. Je weet toch dat veel vrouwen over hun vriendinnen kletsen? Zij was ook zo'n type. In het bed van de ex-man van haar vriendin vertelde ze op de ochtend na haar kennismaking met die man dat ze op het internaat altijd jaloers was geweest op Ilonka. Ze zei ook nog dat ze me in een theesalon in de binnenstad had gezien, waar ze toen in het gezelschap van mijn ex verkeerde. Ze had me daar zien binnenkomen om gekonfijte sinaasappelschilletjes voor mijn tweede vrouw te kopen. Ze had ook gezien dat ik het geld waarmee ik betaalde, uit een bruinleren portefeuille te voorschijn haalde. Die portefeuille had ik voor mijn veertigste verjaardag van mijn vrouw gekregen. Ik gebruik hem niet meer. Kijk me niet zo sceptisch glimlachend aan alsjeblieft. Welnu, die twee vrouwen, mijn ex en haar vriendin, hebben in die theesalon mijn hele eerste huwelijk doorgenomen. Mijn ex moet toen hebben gezegd dat ze heel erg veel van me had gehouden, zo veel dat ze na de scheiding bijna van verdriet was gestorven, maar dat ze ten slotte in die scheiding had berust omdat ze begreep dat ik niet de ware geliefde was, of beter gezegd, dat ik evenmin de ware geliefde was, of nog beter gezegd – indien verbetering hier nog mogelijk is –, dat de ware geliefde niet bestaat. Dit vertelde die vriendin me toen we 's morgens samen in mijn bed lagen. Ik vond het nogal minnetjes dat ze zich ondanks alles wat mijn ex haar had verteld, in mijn armen had geworpen. Hoewel ik geen hoge dunk heb van de onderlinge solidariteit van vrouwen in lief-desaffaires, ging haar gedrag me toch wat te ver en daarom heb ik haar 's morgens fijntjes en tactvol de deur uit gewerkt. Ik vond dat ik dat toch wel verplicht was tegenover mijn eerste vrouw. Daarna heb ik lang nagedacht over alles wat die vriendin me had verteld. Na verloop van tijd kwam ik tot de conclusie dat Ilonka tegen haar had gelogen. Het is niet waar dat de ware geliefde niet bestaat. Voor Ilonka ben ik dat ongetwijfeld geweest, voor haar was ik de enige ware. Zelf heb ik nooit iemand gehad die zo belangrijk voor me was, geen van mijn beide ex-vrouwen heeft zo'n centrale rol in mijn leven gespeeld, en de andere vrouwen met wie ik ooit iets heb gehad nog minder. Maar toen ik met die vrouwen een relatie had, wist ik dat nog niet. Het duurt ontzettend lang voordat je achter zoiets komt.

Zo, nu weet je alles over mijn eerste vrouw. Meer zou ik over haar niet kunnen vertellen.

De scheiding doet nu geen pijn meer en ik heb geen schuldge-voelens als ik aan haar denk, hoewel ik me ervan bewust ben dat ze tot op zekere hoogte is vermoord – door mij, door het leven en door het toeval, door het feit dat ons kind is gestorven. Dat alles heeft min of meer haar geestelijke dood veroorzaakt. Zo gaat het in het leven. De moorden waarover je in de kranten leest, zijn daarbij vergeleken schaamteloze overdrijvingen, amateurswerk. En het leven gaat ook heel wat ingewikkelder te werk dan de moordenaars over wie de journalisten schrijven. Het leven schrikt niet terug voor enorme verkwistingen. Het bekommert zich niet om de individuele Ilonka's, maar alleen om het geheel, om alle Ilonka's, Judits en Péters bij elkaar, omdat het een boodschap wil overbrengen. Het is eigenlijk niet zo moeilijk die boodschap te verstaan, maar de meeste mensen hebben er jaren voor nodig en ze kunnen de ontvangen mededeling maar moeilijk aanvaarden. Ik heb er lang over nagedacht en daardoor zijn alle warmte en genegenheid geleidelijk uit mijn hart verdwenen. Gebleven is alleen een gevoel voor verantwoordelijkheid. Dat is het enige wat er ten slotte overblijft in een mannenhart, het bezinksel van alle ervaringen. Wij verkeren tussen levenden en doden en zijn verantwoordelijk voor onze medemensen, al kunnen we ze niet helpen. Maar ik ga daar liever niet op door, want ik was van plan je over mijn tweede vrouw te vertellen. Precies, je hebt haar daarstraks in het gezelschap van dat gedrongen heertje de deur uit zien gaan.

Wie die tweede was? In elk geval geen bourgeoise, beste kerel, ze was van uiterst eenvoudige komaf.

Wil je het hele verhaal horen? Vooruit dan maar. Let goed op, want ik ga je de zuivere waarheid vertellen.

Die vrouw was oorspronkelijk een dienstmeisje. Ze was zestien toen ik haar leerde kennen en ze werkte als kamermeisje bij ons. Ik wil je niet met mijn jeugdliefde vervelen, maar je alleen vertellen hoe onze relatie begon en eindigde. Wat ertussenin is gebeurd, kan ik nog steeds niet goed duiden.

Laat ik beginnen je te vertellen dat er bij ons thuis niemand was die van de andere gezinsleden durfde te houden. Mijn vader en moeder hadden een 'ideaal huwelijk' en dus een afschuwelijke relatie. Nooit klonk er bij ons thuis een te luid woord. Het was altijd: Liefste, waar heb je zin in? Schat, wat kan ik voor je doen? Zo leefden ze met elkaar samen. Misschien niet eens slecht, maar zeker niet goed. Mijn vader was een trotse en ijdele man en mijn moeder was een bourgeoise in de letterlijke zin van het woord. Als ik haar in een paar woorden zou moeten kenmerken, zou ik zeggen: gevoel voor verantwoordelijkheid en afstandelijkheid. De manier waarop mijn ouders leefden en stierven, van elkaar hielden en mij voortbrachten en opvoedden had veel weg van het celebreren van een mis. Bij ons thuis was alles een onpersoonlijk ritueel: het ontbijt en het avondeten, ons sociaal leven, het contact tussen kinderen en ouders en volgens mij ook de liefde tussen mijn ouders, althans wat daarvoor doorging. Het was alsof ze voortdurend rekenschap van iets moesten afleggen. Ons leven was planmatig ingedeeld. De laatste tijd worden in sommige landen, tot heil van de natie, vier- of vijfjarenplannen gemaakt en op geforceerde wijze ten uitvoer gebracht, of de staatsburgers dit nu willen of niet. Het is daar niet van belang of de burgers zich prettig voelen of eventueel zelfs gelukkig zijn, maar het gaat alleen om het heil van de gemeenschap, die bij de volvoering van zo'n economisch plan wel zou varen. De afgelopen jaren hebben we dit herhaaldelijk zien gebeuren. Welnu, in mijn ouderlijk huis leefden we ook zo, maar niet volgens vier- of vijfjarenplannen, maar volgens een planning die wel veertig of vijftig jaar omvatte, zonder dat daarbij rekening werd gehouden met ons persoonlijk geluk. Familierituelen, werk, huwelijk en dood hebben bij de bourgeoisie namelijk een belangrijke functie, ze dienen om de familie en de sociale orde te behoeden en te versterken.

Als ik terugdenk aan mijn kinderjaren, zie ik heel duidelijk dat al ons doen en laten door die pijnlijke en zwartgallige planmatigheid werd bepaald. Onze gecompliceerde en gracieus uitgevoerde werkzaamheden waren niets anders dan onverbiddelijke en gevoelloze slavenarbeid. Alles wat we ondernamen, was erop gericht onszelf waar te maken of voor de ondergang te behoeden. We wilden bewijzen dat we een klasse vormden die bestaansrecht had; dat we waardevolle leden van de gemeenschap waren, behoeders van het goede, die binnen die gemeenschap een belangrijke functie vervulden. Wij, leden van de bourgeoisie, moesten het goede voorbeeld geven. We mochten niet toegeven aan de rebellie van plebejische instincten, niet zwichten voor geweld en niet uit zijn op de verwezenlijking van ons persoonlijk geluk. Je vraagt me of we ons bewust zo gedroegen. Ach, ik wil niet beweren dat mijn vader of moeder tijdens de zondagse maaltijden stimulerende redevoeringen hielden waarin ze het vijftigjarenplan van de familie schetsten, maar ik kan ook niet zeggen dat we slechts het onnozele gebod van afkomst en milieu opvolgden. We wisten heel goed dat het leven ons voor een zware taak had uitverkoren. Die taak bestond niet alleen uit het behoeden van een huis, een fabriek en een aandelenkapitaal en uit het handhaven van een elegante levensstijl, maar ook in het bieden van verzet tegen de plebejische krachten in de wereld die ons zelfrespect wilden aantasten en ons voortdurend tot ongepaste vrijheden probeerden te verlokken. Dit verzet was zelfs het hoogste gebod en gaf een diepere betekenis aan ons leven. Het ging erom elke opstandige neiging te onderdrukken, niet alleen in de buitenwereld maar ook in onszelf. Alles om ons heen was dus gevaarlijk en verdacht. Wij waren degenen die ervoor moesten zorgen dat het verfijnde mechanisme van onze hardvochtige maatschappij ongestoord bleef functioneren. Daar waren we voortdurend mee bezig, zelfs binnen de vier muren van onze woning, want ook daar beoordeelden we de buitenwereld met onze maatstaven, reguleerden we onze verlangens en bedwongen we onze instincten. Tot de bourgeoisie behoren brengt met zich mee dat je je voortdurend moet inspannen. Ik bedoel met zich inspannen het verrichten van conserverende en scheppende arbeid, niet het streven van kleinburgerlijke carrièrejagers, die alleen op een aangenaam en geriefelijk leven uit zijn. Wij waren daar absoluut niet op uit. Onze houding en onze gewoontes waren op bewuste zelfverloochening gegrond. We hadden bijna het gevoel dat we monniken van een religieuze orde of leden van een geheim genootschap waren, mensen die geheimen bewaarden en regels handhaafden in een tijd waarin alles wat ze van waarde achtten, dreigde te worden weggevaagd. Dit gevoel bepaalde zelfs de manier waarop we onze maaltijden gebruikten. En het maakte ook dat we één keer per week naar het Nationaal Theater of de Opera gingen. Het bepaalde natuurlijk ook de manier waarop we onze gasten – zonder uitzondering eveneens leden van de bourgeoisie – ontvingen, die in donkere kleding verschenen en naar de salon of de door kaarsen verlichte eetkamer werden geleid, waar met kostbaar tafelzilver en porselein was gedekt en exquise gerechten werden opgediend. In die stemmige omgeving werden vervolgens volstrekt steriele en overbodige gesprekken gevoerd, die voor de aanwezigen niettemin een diepere betekenis hadden. Het was alsof deze mensen Latijn spraken te midden van barbaren. De op hoffelijke toon gevoerde gesprekken, inhoudsloze discussies en onbenullige causerietjes moesten namelijk het werkelijke doel van deze bijeenkomsten verhullen, en dat was het uitvoeren van een ritueel en het bekrachtigen van een nobele samenzwering. De leden van de bourgeoisie hadden zich verenigd om elkaar in geheimtaal – de dingen werden tijdens zulke bijenkomsten nooit bij name genoemd – een gelofte te doen; een gelofte die inhield dat ze ondanks het verzet van de opstandige plebejers hun geheime doelstellingen zouden blijven nastreven. Ja, zo'n eigenaardig leven leidden we. We legden voortdurend rekenschap af, niet alleen aan de groep maar ook aan elkaar. Op tienjarige leeftijd was ik al even zelfbewust, stil, oplettend en gedisciplineerd als de directeur van een grote bankonderneming.

Ik zie dat je me verbaasd aankijkt. Jij hebt deze wereld nooit meegemaakt. Je bent een creatief mens en je wordt als eerste van je familie met de waarden en normen van de bourgeoisie geconfronteerd. Nooit eerder is iemand van je familie tot die klasse opgeklommen, jij bent de eerste. In jouw gemoed gloeit enkel nog eerzucht. In het mijne is die gloed al gedoofd en door herinneringen, tradities en plichtsbesef vervangen. Misschien kun je niet eens helemaal volgen wat ik vertel. Neem me deze uitweiding alsjeblieft niet kwalijk.

Ik zal proberen je alles uit te leggen.

Onze woning was altijd een beetje donker. Het was een mooie woning, een huis met een tuin, en dat huis werd regelmatig opgeknapt en verbouwd. Ik had op de bovenverdieping een eigen kamer en in de belendende kamers sliepen mijn huisonderwijzer en mijn gouvernante. Ik geloof dat ik in mijn kindertijd en gedurende de jaren waarin ik opgroeide geen minuut alleen ben geweest, altijd was er wel iemand aanwezig om op me te letten. Thuis werd ik al net zo gedresseerd als later op het internaat. Het wilde dier in me moest worden afgericht, zodat ik een goede burger zou worden die zijn kunstje perfect uitvoerde. Misschien kwam het door de voortdurende aanwezigheid van mijn 'dompteurs' dat ik in die tijd wanhopig naar eenzaamheid snakte. Tegenwoordig woon ik alleen en heb ik niet eens meer een bediende. Er komt alleen af en toe, als ik niet thuis ben, een werkster langs om de door mij gemaakte rommel op te ruimen. Die rommel is meestal niet gering, want er is niemand in huis om mij te controleren of ter verantwoording te roepen. Ik wil maar zeggen dat het leven ook heel aangename en bevredigende momenten in petto heeft, alleen komen ze te laat en in een moeilijk herkenbare, verwrongen vorm. Maar dát ze komen, staat vast. Toen ik na mijn tweede echtscheiding alleen achterbleef in mijn huidige woning, voelde ik voor de eerste keer in mijn leven de wat nostalgische opluchting die ontstaat als je iets tot het einde hebt weten vol te houden, als je je doel hebt bereikt. Om het nog duidelijker te zeggen: ik voelde me als iemand die na langdurige gevangenschap plotseling wegens goed gedrag in vrijheid wordt gesteld en voor het eerst sinds tientallen jaren kan gaan slapen zonder bang te hoeven zijn voor zijn bewakers, die hem tijdens hun nachtelijke rondes via een kijkgaatje begluurden. Zulke vreugdevolle ogenblikken schenkt het leven ons mensen. We moeten er duur voor betalen, maar ten slotte krijgen we ze.

Vreugdevol is natuurlijk niet het goede woord. Op een dag word je stil. Je verlangt niet meer naar vreugde en je voelt je ook niet langer bedrogen en beroofd. Op een dag zie je heel duidelijk in dat je alles gekregen hebt wat je hebt verdiend, dat zowel de straffen als de beloningen rechtvaardig waren. Datgene waar je te laf of onvoldoende heldhaftig voor was, heb je niet gekregen. Zo eenvoudig is het leven. Het is geen blijdschap wat je op dat moment voelt, alleen berusting en kalmte. Het is alleen jammer dat je daarvoor eerst zo'n verschrikkelijk hoge prijs moet betalen.

Zoals gezegd, bij ons thuis waren wij ons er voortdurend bewust van dat we tot de bourgeoisie behoorden, het was bijna alsof we een rol speelden. Wanneer ik aan mijn kinderjaren terugdenk, zie ik donkere kamers waarin prachtige meubels staan opgesteld, bijna zoals in een museum. Ons huis werd eeuwig schoongemaakt, soms op een luidruchtige manier, met elektrische apparaten en geopende ramen, waarbij van anderen geleend deskundig personeel assisteerde. Natuurlijk vond dat schoonmaken ook onhoorbaar en onzichtbaar plaats, want alle mensen die in ons huis een kamer betraden, zowel diensmeisjes als familieleden, togen daar dadelijk aan het werk. Ze verschoven een stoel, bliezen de stofpluisjes van de piano, veegden met hun hand een voorwerp af of fatsoeneerden de kwasten van een gordijn. We behandelden de inboedel van die woning – de meubels, de gordijnen, de schilderijen en de gebruiksvoorwerpen – als een verzameling tentoongestelde voorwerpen of kunstwerken, als een museale collectie die voortdurend verzorgd en gekoesterd moest worden en waar je op je tenen langs moest sluipen omdat het niet paste tussen dergelijke eerbiedwaardige zaken ongeremd heen en weer te lopen of luid te spreken. Voor de ramen hingen zware gordijnen die zelfs in de zomer het licht tegenhielden, en als het avond werd, verspreidden achtarmige kroonluchters hoog aan het plafond tevergeefs hun schijnsel in de kamer en was alles nog steeds alleen vaag zichtbaar.

Langs de wanden stonden vitrines met voorwerpen – voorwerpen die door het personeel en de huisbewoners eerbiedig werden behandeld en die niemand ooit oppakte om ze van nabij te bekijken. Er stonden antieke porseleinen kopjes met gouden randjes, vervaardigd in Wenen, Chinese vazen en miniaturen, portretten van volledig onbekende buitenlandse dames en heren, kruiken, beeldjes van dieren, sleuteltjes die nooit werden gebruikt, ivoren waaiers waarmee niemand zich ooit koelte toewuifde en kleine voorwerpen van goud, zilver en brons. In een van de kasten werd 'het zilver' bewaard, dat daarin even zorgvuldig was opgeborgen als de thorarollen in de verbondskist. Dit tafelzilver werd op doordeweekse dagen nooit gebruikt, evenmin als de damasten tafellakens en het fijne porselein. Alles werd volgens de geheime regels van het huis voor een van de gelegenheden bewaard dat we gasten hadden. Maximaal kon er voor vierentwintig personen worden gedekt, maar dit kwam eigenlijk nooit voor. Als we gasten hadden, werden 'het zilver', de damasten tafellakens en de kunstvoorwerpen van porselein en glas uit de kast gehaald en het middagmaal verliep dan volgens een pijnlijk precies ritueel, alsof er niet gegeten diende te worden maar een ingewikkelde opdracht moest worden uitgevoerd, die bestond in het treffen van de juiste toon tijdens de tafelgesprekken en het vermijden van ongelukjes met het tafelservies.

Deze eigenaardige levensstijl is je goed bekend, daarom wil ik het liever hebben over de gevoelens die het ouderlijk huis bij mij opwekte, niet zozeer in mijn kinderjaren, maar pas later, toen ik al volwassen was. Ja, er kwamen gasten bij ons dineren en zelfs logeren, wij leefden in dat huis en we gebruikten het normaal, maar behalve die alledaagse betekenis had de woning nog een diepere, meer verborgen betekenis voor ons: ze was een burcht, waarin we ons geborgen wisten.

De kamer van mijn vader is voor eeuwig in mijn geheugen gegrift. Het was een groot vertrek, eigenlijk een zaal, waarvan de deuren met dikke oosterse kleden waren behangen. Aan de wanden hingen allerlei schilderijen en prenten, waaronder kostbare, in gouden lijsten, met afbeeldingen van verre, exotische bossen, Aziatische havens en onbekende, voornamelijk negentiende-eeuwse heren met lange baarden. In een van de hoeken van de kamer stond een imposante schrijftafel, een zogenaamd diplomatenbureau, dat wel drie meter lang en anderhalve meter breed was. Op het bureaublad prijkten een wereldbol, een koperen kaarsenhouder, een tinnen inktpot, een schrijfmap van Venetiaans leer en nog wat snuisterijen. Het meubilair van de kamer bestond verder uit een ronde tafel en vier zware leren fauteuils. Op de schoorsteenmantel stonden twee vechtende stiertjes. Op de boekenkast bronzen voorwerpen, beeldjes van arenden en van paarden, en verder nog een tijger van een halve meter, die zich gereedmaakte voor de sprong. Ook dit beeld was uit brons gegoten. In de van glazen deuren voorziene kasten langs de muur stonden ontelbare boeken, het moeten er wel vier- of vijfduizend zijn geweest. Literaire werken werden in een aparte kast bewaard, in een andere kast stonden boeken over theologie, filosofie en sociologie, en ook een reeks werken van een Engelse filosoof, in blauwlinnen band. Ook stonden er in de kasten allerlei series boeken die via agenten van boekhandels waren aangeschaft. Al deze boeken werden eigenlijk nooit gelezen. Mijn vader las het liefst kranten en reisbeschrijvingen. Mijn moeder las ook zwaardere kost, maar alleen Duitse romans. De boekhandelaren stuurden haar van tijd tot tijd de nieuw verschenen boeken, die her en der op de tafels bleven liggen totdat de bediende mijn vader om de sleutel vroeg en ze allemaal in de kasten opborg. Die kasten waren altijd zorgvuldig afgesloten, zogenaamd om de boeken netjes te houden, in werkelijkheid om te voorkomen dat ze zouden worden gelezen. Iemand zou het immers in zijn hoofd kunnen halen kennis te nemen van de geheime en gevaarlijke boodschappen die daarin verborgen waren.

De kamer waar ik je over vertel, werd als de werkkamer van mijn vader aangeduid, maar in werkelijkheid werd daar al sinds mensenheugenis niet meer gewerkt en zeker niet door mijn vader. Hij verrichte zijn werkzaamheden in de fabriek en gedeeltelijk ook in de sociëteit, waar hij 's middags naar toe ging om met medefabrikanten en andere kapitaalkrachtige lieden gezellig te kaarten, de kranten door te nemen en over zaken en politiek te discussiëren. Mijn vader was ongetwijfeld een handige en praktisch ingestelde man. De fabriek, die oorspronkelijk de werkplaats van mijn grootvader was, had hij tot een groot bedrijf weten te maken en onder zijn leiding werd dit bedrijf ten slotte een van de belangrijkste industriële ondernemingen van het land. Voor zoiets is kracht, sluwheid, een grote dosis meedogenloosheid en een vooruitziende blik vereist. Zonder een leider die over dergelijke eigenschappen beschikt, kan geen enkel bedrijf het lang volhouden, elke onderneming heeft iemand nodig die over voldoende intuïtie en ervaring beschikt om in zijn kantoor uit te knobbelen wat de arbeiders in de werkplaats moeten doen. Mijn vader heeft veertig jaar lang de fabriek geleid vanuit zijn kantoor boven de werkplaats. Hij was daar in zijn element en werd door het personeel gerespecteerd en gevreesd. Ook in de zakenwereld werd zijn naam met respect genoemd. Ongetwijfeld kwam de zakelijke moraal van mijn vader – zijn opvattingen over werk, geld, winst en vermogen – nauwkeurig overeen met wat de wereld en zijn omgeving van hem verwachtten. Hij was een creatief mens, absoluut geen bitse en bekrompen grootkapitalist die zijn werknemers uitbuitte, maar een ondernemende en scheppende geest, die respect had voor creatief werk en mensen met ideeën beter betaalde dan talentloze zwoegers. Vader had met de leden van de sociëteit een verbond, maar een heel ander dan het verbond met de leden van de bourgeoisie. Het laatstgenoemde, dat zich alleen binnenshuis manifesteerde, kwam tot uitdrukking door een ritueel, terwijl het eerstgenoemde, dat zich ook daarbuiten, liet gelden, een onvervalst geheim genootschap was. De sociëteit, waarvan hij een van de oprichters was, accepteerde alleen miljonairs als lid, en het ledenaantal mocht niet meer dan tweehonderd bedragen. Als er een lid kwam te overlijden, werd er naar een miljonair gezocht die geschikt was voor deze rol en de plichten van de overledene op zich kon nemen – met dezelfde zorgvuldigheid als wanneer de Académie Française een nieuw lid kiest of de Tibetaanse monniken tussen de kinderen van de hoogvlakte een nieuwe dalai lama trachten te vinden. De selectie van het nieuwe lid en de uitnodiging voor het lidmaatschap waren met een waas van geheimzinnigheid omgeven. Die tweehonderd mannen wisten dat ze, hoewel ze geen titels bezaten of ambten bekleedden, een belangrijke macht vertegenwoordigden binnen de staat; een macht die misschien belangrijker was dan die van een ministerie. Ze vormden de onzichtbare macht achter de schermen, waarmee de officiële macht niet zelden noodgedwongen onderhandelingen aanging en overeenkomsten sloot. Mijn vader was een van deze tweehonderd uitverkorenen.

Wij waren ons daar thuis heel goed van bewust. Ik ging dikwijls met een zekere eerbied en schuwheid de 'werkkamer' van mijn vader in en bleef dan voor het 'diplomatenbureau' staan, dat al sinds mensenheugenis niet werkelijk meer werd gebruikt, maar toch de aandacht had van de bediende, die elke ochtend zorgvuldig de erop uitgestalde kunst- en gebruiksvoorwerpen rangschikte. Terwijl ik daar zo stond, staarde ik vol ontzag naar de portretten van de baardige mannen en stelde me voor dat deze sombere heren met hun bitse gezichten net zo'n verbond met elkaar hadden gehad als mijn vader met zijn vrienden in de sociëteit. Deze mannen hadden over mijnen, bossen en werkplaatsen geheerst en waren dankzij een stilzwijgende overeenkomst met hun soortgenoten, dankzij een bloedverbond dat tijd en leven ver te boven ging, sterker en machtiger geweest dan hun medemensen. Met enige beklemming, maar ook met trots bedacht ik dat ook mijn vader tot deze machtigen der aarde behoorde. Mijn gevoelens waren niet geheel vrij van eerzucht, want ik wilde in de toekomst graag de plaats van mijn vader innemen in dat illustere gezelschap. Het heeft me vijftig jaar gekost om erachter te komen dat ik mentaal niet bij die mensen pas. Vorig jaar ben ik uit die vereniging gestapt, waartoe ik na de dood van mijn vader op uitnodiging van de leden was toegetreden. Ik heb me toen ook uit de dagelijkse leiding van de fabriek en uit het zakenleven teruggetrokken. Uiteraard had ik er als jongetje geen idee van dat ik zo zou eindigen. Ik keek vol ontzag in mijn vaders heiligdom rond en probeerde de titels van de door niemand ooit gelezen boeken te spellen. Intussen had ik het vage vermoeden dat deze pijnlijk precies gerangschikte boeken en bureau-attributen de coulissen vormden van een door meedogenloze wetten beheerst proces dat onafgebroken maar nauwelijks waarneembaar aan de gang was en dat niet veranderd of in zijn loop gestuit kon worden. Het verliep eenvoudig zoals het verliep. Toch moest er iets niet in orde zijn met dat proces, want niemand sprak er ooit met een woord over. Zodra bij ons thuis zaken als werk, geld, de fabriek of het genootschap van de tweehonderd uitverkorenen ter sprake kwamen, werden mijn vader en zijn vrienden merkwaardig zwijgzaam. Ze keken dan somber voor zich uit en veranderden haastig van onderwerp. Er was kennelijk een grens, een onzichtbare slagboom, die het spreken daarover belette. Het is eigenlijk overbodig dat ik je dit allemaal vertel, want je weet dit allemaal al. Nu ja, ik doe het ook alleen maar omdat ik, nu ik eenmaal begonnen ben, werkelijk alles aan je kwijt wil.

Ik wil absoluut niet beweren dat ons leven kil was en elke hartelijkheid ontbeerde. De familiefeesten werden bijvoorbeeld nauwgezet gevierd. Maar liefst vier of vijf dagen van het jaar werden aan het kerstfeest besteed. Al werden die dagen op de officiële gregoriaanse kalender niet allemaal met rode cijfers aangeduid, voor mijn familie, die er een ongeschreven kalender op nahield, waren ze belangrijker dan de grote christelijke feestdagen. Behalve die ongeschreven kalender had mijn familie ook een geschreven exemplaar: een in leer gebonden boek, waarin geboorten, huwelijken en sterfgevallen nauwkeurig werden geregistreerd, misschien nog wel zorgvuldiger dan op het bureau van de burgerlijke stand. Dat boek, dat je het stamboek of het gouden boek van de familie zou kunnen noemen, werd door het hoofd van de familie bijgehouden. Mijn overgrootvader is daar honderdtwintig jaar geleden mee begonnen. Deze overgrootvader, die nog in een dolman met tressen gekleed ging, was het eerste lid van de familie dat beroemd werd en veel geld verdiende, hij was namelijk molenaar op de Hongaarse Laagvlakte. Hij was het die voor het eerst de familienaam in het zwartleren boek met de perkamenten bladzijden schreef, onder het opschrift *In nomine Dei*. Men noemde hem Johannes de Tweede, en hij wordt als de stamvader van de familie beschouwd. De man is zelfs geadeld.

Zelf heb ik maar een keer iets in dat boek geschreven, en wel na de geboorte van mijn zoon. Die dag zal ik van mijn leven niet vergeten. Het was een fraaie, zonnige dag tegen het eind van februari. Toen ik van het ziekenhuis thuiskwam, had ik het verwarrende, deels trieste deels gelukkige gevoel dat een man maar eenmaal in zijn leven heeft, namelijk na de geboorte van zijn zoon. Mijn vader leefde toen al niet meer. Ik ging naar de studeerkamer, waar ik even zelden placht te werken als hij, haalde uit een van de onderste schuifladen van het diplomatenbureau het familieboek te voorschijn, dat door sloten werd dichtgehouden, opende het, nam mijn vulpen ter hand en schreef er met sierlijke letters Matthias I in, en daarachter de datum en het geboortetijdstip. Het was een groots en plechtig moment. Wat een ijdelheid en goedkoop sentiment ligt er toch in de meeste menselijke gevoelens besloten! Ik dacht op dat moment dat het voortbestaan van de familie door deze geboorte was gewaarborgd en dat alles hierdoor in één klap zinvol was geworden: de fabriek, de meubels, de schilderijen aan de muren en het geld op de bank. Mijn zoon zou na verloop van tijd mijn plaats innemen in de woning, in de fabriek en in het genootschap van de tweehonderd. Ja, dat dacht ik toen, maar uiteindelijk heeft hij helemaal niets ingenomen. Dat heeft me veel stof tot nadenken gegeven, beste kerel. Tegenwoordig geloof ik niet meer dat je kind, je opvolger, het antwoord kan zijn op de wezenlijke levensvragen waar je mee worstelt. Ook al zegt men dikwijls dat dit de wet van het leven is, het is onjuist, want het leven kent geen wetten. Maar laat ik hier niet op doorgaan. Waar hadden we het ook al weer over? O ja, over Judit Áldozó.

Ik heb je verteld hoe ons leven was ingericht en hoe mijn kinderjaren verliepen. Ik weet heel goed dat het allemaal best meevalt als je ons leven met dat van sommige andere mensen vergelijkt. Alles is inderdaad betrekkelijk.

De feesten, vooral de familiefeesten, vierden we heel getrouw. Niet alleen vaders verjaardag en moeders naamdag, maar ook alle andere superheilige 'stamfeesten', en die feesten waren natuurlijk niet compleet zonder cadeaus, muziek, heerlijke gerechten, tafelredes en flakkerende kaarsen. Op zulke hoogtijdagen kleedde mijn gouvernante me in een piekfijn matrozenpakje met een kanten kraag, zodat ik er ongeveer als de kleine lord moet hebben uitgezien. Al dit soort dingen waren bij ons thuis even strikt voorgeschreven als de uniformdracht in het leger. Vaders verjaardag was natuurlijk het belangrijkste feest. Voor die gelegenheid moest ik zelfs gedichten uit mijn hoofd leren. Als de belangrijke dag daar was, verzamelden de huisgenoten zich in hun beste kleren in de salon en terwijl iedereen stond te stralen, kusten de dienstbodes mijn vader met geveinsde geestdrift de hand en bedankten hem. Waarvoor ze hem bedankten was me nooit duidelijk, misschien voor het feit dat ze bij hem mochten dienen. Hoe het ook zij, ze deden het. Daarna volgde een feestelijke middag- of avondmaaltijd, waarvoor uit de familieschatkamer het mooie servies en het dure tafelzilver te voorschijn waren gehaald. Familieleden dienden zich aan om het rijke en machtige familiehoofd op gepaste wijze met zijn verjaardag te feliciteren – en hem natuurlijk te benijden. Mijn moeder en ik waren altijd de eersten die hem gelukwensten. Armere familieleden ontvingen elke maand geld van mijn vader, een echt maandgeld, dat met een pensioen was te vergelijken. De familieleden die dit voorrecht genoten, bekritiseerden mijn vader achter zijn rug omdat ze naar hun mening te weinig van hem kregen. Er kwam ook altijd een oude tante, tante Mária, op verjaarsvisite, die het bedrag dat ze van mijn vader maandelijks ontving zo gering achtte dat ze nooit aan de feestelijk gedekte tafel wilde gaan zitten. 'Voor mij is de keuken goed genoeg,' zei ze altijd. 'Ik drink daar wel een kopje koffie.' Op die manier toonde ze haar ontevredenheid met het bedrag dat mijn vader haar vrijwillig, zonder dat hij daartoe op enigerlei wijze verplicht was, maandelijks liet bezorgen. Mijn familieleden lieten haar natuurlijk niet in de keuken zitten, maar sleepten haar de salon in en gaven haar de mooiste plaats aan de tafel. Het is voor iemand die rijk is heel moeilijk, ja onmogelijk aan alle verlangens en wensen van zijn onbemiddelde familieleden tegemoet te komen. Aan de andere kant moet je waarschijnlijk een halve heilige zijn om een nabij familielid niet zijn welstand te misgunnen. De meeste mensen zijn er in ieder geval niet toe in staat. Als je rijk bent, heeft het geen zin je op te winden over het feit dat je familie je vijandig gezind is en uit afgunst en wraakzucht een verbond tegen je sluit, het is nu eenmaal de normale gang van zaken. In elke familie is wel iemand te vinden die zo rijk, beroemd of invloedrijk is dat hij door de andere leden van zijn 'stam' wordt uitgebuit en gehaat. Mijn vader wist dat maar al te goed en hij gaf zijn stamgenoten precies datgene wat hij nodig achtte en geen cent meer. Als ze hem dit kwalijk namen, verdroeg hij hun antipathie met onverschilligheid. Hij had een sterk karakter, mijn vader, en zijn rijkdom had hem absoluut niet sentimenteel of schuldbewust gemaakt. Hij wist precies wat iedereen toekwam en dat gaf hij, meer niet. Ook wat zijn gevoelens betreft, was hij zuinig. Dikwijls heb ik hem horen zeggen: 'Dat komt hem toe', of 'Dat komt hem niet toe'. Als hij zoiets zei, kon je er zeker van zijn dat hij over de rechten van de betrokkene grondig had nagedacht, want hij ging nooit over één nacht ijs. Had hij eenmaal zijn mening gegeven, dan was die even onherroepelijk als een uitspraak van de curie. Het was onmogelijk hem van mening te doen veranderen. Het lijdt geen twijfel dat hij een eenzaam mens is geweest die zich van alles heeft ontzegd en zijn verlangens heeft onderdrukt om het aanzien van de familie te vermeerderen. Hoewel hij soms overdreven hard was voor zichzelf, was hij toch geen neurotische of onevenwichtige persoonlijkheid. Als mijn moeder of een ander familielid in omslachtige bewoordingen en met allerlei toespelingen een verzoek om steun van een behoeftig familielid aan hem had voorgedragen, zweeg hij altijd geruime tijd en daarna zei hij niet zelden: 'Dat komt hem niet toe.' Dat wil niet zeggen dat hij een enghartig mannetje was, hij had alleen veel mensenkennis en wist hoe je met geld moet omgaan.

Proost!

Een uitstekende wijn, beste kerel, koppig en met veel karakter. En precies op de goede leeftijd: zes jaar. Honden en wijnen zijn dan op hun best. Witte wijn kun je hooguit zestien, zeventien jaar bewaren, daarna verliest hij zijn kleur en zijn aroma en wordt hij even levenloos als de fles die hem omhult. Die wijsheid heb ik van een wijnboer in Badacsony. Laat je dus niet imponeren als een snob je een heel oude wijn voorzet. Ja, een mens moet alles leren in zijn leven.

Waar was ik ook weer gebleven? O ja, bij het geld.

Weet jij soms waarom schrijvers dat onderwerp zo luchtig afdoen? Ze hebben het voortdurend over de liefde en over andere verheven zaken, zoals het noodlot en de maatschappij, maar over geld schrijven ze nauwelijks. Ze doen net alsof dat iets van secondair belang is, een bedrukt vodje papier dat de rekwisiteur in de zakken van de acteurs propt als de handeling van het stuk dat vereist. In werkelijkheid veroorzaakt geld veel meer spanningen dan we bereid zijn onder ogen te zien. Ik heb het nu niet over 'rijkdom' en 'armoede', dus niet over abstracte begrippen, maar over het geld zelf, over die alledaagse maar merkwaardige en extreem gevaarlijke stof, die explosiever is dan dynamiet; over de pengö's die we verdienen of niet verdienen, verwerven of niet verwerven, over onbetekenende bedragen die we wegschenken of juist weigeren te geven als iemand erom vraagt. Daarover hebben de schrijvers het nooit, maar toch hopen de grote spanningen van het leven zich vaak om kleine bedragen op. Alledaagse intriges, kuiperijen, listige manipulaties, kleine heldendaden, verraderlijke machinaties en edelmoedig gebrachte offers worden, als er een schamele drie-honderd pengö op het spel staat, tot tragedies, tenzij het leven de ontstane spanningen toch nog weet op te lossen. Rijkdom wordt in de literatuur vaak als een samenzwering voorgesteld, wat in wezen klopt, maar toch is het verschil tussen armoede en rijkdom niet zo groot als wordt voorgesteld, want zowel bij armen als rij-ken hebben we met dezelfde verschijnselen te doen: met geld en met de verhouding van de mensen tot dit betaalmiddel, met hun omkoopbaarheid of heroïsch volgehouden eerlijkheid. En als ik 'geld' zeg, doel ik niet op geld met een grote G, maar op de gewone bedragen die we elke ochtend, middag en avond bijna gedachte-loos uitgeven. Mijn vader was rijk en had dus respect voor geld. Of hij nu één of honderdduizend pengö uitgaf, hij deed dit met dezelfde bedachtzaamheid. Op een keer zei hij over iemand dat hij hem verachtte omdat hij geen geld had, hoewel de betrokkene al over de veertig was.

Ik was verbijsterd door deze uitspraak, die ik harteloos en onrechtvaardig vond.

'Daar kan die arme man toch niets aan doen,' zei ik.

'Jawel,' zei mijn vader. 'Hij kan er wel degelijk wat aan doen. Hij is invalide noch ziek. Wie op zijn veertigste niet zoveel geld heeft als iemand in zijn omstandigheden op zijn minst had kun-nen verdienen, is een luilak, een lafaard of een niksnut. Voor zo'n man kan ik geen respect hebben.'

Zelf ben ik nu al over de vijftig, een leeftijd waarop je conditie duidelijk minder is dan vroeger. Ik slaap slecht en lig de halve nacht met geopende ogen naar het donker te staren, alsof ik me vast oefen voor de dood. Ik meen de werkelijkheid te kennen, heb geen reden meer om mezelf te bedriegen en ben niemand meer iets verschuldigd behalve mezelf. Die schuld aan mezelf bestaat in de waarheid. Tegenwoordig denk ik dat mijn vader gelijk had toen hij zo'n hard oordeel velde over die man. Als je jong bent, begrijp je zoiets niet. In mijn jeugd vond ik mijn vader maar een onrechtvaardige, hardvochtige kapitalist, die verzot was op geld en de mensen uitsluitend op hun vermogen om geld te verdienen beoordeelde. Ik verachtte zijn manier van denken en beschouwde die als kleingeestig en onmenselijk, maar naarmate de tijd verstreek, ontdekte ik dat een mens alles moet leren wat er in het leven te koop is: erotiek en liefde, heldhaftigheid en laf-heid, oprechtheid en achterbaksheid, werkelijk alles, en dus ook de betekenis van geld. Tegenwoordig begrijp ik mijn vader en neem ik hem dat strenge oordeel niet meer kwalijk. Ik begrijp nu waar-om hij neerkeek op mensen die ondanks een goede gezondheid veertig jaar lang te lui of te laf waren geweest om zich van het bestaansminimum te verzekeren. Natuurlijk kun je niet van ieder gezond mens verwachten dat hij veel geld verdient, want daarvoor is geluk, uitzonderlijke sluwheid, grof egoïsme of een blind toeval nodig, maar je mag wel verwachten dat zijn verdiensten in over-eenstemming zijn met zijn fysieke mogelijkheden en zijn levens-omstandigheden. Indien dat niet het geval is, mag je de conclusie trekken dat de betreffende persoon laf of lui is. Ik heb een hekel aan sentimentele *beaux esprits*, die, als ze dit verwijt horen, op de wreedaardigheid en de zelfzucht van de wereld wijzen en beweren dat die hen heeft belet hun levensavond in een knap huisje door te brengen en op zomeravonden met een strohoed op hun hoofd, pantoffels aan hun voeten en een gieter in hun hand door hun tuin te drentelen, zoals tevreden kleine beleggers toekomt, die aan het eind van een arbeidzaam leven op de lauweren van hun spaarzaamheid en werkkracht rusten. De wereld gedraagt zich tegenover alle mensen even boosaardig. Wat ze geeft, neemt ze vroeg of laat onherroepelijk weer terug, althans dat probeert ze. Heldhaftigheid wil zeggen dat men zich daartegen teweerstelt en de belangen van zichzelf en zijn nabije verwanten verdedigt. Ja, ik haat de weekhartigen die hun mislukkingen aan anderen toeschrijven, aan bitse, inhalige financiers, listige concurrenten en meedogenloze ondernemers die de verzilvering van hun dromen in de weg hebben gestaan. Was dan sterker en voor mijn part meedogenlozer geweest! – is mijn antwoord op een dergelijke klacht. Dat was ook de opvatting van mijn vader en daarom minachtte hij de armen, waarmee hij niet de ongelukkige massa bedoelde, maar individuen die onvoldoende krachtig en begaafd waren geweest om boven die massa uit te stijgen.

Een keihard standpunt, zeg je. Dat heb ik zelf ook jarenlang gedacht, maar nu ben ik van mening veranderd. Ik onthoud me overigens zoveel mogelijk van het geven van waardeoordelen. Ik leef en ik denk, en dat is alles wat ik doe – alles wat ik kan doen. Als ik eerlijk ben, moet ik zeggen dat ik in mijn leven geen cent heb verdiend. Ik heb alleen zorgvuldig bewaard wat mijn vader en mijn voorouders me hebben nagelaten. Het is trouwens niet gemakkelijk, dat bewaren van geld, want er ontstaan in de wereld voordurend onmetelijk sterke krachten, die tegen elke vorm van bezit zijn gericht. Soms moest ik tegen zichtbare en onzichtbare tegenstanders vechten, zoals de voorouders die mijn rijkdom hebben geschapen, en even vastberaden en waakzaam zijn als zij. Zelf ben ik geen echte geldmaker geweest omdat ik geen onmiddellijke relatie met mijn geld had, dat ik niet zelf verdiend heb, maar geërfd. Ik behoor tot de tweede generatie die het familievermogen heeft geërfd en ik wilde alleen bewaren wat ik had ontvangen, niet zozeer uit hebzucht maar om fatsoensredenen.

Mijn vader sprak ook wel eens over de financiële situatie van arme mensen. Hij vond het niet belangrijk hoeveel geld iemand bezat, maar op welke manier hij het had verworven. Hij zei bijvoorbeeld dat iemand die zijn leven lang als ongeschoold arbeider in een fabriek had gewerkt, maar uiteindelijk toch een lapje grond, een eigen huisje en een boomgaard bij elkaar had weten te sprokkelen om in zijn levensonderhoud te voorzien, een grotere held was dan een legeraanvoerder. Hij had respect voor de wonderbaarlijke wilskracht en de buitengewone, vaak een leven lang volgehouden inspanning waarmee de gezonden en de begaafden onder de armen, die zo bedroevend weinig kansen hebben, toch wat aardse goederen weten te bemachtigen. Ze spelen het klaar een stukje grond onder hun schoenzolen te krijgen en voor een paar fillér een dak boven hun hoofd te bouwen. Voor zulke mensen had hij veel ontzag. Verder had hij voor niets en niemand op de wereld respect. 'Een vent van niks,' zei hij wel eens, als iemand hem het lot van een arme sloeber beschreef, en dan haalde hij zijn schouders op. Ik heb hem dat vaak vol minachting en met veel nadruk horen zeggen.

Zelf ben ik eigenlijk altijd een vrek geweest, zoals alle mensen die niet tot scheppen of tot geld verdienen in staat zijn en alleen maar bewaren wat ze van het leven en van hun voorgeslacht hebben ontvangen. Mijn vader was daarentegen niet gierig, hij had alleen veel respect voor geld. Hij verdiende het en potte het op, maar als het juiste ogenblik daar was, gaf hij het met een gerust geweten uit. Ik heb hem ooit een cheque van één miljoen pengö zien uitschrijven, wat hij even gedecideerd en rustig deed als wanneer hij een kelner een fooi gaf. Ik was hier getuige van toen de fabriek was afgebrand en de verzekeraar weigerde de schade te vergoeden omdat de brand aan de nalatigheid van het personeel was te wijten. Hij moest toen de moeilijke beslissing nemen of hij het bedrijf zou voortzetten, wat herbouw van de fabriek noodzakelijk maakte, of liquideren. In het laatste geval kon hij tot het einde van zijn leven kalmpjes van de revenuen van zijn vermogen te leven. Omdat hij toen niet zo jong meer was, al boven de zestig, lag het voor de hand dat hij zou ophouden met werken om zich gedurende zijn resterende levensjaren met lezen, wandelen en toekijken te vermaken, maar hij bedacht zich geen moment, sloot een overeenkomst met enkele ondernemers en buitenlandse ingenieurs, schreef de bovengenoemde cheque uit en overhandigde die aan de ingenieur die de nieuwe onderneming zou gaan opbouwen en leiden – een handeling waarmee hij zijn hele vermogen overdroeg. Weldra zou blijken dat hij de juiste beslissing had genomen. Toen hij twee jaar later overleed, draaide de fabriek al heel behoorlijk, en ze bestaat nog steeds en doet nuttige dingen voor de samenleving. Dit is het belangrijkste in het leven: dat we iets nalaten waar de wereld en onze medemensen profijt van hebben.

Maar met die wijsheid kan de creatieve mens weinig beginnen, denk je, niet waar? Ik weet wat je wilt zeggen: het probleem van de eenzaamheid – de intense, onontkoombare eenzaamheid die

164

alle creatieve geesten omgeeft, zoals de dampkring de aarde. Wat moet ik daarvan zeggen? Wie creatief werk verricht, is inderdaad eenzaam, maar het is lang niet altijd zo dat hij daaronder lijdt. Zelf heb ik in mijn leven meer geleden onder de toenaderingspogingen van de mensen, onder het zogeheten sociaal verkeer, dan onder datgene wat eenzaamheid wordt genoemd. Een tijdlang ervaar je eenzaamheid als een straf, voel je je als een kind dat tijdens een familiefeest in een donkere kamer te slapen wordt gelegd, terwijl de volwassenen in het belendende vertrek doorgaan met feest-vieren, maar op een gegeven moment, als je zelf volwassen bent geworden, merk je dat eenzaamheid – de ware, bewust beleefde vorm daarvan – geen straf of opzettelijk nagestreefd isolement is, en ook geen eigenaardigheid van een gekwetste ziel, maar de enige menswaardige toestand. Daarna is je eenzaamheid niet meer zo moeilijk te verdragen. Het is alsof je in een zuiverder atmosfeer leeft.

Ik denk dat ik je een duidelijk beeld heb gegeven van de wereld van mijn vader en mijn ouderlijk huis. Het was een wereld van geld, werk, burgerlijke fatsoensnormen en burgerlijke welstand. Onze woning en onze fabriek leken voor het eeuwige leven te zijn ingericht, en de rituelen van het familieleven en het werk strekten zich over de grenzen van een mensenleven uit. Het was altijd stil in mijn ouderlijk huis en ik was al op jeugdige leeftijd aan die stilte en aan de zwijgzaamheid van mijn ouders gewend geraakt. Wie veel praat, heeft iets te verbergen. Wie gedurig zwijgt, twijfelt niet aan zijn gelijk. Ook dat heb ik van mijn vader geleerd, maar als kind heb ik onder zijn lessen geleden. Ik had het gevoel dat er iets aan ons leven ontbrak. Liefde, zeg je? Offervaardigheid en liefde? Ja, die gedachte is heel voor de hand liggend, maar ik heb op latere leeftijd geleerd dat verkeerd begrepen of met valse inten-ties verlangde liefde gevaarlijker is voor een mens dan zwavelzuur, autorijden en longkanker bij elkaar. Mensen vermoorden elkaar met hun liefde, het is een soort wapen, dat ze als een onzichtbare, dodelijke straal hanteren. Ze zijn onverzadigbaar in hun verlangen naar genegenheid en verlangen dat elk blijk van tederheid exclu-sief voor hen is bedoeld. Ze eisen het volledige gevoel van hun partner of familielid op en gedragen zich als gulzige woekerplanten die alle noodzakelijke stoffen aan hun omgeving onttrekken en andere planten van voedsel, water en licht beroven. Liefde is niets anders dan egoïsme. Ik denk dat maar weinig mensen het schrikbewind van de liefde geestelijk ongeschonden en zonder afschuwelijke trauma's doorstaan. Kijk eens om je heen, werp een blik door de ramen van de huizen, zie de mensen in de ogen en luister naar hun klachten: overal tref je dezelfde wanhoop en spanning aan. Niemand is tegen de liefdesaanspraken van zijn omgeving opgewassen. Een tijdlang verdragen ze die en proberen ze het probleem al schipperend te omzeilen, maar ten slotte worden ze het marchanderen moe. Wat dan volgt, zijn maagklachten, maagzweren, suikerziekte, hartproblemen en ten slotte de dood.

Heb je ooit harmonie en vrede tussen mensen gezien? Eén keer, in Peru, zeg je? Nu ja, misschien in Peru, maar hier bij ons, in de gematigde klimaatzone, kan deze wonderbloem niet gedijen. Soms ontvouwt ze even de bladeren van haar kelk, maar daarna verwelkt ze al spoedig. Misschien verdraagt ze de atmosfeer van de civilisatie niet goed. Lázár heeft ooit gezegd dat onze gemechaniseerde samenleving aan de lopende band menselijke eenzaamheid produceert. Hij heeft ook nog gezegd dat Paphnutius, de door vogels omzwermde pilaarheilige in de woestijn, minder eenzaam moet zijn geweest dan de moderne mens zondagsmiddags in de grote stad tussen de bezoekers van een café of bioscoop. Lázár was zelf ook eenzaam, maar hij was dat op een bewuste manier, zoals monniken in een klooster. Toen iemand hem ooit wat opdringerig probeerde te benaderen, was dat voor hem een reden om haastig op reis te gaan. Maar laat ik hier niet op doorgaan, want dit was een privézaak die me niet aangaat en waarover ik eigenlijk niet behoor te spreken.

Bij ons thuis hing dus een sfeer van verheven, sombere en plechtstatige eenzaamheid. Als ik daar wel eens aan terugdenk, komt die tijd me als een droevige, angstaanjagende droom voor, zo'n onheilspellende droom als een mens heeft wanneer hij de volgende dag examen moet doen, je kent dat wel. Ja, mijn kameraden en ik bereidden ons dag in, dag uit op een beklemmend en bijna onhaalbaar examen voor, het examen van de bourgeoisie. Onophoudelijk stampten we de daarvoor benodigde kennis in ons hoofd en elke dag begon dat examen opnieuw. Onze dromen, woorden en handelingen verrieden de spanning waaronder wij leefden en we waren eenzaam alsof er geen levende ziel in onze nabijheid was te bekennen. Iedereen voelde dat, zelfs de dienstmeisjes en mensen die slechts heel even ons ouderlijk huis betraden, bijvoorbeeld leveranciers en loopjongens. In de met gordijnen verduisterde kamers bracht ik mijn kinderjaren en mijn puberteit met wachten door. Op mijn achttiende had ik schoon genoeg van de beklemmende spanning waarmee dit wachten gepaard ging. Ik wilde graag iets verbodens doen, maar het zou lang duren voordat die wens in vervulling ging.

Maar op een dag werd deze eenzaamheid doorbroken... door de komst van Judit Áldozó.

Wacht, ik zal je een vuurtje geven. Hoe is het gesteld met je pogingen het roken op te geven? Mij lukt het maar slecht en ik ben er zelfs mee opgehouden. Niet met het roken maar met de pogingen ermee te stoppen. Op een dag zul je dezelfde beslissing nemen. Je zult je afvragen wat de meeste zin heeft: je leven met vijf of tien jaar verlengen door te stoppen of aan je beschamende, kleinzielige verslaving toegeven; een verslaving die weliswaar je dood wordt, maar die, voordat het zover is, je leven verrijkt door de kalmerende maar ook opwekkende werking van nicotine. Na zijn vijftigste dient elke roker zich die vraag te stellen. Ik heb die vraag beantwoord – door angina pectoris te krijgen en door het besluit te nemen door te gaan met roken. Ik wil me deze bittere gave van de natuur niet ontzeggen, want dat heeft geen zin. Wil je beweren dat het niet zo moeilijk is te stoppen met roken? Natuurlijk is dat niet moeilijk. Ik heb het al eens gedaan, meermalen zelfs, toen het me nog zinvol leek. Het was echter niet erg aangenaam, want vanaf het moment dat ik gestopt was, stond mijn hele dag in het teken van het niet-roken. Iedereen die met roken is opgehouden, zal dat erkennen als hij eerlijk is. Het is beter erin te berusten dat je niet zonder sigaretten kunt leven, dat je een verdovend middel nodig hebt, ook al is het schadelijk voor je gezondheid. Als je dat eenmaal erkend hebt, wordt alles gemakkelijker. De mensen zeggen dan wel dat je slap bent, maar mijn antwoord daarop luidt: 'Nu goed, dan vind je me maar slap, maar niemand zal kunnen zeggen dat ik laf ben, want ik durf me tenminste aan mijn verslaving over te geven.'

Zo denk ik erover.

Je kijkt me sceptisch aan en ik zie dat je me wilt vragen of ik ten aanzien van al mijn verslavingen zo dapper ben geweest, bijvoorbeeld ook ten aanzien van Judit Áldozó. Jawel, beste kerel. Ik heb mijn moed bewezen. Ik heb voor die verhouding duur betaald. Ik heb er de zielenrust van twee mensen voor opgeofferd: die van mezelf en die van een medemens. Een groter offer kan een mens waarschijnlijk niet brengen. En nu wil je me vragen of het de moeite waard is geweest. Ik vind dat een retorische vraag. De grote waagstukken van het leven kun je niet met een boekhoudersmentaliteit beoordelen. Het is niet van belang of iets de moeite waard is of niet, maar dat een mens iets doet omdat het lot, de omstandigheden, zijn temperament of zijn hormonen hem daartoe dwingen. Waarschijnlijk zijn deze factoren gewoonlijk in combinatie werkzaam. Het enige wat dan telt, is dat je niet laf bent, maar durft te handelen. De rest is theorie.

Welnu, ik kan met een zuiver geweten zeggen dat ik heb gehandeld.

Ik zal je vertellen wat er gebeurde toen Judit Áldozó zich op een middag bij ons aandiende, in die prachtig ingerichte, donkere woning. Ze droeg haar bundeltje met één hand, zoals arme meisjes in sprookjes. Sprookjes zijn over het algemeen nogal realistisch. Ik was juist van de tennisbaan teruggekomen en bevond me in de schemerige vestibule, waar ik mijn racket op een stoel had gedeponeerd om, verhit door het spel, mijn witte trui uit te trekken. Opeens merkte ik dat ik niet alleen was, maar dat er een onbekende vrouw bij de gotische kist stond. Ik vroeg haar wat ze kwam doen.

Ze gaf geen antwoord, waarschijnlijk omdat ze verlegen was. Ik veronderstelde dat haar verwarring door de ongewone situatie werd veroorzaakt, zoals dat wel vaker het geval is bij dienstbodes. Later heeft ze me verteld dat ze niet door de fraaie inrichting van de woning of door de plotselinge binnenkomst van een onbekende was verrast, maar dat ik bij mijn entree veel indruk op haar had gemaakt. Ze voegde eraan toe dat er iets bijzonders met haar was gebeurd toen ik haar had aangekeken. Natuurlijk had ik dat zelf ook gemerkt, maar op een oppervlakkige manier, zonder dat mijn gevoel erbij was betrokken. Vrouwen, geestelijk sterke vrouwen met een goede intuïtie, zoals zij, weten automatisch wanneer een ontmoeting belangrijk is, in tegenstelling tot de meeste mannen, die geneigd zijn belangrijke ontmoetingen mis te verstaan en er een verkeerde uitleg aan te geven. Dat dienstmeisje wist zodra ze mij ontmoette dat ik een noodlottige rol in haar leven zou gaan spelen. Ik wist het eigenlijk zelf ook wel, maar ik schonk geen aandacht aan die ontdekking.

Toen ze geen antwoord gaf op mijn vraag, zei ik enigszins gepikeerd en nogal hautain zelf ook niets meer. Zo stonden we elkaar een poosje zwijgend aan te kijken.

We bekeken elkaar veel aandachtiger dan mensen gewoonlijk doen. De vrouw die tegenover me stond, was voor mij op dat moment absoluut niet ons nieuwe dienstmeisje, maar een bekoorlijk schepsel, van wie ik wist dat ze om de een of andere reden heel belangrijk zou worden in mijn leven. Of je zoiets van tevoren kunt weten? Absoluut, maar niet verstandelijk, alleen gevoelsmatig. Ondanks mijn intense belangstelling voor haar, schoten er op dat moment ook dingen door mijn hoofd die niets met haar te maken hadden. Stel je voor hoe onwaarschijnlijk de situatie was. Bedenk eens hoe ik gereageerd zou hebben als er op dat moment iemand naar me toe was gekomen om me te zeggen dat ik tegenover de vrouw stond met wie ik ooit zou trouwen, maar dat er eerst nog een heleboel andere dingen moesten gebeuren, dat ik eerst nog met een andere vrouw moest trouwen die zelfs een kind van me zou krijgen, terwijl de vrouw die daar in de schemerige vestibule tegenover me stond naar het buitenland zou reizen en pas vele jaren later zou terugkomen, waarna ik me van mijn vrouw zou laten scheiden om met die ander, met het dienstmeisje, te kunnen trouwen. Ja, ik, de kieskeurige bourgeois, de elegante en rijke heer, zou met een dienstmeisje trouwen, met dit meisje, dat me, zonder haar bundeltje op de grond te durven zetten, even onzeker fixeerde als ik haar – met een aandacht alsof ze voor het eerst in haar leven iets zag dat de moeite waard was om goed te bekijken. Begrijp je hoe onwaarschijnlijk het was dat dit alles zou gebeuren? Als iemand het me voorspeld had, zou ik hem verbaasd en ongelovig hebben aangehoord. Nu, achteraf, enkele decennia later, vraag ik me af of ik toen toch niet al wist dat dit alles in de toekomst stond te gebeuren. En ik zou ook willen weten of het klopt dat een mens de werkelijk belangrijke ontmoetingen en de beslissende momenten in zijn leven altijd als zodanig herkent op het moment dat ze zich voordoen. Ik zou willen weten of het werkelijk waar is dat je al bij de eerste ontmoeting met de vrouw die in je leven een belangrijke rol zal gaan spelen, onmiddellijk denkt: Aha, daar is ze! Daar heb je de ware geliefde! – zoals dat in romans wordt beschreven. Het antwoord op die vragen kan ik niet geven. Het enige wat ik kan doen, is mijn ogen sluiten en terugdenken aan dat moment van toen. Wat gebeurde er op dat ogenblik precies? Deed zich een elektrisch verschijnsel voor of een bijzondere straling? Was er sprake van een bijna onmerkbaar contact? Wat je hierover ook filosofeert, het blijven onbewezen theorieën. Wel staat het voor me vast, dat de mensen hun gevoelens en gedachten niet alleen met woorden uitdrukken. Er zijn ook andersoortige contacten tussen mensen mogelijk, andere manieren om te communiceren. Door middel van golven, om het in moderne termen te zeggen. Men zegt dat ook de menselijke intuïtie door middel van golven functioneert. Ik weet niet of dat waar is en ik wil jou noch mezelf iets wijsmaken. Het enige wat ik kan zeggen, is dat ik bij die eerste ontmoeting met ons nieuwe dienstmeisje Judit Áldozó zo onder de indruk van haar was dat ik niet bij haar weg kon lopen en, hoe onmogelijk de situatie ook was, tegenover haar bleef staan. Geruime tijd staarden we elkaar zwijgend aan.

'Hoe heet je?' vroeg ik ten slotte.

Ze noemde haar naam. Ook die kwam me bekend voor. Ik associeerde hem onmiddellijk met het woord offer,[3] met iets plechtigs, temeer omdat ze een bijbelse voornaam had. Het was alsof het meisje uit een ver verleden afkomstig was, uit een wereld van bijbelse eenvoud en waarachtigheid, uit het andere, eeuwige leven. Ze leek geen dorpsmeisje te zijn, maar een mythische figuur die uit een diepere laag van de werkelijkheid was opgerezen. Toen ik weer bij mijn positieven kwam, liep ik naar de deur, waar de lichtschakelaar was, en deed de lamp aan om haar beter te kunnen zien. Ze leek niet verrast door deze plotselinge handeling. Voegzaam en bereidwillig, maar niet onderdanig als een dienstmeisje, veeleer als een vrouw die zwijgend haar man gehoorzaamt – de enige man op de wereld die het recht heeft haar te commanderen –, wendde ze zich zijwaarts en keerde haar gezicht naar het licht, zodat ik haar beter kon zien. Het was alsof ze wilde zeggen: Toe maar, neem me gerust heel grondig op. Zo zie ik eruit. Ik ben inderdaad beeldschoon. Bekijk me gerust en haast je niet. Aan dat gezicht van mij zul je nog op je sterfbed terugdenken. Zo stond ze rustig en onbeweeglijk in het schijnsel van de lamp, met haar bundeltje in de hand, bijna als een model dat voor een schilder poseert, zwijgend en met onvoorwaardelijke bereidwilligheid.

Ik kon niet genoeg van haar aanblik krijgen.

Ik weet niet of je haar daarstraks goed hebt kunnen opnemen. Waarschijnlijk heb ik je te laat op haar aanwezigheid attent gemaakt, zodat je alleen een glimp van haar hebt gezien. Ze is even groot als ik en goed geproportioneerd, noch te dik noch te dun. Zo was ze ook op haar zestiende, toen ik haar voor het eerst ontmoette. Ze is nooit magerder of dikker geworden. Weet je, dat een mens in zo'n goede conditie blijft, wordt door innerlijke krachten, door een geheimzinnig evenwicht veroorzaakt. Haar organisme functioneerde feilloos, als een machine. Naarmate ik langer naar haar keek, werd ik steeds meer verblind door haar schoonheid. Het was alsof ik lang in het schemerdonker had geleefd en plotseling in een helverlichte ruimte was gekomen. Je hebt zoëven haar gezicht niet goed kunnen zien, bovendien draagt ze sinds geruime tijd een masker, het masker van de wereldse neigingen, dat uit kunstwimpers, poudre de riz, een met lippenrood gekleurde mond en oogschaduw bestaat, kortom uit leugenachtige en kunstmatige lijnen. Maar in de tijd waar ik het nu over heb, op dat eigenaardige moment van onze eerste ontmoeting, was haar gelaat nog volkomen puur en ongeschonden, ik zou bijna zeggen: zoals het uit de werkplaats was gekomen, de hand van de Maker was er nog aan af te lezen. Ze had een volmaakt geproportioneerd, hartvormig gezicht, waarvan elke trek harmonieerde met de overige lijnen. Onvervalste schoonheid dus. Haar ogen waren zwart, maar niet gewóón zwart, ze waren zo donker dat ze bijna blauw leken. Ook haar haar had die donkere kleur, het was blauwachtig zwart. Ze moet zich van haar lichamelijke schoonheid bewust zijn geweest, anders had ze nooit zo zelfverzekerd tegenover me kunnen staan. Dit meisje, dat uit de diepte van de naamloze massa was opgerezen, bracht iets heel uitzonderlijks in ons huis: harmonie, zelfvertrouwen en schoonheid. Nu moet je niet denken dat ik dit alles woordelijk zo dacht, ik voelde het alleen vaag. Toen ik haar voor het eerst ontmoette, was ze geen kind meer, maar toch ook nog geen vrouw. Haar lichaam was al goed ontwikkeld, maar haar ziel was nog slaapdronken, was nog aan het ontwaken. Naderhand heb ik nooit meer een vrouw ontmoet die zich zo bewust was van haar lichamelijke schoonheid en kracht als Judit Áldozó.

Ze droeg een goedkoop maar keurig jurkje van een type dat voornamelijk in de stad gedragen wordt, en zwarte lage schoenen. Haar decente kleding was met zorg gekozen, zoals boerenmeisjes die in de stad gaan werken, plegen te doen, omdat ze niet voor de 'stadse nufjes' willen onderdoen. Ik keek naar haar handen en hoopte daaraan iets te ontdekken wat me zou afstoten, bijvoorbeeld een door landarbeid rood geworden huid met kloofjes, maar ze had slanke, bleke handen, die er niet uitzagen alsof ze vaak ruw werk verrichtte. Later zou ik vernemen dat ze thuis nogal verwend was door haar moeder, die haar nooit grof werk had laten doen.

Zo stond ze daar, heel rustig en toelatend dat ik haar in het sterke lichtschijnsel van de lamp bewonderde, terwijl ze me met een neutrale maar toch oplettende blik aankeek. In die blik en in haar houding was niets uitdagends of behaagzieks te bespeuren. Ze was geen sletje dat naar de stad was gekomen om een gunstige positie bij rijke heren te verwerven, geen type dat bij haar eerste werkgever al naar de zoon des huizes lonkt. Nee, ze was veeleer een vrouw die een man grondig bekijkt omdat ze voelt dat er een relatie met hem aan het ontstaan is, maar zonder daarbij te ver te gaan. Ook later heeft ze zich altijd zo ingetogen gedragen en de relatie tussen ons heeft nooit dwangmatig haar denken beheerst. Ook in de tijd dat ik niet meer zonder haar kon leven, slapen of werken, toen ze zich als een dodelijk gif in mijn huid, in mijn dromen en in mijn reflexen had genesteld, was ze nog in staat rustig en zelfbewust te beslissen of ze bij mijn moeder zou blijven werken of weggaan. Denk je dat ze nooit van me gehouden heeft? Dat heb ik zelf ook een tijdlang verondersteld, maar ik wil niet te streng over haar oordelen. Ze heeft dat stellig wél gedaan, maar op een andere wijze dan bij de bourgeoisie gebruikelijk is, op een meer aardse, meer praktische en meer behoedzame manier.

Weet je, met deze constatering zijn we bij de kern van het probleem aangeland, namelijk dat zij uit het proletariaat afkomstig was en ik uit de burgerstand. Over de daaruit voortvloeiende problemen wil ik je het een en ander vertellen.

Wat er daarna feitelijk is gebeurd? Niets bijzonders, beste kerel. Psychologische feiten als mijn bezetenheid van Judit Áldozó en de gevolgen hiervan kun je niet vergelijken met de gebeurtenissen in een roman of in een toneelstuk. De belangrijke ontwikkelingen in een mensenleven vinden heel langzaam en geleidelijk plaats. Zichtbare handelingen vinden daarbij nauwelijks plaats. Je leeft... dat is eigenlijk de enige handeling die zich voordoet, en verder zijn er natuurlijk de dagelijkse gebeurtenissen. Het was dus niet zo dat Judit Áldozó zich op een dag bij ons aandiende en dat er de volgende dag of een halfjaar later dit of dat gebeurde. Het was ook niet zo dat ik vanaf het eerste ogenblik dat ik haar zag door hartstocht werd verteerd en niet meer eten of slapen kon, dat ik vanaf dat moment alleen nog maar over het onbekende boerenmeisje in mijn omgeving fantaseerde – het meisje dat elke dag mijn kamer schoonmaakte, zich heel gelijkmatig gedroeg, mijn vragen beleefd beantwoordde en even geruisloos leefde als een boom, hoewel ze niet afliet me met haar verrassende en verrukkelijke uitdrukkingsmiddelen op het feit te attenderen dat ze mijn aandacht verdiende en geen onbetekenende medebewoonster van onze planeet was. Ik was dus ongetwijfeld vanaf het begin in haar geïnteresseerd, maar toch was er aanvankelijk niets bijzonders aan de hand en het zou lang duren voordat dat wel het geval was.

Toch denk ik met een zekere ontroering aan die eerste tijd terug. Omdat het meisje in ons huis geen belangrijke taak had, zag ik haar maar zelden. Mijn moeder leerde haar alles wat een kamermeisje weten moet, maar ze mocht nooit de maaltijden opdienen omdat ze onze familierituelen onvoldoende kende. Meestal dribbelde ze eenvoudig achter de bediende aan, als een clown die in het circus een jongleur nabootst. Soms kwam ik haar in het trappenhuis of in de salon tegen en het gebeurde ook wel dat ze op mijn kamerdeur klopte en me staande in de deuropening een brief overhandigde. Je moet weten dat ik de dertig al was gepasseerd toen ze bij ons kwam werken en wonen. Ik was dus al een man van middelbare leeftijd, en in veel opzichten mijn eigen baas. Mijn vader beschouwde me als zijn compagnon en begon me in die tijd heel geleidelijk op de overname van zijn functie voor te bereiden. Hoewel ik toen al heel goed verdiende, ging ik toch niet op mezelf wonen. Ik had op de bovenverdieping van het huis van mijn ouders twee kamers. Het door mij bewoonde deel van het huis had een eigen ingang. Als ik 's avonds niets te doen had in de stad, at ik samen met mijn ouders. Ik vertel je dit alles om je duidelijk te maken dat ik niet vaak de gelegenheid had om het meisje te zien, maar dit feit belette niet dat er vanaf het moment dat ze bij ons in huis kwam een sfeer van spanning in de lucht hing als we elkaar ontmoetten.

Iets wat me altijd erg opviel als we samen waren, was dat ze me altijd strak aankeek, alsof ze me iets vragen wilde.

Ze was dus geen naïef kamerkatje, zo'n onschuldig dorpsmeisje dat haar ogen neerslaat en bloost als ze de jongeheer tegenkomt of met hem koketteert. Als we elkaar tegenkwamen, bleef ze staan, alsof iemand haar tegenhield. Ze gedroeg zich dus net zo als die eerste keer, toen ik de lamp had aangeknipt om haar beter te kunnen zien en ze me gedwee haar gezicht had getoond. Ze keek me ook heel eigenaardig aan, niet uitdagend of uitnodigend, maar ernstig, met wijd opengesperde ogen, alsof ze me iets wilde vragen. Altijd keek ze me met die serieuze, vragende blik aan, altijd leek ze me een vraag te stellen. Lázár heeft het ooit eens over 'de vraag van ieder schepsel' gehad, waarmee hij bedoelde dat in de diepste bewustzijnslaag van elk levend wezen een vraag leeft – een vraag die luidt: Waarom?

Ook Judit Áldozó stelde die vraag. Waarom leef ik, wat heeft het allemaal voor zin? Iets dergelijks sprak er uit haar blik. Het eigenaardige was vooral dat ze die vraag alleen tot mij richtte.

En omdat ze bijna angstaanjagend mooi was en zoveel waardigheid, maagdelijkheid en temperament uitstraalde dat je haar als een meesterwerk van de Schepper kon beschouwen, als het meest volmaakte schepsel dat hij ooit had bedacht en geschapen, begon haar schoonheid ons leven te beïnvloeden zoals een onophoudelijk klinkende, maar bijna onhoorbare muziek dit kan doen. Schoonheid is waarschijnlijk een soort energie, zoals ook hitte, licht en de menselijke wil dat zijn. Ik ben trouwens geneigd te geloven dat schoonheid iets met wilskracht te maken heeft, waarmee ik natuurlijk niet op door cosmetica bevorderde schoonheid doel, want ik heb een hekel aan kunstmatige, door looien en prepareren voortgebrachte schoonheid, die ik met dode dieren associeer. Nee, achter ware schoonheid, die uit vergankelijk en breekbaar materiaal bestaat, laait een sterke wil. Ze is de uiterste consequentie en de vrucht van harmonie, die heerlijke en wonderbaarlijke evenwichtstoestand die de mensen alleen met hartenbloed en zweet, met hun verstand en hun intuïtie, met inzet van lichaam en geest kunnen bereiken. Zoals gezegd, ik was toen al de dertig gepasseerd.

Ik zie aan je blik dat je de zogenaamd verstandige maar in werkelijkheid verdorven mannenvraag wilt stellen wat nu eigenlijk het probleem was. Was het niet eenvoudiger geweest om in die situatie gewoon gehoor te geven aan de lokroep van het bloed en de instincten? Een dertiger weet toch hoe hij in een dergelijk geval moet handelen. Hij weet toch dat hij elke vrouw die haar hart en ziel niet aan een andere man heeft geschonken, in bed kan krijgen, dat niets ter wereld hem kan beletten met haar de liefde te bedrijven als hij de gelegenheid heeft haar te ontmoeten en er geen lichamelijke of esthetische problemen zijn. Zo zit het leven in elkaar. Ik wist dat en maakte ruimschoots gelegenheid van die kennis. Zoals alle mannen op die leeftijd die er niet al te jammerlijk uitzien en vermogend zijn, ging ik met graagte in op de avances van vrouwen en wees ik die slechts zeer zelden af. Een vermogend man wordt door de vrouwen even naarstig omzwermd als een knappe vrouw door de mannen. De aantrekkingskracht die hij op hen uitoefent, heeft niets met zijn persoon te maken. De meeste vrouwen voelen zich eenzaam en snakken naar tederheid, pleziertjes en liefde. In elke grote Europese stad wonen meer vrouwen dan mannen en ik was niet onaantrekkelijk of dom. Bovendien woonde ik in een mooi huis en wist iedereen dat ik rijk was. Ik leefde zoals mensen in mijn omstandigheden gewend zijn te leven. Het is mijn stellige overtuiging dat na die eerste periode van verlegenheid en bedeesdheid een vriendelijk woord genoeg zou zijn geweest om Judit Áldozó voor me te winnen en haar hart te veroveren, maar dat woord kwam niet over mijn lippen. Voor mij was het begrijpelijke en opwindende aan de relatie met haar – als je de aanwezigheid van een jong dienstmeisje in het ouderlijk huis een relatie kunt noemen – dat ik haar niet lichamelijk wilde bezitten, dat ik niet met haar naar bed wilde, zoals met andere vrouwen met wie ik had geslapen. Ik was er dus niet op uit om de vijftig kilo mals vrouwenvlees die zij representeerde te bemachtigen en te consumeren. Wat ik dan wel wilde?

Het heeft lang geduurd voordat ik erachter kwam. Ik liet haar met rust omdat ik hoopte dat ze me iets zou kunnen geven, omdat ik iets van haar verwachtte. En dat was geen onnozel avontuurtje. Wat dan wel? Ik hoopte dat ze een vraag zou kunnen beantwoorden – een vraag die mijn hele leven beheerste.

Intussen leefden we zoals het gegoede burgers past te leven. Natuurlijk ben ik op een gegeven moment op het idee gekomen het meisje naar een andere omgeving te brengen om haar daar in alle rust op te voeden en een gezondere relatie met haar aan te gaan. Ik dacht erover een woning voor haar te kopen, haar tot mijn geliefde te maken en dan met haar te gaan samenleven, voor-zover dat mogelijk was. Ik moet eraan toevoegen dat dit idee pas tamelijk laat, vele jaren na die eerst ontmoeting bij me opkwam, en toen was het al te laat, toen was die vrouw zich van haar macht bewust en wist ze wat haar te doen stond. Ze was me volledig de baas geworden en ik kon niets anders doen dan op de vlucht slaan. In die eerste jaren merkte ik alleen dat er in huis iets aan het veranderen was. Als ik 's nachts thuiskwam, wachtte me daar een diepe stilte; de stilte en ordelijkheid van een klooster. Ik liep altijd meteen de trap op naar mijn woning, waar mijn bediende alles had klaargezet wat ik 's nachts nodig had: een thermosfles met gekoeld sinaasappelsap, mijn lectuur en sigaretten. Op mijn tafel stonden altijd vazen met bloemen, en mijn kleren, boeken en kunstvoorwerpen waren netjes opgeruimd, zodat ik ze gemak-kelijk kon vinden. Ik bleef in de aangenaam verwarmde kamer staan en luisterde of ik het meisje hoorde. Natuurlijk dacht ik niet voortdurend aan haar, ik had niet de dwanggedachte dat ze in mijn nabijheid in een van de meidenkamers de nacht doorbracht. Na een jaar of twee begon ik geleidelijk te voelen dat de door mij bespeurde verandering de sfeer in ons huis betrof. De oorzaak daarvan was mij onbekend, ik wist alleen dat Judit Áldozó bij ons woonde en een heel knappe vrouw was, maar dat wist iedereen. De bediende moest worden ontslagen omdat hij te opdringerig werd tegenover haar, en ook de kokkin, een alleenstaande oudere vrouw, kon niet langer bij ons blijven werken omdat ze op Judit verliefd was geraakt en aan haar liefde op geen andere manier uitdrukking wist te geven dan door ruzie te maken en te kijven. Maar over al deze problemen repte niemand in ons huis met een woord. Mijn moeder was de enige die precies wist wat er aan de hand was, maar ze liet niets los. Later heb ik me dikwijls afgevraagd waarom ze zo zwijgzaam was. Mijn moeder had een scherpe intuïtie en veel levenservaring, ze wist altijd alles, ook dingen waar niemand over sprak. Het was eigenlijk merkwaardig dat ze het geheim van de opdringerige bediende en de verliefde kokkin kende, want op het gebied van liefde en erotiek had ze niet bepaald veel ervaring en waarschijnlijk had ze nooit iets gelezen over het bestaan van hardnekkige perverse gevoelens, zoals de oude kokkin die voor Judit koesterde. Toch wist ze precies wat er aan de hand was. Ze was toen al een bejaarde vrouw en verbaasde zich nergens meer over. Ik ben er zeker van dat ze wist dat Judit niet alleen gevaarlijk was voor haar personeel, zoals uit de problemen met de bediende en de kokkin was gebleken, maar ook voor haar gezin. Ja, het knappe dienstmeisje was een gevaar voor iedereen die in ons huis woonde. Over mijn vader maakte ze zich overigens geen zorgen, want die was toen al oud en ziekelijk, bovendien hield ze niet werkelijk van hem. Mijn moeder hield alleen van mij en daarom heb ik me later wel eens afgevraagd waarom ze die gevaarlijke dienstbode niet tijdig de laan uit heeft gestuurd, hoewel ze de risico's van haar aanwezigheid in huis kende. Het heeft bijna een heel mensenleven geduurd voordat ik daarachter kwam.

Wat ik je nu ga zeggen, is heel vertrouwelijk: mijn moeder wilde dat ik aan dat gevaar was blootgesteld.

Ze wilde dat omdat ze me voor een nog groter gevaar wilde behoeden. Weet je voor welk gevaar? Heb je werkelijk geen idee? Voor de eenzaamheid, voor de angstaanjagende eenzaamheid die het leven van mijn ouders kenmerkte, zowel het leven van mijn vader als dat van mijn moeder, voor de eenzaamheid waarmee het glorieuze, geslaagde, geritualiseerde leven van de klasse waartoe ze behoorden, was doordrenkt. Er is een tendens in het leven van de mens die angstaanjagender en vreselijker is dan alle andere: vereenzaming. Het is een verschijnsel dat mensen tot machines maakt, dat tot de invoering van strenge huisregels en een nog strengere arbeidsdiscipline leidt en uiteindelijk in een schrikbarend streng maatschappelijk bestel resulteert. Het gevolg van eenzaamheid is dat alles aan regels wordt gebonden: genoegens, voorkeuren en zelfs het liefdesleven van de mens. Alles is voorgeschreven: hoe laat je moet opstaan, ontbijten, werken en de liefde bedrijven, en ook voor je ontspanning en vorming zijn bepaalde tijden vastgesteld. Zo raken de mensen gevangen in een krankzinnig systeem dat ze zelf geschapen hebben. In dit systeem 'bevriest' de samenleving waarin ze zich bewegen, zodat ze ontdekkingsreizigers lijken die naar weelderig begroeide streken willen reizen, maar van dat voornemen moeten afzien omdat het weer omslaat, alles verstart en zelfs de zee dichtvriest. De kilte en starheid die ik bedoel, zijn nog het best vergelijkbaar met de dood. Het proces begint langzaam, maar gaat net zo lang door tot het hele gezinsleven is 'gestold'. In die situatie worden details buitensporig belangrijk, maar zijn de mensen niet meer tot werkelijke gevoelens in staat. Ze kleden zich zelfs op gewone dagen met een zorgvuldigheid alsof ze bij een belangrijke plechtigheid aanwezig moeten zijn, bij een begrafenis, een bruiloft of een rechtszitting. Ze gaan naar ontvangsten en ontvangen zelf gasten, maar achter dit alles gaapt een eindeloze leegte. Zolang er achter deze leegte nog een verwachting leeft in hun hart en ziel, is alles nog uit te houden. De mensen leiden weliswaar geen aangenaam of zelfs maar menswaardig leven, maar hun bestaan is nog altijd meer dan louter existeren. Het blijft dus zinvol voor hen 's morgens 'het uurwerk op te winden', zodat het tot de avond kan blijven tikken.

Het duurt lang voordat de laatste hoop verdwenen is. Een mens kan heel moeilijk in hopeloosheid berusten, in het feit dat hij alleen is, dodelijk en uitzichtloos alleen. Slechts zeer weinigen kunnen de wetenschap verdragen dat er geen oplossing is voor het probleem van de eenzaamheid. De meeste mensen blijven hopen op betere tijden en draven van hot naar haar. Ze zoeken hun toevlucht in een druk sociaal verkeer en knopen allerlei betrekkingen aan, maar bij hun pogingen om de eenzaamheid te ontvluchten leggen ze hartstocht noch overgave aan de dag. Ze storten zich op allerlei bezigheden en nutteloze werkzaamheden, werken veel of reizen systematisch de wereld af. Sommigen van hen kopen grote huizen of schaffen zich vrouwen aan met wie niets te beginnen valt, anderen gaan waaiers, edelstenen of zeldzame insecten verzamelen, maar het helpt allemaal niets. En terwijl ze dit alles doen, weten ze heel goed dat het niets helpt, maar toch koesteren ze nog altijd hoop. Op het laatst weten ze zelf nauwelijks meer waar ze op hopen. Ze merken heel goed dat meer geld, een completere insectenverzameling, een andere minnares, een interessante nieuwe kennis, een geslaagde soiree of een nog beter geslaagde gardenparty geen enkel soelaas brengt. In hun nood en verwarring trachten ze krampachtig orde te scheppen in hun leven. Op elk daarvoor in aanmerking komend ogenblik van de dag of de nacht zijn ze bezig hun omgeving te ordenen. En voortdurend moet er iets worden 'afgewerkt': een document, een herdersuurtje of de een of andere receptie. Alles is beter dan alleen zijn, dan heel even de eenzaamheid onder ogen zien. Snel, ik moet mensen om me heen hebben! Nee, honden! Wandkleden! Aandelen! Gotische voorwerpen! Minnaressen! Snel, voordat ik echt ga beseffen hoe hopeloos mijn situatie is!

Zo leven de mensen en zo leefden wij ook. We kleedden ons met de uiterste zorg. Vanaf zijn vijftigste kleedde mijn vader zich even zorgvuldig als een priester die een mis moet celebreren. Zijn bediende, die zijn gewoontes precies kende, legde al 's morgens vroeg zijn kostuum en stropdas klaar en koos ook een bijpassend paar schoenen voor hem uit, waarbij hij de zorgvuldigheid van een sacristiemeester betrachtte. En mijn vader, die beslist nooit ijdel was geweest en zich vroeger nauwelijks om zijn uiterlijk had bekommerd, werd van de ene dag op de andere een Pietje precies. Een pluisje op zijn jas, een valse plooi in zijn broek, een vlek op zijn overhemd, een kreukje in zijn boord of een rafeltje aan zijn stropdas was voldoende om hem uit zijn evenwicht te brengen. Werkelijk, hij lette daar even goed op als een priester die zich voor de mis kleedt. Was hij eenmaal aangekleed, dan begon de volgende fase van de neurotische ordeningsdrang: het ontbijt, het voorrijden van de auto, het lezen van de kranten, het doornemen van de post, het kantoor, de met kruiperige vriendelijkheid uitgebrachte ver-slagen van personeelsleden en zakenpartners, de sociëteit en het sociaal verkeer. Dit alles met een dusdanige oplettendheid en piet-luttigheid dat het was alsof iemand zijn sacrale handelingen con-troleerde, alsof hij daar 's avonds rekenschap van moest afleggen. Mijn moeder vond het afschuwelijk, want achter de pietluttigheid, de kleding, de gobelinverzameling, het sociëteitsbezoek, de gast-vrijheid en de gezelligheid zag ze de spoken van de eenzaamheid opdoemen, als toppen van ijsbergen in een warme zee. Weet je, in sommige bevolkingsgroepen en maatschappijvormen dient de eenzaamheid zich op een bepaalde leeftijd even onverbiddelijk aan als ziekte in een versleten organisme. Het gebeurt niet van de ene dag op de andere, want de werkelijke crises in een mensenleven, zoals ziekte, het verbreken van een relatie of een noodlottige kennismaking, voltrekken zich geleidelijk en nagenoeg onzichtbaar. Als we ze voor het eerst opmerken, is het proces al voltooid en hebben we geen andere mogelijkheid dan in de feiten te berusten of ons tot een advocaat, arts of pastoor te wenden. Anders gezegd: eenzaamheid is een toestand waarin de mens gevangen zit, als een wild dier in zijn kooi. De eigenlijke ziekte is het proces dat hieraan voorafgaat en dat ik het verstarringsproces heb genoemd. Voor die ziekte wilde mijn moeder mij behoeden.

Zoals gezegd, bepaalde dingen in het leven worden op den duur mechanisch en alles koelt af. Toch zijn de kamers van je huis nog even warm als vroeger, bedraagt je lichaamstemperatuur nog steeds zesendertig zes en je hartslag tachtig en staat je geld veilig op de bank of is het in je bedrijf gestoken. Een keer per week ga je naar de opera of de schouwburg, het liefst om een vrolijk stuk te zien. In restaurants kies je lichtverteerbare gerechten en je vermengt je wijn met spuitwater, want de regels van een gezond leven hebben voor jou geen geheim. Alles is volmaakt in orde. Je huisarts schudt je, als hij alleen een goede maar geen echte dokter is – wat absoluut niet op hetzelfde neerkomt – na het gebruikelijke halfjaarlijkse onderzoek tevreden de hand. Is hij daarentegen een echte, dat wil zeggen een werkelijk oplettende dokter, zoals een pelikaan een pelikaan is en een veldheer een veldheer, ook als hij geen leger aanvoert en bijvoorbeeld knutselt of kruiswoordpuzzels oplost, dan zal hij je na de halfjaarlijkse controle niet gerustgesteld en tevreden de hand schudden, al functioneren je hart, longen, nieren en lever ook nog zo goed, want er is een probleem met je leven, en de kilte van de eenzaamheid is je al aan te zien. De dokter merkt dit, zoals verfijnde nautische instrumenten in tropische zeeën het onmerkbaar naderende gevaar bespeuren: de koude dood, de ijsberg, die in het grijsblauwe water drijft. Er wil me geen andere vergelijking te binnen schieten, daarom kom ik opnieuw met een ijsberg. Misschien zou ik ook kunnen zeggen – Lázár zou ongetwijfeld een betere vergelijking weten te bedenken – dat eenzaamheid lijkt op het soort koelte dat je 's zomers in verlaten woningen aantreft; woningen waarvan de bewoners met vakantie zijn. Het ruikt er naar mottenballen, de aanwezige kleden en bontjassen zijn in krantenpapier gewikkeld en de jaloezieën gesloten. Hoewel buiten de verzengende zomerzon schijnt, hebben de meubels zich met de droefgeestige koelte van de donkere kamers volgezogen, want ook levenloze zaken vereenzamen snel. Alle voorwerpen en mensen doen dat, ze zuigen de eenzaamheid eerst op en stralen die vervolgens weer uit.

Een mens blijft vooral eenzaam wanneer hij hoogmoedig is en het beangstigende geschenk van de liefde niet durft te aanvaarden. Wanneer hij een rol wil spelen die hij belangrijker acht dan het avontuur van de liefde. Omdat hij ijdel is. Elke echte bourgeois is ijdel. Ik heb het nu niet over de pseudo-bourgeois, die menen bij de bourgeoisie te horen omdat ze geld hebben of een treetje hoger op de maatschappelijke ladder zijn geklommen, dat zijn maar lomperiken. Ik doel op creatieve burgers die de traditionele waarden van de samenleving behoeden, op de echte leden van de bourgeoisie, op wie zich geleidelijk de rijplaag van de eenzaamheid afzet, zodat ze het steeds kouder krijgen. Als ze volkomen afgekoeld zijn, worden ze zo plechtstatig als kostbare kunstvoorwerpen, als Chinese vazen en renaissancetafels. Ze gedragen zich gemaakt, gaan overbodige titels en onderscheidingen verzamelen en doen alles om de status van hoogedelgestrenge heer of excellentie te bereiken. Ze verknoeien hun tijd met gecompliceerde pogingen om een ridderorde of een nieuwe titel te bemachtigen, om vice-voorzitter, voorzitter of erevoorzitter te worden. De eenzaamheid heeft hen in haar ban. Men zegt wel eens dat gelukkige volken geen geschiedenis hebben. Ik zou eraan willen toevoegen dat gelukkige mensen geen titels, erebaantjes of overbodige functies hebben.

Het was hiervoor dat mijn moeder me wilde behoeden. En waarschijnlijk duldde ze Judit Áldozó daarom in ons huis, ook toen ze de nadelen van haar aanwezigheid en haar gevaarlijke uitstraling al had bespeurd. Laat ik het nog een keer heel duidelijk zeggen: er is in die tijd niets 'gebeurd'. Bijna had ik gezegd: helaas niets gebeurd. Zo gingen er drie jaren voorbij. Op een keer, met Kerstmis, was ik van de fabriek naar mijn geliefde gegaan, een zangeres, met wie ik die middag had afgesproken in de fraaie, goed verwarmde, dodelijk saaie woning die ik voor haar had laten inrichten. Ik overhandigde haar een cadeau, dat even mooi en saai was als die geliefde zelf en als alle andere woningen en geliefden die me in de loop van de tijd hadden geoccupeerd. Toen ik na dat bezoek thuiskwam – wat vroeger dan gewoonlijk omdat het Kerstmis was en de familie 's avonds bij ons zou komen eten –, trof ik in de schemerige salon, waar het fraai opgetuigde, glinsterende kerstboompje al op de vleugel prijkte, Judit aan, die op haar knieën voor de open haard zat. Op dat moment gebeurde het.

Het was, zoals gezegd, Kerstmis en ik voelde me nerveus en eenzaam in het ouderlijk huis, waar enkele uren later het kerstdiner zou worden opgediend. Ik wist dat ik in de toekomst altijd in die ongelukkige toestand zou blijven, mijn hele leven lang, tenzij er een wonder gebeurde. Je weet dat de mensen met Kerstmis altijd een beetje in wonderen geloven, niet alleen jij en ik, maar de hele wereld. Dat is ook de ratio van dat feest, de mensen kunnen eenvoudig niet zonder wonderen leven. Natuurlijk waren aan die middag talloze ochtenden, middagen en avonden voorafgegaan waarop ik Judit Áldozó had gezien, maar toen had ik nooit de neiging gehad om toenadering tot haar te zoeken. Wie aan de kust woont, vergeet gemakkelijk dat de zee zowel een vriend als een vijand kan zijn, die nu eens een zwemmer verzwelgt en dan weer een schip naar India draagt. Meestal denk je helemaal niet na over de zee. Je zwemt erin of je leest op het strand een boek. Maar die middag ging het anders dan gewoonlijk. Ik bleef in de schemerige kamer staan en keek naar Judit, die een zwart jurkje, het uniform van een kamermeisjes, droeg. Zelf was ik gekleed in het donkergrijze uniform waarop jonge fabrikanten zo dol zijn. Ik wilde eigenlijk naar mijn kamer gaan om een ander uniform aan te trekken – het zwarte dat tijdens een feestelijk kerstdiner behoort te worden gedragen –, maar in plaats daarvan bleef ik in de schemerige kamer staan en keek naar de kerstboom en de daaronder geknielde vrouw. Opeens begreep ik wat er de voorgaande drie jaren in ons huis was gebeurd. Ik begreep dat de belangrijkste gebeurtenissen in het leven van een mens geheel geluidloos en onzichtbaar plaatsvinden en dat zich achter de zichtbare gebeurtenissen iets anders voltrekt, even traag als de voorwereldlijke monsters die ooit de bossen en de wereldzeeën hebben bevolkt. Een dergelijk ondier bewoont ook het menselijke hart, maar het verroert zich maar zelden. Af en toe rekt het zich uit om iets te pakken. Dit monster is een deel van ons wezen. Achter de coulissen van het dagelijkse leven functioneert een systeem, zoals in de muziek of in de wiskunde... een enigszins romantisch systeem. Begrijp je niet wat ik bedoel? Hoe het ook zij, dat gevoel had ik toen. Ik heb je toch gezegd dat ik een kunstenaar ben, een kunstenaar zonder talent.

Het meisje was bezig houtblokken in de open haard te leggen. Ze merkte ongetwijfeld dat ik achter haar stond en haar gadesloeg, maar ze reageerde niet op mijn aanwezigheid en keek niet om. Ze zat voorovergebogen op haar knieën – een lichaamshouding die altijd iets erotisch heeft. Een vrouw die voorovergebogen op haar knieën gaat zitten, wordt automatisch een erotische verschijning, ook als ze alleen maar aan het werk is. Ik moest om die gedachte lachen, maar niet frivool, eenvoudig goedgehumeurd, alsof ik het grappig vond dat zelfs de belangrijkste ogenblikken van ons leven, de beslissende, kritieke seconden daarvan, doortrokken zijn van een soort grove menselijkheid, een boerse lompheid, en dat grote hartstochten en pathetische gevoelens met dergelijke lichaamshoudingen samenhangen. Het is belachelijk en erbarmelijk, maar de zinnelijkheid, de grote, vernieuwende kracht die elk levend wezen bestuurt, gebruikt zulke lichaamshoudingen om zich tot een fenomeen van hogere orde om te vormen. Dat was de tweede gedachte die door me heen schoot. En natuurlijk was ik me er ook van bewust dat ik dat vrouwenlichaam begeerde en dat dit verlangen min of meer onontkoombaar en ook laag-bij-de-gronds en belachelijk was. Maar dát ik het begeerde, viel moeilijk te ontkennen. En het viel ook moeilijk te ontkennen dat ik niet alleen het lichaam begeerde van degene die zich op zo'n onelegante wijze aan mij vertoonde, maar ook haar levenslot en haar gevoelens en geheimen. En omdat ik heel dikwijls met vrouwen had geslapen, zoals alle rijke nietsnutten van mijn leeftijd, wist ik ook dat de erotische spanning tussen mannen en vrouwen uiteindelijk nergens toe leidt, dat de plotseling opgelaaide zinnelijkheid na een tijdje door afstomping en onverschilligheid weer uitdooft. En ik besefte ook dat het door mij begeerde lichaam – de stevige vrouwenbillen, het slanke middel, de brede maar toch goed geproportioneerde schouders, de sierlijke, iets zijwaarts gebogen en met donkere donshaartjes begroeide hals en de vlezige, welgevormde kuiten – niet het fraaiste vrouwenlijf van de wereld was. Ik had wel beter geproportioneerde, mooiere en meer tot de verbeelding sprekende lichamen mijn bed in geloodst, maar dat was op dat moment absoluut niet van belang. Ik wist ook dat de inwendige golfbewegingen en innerlijke klimaatveranderingen waardoor een mens voortdurend tussen begeerte en voldaanheid, tussen verlangen en oververzadiging heen en weer wordt geslingerd, geen rustmomenten kennen. Van dit alles was ik zeer goed op de hoogte, zij het ook niet zo goed als tegenwoordig, nu mijn haar begint te grijzen. Het is heel goed mogelijk dat ik toen nog diep, heel diep in mijn hart hoopte dat er ergens ter wereld een lichaam was dat volledig met het mijne zou harmoniëren en dat ik met behulp daarvan de dorst van het verlangen en de oververzadiging van de bevrediging tot een milde rust zou kunnen transformeren – overeenkomstig de droom die de mensen 'geluk' noemen. De fout van deze gedachte was dat geluk niet bestaat, maar dat wist ik in die tijd nog niet.

Het komt maar zelden voor dat op de spanning van de begeerte en de wellust niet een even intens doorleefde periode van kritische bezinning volgt, die je de ontgoocheling van de bevrediging zou kunnen noemen. Natuurlijk zijn er mensen wier gevoelsleven vergelijkbaar is met dat van varkens, lieden die alles koud laat, ook begeerte en bevrediging, zodat hun gemoed veel weg heeft van een landschap zonder bergen en dalen. Wellicht kunnen zij 'gelukkig' worden genoemd, maar een dergelijk geluk is niets voor mij. Zoals gezegd, dit alles wist ik in die tijd nog niet zo goed, misschien koesterde ik toen nog hoop. Vaststaat in ieder geval dat ik mezelf daar bij die kerstboom tot op zekere hoogte verachtte en dat ik inwendig moest lachen om de idiote situatie waarin ik verkeerde en om de gevoelens die deze bij mij opwekte. Ik wist toen nog niet alles wat ik in mijn latere leven heb geleerd, bijvoorbeeld dat een situatie, ontstaan doordat mensen hun lichamelijke en geestelijke lotsbestemming volgen, nooit verachtelijk of belachelijk is.

Na nog even te hebben geaarzeld, sprak ik het meisje aan. Ik herinner me niet meer wat ik heb gezegd, maar de situatie zie ik nog heel duidelijk voor me, alsof iemand die met een filmcamera heeft vastgelegd. De beelden die mijn geestesoog passeren, lijken op liefdevol gemaakte opnamen tijdens een huwelijksreis of gedurende de loopoefeningen van een heel klein kind. Judit stond langzaam op, haalde uit de zak van haar rok een zakdoek te voorschijn en veegde daarmee haar handen af, die met as en zaagsel van de houtblokken waren bevuild. Die scène zie ik haarscherp voor me. Daarna begonnen we te praten, snel en halffluid, alsof we bang waren dat er iemand zou binnenkomen. We gedroegen ons als samenzweerders, nee als dieven die een inbraak beramen. Ik moet je nu iets zeggen dat je misschien vreemd zal vinden, maar ik wil je alles precies zo vertellen als het is gebeurd. Je zult dadelijk begrijpen waarom dat niet gemakkelijk is.

Het verhaal dat ik je wil vertellen, gaat niet over een ordinaire liefdesaffaire of een pikant avontuurtje, daarvoor is het te droevig. Het is ook slechts in zoverre mijn verhaal dat ik daarin een van de handelende personen ben. Onze relatie werd beïnvloed door krachten waar ik weinig tegen kon beginnen – krachten die elkaar het recht om ons lot te beheersen betwistten. Maar laat ik verder gaan met mijn relaas. Zoals gezegd, we spraken op gedempte toon met elkaar. Dat was ook vanzelfsprekend, want per slot van rekening was ik een heer en zij een dienstmeisje, zodat ze in ons huis vanzelfsprekend een zeer ondergeschikte positie had, bovendien hadden we het over een hoogst serieuze en vertrouwelijke aangelegenheid. Elk ogenblik kon er iemand binnenkomen, bijvoorbeeld mijn moeder of de bediende, die jaloers was op Judit. Om kort te gaan: de situatie en de discretie verlangden dat we zachtjes spraken. Ook Judit begreep dat in de gegeven omstandigheden alleen fluisteren geoorloofd was. Maar er was nog iets anders aan de hand, en dat voelde ik vanaf het begin van ons gesprek. Hier was niet alleen sprake van de eenvoudige situatie dat een man een aantrekkelijke vrouw voor zich probeert te winnen, van wie hij bepaalde verwachtingen heeft. En het zou ook onjuist zijn te zeggen dat ik simpelweg op die welgeschapen jonge vrouw ver- liefd was, dat ik bezeten was van haar, dat ik mezelf nauwelijks meer kon bedwingen, dat het bloed me naar het hoofd steeg als ik naar haar keek, dat ik bereid zou zijn geweest de hele wereld te verwoesten als ik haar daardoor had kunnen bezitten. Dat zou een veel te eenvoudige voorstelling van zaken zijn. Zo'n onstuimige verliefdheid komt in elk mannenleven voor en zelfs meermalen. Geslachtsdrift kan even kwellend zijn als honger. Nee, ons gefluis- ter had een veel diepere betekenis. Vóór dat gesprek met Judit was ik nooit zo voorzichtig geweest als ik het met vrouwen aan- legde, weet je, maar nu bepleitte ik niet alleen mijn eigen zaak, nu stak ik bovendien een pleidooi af dat tegen anderen was gericht. Om die reden sprak ik zo zachtjes. Want het was op dat moment bittere ernst, de zaak was veel dramatischer dan datgene wat de schrijvers van een frivole roman hun lezers voorschotelen als ze de liefdesrelatie tussen een rijke jongeman en een aantrekkelijk kamerkatje beschrijven. Op het moment dat Judit opstond, haar handen afveegde en me met wijd opengesperde, waakzame ogen, maar toch volstrekt onbevangen aankeek, voelde ik namelijk dat ik haar een bondgenootschap aanbood; een bondgenootschap dat niet zozeer bedoeld was om mijn verlangen naar vrouwenvlees te bevredigen, maar dat in de eerste plaats tegen iets was gericht. Zij moet dat zelf ook zo hebben gevoeld. Het komische van de situ- atie was intussen dat het meisje door haar zwarte jurk, haar witte schortje en haar witte kapje een belachelijke gelijkenis vertoonde met de kamermeisjes die in operettes ten tonele worden gevoerd. Zodra ze overeind was gekomen, kwamen we tot de kern van de zaak, zonder er omheen te draaien, als twee samenzweerders in een hertogelijk kasteel of een ander belangrijk bestuurscentrum waar belangrijke aktes en vertrouwelijke documenten worden bewaard, bijvoorbeeld een ministerie. Stel je die situatie eens voor. Een van hen werkt daar, de ander komt er regelmatig en eindelijk hebben ze een paar minuten om hun plannen te bespreken. Terwijl ze zich fluisterend met elkaar onderhouden en voorwendend dat ze het over onschuldige zaken hebben, verkeren ze in de hoogste staat van opwinding. Ze proberen de indruk te wekken dat ze elkaar tijdens hun bezigheden toevallig in het gebouw hebben ontmoet en nu een paar onschuldige woorden wisselen. Veel tijd om met elkaar te spreken hebben ze niet, want elk ogenblik kan de chef of een wantrouwende ambtenaar binnenkomen en als ze samen worden gezien, zal dat onmiddellijk argwaan wekken. Omdat wij in vergelijkbare omstandigheden verkeerden, spraken we van meet af aan over de kern van de zaak, terwijl Judit Áldozó intussen het vuur in de gaten hield, want de houtblokken waren vochtig en vatten slechts moeizaam vlam. Op een gegeven moment knielde ze opnieuw voor de open haard neer en trachtte met een blaasbalg het vuur aan te wakkeren, waarop ik ook op mijn knieën ging zitten, de koperen vuurbokken beter schikte en haar hielp bij het aanmaken van de haard. Intussen sprak ik tegen haar.

Wat ik haar gezegd heb? Wacht, ik steek er nog eentje op. Mijn gezondheid doet er immers niet toe. Op een ogenblik als dit kan die me niets schelen. De meeste dingen laten me tegenwoordig trouwens koud.

Toen ik daar bij die open haard zat, was dat heel anders. Toen had ik het gevoel dat alles wat ik zei heel belangrijk was en dat mijn woorden vergaande gevolgen konden hebben. Ik had geen tijd om het meisje het hof te maken en haar zoete woordjes toe te fluisteren. Dat was ook niet nodig. Ik zei haar dat ik met haar mijn leven wilde doorbrengen en die mededeling verraste haar absoluut niet. Ze hoorde me rustig aan, wierp een blik op het vuur en richtte haar blik daarna weer op mij, ernstig en in het geheel niet verbaasd. Achteraf heb ik het gevoel dat ze mijn kracht taxeerde. Ze keek naar me met de blik waarmee een boerenmeisje een jonge kerel opneemt die, om haar te imponeren, stoer doet en beweert dat hij heel zware dingen kan optillen, een zak tarwe of iets dergelijks. Op die manier onderzocht ze me met haar blik, alleen beoordeelde ze niet de sterkte van mijn spieren, maar mijn geestkracht. Achteraf heb ik het gevoel dat haar blik niet geheel vrij was van milde spot, of laten we zeggen ironie. Het was alsof ze met die blik wilde zeggen: Je bent niet zo sterk als je je voordoet, mannetje. Om met mij door het te leven te gaan heb je veel kracht nodig, meer kracht dan waarover je beschikt. Dat was wat die blik van haar uitdrukte. Toen ik dat opmerkte, begon ik nog indringender en sneller tegen haar te praten. Ik zei haar dat alles heel moeilijk zou zijn en dat ik in een onmogelijke situatie verkeerde. Mijn vader zou me nooit toestemming voor een huwelijk geven en waarschijnlijk zouden er nog allerlei andere moeilijkheden ontstaan. Het was bijvoorbeeld heel goed denkbaar, zei ik, dat ik me voor mijn standgenoten en mijn familie zou schamen als ik met haar trouwde, een mens kon immers onmogelijk zijn milieu geheel negeren, zeker niet iemand die er zo veel aan te danken had als ik. Ook achtte ik het zeer wel mogelijk dat die schaamte vroeg of laat onze relatie zou bederven. Ik had daar enige ervaring mee, want in mijn kennissenkring waren er wel meer mensen die ver beneden hun stand waren getrouwd en al die relaties waren uiteindelijk stukgelopen.

Dat soort onzin bazelde ik. Vanzelfsprekend meende ik toen serieus wat ik zei, het was geen lafheid die me ertoe bracht zo te praten, ik probeerde alleen zo oprecht mogelijk te zijn. Het meisje begreep dat ook, ze keek me ernstig aan en knikte om van haar instemming blijk te geven. Het was alsof ze me aanspoorde om nog meer voorbeelden te geven waaruit bleek hoe volstrekt onmogelijk mijn plan was, alsof ze verlangde dat ik met nog overtuigender argumenten de waanzin daarvan aantoonde. En ik kwam inderdaad met dergelijke argumenten op de proppen. Terwijl ik zo aan het oreren was, sprak zij geen enkel woord, of beter gezegd: ze zei wel iets, maar pas toen ik was uitgesproken, en bovendien heel weinig. Kortom, ze liet me maar praten. Ik begrijp nog altijd niet hoe ik het heb volgehouden, maar ik heb daar bij die open haard anderhalf uur achter elkaar gesproken, terwijl zij al die tijd op haar knieën zat. Tijdens het gesprek zat ik naast haar, in een lage Engelse clubfauteuil, en staarde onafgebroken in het vuur. Al die tijd kwam er niemand binnen en kon ik ongestoord doorpraten. Er moet ergens een onzichtbare regisseur zijn, die, als een mens werkelijk dringend iets moet afhandelen, ervoor zorgt dat de omstandigheden hem behulpzaam zijn, niet alleen de plaats waar hij is en de daar aanwezige voorwerpen, maar ook de mensen in zijn omgeving, zonder dat zij zich daarvan bewust zijn. Hoe het ook zij, niemand stoorde ons. Tegen het eind van het gesprek was het al avond geworden en had ik mijn vader horen thuiskomen van zijn werk. Het was hoogst waarschijnlijk dat Judit inmiddels al in de aanrechtkamer werd gemist, waar het personeel bezig was het serviesgoed en tafelzilver uit te zoeken. Hoewel iedereen zich al voor het eten had omgekleed, werden we door niemand gestoord. Later heb ik begrepen dat zoiets niet eens zo heel erg verbazingwekkend is. Als de grote regisseur iets voor elkaar wil krijgen, ensceneert hij alles op een volmaakte wijze.

Gedurende de anderhalf uur dat ons gesprek duurde, had ik het gevoel er voor de eerste keer in mijn leven iemand werkelijk naar me luisterde en dat versterkte mijn verlangen om met Judit mijn leven door te brengen. Ik zei haar dat ik niet zeker wist of ik met haar kon trouwen, maar dat we in elk geval moesten gaan samenwonen. Ik vroeg haar of ze zich nog onze eerste ontmoeting herinnerde, toen ze net was aangekomen. Ze gaf geen antwoord, maar knikte bevestigend. Zoals ze daar in de schemerige kamer voor de open haard geknield zat, haar glanzende haar overgoten door het roodachtige licht, dat de kleur van herfstbladeren had, haar hoofd iets zijwaarts gebogen, een pook in haar hand geklemd en aandachtig naar me luisterend, was ze oogverblindend mooi. Ik zei haar dat ze ons huis moest verlaten. Ze kon het beste haar betrekking opzeggen onder het voorwendsel dat haar ouders haar nodig hadden en daarna ergens op me wachten. Ik had een paar dagen nodig om mijn zaken te regelen en daarna zouden we samen naar Italië reizen, waar ik lange tijd met haar wilde blijven, misschien wel jaren. Toen ik haar vroeg of ze niet benieuwd was naar Italië, schudde ze zwijgend haar hoofd, waarschijnlijk omdat ze mijn vraag niet had begrepen. Ik had haar net zo goed kunnen vragen of ze Hendrik de Vierde wilde zien, ze begreep de vraag eenvoudig niet. Toch luisterde ze aandachtig naar me, terwijl ze als een boeteling met een kaarsrechte rug op haar knieën voor de open haard zat en in het vuur staarde. Ze zat zo dicht bij me dat ik mijn hand maar hoefde uit te steken om haar aan te raken. Eenmaal deed ik dat ook en pakte ik haar hand, maar ze trok hem terug – koket noch beledigd maar met een eenvoudige en natuurlijke beweging, zoals je tijdens een conversatie in een gezelschap met een simpel gebaar of een terloopse interruptie een verspreking van je gesprekspartner corrigeert. Pas toen zag ik voor het eerst dat ze iets voornaams had. Ze was, wat je noemt, van 'edel materiaal' gemaakt. Die constatering verraste me, maar tegelijk kwam ze me ook vanzelfsprekend voor. Ik wist toen al dat mensen niet door hun positie of hun afkomst voornaam zijn, maar door hun karakter en hun geest. Ze zat in het roodachtige licht als een hertogin voor de open haard, fier rechtop maar toch ontspannen, trots noch nederig en zonder het geringste spoor van verlegenheid of gêne, alsof ons gesprek de natuurlijkste zaak van de wereld was. Het effect van dit tafereel werd nog versterkt door de in de kamer aanwezige kerstboom. Later moest ik altijd lachen als ik aan die kerstboom terugdacht, niet vrolijk maar nogal bitter gestemd, dat mag je gerust weten. Wat een onbegrijpelijk en zonderling cadeau was die Judit geweest!

Omdat het meisje niet één keer antwoord gaf op mijn vragen, zei ik ten slotte zelf ook niets meer. Ze reageerde bijvoorbeeld niet toen ik vroeg of ze met me wilde gaan samenwonen, en ook niet toen ik wilde weten of ze zin had een paar jaar met me in Italië door te brengen. En omdat ik uiteindelijk niets meer wist te bedenken om haar voor me te winnen, gedroeg ik me als een koper die een onbuigzame verkoper op alle mogelijke manieren probeert over te halen om zijn waren goedkoop van de hand te doen en daar net zo lang mee doorgaat totdat hij begrijpt dat de verkoper niet voor zijn argumenten zal zwichten en hij dus de volle prijs zal moeten betalen. Ik vroeg haar namelijk of ze mijn vrouw wilde worden.

Op die vraag gaf ze wel antwoord.

Weliswaar niet onmiddellijk. Ze gedroeg zich aanvankelijk zonderling, want ze keek me woedend aan, bijna alsof ze me haatte. Ik zag dat ze door een grote emotie werd overmand, want haar lichaam sidderde alsof ze hoge koorts had. Bevend en trillend zat ze op haar knieën voor me. Ten slotte hing ze de pook terug op de plaats waar hij hoorde te hangen, aan een haak in de muur naast de open haard, bij de blaasbalg, en kruiste haar armen over haar borst. Ze keek me aan als een jonge leerlinge die op bevel van een strenge leraar voor straf op haar knieën zit. Met een sombere, gekwelde uitdrukking op haar gezicht staarde ze een tijdje in de vlammen, toen stond ze op, streek haar jurk glad en zei alleen: 'Nee.'

'Waarom niet?' vroeg ik.

'Omdat u laf bent,' zei ze, waarna ze me heel langzaam en grondig van top tot teen opnam. Onmiddellijk daarop verliet ze de kamer.

Proost! Zo is het dus allemaal begonnen. Na dat gesprek ben ik de stad ingegaan. De winkels waren al aan het sluiten en de mensen haastten zich met hun kerstcadeautjes naar huis. Ik ging een horlogewinkel in waar ook eenvoudige sieraden werden verkocht. Ik zocht een gouden medaillon uit, je weet wel, zo'n goedkoop dingetje waarin vrouwen het portret van hun overleden of nog levende geliefde bewaren. In mijn portefeuille vond ik een identiteitsbewijs met een pasfoto, een of ander abonnement dat tot het eind van het jaar geldig was. Ik scheurde de foto eraf, stopte hem in het medaillon en verzocht de winkelier het sieraad netjes in te pakken omdat het een cadeautje was. Toen ik weer thuiskwam, deed Judit de deur open. Ik stopte haar het pakje toe en liep meteen door. Kort daarop ben ik op reis gegaan. Jarenlang kwam ik niet terug, zodat ik pas veel later vernam dat ze het medaillon meteen om haar hals had gehangen, aan een paars lint, en dat ze het alleen afdeed als ze zich waste of het lint vernieuwde wanneer dit versleten was.

Nadat ik haar het medaillon had gegeven, gedroegen we ons allebei normaal, alsof we op die kerstdag niet over zulke belangrijke dingen hadden gesproken. 's Avonds diende Judit samen met de bediende het kerstdiner op en de volgende dag maakte ze, zoals gewoonlijk mijn kamer schoon. Natuurlijk had ik die bewuste middag al van mezelf gemerkt dat ik geestelijk niet helemaal in orde was. Ik wist dat, zoals in woede ontstoken krankzinnigen dat van zichzelf weten, mensen die met hun hoofd tegen de muur beuken en de verplegers te lijf gaan of 's nachts met een roestige spijker hun tanden en kiezen uit hun kaak peuteren. Terwijl ze zo bezig zijn, weten ze heel goed dat wat ze doen buitengewoon slecht is voor hun gezondheid, schadelijk voor hun reputatie en onwaardig tegenover de maatschappij. Ze weten dat niet alleen wanneer de aanval voorbij is, maar ook al op het moment dat ze hun krankzinnige handelingen verrichten. Precies zo wist ik die middag bij de open haard dat alles wat ik tegen het meisje had gebazeld volkomen krankjorum was en dat de plannen die ik daar maakte schadelijk waren voor mijn privéleven en voor mijn zakelijke positie. Later heb ik op dat ogenblik dan ook teruggekeken als op een moment van verstandsverbijstering waardoor een mens niet meer normaal zijn wil kan vormen en waardoor zijn gevoelens en zintuigen buiten hem om gaan functioneren en hij niet meer in staat is ze te beheersen. Het staat voor mij vast dat ik die middag bij de kerstboom door een ernstige geestesstoring ben getroffen – door de enige geestesstoring overigens die ik in mijn leven ooit heb gehad. Ook Judit moet dat hebben geweten, daarom luisterde ze zo aandachtig naar me, ze reageerde als iemand die bij een familielid de eerste tekenen van een zenuwinzinking constateert. Natuurlijk wist ze meer dan iemand normaliter in zo'n geval weet, ze kende immers de oorzaak van de storing. Als er die middag iemand anders – een vreemde of een familielid – getuige was geweest van het gesprek, had hij zonder twijfel een arts laten komen.

Dat alles was voor mijzelf ook heel verrassend, omdat ik tot dan toe bij alles wat ik in mijn leven ondernam heel bedachtzaam te werk was gegaan, misschien zelfs wel een beetje al te bedachtzaam. Waarschijnlijk ontbrak aan mijn handelingen het element dat 'spontaniteit' wordt genoemd. Ik reageerde namelijk nooit onmiddellijk op een plotselinge gedachte of ingeving, zelfs niet als die me verstandig voorkwam of heel goed te verwezenlijken leek.

Ook in de fabriek en in het zakenleven had ik de reputatie een bedachtzaam man te zijn, die alle mogelijke gevolgen van een te nemen besluit goed overwoog. Daarom was ik zelf misschien nog wel verbaasder dan Judit over die onverwachte zenuwtoeval. Het was natuurlijk ook een heel vreemde ervaring geweest om al tijdens ons gesprek te beseffen dat ik maar wat raaskalde en het meisje iets voorstelde waar ze onmogelijk op in kon gaan. Echt waar, ik besefte al tijdens dat gesprek dat ik heel anders te werk zou moeten gaan, veel sluwer en voorzichtiger en soms juist doortastender. Weet je, tot dan toe had ik in de liefde de 'cash-and-carrymethode' toegepast, zoals de Amerikanen dat in de oorlog deden: betalen en meteen meenemen.[4] Zo was mijn mentaliteit. Niet bepaald deftig, maar in elk geval gezond egoïstisch. Maar op die gedenkwaardige kerstdag had ik het object van mijn begeerte noch betaald noch meegenomen, ik had het alleen verteld wat ik wilde en hoe ik die wens meende te kunnen realiseren, en dat op een belachelijke manier en in een uitermate vernederende situatie.

Voor waandenkbeelden is gewoonlijk geen verklaring te vinden. Elk mens heeft er in zijn leven wel eens last van. Trouwens, misschien is een leven waarin zich een dergelijke gemoedsstorm nooit voordoet, waarin de wereld nooit als door een aardbeving getroffen op zijn grondvesten schudt, wel niet eens de moeite waard. Mijn leven is in ieder geval wél door zo'n tornado getroffen; een tornado die onder oorverdovend gebulder alles heeft weggeblazen wat door mijn verstand en mijn karaktereigenschappen op zijn plaats werd gehouden. Ik heb dat allemaal moeten meemaken. Je vraagt me of ik het betreur. Mijn antwoord luidt ontkennend, maar ik kan natuurlijk moeilijk zeggen dat die storm het hoogtepunt van mijn leven is geweest. Weet je, het was een soort ziekte, en als je door een plotselinge ziekte wordt overvallen, kun je het beste naar het buitenland gaan om weer op krachten te komen. Dat heb ik dus gedaan. Die reis was natuurlijk een vlucht. Omdat ik voor mijn vertrek wilde weten of het meisje wel de moeite waard was om me zo over op te winden, heb ik mijn vriend Lázár, de schrijver, verzocht haar een keer thuis te ontvangen om haar te keuren en met haar te praten. En Judit heb ik verzocht bij

Lázár op bezoek te gaan. Tegenwoordig besef ik dat ze gelijk had toen ze zei dat ik laf was, anders had ik nooit zoiets belachelijks gedaan. Het leek wel of ik haar naar een dokter stuurde om vast te laten stellen of ze gezond was. Niet dat dit zo onlogisch was, want ik had haar tenslotte bijna van de straat opgepikt, 'ergens in de wereld', zoals het in de huidige oorlogsverslaggeving heet. Ze hoorde me medelijdend aan toen ik mijn verzoek deed, maar ze verzette zich niet en ging gewillig naar Lázár, zonder vragen te stellen en waarschijnlijk beledigd. Vermoedelijk dacht ze: nou, vooruit dan maar, beste jongen, als je erop staat, laat ik mijn doopceel wel lichten.

Vreemd eigenlijk dat ik haar dat heb verzocht. Ik had toch wel een heel eigenaardige relatie met Lázár.

We waren leeftijdgenoten en oude schoolkameraden. Hij was de vijfendertig al gepasseerd, toen hij plotseling bekend werd, voor die tijd wist praktisch niemand wie hij was. Hij schreef voor alle mogelijke obscure tijdschriftjes – korte, eigenaardige teksten die bij mij altijd de indruk wekten dat hij zich over zijn lezers vrolijk maakte en alles wat met het schrijven van artikelen te maken had mateloos verachtte: het schrijven zelf, het drukken van de teksten, maar ook dat mensen zich de moeite gaven ze te lezen en er kritieken over te schrijven. Toch zou ik nooit ook maar één enkel woord in die artikelen hebben kunnen aanwijzen dat die indruk rechtvaardigde. Waarover hij schreef? Over van alles, over de zee, over een oud boek of over bepaalde karaktereigenschappen, en altijd in de vorm van korte artikelen, twee-drie pagina's in een tijdschrift dat misschien in een oplage van een paar honderd, hooguit duizend exemplaren verscheen. Die artikelen waren zo hermetisch geschreven dat het wel leek of iemand in de taal van een onbekende exotische stam zijn bevindingen over de wereld en over wat achter de wereld schuilgaat, meedeelde. Die stam – kreeg ik de indruk als ik zijn artikelen las – was aan het uitsterven, er waren nog maar een paar leden ervan in leven, zodat die taal, de taal waarin Lázárs artikelen waren geschreven, door bijna niemand meer werd begrepen. Daarnaast schreef hij heel andere stukken, die opvielen door het virtuoze gebruik van het Hongaars, dat niet alleen foutloos was, maar ook puur en abstract. Hij heeft me wel eens verteld dat hij elke ochtend en avond iets van János Arany las, alsof dit even noodzakelijk voor hem was als tandenpoetsen. Maar hij schreef bij voorkeur in de taal van die exotische stam.

Op een gegeven moment werd hij beroemd. Waarom? Ik heb daar geen verklaring voor. Iedereen wilde met hem in contact komen en zijn naam werd steeds vaker genoemd, eerst in de salons, daarna op de discussiepodia en ten slotte in de kranten. Plotseling begonnen allerlei mensen hem te imiteren: de kranten en tijdschriften stonden vol artikelen die hij niet zelf had geschreven, maar waarvan hij eigenlijk de auteur was. Vooral het grote publiek interesseerde zich voor hem, wat merkwaardig was omdat zijn boeken niet bepaald onderhoudend, poëtisch of blijmoedig waren. Het leek wel of hij helemaal geen rekening met zijn lezers hield. Maar ook dat werd hem vergeven. Na een paar jaar was hij een van de grootste kanshebbers in die eigenaardige wedstrijd die in de meer intellectuele sector van het mondaine leven plaatsvindt. Zijn teksten werden door de kritiek even ijverig geïnterpreteerd als oosterse geschriften door oriëntalisten. Dat alles had echter geen enkele invloed op hem. Toen hij het toppunt van zijn roem had bereikt, vroeg ik hem welke gevoelens dit bij hem opriep en of al dat rumoer hem geen oorpijn bezorgde, omdat het natuurlijk ook vermengd was met kreten van afgunst en haat en met al dan niet gerechtvaardigde, maar in elk geval door jaloezie ingegeven beschuldigingen. Ik moet er meteen bij zeggen dat alle genoemde geluiden uiteindelijk één machtig akkoord vormden, waarin duidelijk zijn naam was te horen, zoals een eerste viool boven een orkest uit klinkt. Hij luisterde aandachtig naar de vraag en dacht lang na. Ten slotte zei hij met een ernstig gezicht: 'Dat is de wraak van ons, schrijvers.' Meer liet hij niet over zijn gevoelens los.

Ik wist iets van hem wat de rest van de wereld niet wist: hij was een man die spelletjes speelde. Dat deed hij bij alles, of het nu om mensen en situaties ging of om het geheimzinnige fenomeen dat 'literatuur' wordt genoemd. Toen ik hem dat ooit voor de voeten wierp, zei hij schouderophalend dat kunst, hoezeer men dit ook tracht te verhullen, eigenlijk niets anders is dan een uiting van speelsheid; van de speelsheid van de artistieke ziel. 'En literatuur?' vroeg ik. 'Literatuur is toch meer dan kunst, literatuur geeft antwoorden en maakt morele keuzes.' Hij hoorde me ernstig en hoffelijk aan, zoals altijd wanneer ik zijn beroep ter sprake bracht, en zei daarop dat dit wel waar was, maar dat het instinct dat de inhoud van die antwoorden en keuzes bepaalde uiteindelijk toch een speels instinct was. Bovendien was de eigenlijke betekenis van de literatuur, evenals die van het geloof, in de vorm gelegen, en wie 'vorm' zei, had het automatisch over kunst. Hij gaf dus een ontwijkend antwoord. Het grote publiek en de critici wisten natuurlijk niet dat deze man even enthousiast met een poesje speelde, dat hij achter een kluwen wol aan liet hollen, als met filosofische of ethische problemen. Ik zeg met hetzelfde enthousiasme, maar daarmee bedoel ik eigenlijk: innerlijk totaal onberoerd, wel aandacht aan het verschijnsel of de gedachte schenkend, maar zonder daarbij werkelijk betrokken te zijn. Het schrijven over dergelijke problemen was voor hem niet meer dan een spel. De mensen die hem zo aanbaden, wisten dat absoluut niet. Lázár was behalve een vriend ook de getuige van mijn leven. Daarover hebben we vaak, en altijd heel openhartig, gesproken. Je weet toch dat in het leven van iedere mens – in het raadselachtige en angstaanjagende proces dat wij 'het leven' noemen – een persoon aanwezig is die zijn advocaat, cipier, rechter, maar ook een beetje zijn medeplichtige is. Ik noem deze persoon altijd 'de getuige'. Het is degene die alles van je weet en je volledig doorziet. Wat je in je leven doet, doe je ook een beetje voor hem, en als je succes hebt, denk je: zou hij het wel geloven? De getuige blijft je leven lang op de achtergrond zijn rol vervullen. Hij is een ongemakkelijke kameraad, maar je kunt niet van hem afkomen. Misschien wil je dat diep in je hart niet eens. De getuige in mijn leven was Lázár, met wie ik die eigenaardige, voor buitenstaanders onbegrijpelijke spelletjes speelde, eerst in onze jeugd en later als volwassene. Al waren wij – ik de serieuze fabrikant en hij de beroemde schrijver – in de ogen van de wereld volwassen en beschouwden de vrouwen ons als temperamentvolle, melancholieke en hartstochtelijke mannen, wij wisten van elkaar dat onze beste en belangrijkste eigenschap de grillige, stoutmoedige en soms meedogenloze speelsheid was die we uit onze jeugd hadden weten te bewaren – een speelsheid waarmee we de leugenachtige schijn en de valse plechtstatigheid van het leven ontmaskerden en in iets positiefs omzetten.

Als we samen waren, begrepen we elkaar even goed als regelmatig samenwerkende misdadigers en het was niet nodig elkaar geheime tekens te geven alvorens met een van onze spelletjes te beginnen.

We speelden er heel wat. Een daarvan was het 'meneer-Kovács-spel'.[5] Ik vertel je dit om je duidelijk te maken wat ik bedoel. Je moest het, als er een groot gezelschap bijeen was, zonder enige overgang beginnen te spelen, zodat de aanwezige dames en heren Kovács niet doorhadden dat het een spel was, en ze daar onmogelijk achter konden komen. Als we elkaar op een receptie of feest tegenkwamen, begonnen we er meestal dadelijk mee. Wat zegt de ene meneer Kovács tegen de andere als een van de volgende onderwerpen ter sprake komt: het kabinet is gevallen; de Donau is buiten haar oevers getreden en heeft een heel dorp weggevaagd; de beroemde actrice X gaat scheiden; de bekende politicus Y heeft publieke gelden verduisterd of moraalridder Z is dood in een scharrelhotelletje aangetroffen? Hij bromt iets onverstaanbaars en zegt dan: 'Ja, zo gaat het in het leven.' Soms trakteert hij zijn gespreksgenoot op nog kolossalere platitudes, zoals: 'Het water heeft nu eenmaal de eigenschap nat te zijn.' Of: 'Het menselijk lichaam heeft de eigenaardige onhebbelijkheid nat te worden als het in water terechtkomt.' Of: 'Er gebeurt altijd wel wat in de wereld, waar of niet?' Sinds de wereld de wereld is, vergasten de dames en heren Kovács elkaar op dergelijke diepzinnigheden. Als ze in de trein zitten en die zich in beweging zet, zeggen ze bijvoorbeeld: 'We vertrekken.' En als hij in Füzesabony stopt, zeggen ze ernstig en plechtig: 'Füzesabony.' En zo hebben ze altijd gelijk. De wereld is waarschijnlijk daarom zo onwaarschijnlijk boosaardig en slecht omdat de gemeenplaatsen altijd kloppen en alleen genieën of kunstenaars het wagen ze door te prikken. Alleen zij durven de schadelijkheid en de onmenselijkheid daarvan aan de kaak te stellen en te laten zien dat er achter die fatsoenlijke en stellige meneer-Kovács-waarheden een andere waarheid schuilt, die zich nergens wat van aantrekt en lak heeft aan Füzesabony en die absoluut niet verrast is als rechercheurs de hooggeplaatste ambtenaar en moraalridder Z, in een dubieus hotelletje aantreffen, waar hij zich in een roze onderjurk aan een raamkozijn heeft verhangen.

Lázár en ik speelden het meneer-Kovács-spel ten slotte zo goed dat de dames en heren Kovács er altijd intrapten en nooit doorhadden dat we hen in het ootje namen. Als zo'n meneer Kovács over een meningsverschil tussen twee politici begon, antwoordde Lázár of ik zonder te aarzelen: 'Zal ik u eens wat zeggen? De een heeft gelijk, maar de ander heeft niet geheel ongelijk. Ze hebben allebei goede argumenten.' We hadden nog een ander niet onvermakelijk spel, dat 'in-mijn-tijd' heette. In mijn tijd was alles beter, de suiker smaakte zoeter, het water voelde natter aan en de lucht maakte een luchtiger indruk. Bovendien gaven de vrouwen zich toen nog niet met allerlei kerels af, maar waren ze de hele dag aan de oever van de rivier met wasstampers in de weer, waar ze tot na zonsondergang mee doorgingen. En als de toenmalige mannen ergens geld zagen liggen, staken ze het niet in hun zak, maar schoven ze het van zich af met de woorden: 'Donder toch op met dat smerige geld. Geef het liever aan de armen!' Zo waren de vrouwen en mannen in mijn tijd, echt waar.

Voor mijn vertrek naar het buitenland stuurde ik Judit dus naar de vriend met wie ik zulke spelletjes speelde, nadat ik hem had verzocht zich een zo grondig mogelijk indruk van het meisje te vormen. Ja, het was werkelijk alsof ik haar naar een dokter zond.

De uitslag van Lázárs onderzoek kreeg ik op de avond van de dag dat Judit bij hem was geweest. Haar bezoek had 's middags plaatsgevonden. 'Tja, wat zal ik ervan zeggen,' zei hij. 'Het is nu eenmaal gebeurd.' Ik was bang dat hij weer een spelletje speelde. We zaten in een café in de binnenstad, net zoals wij nu, en Lázár speelde met zijn opvallend lange sigarettenpijpje, dat hij tussen duim en wijsvinger liet rollen. Hij rookte zijn sigaretten altijd in dat pijpje omdat hij anders te veel nicotine binnenkreeg. Omdat hij al vaak door een nicotinevergiftiging was geveld, had hij allerlei uiterst ingewikkelde hulpmiddelen bedacht om de mensheid voor de vreselijke gevolgen van dat gif te behoeden. Terwijl hij sprak, keek hij me zo ernstig en oplettend aan dat ik de zaak niet vertrouwde en vreesde dat hij een loopje met me nam. Misschien had hij wel een nieuw spel verzonnen en deed hij alleen maar of hij het probleem Judit van levensbelang achtte om me na een tijdje in mijn gezicht uit te kunnen lachen en te zeggen dat niets in dit ondermaanse van levensbelang was, dat ik hem met een meneer-Kovács-aangelegenheid had lastiggevallen. Ik kon bij voorbaat bedenken wat hij daar nog aan toe zou voegen: alleen bekrompen burgermannetjes denken dat ze het middelpunt van het heelal zijn en dat de sterren zich zodanig schikken dat waarzeggers uit hun constellatie hun toekomst kunnen afleiden. Ik wist dat hij me voor een typische bourgeois hield, wat niet impliceerde dat hij me verachtte, zoals dat tegenwoordig gebruikelijk is om te doen. Nee, Lázár erkende dat het behoren tot deze bevolkingsgroep heel wat inspanningen met zich meebrengt. Hij keek dus niet op me neer vanwege mijn afkomst, mijn manieren en mijn levens-overtuiging, want hij had juist veel respect voor de bourgeoisie, alleen beschouwde hij de positie van die maatschappelijke klasse als hopeloos. Hij zei soms dat wie daartoe behoort voortdurend op de vlucht is. Over Judit Áldozó wilde hij verder geen woord loslaten en hij leidde het gesprek beleefd maar vastberaden in een andere richting.

Later heb ik nog vaak aan dit gesprek gedacht. Weet je wat voor soort herinnering het bij me heeft achtergelaten? Ik voelde me toen als een patiënt die op het moment dat hij eindelijk hoort welke ziekte hij heeft en hoe ernstig die is, moet terugdenken aan de middag toen hij voor het eerst een beroemde arts, een medisch hoogleraar, consulteerde. De professor had hem uiterst grondig en zorgzaam met behulp van allerlei instrumenten onderzocht en was daarna op beleefde toon over dingen gaan praten die niets met zijn ziekte te maken hadden. De man had hem van alles gevraagd: of hij geen zin had om op reis te gaan, of hij het nieuwe toneel-stuk waar iedereen het over had al had gezien en hoe het met bepaalde gemeenschappelijke kennissen ging. Maar over datgene wat hem werkelijk interesseerde, had de dokter met geen woord gerept, hoewel hij alleen maar daarvoor het onaangename onderzoek en de daarmee gepaard gaande spanningen had verdragen. Hij wilde immers weten wat hem scheelde. Zijn klachten waren nogal alledaags, eigenlijk ging het om kleinigheden, maar een vage ongerustheid en een algehele malaise waarschuwde hem dat er iets niet in orde was met zijn gezondheid en met zijn lichaamsfuncties. Eigenlijk hoopte hij dat alles zich op een dag ten goede zou keren, maar tegelijk was hij zich er vaag van bewust dat de professor al wist wat hem scheelde maar het niet wilde zeggen. Hij moest wachten totdat hij uit zijn onheilspellende ziektesymptomen en uit de behandelwijze de naam van zijn ziekte kon afleiden, die zijn geleerde dokter hem niet wilde zeggen. Intussen wist zowel de patiënt als de professor dat er van een ernstige ziekte sprake was; de professor wist bovendien nog dat zijn patiënt vermoedde waaraan hij leed en doorhad dat zijn arts hem de waarheid onthield. De patiënt kon niets doen, hij moest wachten totdat de ziekte een naam zou krijgen. En daarna moest hij op zijn genezing hopen.

Zo ongeveer als die patiënt verging het me die avond toen ik Lázár aanhoorde, nadat Judit's middags bij hem was geweest. Hij had het over van alles: over Rome, over een nieuwe roman en over de verhouding tussen de jaargetijden en de literatuur. Ten slotte stond hij op, gaf me een hand en ging weg. Pas toen wist ik dat hij geen spelletje had gespeeld. Mijn hart bonsde onstuimig. Ik voelde dat hij me in de steek liet en dat ik het voortaan zonder zijn hulp zou moeten stellen. Kennelijk had Judit heel veel indruk op hem gemaakt en daardoor kreeg ik respect en zelfs een zekere angst voor haar. Een paar dagen na het gesprek met Lázár ben ik op reis gegaan.

Van de jaren daarna kan ik me nauwelijks meer iets herinneren. Weet je hoe ik die periode van mijn leven noem? 'Het intermezzo'. Ik wil je daarmee niet vervelen.

Ik reisde vier jaar lang door heel Europa. Mijn vader wist niet wat de oorzaak van mijn reislust was. Mijn moeder misschien wel, maar ze zei niets. Zelf merkte ik niets bijzonders aan mezelf. Ik was jong en de wereld lag voor me open, zoals het heet.

In die tijd was er nog vrede in Europa, maar geen echte vrede: het was een overgangstijd tussen twee oorlogen. De grenzen waren niet werkelijk open, maar toch hoefden de treinen maar korte tijd te wachten voor de in de nationale kleuren geverfde slagbomen. De mensen probeerden met een verbazingwekkend vertrouwen en enthousiasme langlopende leningen van elkaar te krijgen, en niet alleen de mensen, ook de landen trachtten geld van elkaar te lenen. Het verbazingwekkendste was ongetwijfeld dat het ze nog lukte ook. Er werden in die tijd veel huizen gebouwd, kleine en grote, en iedereen gedroeg zich alsof er na een verdrietige en afschuwelijke periode een nieuw tijdperk was aangebroken waar- in alles volmaakt in orde was. Er konden weer plannen worden gemaakt en kinderen worden opgevoed, het had weer zin vooruit te kijken. Ook dachten de mensen dat ze weer alles konden doen wat ze wilden, ook de dingen die alleen leuk maar niet werkelijk noodzakelijk waren. In die stemming waren de mensen tussen de beide wereldoorlogen, toen ik door de wereld reisde. Ik kan niet zeggen dat ik me bij de aanvang van mijn reis en onderweg altijd even veilig heb gevoeld. Zoals alle mensen die nog maar kort geleden van hun kostbaarheden zijn beroofd, waren we tijdens dat korte interbellum in Europa nogal wantrouwend. We pro- beerden wel hartelijk, ruimdenkend en grootmoedig te zijn – en met 'we' bedoel ik niet alleen de mensen, ook de landen –, maar voor alle zekerheid droegen we in onze broekzak een revolver en af en toe voelden we geschrokken of onze portefeuille nog wel op die symbolische plaats boven ons hart, in de binnenzak van ons colbertje, zat. Overigens maakten we ons in die jaren niet alleen zorgen over onze portefeuille, maar ook over wat de toekomst zou brengen, maar dat er weer kon worden gereisd was in ieder geval een heuglijk feit.

Er werden overal nieuwe huizen, nieuwe wijken en nieuwe ste- den gebouwd en er ontstonden zelfs nieuwe landen. Eerst ben ik naar het Noorden gereisd, daarna naar het Zuiden en ten slotte naar het Westen. In het Westen heb ik enkele jaren in diverse steden doorgebracht. De dingen die mij aantrokken en waarin ik geloofde, waren daar in een vertrouwde en onmiddellijk herkenbare vorm aanwezig. Weet je, ik voelde me daar als iemand die op school een taal uit boeken heeft geleerd en vervolgens door een land reist waar die taal de moedertaal van de bevolking is. In het Westen bevond ik me onder echte bourgeois, onder mensen die het burgerschap niet als een rol of een plicht opvatten en de waarde ervan niet met de mond beleden, maar die moeiteloos in die toestand verbleven, zoals je in een huis woont dat je van je voorouders hebt geërfd. Misschien is dat huis wel wat klein en donker en ouderwets, maar het is toch het beste huis dat je hebt en je zou het in geen geval willen afbreken om het door een nieuw te vervangen. Je verbouwt het hoogstens een beetje, maar niet meer dan noodzakelijk is. Wij in Hongarije waren nog steeds bezig dat huis – het tehuis van de bourgeoisie – te verbouwen; tussen de paleizen en de hutten bouwden wij aan een vrijere en rijkere levensvorm, waarin iedereen zich thuis zou kunnen voelen, ook Judit Áldozó en misschien zelfs iemand als ik.

Gedurende de jaren dat ik op reis was, dacht ik nog maar terloops aan Judit. In het begin kwam ze me soms nog voor de geest en dan was het alsof ik aan een hevige koortsaanval terugdacht. Ja, ik was ooit ziek geweest en had toen wartaal uitgeslagen. Ik had een voorgevoel gehad van de angstaanjagende eenzaamheid die in ijskoude golven mijn leven zou doorstromen en had daarom geprobeerd steun te zoeken bij een vrouw die door haar karakter, haar uitstraling en haar glimlach in staat leek die eenzaamheid te verjagen. Dat dit mijn belangrijkste drijfveer was geweest, herinnerde ik me nog heel duidelijk. Tijdens mijn reis ging de wereld voor me open en werd ik zo volledig in beslag genomen door mijn nieuwe ervaringen dat ik maar zelden aan Judit terugdacht. Ik zag ook zo veel onbekende mensen en zaken: standbeelden, stoomturbines, eenzame mensen die troost vonden in vrolijke poëzie, economische stelsels die met edelmoedige bedoelingen waren bedacht om de inwoners van het land een menswaardig leven te garanderen, reusachtige steden, bergtoppen, prachtige middeleeuwse waterputten op door platanen omzoomde marktpleinen in Duitse stadjes, kathedralen, kusten met een donkerblauwe zee en gouden zandstranden vol halfnaakte vrouwen, die daar lagen te zonnen. Kortom ik zag de schoonheid van de wereld. Natuurlijk kon de schoonheid van Judit Áldozó, zoals ik die in mijn geheugen bewaarde, niet met die van de wereld wedijveren. Ik wist toen nog niet dat de krachten in een dergelijk duel ongelijk zijn verdeeld. Vergeleken bij de stralende schoonheid van de wereld was Judit Áldozó minder dan een schaduw. In die jaren presenteerde het leven zich veelbelovend aan me. Het bood me het grandioze vooruitzicht dat ik me van mijn neerdrukkende en mijn levensgeluk belemmerende achtergrond zou losmaken om een ander mens te worden en in geheel andere dimensies van het leven op te gaan. Ook vrouwen werden me door het leven ruimhartig aangeboden, vrouwen in alle soorten en maten, vrouwen van de gehele wereld, Vlaamse vrouwen met kastanjebruin haar en een ingetogen maar toch vurige oogopslag, Françaises met fonkelende ogen, onderdanige Duitse vrouwen. Je kunt het zo gek niet bedenken. Ik leefde in de wereld, was een man van de wereld en werd door vrouwen omzwermd zoals elke man in mijn omstandigheden. Ze stuurden me brieven en nodigden me uit, zowel de uitdagende als de ingetogen types. Nu eens beloofden ze me liefde en kameraadschap voor een heel leven, dan weer een geheimzinnig extatisch verbond, dat alleen gedurende onze raadselachtige relatie zou duren.

Vrouwen. Is het je wel eens opgevallen hoe onzeker en voorzichtig mannen dit woord uitspreken? Het is alsof ze het over een nooit geheel onder het juk gebrachte, eeuwig tot rebellie geneigde, onderworpen maar toch niet gebroken, weerspannige stam hebben. Wat betekent dat woord in het alledaagse taalgebruik eigenlijk? Wat verwachten we van de vrouwen? Kinderen? Hulp? Vrede? Plezier? Alles? Niets? Mooie ogenblikken? Wij mannen leven er nu eenmaal op los en koesteren allerlei verlangens, we knopen relaties aan, bedrijven de liefde, treden in het huwelijk, maken aan de zijde van een vrouw liefde, geboorte en dood mee, draaien ons om als er een paar mooie benen voorbijgaat en richten onszelf te gronde omwille van een knap gezichtje of een hartstochtelijke kus. Soms hebben we in burgerlijke slaapkamers of op versleten matrassen van smerige scharrelhotelletjes misschien heel even het gevoel dat we seksueel bevredigd zijn en soms gedragen we ons overdreven nobel tegenover een vrouw: we vallen haar huilend om de hals en beloven voor altijd bij haar te zullen blijven om haar zo veel mogelijk hulp en steun te kunnen geven. Wij mannen doen dit allemaal, of we nu op een bergtop of in een grote stad wonen. Maar na verloop van tijd, na een jaar of wat of al na twee weken – is het je wel eens opgevallen dat er zowel in de liefde als in de dood niet met een klok of kalender valt te werken? –, blijkt het grootse plan mislukt, althans niet zo gelukt te zijn als we ons hadden voorgesteld. Daarom verlaten we de vrouw met wie we samenwonen maar, woedend of kalm, en daarna begint alles weer van voren af aan – het hopen en zoeken naar een nieuwe levensgezellin. Soms zijn we zelfs te vermoeid voor een scheiding en blijven we ondanks alle ergernis toch maar bij haar. In zo'n huwelijk beroven man en vrouw elkaar van hun levenslust en levenskracht, ze worden ziek, treiteren elkaar halfdood en sterven ten slotte verbitterd. Zouden mensen die zo zijn tekeer gegaan op het laatste ogenblik, als ze hun ogen voorgoed sluiten, begrijpen wat ze elkaar hebben aangedaan en hoezeer ze zich hebben misdragen? Of kan hun dit gedrag niet worden aangerekend en hebben ze enkel een allesbeheersende, hardvochtige wet gehoorzaamd, die met de stem van de liefde onophoudelijk het bevel geeft dat de wereld vernieuwd moet worden? Een wet die man en vrouw beveelt zich met elkaar te verenigen, opdat de soort blijft voortbestaan? Is dit misschien het doel van het leven? Maar wat hebben zij, de arme stakkers, intussen voor zichzelf gehoopt? Wat hebben ze elkaar gegeven, wat van elkaar ontvangen? Wat is dat voor een geheimzinnige en vreselijke boekhouding? En is het een man werkelijk om de persoon te doen als hij een vrouw benadert? Gaat het niet hoofdzakelijk om het verlangen, om het eeuwige verlangen, dat zo nu en dan tijdelijk een lichamelijke vorm aanneemt? De kunstmatige opwinding waarin wij tegenwoordig leven kan onmogelijk het doel van de natuur zijn geweest toen zij de man schiep en de vrouw naast hem stelde, omdat ze zag dat het niet goed voor hem was alleen te zijn.

Kijk eens om je heen, alles weerspiegelt die kunstmatige aantrekkingskracht tussen de seksen: de literatuur, de beeldende kunst, het theater en de straat. Ga eens tussen het publiek van een schouwburg zitten. Op het podium lopen mannen en vrouwen heen en weer. Zolang ze razen en redeneren, dazen en filosoferen, is er gehoest en keelgeschraap in de zaal hoorbaar, maar zodra er zinnetjes als 'ik houd van je' of 'ik verlang naar je' worden uitgesproken – zinnetjes die ons liefde en dood, geluk en ongeluk in gedachten brengen, wordt het in de zaal meteen doodstil en houden de toeschouwers hun adem in. Natuurlijk maken toneelschrijvers daar gebruik van, ze bespelen het publiek aldus. En waar je ook komt, overal tref je halfnaakte lichamen en kunstmatige prikkels aan: parfums, kleurige kleding, dure bontjassen en vleeskleurige kousen – zaken die eigenlijk niets meer met het oorspronkelijke doel van onze kleding te maken hebben. Het bewijs hiervoor is dat onze vrouwen zich 's winters niet warmer aankleden dan 's zomers; ze willen ondanks de lage temperatuur met hun in zijde gehulde benen pronken. En 's zomers, als ze aan de waterkant vertoeven, dragen ze alleen een soort lendendoekje – niet om zich warm te houden, maar om er aantrekkelijker en opwindender uit te zien. Hetzelfde kan gezegd worden van alle hulpmiddeltjes die ze gebruiken, zoals rouge, nagellak, oogschaduw en blonderingsmiddelen voor het haar. Het is allemaal even onnatuurlijk.

Het heeft ongeveer tot mijn vijftigste geduurd voordat ik Tolstoj begon te begrijpen. Je hebt van hem vast wel *De Kreutzersonate* gelezen. Hij heeft het in die meesterlijke novelle over jaloezie, maar dat is niet waar het verhaal om draait. Hij schrijft daar waarschijnlijk over omdat hij behalve sensueel ook jaloers van aard was en daaronder heeft geleden, hoewel die jaloezie van hem in wezen niets anders dan erbarmelijke en verachtelijke ijdelheid was. Ik ken dat gevoel, ja, ik ken het zelfs heel goed, het heeft me bijna te gronde gericht. Tegenwoordig ben ik niet meer jaloers. Kun je dat begrijpen? Geloof je het? Kijk me aan! Echt waar, beste kerel, ik ben niet meer jaloers omdat ik mijn ijdelheid met wortel en tak heb uitgeroeid, al heb ik daar een hoge prijs voor moeten betalen. Tolstoj meende het probleem van de sensualiteit te kunnen oplossen door de vrouw met een bijna dierlijk lot te bedelen: ze moest in jute gekleed gaan en zich alleen op het baren van kinderen richten. Natuurlijk was die oplossing onmenselijk en pervers, maar het tegengestelde daarvan, de gedachte dat de vrouw een sierobject en een symbool van zinnelijkheid behoort te zijn, is dat eveneens. Hoe kan ik respect hebben voor iemand die van de vroege ochtend tot de late avond niets anders doet dan zich optutten en van kleding verwisselen? Hoe kan ik aan zo iemand mijn kostbaarste gedachten en gevoelens wijden? Ook al beweert ze dat al die fraaiigheden, reukmiddelen en bontjes enkel bedoeld zijn om mij te bekoren, ik geloof dat niet. Ze wil iedereen behagen en hoopt dat haar verschijning alle mannen die ze ontmoet in vuur en vlam zal zetten. Zo zit onze cultuur in elkaar. Waar je ook komt, in bioscopen, theaters, cafés, restaurants, zwembaden, wintersportplaatsen of gewoon op straat: overal wordt je geconfronteerd met die ongezonde pogingen om de mannen het hoofd op hol te brengen. Dacht je dat dit nodig is om de voortplanting te waarborgen? Kletskoek, beste kerel. De economie en de maatschappij hebben dit nodig, die profiteren er het meest van dat de vrouw zichzelf als handelswaar beschouwt.

Ja, je hebt gelijk, ook ik zou geen doeltreffender productiestelsel of betere maatschappijvorm kunnen bedenken dan we nu hebben. Alle andere systemen die men getracht heeft ervoor in de plaats te stellen, hebben tot catastrofes geleid. Toch heb ik gelijk als ik zeg dat in onze samenleving de vrouw zich voortdurend probeert te verkopen, soms bewust, maar meestal onbewust. Ik wil niet beweren dat elke vrouw zich als handelswaar beschouwt, maar de vrouwen die dat niet doen, zijn meer uitzondering dan regel. Natuurlijk kan ik onze vrouwen hier moeilijk een verwijt van maken: ze kunnen eenvoudig niet anders, maar de dwaze, hooghartige manier waarop ze zich aanbieden en hun wansmakelijke koketterieën zijn dikwijls hartverscheurend om aan te zien. Vooral wanneer ze voelen dat ze het moeilijk zullen krijgen, omdat ze door mooiere, goedkopere of interessantere vrouwen worden beconcurreerd, gaan ze over de schreef. De competitiedrang tussen hen heeft angstaanjagende vormen aangenomen. Het is ook niet onbegrijpelijk, want in alle Europese steden zijn de vrouwen in de meerderheid. Bovendien hebben ze geen toegang tot de vrije beroepen. Wat kunnen ze dus anders doen om de beperkingen van hun droevige vrouwenbestaan te overwinnen? Ze bieden zich eenvoudig aan. Sommigen op een deugdzame manier, met neergeslagen ogen en als sidderende kruidjes-roer-mij-niet, alsof ze bang zijn dat we hen inderdaad zullen beroeren, anderen – de meer zelfbewusten onder hen – op veel minder ingetogen wijze. Deze laatsten trekken elke dag opnieuw ten strijde als Romeinse legioensoldaten die voor Rome tegen de barbaren vechten. Nee, waarde vriend, we hebben niet het recht een hard oordeel over de vrouwen te vellen, we mogen hoogstens medelijden met ze hebben. Maar als we dat doen, hebben we misschien vooral medelijden met onszelf en niet zozeer met hen, omdat wij mannen niet in staat zijn de latente, maar pijnlijke crisis op te lossen die de menselijke beschaving op een bazaar doet lijken. Overal word je met de vrouwelijke verleidingskunst geconfronteerd, waar je ook bent. Zodra je om je heen kijkt, valt die je op. En weet je wat de motor achter dit alles is? Geld. Misschien gaat die stelling niet in alle gevallen op, maar in negenennegentig van de honderd wel. Dat is wat de heilige en wijze onvermeld liet toen hij in *De Kreutzersonate* zijn tirade hield. Hij had het over jaloezie en hekelde de vrouwen, de mode, de muziek en de verlokkingen van het uitgaansleven, maar hij verzuimde erop te wijzen dat geen van de bestaande maatschappelijk stelsels of productiewijzen onze ziel tot rust kan brengen en dat we dat alleen zelf kunnen doen. Hoe? Door onze gretigheid en ijdelheid te overwinnen. Of dat mogelijk is? Ik denk het wel, maar het is ongetwijfeld zeer moeilijk. Een mens is eigenlijk alleen op hoge leeftijd daartoe in staat. En ook dan zijn onze begeerten nog niet uitgedoofd, maar ze zijn tenminste niet meer van kwaadaardige jaloezie en gretigheid doortrokken, zoals op jongere leeftijd. En opwinding en walging bederven dan niet meer elk verlangen en de bevrediging daarvan. Op een gegeven moment is een mens gewoon te moe voor al die opwinding, weet je. Soms ben ik bijna blij dat de ouderdom voor de deur staat, en ik kan me nu al op de regenachtige dagen verheugen die ik dan met een boek en een fles rode wijn bij de kachel zal doorbrengen om oude verhalen vol hartstocht en weemoed te lezen.

Maar in de tijd waar ik het nu over heb was ik nog jong. Ik reisde vier jaar lang door de wereld en ontwaakte in tal van buitenlandse steden katterig in de armen van vreemde vrouwen. Ik probeerde in die tijd mezelf nog wat bij te leren en genoot van de schoonheid van de wereld. Aan Judit Áldozó dacht ik toen eigenlijk nauwelijks, misschien heel zelden en onbewust. Als ik al aan haar dacht, deed ik dat op dezelfde manier als wanneer je vanuit het buitenland aan je vaderland denkt, aan de huizen, de straten en de mensen, aan alles wat je daar hebt achtergelaten en wat onverwachts uit het goudbad van je geheugen opduikt, met een patina alsof het niet meer bestaat en alleen nog op oude schilderijen voortleeft. Ik mocht dan in mijn vroegere leven een uur van verdwazing hebben doorgemaakt en een eenzame bourgeois zijn geweest, die in die eenzaamheid een wilde schoonheid had ontmoet en tot haar had gesproken... nu was ik een jongeman die door de wereld reisde, van zijn jeugd genoot en alles wat hij vroeger had meegemaakt, vergeten was.

Na afloop van die periode van vier jaar keerde ik weer naar Hongarije terug, en toen ik weer thuis was, zag ik dat er tijdens mijn afwezigheid eigenlijk niets was gebeurd.

En toch was er, zonder dat ik het wist, wel iets gebeurd, want al die tijd had Judit Áldozó op me gewacht.

Dat vertelde ze me natuurlijk niet toen ik haar na mijn thuiskomst voor het eerst zag. Ze kwam me tegemoet, nam mijn handschoenen, hoed en jas aan en glimlachte beleefd en gereserveerd, zoals gebruikelijk is wanneer de zoon des huizes thuiskomt. Ik zou bijna zeggen dat ze me met een dienstbodenlachje begroette. Ik bejegende haar eveneens op de gebruikelijke manier en het scheelde niet veel of ik had haar vaderlijk op haar wang getikt. De hele familie had zich voor die gelegenheid in ons huis verzameld en Judit diende samen met de bediende een feestmaal op ter ere van het feit dat de verloren zoon was teruggekeerd. Iedereen gaf luidkeels blijk van zijn vreugde en ook ik was blij dat ik eindelijk weer thuis was.

Mijn vader trok zich nog datzelfde jaar terug uit de fabriek en ik nam zijn functie over. Ik ging zelfstandig wonen en huurde in Boeda, niet ver van het stadscentrum, een appartement in een van de op de heuvelruggen gelegen villa's. Vanaf dat ogenblik ontmoette ik mijn familie nog maar zelden en soms verstreken er weken zonder dat ik Judit zag. Twee jaar later overleed mijn vader. Mijn moeder vond het huis waarin ze woonde te groot en verhuisde naar een kleinere woning. Het huispersoneel ontsloeg ze, behalve Judit, die met haar mee verhuisde en sindsdien als huishoudster werd betiteld. Als ik bij mijn moeder ging eten, wat ik elke zondag deed, zag ik Judit natuurlijk, maar we spraken nooit met elkaar. We behandelden elkaar vriendelijk en beleefd en als ik een goede bui had, noemde ik haar wel eens familiair Juditka, zoals je dat doet met ouder wordende dienstmeisjes die al heel lang voor de familie werken. Toegegeven, heel lang geleden was er dat krankzinnige tête-à-tête geweest en toen hadden we over van alles gesproken, maar naderhand lach je om zoiets. Jeugdige onbezonnenheid. Zo dacht ik erover als dat eigenaardige gesprek me voor de geest kwam. Het was natuurlijk ook de gemakkelijkste houding. Geen eerlijke. Alles leek weer normaal en op een gegeven moment trouwde ik.

Mijn vrouw en ik gingen vriendelijk en beleefd met elkaar om. Later, toen mijn zoontje stierf, had ik het gevoel dat ik door het leven bedrogen was. Eenzaamheid lag in mijn binnenste op de loer, als een ziekte. Mijn moeder keek soms bezorgd naar me, maar ze zei niets. Zo verstreken de jaren. Ik werd ouder. Lázár zag ik steeds minder, af en toe ontmoetten we elkaar nog wel eens, maar de oude spelletjes speelden we niet meer. Blijkbaar waren we volwassen geworden, maar volwassenen zijn eenzaam. Ze zijn eenzaam en gekwetst, waardoor ze uiteindelijk ten onder gaan, of ze slagen erin een soort oppervlakkige vrede met hun omgeving te sluiten. Maar omdat ik getrouwd was en in de besloten kring van mijn gezinnetje leefde, lukte het me niet erg met mijn omgeving in het reine te komen. Wel had ik voldoende afleiding dankzij mijn werk en door de mensen die ik ontmoette. Bovendien reisde ik veel. Mijn vrouw spande zich in om de vrede en de goede harmonie in huis te bewaren. Ze deed dat met dezelfde wanhoop als de beklagenswaardige lieden die tot taak hebben stenen tot gruis te kloppen. Ik kon haar daarbij niet helpen. Op een gegeven moment, toen ik onze relatie wilde verbeteren, heb ik met haar een reis naar Merano gemaakt. Dat is al lang geleden. Tijdens die reis begreep ik dat alles hopeloos was en dat ik geen vrede met haar kon sluiten. Ik zag duidelijk in dat mijn leven, zoals ik het had opgebouwd, wel draaglijk was, maar zo goed als zinloos. Misschien dat grote kunstenaars in staat zijn een dergelijke eenzaamheid te verdragen, al betalen ze er een hoge prijs voor. Ze worden tot op zekere hoogte door hun arbeid schadeloos gesteld. Ze doen immers iets wat niemand in hun plaats kan doen en ze creëren unieke en onvergankelijke werken met een hoge esthetische waarde. Dit wordt althans beweerd over de eenzaamheid van kunstenaars en ik denk dat het waar is. Lázár, met wie ik ooit over dit probleem heb gesproken, was een andere mening toegedaan. Hij zei dat eenzaamheid hoe dan ook tot de voortijdige ondergang van de mens leidt. Op die regel waren volgens hem geen uitzonderingen. Ik weet niet of dat waar is. Ik was in ieder geval geen kunstenaar en voelde me dus heel eenzaam in mijn vrije tijd en tijdens mijn werkzaamheden, die geen spirituele waarde hadden. Ik produceerde gebruiksgoederen en bepaalde rekwisieten van de moderne beschaving. Prima spullen, maar in wezen werden ze niet door mij vervaardigd, maar door machines en door mensen die voor dit doel waren opgeleid en getraind. Wil je weten wat ik deed in de fabriek die mijn vader had laten bouwen en door zijn ingenieurs laten inrichten? Ik arriveerde daar altijd klokslag negen uur, evenals de andere hogere leidinggevenden, want de leiding moet immers het goede voorbeeld geven. Eerst las ik altijd de post en daarna liet ik me door mijn secretaris vertellen wie er hadden opgebeld en wie me wensten te spreken. Vervolgens verschenen de ingenieurs en onze vertegenwoordigers in mijn kantoor om me over de gang van zaken verslag uit te brengen en mijn mening te horen als ze een nieuw product wilden gaan fabriceren. Het spreekt vanzelf dat onze uitstekend gekwalificeerde administratieve medewerkers en ingenieurs, van wie de meesten nog door mijn vader waren opgeleid, altijd met degelijke plannen kwamen waaraan ik hoogstens een kleinigheidje hoefde te veranderen. Meestal was dat niet eens nodig en accepteerde ik de voorstellen zoals ze waren. De fabriek draaide van 's morgens vroeg tot 's avonds laat, de vertegenwoordigers verkochten de door ons geproduceerde goederen, de administratie boekte de winst en ik zat de hele dag achter mijn bureau. Al deze activiteiten waren zeer nuttig en noodzakelijk. Bovendien gedroegen we ons altijd fatsoenlijk, we bedrogen noch elkaar noch de kopers en ook tegenover de staat en de gemeenschap handelden we altijd met de grootste zorgvuldigheid. De enige die werd bedrogen, was ikzelf. Ik maakte mezelf namelijk wijs dat ik bij dit alles in hoge mate betrokken was. Dat het mijn levensvervulling was, zoals het heet. Omdat ik diep in mijn hart wist dat het niet waar was, observeerde ik de gezichten van de mensen in mijn omgeving en luisterde ik naar wat ze zeiden. Ik probeerde erachter te komen of hun werk voor hen inderdaad een levensvervulling was of dat ze zich heimelijk net zo gebruikt en uitgebuit voelden als ik en ook hun leven zinloos leek. Enkelen van mijn werknemers probeerden altijd dingen te verbeteren of te veranderen, maar de nieuwe methodes die ze voorstonden, waren niet altijd de beste en de meest logische. Maar in ieder geval wilden ze iets, wilden ze verandering brengen in de loop van de dingen en hun werk een nieuwe inhoud geven. Ik denk dat dit heel belangrijk is. De mens heeft er niet voldoende aan zijn dagelijks werk te hebben, dit behoorlijk te doen, zijn brood te verdienen en zijn gezin te onderhouden. Nee, de mens wil meer. Hij wil de ideeën en plannen die in hem leven tot werkelijkheid maken. Met andere woorden: hij heeft een roeping nodig, anders ervaart hij zijn leven als zinloos. Elk mens wil het gevoel hebben dat men hem nodig heeft, niet alleen voor de doeleinden die op zijn werk worden nagestreefd, hoe nuttig ze ook zijn, maar ook voor andere doelstellingen. Hij wil iets unieks doen, iets wat anderen hem niet kunnen nadoen. Uiteraard geldt dit in de eerste plaats voor begaafde en ijverige mensen. Het overgrote deel van de mensen is lui. Toch herinneren ook die luilakken zich misschien nog vagelijk dat het leven niet alleen om een weekloon draait en dat God ook nog andere plannen met hen heeft, maar ja, dat is iets wat ze heel lang geleden hebben gehoord. Ze zijn talrijk, die anderen bij wie deze herinnering nauwelijks meer levend is. Ze haten de begaafden en beschouwen hen als uitslovers omdat ze anders willen leven en werken dan zijzelf, die bij het horen van de sirene haastig de geestdodende werkplek verlaten om zich naar de even geestdodende plaatsen van het privéleven te spoeden. Dikwijls proberen ze hun begaafde collega's de lust om op een originele manier te werken te ontnemen en ze gebruiken daarbij de meest geraffineerde methodes. Ze bespotten hen en leggen hun zoveel mogelijk moeilijkheden in de weg, of ze beschuldigen hen van allerlei kwalijke praktijken.

Wat ik nu vertel, heb ik vaak met mijn eigen ogen gezien, als ik in mijn werkkamer zat, waar ik de arbeiders en de ingenieurs en ook onze zakelijke bezoekers ontving. Ik had vandaar een goed uitzicht op de fabriekshal.

Wat voor werkzaamheden ik in de fabriek verrichtte? Ik was er de chef. Ik zat als een Cerberus op mijn uitkijkpost en trachtte me zo waardig mogelijk te gedragen en ook menselijk en rechtvaardig te zijn. Tegelijkertijd deed ik natuurlijk mijn uiterste best om zo veel mogelijk uit de fabriek en uit het personeel te halen. Om het goede voorbeeld te geven hield ik me overdreven nauwkeurig aan de werktijden, nauwkeuriger dan de arbeiders en de administratieve medewerkers. Op die manier trachtte ik ook te bewijzen dat ik het mij toebehorende vermogen niet ten onrechte bezat en dat ik waard was de door mij geïncasseerde winst te ontvangen. Op de keper beschouwd was dit alles niets dan holle schijn. Wat deed ik nu helemaal in die fabriek? Wat plannen goedkeuren of verwerpen, een nieuw werkschema opstellen en nieuwe afzetmogelijkheden voor onze producten zoeken.

Of ik blij was dat ik zo veel verdiende? Blij is niet precies het juiste woord. Het vervulde me met een zekere tevredenheid dat ik mijn plicht tegenover de wereld kon vervullen en dat ik dankzij mijn geld voornaam, grootmoedig en strikt onpartijdig kon zijn. In de fabriek en in het zakenleven werd ik als een voorbeeldig ondernemer beschouwd. Ik was rechtvaardig en verschafte een groot aantal mensen hun dagelijks brood, ja zelfs nog wat meer dan dat.

Je medemensen helpen is een aangename bezigheid, maar toch verschafte het werk me weinig vreugde. Wel leefde ik daardoor zonder materiële zorgen en op een manier die mijn medeburgers respect afdwong. Ik was niet werkloos, althans niet in de ogen van de wereld, en bracht mijn dagen niet in ledigheid door. Bovendien was ik een goede chef, dat werd ook in de fabriek gezegd.

Maar toch gaf mijn werk me geen enkele voldoening, het was niet meer dan een met pijnlijke zorgvuldigheid uitgevoerde reeks handelingen en een fatsoenlijke manier om de tijd te doden. Als je geen inhoud aan je leven geeft door een gevaarlijke en opwindende taak op je te nemen, blijft het een zinledig en doelloos gebeuren. Die taak kan natuurlijk maar één ding zijn: werken. Ik doel hiermee niet op de gewone arbeid, maar op het andere, onzichtbare werk, dat van de ziel en de geest. En een mens moet zijn creatieve talenten natuurlijk gebruiken en de wereld rijker, eerlijker en humaner maken. Ik las veel in de tijd dat ik de fabriek leidde, maar ook voor lezen geldt dat je er alleen iets aan hebt als je in staat bent de lectuur iets terug te geven. Ik bedoel daarmee dat je een boek moet benaderen met een ziel die dapper genoeg is om te strijden en daarbij verwondingen op te lopen of toe te brengen. Verder moet je bereid zijn met de auteur in discussie te gaan en naar zijn argumenten te luisteren, want alleen dan kun je met het gelezene je voordeel doen. Op een dag ben ik me bewust geworden van het feit dat ik in het geheel niet meer betrokken was bij wat ik las. Ik las zoals je in een vreemde stad het zoveelste museum bezoekt, waar je de tentoongestelde voorwerpen met beleefde aandacht maar innerlijk onverschillig bekijkt. Eigenlijk las ik alleen nog uit plichtsbesef. Er was een nieuw boek verschenen waarover iedereen het had, dus moest ik het ook lezen. Soms redeneerde ik ook aldus: dit beroemde klassieke werk heb ik nog niet gelezen en dat is een gebrek in mijn algemene ontwikkeling; ik zal er elke ochtend en avond een uur aan besteden totdat ik het uit heb. Alleen om dergelijke redenen las ik nog, terwijl lezen ooit een genot voor me was geweest. Toen ik jonger was, nam ik een nieuw boek van een bekende schrijver met kloppend hart ter hand. Een nieuw boek was toen bijna een ontmoeting met een mens, een riskant tête-à-tête, dat zowel goede en weldadige als verontrustende en bedenkelijke gevolgen kon hebben. Maar in de slechte tijd waar ik het nu over heb, las ik met hetzelfde automatisme als waarmee ik elke dag naar de fabriek en twee of drie keer per week naar een receptie of naar een toneelvoorstelling ging. Of met het automatisme waarmee ik thuis met mijn vrouw leefde, attent en hoffelijk, maar tegelijk verontrust door een schor geschreeuwde innerlijke stem, die me vroeg of er iets ernstigs met me aan de hand was, of ik wellicht door een groot gevaar werd bedreigd, of er soms een intrige, een samenzwering tegen me op touw was gezet, of ik misschien bang was op een dag wakker te worden en dan tot de ontdekking te komen dat alles wat ik had opgebouwd – het met pijnlijke nauwkeurigheid opgetrokken kunstwerk van prestige, goede manieren en hoffelijk samenleven – met een enorme klap in elkaar was gestort. Dat waren de gevoelens waarmee ik leefde. Maar op een dag veranderde dit allemaal, want toen vond ik in mijn portefeuille – de bruine portefeuille van krokodillenleer die ik op mijn veertigste verjaardag van mijn vrouw had gekregen – een eindje vervaald paars lint. Opeens begreep ik dat Judit Áldozó al die tijd op me had gewacht. Ze had gewacht op het moment dat ik niet meer laf zou zijn. Toen ik dat ontdekte, waren er al tien jaren verstreken sinds dat gesprek op die kerstdag.

Het stukje paars lint, dat me deed denken aan de tijd dat de mensen uit bijgeloof magische voorwerpen op hun lichaam droegen, vond ik in het binnenste vakje van de portefeuille, waarin ik altijd alleen een haarlokje van mijn gestorven zoontje bewaarde. Het is overigens, evenals de portefeuille zelf, allang verdwenen, zoals ik in mijn leven zoveel dingen ben kwijt geraakt. Toen ik het zag, duurde het even voordat ik begreep om wat voor stukje lint het ging en van wie het afkomstig was. Hoe Judit het in mijn portefeuille heeft kunnen stoppen weet ik nog steeds niet. Ze moet dat hebben gedaan in de tijd dat mijn vrouw in een kuuroord verbleef en ik alleen thuis was. Mijn moeder had Judit toen een paar dagen aan ons uitgeleend om leiding te geven aan het personeel dat ons huis schoonmaakte. Je weet wel, de gebruikelijke zomerbeurt. Waarschijnlijk is ze, toen ik in bad zat, de slaapkamer in geslopen en heeft ze het lint daar vlug in mijn portefeuille gestopt, die op de tafel lag. Dat is in ieder geval wat ze me later heeft verteld.

Wat ze daarmee wilde bereiken? Eigenlijk heel weinig. Als bijna alle verliefde vrouwen was ze bijgelovig. Ze wilde dat ik altijd iets bij me zou hebben wat ze aan haar eigen lichaam had gedragen. Op die manier probeerde ze me aan zich binden en me een teken geven. Gezien haar ondergeschikte positie en haar betrouwbaarheid had die uit bijgeloof begane stiekeme daad iets van een moordaanslag, maar ze kon niet nalaten zo te handelen, omdat ze met heel veel ongeduld op me wachtte.

Toen ik dit alles had begrepen – want het paarse lint gaf Judits boodschap duidelijk verstaanbaar door – was ik, naar ik me herinner, behoorlijk nijdig en vroeg ik me af hoe ik op deze opdringerigheid moest reageren. Ik voelde me als iemand die merkt dat al zijn zorgvuldig gemaakte plannen niet kunnen worden verwezenlijkt omdat iemand anders dat onmogelijk heeft gemaakt. Ik realiseerde me dat deze vrouw, die zo dicht bij me woonde, al tien jaar tevergeefs op me had gewacht. Behalve ergernis voelde ik ook een merkwaardige rust. Ik wil de betekenis van dat gevoel niet overdrijven en het was ook beslist niet zo dat ik meteen plannen ging maken. Ik zei dus niet tegen mezelf: 'Aha, dat was het dus de hele tijd, dat was wat je hebt geprobeerd te verdringen. Er is iemand die belangrijker is voor je dan je positie, je maatschappelijke functie, je werk en je familie. Je hebt de hevige, bizarre hartstocht waarmee je deze vrouw hebt begeerd, onderdrukt, maar diep in je binnenste is hij nog aanwezig en wacht op een gunstig moment, zonder ooit te verflauwen. En eigenlijk is het ook goed dat hij nog aanwezig is, want nu kan je hem de vrije loop laten, zodat er eindelijk een eind komt aan je rusteloosheid. Het is niet waar dat je leven en je werk volkomen zinloos zijn, het leven is nog iets met je van plan.' Nee, zoiets zei ik niet tegen mezelf, maar ik moet toegeven dat ik me een stuk rustiger voelde nadat ik dat eindje lint in mijn portefeuille had aangetroffen. Ik vraag me dikwijls af waar de grote, duurzame gevoelsprocessen in ons mensen zich afspelen, uitsluitend in ons zenuwstelsel of ook in ons verstand? Met mijn verstand had ik mijn gevoelens voor Judit verdrongen, maar in mijn zenuwstelsel leefden ze voort. Na de ontvangst van de boodschap, die Judit me op zo'n weinig originele, dienstmeisjesachtige manier had gezonden, voelde ik me opeens heel rustig worden. Overigens gedraagt elke verliefde vrouw zich enigszins als een dienstmeisje en zou ze haar brieven het liefst op papier schrijven dat bedrukt is met roosjes, tortelende duiven en elkaar liefdevol omklemmende handen. En haar zakken zou ze graag met haarlokken, zakdoeken en andere primitieve liefdesrelikwieën van haar aanbedene volstoppen. Het was alsof alles wat voor mij belangrijk was – mijn privéleven, mijn werk, ja zelfs mijn huwelijk – onverwachts en op een geheimzinnige manier een moeilijk verstaanbare nieuwe betekenis had gekregen. Kun je begrijpen hoe zoiets mogelijk is?

Ik wel, maar het heeft me de nodige tijd gekost. Weet je, in het leven gebeurt alles wat er moet gebeuren, maar de gebeurtenissen moeten eerst de juiste plaats vinden en dat is een heel langzaam proces. Besluiten, dromen of bedoelingen hebben daarop maar weinig invloed. Is het je wel eens opgevallen hoe moeilijk het is in een woning een definitieve plaats voor een meubelstuk te vinden? De jaren gaan voorbij en je denkt dat alles op de juiste plaats staat, maar toch heb je het vage gevoel dat er iets niet in orde is, misschien staat een fauteuil niet op de goede plek of zou de tafel op de plaats van het buffet moeten staan. Tien of twintig jaar later, als je door de kamer loopt, waar je je al die tijd niet op je gemak hebt gevoeld omdat de ruimte en de inrichting niet met elkaar harmonieerden, ontdek je plotseling de fout en verschijnt voor je geestesoog de verborgen plattegrond die aangeeft waar de meubels behoren te staan. Je verschuift er een paar en denkt dat nu eindelijk alles in orde is, en een paar jaar lang blijf je ervan overtuigd dat de kamer volmaakt is ingericht. Nog later, misschien tien jaar daarna, ben je toch weer ontevreden, want naarmate wij veranderen, verandert ons gevoel voor de ruimte. Bovendien is ook de wereld om ons heen aan veranderingen onderhevig. Om die reden veranderen we ook steeds ons levensritme: we bedenken allerlei dagindelingen en houden die lange tijd voor volmaakt:

's morgens werken, 's middags wandelen en 's avonds tijd voor de cultuur. Maar op een dag beseffen we dat die dagindeling zinloos en zelfs ondraaglijk is geworden en dat ze helemaal omgegooid moet worden, en we begrijpen absoluut niet hoe we jarenlang zo'n onzinnig leefpatroon hebben kunnen aanhouden. Zo verandert alles in ons en om ons heen. Maar ook het nieuwe, zoals de nieuwe leefwijze en de daardoor verworven innerlijke rust, is maar tijdelijk en aan veranderingen onderhevig; het zal dus eveneens verloren gaan. Waarom? Misschien omdat wij mensen op een gegeven moment zelf ook verloren gaan, en met ons alles waarmee we verbonden zijn.

Nee, er was bij mij aanvankelijk geen sprake van 'de grote passie'. Een vrouw had me te kennen gegeven dat ze in mijn nabijheid verkeerde en op me wachtte. En nog wel op een onwelvoeglijke manier, zoals een dienstbode dat doet. Ik voelde me alsof twee ogen me in het donker gadesloegen, maar het was geen onaangenaam gevoel en het maakte me niet nerveus dat die ogen naar me staarden. Dankzij dat stukje lint had ik opeens een geheim, en dat gaf mijn leven een nieuwe, nogal dramatische inhoud. Toch wilde ik de situatie niet uitbuiten en daardoor in een dwaze of pijnlijke situatie geraken. Eigenlijk was het enige verschil met vroeger dat ik me nu wat rustiger voelde.

Maar van die rust bleef niet veel over toen Judit Áldozó op een dag uit het huis van mijn moeder verdween.

Wat ik je allemaal vertel, heeft zich in een reeks van jaren afgespeeld. Veel ervan is vervaagd en misschien was een deel van de gebeurtenissen ook niet zo belangrijk. Mijn verhaal gaat over een vrouw uit een proletarisch milieu, over de belangrijkste dingen die ik met haar heb meegemaakt. Misschien ben je bereid me het justitiële aspect van de gebeurtenissen kwijt te schelden. Dat klink misschien vreemd, maar elk verhaal heeft ook een justitiële kant, je kunt de dingen namelijk vanuit het standpunt van een onderzoeksrechter bekijken. Het leven heeft iets van een misdrijf, misschien ben je daar al achtergekomen. Lázár heeft me daar ooit op gewezen. Eerst was ik door zijn opmerking een beetje gechoqueerd, maar later, toen mijn proces begon, begreep ik wat hij bedoelde. Wij zijn inderdaad niet onschuldig in dit leven en op een goede dag worden we aangeklaagd. En of we dan worden veroordeeld of vrijgesproken, maakt niet veel uit: schuldig zijn we in ieder geval.

Zoals gezegd, op een dag was Judit spoorloos verdwenen, alsof ze in een zak was genaaid en in de Donau gegooid.

Gedurende enige tijd hield mijn moeder haar afwezigheid voor me verborgen. Ze leefde sinds de dood van mijn vader in haar eentje en Judit zorgde voor haar. Op een middag, toen ik bij haar langsging, werd de deur door een mij onbekend meisje geopend en daarna vernam ik wat er aan de hand was.

Ik begreep dat Judit me alleen door zo te verdwijnen, kon duidelijk maken wat ze wilde. Tenslotte had ze geen relatie met me en kon ze geen rechten op me laten gelden. Processen tussen mensen die al tientallen jaren aan de gang zijn, kunnen niet met discussies en theatrale scènes worden afgesloten. Op een gegeven moment moet er iets gedaan worden – wat, is niet eens zo belangrijk. Het is ook heel goed mogelijk dat er iets tussen mijn moeder, mijn vrouw en Judit was gepasseerd, iets wat de drie vrouwen voor me hadden verzwegen. Indien dat waar is, hebben ze de gemeenschappelijke affaire onder elkaar afgehandeld en kreeg ik alleen de uitkomst van hun beslissingen te horen. Die uitkomst was dat Judit het huis van mijn moeder verliet en naar het buitenland ging. Dit laatste vernam ik pas naderhand, toen een politieofficier die ik kende op mijn verzoek naspeuringen had gedaan in het paspoortenbureau. Van hem vernam ik dat Judit naar Engeland was gegaan. Ook hoorde ik van hem dat Judit niet impulsief naar het buitenland was vertrokken, maar dat ze dit pas na lang wikken en wegen had gedaan.

Geen van de drie vrouwen heeft me in ieder geval iets verteld en één van hen is weggegaan. De twee achtergeblevenen gedroegen zich verschillend. Mijn moeder zweeg en had het moeilijk. Mijn vrouw wachtte af en hield me nauwlettend in de gaten. In die periode wist ze al precies wat er tussen mij en Judit speelde, ze kende hooguit niet alle details. Ze deed wat haar smaak, haar temperament en haar verstand haar ingaven en wat de omstandigheden vereisten. Om het kort samen te vatten: ze gedroeg zich verstandig en beschaafd. Wat doet een fijnbesnaarde, beschaafde vrouw als ze erachter komt dat er iets vreemds aan de hand is met haar man, en niet pas sinds een of twee dagen maar al geruime tijd, hoe reageert ze als ze merkt dat hij geen band meer met haar heeft en eigenlijk met niemand, dat hij eenzaam en hopeloos geïsoleerd is en verlangt naar de vrouw die misschien in staat is hem van zijn onzalige eenzaamheid te verlossen? Natuurlijk probeert ze haar man voor zich te behouden. Ze wacht, houdt hem in de gaten en hoopt op betere tijden. Ze doet alles om de relatie met haar man te verbeteren, maar op een gegeven moment wordt ze de strijd moe. Ze verliest haar zelfbeheersing. Er zijn dingen die elke vrouw tot een tijgerin maken, vooral wanneer haar ijdelheid, het ondier dat in haar binnenste sluimert, begint op te spelen, maar de meeste vrouwen kalmeren ten slotte en berusten in het onvermijdelijke. Ze beseffen dat ze geen andere keus hebben. Wacht even, nu druk ik me te sterk uit, want volledig berusten in de situatie doen ze nooit. Maar goed, dat zijn enkel details betreffende hun gevoelsleven. In elk geval kunnen ze niets anders doen dan hun man loslaten.

Nadat Judit was verdwenen, sprak niemand meer over haar. Het was alsof ze van de aardbodem was weggevaagd. Het zwijgen van de twee achtergebleven vrouwen was heel opvallend, want Judit had tenslotte het grootste deel van haar leven in het huis van mijn moeder doorgebracht. Ze gedroegen zich alsof mijn moeder een nog maar pas aangenomen dienstmeisje had ontslagen, alsof zich de situatie had voorgedaan waarin je kon zeggen: 'Opeens was ze verdwenen, maar ja, dat heb je met die meisjes.' Hoe formuleren ontgoochelde huisvrouwen het ook alweer? 'Werkelijk waar, die meiden zijn geen helpsters, maar door jezelf betaalde vijanden. En ze weten alles te bemachtigen wat ze willen hebben, maar tevreden? Ho maar!' Nu, voor Judit ging dit zeker op, je kon absoluut niet zeggen dat ze tevreden was. Op een dag moet ze wakker zijn geworden en zich herinnerd hebben dat ik haar ooit een troostprijs had aangeboden en nu wilde ze de hoofdprijs hebben. Om me dat te laten weten was ze weggegaan.

Na Judits vertrek ben ik ziek geworden. Niet onmiddellijk, pas een halfjaar later. Niet dat ik me zo verschrikkelijk beroerd voelde, maar de toestand was toch ernstig genoeg om van levensgevaar te spreken. Helaas kon de arts die me behandelde, niets voor me doen. Niemand kon me trouwens helpen. Een tijdlang heb ik gedacht dat ik daar zelf ook niet toe in staat was. Wat me precies scheelde? Dat is moeilijk te zeggen. Natuurlijk is de meest aan-nemelijke verklaring dat het plotselinge vertrek van Judit, die ik vanaf mijn jeugd kende en tot wie ik me geestelijk en lichame-lijk aangetrokken voelde, een gevoelsproces tot uitbarsting had gebracht waarvan ik me eerst niet bewust was geweest. De kolos-sale hoeveelheid explosief materiaal die zich in de schachten van mijn ziel had opgehoopt, was plotseling tot ontbranding geko-men. Wat ik nu zeg, klinkt allemaal heel mooi, maar het is niet helemaal in overeenstemming met de waarheid. Het zou eerlijker zijn als ik zei dat ik een zweem van opluchting voelde toen mijn eerste verbazing en mijn irritatie en verbijstering waren geluwd. Want dat was zo, al moet ik eraan toevoegen dat ik niet alleen opgelucht maar ook nijdig was op Judit. Bovendien had ze me in mijn ijdelheid gekwetst. Ik wist heel goed dat ze vanwege mij naar het buitenland was gegaan. Overigens liet ik mijn opluchting niet merken, ik gedroeg me als iemand die in zijn stadswoning stiekem een gevaarlijk dier houdt dat er op een gegeven moment in slaagt te ontsnappen en naar het oerwoud terugvlucht. Ik was nijdig op haar omdat ze naar mijn gevoel niet had mogen weggaan. Het was alsof een slavin van me zich aan mijn gezag had onttrokken door weg te vluchten. Werkelijk, zo hoogmoedig was ik in die dagen. Intussen gingen de dagen voorbij.

Op een dag werd ik wakker met het gevoel dat er iets aan mijn leven ontbrak: ik miste Judit.

Er is niets zo akelig als het gevoel dat je iemand mist. Je kijkt om je heen en begrijpt het niet. Je steekt je hand uit en tast naar een glas water, naar een boek. Alles is zoals het altijd is geweest: de voorwerpen, de personen, je dagindeling en je verhouding tot de wereld, maar toch ontbreekt je iets. Je verplaatst de meubels in je kamer... was dat het probleem? Nee. Je besluit op reis te gaan.

De stad die je al heel lang had willen zien, ontvangt je met al haar sombere pracht. Je staat de ochtend na je aankomst vroeg op en snelt met een reisgids en een plattegrond in de hand de hoteltrap af om alles te gaan bekijken. Je zoekt net zo lang totdat je het beroemde beeld boven het altaar van de kerk hebt gevonden en je bewondert de bogen van de veelbejubelde brug. Als je moe van het wandelen in een restaurant iets te eten bestelt, dient de ober vol trots de specialiteiten van de stad op. In de buurt van de stad wordt wijn verbouwd met een bijna bedwelmend aroma. In diverse huizen hebben belangrijke kunstenaars gewoond, die hun geboortestad kwistig met kunstwerken hebben begiftigd. Je passeert ramen, torens en gevels waarvan de schoonheid en de edele vormen uitvoerig worden beschreven in boeken van vermaarde kunstkenners. Laat in de middag vullen de straten zich met elegante vrouwen met fraaie, amandelvormige ogen. Ze zijn trots, de vrouwen van deze stad, en ze weten dat ze mooi en erotisch aantrekkelijk zijn. Ze laten hun blik op je rusten, soms welwillend, soms koel. In het laatste geval lijken ze je met een milde superioriteit te bespotten omdat je eenzaam bent. Sommige vrouwen zenden je met hun vurige blikken verleidelijke boodschappen toe. 's Nachts klinkt er muziek aan de oevers van de rivier en wordt er bij het licht van papieren lampionnen gedanst en gezongen. De mensen die zich daar vermaken, drinken zoete wijn. Op een van die met muziek en lampionnenschijnsel gezegende plaatsten tref je een vrij tafeltje en een vrouw met zoete woorden aan. Je bekijkt alle bezienswaardigheden, als een vlijtige student. Vanaf de vroege ochtend tot de late avond doorkruis je met een reisgids in de hand de stad en je bekijkt alles met de grootste aandacht, alsof je bang bent iets over het hoofd te zien. Je tijdgevoel verandert gedurende je reis, je ontwaakt steeds op dezelfde tijd, alsof je volgens een nauwkeurige dagindeling leeft, alsof iemand je verwacht. Er zit natuurlijk iets achter die merkwaardige stiptheid, maar dat zou je nooit willen toegeven. Je denkt namelijk: hoe preciezer ik me aan dat schema houd, des te groter is de kans dat ik degene die op me wacht, zal vinden. Ik hoef alleen maar heel oplettend en stipt te zijn, vroeg op te staan en laat naar bed te gaan, veel mensen te ontmoeten, van hot naar haar te reizen en bepaalde plaatsen te bezoeken, dan zul je degene die op je wacht ten slotte ontmoeten. Je weet natuurlijk dat die hoop volstrekt kinderlijk is. Kennelijk vertrouw je enkel nog op de eindeloze toevalligheden van het leven. De politieofficier heeft je alleen verteld dat ze naar het buitenland is gereisd, naar een plaats in Engeland. Op de Britse ambassade hebben ze er weinig aan kunnen toevoegen, of ze waren daar niet toe bereid. Er staat een geheimzinnige scheidingswand tussen jou en de persoon naar wie je op zoek bent. Engeland heeft zevenenveertig miljoen inwoners, de steden zijn daar dichter bevolkt dan waar ook. Hoe zou je haar ooit kunnen vinden?

En als je er al in zou slagen haar op te sporen, wat zou je haar dan moeten zeggen? En toch reken je op een ontmoeting.

Zullen we nog maar een fles bestellen? Dit is een heel zuivere wijn. Als je morgen wakker wordt, zul je je gegarandeerd volkomen fit voelen en geen hoofdpijn hebben. Ik spreek uit ervaring. Ober, nog een fles Kéknyelü!

De rook in de zaal is afgekoeld. Pas nu voel ik me echt behaaglijk. Alleen de echte nachtbrakers zijn er nog, zie je wel. Eenzamen en wijzen, hopelozen en wanhopigen, mensen die zich nergens meer druk over maken, als ze maar ergens kunnen vertoeven waar lampen branden en onbekenden in hun nabijheid zitten, waar ze eenzaam kunnen zijn zonder daarvoor naar huis te hoeven gaan. Op een bepaalde leeftijd is het namelijk moeilijk om naar huis te gaan, vooral wanneer je de verkeerde dingen hebt meegemaakt. Dan kun je beter hier zijn, tussen onbekenden, eenzaam en zonder verplicht te zijn met iemand een gesprek te voeren. Tuinen en vrienden, heeft Epicurus gezegd, iets beters heeft het leven niet te bieden. Ik geloof dat hij gelijk had. Overigens hoeft die tuin niet eens zo groot te zijn, een paar bloeiende potplanten op een caféterras volstaan al. En een of twee vrienden is ook wel genoeg.

Ober, kunt u nog wat ijs in de koeler doen? Proost.

Waar was ik gebleven?

O ja, bij de periode dat Judit in het buitenland was en ik op haar wachtte.

Op een gegeven moment merkte ik dat de mensen eigenaardig naar me gingen kijken. Eerst mijn vrouw, daarna de mensen in de fabriek en op de sociëteit, en ten slotte praktisch iedereen. Mijn vrouw kreeg me in die tijd nog maar zelden te zien. Soms 's middags aan tafel. 's Avonds bijna nooit. Gasten ontvingen we al een poos niet meer. Uitnodigingen sloeg ik zonder uitzondering af, eerst aarzelend, later vastberaden, en ik duldde ook niet dat mijn vrouw mensen bij ons thuis inviteerde. Alles was namelijk zo pijnlijk en zo vreemd geworden, ons huis en onze huishouding, snap je? En toch was de boel bij ons op het eerste gezicht volmaakt in orde, precies zoals het moet: de fraaie kamers, onze waardevolle schilderijen, de kunstvoorwerpen, de bediende en het kamermeisje, het porselein en het tafelzilver, de fijne spijzen en dranken. Maar ik had niet meer het gevoel dat ik de heer des huizes was, ik voelde me in ons huis niet meer thuis en ik beschouwde het niet meer als mijn werkelijke thuis, als de plaats waar ik gasten kon ontvangen. Toen we dat aanvankelijk nog wel deden, leek het wel of we een toneelstukje opvoerden, mijn vrouw en ik, of we onze gasten voortdurend wilden bewijzen dat onze woning een echte woning was en geen decor. Maar het was geen echte woning. Waarom niet? Ik zal die vraag niet beantwoorden, want zoals het geen zin heeft vaststaande feiten te ontkennen, hoeven simpele, onweerlegbare feiten ook niet aangetoond te worden.

We begonnen steeds meer te vereenzamen. De wereld heeft scherpe ogen en oren. Je hoeft maar een paar tekens te geven of een paar gebaren te maken, en het fijnmazige spionagenet van afgunst, nieuwsgierigheid en boosaardigheid wordt over je uitgeworpen. Het is voldoende een paar uitnodigingen af te zeggen of niet te beantwoorden om het roddelcircuit van de samenleving te laten weten dat je aan het geldende systeem wilt ontsnappen. Weldra weet iedereen dat er met het echtpaar X of Y iets niet in orde is. Dit er-klopt-iets-niet kleeft de betrokkenen aan alsof ze in hun woning iemand met een besmettelijke ziekte verplegen, alsof de arts van de gemeentelijke medische dienst een rood vignet op de deur van hun woning heeft geplakt om de omgeving te waarschuwen. De mensen gedragen zich tegen de leden van het betreffende gezin opeens uiterst tactvol, maar ook een beetje neerbuigend en gereserveerd. Het spreekt vanzelf dat ze op een schandaal hopen. Niets is zo verrukkelijk om aan te zien als het uiteenspatten van een huwelijk en de daaruit voortvloeiende gezinsproblematiek. Het verlangen om daarvan getuige te zijn is een waarachtige koorts in onze maatschappij, een soort besmettelijke ziekte. Je hoeft maar in je eentje in een café te komen, of er wordt al gefluisterd: 'Heb je het gehoord? Ze hebben problemen, ze liggen in scheiding, hij heeft zijn vrouw met haar beste vriendin bedrogen.' De wens is meestal de vader van de gedachte. En ga je met je vrouw ergens heen, dan word je verbaasd begluurd. De mensen buigen zich naar elkaar toe en zeggen op veelbetekende toon: 'Ze gaan nog wel samen uit, maar dat heeft niets te betekenen, hoor. Ze proberen de wereld een rad voor ogen te draaien.' Je begint te beseffen dat de mensen die dat zeggen, gelijk hebben, ook al kennen ze de waarheid niet en zijn de door hen rondvertelde details botte leugens. Over de hoofdzaak zijn ze namelijk op een geheimzinnige manier goed geïnformeerd. Lázár heeft ooit half serieus, half schertsend gezegd dat alles wat de mensen zeggen gelogen is behalve de roddelverhalen die ze vertellen. Over het algemeen kunnen de mensen hun intieme zielenroerselen niet voor elkaar verborgen houden. Ze vernemen die via een soort golven, en stemmen hun woorden en handelingen op elkaars emoties af. Daar ben ik stellig van overtuigd.

Zo verliep ons leven in die tijd. Het verval voltrok zich heel geleidelijk en subtiel. Weet je, het ging zoals wanneer je het plan hebt opgevat te emigreren. Je denkt dat je collega's en familieleden nog niets in de gaten hebben, maar in werkelijkheid weet iedereen al dat je op de ambassade van het desbetreffende land een visum en een immigratievergunning hebt aangevraagd. Je familieleden spreken geduldig en tactvol met je, alsof je een krankzinnige of een misdadiger bent met wie ze medelijden hebben, maar in het geheim hebben ze al contact met de huisarts en een privédetective opgenomen. En op een dag merk je dat je situatie veel lijkt op die van iemand die huisarrest heeft en onder medisch toezicht staat.

Als je dat merkt, word je wantrouwend. Je gedraagt je heel behoedzaam en weegt al je woorden zorgvuldig af. Niets is zo moeilijk als het beëindigen van een bestaande levenssituatie. Het is minstens zo ingewikkeld als het afbreken van een kathedraal. Er zijn ook zoveel dingen waar je moeilijk afstand van kunt doen. De grootste zonde die je in die situatie tegenover je levensgezellin en jezelf kunt begaan is sentimentaliteit. Het kost heel wat tijd voordat je erachter komt wat een mens van het leven mag verlangen en in hoeverre hij het recht heeft over zijn eigen leven te beschikken. En vooral: hoezeer hij de neiging heeft zichzelf te kort te doen omdat zijn gevoelens en zijn herinneringen hem in de weg zitten. Zie je wel wat een onverbeterlijke bourgeois ik was, ik beschouwde alles als een juridisch probleem, zowel de scheiding als mijn stille opstandigheid tegen mijn familie en mijn afkeer van mijn positie. En als ik 'juridisch probleem' zeg, doel ik natuurlijk niet alleen op de scheidingsprocedure en de alimentatie. Er zijn nog zoveel andere rechtsbetrekkingen tussen mensen. Als je tijdens een van je slapeloze nachten of overdag tussen de menigte op straat plotseling het verband tussen de dingen ziet, vraag je je af: Is wat ik gegeven heb in overeenstemming met wat ik ontvangen heb of ben ik haar nog iets verschuldigd? Dit zijn pijnlijke vragen. Het heeft jaren geduurd voordat ik begreep dat een mens behalve verplichtingen ook een belangrijk recht heeft – een recht dat hem niet door de mensen maar door de Schepper is verleend. Ik bedoel het recht om eenzaam te sterven. Kun je dat begrijpen?

Dat recht is een heel belangrijk recht. Verder heb je enkel verplichtingen – verplichtingen tegenover je gezin, je familie en de maatschappij. Ik moet trouwens eerlijk zeggen dat ik aan mijn familie en de maatschappij veel goeds heb te danken. Behalve door die verplichtingen word je ook nog door je gevoelens en herinneringen in je vrijheid beperkt. Maar er komt een dag dat je ziel geheel doordrenkt wordt met het verlangen naar eenzaamheid en je niets anders meer wilt dan je stil en waardig voorbereiden op het laatste ogenblik en de laatste menselijke beproeving, op de dood. Je moet oppassen dat je niet vals speelt, want dan heb je niet het recht je terug te trekken. Zolang je om egoïstische redenen de eenzaamheid zoekt, uit gemakzucht, wrok of ijdele begeerte, of wanneer je nog verlangens koestert nadat je je hebt teruggetrokken, blijf je verplichtingen houden tegenover de wereld en tegenover iedereen die voor jou de wereld vertegenwoordigt. Maar eens komt de dag dat je ziel geheel doordrenkt wordt met het verlangen naar eenzaamheid en vanaf die dag wil je je zo snel mogelijk ontdoen van alles wat onnodig, onwaarachtig of bijkomstig is. Wie zich op een lange, gevaarlijke reis voorbereidt, kiest heel zorgvuldig wat hij meeneemt. Hij onderzoekt elk voorwerp meermalen, beoordeelt het vanuit verscheidene gezichtspunten en voegt het pas aan zijn bescheiden bagage toe als hij zeker weet dat hij het nodig heeft. Chinese monniken zijn wat dit betreft een goed voorbeeld. Ze verlaten tegen hun zestigste hun familie en nemen slechts een klein bundeltje mee voor onderweg. Glimlachend en zwijgend vertrekken ze bij het ochtendgloren. Niet naar onbekende streken, maar in de richting van de bergen, de eenzaamheid tegemoet. De tocht naar de eenzaamheid is de laatste reis die je gedurende je leven zult maken en je hebt daartoe het recht. Je bundel moet licht zijn en met één hand te dragen, hij mag geen nutteloze of overbodige zaken bevatten. Het verlangen om die reis aan te vangen wordt in een bepaalde levensfase zeer sterk. Opeens hoor je de eenzaamheid ruisen – een bekend geluid. Het is alsof je aan zee bent geboren en daarna in een rumoerige stad bent gaan wonen, waar je na jaren, in een droom, weer de zee hoort. Je wilt ieder het zijne geven en dan voorgoed vertrekken om in eenzaamheid en zonder doel verder te leven. Om je ziel te reinigen en op de dood te wachten.

In het begin is de eenzaamheid zwaar te dragen, als een vonnis. Er zijn momenten waarop je denkt het niet lang meer vol te houden. Misschien zou het toch beter zijn als je een levensgezellin had, misschien zou de straf lichter zijn wanneer je hem met iemand kon delen, het doet er niet toe met wie, desnoods met onwaardige gezellinnen, met veile vrouwen. Dat zijn uren van zwakheid, maar ze gaan voorbij, want geleidelijk aan begint de eenzaamheid je te omhelzen. Je krijgt persoonlijk aandacht van haar, zoals ook andere geheimzinnige elementen van het leven je gaan liefkozen, bijvoorbeeld de tijd. Opeens begrijp je dat alles wat je hebt meegemaakt, zich volgens een vast plan heeft voltrokken: eerst was er de nieuwsgierigheid, daarna het verlangen, nog later het werk en nu de eenzaamheid. Als je dat inzicht hebt verkregen, verlang je nergens meer naar. Je hebt er geen behoefte meer aan een nieuwe vrouw te vinden die je zou kunnen troosten, of een nieuwe vriend die met zijn wijze raad je ziel zou kunnen verlossen. Elke menselijke redenering is immers ijdel, ook de meest verstandige. Elk menselijk gevoel is vermengd met egoïsme, met onzuivere bedoelingen, met de subtiele neiging tot chantage en met het besef van machteloosheid en absolute gebondenheid. Als je dát eenmaal hebt begrepen, als je van je medemensen echt niets meer verlangt, als je geen hulp meer verwacht van vrouwen en je de hoge prijs en de angstaanjagende gevolgen van geld, macht en succes hebt leren kennen, als je van het leven niets anders meer vraagt dan de mogelijkheid ergens zonder hulp of comfort in eenzaamheid te leven en naar de stilte te luisteren die geleidelijk in je ziel begint te ruisen, zoals ze ook aan de oevers van de tijd ruist… ja, dan heb je het recht om weg te gaan. Dit recht kan niets of niemand je ontnemen.

Ieder mens heeft het recht om in eenzaamheid en in een heilige stilte afscheid van het leven te nemen en zich op de dood voor te bereiden, het recht om zijn ziel aandachtig en leeg te maken – zo aandachtig en leeg als ze in de aanvang der tijden, in onze kinderjaren, is geweest. Met dat doel is Lázár op een gegeven moment naar Rome vertrokken. Zelf ben ik nu even eenzaam als hij, maar om zo ver te komen heb ik een lange weg moeten afleggen. Lange tijd heb ik gehoopt dat ik mijn problemen op een andere manier zou kunnen oplossen, maar dat bleek onmogelijk te zijn. Tegen het einde van ons leven moeten we alleen zijn. Maar voordat ik zo ver kwam, ben ik nog met Judit Áldozó getrouwd, want dat was nu eenmaal het meest natuurlijk om te doen.

Op een dag, om een uur of vier 's middags, rinkelde in mijn kamer de telefoon. Mijn vrouw nam de hoorn op. Ze wist toen alles al, ook dat ik ziek was, ziek van dat krankzinnige wachten op die vrouw. Daarom behandelde ze me alsof ik een doodzieke patiënt was voor wie ze zich elke denkbare opoffering wilde getroosten. Natuurlijk bleek ze, toen het erop aankwam, niet in staat te zijn een werkelijk offer te brengen. In plaats daarvan probeerde ze me tot het laatste ogenblik voor zich te behouden, maar in die tijd had die ander al de overhand gekregen, zodat ik haar uiteindelijk toch verliet.

Toen mijn vrouw de telefoon had aangenomen, hoorde ik haar iets vragen. Ik zat op dat moment met mijn rug naar de telefoon te lezen. Aan het trillen van haar stem kon ik horen dat het grote ogenblik was aangebroken. Er was kennelijk iets bijzonders gebeurd, iets wat een einde zou maken aan de periode van gespannen wachten. Nu zou datgene gebeuren waarop we ons al die jaren hadden voorbereid. Ze liep met het toestel in haar hand zwijgend naar me toe, zette het op de tafel en verliet de kamer.

'Hallo,' zei een bekende stem. Het was Judit die tegen me sprak. De manier waarop ze 'Hallo' zei was nogal onnatuurlijk, ze sprak het woord met een Engels accent uit.

Nadat ze dit had gezegd, zweeg ze. Ik vroeg waar ze zich bevond. Ze noemde het adres van een hotel in de buurt van het station. Ik legde de hoorn neer, nam mijn hoed en mijn handschoenen en ging naar beneden. Terwijl ik dat deed, dacht ik aan van alles behalve aan het feit dat ik op dat moment voor de laatste maal van mijn leven de trap van mijn huis afliep. In die tijd had ik nog een auto, die altijd voor ons huis stond geparkeerd. Ik stapte in en reed dadelijk naar het hotel bij het station, dat geen al te beste reputatie had. Judit zat in de lounge tussen haar bagage op me te wachten. Ze droeg een geruite rok, een lichtblauwe katoenen blouse, elegante handschoenen en een reishoedje. Het viel me op dat ze daar in de lounge van dat derderangshotel met een vanzelfsprekendheid zat alsof de hele situatie, inclusief haar vertrek en haar terugkeer, deel uitmaakte van een afspraak tussen ons. Ze gaf me een hand met de voornaamheid van een echte dame. 'Moet ik hier blijven?' vroeg ze, een blik om zich heen werpend en besluiteloos op haar omgeving wijzend, alsof ze had besloten dat ik alle beslissingen moest nemen.

Ik gaf de portier een fooi en beduidde hem met een wenk dat

hij haar bagage in mijn auto moest deponeren. Judit volgde me zwijgend en ging voor in de auto zitten, terwijl ik achter het stuur plaatsnam. Haar bagage zag er goed uit: leren tassen van Engels fabrikaat, die waren beplakt met stickers van mij onbekende buitenlandse hotels. Ik herinner me dat ik een eigenaardige tevredenheid voelde toen ik zag hoe elegant haar reisbagage was, alsof ik blij was dat ik me niet over haar hoefde te schamen. We reden naar een hotel op het Margaretha-eiland waar ik een kamer voor haar huurde. Zelf nam ik een hotel aan de Donau en daar belde ik naar huis op om mijn vrouw te vragen of ze me wat koffers met kleren wilde sturen. In mijn woning heb ik geen voet meer gezet. Zes maanden hebben we zo geleefd, mijn vrouw thuis, Judit op het Margaretha-eiland en ik aan de Donau. Toen na die zes maanden de scheiding werd uitgesproken, ben ik de dag daarop met Judit getrouwd.

Gedurende die zes maanden ging natuurlijk elk contact verloren met de gemeenschap waarmee ik tot dan toe even hecht verbonden was geweest als een mens dat met zijn familie is. In de fabriek deed ik gewoon mijn werk, maar in mijn kennissenkring en in de wanordelijke groep mensen die 'de mondaine wereld' wordt genoemd liet ik me niet meer zien, hoewel ik nog een tijdlang met geveinsde welwillendheid en onverholen leedvermaak door sommige leden van deze groep werd uitgenodigd. Ze waren nieuwsgierig naar de rebel en wilden me naar hun salons lokken om over koetjes en kalfjes te praten en me intussen spottend op te nemen, alsof ik een geesteszieke was die elk moment iets eigenaardigs kon zeggen of doen. Iemand die in een situatie verkeert als ik toen, is blijkbaar niet alleen griezelig, maar ook interessant en vermakelijk. Lieden die zich mijn vrienden noemden, zochten met een zekere geheimzinnigheid en nadrukkelijkheid mijn gezelschap. Ze hadden zich voorgenomen me te 'redden', schreven me brieven en zochten me in mijn kantoor op om eens ernstig met me te praten, maar het duurde niet lang, of ze lieten me beledigd aan mijn lot over. Al na korte tijd werd er in de meest negatieve zin over mij gesproken, alsof ik geld had verduisterd of moreel ernstig over de schreef was gegaan.

Toch waren die zes maanden, alles bijeengenomen, een rustige, bijna tot tevredenheid stemmende periode van mijn leven. De realiteit van het leven is altijd eenvoudig en geruststellend. Judit logeerde op het eiland en at elke avond met mij. Ze gedroeg zich gelaten en wachtte af. Kennelijk had ze geen haast, waarschijnlijk omdat ze begrepen had dat het geen zin had om overijld te werk te gaan en op spoed aan te dringen, alles heeft immers zijn tijd. We hielden elkaar nauwlettend in de gaten, als twee schermers voor de aanvang van een wedstrijd. In die tijd dachten we namelijk nog dat de affaire tussen ons in een groots duel zou uitmonden: het duel van ons leven. We zouden elkaar op leven en dood bevechten en ten slotte gewond maar ridderlijk vrede sluiten. Ik had voor haar mijn maatschappelijke positie, mijn gezin en mijn lieftallige echt-genote opgegeven, veel aanstoot gegeven en tegen de burgerlijke moraal gezondigd. Judit had niets voor me opgegeven, maar ze was tot elk offer bereid. In ieder geval kon van haar worden gezegd dat ze door haar terugkeer naar Hongarije en haar telefoontje van-uit het hotel eindelijk tot handelen was overgegaan. Ze had een voornemen dat ze al heel lang koesterde, in daden omgezet.

Het kostte me moeite om te begrijpen wat precies de aard was van de nogal verwarrende gevoelens die wij voor elkaar koesterden, en hetzelfde gold voor Judit. Iemand die ons had kunnen helpen daarin meer inzicht te krijgen, kenden we niet. Lázár was de enige die daartoe in staat zou zijn geweest, maar hij woonde al sinds lang in het buitenland. Dikwijls dacht ik in die tijd dat hij daar van verbittering was gestorven. Er was dus geen 'getuige' meer in mijn omgeving die ons doen en laten had kunnen gade-slaan en zo nodig beïnvloeden.

Overigens heb ik onlangs vernomen dat hij inderdaad is over-leden – twee jaar geleden, in Rome. Hij was toen tweeënvijftig jaar.

Vanaf het moment dat we elkaar in dat derderangshotel had-den ontmoet, gedroegen we ons als landverhuizers die in een hun volslagen onbekend land proberen zo onopvallend mogelijk aan de nieuwe situatie te wennen en zich onder de mensen te mengen. Wie in zo'n situatie verkeert, zwelgt natuurlijk niet in zijn gevoelens en denkt niet aan zijn achtergelaten vaderland of aan de familieleden van wie hij is afgesneden. Ook wij spraken er nooit over dat ons leven voortaan heel anders zou zijn dan vroeger, maar we beseften dat natuurlijk heel goed. Het voornaamste wat we deden, was afwachten en onze omgeving in de gaten houden.

Zal ik je alles in de juiste volgorde vertellen? Wordt het niet te veel om allemaal aan te horen? Weet je wat? Ik zal me tot het wezenlijke beperken.

Toen ik enigszins bijgekomen was van de schok en in mijn hotelkamer aan de Donau mijn bagage in ontvangst had genomen, verzonk ik, zodra ik weer alleen was, in een diepe slaap. Uitgeput als ik was, sliep ik urenlang en het was al laat in de avond toen ik weer wakker werd. De telefoon had niet één keer gerinkeld, kennelijk had noch Judit noch mijn vrouw geprobeerd me te bereiken. Ik vroeg me af wat de vrouwen tijdens de uren dat ik had liggen slapen, hadden gedaan. De een begreep ongetwijfeld dat ze me voorgoed kwijt was en de ander had alle redenen om aan te nemen dat ze haar langdurige, heimelijk gevoerde oorlog had gewonnen. De twee rivales bevonden zich op dat moment waarschijnlijk ieder in hun eigen kamer, ver van elkaar in verschillende delen van de stad, en probeerden daar het gebeurde te verwerken. Ongetwijfeld gingen hun gedachten niet naar mij uit maar naar elkaar. Ze wisten dat de uitslag van hun duel nog onzeker was en dat nu de moeilijkste fase van de strijd begon.

Toen ik me wat had opgeknapt, belde ik Judit op, die me rustig te woord stond. Ik zei haar dat ik haar zou komen ophalen omdat ik op een rustige plaats met haar wilde praten.

Die avond begon mijn werkelijke kennismaking met deze eigenaardige vrouw. Ik bracht haar naar een restaurant in de binnenstad, waar ik maar weinig kans liep bekenden tegen te komen. Nadat we aan een van de gedekte tafeltjes hadden plaatsgenomen, bracht de ober dadelijk de menukaart. Ik bestelde voor ons beiden en sprak tijdens de maaltijd over koetjes en kalfjes, maar intussen sloeg ik haar heimelijk gade om te zien hoe haar tafelmanieren waren. Ze merkte dat kennelijk, want zo nu en dan krulden haar lippen zich tot een spottend lachje. Dat lachje heb ik ook later nog vaak bij haar gezien. Het was alsof ze daarmee wilde zeggen: Ik heb heus wel door dat je me bespiedt, maar het kan me niet schelen, ik weet hoe ik me moet gedragen.

En inderdaad, ze wist dat heel goed, bijna te goed zelfs. Die vrouw had zichzelf in een periode van enkele jaren alles aangeleerd wat bij een goede opvoeding hoort, zoals stijl, beschaafde omgangsvormen, goede manieren en mondaine leefregels, kortom alles waarin onze omgeving en onze opvoeders ons vroeger als apen hebben gedrild. Ze wist dat een vrouw zedig behoort binnen te komen en de aanwezigen minzaam moet groeten, dat ze de ober niet mag aankijken en het bestellen van spijzen en dranken aan haar mannelijke begeleider moet overlaten. Ook wist ze dat ze zich rustig moest laten bedienen, met een air van superioriteit en zelfverzekerdheid. Haar tafelmanieren waren werkelijk voortreffelijk en ze maakte geen fouten. Ze hanteerde haar mes, vork, glas en servet feilloos, alsof ze nooit op een andere manier, nooit met ander eetgerei en nooit onder andere omstandigheden had gegeten. Behalve deze vaardigheden bewonderde ik die eerste avond en ook daarna de manier waarop ze zich kleedde. Ik heb geen verstand van dameskleren en ben, zoals de meeste mannen, alleen in staat te zien of de dame in mijn gezelschap correct gekleed is, of haar kleding geen tekortkomingen vertoont in de vorm van smakeloze opschik of tierlantijnen. Judit was in haar zwarte japon en met haar zwarte hoed zo oogverblindend mooi dat alle mannen naar haar keken, zelfs de obers. Door de manier waarop ze ging zitten, haar handschoenen uittrok en glimlachend toehoorde terwijl ik de menukaart voorlas, vervolgens mijn bestelling met een instemmend hoofdknikje bevestigde, en ten slotte, toen de ober was verdwenen, beminnelijk begon te converseren, had ze iets van een voorbeeldige studente die een examen aflegt – een examen waarvoor ze, zoals van een dergelijke studente valt te verwachten, cum laude slaagde.

Tijdens dat examen was ik gespannen en hoopte ik dat ze het er goed vanaf zou brengen. Toen dat inderdaad het geval bleek te zijn, voelde ik een onmetelijke vreugde, voldaanheid en opluchting. Je kent die gevoelens wel, ze komen in je op als je begint te begrijpen dat wat je meemaakt niet zomaar, zonder reden, gebeurt. Kennelijk had de voorzienigheid de hand gehad in alles wat er tussen mij en deze vrouw, deze uitzonderlijke verschijning, was gepasseerd. Toen ik dit bedacht, schaamde ik me over mijn gespannenheid. Judit merkte dat en glimlachte af en toe een beetje spottend, op de manier die ik je zojuist heb beschreven. Ze gedroeg zich in alle opzichten als een voorname dame die gewend is in dure restaurants te dineren. Nee, ik zeg het verkeerd: ze gedroeg zich veel beter dan dergelijke dames, want die hebben niet zulke elegante tafelmanieren als zij: ze houden hun mes en vork niet zo netjes vast en ze zijn ook minder gedisciplineerd. Wie in een goed milieu is geboren, verzet zich altijd enigszins tegen zijn afkomst en tegen de vrijheidsbeperkingen die hem door zijn opvoeders zijn opgelegd, terwijl Judit voortdurend examen moest afleggen, wat ze onopvallend maar nauwgezet deed.

De hele avond was dat afschuwelijke en rampzalige examen aan de gang, en gedurende de dagen, maanden en jaren die daarop volgden, zou het steeds herhaald worden, of we nu onder de mensen verkeerden of met zijn beiden waren, ja zelfs in restaurants. Op den duur strekte het zich zelfs tot onze slaapkamer en alle overige levenssituaties uit. Judit slaagde elke dag met glans, maar uiteindelijk zijn we er allebei aan te gronde gegaan.

Ik moet toegeven dat ik zelf ook fouten heb gemaakt. Ik loerde naar haar als een dompteur naar een gevaarlijk roofdier dat hij moet africhten, en zij deed het omgekeerde en loerde naar mij alsof ik haar werkelijk dresseerde. Nee, ik heb haar met geen woord bekritiseerd of verzocht zich anders te kleden of te gedragen dan ze deed, zelfs niet wanneer een van haar gebaren of stembuigingen me niet beviel. Anders gezegd: ik heb nooit geprobeerd haar 'op te voeden'. Ik had haar 'in voltooide toestand' gekregen, zoals ze door het leven was geschapen en gevormd, en ik verwachtte niets uitzonderlijks van haar. Van mij hoefde ze geen dame of toonbeeld van wellevendheid te zijn, ik hoopte alleen dat zij de vrouw was die mijn eenzaamheid kon verzachten. Het probleem met haar was dat ze de eerzucht had van een jong officiertje die de wereld wil veroveren en daarom de hele dag militaire theorieën in zijn hoofd stampt, exercitieoefeningen doet en zijn lichaam hardt. Ze was voor niets en niemand bang behalve voor één ding: haar eigen gekrenktheid, want in het diepste gedeelte van haar ziel sluimerde een gapende wond. Die schrijnde in haar binnenste en alles wat ze deed – spreken, handelen of zwijgen – was erop gericht de pijn te verzachten, maar ik begreep dat toen niet.

Om weer op die eerste dag terug te komen: we gingen naar dat restaurant en dineerden daar. Waar we toen over gesproken hebben? Over Londen natuurlijk, maar niet op ongedwongen toon, meer zoals tijdens een examen gebruikelijk is. Londen is een grote stad met ontelbare inwoners. Het armere deel van de bevolking kookt er met schapenvet. De Engelsen zijn traag in het denken en handelen en drukken zich in gemeenplaatsen uit, maar ertussendoor zeggen ze soms toch iets belangrijks. Ze weten dat een mens in geval van moeilijkheden niet bij de pakken neer moet gaat zitten, maar moet proberen die te boven te komen. Toen ze dat vertelde – het was misschien de eerste persoonlijke zin die ze tot me richtte, de eerste door haarzelf ontdekte waarheid die ik kreeg te horen –, fonkelden haar ogen even, maar onmiddellijk daarna doofde de gloed van haar blik. Het was alsof ze zich niet had kunnen beheersen en zich iets had laten ontvallen wat ze liever voor zich had gehouden, alsof ze het geheim had prijsgegeven dat ook zij over de wereld en onze relatie had nagedacht – een loslippigheid waar ze meteen al spijt van had. In het bijzijn van de vijand moet je je immers niet blootgeven. Ik vond dat nogal eigenaardig en wist niet hoe ik het moest interpreteren. Ze zweeg na haar ontboezeming even en daarna begonnen we weer gemeenplaatsen uit te wisselen. Het examen werd voortgezet. Ja, de Engelsen hadden gevoel voor humor, ze lazen graag Dickens en hielden van muziek. Judit had *David Copperfield* gelezen. En wat nog meer? Ze antwoordde rustig en vertelde dat ze voor onderweg de nieuwste roman van Huxley had gekocht, waarvan de titel *Point Counter Point* luidde. Ze had er al een gedeelte van gelezen, maar nog niet alles. Als het boek me interesseerde, mocht ik het van haar lenen.

Zo ver was het dus met me gekomen. Ik zat met Judit Áldozó

in een restaurant in de binnenstad kreeft met asperges te eten, rode wijn te drinken en over de nieuwste roman van Huxley te praten. Toen ze haar zakdoek openvouwde, rook ik een sterke, aangename geur. Mijn vraag welk merk parfum ze gebruikte, beantwoordde ze door de naam van een Amerikaans schoonheidsinstituut te noemen, waarbij het me opviel dat ze die Engelse naam perfect uitsprak. Ze vertelde me dat ze meer van Amerikaanse dan van Franse parfums hield, omdat de Franse een beetje te zwoel ruiken. Ik keek haar wantrouwend aan. Nam ze me soms in de maling? Ze maakte echter geen grapje, wat ze zei was ernstig bedoeld en gaf haar mening weer. Ze sprak met de stelligheid van iemand die bepaalde waarheden uit zijn ervaringen heeft gedistilleerd. Ik waagde het niet te vragen waar deze boerendochter uit West-Hongarije haar ervaringen had opgedaan en hoe ze zo zeker wist dat Franse parfums 'een beetje zwoel ruiken', en al helemaal niet wat ze in Londen nog meer had gedaan dan bij een Engels gezin als dienstmeisje werken. Tijdens mijn verblijf in Londen had ik deze stad – en ook het Engelse gezinsleven – enigszins leren kennen, en ik wist dat de situatie van de arme meisjes die daar als dienstbode werken, niet bepaald benijdenswaardig is. Judit keek me met een neutrale blik aan, alsof ze nog meer vragen verwachtte. Al op die eerste avond viel me iets op wat ik later ook steeds zou opmerken, elke avond, totdat we uiteindelijk uit elkaar gingen. Weet je wat het was? Ze accepteerde elk voorstel dat ik haar deed. Als ik vroeg: Zullen we naar restaurant X gaan? – knikte ze instemmend, maar zodra de auto zich in beweging had gezet, zei ze zachtjes: 'We zouden misschien ook…' En dan volgde de naam van een ander restaurant, dat overigens beslist niet beter of chiquer was dan het door mij voorgestelde. Niettemin gingen we dan altijd naar het restaurant dat zij had genoemd. Als ik daar dan iets voor haar besteld had, proefde ze het alleen, schoof haar bord weg en zei: 'Ik zou eigenlijk toch liever…', waarna de gedienstige obers haar dadelijk een ander gerecht voorzetten of een andere drank inschonken. Wat ik ook voor haar liet opdienen, altijd moest het iets anders zijn. En als we naar een bepaalde bestemming op weg waren, wilde ze halverwege steevast ergens anders heen. Aanvankelijk meende ik dat die wispelturigheid iets met verlegenheid en angst te maken had, maar geleidelijk aan ging ik begrijpen dat voor haar het zoete niet zoet genoeg en het hartige niet hartig genoeg was. Op een keer, toen ze in een uitstekend restaurant een kippetje zat te eten dat de kok speciaal voor haar had geroosterd, schoof ze de schaal en haar bord bruusk van zich af met de woorden: 'Het smaakt me absoluut niet, ik wil iets anders eten.' Werkelijk, waar we ook waren, overal was de slagroom te mager en de koffie te slap.

Zoals gezegd: eerst dacht ik dat ze gewoon wispelturig was. Ik besloot geen aanmerkingen op haar gedrag te maken, maar dit alleen te observeren. Haar grilligheid amuseerde me zelfs.

Maar na verloop van tijd begreep ik dat haar wispelturigheid uit een zeer diepe laag van haar zielenleven voortsproot, waar ik geen zicht op had. Ze was namelijk het gevolg van de armoede waaronder ze in haar jeugd had geleden. Judit had last van haar herinneringen. Soms ontroerde het me als ik zag hoe graag ze ondanks haar traumatische jeugdervaringen sterk en gedisciplineerd wilde zijn, maar ze kon het niet, want telkens weer werd ze door een vloedgolf van emoties overspoeld. De dijken waarmee ze haar jeugdherinneringen had omgeven, waren door onze relatie weggevaagd. Je moet niet denken dat ze iets beters of mooiers wilde dan wat ik haar aanbood, ze wilde iets ánders, snap je? Ze was te vergelijken met een doodzieke patiënt die verwacht dat hij zich in een andere kamer beter zal voelen, of hoopt dat er een arts te vinden is die meer weet dan degene die hem behandelt, of denkt dat er een werkzamer medicijn bestaat dan de geneesmiddelen die hij tot dan toe heeft ingenomen. Ze wilde iets anders, wat het ook mocht zijn. Soms vroeg ze me om vergeving voor haar wispelturigheid. Ze zei dan niets, maar keek me alleen aan, en dat zijn waarschijnlijk de ogenblikken geweest waarop dit hoogmoedige, gekrenkte wezen me het meest nabij was. Ze staarde me dan met een bijna hulpeloze uitdrukking op haar gezicht aan, alsof ze wilde zeggen dat ze er niets aan kon doen dat ze in haar jeugd arm was geweest en daar slechte herinneringen aan bewaarde. Maar die momenten van wroeging duurden nooit lang, want haar stomme

smeekbede werd al spoedig door een luide innerlijke stem over-
stemd – de stem die steeds iets anders verlangde.

Wat ze precies wilde? Wraak en alles wat daarbij hoort. Hoe
ze zich wilde wreken? Dat wist ze zelf niet, waarschijnlijk had
ze voor haar veldtocht geen krijgsplannen gemaakt. Weet je, het
is niet goed de bodem om te woelen waarin een mens door zijn
geboorte is geworteld. Soms gebeurt er iets – een ongeluk, een
relatie met een ander mens of een onvoorziene lotswending –
waardoor iemand ontwaakt en voor het eerst goed om zich heen
kijkt. Daarna komt het niet meer goed met hem. Hij weet niet
meer waar hij naar op zoek is en wat hij eigenlijk wil, noch hoe
hij zijn verlangens kan beteugelen. Ook kan hij zijn op hol geslagen verbeelding niet meer bedwingen. Opeens heeft hij nergens
meer plezier in. Gisteren was hij nog in staat van de eenvoudige
genoegens van het leven te genieten, zoals een reep chocola, een
mooi gekleurd lint, een goede gezondheid of een dag zonneschijn.
En als hij een glas water dronk, genoot hij van de koelheid van
de vloeistof en van de doeltreffende manier waarop daardoor zijn
dorst werd gelest. 's Avonds luisterde hij op de donkere, getraliede
galerij van de huurkazerne naar de muziek van een orkestje dat
ergens in de buurt speelde en voelde zich bijna gelukkig. Als hij
een bloem bekeek, glimlachte hij onwillekeurig. De wereld had
toen nog allerlei heerlijke verrassingen voor hem in petto, maar nu
was dat onverwachte gebeurd en had hij zijn zielenrust verloren.
Zoiets was er met Judit aan de hand.

Weet je wat ze deed? Ze begon een soort klassestrijd tegen me
te voeren. Op haar manier.

Misschien was haar strijd niet tegen mij persoonlijk gericht
en was ze alleen ziekelijk jaloers op me omdat ik het leven belichaamde dat ze zo wanhopig begeerde en met onzalige nuchter-
heid en koele waanzin nastreefde. Het staat in ieder geval vast dat
ze, toen ze dankzij mij eindelijk in staat was haar wensen te bevredigen, al haar kalmte verloor. Aanvankelijk was ze alleen zeurderig
en grillig. Dikwijls stuurde ze in restaurants het eten terug naar de
keuken. Daarna begon ze tot mijn verrassing – waaraan ik overigens geen uitdrukking gaf – van kamer te wisselen in het hotel. Ze

ruilde haar kleine appartement, dat van een badkamer was voorzien en op het park uitkeek, voor een grotere met een salon, een slaapnis en uitzicht op de Donau. 'Liever aan de andere kant van het gebouw, dat lijkt me rustiger,' zei ze wanneer ze als een diva op doorreis een beschikbare hotelkamer keurde. En als ze ergens over klaagde, hoorde ik haar glimlachend aan. Vanzelfsprekend betaalde ik al haar rekeningen. Ik deed dit op een tactvolle manier door haar een chequeboek te geven en haar te zeggen dat ze zelf een cheque moest uitschrijven als ze iets moest betalen. De bank berichtte me al vrij spoedig – om precies te zijn na drie maanden – dat de vrij grote som geld die ik op een voor haar geopende rekening had gestort, totaal verbruikt was. Waaraan ze het geld, dat voor haar beslist een klein vermogen moet zijn geweest, had besteed, was onduidelijk. Als ik het haar had gevraagd, was ze me waarschijnlijk het antwoord schuldig gebleven, maar ik deed dat natuurlijk niet. Een eenvoudige ziel had al haar remmingen verloren, meer valt er eigenlijk niet over te zeggen. Haar kasten vulden zich met dure, smaakvol gekozen, maar totaal overbodige kledingstukken en modeartikelen. Ze kocht die in het duurste modehuis van de stad, zonder op de prijzen te letten en lichtvaardig met cheques betalend. Alles wat ze mooi vond – hoeden en jurken, bontjassen en nouveautés, kleine en later ook grotere sieraden – schafte ze onmiddellijk aan, met een gretigheid die voor een vrouw in haar positie abnormaal was. Het eigenaardigste was nog wel dat ze al die spullen nauwelijks gebruikte. Ze gedroeg zich als een uitgehongerde stakker die, als hij de kans krijgt zich aan een gedekte tafel te goed te doen, zich er niet om bekommert dat de natuur onverbiddelijk grenzen stelt aan zijn verlangen. Hoewel het gevaar van een bedorven maag steeds manifester wordt, eet hij onverstoorbaar door.

Om een lang verhaal kort te maken: niets was goed genoeg voor haar en geen enkel gerecht voldeed aan haar smaak; het was altijd te flauw of te zout, te zoet of te zuur of te warm of te koud. Aangespoord door haar hongerige ziel was ze voortdurend vol geestdrift naar alle mogelijke exotische zaken op zoek. 's Morgens stroopte ze haastig de dure winkels in de binnenstad af, alsof ze vreesde dat de winkeliers hun waren voor spotprijzen aan anderen van de hand zouden doen. Wil je weten waar ze zo naarstig naar speurde? Naar nog meer bontjassen en jurken dan ze al had, naar nog meer tierlantijnen en frutsels. Naar alle mogelijke overbodige en onzinnige luxevoorwerpen, die nauwelijks nog smaakvol konden worden genoemd. Op een dag werd het me te veel en zei ik er wat van, waarop ze als door de bliksem getroffen reageerde. Het leek wel of ze uit een hypnotische trance ontwaakte. Ze barstte in snikken uit, was dagenlang van streek en kocht daarna geruime tijd niets meer.

Maar ook toen vond ik haar gedrag niet normaal, want ze hulde zich dagenlang in een eigenaardig stilzwijgen, staarde voor zich uit en leek geheel in haar herinneringen op te gaan, wat ik moeilijk kon verdragen. Ook gedroeg ze zich in mijn bijzijn uiterst onderdanig en beschaamd, als een op heterdaad betrapte dief. Het was alsof ze berouw had van haar kooplust. Ik besloot haar niet meer te kapittelen of de wet voor te schrijven. Het geld deed er eigenlijk ook niet toe omdat ik in die tijd nog zeer vermogend was. Er was trouwens nog een goede reden om me niet om haar koopziekte te bekommeren: ik was tot de conclusie gekomen dat het geen zin had mijn geld gedeeltelijk of volledig te redden, omdat ik daardoor zelf ten onder zou gaan. Ik verkeerde in die maanden namelijk in levensgevaar, en niet alleen ik, maar ook Judit en mijn vrouw. Als ik levensgevaar zeg, bedoel ik dit niet figuurlijk, maar in de meest letterlijke zin van het woord. Alles waaraan we ons altijd hadden vastgeklampt, was immers ingestort, ons leven was door een vloedgolf overspoeld en het vuile, kolkende water had alles meegesleurd wat we bezaten: onze herinneringen, onze bestaanszekerheid en ons thuis. Af en toe slaagden we erin ons hoofd boven water te steken om naar de oever te speuren, maar die was nergens te zien. Wat had mijn geld nog voor waarde nu deze overstroming had plaatsgevonden? Het kon wat mij betreft gerust verloren gaan, zoals al het andere wat ik al was kwijtgeraakt: mijn rust, mijn verlangens, mijn zelfrespect en mijn ijdelheid. Als je eenmaal in zo'n gemoedstoestand verkeert, wordt alles heel eenvoudig. Daarom berispte ik Judit niet meer en liet ik haar maar begaan. Een tijdlang vocht ze nog met succes tegen haar koopziekte en hield ze me geschrokken in de gaten, als een dienstmeisje dat op snoepen, plichtsverzuim of spilzucht is betrapt, maar toen ze begreep dat ik haar geheel de vrije hand liet, hervatte ze haar tochten door de stad, die steevast bij kleermaaksters, antiekhandelaren en modistes eindigden.

Een ogenblik, ik heb hoofdpijn. Ober, wilt u me een glas water en een pyramidon brengen? Dank u wel, ober.

Nu ik je dit vertel, word ik weer even duizelig als ik toen was. Weer is het alsof ik voorovergebogen boven een waterval sta. En nergens een balustrade of een helpende hand om vast te pakken, alleen het bruisende water, de lokkende diepte en die angstaanjagende duizeligheid, waardoor je de neiging krijgt omlaag te springen. Je weet dat je nauwelijks de kracht meer hebt om je van het water af te keren en aan de aantrekkingskracht van de diepte te ontkomen. Nóg heb je die keus, je hoeft maar één stap achteruit te doen, één enkel woord te zeggen, één brief te schrijven, één simpele handeling te verrichten, maar onder je bruist het water. Zo'n gevoel is dat.

Aan dat gevoel moest ik opeens denken en nu heb ik hoofdpijn. Ik zie bepaalde beelden uit die tijd heel duidelijk voor me, bijvoorbeeld dat van het gezicht van Judit toen ze me vertelde dat ze in Londen een verhouding met een Griekse zangleraar had gehad. Dat was tegen het eind van haar verblijf, toen ze al besloten had naar Hongarije terug te keren. Maar eerst wilde ze nog kleren, schoenen en elegante koffers kopen. Die Griekse zangleraar had al haar aankopen betaald. Toen ze alles had gekregen wat ze wilde hebben, was ze naar Hongarije teruggereisd en had ze in de buurt van het station dat hotel genomen waar ze me had opgebeld om met een Engels accent 'Hallo' tegen me te zeggen.

Hoe ik op het verhaal over die Griekse minnaar reageerde? Ik zal zo eerlijk mogelijk zijn. Als ik mijn geheugen raadpleeg en de desbetreffende herinnering daaruit opdiep, kan ik alleen maar tot de conclusie komen dat die mededeling me absoluut niets deed. Vaak begrijpen we niet goed wat bepaalde handelingen of relaties voor ons betekenen. Soms kunnen we bijvoorbeeld iemands dood niet bevatten. Zelfs nadat hij al begraven is, voelen we nog altijd niets. Buitenshuis dragen we rouwkleding en trekken we een droevig gezicht, binnenshuis gapen we verveeld, plukken aan onze neus, lezen een boek en denken aan alles behalve aan de overledene, voor wie we zo nadrukkelijk in het zwart gekleed gaan. Naar buiten toe leven we ernstig en waardig, maar innerlijk is er iets heel anders aan de hand en voelen we tot onze verbazing niets, hooguit een zekere opluchting of voldaanheid, waarvoor we ons schamen, en bovenal een mateloze onverschilligheid. Dat gaat zo een tijdje door, dagen of zelfs maanden. Je probeert de wereld wijs te maken dat je om de overledene rouwt, maar heimelijk kan zijn dood je niets schelen. Veel later, misschien wel een jaar daarna, als de dode al bijna tot stof is vergaan, begint alles voor je ogen te draaien terwijl je op straat loopt, omdat je opeens de betekenis van zijn dood begrijpt. Je bent zo duizelig dat je tegen de muur moet leunen om niet te vallen. Wat je op dat moment begrijpt? Dat je een sterke band had met de overledene en dat zijn dood heel ingrijpend is. Dat je nooit meer zijn glimlach zult zien, al zou je met je blote handen zijn stoffelijke resten opgraven. Opeens besef je dat geen macht ter wereld zou kunnen bewerkstelligen dat je hem op straat nog eens tegenkwam en hij je dan met een lach begroette. Al zou je de hele wereld met een reusachtig leger veroveren, de dode werd er niet weer levend door. Je voelt zo'n hevig verdriet dat je het uitschreeuwt, maar het kan ook zijn dat je alleen maar met een bleek gezicht voor je uit staart en je zo eenzaam voelt dat de wereld niets meer voor je betekent.

Wat de wezenlijke oorzaak van jaloezie is? IJdelheid natuurlijk. Het menselijke lichaam bestaat voor zeventig procent uit water en voor dertig procent uit vaste stof. Met het karakter van de mens is het al even vreemd gesteld, want dat bestaat voor zeventig procent uit ijdelheid en voor het resterende percentage uit een paar andere eigenschappen, zoals hartstocht, grootmoedigheid, doodsangst en fatsoen. Wanneer een verliefde man met blikkerende ogen door de stad holt omdat hij wil voorkomen dat zijn aanbedene, die vanzelfsprekend even ijdel, eenzaam, naar geluk smachtend en ongelukkig is als elk ander mens, zich een uur lang door een andere man laat omhelzen, wil hij niet het lichaam en de ziel van die vrouw voor een denkbeeldig gevaar of een denkbeeldige schande behoeden, maar probeert hij te voorkomen dat hij een deuk in zijn ego oploopt. Toen Judit me had verteld dat ze de geliefde van een Griekse zangleraar was geweest, had ik beleefd geknikt, alsof ik dat de gewoonste zaak van de wereld vond en daarna was ik van onderwerp veranderd. En waarachtig, ik voelde op dat moment helemaal niets. Pas veel later, toen we al gescheiden waren en ik in mijn eentje woonde, dacht ik op een middag opeens aan die zangleraar en toen ben ik zo wanhopig en zo woedend geworden dat ik begon te schreeuwen. Terwijl ik op dat moment allang wist dat Judit er ook nog andere minnaars op na had gehouden. 'Als ik die twee samen tegenkom, vermoord ik ze!' heb ik uitgeroepen. Stel je voor, ik leed als een aangeschoten dier omdat een vrouw met wie ik niets meer te maken had – en die ik nooit meer wilde zien aangezien mijn huwelijk met haar in elk opzicht mislukt was –, in een ver verleden iets met een man had gehad die ze zich waarschijnlijk alleen nog maar vagelijk kon herinneren! Terwijl dit feit indertijd, toen ze me het vertelde, nauwelijks indruk op me had gemaakt. Ik herinner me nog dat ik op dat moment een appel zat te schillen en met een beleefde en begrijpende uitdruk- king op mijn gezicht voor me uit staarde, alsof ik dat bericht wel had verwacht en blij was dat ik het nu eindelijk hoorde.

Zo leerden Judit en ik elkaar steeds beter kennen.

Judit deed zich te goed aan alles wat mijn geld haar kon bieden, ze propte zich vol als een gulzig kind dat net zo lang snoept tot het misselijk wordt. Op een gegeven moment volgde daar een reactie op: teleurstelling en onverschilligheid. Ze werd weer gekwetst, niet door mij of door de wereld, maar door het feit dat een mens niet ongestraft aan zijn gulzigheid kan toegeven. Ze vertelde me dat ze thuis op de boerderij in de onwaarschijnlijke, beschamende armoede had geleefd die met graagte wordt beschreven in tenden- tieuze literatuur over de situatie op het platteland. Haar ouders bezaten oorspronkelijk een krottig huisje en een hectare land, maar de grond hadden ze geleidelijk moeten verkopen om hun talrijke kinderen te kunnen grootbrengen en hun schulden af te lossen, zodat ze ten slotte alleen nog maar dat huisje en de tuin bezaten. Daar woonden haar vader en moeder nog steeds, en ook een van de kinderen, die gebrekkig was. De andere kinderen hadden zich in alle windrichtingen verstrooid, maar geen van hen had het verder gebracht dan boerenknecht of dienstmeisje. Judit sprak zonder enige sentimentaliteit, ja zelfs met koele zakelijkheid over haar kindertijd en over de armoede die ze toen had geleden, maar ze begon er pas over toen we elkaar wat beter hadden leren kennen. Haar relaas had absoluut niets van een aanklacht, want zoals de meeste vrouwen bekeek ze de belangrijkste levensproblemen verstandig en nuchter en achtte ze opstandigheid tegen het lot zinloos. Armoede, ziekte en dood horen nu eenmaal bij het leven en moeten door ons mensen worden aanvaard en verdragen. Ze beperkte ze zich dus bij het doen van haar relaas tot het vermelden van de feiten. Ze vertelde dat het gezin ooit een hele winter onder de grond had geleefd. Toen ze een jaar of zes was, had de honger hen namelijk van huis verdreven en waren ze naar de streek Nyír-ség gegaan om meloenen te plukken. Daar hadden ze ondergronds geleefd, niet in overdrachtelijke maar in letterlijke zin: ze hadden een groot gat gegraven en dit met riet afgedekt om zo de winter door te komen. Ze vertelde ook heel gedetailleerd – kennelijk ging het om een jeugdherinnering die bijzonder belangrijk voor haar was – dat het die winter zo streng had gevroren dat duizenden veldmuizen door de kou naar het gat waren gedreven waarin ze met haar familie woonde. 'Dat was heel onaangenaam,' zei ze op nadenkende maar absoluut niet klaaglijke toon.

Stel je de situatie eens voor: die prachtige vrouw zat daar in dat chique restaurant met een dure bontstola om haar schouders en glinsterende ringen om haar vingers rustig te vertellen hoe onaangenaam het was geweest onder de bevroren grond te wonen terwijl de muizen over haar voddige dekens sprongen, en intussen was geen man in staat ons tafeltje te passeren zonder haar met zijn blikken uit te kleden. Terwijl ze dit alles vertelde, zat ik stil tegenover haar te luisteren zonder mijn blik van haar af te wenden. Ik voelde me zo schuldig door haar verhalen dat ik niet verbaasd zou zijn geweest als ze me af en toe in mijn gezicht had geslagen, zomaar, zonder enige reden, alleen omdat ze er zin in had, maar dat gebeurde niet, ze vertelde zonder enige gekunsteldheid wat ze had meegemaakt. Ze wist meer af van armoede en van de problemen die het samenleven met anderen met zich meebrengt dan in alle sociologische verhandelingen over dit onderwerp is geschreven. Ze klaagde niets en niemand aan, maar haalde alleen herinneringen op, zonder dat ze hierdoor zodanig in beslag werd genomen dat ze niet meer op haar omgeving lette.

Ik heb al gezegd dat ze op een gegeven moment totaal oververzadigd was. Wat daar precies de oorzaak van was, weet ik niet. Misschien begon de waarheid tot haar door te dringen en begreep ze dat ze in de winkels en de restaurants van de binnenstad niet kon inhalen wat zij en ontelbare andere wereldbewoners – honderden miljoenen – hadden ontbeerd, en dat elke poging dat te doen overbodig en zinloos was. De werkelijk belangrijke problemen van het leven kunnen niet door enkelingen worden opgelost. Het leven stelt de individuele mens niet schadeloos voor wat er met honderden miljoenen is gebeurd en nog elke dag gebeurt. De weinige gelukkigen die erin slagen zich uit de drek omhoog te werken en een weelderig leven te leiden, hebben zelfs op hun beste momenten het gevoel dat ze verraad plegen, alsof ze eeuwige trouw hebben beloofd aan degenen die in de drek zijn achtergebleven. Is dit wat Judit had begrepen? Ik weet het niet, want ze sprak nooit over dergelijke dingen. Mensen laten zich nu eenmaal niet graag uit over de manier waarop ze tegen hun armoede aankijken. Judit sprak over haar vroegere ellende alsof ze het over een natuurverschijnsel had en ze maakte de rijken absoluut geen verwijt van al die narigheid. Als ze al verwijten uitte, waren die eerder tot de armen gericht, over wie ze zich vaak ironisch uitliet. Het leek wel of ze vond dat de armen op de een of andere manier schuld hebben aan hun armoede, alsof armoede een ziekte is en iedereen die eronder gebukt gaat dat aan zichzelf te wijten heeft. Ze deed het bijna voorkomen alsof alle arme stakkers van de wereld niet goed op hun gezondheid hebben gelet, alsof ze te veel hebben gegeten of zich te dun hebben gekleed. Ze sprak over hen zoals in sommige families wordt gesproken over zieke verwanten die moeilijk verpleegbaar zijn en veel klagen. Als zo'n stakker bijvoorbeeld door zijn ernstige bloedarmoede nog maar een paar weken te leven heeft, beweren ze dat het zijn eigen schuld is dat hij zo ziek is. Als hij tijdig een of ander drankje van de dokter had ingenomen, zijn kamer beter had laten luchten of in het verleden minder maanzaad had gegeten, was de dodelijke ziekte hem waarschijnlijk bespaard gebleven. Judit liet zich over armoelijders ongeveer op dezelfde manier uit. Het was alsof ze wilde zeggen dat de mensen hun ellende aan zichzelf te wijten hebben. De rijken achtte ze er in ieder geval niet verantwoordelijk voor.

Ze had te veel meegemaakt en nu de tafel van het leven voor haar gedekt stond, tastte ze met beide handen toe en overat zich schromelijk. Kennelijk waren haar herinneringen sterker dan haar ingeschapen neiging tot soberheid, al was elke vorm van sentimentaliteit haar vreemd. Toch kon ik duidelijk merken dat ze probeerde zich tegen deze zwakheid te verzetten. Ze hield zich voor dat de wereld altijd zo geweest is als tegenwoordig. De mensheid is nu eenmaal verdeeld in zieke en gezonde mensen en in rijken en armen, dat is altijd zo geweest en zal ook in de toekomst zo zijn. Armoede kan misschien verzacht worden en egoïsme, woekerdrift en hebzucht afgeremd, zodat de welvaart beter is verdeeld, maar van talentloze mensen kun je geen genieën maken. Mensen die geen muzikaal gehoor hebben, zul je nooit kunnen duidelijk maken dat er in de ziel van de mens een goddelijke melodie weerklinkt, en de hebzuchtigen die als hamsters alles naar zich toe graaien en met twee handen tegelijk hun mond volproppen, kun je geen gulheid aanleren. Judit wist dit alles zo goed dat ze het onnodig vond er ook maar één woord aan te besteden. Zoals de zon 's morgens opgaat en 's avonds weer achter de horizon verdwijnt, zo zijn er ook arme mensen op de wereld, moet ze hebben gedacht. Zelf was ze door haar schoonheid en dankzij mijn verliefdheid erin geslaagd uit de vicieuze cirkel van de armoede te breken. En doordat ze sinds ons gesprek onder de kerstboom mijn zwakheid kende.

Het viel me op dat ze steeds meer op me begon te letten, terwijl ze me tot dan toe nauwelijks had durven aankijken. Een mens aanschouwt nu eenmaal niet graag zijn ideaal, het bovennatuurlijke wezen dat zijn lot in handen heeft. In haar ogen was ik in die tijd waarschijnlijk door een soort lichtkring of aura omgeven. Het licht daarvan moet zo verblindend voor haar zijn geweest dat ze onwillekeurig even haar ogen sloot als ze me aankeek. Het was niet zozeer mijn persoon, mijn maatschappelijke positie of een mannelijke eigenschap van me die haar imponeerde. Ik was voor haar meer een tekst in geheimschrift, die een mens niet graag ontcijfert omdat hij weet dat de geheimzinnige tekens de verklaring voor al zijn geluk en ongeluk bevatten. Voor haar belichaamde ik de heilstoestand waar een mens zijn leven lang naar snakt, maar waarvoor hij woedend en teleurgesteld terugschrikt zodra het mogelijk wordt die te bereiken. Lázár was dol op een stuk van Strindberg dat *Traumspiel* heet. Ken je het? Zelf heb ik het nooit gezien. Hij citeerde er vaak zinnen uit en beschreef soms bepaalde scènes van dit werk. Volgens hem komt er een personage in voor dat de vurige wens heeft een visserskist van de goden te ontvangen, je weet wel, zo'n groene, blikken kist waarin vissers hun haken, snoeren en aas bewaren. Die man wordt oud en zijn leven verstrijkt, maar ten slotte krijgen de goden medelijden met hem en schenken hem de kist. Daarna is er een scène waarin hij met het langverbeide cadeau in zijn handen naar voren komt, de kist grondig bekijkt en dan diep bedroefd zegt: 'Het is niet de goede kleur groen.' Lázár citeerde deze zin soms als mensen hun wensen te kennen gaven. Toen ik Judit geleidelijk aan beter leerde kennen, merkte ik dat ik voor haar niet 'het goede groen' was. Lange tijd dorst ze me niet te zien zoals ik ben. Mensen durven datgene waar ze hevig naar verlangen, wat ze als een ideaal beschouwen, niet tot menselijke proporties terug te brengen. Hoewel we al geruime tijd samenleefden en de ondraaglijke spanningen die de voorbije jaren van ons leven als een koortsige ziekte hadden bedorven, tot bedaren waren gekomen, had onze relatie nog steeds iets eigenaardigs. Weliswaar beschouwden we elkaar langzamerhand als normale mensen, met lichamelijke zwakheden en alledaagse problemen, maar toch zag Judit me nog steeds anders dan ik was. Het leek wel of ze me als een priester of een verheven wezen uit een andere wereld beschouwde, terwijl ik alleen maar een eenzaam mens was die ergens op hoopte.

Zeg, iedereen is al vertrokken en de afgekoelde rook begint te stinken, zullen we zo langzamerhand ook maar eens gaan? Ik zal je alleen nog het slot van mijn verhaal vertellen. Heb je een vuurtje voor me? Dank je. Ik wil, nu ik eenmaal ben begonnen, mijn verhaal afmaken en je vertellen waarop ik hoopte en hoe ik in die hoop werd teleurgesteld. En natuurlijk ook hoe ik die teleurstelling heb verwerkt. Als ik je tenminste niet te zeer verveel.

Let goed op, want wat ik je nu ga zeggen is heel belangrijk. Ik zal me zelf ook zo goed mogelijk concentreren, want ik wil je de zuivere waarheid vertellen en je een blik gunnen in mijn ziel.

Weet je waarop ik hoopte, beste kerel? Op een wonder. Wat voor een wonder? Heel eenvoudig, ik hoopte dat de liefde met haar eeuwige, bovenmenselijke en geheimzinnige kracht onze eenzaamheid zou opheffen en de afstand tussen ons zou overbruggen. Dat de liefde alle kunstmatige scheidingsmuren zou afbreken, die de maatschappij, onze opvoeding, onze financiële omstandigheden, het verleden en onze herinneringen tussen ons hadden opgericht. Ik voelde me als iemand die, terwijl hij in levensgevaar verkeert, om zich heen kijkt om iemand te vinden die hem met een heimelijke handdruk kan verzekeren dat er nog deelneming en medelijden op deze wereld is te vinden, dat er ook nog goede mensen zijn. Met die bedoeling stak ik Judit mijn hand toe.

Toen de eerste verlegenheid en de spanning van het op elkaar wachten waren geluwd, verenigden we ons in liefde. Daarna trouwden we en wachtte ik op het wonder.

Ik stelde me alles heel eenvoudig voor. Ik meende dat al onze tegenstellingen in de smeltoven van de liefde zouden versmelten. Als ik met Judit de liefde bedreef, voelde ik me als een zwerver die na lang dwalen door vreemde landen en na vele ontberingen te hebben geleden eindelijk naar zijn vaderland terugkeert. In je eigen land is alles veel eenvoudiger, maar toch ook geheimzinniger en raadselachtiger dan in het buitenland, want zelfs tijdens de spectaculairste reizen in vreemde landen beleef je niet zoveel heerlijks als in de vertrouwde kamers van je eigen huis. Thuis komen er steeds opnieuw herinneringen bij je op aan je kinderjaren, aan de verwachtingen die je toen koesterde. Die herinneringen zijn bij ieder mens onder de oppervlakte van het dagelijks bestaan aanwezig, zelfs als hij op reis is en de Gauri Shankar of het Michiganmeer aanschouwt. Wij mensen zijn eeuwig op zoek naar de lichtval en de klanken van onze kinderjaren, naar de vreugde en de verrassingen die we toen hebben meegemaakt, naar de hoop en de angst die bij deze periode van het leven horen. Als we eenmaal volwassen zijn, is eigenlijk alleen de liefde in staat iets van die gespannen en hoopvolle verwachtingen te doen herleven. Als ik in dit verband liefde zeg, doel ik op liefde in de brede betekenis van het woord. Dus niet alleen de geneugten van het met elkaar slapen en alles wat daarbij hoort, maar het verlangen dat twee mensen tot elkaar drijft.

Judit en ik sliepen in één bed en bedreven de liefde – hartstochtelijk, geestdriftig, verwonderd en hoopvol. Waarschijnlijk hoopten we elkaar van alle trauma's te genezen die het leven en de mensen ons hadden toegebracht. Het eeuwige, grenzeloze rijk van de liefde, het zuivere, oorspronkelijke vaderland van de mens, dat 'bed' wordt genoemd, was hiervoor de aangewezen plaats. Geliefden die lang op elkaar hebben moeten wachten – en misschien kunnen alleen diegenen met recht geliefden worden genoemd wier gevoelens door de spanning van het wachten zijn gezuiverd en van alle slakken ontdaan – verwachten wonderen van zichzelf en van elkaar. Op zekere leeftijd – en Judit en ik hadden toen die leeftijd, we waren jong noch oud, maar mensen in de kracht van hun leven – zoekt een mens bij zijn liefdespartner geen wellust, geluk of extase, maar de zuivere, ernstige waarheid die tot dan toe door leugens en ijdelheid was toegedekt. Die waarheid is dat wij mensen een gemeenschappelijke taak op deze aarde hebben te vervullen; een taak die misschien lang niet zo individueel is als we altijd hebben gedacht. Ze kan niet worden omzeild, maar de volbrenging ervan is gemakkelijk met leugens uit te stellen. Als je eenmaal de juiste leeftijd hebt bereikt, zoek je in alles de waarheid, ook in de lichamelijke kant van de liefde. Het is dan niet belangrijk meer dat je partner een knap uiterlijk heeft – na een poosje zie je een dergelijke schoonheid niet eens meer – en ook niet dat hij of zij opwindend, intelligent, ervaren, nieuwsgierig, smachtend of attent is. Wat dan nog wel wel belangrijk is? Ik zal het je zeggen. Datgene wat ook in de literatuur en in alle andere menselijke aangelegenheden van belang is: spontaniteit en het vermogen om jezelf zonder berekeningen of bijbedoelingen met het wondermooie geschenk van de vreugde te begiftigen. En ook het vermogen om, ondanks je natuurlijke neiging tot egoïsme en hebzucht, zonder bijbedoelingen of eerzucht te geven, niet met nadruk, maar bijna verstrooid en terloops. Heus, beste vriend, in de liefde zijn vier- of vijfjarenplannen zinloos. Het gevoel dat twee mensen tot elkaar drijft, kent geen programma. Het bed is een wildernis, een oerwoud vol verrassingen en onvoorzienbare gevaren, even verstikkend als de broeierige, vochtige jungle, bezwangerd met de geur van exotische, giftige bloemen, doorslingerd met lianen en vergeven van wilde dieren, die vanuit hun donkere holen met gloeiende ogen naar je loeren. Ja, het bed is een jungle, een schemerig woud vol eigenaardige geluiden. Hoor ik daar niet een man schreeuwen die door een roofdier wordt aangevallen? Daarginds, bij de drinkplaats? Of is het de natuur zelf die schreeuwt, de wreedaardige maar o zo menselijke en dierlijke natuur?

Judit kende de geheimen van het leven en van het lichaam, van het bewuste en het onbewuste zijn. Voor haar was de liefde niet een reeks kortstondige ontmoetingen tussen twee mensen, maar een steeds herhaalde terugkeer naar de vertrouwde kindertijd, naar de schemering die over een landschap daalt, naar de vertrouwde smaken van de door haar moeder gekookte gerechten, naar haar toenmalige emoties en verwachtingen en naar de zekerheid dat ze 's avonds niet bang hoefde te zijn voor vleermuizen. Ze stond tegenover de liefde als een kind dat, moe geworden van het spelen, naar huis gaat omdat het donker wordt, omdat thuis de lamp brandt en het daar een warme maaltijd zal krijgen.

Zoals gezegd, ik koesterde hoop.

Maar hoop is niets anders dan de angst dat je iets niet zult krijgen waar je hevig naar verlangt. Een mens hoopt alleen wanneer hij niet werkelijk gelooft dat hij het door hem verlangde zal ontvangen, als hij daar geen vertrouwen in heeft. Als hij er wél zeker van is, koestert hij geen hoop. We gingen voor een paar weken op reis, kwamen terug en huurden een huis in de omgeving van de stad. Dit laatste was niet mijn idee, maar dat van Judit. Ik had haar vanzelfsprekend in gezelschappen geïntroduceerd als ze dat gewild had, en in ieder geval zou ik, als ze daartoe de wens te kennen had geven, intelligente mensen bij ons thuis hebben uitgenodigd; mensen die geen snobs waren en die in onze relatie meer zagen dan alleen maar een onderwerp voor roddelverhalen, maar ze had geen behoefte aan dit alles. Roddelverhalen waren er overigens genoeg, want 'de uitgaande wereld', die mij kort tevoren nog als een acceptabele persoon en Judit als een minderwaardig schepsel, als een dienstmeisje had beschouwd, volgde de gebeurtenissen met grote belangstelling en leverde er voortdurend commentaar op. Mensen die tot dit wereldje behoren, leven helemaal op als ze dergelijke roddelverhalen horen. Ze raken daardoor in grote opwinding, voelen zich opeens als herboren en kijken elkaar met glinsterende ogen aan. En om maar niets te missen hangen ze van de vroege ochtend tot de late avond aan de telefoon. Niemand van dit gezelschap zou verrast zijn geweest als de hoofdredacteurs van de bladen zich met onze 'zaak' hadden beziggehouden, die weldra werd besproken en geanalyseerd alsof het om een misdrijf ging. En wie weet, misschien hadden ze wel gelijk en was onze relatie inderdaad een misdaad volgens de ongeschreven wetten waarop onze maatschappij berust. De mensen verdragen de dodelijke saaiheid van de georganiseerde samenleving en houden moeizaam al lang tot een last geworden relaties in stand. Bovendien aanvaarden ze de schrale leefwijze waartoe de maatschappij hen dwingt. Omdat zij zich deze beknotting van hun gevoelens, mogelijkheden en verlangens laten welgevallen – een proces dat 'beschaving' wordt genoemd –, menen ze dat niemand het recht heeft op zijn eigen manier gelukkig te worden. Zodra ze horen dat iemand probeert een originele oplossing voor het probleem van de menselijke eenzaamheid te vinden, steken ze verontwaardigd de hoofden bij elkaar en vormen een veemgericht dat een vonnis over de rebel uitspreekt in de vorm van roddelpraat. Sinds ik alleen woon, vraag ik me wel eens af of de protesten tegen deze illegale pogingen om het eenzaamheidsprobleem op te lossen gerechtvaardigd zijn of niet.

Deze vraag stel ik ook aan jou, onder vier ogen en ondanks het late uur.

Vrouwen begrijpen dit niet. Alleen mannen begrijpen dat er in het leven nog iets belangrijkers is dan geluk. Misschien is dit wel het grote, onoverkomelijke meningsverschil tussen de seksen, dat in bijna alle levenssituaties een rol speelt. Voor de vrouw, en ik bedoel de echte vrouw, bestaat er maar één vaderland en dat is de plaats die haar levensgezel in de wereld inneemt. De man verstaat onder het vaderland iets anders: voor hem is het een onpersoonlijk, moeizaam bevochten gebied met vlaggen en landsgrenzen. Ik wil hiermee niet beweren dat vrouwen niets gelegen is aan de gemeenschap waarin ze zijn geboren, en ook niet dat ze niet gehecht zijn aan de taal waarin ze zweren, liegen en afdingen of aan het landschap waarin ze zijn opgegroeid. Vrouwen kunnen even trouw, opofferingsgezind en misschien zelfs even heldhaftig zijn als mannen wanneer dat andere, mannelijke vaderland in gevaar is, maar toch sterven vrouwen nooit dáárvoor, maar altijd voor een man. Jeanne d'Arc en nog enkele andere heldinnen wil ik in dit verband buiten beschouwing laten omdat ze mannelijke karaktertrekken hebben. Ik heb overigens de indruk dat dit type vrouwen steeds gewoner wordt. Wist je dat vrouwen hun patriottisme veel minder pathetisch belijden dan mannen en dat ze wars zijn van vaderlandslievende leuzen? Ze lijken op Goethe, die ooit gezegd heeft dat het een ramp is als er een boerderij afbrandt, maar dat de ondergang van een vaderland meestal niet meer dan een holle leuze is. De zorg voor het vaderland strekt zich bij vrouwen in de eerste plaats uit tot de boerderij. Daar liggen ze 's nachts van wakker, daarvoor leven en werken ze, daarvoor zijn ze tot elk offer bereid. Ook wat er zich in die boerderij bevindt, heeft hun volledige aandacht: het meubilair, hun man, soms ook een of meer kinderen. Zie hier het ware vaderland van de vrouw.

Om weer terug te komen op onze relatie: Judit en ik hielden van elkaar. En nu ga ik je iets zeggen wat je misschien zelf al hebt ontdekt: ware liefde is altijd dodelijk. Ik bedoel hiermee dat het doel van de liefde iets heel anders is dan geluk, idyllisch samen-zijn, hand-in-hand-lopen of wandelen onder bloeiende lindebo-men in het gelige schijnsel van de verandaverlichting van een naar lavendel geurend huis. Dat zijn allemaal heerlijkheden die tot het leven behoren, maar met de liefde hebben ze weinig van doen. Liefde brandt met een fellere vlam en is noodlottiger. Op een dag zul je verlangen kennis te maken met deze destructieve hartstocht. Weet je wanneer? Als je absoluut niet meer op winst uit bent, als je niet hoopt dat je door de liefde gezonder, rustiger of voldaner zult worden, maar alleen wilt zíjn, voor de volle honderd procent, met het risico dat je aan de liefde te gronde zult gaan. Vele mensen zul-len nooit met dit gevoel gezegend worden, ze zijn er te voorzichtig voor. Ik benijd hen niet. En dan zijn er ook nog de gulzigaards en de snoepers, die uit elk pannetje dat ze op hun weg passeren een hapje willen nemen. Het zijn beklagenswaardige stakkers. En laten we vooral niet de brutalen en de geraffineerden vergeten, de zakkenrollers van de liefde, die zich bliksemsnel een gevoel toe-eigenen of het lichaam van hun slachtoffer van een brokje teder-heid beroven, waarna ze schaterlachend en vol leedvermaak in de anonimiteit van de menigte verdwijnen. Of de lafaards en de bedachtzamen, die de liefde even berekenend behandelen als hun zakenpartners, en haar aan nauwkeurig te boek gestelde termijnen binden. De meeste mannen gedragen zich zo. Ik beschouw hen als erbarmelijke sukkels. Maar er zijn ook mannen die ooit zul-len begrijpen wat het leven met de liefde voorheeft, waarom het de mensen met dit gevoel begiftigt. Dacht je dat ze dit met goede bedoelingen doet? Het lijkt me niet waarschijnlijk, want de natuur is niet bepaald welwillend. Belooft ze de verliefde geluk? De natuur heeft zulke menselijke illusies niet nodig. Ze wil enkel scheppen en vernietigen, dat is immers haar taak. Ze is onbarmhartig omdat ze een plan heeft, en onverschillig omdat dit plan de mens te boven gaat. De natuur heeft de mens met hartstocht begiftigd, maar ze eist wel van hem dat deze hartstocht onvoorwaardelijk is.

In elk leven dat waard is om geleefd te worden is een moment waarop de betreffende persoon zich in een liefdesrelatie stort met de onverschrokkenheid van iemand die in de Niagara Waterval springt. Natuurlijk zonder reddingsboei. Ik geloof niet in liefdesverhoudingen die beginnen als een boswandeling op een mooie voorjaarsdag, met rugzakken voor de proviand en vrolijk gezang. Je kent toch het pathetische hoeragevoel waarvan de meeste paartjes van begin af aan zijn vervuld – volgens mij een hoogst verdachte zaak. Hartstocht is nu eenmaal niet plezierig. De sombere kracht die voortdurend de wereld schept en vernietigt, verwacht geen antwoord van degenen die zij met haar toverstaf beroert, ze wil niet weten of hun dat bevalt en ze bekommert zich nauwelijks om individuele menselijke gevoelens. Ze schenkt ons het totaal en verlangt van ons ook het totaal terug: onvoorwaardelijke hartstocht, gevoed door de energie van de dood en het leven zelf. Wie daarvoor terugschrikt, zal nooit ontdekken wat hartstocht is, en er zijn ook maar weinigen die daarvoor de moed hebben. De mensen kietelen en strelen elkaar in bed, liegen hun partner iets voor en gedragen zich quasi-gevoelig. Ze nemen van de ander wat hun bevalt en werpen hem of haar bij wijze van gunst ook een brokje van hun eigen genot toe. Intussen hebben ze niet het flauwste vermoeden dat dit geen hartstocht is. Het is geen toeval dat de grote liefdesparen uit de geschiedenis met bijna even grote eerbied worden vermeld als de echte helden, als de stoutmoedige vechtjassen die voor een hopeloze, maar grandioze menselijke zaak vrijwillig hun hachje hebben gewaagd. En inderdaad, de ware minnenden wagen ook hun hachje, in de letterlijke zin van het woord. In de onderneming die 'liefde' heet, is de vrouw even creatief als de man en gedraagt zij zich even heldhaftig en ridderlijk als de waaghalzen die zich opmaakten om de raadselachtige Heilige Graal te veroveren. Dappere, ware geliefden zijn ook op zoek naar de Heilige Graal, en om die te vinden zwerven en strijden ze totdat ze aan hun verwondingen bezwijken.

Welke andere betekenis zou je immers kunnen geven aan de definitieve en onvoorwaardelijke overgave waarmee de in hartstocht ontvlamden elkaar benaderen. Het leven manifesteert zich onvoorwaardelijk in deze kracht en wendt zich daarna onverschillig van zijn slachtoffers af. In alle tijden en in alle religies worden geliefden vereerd omdat ze op het moment suprème, wanneer ze elkaar in de armen vallen, tegelijkertijd de brandstapel bestijgen, althans de ware minnenden, de dapperen en uitverkorenen. Alle andere mannen gebruiken de vrouw enkel als werkdier of als middel om hun mannelijke ijdelheid te bevredigen. Sommigen van hen menen zelfs dat ze een vrouw moeten hebben om aan een natuurwet te voldoen. Met liefde heeft dit alles bitter weinig te maken. Over elke ware omhelzing valt de schaduw van de dood, die even totaal is als de lichtstralen van de vrede. Elke echte kus gaat gepaard met de heimelijke wens tot vernietiging, met het verlangen het ultieme geluksgevoel te ervaren, dat geen ruimte overlaat voor compromissen en doordrongen is van het besef dat liefde in de eerste plaats absolute overgave en totale ondergang betekent en dat de liefde geen enkel nut of doel heeft. Ongetwijfeld worden de minnenden in oude religies en heldendichten daarom zo geëerd. In de diepte van het menselijk bewustzijn sluimert de herinnering aan een vorm van liefde die iets heel anders inhoudt dan een maatschappelijke conventie en die ook geen tijdverdrijf of genoeglijke bezigheid is, zoals bridgen of ballroomdansen. De mensen weten nog vagelijk dat elk levend wezen ooit een verschrikkelijke taak had, namelijk het bedrijven van de liefde, dat een grenzeloze expressiviteit en een volmaakt zelfbewustzijn veronderstelt en waarvan de natuurlijke tegenhanger de dood is. Helaas heb ik dat zelf pas op latere leeftijd ontdekt. Hoe onbelangrijk zijn na deze ontdekking de deugd, de moraal, de schoonheid en de goedheid van de uitverkorene met wie je deze taak ten uitvoer moet brengen! Liefhebben betekent dan alleen nog maar de totale vreugde beleven en daaraan te gronde gaan. Jammer genoeg willen de meeste mensen alleen maar hulp, medelijden, tederheid, geduld, begrip en zorgzaamheid van hun geliefde ontvangen, ze weten niet dat je daar niets aan hebt en dat liefde de onvoorwaardelijke bereidheid om jezelf te geven veronderstelt. Dat is namelijk waar het in de liefde om draait.

Ook de liefde tussen Judit Áldozó en mij was volkomen waarachtig toen we in dat huis aan de rand van de stad gingen samen-wonen.

Dat wil zeggen: wat mij betreft was ze dat, zo intens waren mijn gevoelens en verwachtingen. Ik werkte nog wel in de fabriek, maar het bedrijf interesseerde me nauwelijks meer. Ik voelde me als iemand die geld verduisterd heeft en weet dat zijn bedrog bin-nenkort uit zal komen, waarna hij zijn baan zal kwijtraken en in een heel andere omgeving zal terechtkomen. Wat er in mijn geval uit zou komen? Vooral natuurlijk dat ik geen enkele affiniteit meer had met de maatschappelijke rol die ik nog steeds speelde. Toch hield ik me in die periode nog nauwkeurig aan de werktijden en de regels. Ik betrad altijd als eerste de fabriek en verliet die pas 's middags tegen zessen, als alleen de portier nog aanwezig was. En evenals vroeger liep ik uit gezondheidsoverwegingen de hele stad door. Als ik in de buurt van de bekende theesalon was, wipte ik daar soms even bin-nen om in de bijbehorende winkel wat lekkers te kopen, en dan zag ik een enkele keer mijn vrouw daar zitten, de eerste bedoel ik – bijna had ik gezegd: de echte. Judit heb ik namelijk geen seconde als mijn vrouw beschouwd. Zij was voor mij alleen mijn geliefde. Hoe ik reageerde als ik mijn eerste – mijn echte – vrouw toevallig ergens ontmoette? Ik schrok een beetje en mijn gezicht verbleekte, maar ik werd niet sentimenteel. Als ze mijn aanwezigheid opmerkte, groette ik verlegen en daarna keek ik gauw de andere kant uit. Een weerzien met je ex-vrouw is een emotionele gebeurtenis omdat lichamen elkaar nooit vergeten. Wat dat betreft lijken ze op de continenten, die ooit aan elkaar vast hebben gezeten.

Maar ik wil het nog over iets heel anders hebben nu ik je bijna alles verteld heb. Ik wil je het slot van mijn verhaal vertellen, dat even dwaas is als het slot van de meeste menselijke verhalen. Wil je het horen?

Wat een domme vraag van me. Natuurlijk wil je dat horen nu ik je bijna alles heb verteld. Nu goed dan, ik vervolg mijn relaas. In die uitzonderlijke lichamelijke en geestelijke toestand die je totale liefde zou kunnen noemen, hebben we een jaar lang geleefd. Een jaar lang heb ik me gevoeld alsof ik me in een oerwoud, tus-sen poema's, wurgende lianen en op de loer liggende gifslangen bevond. Dankzij dat jaar is onze liefde misschien de moeite waard geweest, ondanks alle narigheid die er aan was voorafgegaan en die erop is gevolgd.

De gebeurtenissen in de periode ervoor, heb ik je in grote lijnen verteld. Wat er na dat jaar is voorgevallen, heeft me behoorlijk verrast. Je denkt natuurlijk dat Judit me bedrogen heeft en dat ik dat op een dag heb ontdekt, ik zie het aan je gezicht. Nee, beste kerel, dat ze me bedroog, heb ik pas veel later gemerkt. Ze heeft dat ook pas gedaan toen ze geen uitweg meer zag.

Wat er werkelijk aan de hand was, is dit: na dat eerste jaar merkte ik dat Judit Áldozó me bestal.

Kijk me niet zo ongelovig aan. Wat ik zeg, is letterlijk bedoeld. Judit roofde niet mijn gevoelens, maar mijn geld, dat ze uit mijn portefeuille stal. Dat is ook wat er in de processen-verbaal van de politie staat vermeld.

Wanneer ze daarmee is begonnen? Praktisch meteen na onze eerste ontmoeting, vanaf het moment dat ik haar in dat hotel ben gaan ophalen. Wacht eens even, ik vergis me. Nee, in het begin stal ze nog niet echt, maar beduvelde ze me alleen een beetje. Ik heb je toch verteld dat ik helemaal in het begin, toen we nog in hotels woonden, een bankrekening voor haar had geopend en haar een chequeboek had gegeven. En ook dat het geld verbazingwekkend snel op was. Ze sprong er zo verkwistend mee om dat het bijna onbegrijpelijk was. Toegegeven, ze kocht enorm veel spullen, bontstola's, jurken, noem maar op. Uiteraard lette ik nergens op, want het kon me niet schelen wat ze aanschafte. Ik was meer geïnteresseerd in haar ziekelijke hebzucht. Bovendien maakte ik me zorgen over haar pathologische neiging om in te halen wat ze te kort was gekomen. Om kort te gaan, op een dag berichtte de bank me dat het saldo van Judits rekening uitgeput was. Natuurlijk stortte ik opnieuw geld op haar rekening, maar niet zoveel als de eerste keer. Een paar weken later was ook dat geld op. Daarop heb ik haar op schertsende toon uitgelegd dat ze onze financiële mogelijkheden overschatte, en ik heb eraan toegevoegd dat haar opvattingen over de waarde van het geld in Engeland kennelijk een beetje veranderd waren en dat hier in Hongarije de rijken veel eenvoudiger en bescheidener leefden dan ze waarschijnlijk dacht. Ze luisterde oplettend naar mijn terechtwijzing en vroeg daarna niet meer om geld. Korte tijd later zijn we in dat huis in de omgeving van de stad gaan wonen en vanaf dat moment gaf ik haar elke maand een som geld waarmee ze de huishouding kon bekostigen en rijkelijk in haar eigen behoeften kon voorzien. Over geld spraken we daarna nooit meer.

Maar op een dag maakte ik een brief open, waarin de bank mijn vrouw berichtte dat er op een bepaalde datum zesentwintig-duizend pengö op haar rekening stond. Ik keerde de brief om en om, wreef mijn ogen uit en werd zo woedend dat het bloed me naar het hoofd steeg. Ik ben namelijk jaloers van aard. Ik dacht dat Judit dit geld uit Engeland had meegebracht, waar ze het liefje van die Griekse zangleraar was geweest. Daarna bedacht ik dat ze waarschijnlijk niet alleen met hem maar met nog een heleboel andere rijke heren had geslapen, die haar voor haar liefdesdiensten vorstelijk hadden beloond. Die gedachte maakte me zo razend dat ik met mijn vuist op mijn bureau sloeg. Ik spoedde me meteen naar de bank, waar ik vernam dat Judit het geld niet uit Engeland had meegebracht, maar met kleine bedragen geleidelijk op haar rekening had gestort. De eerste storting had plaatsgevonden op de dag dat ik haar het chequeboek had gegeven.

Echt iets voor een vrouw, zeg je glimlachend. Precies hetzelfde zei ik indertijd ook tegen mezelf en ik glimlachte daarbij opge-lucht. Het was duidelijk – ook blijkens de data waarop de stortin-gen waren verricht – dat Judit stiekem een deel van het door mij gegeven geld opzij had gelegd. Ik had dus ten onrechte gemeend dat ze mijn geld aan modeartikelen en kleren verspilde. Natuurlijk had ze dat ook wel gedaan, maar niet in de mate die ik had veron-dersteld. Later vernam ik nog dat ze bij het doen van de dagelijkse boodschappen enorm afdong en daarna een hoger bedrag op de rekening liet zetten dan ze in werkelijkheid had betaald. Ze deed eigenlijk precies hetzelfde als animeermeisjes plegen te doen met hun klanten. Zoals gezegd, toen ik begreep dat het mijn geld was dat Judit stiekem op de bank zette, glimlachte ik opgelucht.

Ik stopte de kennisgeving van de bank weer in de envelop, plakte hem opnieuw dicht en zorgde dat Judit hem in handen kreeg. Over wat ik te weten was gekomen, zei ik haar niets. Maar nu kreeg ik last van een nieuwe variant van de jaloezie. Ik realiseerde me dat ik met een vrouw samenwoonde die een geheim had en dus leek op zo'n boosaardig vrouwmens dat 's middags gezellig met haar zorgzame man en kinderen tafelt, maar intussen al aan het rendez-vous denkt dat ze daarna met een vreemde man zal hebben – een afspraak die ertoe leidt dat ze gedurende enkele uren alle menselijke gevoelens besmeurt en bovendien de man verraadt die in haar zijn vertrouwen heeft gesteld. Je moet weten dat ik nogal ouderwets ben en een verschrikkelijke hekel heb aan overspelige vrouwen. Mijn minachting voor hen is zo diep dat niemand die met een modieuze redenering zou kunnen wegnemen. Niemand heeft recht op de smerige en jammerlijke avontuurtjes die door deze vrouwen 'verrukkelijk' worden genoemd en waarvan zij zich niet laten weerhouden door de wetenschap dat ze daarmee andermans gevoelens kwetsen. Zelf ben ik zowel slachtoffer als bedrijver van dergelijke schanddaden geweest en als er iets is in het leven waar ik spijt van heb en waarover ik me verschrikkelijk schaam, dan zijn het wel de echtbreuken die ik heb begaan. Ik heb begrip voor elke dwaling in seksuele aangelegenheden en ik kan me heel goed voorstellen dat iemand ten onder gaat in de duizelingwekkende diepte van de wellust. Ik heb zelfs begrip voor de extatische overdrijvingen en de groteske vormen van de menselijke hartstocht, de begeerte spreekt immers in duizend talen tot ons. Heus, met dit alles heb ik geen enkel probleem, maar alleen ongehuwden hebben het recht zich in deze diepe en snelstromende wateren te werpen. Al het andere is goedkoop bedrog, dat ik laaghartiger acht dan een opzettelijk begane wreedheid.

Mensen die iets voor elkaar betekenen, mogen er geen geheimen op na houden, geheimzinnigdoenerij is immers het hoofdbestanddeel van bedrog. Wat bedrog nog meer inhoudt, is eigenlijk bijkomstig en kan als een zuiver lichamelijke aangelegenheid worden betiteld, die meestal neerkomt op armzalig gekroel, en op een reeks van tevoren vastgestelde omhelzingen, op vastgestelde tijdstippen en plaatsen, zonder enige spontaniteit. Kortom, op een droevig en schandelijk gedoe, met op de achtergrond een zeurderig, miserabel geheim dat het huwelijksleven verpest, zoals een rottend lijk onder een divan een fraaie woning bederft.

Door die brief van de bank leerde ik dus Judits geheim kennen, dat ze zo zorgvuldig voor me verborgen trachtte te houden.

Zo zorgvuldig dat ik haar nauwlettend ging observeren. Als ik haar door privédetectives had laten schaduwen was ze niet grondiger in de gaten gehouden. We woonden vredig en intiem samen, zoals het man en vrouw betaamt, maar intussen bedrogen we elkaar. Zij deed alsof ze geen geheimen voor me had, en ik, alsof ik dat geloofde. Ik observeerde haar en dacht na. Later ben ik tot de conclusie gekomen dat de dingen anders gelopen zouden zijn als ik haar met mijn ontdekking had overvallen en tot een bekentenis had gedwongen. Misschien zou dat de atmosfeer gezuiverd hebben, zoals op zwoele zomerdagen na een kortstondige onweersbui de lucht opklaart, maar kennelijk durfde ik dat toen niet aan. Het verontrustte me zeer dat de vrouw met wie ik mijn leven deelde, voor mij een geheim had. Zesentwintigduizend pengö was een boel geld voor een vrouw die een winter in een door een muizenplaag geteisterd hol had doorgebracht en vervolgens dienstmeisje was geworden, verdraaid veel geld, bijna een vermogen. En dit vermogen vermeerderde zich allengs. Als er alleen sprake van was geweest dat Judit met de goedkope, praktische sluwheid der vrouwen het huishoudgeld wat had afgeroomd om aan extra zakgeld te komen, of beter gezegd: als ze iets van het bedrijfskapitaal van ons gezamenlijke leven had verduisterd om het heimelijk voor een door haar belangrijk geacht doel aan te wenden, zou ik hartelijk om de zaak hebben gelachen. Alle vrouwen doen dat, want diep in hun hart vinden ze allemaal dat wij mannen onpraktische sukkels zijn die wel in staat zijn tot het verdienen van geld, maar niet tot het behouden ervan. Elke vrouw bereidt zich op slechte tijden voor. Zelfs door en door fatsoenlijke vrouwen bedriegen hun man in geldzaken met het raffinement van diefachtige dienstbodes of door de wol geverfde insluipers. Ze weten hoe moeilijk het is iets van waarde te behouden, of het nu om ingemaakte groenten, een echtgenoot, geld of andere waardevolle zaken gaat. Daarom bedriegen ze hun man en stelen ze als de raven: een fillér hier en een pengö daar. Die diefstallen zijn vrouwelijke bravourestukjes, die kleingeestigheid, doorzettingsvermogen en sluwheid vereisen. Judit beperkte zich niet tot wat fillérs en pengö's, ze bestal me systematisch, maar ze deed het op een nette manier, glimlachend en geruisloos. Door me regelmatig valse rekeningen te laten zien, wist ze me steeds opnieuw geld afhandig te maken.

Stil en vredig leefden we met elkaar. Judit stal en ik hield haar in de gaten. En daarmee ben ik bij het slot van mijn verhaal aangeland.

Op een gegeven moment merkte ik dat Judit me niet alleen mijn geld afhandig maakte, maar ook het raadselachtige psychologische fenomeen dat de basisvoorwaarde is voor ieder mensenleven: zelfrespect. Overigens is me zo langzamerhand wel duidelijk geworden dat dit begrip niet veel meer dan ijdelheid inhoudt. Het is typisch een mannenwoord dat vrouwen met een schouderophalen afdoen als het ter sprake komt. Vrouwen 'respecteren' zichzelf namelijk niet. Misschien respecteren ze de man met wie ze leven of hun eigen maatschappelijke of familiaire positie, eventueel hun goede reputatie, maar dit zijn enkel zaken van het tweede plan en uiterlijkheden. Zichzelf – het uit karakter en zelfbewustzijn samengestelde fenomeen dat 'ik' of 'persoonlijkheid' wordt genoemd – beschouwen vrouwen gewoonlijk met minachting en ironie.

Ik ontdekte verder dat Judit het niet bij trucjes met rekeningen liet, maar me koelbloedig en regelmatig bestal, althans alles deed om me op een onopvallende manier zoveel mogelijk pengö's lichter te maken. Ze sneed als het ware een flink stuk af van de koek die voor ons beiden was bestemd, of beter gezegd: voor mij alleen. In die tijd was de bedoelde koek nog buitengewoon smakelijk, in het bijzonder voor haar. Dat ze me bestal, kwam ik niet via kennissen of via de bank te weten, die mijn vrouw met argeloze welwillendheid van elke heuglijke vermeerdering van haar vermogen op de hoogte hield, maar door Judit te observeren vanuit ons bed. Je kunt je wel voorstellen hoe hard die ontdekking bij mij is aange-komen en wat een knauw mijn zelfrespect hierdoor kreeg.

Ik kwam er in bed achter door haar geruime tijd in de gaten te gehouden. Eerst dacht ik dat ze het geld voor haar familie nodig had. Ze had een uitgebreide familie, mannen en vrouwen die in de onderste regionen van de maatschappij in onvoorstelbaar pri-mitieve omstandigheden leefden; omstandigheden die ik alleen verstandelijk kon bevatten, maar gevoelsmatig absoluut niet. Aan-vankelijk dacht ik dat Judit me in opdracht van die geheimzinnige onderwereldwezens bestal. Misschien hadden haar familieleden schulden of wilden ze land kopen. Je vraagt je af waarom ze me dat niet vertelde. Die vraag stelde ik mezelf indertijd ook. Het antwoord is volgens mij dat ze zich schaamde. Vergeet niet dat armoede een soort samenzwering is, een geheim genootschap, een eeuwigdurende, nooit uitgesproken gelofte. De armen verlangen niet alleen naar een beter leven, nee, ze snakken ook naar een gevoel van eigenwaarde, naar de erkenning dat ze iets buitenge-woon onrechtvaardigs verduren, zodat de wereld hen als helden behoort te vereren. En het zijn ook helden, dat geef ik grif toe. Nu ik oud begin te worden, weet ik zelfs dat zij de enige ware helden zijn. Elke andere vorm van heldhaftigheid is gelegenheidsgedrag, ijdelheid of een reactie op de dwang der omstandigheden. Zes-tig jaar arm zijn en zwijgend je plicht vervullen tegenover gezin en maatschappij en daarbij nog humaan, waardig, opgewekt en barmhartig blijven, is de grootste heldhaftigheid die ik me kan voorstellen.

Ik meende dus dat Judit ten behoeve van haar familie stal, maar nee, ze was niet sentimenteel. Ze stal voor zichzelf, zonder een bepaald doel, maar met grote ijver en ernst en met de behoed-zaamheid van hen die vanuit een duizendjarige ervaring weten dat op de zeven vette jaren de magere jaren volgen en dat de heren grillig zijn en het geluk onbestendig. Als je door een speling van het lot aan een gedekte tafel kunt plaatsnemen, doe je er dus goed aan je vol te proppen.

Judit stal dus uit voorzorg en niet uit edelmoedigheid of mede-lijden. Als ze haar familie had willen helpen, was één woord van haar voldoende geweest, dat wist ze heel goed, maar ze had een instinctieve angst voor haar familie, vooral nu ze de rivier was overgestoken en zich aan de kant van de bezittende klasse bevond. Haar instinct, dat in de eerste plaats defensief was en naar bezitsvermeerdering streefde, kende geen medelijden.

Intussen observeerde ze mij, haar meester. Wat zou ik doen? Had ik nog niet genoeg van haar? Stuurde ik haar niet weg? Nee? Dan was het in orde, dan kon ze snel nog wat meer geld bemachtigen. Ze observeerde me stiekem als we aan tafel zaten en in bed lagen. Toen ik dit voor het eerst merkte, werd ik vuurrood van schaamte. Het was donker in de slaapkamer en misschien was dat haar geluk. Als ik me toen niet had weten te beheersen, was ze nu misschien wel dood geweest. Let op, ik zeg: misschien. Het heeft overigens weinig zin daarover te speculeren.

Dat observeren van haar was niet meer dan het werpen van een blik, die ik opving toen ik plotseling mijn ogen opende nadat ik ze op een teder, intiem moment had gesloten. Op dat ogenblik zag ik in de schemering een vertrouwd maar onheilspellend gezicht, dat spottend glimlachte. Onmiddellijk begreep ik dat die vrouw – nota bene degene voor wie ik alle maatschappelijke conventies met voeten had getreden – me met milde maar onmiskenbare spot beloerde op de momenten waarop ik dacht met haar samen een extatische vreugde te beleven. Je weet wel, als een echte dienstbode, die nieuwsgierig naar je kijkt en vraagt: 'Wat doet u daar, jongeheer?' En vervolgens bij zichzelf denkt: Aha, zo willen die lui het dus. En je dan bedient. Zo kwam ik erachter dat Judit me in bed en daarbuiten niet beminde, maar bediende, zoals ze dat ook vroeger had gedaan, toen ze nog kamermeisje was en mijn schoenen en kleren verzorgde. En zoals ze me later aan tafel had bediend, wanneer ik bij mijn moeder at. Ze bediende me, want dat was nu eenmaal de rol die ze ten opzichte van mij vervulde, en aan dergelijke door het lot bepaalde, uiterst menselijke rollen valt niet te tornen. Toen ze dat eigenaardige gevecht met mij en mijn vrouw aanving, geloofde ze geen ogenblik dat onze relatie – de rollen die ons verenigden en gescheiden hielden – ooit zou kunnen veranderen. Ze wist dat de rol die ze in mijn leven speelde nooit een andere zou kunnen zijn dan die van dienares en dienstverleenster, anders gezegd: van dienstbode. En omdat ze dit alles niet alleen met haar verstand wist, maar ook met haar lichaam en zenuwstelsel, ja zelfs met haar dromen, herinneringen en standsbesef, kwam ze niet in opstand tegen het lot, maar deed ze wat de wetten van het leven haar geboden. Ook dit heb ik pas later begrepen.

Je vraagt of de ontdekking van haar bedrog me pijn heeft gedaan.

Verschrikkelijk veel pijn.

Toch heb ik haar niet dadelijk weggestuurd. Ik was ijdel en wilde niet dat ze te weten zou komen hoe dol ik op haar was. Ik liet toe dat ze me nog een tijdje in bed en aan tafel bediende en duldde ook dat ze me gedurende die periode bestal. Ook later heb ik haar nooit gezegd dat ik haar miezerige diefstalletjes had ontdekt of dat ik haar naar me had zien loeren terwijl ik in bed lag. Elk conflict tussen twee mensen moet behoorlijk afgehandeld worden, desnoods tot de dood er een eind aan maakt. Ten slotte, toen ze me daarvoor een reden had gegeven, iets onbelangrijks overigens, heb ik haar zonder veel ophef weggestuurd. Ze ging zonder te protesteren en zonder dat er heftige woorden vielen of ruzie ontstond. Ze nam haar bundeltje, dat inmiddels een grote bundel was geworden, een bundel die zelfs een huis en juwelen bevatte, en verliet het huis. Haar vertrek verliep even woordeloos als haar aankomst indertijd, toen ze zich op zestienjarige leeftijd bij mijn ouders aandiende. Voordat ze de deur uit ging, keek ze nog even om... met dezelfde vragende en toch onverschillige gelaatsuitdrukking als waarmee ze me had aangekeken toen ik haar in de vestibule van mijn ouderlijk huis aantrof.

Haar ogen waren haar grootste schoonheid, die zie ik nog wel eens in mijn dromen.

Inderdaad, dat kleine, gedrongen mannetje heeft zich daarna over haar ontfermd. Met hem heb ik nog geduelleerd... een hopeloos gedoe vanzelfsprekend, maar soms kun je niet anders. Zeg, ze willen ons eruit gooien!

Ober, betalen alstublieft. Even denken wat we allemaal... nee, daar komt niets van in! Je bent vanavond mijn gast geweest, als je me die eer tenminste gunt. Niet tegensputteren, ouwe jongen, ik betaal.

Nee, ik voel er weinig voor om met je naar Peru te gaan. Als het zover met je is gekomen dat je in eenzaamheid leeft, heeft het geen zin meer naar Peru of naar elders te reizen. Weet je, op een dag ben ik tot het inzicht gekomen dat er niemand is die mij kan helpen. Ik snak naar liefde, maar er is niemand om me te helpen, niemand op de hele wereld. Zodra je dat hebt begrepen, word je sterk en eenzaam.

Zo, nu weet je wat ik allemaal heb meegemaakt terwijl jij in Peru was.

DEEL 3

Wat heb je daar, schat? Foto's? Bekijk ze maar gerust, dan heb je wat te doen terwijl ik koffie zet.

Wacht, ik doe even mijn peignoir aan. Hoe laat is het? Halfvier? Ik doe even het raam open. Nee, sta maar niet op, blijf lekker nog wat liggen. Kijk eens hoe helder de volle maan schijnt. Nu is de stad helemaal stil, iedereen slaapt, maar over een halfuur denderen de vrachtauto's weer voorbij om groenten, vlees en melk naar de markthallen te brengen. Rome is nog in een diepe slaap verzonken. Zelf slaap ik om deze tijd bijna nooit, ik word altijd om drie uur wakker omdat ik dan hartkloppingen krijg. Waarom lach je? Het zijn heel andere hartkloppingen dan wanneer we met elkaar slapen. Schei nou uit met lachen. De dokter zegt dat mijn hart op dat uur van de nacht naar een andere versnelling overschakelt, precies zoals een auto die van de eerste in de tweede versnelling wordt gezet. En iemand anders – nee, geen dokter – wilde me wijsmaken dat om drie uur 's nachts het magnetisme van de aarde verandert. Weet jij wat dat is, magnetisme? Ik ook niet. Hij had het in een of ander Zwitsers boek gelezen. Precies, de man van wie je nu een foto in je hand hebt, heeft dat gezegd,

Blijf rustig liggen, engeltje. Als je eens wist hoe mooi je bent zoals je nu in bed ligt, op één arm leunend en met je haar over je voorhoofd. Alleen in musea zijn zulke fantastische lichamen als het jouwe te vinden. En ook je hoofd is schitterend, ja, wat wil je, een artiestenhoofd. Waarom kijk je me nu zo wantrouwend aan? Je weet toch dat ik gek op je ben. Omdat je zo'n fantastisch knappe kerel bent. Omdat je een artiest bent. Omdat je voor mij de enige man op de hele wereld bent, mijn godsgeschenk. Wacht, ik zal je een kus geven, verroer je niet. Alleen op je ooghoek. En een op je slaap. En nu laat ik je met rust. Heb je het niet te koud?

Zal ik het raam dichtdoen? De buitenlucht is nog zoel en de twee sinaasappelboompjes onder het raam staan in het maanlicht te stralen. Als je niet bij me bent, sta ik vaak laat in de nacht voor het open raam, met mijn ellebogen op de vensterbank geleund. Ik kijk dan naar de door het maanlicht overgoten Via Liguria en geniet van het uitzicht over die mooie, rustige straat. Soms is het alsof iemand langs de muren van de huizen sluipt, zoals rovers dat in de Middeleeuwen deden. Weet je wie het is, die daar rondsluipt? Je moet me niet uitlachen om wat ik nu ga zeggen. Ik mag dan wel verliefd op je zijn en je als de enige man in mijn leven beschouwen, dom ben ik niet. Het is de ouderdom die ik vanuit mijn raam door de Via Liguria zie sluipen. Hij sluipt trouwens niet alleen dáár rond, maar in heel Rome en op alle andere plaatsen van de wereld.

Inderdaad, het is de ouderdom, die rover en moordenaar. Op een dag zal hij hier binnenkomen, met een zwartgemaakt gezicht. Met zijn beide handen zal hij me eerst de haren uit het hoofd rukken, daarna zal hij zijn vuisten ballen om me de tanden uit de mond te slaan en ten slotte zal hij me ook van de rest beroven, van het licht van mijn ogen, van de geluiden in mijn oren, van de smaken in mijn mond en van de… och, laat ik ik er maar over ophouden. Waarom lach je zo spottend? Ik heb, gezien mijn leeftijd, nog het recht je te beminnen en, zoals je hebt gemerkt, ik doe dat ook vol overgave. Ik prop me vol met het geluk dat je me schenkt. Ik kan van die nectar maar niet genoeg krijgen. Ik durf gerust toe te geven dat ik niet meer zonder je zou kunnen leven. Wees maar niet bang, ik zal je heus niet op een bezemsteel tot op het Capitool achtervolgen. Ooit komt de dag dat ik niet meer het recht zal hebben van je te houden omdat ik daarvoor te oud ben geworden. Mijn oude buik en mijn rimpelige borsten zullen me dat dan verbieden. Nee, je hoeft me niet te troosten, ik weet hoe het leven in elkaar zit. Als ik dan nog doorging, zou ik hoogstens aalmoezen van je ontvangen. Of een toeslag, zoals werknemers voor de door hen gemaakte overuren krijgen. Waarom kijk je nu opeens zo boos? Zo zal het gaan, je zult het zien. Ik heb in mijn leven geleerd dat je nergens te lang moet blijven hangen, het is altijd beter op tijd te vertrekken. Wil je weten van wie ik dat heb geleerd? Inderdaad, van de man op de foto; de foto die je in je hand houdt.

Wat zeg je? Wacht even, ik kan je niet verstaan omdat er juist een vrachtwagen met groenten door de straat dendert. Of ik met die man getrouwd ben geweest? Neen schatje, niet met hem. Ik ben met een andere man getrouwd geweest... je kunt hem zien op een andere foto in het album, ergens aan de rand van de bladzij, hij draagt een bontjas. De achternaam die ik tegenwoordig voer, is overigens niet zijn naam, maar die van mijn tweede man. De man met de bontjas was mijn eerste man. Mijn echte man, als je zoiets kunt zeggen. Met die tweede ben ik alleen maar om praktische redenen getrouwd en ik heb hem voor zijn jawoord betaald. Ik was hem toen namelijk al gedrost en had papieren en een pas nodig om in het buitenland te kunnen blijven. Van mijn eerste man was ik toen allang gescheiden. Ik heb ook een foto van mijn tweede man gehad, maar die is verdwenen. Waarschijnlijk heb ik hem weggegooid omdat ik die vent niet meer wilde zien, zelfs niet in mijn dromen. Als ik van hem droomde, vond ik dat onaangenaam, alsof ik iets onfatsoenlijks droomde, iets over vrouwen met behaarde borsten bijvoorbeeld. Waarom staar je me nu zo aan? Elke man heeft verschillende vrouwen in zijn leven, maar er zijn mannen van wie de woning wel een opvangcentrum voor vrouwen lijkt, waar de vrouwen als het ware de deur voor elkaar openhouden. Die tweede man van me was ook zo'n figuur. Ook bij elke vrouw kloppen leden van de andere kunne regelmatig aan om toegang tot haar leven te krijgen. Er zijn bescheiden mannen die, als de deur opengaat, vragen: 'Mag ik binnenkomen, het is maar voor heel even?' Onnozele vrouwen beginnen dan verontwaardigd te krijsen: 'Wat is dat voor een brutaliteit, wat moet dat betekenen: maar voor heel even?' en daarna gooien ze de deur dicht. Naderhand krijgen ze spijt van hun overhaaste verontwaardiging. Ze loeren door de deurspleet om te zien of die brutale kerel nog steeds met zijn hoed in zijn hand voor de deur staat, en als ze zien dat hij al weg is, zijn ze heel teleurgesteld. En later, heel veel later, breekt zo'n vrouw op een nacht misschien het angstzweet uit omdat alles om haar heen zo kil begint te worden, en dan bedenkt ze hoe jammer het is dat ze die kerel heeft weggestuurd, want het zou niet zo gek zijn als hij nu in die koude kamer bij haar in bed lag en ze maar haar hand hoefde uit te steken om hem aan te raken, zelfs als hij een brutale leugenaar was, want dan voelde ze zich tenminste niet zo eenzaam. Zo'n brutale leugenaar als jij, zeg je? Godzijdank ben jij nog wél bij me. Jij was zo volhardend dat ik je niet kon lozen. Waarom grijns je nu? Ik heb toch 'godzijdank' gezegd. Grijns niet zo gemeen, snertkerel!

Maar nu even serieus, anders kan ik je de rest van het verhaal niet vertellen, als je het tenminste horen wilt.

Inderdaad, ook bij mij hebben mannen aangeklopt om toegang tot mijn leven te krijgen, en het waren er niet eens zo weinig. Maar die tweede man van me was alleen op papier mijn echtgenoot. Ik had hem nodig nadat ik hem in 1948 was gesmeerd. Ik ben namelijk in 1948 met twee koffers naar Wenen vertrokken omdat ik schoon genoeg had van de 'democratie'.[6] Twee koffers, dat was alles wat ik uit de rijke vooroorlogse jaren had overgehouden, afgezien van wat sieraden.

De man die mijn tweede echtgenoot werd, woonde bij mijn aankomst in Wenen al enkele jaren in die stad. Hij verdiende de kost door schijnhuwelijken te sluiten en zich daarvoor te laten betalen. Na elk schijnhuwelijk liet hij zich scheiden en daarna trouwde hij opnieuw. Hij was meteen na de oorlog uit Hongarije verdwenen omdat hij slim genoeg was om te begrijpen dat het niet meer zo goed toeven was in het dierbare vaderland. Papieren had hij ook, God weet hoe hij eraan was gekomen. Voor het huwelijk met mij vroeg hij veertigduizend. En voor de scheiding, die daarop zou volgen, nog eens twintigduizend. Ik betaalde hem contant, waartoe ik een gedeelte van mijn sieraden verkocht. Maar daar weet je al het nodige van. Je hebt zelf ook van mijn sieraden geprofiteerd, waar of niet? Als je een beetje zuinig bent, kun je lang met je geld toe. Het zou allemaal volmaakt in orde zijn geweest als die kerel niet op een middag in mijn hotel was komen opdagen met het rare idee in zijn bol dat ons huwelijk geen schijnhuwelijk was en dat hij dus bepaalde rechten op me kon doen gelden. Ik heb hem natuurlijk de deur gewezen. Je weet dat dergelijke schijnhuwelijken tegenwoordig heel normaal zijn. Als je papieren nodig hebt, trouw je eenvoudig. Natuurlijk komt het ook voor dat alles wat minder gladjes verloopt en er uit een schijnhuwelijk drie kinderen worden geboren. Je moet er dus mee uitkijken. Zoals gezegd, ik heb meneer de deur gewezen, maar als afscheidscadeautje moest ik hem nog een zilveren sigarettenkoker geven, die hij op mijn nachtkastje had zien liggen. Daarna heb ik geen last meer van hem gehad en heeft hij zich van een nieuwe bruid voorzien.

Mijn echte man was degene die op die foto een bontjas draagt. Hij was een echte heer. Kun je dat aan hem zien? Nee, er was niks mis met hem, hij was een gentleman, zoals dat tegenwoordig heet. Het is overigens dikwijls moeilijk uit te maken of iemand een echte gentleman is of alleen maar doet alsof. Gentlemen zijn meestal vermogende en welopgevoede mannen, maar ook minder vermogende mannen die zich niet zo verschrikkelijk welopgevoed gedragen, kunnen soms gentlemen worden genoemd. Opgedirkte rijkelui zijn er genoeg op de wereld, echte gentlemen maar weinig. Zo weinig dat hun aantal nagenoeg te verwaarlozen is. Ze zijn even zeldzaam als het merkwaardige dier dat ik ooit in de Londense dierentuin heb gezien, de okapi. Soms denk ik wel eens dat iemand die werkelijk rijk is onmogelijk een echte heer kan zijn. Ook onder arme mensen tref je wel eens een echte heer aan, maar arme heren zijn even zeldzaam als heiligen.

Mijn man? Zoals gezegd, mijn man was ook een gentleman, maar toch niet voor de volle honderd procent omdat je hem kon krenken. Toen hij mij leerde kennen, en daarmee bedoel ik toen hij me echt leerde kennen, zoals ik werkelijk ben, was hij gekrenkt en heeft hij zich van me laten scheiden. Daardoor is hij in mijn ogen door de mand gevallen. Maar hij was niet dom. Hij wist dat wie gekrenkt kan worden of zich laat krenken, geen echte gentleman is. Zoals gezegd, ook onder mensen van mijn soort komen gentlemen voor. Niet vaak, dat geef ik toe, maar dat is ook logisch, want wij waren zo arm als de veldmuizen waarmee we in mijn kinderjaren samenleefden.

Mijn vader was meloenenplukker in Nyírség. We waren zo verschrikkelijk arm dat we een gat in de grond groeven om de winter door te komen. Daarin hebben we samen met de muizen gewoond. Maar als ik aan mijn vader terugdenk, zie ik hem altijd als een echte gentleman. Omdat je hem niet kon krenken. Hij was altijd heel rustig, behalve wanneer hij kwaad werd, want dan sloeg hij erop los. Zijn vuisten waren zo hard als staal. Soms voelde hij zich hulpeloos door zijn verlammende armoede, dan zweeg hij en knipperde met zijn ogen. Hij kon lezen en ook zijn naam krabbelen, maar dat deed hij maar zelden. Meestal zat hij stil in een hoekje. Ik geloof dat hij dan nadacht. Maar dat nadenken duurde nooit lang. Een enkele keer, als hij erin slaagde een fles brandewijn te bemachtigen, dronk hij zich praktisch bewusteloos. Ik kan me niet herinneren dat die man, mijn vader, die samen met mijn moeder en ons kinderen in een kuil vol muizen woonde, zich ooit gekrenkt heeft gevoeld. Soms denk ik wel eens terug aan de winter toen hij geen schoenen had en van de beheerder van het postkantoor een paar versleten overschoenen cadeau kreeg. Daarop liep hij rond, met lappen om zijn voeten omdat hij geen sokken had. Die man kon je eenvoudig niet krenken.

Mijn eerste en echte man bewaarde zijn schoenen in een kast, want hij had er zo veel dat hij er speciaal een kast voor had laten maken. En hij las altijd verdraaid moeilijke boeken. Bij hem had ik altijd wel het gevoel dat hij zich een beetje gekrenkt voelde. Lange tijd heb ik gedacht dat je iemand die zo veel mooie schoenen bezit, eenvoudig niet kunt krenken. Ik begin niet zonder reden over die schoenen. Toen ik bij mijn man ging wonen, bevielen die me nog het meest van alles, maar tegelijkertijd schrok ik er ook een beetje van. In mijn kinderjaren heb ik namelijk lange tijd geen schoenen bezeten. Ik had mijn tiende verjaardag al achter de rug toen ik voor het eerst schoenen kreeg – schoenen die me pasten en echt van mij waren. Het waren gebruikte schoenen, die de vrouw van de provinciaal-gouverneur aan haar kokkin had weggegeven, knoopschoenen, zoals je die toen nog had. Ze waren de kokkin te klein en toen ik op een winterochtend melk naar het provinciehuis had gebracht, kreeg ze medelijden met me en deed me die prachtige schoenen cadeau. Misschien waren die schoenen wel de belangrijkste reden van mijn blijdschap toen ik na het beleg van Boedapest[7] ontdekte, dat de grote hutkoffer waarin ik ze met een aantal andere zaken had opgeborgen, nog heel was. Die koffer heb ik overigens in Boedapest achtergelaten toen ik de 'democratie' vaarwel zei. Maar genoeg gepraat over schoenen.

Alsjeblieft, een kopje koffie. Wacht, ik pak even andere sigaretten. Ik krijg het benauwd van die gesausde Amerikaanse sigaretten van jou. Ik snap wel dat jij die graag rookt, want je bent een artiest, en als je in zo'n nachtclub werkt, kun je waarschijnlijk niet zonder. Maar pas op voor je hart, schatje. Ik overleef het niet als je iets overkomt.

Waar ik mijn man heb ontmoet? In ieder geval niet in een salon of balzaal, dat zul je wel begrijpen. Ik heb vroeger in het huis van zijn ouders als dienstmeisje gewerkt. Pas later, toen ik met hem getrouwd was, ben ik een deftige dame geworden.

Waarom kijk je me zo aan? Ik maak echt geen grapje.

Heus waar, ik ben als dienstmeisje begonnen, en niet eens als een echt dienstmeisje, meer als een 'meisje voor alles', je weet wel, zo'n hulpje in de huishouding dat allerlei karweitjes doet. Er was namelijk heel wat te doen in het grote huis waar ik werkte, en de ouders van mijn man waren deftige mensen. Ik zou je heel wat over dat huis kunnen vertellen en natuurlijk ook over de manier waarop die lui leefden, hoe ze woonden, aten, zich verveelden en met elkaar omgingen. In het begin liep ik daar alleen maar op mijn tenen en durfde ik geen kik te geven omdat ik me zo onzeker voelde. Het heeft jaren geduurd voordat ik tot de eetkamer en de salon werd toegelaten, want ik had absoluut geen benul van goede manieren en wist niet hoe je je in zo'n deftig huis hoort te gedragen. Ik moest het allemaal leren. In het begin mocht ik alleen maar de badkamer en de toiletten schoonmaken, en in de keuken mocht ik geen voedsel aanraken, ze lieten me daar alleen aardappels schillen of met de afwas helpen. Weet je, ik had daar altijd het gevoel dat mijn handen vuil waren. Het was niet zo dat mevrouw of de andere personeelsleden dat tegen me zeiden, maar ik vond zelf dat mijn handen in dat mooie huis niet schoon genoeg waren.

Lange tijd heb ik van dat soort gevoelens last van gehad. Toch was er niemand die me ooit iets verweet. Het lag enkel aan mij dat ik in dat huis niets durfde aan te raken. Ik was bang dat ik vieze vingers op de voorwerpen zou achterlaten. Ook wat die mensen aten, raakte ik met geen vinger aan. Weet je, ik gedroeg me bijna als een dokter, die, als hij moet opereren, zichzelf een stuk gaas voorbindt, een soort muilkorf, omdat hij met zijn adem de patiënt zou kunnen besmetten. Om dezelfde reden hield ik mijn adem zo veel mogelijk in als ik me in dat deftige huis over iets heen boog, bijvoorbeeld over de glazen waaruit ze dronken of over de kussens waarop ze sliepen. Lach me gerust uit om wat ik je nu vertel, maar zelfs als ik daar de wc-pot schoonmaakte, zorgde ik ervoor geen afdrukken achter te laten op het mooie, witte porselein. Zo angstvallig heb ik me lange tijd gedragen.

Ik kan aan je gezicht zien wat je denkt. Je denkt dat al die onrust snel verdwenen moet zijn geweest toen ik later, door een omslag van het lot, een echte dame werd. Nee, schatje, daar vergis je je lelijk in. Die omslag heeft inderdaad plaatsgevonden, maar ik bleef daarna even onrustig als toen ik nog een jong hulpje in de huishouding was. In de huizen van de rijken ben ik nooit rustig geweest en heb ik me nooit gelukkig gevoeld. Je vraagt me, waarom niet, omdat ik daar behalve narigheid toch ook veel goede dingen moet hebben meegemaakt toen ik een dame was geworden. En heb ik toen geen genoegdoening gekregen voor de vroegere vernederingen?

Het is een heel moeilijke vraag, die je me daar stelt, schatje, vooral wat die genoegdoening betreft… weet je, soms denk ik wel eens dat kwesties waarbij genoegdoening een rol speelt, de moeilijkste problemen voor ons mensen zijn.

Geef me die foto eens aan, ik heb hem al zo lang niet meer gezien. Ja, zo zag hij eruit, mijn echtgenoot. Wie die andere man is, die er als een kunstenaar uitziet? Misschien was hij dat trouwens wel, kunstenaar, maar in ieder geval geen echte. Hij was geen rasartiest, zoals jij. Dat zie je ook op deze foto. Hij keek altijd zo spottend en ernstig, alsof hij niets en niemand vertrouwde, ook zichzelf en zijn kunstenaarschap niet. Hij lijkt een beetje uitgemergeld op deze foto, en zijn leeftijd is hem goed aan te zien. Zelf heb ik hem eens horen zeggen dat hij eruitzag als iets dat grondig is gebruikt. Die foto is in het laatste jaar van de oorlog gemaakt, tussen twee luchtaanvallen. Hij zat toen bij het raam te lezen en merkte niet dat ik hem kiekte. Het was overigens niet gemakkelijk om hem te fotograferen, want hij liet dat bijna nooit toe. Hij wilde zelfs niet getekend worden. Ook vond hij het niet prettig als je naar hem keek wanneer hij zat te lezen. En als hij zweeg, wilde hij niet dat je de stilte verbrak door hem aan te spreken. Hij wilde dat allemaal niet, hij wilde helemaal niets, zelfs niet dat iemand van hem hield. Wat zeg je? Of hij van míj heeft gehouden? Nee, schatje, noch van mij noch van anderen. Hij heeft me alleen geduld, althans een tijdje, in de kamer die op de foto gedeeltelijk zichtbaar is. Van al die boekenkasten vol boeken is niets overgebleven, die zijn kort na het maken van de foto verwoest. Alles is toen door bommen verbrijzeld, de hele kamer. Van het huis waar hij woonde, in die kamer op de vierde verdieping waar ik tussen twee luchtaanvallen door die foto van hem heb gemaakt, is praktisch geen steen overeind blijven staan.

Alsjeblieft, een kopje koffie en je sigaretten. Nee, niet praten, luisteren!

Neem me niet kwalijk, schatje, maar ik word altijd nerveus als ik over die tijd vertel. Wij, inwoners van Boedapest, hebben het een en ander meegemaakt, en met 'een en ander' bedoel ik niet alleen dat verschrikkelijke beleg, maar ook de ellendige tijd daarvoor en daarna... Je mag het gerust een goddelijke genade noemen dat jij in die tijd niet in Boedapest, maar op het platteland, in Zala,[8] hebt gezeten. De situatie moet daar een stuk beter zijn geweest. Je bent werkelijk een handige kerel en een wonderbaarlijke man.

Wij, die in Boedapest in afwachting van de bombardementen in vochtige kelders hokten, zaten lelijk in de puree. Het was trouwens ook heel slim van je dat je na de oorlog niet meteen naar de stad bent teruggegaan, maar pas in zevenveertig, toen we weer een regering hadden en de nachtclub waar je speelde, weer openging. Ik kan me voorstellen dat ze je daar met open armen ontvingen.

Maar wees voorzichtig en praat er met niemand over dat je je tot zevenenveertig in Zala schuil hebt gehouden. Er zijn veel slechte mensen en straks zeggen ze nog dat je een goede reden had om na de oorlog onder te duiken… Goed, goed, ik zal er niets meer over zeggen.

Die man, dat kunstenaarstype, zei op een keer dat iedereen die dat beleg heeft meegemaakt, krankzinnig is geworden. En dat we nu leven als gekken in een gekkenhuis.

Wat voor iemand hij was, die zogenaamde kunstenaar? In ieder geval geen drummer. Er is maar één drummer op de wereld, en dat ben jij. Hij had geen Italiaanse werkvergunning, zoals jij, maar hij deed iets waar je geen enkele vergunning voor nodig hebt: hij schreef boeken, tenminste een tijdlang. Je hoeft je wenkbrauwen niet te fronsen, ik weet heus wel dat je een hekel hebt aan lezen. Ik kan het niet aanzien als je voorhoofd zo gerimpeld is. Probeer maar niet te raden hoe hij heette, want ik weet zeker dat je zijn naam niet kent. Wat hij heeft geschreven? Teksten? Songteksten, zoals die in de club waar jij achter de drums zit, worden gezongen? Nee, ik geloof niet dat hij dergelijke teksten ooit heeft geschreven, hoewel… Toen ik hem leerde kennen, zou hij waarschijnlijk bijna blij zijn geweest als iemand hem verzocht had teksten te schrijven voor liedjes die door nachtclubzangeressen worden gezongen. In die tijd interesseerde het schrijven hem namelijk al niet meer. Misschien zou hij op verzoek ook wel reclameteksten of teksten voor strooibiljetten hebben geschreven, zo'n minachting had hij toen al voor de literatuur, voor het gedrukte woord. Ook voor wat hij zelf had geschreven, kortom voor alles, wat het ook was en wie het ook had geschreven. Ik weet niet precies waarom, maar ik heb wel een vermoeden. Hij heeft namelijk ooit gezegd dat hij best begreep dat mensen boeken verbrandden. Omdat geen enkel boek de mens werkelijk kan helpen.

Of hij gek was? Daar heb ik warempel nog nooit aan gedacht. Wat ben je toch uitgeslapen!

Wil je weten hoe het indertijd toeging in dat deftige huis waar ik dienstmeisje was? Nu, goed, dan zal ik je dat vertellen. Luister goed, want ik vertel je geen sprookjes, maar waar gebeurde verhalen; even waar gebeurd als wat je in de geschiedenisboekjes op school kunt lezen. Ik weet wel dat je niets moet hebben van boeken of scholen, maar toch verwacht ik dat je nu goed oplet, want wat ik je ga vertellen, bestaat op deze wereld niet meer. Zoals de oude Hongaren niet meer bestaan, die te paard door de wereld trokken, biefstuk onder hun zadel legden en in hun harnas leefden en stierven. De mensen bij wie ik heb gediend zijn evengoed historische figuren als Árpád en de zeven stamhoofden,[9] als je je van de dorpsschool nog herinnert wie dat waren. Wacht, ik ga naast je op het bed zitten. Geef me eens een sigaret. Dank je.

Welnu, ik zal je uitleggen waarom ik me in dat deftige huis niet op mijn gemak voelde, hoewel mijn werkgevers best vriendelijk voor me waren. De oude mevrouw behandelde me zelfs als een wees, als een arm, zielig meisje van een aan de bedelstaf geraakt gezin, dat door haar rijke familieleden uit medelijden in huis is opgenomen. En ook de overige leden van dat edelmoedige gezin deden alles om mij, de opgevangen stakker, mijn beklagenswaardige afkomst te doen vergeten. Waarschijnlijk heeft dat me indertijd het meest geërgerd, die goedheid van hen.

Met de oude meneer kon ik het nog het beste vinden. Weet je waarom? Omdat hij eigenlijk een gemene kerel was. Hij was de enige van de gezinsleden die nooit aardig tegen me deed. Hij noemde me bijvoorbeeld nooit Juditka.[10] Ook gaf hij me nooit goedkope cadeautjes – afgedankte spullen –, zoals de oude mevrouw. Of de jongeheer, die later met me is getrouwd en me aldus met de aanspreektitel 'mevrouw' begiftigde, zoals de oude mevrouw me met haar mottige bontjas verblijdde. Overigens werd ik na mijn huwelijk met hem niet eenvoudigweg 'mevrouw' genoemd, maar ook nog 'weledelgeboren', een titel waar mijn man een hekel aan had. Hij wilde alleen met 'doctor' worden aangesproken, terwijl ik door de dienstbodes 'weledelgeboren mevrouw' werd genoemd. Mijn man zei daar niets van, maar liet het toe, terwijl hij zich vrolijk maakte over het feit dat anderen zulke dwaasheden serieus namen.

De oude meneer was een heel ander soort mens. Hij accepteerde de in die tijd gebruikelijke titulatuur omdat hij een praktisch mens was, die wist dat de meeste mensen niet alleen hebzuchtig zijn, maar ook ijdel en dom. De oude vroeg nooit ergens om, maar gaf alleen bevelen. Als ik iets verkeerd deed, snauwde hij me zo af dat ik van schrik liet vallen wat ik in mijn handen had. En als hij me aankeek, brak het angstzweet me uit en begon ik te beven. Hij zag er altijd uit als de uit brons gegoten standbeelden op de pleinen van de Italiaanse steden, je weet wel, die beelden uit het begin van de twintigste eeuw, toen men ook burgers in brons begon te vereeuwigen. Figuren in geklede jas met uitpuilende buiken en slobberende broeken, patriotten die niets anders deden dan 's morgens opstaan en daarna tot de avond patriot zijn. Of lieden die de stedelijke paardenslagerij hadden opgericht en daarvoor met een standbeeld waren beloond. De uit brons gegoten broeken van deze starre figuren zijn even gekreukt en vormloos als de broeken waren die de beeldhouwer tot voorbeeld hebben gediend. Welnu, de oude keek altijd om zich heen met zo'n blik van begin negentienhonderd. Ik was eenvoudig lucht voor hem, geen menselijk wezen, maar een onderdeel van een machine. Als ik hem 's morgens een glaasje sinaasappelsap op zijn kamer bracht – want zo eigenaardig leefden die lui, ze begonnen de dag met sinaasappelsap, daarna dronken ze een kopje thee, dan volgde de ochtendgymnastiek en de massage en ten slotte werkten ze hun ontbijt naar binnen, alles met een plechtstatigheid waarmee in ons dorp met Pasen de mis wordt opgedragen –, waagde ik het nooit naar zijn bed te gluren, waarin hij bij het licht van de lamp lag te lezen. Hem aankijken durfde ik nog veel minder.

De oude was in die tijd eigenlijk nog helemaal niet zo oud. Als ik hem in de donkere vestibule in zijn jas hielp, kneep hij me wel eens in mijn achterwerk of pakte hij mijn oorlelletje beet, dat mag je gerust weten. Hij liet duidelijk blijken dat hij me een aantrekkelijk meisje vond en alleen daarom niets met me begon omdat hij een heer van stand was en het beneden zijn waardigheid achtte met een dienstbode een verhouding aan te gaan. Ik, het dienstmeisje, dacht daar heel anders over. Als de oude werkelijk had doorgezet, zou ik waarschijnlijk gedaan hebben wat hij wilde.

Zonder vreugde, ja zelfs met tegenzin, maar ik zou gedacht hebben dat ik me niet mocht verzetten als zo'n strenge en machtige man iets van me wilde. Waarschijnlijk dacht hij er precies eender over en zou hij hoogst verbaasd zijn geweest als ik had tegengestribbeld.

Maar goed, zover is het niet gekomen. Hij was de baas, punt uit, dus alles gebeurde zoals hij het wilde. Zelfs als hij met veertig graden koorts had liggen ijlen, zou het nooit bij hem zijn opgekomen dat je met een meisje als ik ook kon trouwen. Maar als hij met me naar bed had gewild, zou hij er geen ogenblik aan getwijfeld hebben dat hij daartoe het recht had. Weet je waarom ik de oude meneer veel liever bediende dan de anderen? Omdat hij gezond was. Ik was zelf ook gezond en bespeurde, als alle gezonde mensen, instinctief wie gezond was en wie niet, en ik ging ziekte en bederf zo veel mogelijk uit de weg. Ja, de oude was nog gezond, maar zijn vrouw en zijn zoon – inderdaad, de man met wie ik later ben getrouwd – waren toen al ziek. Dat wist ik natuurlijk niet met zekerheid, maar ik vermoedde het.

Alles in dat mooie huis leek gevaarlijk. Het was er even opwindend als in het ziekenhuis, waar ik ooit als kind was geweest – een fantastische ervaring, misschien wel de mooiste en de belangrijkste van mijn jeugd. Een hond had me in mijn kuit gebeten en de gemeentearts duldde niet dat mijn ouders me in die kuil verpleegden en de wond met lompen verbonden, zoals ze altijd deden als we iets dergelijks hadden. Hij stuurde een gendarme naar onze kuil, die me naar het ziekenhuis heeft gebracht.

Het was een oud streekziekenhuis waar ik werd opgenomen, maar het kwam me als een sprookjespaleis voor.

Alles was daar even interessant en opwindend. Alleen al de geur die er hing, vond ik uitermate spannend. Die was zo aantrekkelijk voor me omdat hij nieuw was en heel anders dan de geuren in onze kuilwoning. Ik werd in dat ziekenhuis tegen hondsdolheid behandeld en kreeg pijnlijke injecties, maar dat kon me niet veel schelen. Dag en nacht keek ik geboeid naar wat er in de ziekenhuiszaal gebeurde, waar ik tussen zelfmoordenaars, kankerpatiënten en lijders aan vallende ziekte lag. Ik heb in Parijs ooit een prachtige gravure gezien, een voorstelling van een Frans ziekenhuis in de revolutietijd, een zaal met spitsbogen, waar in lompen gehulde gestalten op britsen lagen. Zo'n romantische indruk maakte ook het ziekenhuis waar ik de mooiste dagen van mijn kindertijd heb doorgebracht, toen de artsen vreesden dat ik met hondsdolheid was besmet.

Gelukkig kreeg ik de ziekte niet, althans niet zichtbaar en in ieder geval niet zoals in de medische handboeken is beschreven, maar het is best mogelijk dat er sporen van in mijn lichaam zijn achtergebleven. Later heb ik dat vaak gedacht. Er wordt beweerd dat lijders aan hondsdolheid altijd dorstig zijn en toch een hekel aan water hebben. Ik ben mijn leven lang altijd erg dorstig geweest, maar als ik probeerde die dorst te lessen, werd ik bijna onpasselijk. Wees maar niet bang, ik zal je heus niet bijten en met hondsdolheid besmetten.

Aan dat ziekenhuis heb ik vaak teruggedacht toen ik in dat deftige huis werkte.


De tuin die bij het huis hoorde, was niet groot, maar geurde als een plattelandsdrogisterij. Mijn werkgevers hadden uit het buitenland speciale grassoorten laten komen, zoals ze alles uit het buitenland lieten komen, zelfs hun toiletpapier.

Kijk me niet zo ongelovig aan, het is echt waar wat ik zeg. Die lui deden hun boodschappen niet zoals gewone stervelingen dat doen, door naar de winkel te gaan, maar ze belden hun leveranciers op en die bezorgden dan alles wat ze nodig hadden: vlees voor de keuken, pootplanten voor de tuin, de nieuwste grammofoonplaten, aandelen, boeken, welriekend badzout, gearomatiseerde alcohol om na het wassen hun gezicht mee in te wrijven, zeep en pommades die zo opwindend en zwoel roken dat ik van die lucht bijna in katzwijm viel en van ontroering het liefst in snikken was uitgebarsten als ik de badkamer opruimde, waar al die geurtjes gewoonlijk in de lucht zweefden en waar ik aan elk flesje rook.

Rijkelui zijn heel vreemde mensen, schatje. Ik kan het weten, want ik ben zelf ook een tijdlang bijna rijk geweest. 's Morgens waste een kamenierster mijn rug, en ik had een eigen auto, een

gesloten coupé met chauffeur. Verder had ik nog een open sport-
wagen, waarin ik overal naar toe racete. En denk maar niet dat
ik me tussen die lui niet thuis voelde. Ik heb de kansen die me
toen werden geboden, niet onbenut gelaten en zo veel mogelijk
gestolen en in mijn handtas gepropt. Er waren momenten dat ik
bijna geloofde dat ik zelf ook rijk was, maar tegenwoordig weet ik
dat dit geen minuut van mijn leven het geval is geweest. Ik bezat
alleen sieraden en contant geld en ik had een bankrekening. Dat
had ik allemaal van mijn man gekregen, die wél een echte rijkaard
was. Of ik had het van hem gestolen, als zich daartoe de mogelijkheid voordeed, want ik was een verstandig meisje, dat al in de
kuil had geleerd dat je vlijtig moet zijn en alles wat je te pakken
kunt krijgen, moet oprapen, besnuffelen, aanbijten en verstoppen.
Dat geldt evengoed voor een lekke geëmailleerde pan als voor een
dure briljanten ring. Je kunt niet ijverig genoeg zijn, dat had ik al
als jong meisje geleerd.

Nu de magere jaren zijn aangebroken, vraag ik me wel eens af
of ik indertijd wel voldoende ijverig en oplettend ben geweest. Van
gewetenswroeging heb ik nog geen minuut last gehad. Ik vraag
me juist af of ik me niet te beschaafd heb gedragen in dat huis.
Weet je wat een goede buit was? De ring die je gisteren hebt verkocht. Dat heb je trouwens uitstekend gedaan, schatje, dat meen
ik echt, niemand kan zo goed sieraden verkopen als jij. Als ik jou
niet had, zou ik niet weten wat ik moest beginnen. Die ring was
een van de lievelingssieraden van de oude mevrouw. Ze had hem
van haar man gekregen ter gelegenheid van hun zilveren bruiloft.
Ik vond hem na het overlijden van de oude mevrouw bij toeval
in een laatje. In die tijd was ik zelf al een dame en kon ik overal
bij komen. Ik schoof de ring dadelijk aan mijn vinger en bekeek
hem aandachtig. Opeens herinnerde ik me dat ik jaren eerder,
toen ik nog maar pas in dat huis werkte en de oude mevrouw in
de badkamer met haar potjes en flesjes in de weer was, onder het
schoonmaken die ouderwetse, dikke ring op haar toilettafel had
aangetroffen. Ook toen had ik hem aan mijn vinger geschoven en
zorgvuldig bekeken, maar ik was daardoor zo nerveus en beefde zo
verschrikkelijk dat ik hem gauw weer op de tafel had gegooid en

naar de wc was gehold, omdat ik opeens kramp in mijn buik kreeg. Zo opgewonden was ik door het dragen van die ring geworden. Toen ik later, na de dood van de oude mevrouw, de ring opnieuw vond, zei ik niets tegen mijn man, maar stopte hem eenvoudig in mijn tas. Dat was geen diefstal, want mijn man schonk mij toch alle sieraden die van zijn moeder waren geweest, maar het deed me goed iets wat de oude altijd zo trots had gedragen, zonder dat hij het wist in bezit te nemen. En ik heb die ring altijd goed bewaard, tot gisteren, toen je hem hebt verkocht.

Waarom lach je nu? Geloof je niet dat die lui zelfs hun wc-papier uit het buitenland lieten komen? Zal ik je eens iets vertellen? Er waren in dat huis vier badkamers, een voor de oude mevrouw, met lichtgroene tegels, een voor de jongeheer, met gele tegels, en een voor de oude meneer, die een voorkeur voor donkerblauwe tegels had. Voor elk van die drie badkamers lieten ze wc-papier in de kleur van de tegels uit Amerika komen. In dat machtige land met zijn reusachtige industrie is alles te koop. Ook schijnt het er van de miljonairs te wemelen. Ik zou er graag eens naar toe gaan. Ik heb gehoord dat mijn man, de echte, daar ook heen is gegaan toen de volksdemocratie hem zijn neus uit kwam. Hem zou ik trouwens niet graag meer ontmoeten. Waarom niet? Zo maar, niet om een speciale reden. Ik geloof dat ik alles met die man heb besproken en dat we volledig zijn uitgepraat.

Maar misschien vergis ik me daar wel in. Misschien kun je met sommige mensen wel eeuwig doorpraten. Luister goed, want ik ga door met mijn verhaal.

Ook het personeel had in dat mooie huis een eigen badkamer, maar die was van eenvoudige witte tegels voorzien. En het wc-papier dat we daar gebruikten, was ook doodgewoon wit en zelfs een beetje grof van structuur. Ja, alles in dat huis was heel goed georganiseerd.

De drijvende kracht achter al die ordelijkheid was de oude meneer. Dankzij hem verliep alles in huis even regelmatig als het tikken van het fraaie dameshorloge dat je twee weken geleden voor me hebt verkocht. Het personeel stond al om zes uur op. Zelfs op de eenvoudigste schoonmaakkarweitjes bereidden we ons zorgvuldiger voor dan een priester op de hoogmis. Voor die karweitjes beschikten we over bezems, borstels, stofdoeken, zachte linnen doeken om de ruiten af te wrijven en verschillende soorten boenwas voor de parketvloeren en de meubels. De fijne wassoorten waarmee wij de vloeren inwreven, waren even zorg-vuldig samengesteld als de peperdure zalfjes die in schoonheids-salons voor fijne jongedames en modepopjes worden toebereid. En dan al die opwindende zoemende en brommende machines die er werden gebruikt, zoals een stofzuiger die niet alleen stof ver-wijderde maar ook kleden klopte, en een boenmachine, waarmee je het parket zo goed kon opwrijven dat ik me onder het werk soms vooroverboog om mezelf in het spiegelende hout te zien. Geschrokken en met uitpuilende ogen bekeek ik dan aandachtig mijn gezicht, zoals ik dat ooit in een museum heb gezien op een schilderij van een jongmens dat Narcissus heet, een meisjesachtig ventje dat aan de rand van een vijver naar het spiegelbeeld van zijn knappe homosmoeltje staart.

Voordat we 's morgens aan de schoonmaak begonnen, kos-tumeerden we ons zoals toneelspelers voor de aanvang van de voorstelling doen. De bediende trok een jasje aan dat op een bin-nenstebuiten gekeerd herencolbert leek en de kokkin deed een hoofddoek om en trok een witte stofjas aan, alsof ze een ver-pleegster was die een chirurg bij een operatie moest assisteren. Zelf zette ik voor de aanvang van het werk een kapje op, zodat ik eruitzag als een actrice van het volkstoneel die een bloemenpluk-kend meisje moet voorstellen. Het was duidelijk dat ze me niet om decoratieve redenen dwongen dit hoofddeksel te dragen, maar om hygiënische. Ze vertrouwden me namelijk niet en vreesden dat ik onder de bacillen zat. Dat zeiden ze natuurlijk niet tegen me, en misschien waren ze zich ook wel helemaal niet bewust van die vrees. Misschien was het eenvoudig hun tweede natuur geworden zo wantrouwend te zijn en zich tegen alles te beschermen – tegen bacteriën en dieven, tegen hitte en kou en tegen stof en tocht. Ook tegen slijtage, motten en houtworm voerden ze een nimmer aflatende strijd. Eeuwig waren ze bezig alles te beschermen: hun tanden, de bekleding van hun meubels en hun aandelen, ja zelfs de gedachten die ze van hun voorgeslacht hadden geërfd of aan boeken hadden ontleend, moesten onafgebroken tegen de buitenwereld verdedigd worden. Dit alles wist ik toen niet met mijn verstand, maar ik had al vanaf mijn eerste werkdag in dat huis gevoeld dat ze zich ook tegen mij beschermden omdat ze vreesden dat ik besmettelijk was.

Vreemd eigenlijk, want ik was jong en kerngezond. Niettemin lieten ze me door een arts onderzoeken. Het was een beschamende aangelegenheid en ook de arts werd er enigszins door in verlegenheid gebracht. Die dokter, hun huisarts, een oudere man, probeerde me tijdens zijn grondige medisch onderzoek met een grapje af te leiden, kennelijk had hij door dat ik wel begreep waarom mijn werkgevers me aldus lieten controleren. Er was immers een jonge jongen in huis, van wie te vrezen viel dat hij vroeg of laat een oogje op mij, het meisje uit de kuilwoning, zou laten vallen. In dat geval was het niet uitgesloten dat ik hem met tuberculose of een geslachtsziekte zou besmetten. Hoewel het onderzoek medisch gezien dus verstandig was, voelde ik dat de intelligente oude man zich schaamde over al die voorzichtigheid en voorzorgsmaatregelen. Maar ik was niet ziek en werd dus in hun huis geduld, als een gezonde rashond. En de jongeheer heeft van mij geen enkele ziekte gekregen. Hij heeft me alleen – maar dat is veel later gebeurd – tot vrouw genomen. Op dat gevaar, op die onverwachte besmetting had niemand gerekend, waarschijnlijk zelfs die dokter niet. Zo zie je maar weer, hoe voorzichtig je moet zijn, schatje. Ik denk dat ze een beroerte hadden gekregen als ze hadden bedacht dat er ook zulke besmettingen bestaan; de oude meneer in ieder geval.

Met de oude mevrouw was het anders gesteld. Die maakte zich geen zorgen over mij. En ook niet over haar man, haar zoon of haar vermogen: zij vreesde dat het geheel verloren zou gaan. Weet je, ze beschouwde het gezin, de fabriek, de paleisachtige woning en al hun andere bezittingen als een geheel van onschatbare waarde, als een zeldzaam voorwerp waarvan er maar één exemplaar op de wereld te vinden was. Voor haar was dat geheel zoiets als een antieke Chinese vaas die heel veel waard is, misschien wel miljoenen. Als zo'n vaas breekt, kan niemand hem vervangen. Alles wat met hun leven samenhing, wie ze waren en hoe ze leefden, was voor haar een kunstwerk. Soms denk ik wel eens dat die angst van haar niet ongegrond was, want er is inderdaad iets verloren gegaan wat nooit meer terug zal komen.

Of ze gek was? Absoluut, die lui waren allemaal van Lotje getikt, alleen de oude meneer niet. Maar alle anderen die in dat huis woonden, ook het personeel – bijna had ik gezegd het verplegend personeel –, werden geleidelijk aan krankzinnig. Je weet vast wel dat het personeel van gekkenhuizen – verplegers, coassistenten en artsen, ook de chefarts – van lieverlee besmet raakt met het onzichtbare, langzaam werkende gif dat 'krankzinnigheid' heet. Het breidt zich stap voor stap uit, woekert in de ziekenzaal waarin de patiënten verblijven en vergiftigt iedereen, ook al is dat proces niet met instrumenten aantoonbaar. Wie als gezond mens tussen gekken terechtkomt, wordt na een tijdje zelf ook krankzinnig. Ook wij, die die rijkelui bedienden, voerden en wasten: de bediende, de chauffeur, de kokkin en ik, waren niet meer normaal. Doordat we tot de interne dienst behoorden, waren we door hen als eersten besmet. Dikwijls aapten we hen spottend maar tegelijk eerbiedig en aandachtig na. We probeerden ons net zo te gedragen en te kleden als zij, ja, we imiteerden hun hele leven. Als we in de keuken zaten te eten, reikten we elkaar met welgekozen, elegante gebaren de schalen aan, precies zoals we het in de eetkamer hadden gezien. En wanneer we per ongeluk een schaal braken, zeiden we: 'Het spijt me, ik ben nerveus, ik heb last van migraine.' Mijn arme moeder, die zes kinderen in een kuilwoning heeft gebaard, heb ik nooit over migraine horen klagen. Ze wist waarschijnlijk niet eens wat dat was. Ik, haar dochter, had wel last van deze kwaal, want ik was uitgeslapen en begreep de voordelen ervan. Als ik in de keuken per ongeluk een schaal uit mijn handen liet vallen, drukte ik mijn handen tegen mijn slapen, keek de kokkin met een lijdende blik aan en zei: 'Het is weer zuidenwind.' En dan lachte de kokkin me absoluut niet uit, want zo langzamerhand konden ook wij ons een migraineaanval veroorloven. Ik veranderde dus heel snel in dat deftige huis, ook in andere opzichten. Niet alleen werden mijn handen witter, maar ik had het gevoel dat ik ook vanbinnen bleek werd. Toen mijn moeder me op een dag bezocht – dat was in het derde jaar van mijn dienst –, begon ze te huilen toen ze me zag. Niet van vreugde, maar van verdriet, alsof ik een ernstig lichaamsgebrek had opgelopen in de tijd dat ze me niet had gezien.

Zoals gezegd, de bewoners van dat huis waren krankzinnig. Ze gedroegen zich als krankzinnigen, als zieke geesten die overdag beleefd converseren, in de werkuren zorgvuldig hun taak verrichten en altijd vriendelijk glimlachen en buigen, maar op een onverwachts moment iets heel ongepasts zeggen tegen de behandelend arts of hem een schaar in zijn buik planten. Weet je waaraan je kon zien dat ze krankzinnig waren? Aan hun opvallende stijfheid, die vooral zichtbaar was als ze zich bewogen of spraken. Hun bewegingen hadden niet de natuurlijke lenigheid en souplesse die gezonde mensen eigen is. Als ze glimlachten of hardop lachten, deden ze dat niet op een natuurlijke manier, maar gedroegen ze zich als toneelspelers, die na veel voorbereiding en oefening hun lippen tot een glimlach plooien. Opvallend was ook dat ze altijd zachtjes spraken, vooral als ze verschrikkelijk boos over iets waren. Dan spraken ze nog zachter dan normaal, bewogen nauwelijks hun lippen en sisten alleen. Werkelijk, ik heb in dat huis nooit een luid woord of een twistgesprek gehoord. Alleen de oude grauwde soms, maar kennelijk was hij ook in lichte mate met de ziekte besmet, want hij dempte daarna meteen zijn stem en slikte de vloeken die spontaan in hem opkwamen, haastig in.

Soms maakten ze een buiging naar elkaar, zelfs zonder van hun stoel op te staan, als trapezewerkers in het circus, die, op hun schommel zittend, het applaudisserende publiek bedanken. En onder het eten reikten ze elkaar de schalen aan, alsof ze bij vreemde mensen te gast waren. 'Alsjeblieft, lieve.' 'Waar kan ik je nog mee dienen, schat?' – zo ging dat. Het kostte enige tijd voordat ik eraan was gewend.

Ook aan het kloppen moest ik erg wennen. Die lui gingen namelijk nooit zonder te kloppen elkaars kamer in. Hoewel ze onder één dak leefden, waren ze heel ver van elkaar verwijderd, als-of hun slaapkamers door onzichtbare landsgrenzen waren geschei-den. De oude mevrouw sliep op de begane grond, de oude meneer op de eerste etage en de jongeheer, met wie ik later getrouwd ben, op de zolderverdieping. Voor hem hadden ze een extra trap laten maken, zodat hij zijn domein ongehinderd kon bereiken, zoals hij ook een eigen auto en later een eigen bediende had. Ze vermeden zorgvuldig elkaar voor de voeten te lopen.

Als we hen in de keuken wel eens imiteerden, was dat nooit spottend bedoeld. Het eerste en het tweede jaar dat ik daar werkte, moest ik van verbazing wel eens lachen om wat ik met ze mee-maakte, maar toen ik zag hoe verontwaardigd de bediende en de kokkin hierop reageerden, voelde ik me alsof ik heiligschennis had bedreven en hield ik er spoedig mee op. Ik begreep dat er niets te lachen viel omdat krankzinnigheid nooit belachelijk is.

Maar er was in dat huis niet alleen sprake van krankzinnigheid. Pas langzamerhand begon ik te begrijpen wat er nog meer aan de hand was. Weet je wat die lui met hun overdreven zorgvuldigheid, ziekelijke reinheid, ziekenhuisregels en overdreven goede manie-ren trachtten te behoeden? Niet hun geld, althans niet uitsluitend dat. Want ook ten aanzien van geld gedroegen ze zich anders dan wij, gewone stervelingen, die niet met een gouden lepel in onze mond zijn geboren. Nee, ze beschermden en behoedden nog iets anders. Lange tijd begreep ik absoluut niet wat, en misschien had ik het wel nooit begrepen als ik niet op een dag die man was tegengekomen van wie je daarstraks een foto hebt gezien. Precies, de zogenaamde kunstenaar. Hij heeft me alles uitgelegd.

Hij zei dat die lui niet vóór iets leefden, maar tégen iets. Meer zei hij niet. Ik zie aan je gezicht dat je er niets van begrijpt. Dat was met mij ook zo indertijd, maar tegenwoordig begrijp ik wat hij bedoelde.

Als ik je alles heb verteld, zul je het misschien ook begrijpen. En mocht je tijdens mijn relaas in slaap vallen, dan zal ik je dat niet kwalijk nemen.

Ik was bij de geur van dat huis gebleven, bij het eigenaardige feit dat alles daar een ziekenhuisluchtje had, zodat ik voortdurend moest terugdenken aan de fantastische tijd in mijn jeugd toen ik tegen hondsdolheid werd behandeld. Het was een onnatuurlijke geur, alsof er voortdurend werd schoongemaakt. De vele wassoorten die we voor de parketvloeren en de meubels gebruikten en de chemische middelen waarmee we de ramen, de tapijten, het zilver en de koperen voorwerpen opwreven en poetsten, al deze middelen maakten dat het in huis eigenaardig rook. Wie voor het eerst in dat huis kwam, begon meteen te proesten doordat hij kriebel in zijn neus kreeg, zeker als hij afkomstig was van het platteland, zoals ik. Zoals in een ziekenhuis overal de geur van carbol en jodium hangt, zo rook je in die kamers de luchtjes van talrijke schoonmaakmiddelen en bovendien de geur van buitenlandse sigaren, Egyptische sigaretten, dure likeursoorten en parfums van vrouwelijke gasten. Alles was ervan doortrokken, de meubels, de gordijnen, ja zelfs de kleinste voorwerpen.

De oude mevrouw had een opmerkelijke reinheidsmanie. Omdat ze de door de bediende, de kokkin en mij uitgevoerde schoonmaakacties onvoldoende achtte, liet ze eens in de maand ook nog professionele schoonmakers uit de binnenstad komen, lieden die zeer goed toegerust verschenen, met apparaten en ladders waarvoor de brandweer zich nog niet zou schamen. Deze specialisten dweilden, schuurden en boenden alles in huis nog een keertje extra. Er kwam ook nog een glazenwasser aan huis, die tot taak had de door ons, vaste personeelsleden, al uiterst grondig gelapte ramen nog een keertje te lappen en te zemen. De waskeuken in dat huis was een soort operatiezaal, je weet wel, zo'n ruimte waar bacteriën met desinfecterende stralen en blauw licht worden gedood. Hij had ook iets plechtigs, die waskeuken, zoals de rouwkapellen van de duurdere uitvaartbedrijven in de stad. Als de oude mevrouw me de wasvrouw liet helpen, ging ik daar altijd met een zekere eerbied naar binnen. We behandelden het wasgoed even zorgvuldig als door de vrouwen in ons dorp een lijk werd afgelegd. Als je had gedacht dat men mij, het meisje voor alles, een verfijnde, veel vakkennis vergende bezigheid als het doen van de grote was toevertrouwde, zit je er lelijk naast. Voor dat moeilijke werk kwam een professionele wasvrouw aan huis, die om de drie weken door de oude mevrouw met een briefkaart van het heuglijke feit in kennis werd gesteld dat de vuile was op haar lag te wachten. De wasvrouw diende zich dan korte tijd daarna vol geestdrift aan. Ik mocht haar alleen helpen met het uitwringen, mangelen en strijken van de fijne was, die hoofdzakelijk uit overhemden, onderbroeken, damasten tafellakens, linnen beddenlakens en kussenslopen bestond. Maar op een dag kwam de aangeschreven wasvrouw niet opdagen. In plaats van zijzelf kwam er een briefkaart van haar dochter. De tekst van die kaart herinner ik me woordelijk. Ik moest die kaart namelijk naar boven brengen en heb hem natuurlijk gelezen. De dochter van de wasvrouw schreef het volgende: *Weledelgeboren mevrouw, moeder kan niet komen wassen omdat ze is overleden.* Daaronder stond: *Ik kus eerbiedig uw hand, Ilonka.* Ik herinner me het gezicht van de oude mevrouw, toen ze die kaart las. Ze fronste haar wenkbrauwen en schudde geërgerd haar hoofd, maar ze zei niets. Dankzij de dood van de wasvrouw maakte ik promotie en mocht ik een tijdje de was doen, totdat er een nieuwe wasvrouw was gevonden, die, behalve over de noodzakelijke vakkennis, ook nog beschikte over de niet onbelangrijke eigenschap dat ze nog in leven was.

Merkwaardig was ook dat alle voorkomende karweitjes daar in huis door vakmensen werden opgeknapt. Het woord 'vakmensen' was dan ook een van de lievelingswoorden van de oude mevrouw en meneer. Als de bel defect was, werd hij niet door de bediende gerepareerd, maar lieten ze daarvoor een 'vakman' komen. Alleen vaklui vertrouwden ze zoiets toe. Er kwam ook regelmatig een knakker met een uitgestreken tronie en een bolhoed bij ons aan huis, een kerel met het air van een hoofdstedelijke professor die in een plattelandsziekenhuis wordt geconsulteerd. Het was de eksterogensnijder. Maar geen gewone – iemand naar wie je je voet uitsteekt, zodat hij je eksterogen en eeltplekken kan wegsnijden. Nee deze man was van een heel ander kaliber. Een huis-, tuin- en keukeneksterogensnijder zou bij ons geen schijn van een kans hebben gemaakt. De eksterogensnijder die bij ons aan huis kwam, had visitekaartjes en stond in het telefoonboek als 'Zwitsers gediplomeerd voetverzorger' vermeld. Hij kwam eens in de maand langs, altijd in het zwart gekleed, en overhandigde mij bij binnenkomst zijn bolhoed en handschoenen met zo'n plechtig gebaar dat ik altijd de neiging had hem de hand te kussen. Doordat mijn voeten in de kuilwoning in Nyírség herhaaldelijk waren bevroren tijdens strenge vorst, had ik steevast last van wintervoeten, blaren en ingegroeide nagels. Soms deden mijn voeten zo'n pijn dat ik nauwelijks kon lopen, maar ik had er niet van durven dromen dat ik zelf later ook gebruik zou maken van de diensten van deze voetenartiest. De man had altijd een soort dokterstas bij zich, waarin hij zijn instrumenten bewaarde. Voordat hij begon, hulde hij zich in een witte jas, waste in de badkamer zorgvuldig zijn handen en haalde uit zijn tas een elektrisch apparaat, een soort tandartsboor, te voorschijn. Daarmee gewapend nam hij plaats bij de voeten van een van de gezinsleden – de oude mevrouw, de oude meneer of de jongeheer – om met het apparaat het overtollige eelt van hun voeten te schrapen. Ja, zo'n fantastische eksterogensnijder hadden mijn werkgevers. Ik moet je bekennen dat het een van de mooiste momenten van mijn leven was, toen ik, inmiddels gepromoveerd tot dame, mijn kamermeisje opdroeg de Zwitsers gediplomeerde voetverzorger telefonisch te ontbieden, omdat ik mijn welgevormde eksterogen wilde laten verwijderen. Het leven brengt ons mensen werkelijk veel goeds, je moet er alleen vaak lang op wachten.

Behalve die eksterogensnijder kwamen er nog andere 'vaklui' bij ons aan huis, maar over hen zal ik je straks meer vertellen. Eerst nog iets meer over de dagindeling van mijn werkgevers, want die was ook hoogst interessant. Ik heb je al over het sinaasappelsap verteld. Als ik daarmee de kamer van de oude heer binnenkwam, lag hij altijd bij het licht van de lamp een Engelse krant te lezen. De Hongaarse kranten, waarvan er elke morgen ook heel wat in de brievenbus lagen, werden meestal door ons, personeelsleden, in de keuken of op de wc gelezen, hoofdzakelijk als we ons verveelden. De oude meneer las van die Engelse krant eigenlijk alleen de bladzijden waarop lange reeksen getallen waren afgedrukt, de koersen van de buitenlandse beurzen, want hij was de Engelse taal nauwelijks machtig. Dat deerde hem overigens niet in het minst, want hij was alleen in die getallen geïnteresseerd. De oude mevrouw las altijd een Duitse krant en de jonge heer zowel Duitse als Franse bladen, maar bijna alleen de koppen, althans die indruk had ik. Kennelijk waren ze er alledrie van overtuigd dat de buitenlandse bladen beter geïnformeerd waren dan onze eigen Hongaarse kranten, dat ze luider konden schreeuwen en beter konden liegen. Ook het gedoe met de kranten maakte grote indruk op me. Na afloop van de krantenceremonie raapte ik in de drie slaapkamers eerbiedig en zorgvuldig de verspreid liggende bladen op, waarvan sommige bijna zo groot waren als een beddenlaken.

Als er hierna geen voetverzorging op het programma stond, diende de masseuse zich aan, een brutale jonge vrouw met een bril, die de oude mevrouw elke ochtend kneedde. Ik wist dat ze losse vingers had en af en toe in de badkamer wat flesjes en potjes met dure cosmetica in haar tas liet glijden. Als ze in de salon gebakjes of zuidvruchten aantrof, die van een ontvangst op de voorgaande avond waren overgebleven, propte ze daarvan zoveel mogelijk in haar mond, niet omdat ze honger had, maar om in huis enige schade aan te richten. Daarna betrad ze met een onschuldig gezicht de kamer van de oude mevrouw om die stevig onder handen te nemen.

Ook voor de heren kwam een masseur, die de 'Zweedse gymnastiekleraar' werd genoemd. Met hem deden ze vóór het ontbijt wat oefeningen, in zwembroek gekleed. Daarna liet de leraar het bad vollopen, stroopte zijn mouwen op, en begoot de oude heer en mijn man om de beurt met warm en koud water uit twee kannen. Ik zie aan je gezicht dat je niet begrijpt wat de zin hiervan was. Lieve schat, je moet nog veel leren. Dat gedoe met warm en koud water was goed voor de bloedsomloop, die moest gestimuleerd worden, anders konden ze hun dagtaak niet fris en opgewekt verrichten. Ja, het ging in dat huis uitermate ordelijk en wetenschappelijk toe, maar toch heeft het me heel wat tijd gekost voordat ik de volgorde van de verschillende rituelen en de samenhang daartussen begreep.

's Zomers kwam driemaal in de week vóór het ontbijt de tennisleraar, met wie ze in de tuin tennisten. Het was een oudere heer met grijzend haar, een heel elegante verschijning met het uiterlijk van een Engelse filosoof uit vroeger tijden, zoals je ze wel op kopergravures ziet afgebeeld. Dikwijls ging ik stiekem voor het raam van de personeelskamer staan om naar het sporten te kijken. De oude meneer en de leraar speelden zo hartverscheurend mooi tennis dat ik onwillekeurig mijn hand tegen mijn borst drukte en bijna in snikken uitbarstte. Het leek wel of ze al spelend met elkaar converseerden en met hun tennisballen evenveel konden uitdrukken als met woorden. De oude meneer was een gespierde, door de zon gebruinde man, ook 's winters, want als hij na het eten zijn siësta hield, liet hij zich door een kwartslamp bestralen, een soort kunstmatige zon. Misschien had hij die gelaatstint nodig om indruk te maken in het zakenleven… ik weet niet zeker of dat waar is, maar ik vermoed van wel. Zelfs op hoge leeftijd speelde hij nog even fraai tennis als de koning van Zweden, en zijn witte broek en gekleurde tennistrui stonden hem uitstekend. Terwijl ik door het raam van de personeelskamer de tennissende mannen in de tuin gadesloeg, voelde ik me als een pelgrim die de in tenten opgestelde, nors kijkende maar toch ontroerende heiligenbeelden in Máriapócs[11] bewondert. Het was allemaal een beetje onwezenlijk en bovenaards en scheen ver boven de normale menselijke werkelijkheid verheven. Dergelijke gevoelens had ik alleen gedurende de eerste jaren dat ik daar in huis werkte.

Na het tennissen gingen de mannen douchen. Daartoe benutten ze een aparte doucheruimte in het souterrain, waar een gymnastiekzaaltje met een kurken vloer en betegelde wanden was en waar een wandrek en allerlei turntoestellen de mogelijkheid boden lichaamsoefeningen te doen. Er was ook zo'n rare boot opgesteld, je weet wel, zo'n ding dat alleen uit een bankje en riemen bestaat. Daarmee trainden ze als het weer te slecht was om met de boten van de roeivereniging op de Donau te gaan roeien.

Ten slotte vertrokken de Zwitserse voetverzorger, de masseuse, de Zweedse gymnastiekleraar en de tennistrainer weer, althans diegenen van hen die op de betreffende dag aanwezig waren. De tijd voor het ontbijt was aangebroken.

Helaas werd ik tijdens het ontbijt, dat een van de belangrijkste ceremonies van de dag was, niet tot de eetkamer toegelaten. Het duurde geruime tijd voordat ik ook daarbij mocht ministreren. Natuurlijk verschenen de mannen nooit met ongekamd haar en in ochtendjas aan het ontbijt. Ze waren opgedoft als bruiloftsgangers. Bedenk eens wat een programma ze al achter de rug hadden als ze aan tafel gingen! Ze hadden een aantal Duitse, Franse en Engelse kranten doorgekeken, geturnd, gedoucht en gebaad en de bediende had de oude meneer en mijn man geschoren. Onder het scheren hadden ze naar de radio geluisterd, maar niet naar de nieuwsberichten, omdat ze bang waren iets te horen wat hun goede ochtendhumeur zou bederven. Nee, ze hadden naar stimulerende dansmuziek geluisterd, van die hoempamuziek, die hen in de juiste stemming bracht om hun moeilijke en verantwoordelijke dagtaak goed te verrichten.

Na het ontbijt maakten ze zich op om de deur uit te gaan.

Ik wil je nog iets vertellen over de kleren van die rijkelui. Alledrie bewaarden ze hun kleren – kleren voor alle jaargetijden en alle gelegenheden – in een eigen garderobekamer met ingebouwde kasten, waarin de spullen even zorgvuldig werden opgeborgen als misgewaden, namelijk in speciale hoezen met kamfer. Bovendien hadden ze nog gewone kleerkasten voor hun daagse kleding, waarin alles lag en hing wat ze elk ogenblik nodig konden hebben. Nu ik erover praat, ruik ik weer de vreemde geur die in die kasten hing. Ze lieten namelijk uit Engeland een middel komen dat eruitzag als een brok suiker, maar als je eraan rook, leek het of je je neus in een hooiberg had gestoken. Met die brokjes hooigeur stopte de oude mevrouw de kasten en de laden vol.

Behalve die kleerkasten waren er ook schoenenkasten in huis. O, wat was het een feest – opwindender dan mijn uitstapjes op de vrije zondagen – toen ik me eindelijk op de schoenenkasten mocht storten en daar een collectie volmaakte middelen vond waarmee ik de schoenen onder handen kon nemen, zoals schoensmeer, schoenwas, leerverzorgingsmiddelen en glansverhogende crèmes! Ik ging meteen met de vettige schoencrèmes, de alcoholhoudende reinigingsmiddelen en de zachte borstels en doeken aan het werk, zonder ook maar één keer op het leer te spugen.

De hoge schoenen van de oude meneer en mijn man poetste ik net zo lang totdat ze blonken als spiegels. Na de gewone kleerkasten en de schoenenkasten moet ik ook nog de speciale kasten noemen waarin, keurig naar soort en kwaliteit gerangschikt, het ondergoed werd opgeborgen. Godallemachtig, wat een hemden en onderbroeken lagen er in die kasten! Ik geloof dat ik verliefd op mijn man ben geworden toen ik de eerste keer zijn batisten onderbroek streek, die van zijn monogram en van een kroontje was voorzien, en wel zodanig dat het kroontje ongeveer zijn navel bedekte als hij die onderbroek aanhad. Die lui waren namelijk niet alleen rijk, maar ook nog van adel en ze achtten het noodzakelijk op hun onderbroeken, hemden en zakdoeken een kroontje te laten naaien. Waarom, weet ik niet. De oude was bovendien lid van de hofraad, niet alleen maar regeringsadviseur, zoals zijn zoon. Dat is een heel verschil, ongeveer even groot als het verschil tussen baron en graaf. Zoals gezegd, het kostte me heel wat tijd voordat ik dit alles begreep.

En dan waren er nog laatjes met handschoenen – verschillende soorten handschoenen, die op een krankzinnige manier op elkaar waren gestapeld, als sardines in een blikje. Handschoenen voor in de stad, voor de jacht, om mee te chaufferen, grijze, gele en witte handschoenen, handschoenen van herten- of varkensleer en met bont gevoerde winterhandschoenen. Ook glacéhandschoenen natuurlijk, voor hoogtijdagen en speciale gelegenheden, en zwarte rouwhandschoenen voor het geval dat ze iemand onder de groene zoden gingen stoppen. Verder nog opvallend soepele, duifgrijze handschoenen, die ze bij een jacket met hoge hoed droegen. De laatstgenoemde soort trokken ze nooit aan, maar hielden ze alleen in hun hand, zoals koningen hun scepter dragen.

En ik moet je ook nog wat over hun gebreide kleding vertellen, over de truien – truien met en zonder mouwen, lange truien, korte truien, dikke en dunne truien, truien in alle mogelijke soorten en kleuren, en ook vesten van Schotse wol. Sommige daarvan droegen ze op herfstavonden zonder huisjasje, als ze heel sportief bij de open haard een pijp zaten te roken. De bediende legde dan dennentakken op het vuur om alles even volmaakt te maken als in de advertenties voor whisky in de Engelse geïllustreerde bladen. Je kent ze wel: een lord in een Schots vest, die zijn dagelijkse portie whisky al tot zich heeft genomen, rookt vriendelijk glimlachend bij de open haard zijn pijp.

Verder hadden ze nog crèmekleurige truien voor de trapganzenjacht, waarbij ze Tiroolse hoedjes met een bosje gemzenhaar droegen, dunne gebreide jasjes voor het voorjaar en de zomer, dikke, felgekleurde truien voor als ze gingen skiën, truien die ook op het werk konden worden gedragen en… Maar laat ik maar ophouden, want het is beslist te veel om op te noemen.

En bij dit alles die bedompte hooilucht. Toen ik voor het eerst bij mijn man in bed lag, begon ik te kokhalzen van die perverse, geraffineerde mannenlucht, die ik van heel lang geleden kende, toen ik nog zijn onderbroeken streek en zijn kasten opruimde. Stel je voor, ik voelde me op dat moment zo gelukkig, opgewonden en ontroerd dat ik zo misselijk werd als een kat en moest overgeven. Want weet je, niet alleen zijn kasten, maar ook zijn lichaam rook naar hooi doordat hij zeep met datzelfde luchtje gebruikte. Zelfs zijn haarwater en de aftershave waarmee de bediende na het scheren zijn wangen inwreef, hadden die bedompte, herfstachtige hooigeur, die overigens niet doordringend was, maar heel licht, niet meer dan een zweem. Desondanks had ik het gevoel dat ik niet met een man, maar met een hooimijt in bed lag, zo'n mijt als soms op Franse schilderijen uit de negentiende eeuw wordt afgebeeld. Je weet wel, gezicht op hooimijt in de vroege herfst. Misschien dat ik daarom moest overgeven toen ik voor het eerst met hem in bed lag en hij me omhelsde. Hij was toen al met mij getrouwd, zijn andere vrouw, de eerste, was al uit zijn leven verdwenen. Waarom dat huwelijk geen stand kon houden? Omdat ze evenmin tegen die hooilucht kon, denk je? Omdat ze niet tegen die man kon? Ik weet het niet. Niemand is zo knap dat hij kan uitleggen waarom een man en een vrouw uit elkaar gaan, hoewel ze ooit verliefd op elkaar zijn geweest. Ik weet alleen één ding: de eerste nacht die ik in het bed van mijn man doorbracht, voelde ik me alsof ik niet met een man in bed lag maar met een vreemd ruikend voorwerp. Daardoor werd ik misselijk

– doordat hij zo vreemd rook. Daarna ben ik geleidelijk aan dat luchtje gewend geraakt en werd ik niet meer onpasselijk als hij tegen me sprak of me omhelsde. Een mens went aan alles, zelfs aan geluk en rijkdom.

Maar wat rijk zijn betekent, kan ik je niet werkelijk vertellen, hoewel ik zie dat je ogen glanzen en je graag wilt horen wat ik van de rijken heb geleerd. Nu, ik moet zeggen, het was ook interessant tussen hen te verkeren. Het was alsof ik een opwindende reis maakte naar een vreemd land, waar de mensen anders wonen, anders eten, anders geboren worden en anders sterven dan normaal.

Maar toch voel ik me beter in dit hotel, in jouw gezelschap. Jij komt me bekender voor, alles wat je bent en wat er met je gebeurt, heeft iets vertrouwds. Zelfs je lichaamsgeur is me dierbaar. In deze stinkende, geïndustrialiseerde wereld die 'beschaafd' wordt genoemd, kunnen de mensen bijna niet meer ruiken, men zegt dat ze hun reukvermogen hebben verloren. Met mij is het anders gesteld, ik ben nog tussen dieren geboren, zoals het kindeke Jezus, en heb, als alle arme kinderen die zo ter wereld komen, het vermogen om te ruiken als geboortegeschenk gekregen, iets wat de rijken ontberen. Mijn werkgevers kenden hun eigen lichaamsgeur niet meer. Ook daarom kon ik ze niet uitstaan. Ik heb ze vanaf mijn jeugd bediend, eerst in de keuken, daarna in de salon en ten slotte in bed. Ik ging niet met hen om, maar verrichtte alleen diensten voor ze. Maar van jou houd ik, want jij hebt een bekende geur. Geef me een kus, lekkere vent. Dank je.

Ik kan je niet alles over het leven van de rijken vertellen, want tegen de tijd dat ik klaar zou zijn met mijn verhaal, was de zon wel duizend-en-éénmaal opgegaan, zoals in sprookjes. Ik zou daarover nachtenlang, wat zeg ik, jarenlang kunnen vertellen. Daarom wil ik niet opnieuw beginnen over alle verschillende soorten kledingstukken die in hun kasten en laden te vinden waren. Kledingstukken die ze gebruikten zoals acteurs in een toneelstuk hun gewaden en attributen: voor elke rol, voor elk ogenblik van het leven een geschikt kostuum. Het is werkelijk te veel om op te noemen. Nee, ik wil je liever vertellen hoe het met hun zielenleven was gesteld, als dat je tenminste interesseert. Goed, ik zal het doen, want ik zie dat je het graag wilt horen. Luister goed.

Na een tijdje begreep ik dat ze de ongelooflijke hoeveelheid schatten en relikwieën die ze in hun kamers en kasten hadden opgeslagen, eigenlijk helemaal niet nodig hadden. Ze rommelden er af en toe wat mee, maar gebruikten ze niet werkelijk, je kon merken dat ze nauwelijks wisten wat ze ermee moesten beginnen. Net als de anderen had ook de oude een garderobe waar een in het vak vergrijsde karakterspeler jaloers op zou zijn geweest. Toch sliep hij in een doodgewoon nachthemd, hield zijn broek op met bretels en had 's morgens zijn snorbandje nog om als hij uit de badkamer kwam. Zijn snor smeerde hij met een speciaal borsteltje met brillantine in, je weet wel, zo'n borsteltje waarop een spiegeltje is bevestigd. 's Morgens liep hij het liefst in een versleten kamerjasje rond, hoewel hij in zijn kast een half dozijn zijden ochtendjassen had hangen, zogenoemde *dressing gowns*, die hij van de oude mevrouw als kerst- of verjaarscadeau had gekregen.

De oude wond zich wel eens op, maar uiteindelijk berustte hij in het moeilijk te verteren feit dat er aan de realiteit maar weinig valt te veranderen. Hij verdiende geld, leidde de fabriek en speelde de rol die hij gedeeltelijk had gecreëerd en gedeeltelijk geërfd, maar eigenlijk had hij veel liever 's middags in een buurtcafé gezeten om wijn met spuitwater te drinken en te kegelen. Maar hij was verstandig en wist dat als je dingen schept, die dingen vanzelf je leven gaan bepalen. Die gast op die foto, die zogenaamde kunstenaar, heeft ooit gezegd dat alles altijd de verkeerde kant opgaat en dat de mens nooit vrij is omdat hij door de dingen wordt gebonden, zelfs door wat hij zelf heeft geschapen. De oude, die een fabriek en een groot vermogen had gecreëerd, scheen dit te weten, en hij berustte erin dat hij door zijn creaties in zijn vrijheid werd belemmerd en er niets tegen kon doen. Daarom ging hij 's middags niet in de buurtkroeg kegelen, maar bridgen in de miljonairsclub, met een zuur gezicht.

De oude heer had een wat bittere kijk op het leven en was spotziek en wijs. Als ik hem 's morgens op een zilveren dienblad zijn sinaasappelsap bracht, keek hij van zijn Engelse krant op, schoof zijn bril omhoog en stak met een van bijziendheid blijkgevende beweging zijn hand uit naar het glas, terwijl om zijn snor een spottende grijns zweefde, alsof hij een medicijn kreeg toegediend waarin hij totaal geen vertrouwen had. Met dezelfde grijns kleedde hij zich aan. Je moet weten dat hij een snor droeg zoals keizer Frans Jozef had, je weet wel, zo'n monarchistische k.u.k.-knevel.[12] Ook daaruit bleek dat die man nog tot een andere wereld behoorde, uit de vreedzame tijd voor de Eerste Wereldoorlog, toen de heren nog echte heren en de dienstbodes nog echte dienstbodes waren, en de grootindustriëlen hun stoommachines en koekenpannen voor vijftig miljoen mensen fabriceerden.[13] Uit die wereld stamde de oude meneer, en de nieuwe miniwereld waarin hij leefde, was hem merkbaar te eng. Met 'miniwereld' bedoel ik natuurlijk Hongarije zoals het na de Eerste Wereldoorlog is geworden.[14]

Hij grijnsde dikwijls spottend, de oude, en die glimlach vol zelfverachting en minachting voor de wereld bleef dan geruime tijd om zijn snor zweven. Dat lachje was ook zichtbaar als hij zich aankleedde, tennis speelde, aan zijn ontbijt begon, de oude mevrouw de hand kuste of beleefd converseerde. Het leek wel of hij minachting voor alles had.

Ik begreep dat alle spullen waarmee die lui hun huis hadden volgestouwd, geen gebruiksvoorwerpen waren, maar spullen die ze verzamelden omdat ze aan een idee-fixe leden. Het kopen van nutteloze zaken was in hun geval een even dwangmatige handeling als het vijftig keer achter elkaar handen wassen van sommige zenuwpatiënten. Als ze kleren, ondergoed, handschoenen of stropdassen kochten, werden ze gedreven door dat idee-fixe. Ik moet opeens aan die stropdassen denken, omdat die me zoveel moeite hebben bezorgd. Ik moest er namelijk voor zorgen dat ze netjes bleven. Je begrijpt natuurlijk wel dat de oude meneer en mijn man niet slechts één paar dassen bezaten. Ze hadden stropdassen, vlinderdasjes en genaaide strikjes in elke kleurschakering van de regenboog, en al deze dassen waren in hun kasten keurig naar kleur gerangschikt. Waarschijnlijk had je er zelfs ultraviolette tussen kunnen vinden. Ik acht het beslist niet uitgesloten.

Ondanks al die overvloed ging niemand eenvoudiger en onopvallender gekleed dan mijn man. Ik heb hem nooit een opvallend kledingstuk of een felgekleurde stropdas zien dragen. Hij kleedde zich burgerlijk, zoals het heet. Ik heb de oude één keer zachtjes tegen zijn zoon horen zeggen: 'Moet je die vent zien, net een *gentry*.'[15] Hij wees daarbij op een man die een bontjas met tressen en een jagershoed droeg. Ze meden iedereen die niet 'burgerlijk' was, burgerlijk in de betekenis die zij aan dit woord gaven, namelijk dat je niemand beneden je iets verschuldigd bent en van niemand boven je afhankelijk bent. Mijn man droeg eigenlijk altijd hetzelfde: een wandelkostuum van een dikke, donkergrijze stof en daarbij een donkere, effen stropdas. Natuurlijk trok hij, als het jaargetijde of de huiselijke of maatschappelijke conventies dit noodzakelijk maakten, ook wel eens iets anders aan. Hij bezat ongeveer dertig kostuums, dertig paar schoenen en alles wat daarbij hoorde, maar als ik hem in gedachten voor me zie, draagt hij altijd dat ernstige, donkere, dubbelknoops pak, dat veel weg had van een uniform. Ik denk overigens zelden aan hem terug, alleen heel af en toe in een droom, en dan kijkt hij me altijd aan alsof hij boos op me is. Waarom, begrijp ik niet.

De oude zag eruit alsof hij eeuwig een 'geklede jas' droeg, een ouderwets kostuum dat grootmoedig het buikje van een man op leeftijd verhult, maar hij droeg geen geklede jas, het leek alleen maar zo. Zowel hij als mijn man waakten er nauwlettend voor dat ze wat gedrag, kleding en levensstijl betreft niet te zeer afweken van de burgerlijke idealen van terughoudendheid, kleurloosheid en ingetogenheid. Ze kenden de waarde van het geld, want ook de vader van de oude, een hoge ambtenaar en bezitter van een wijngaard, was al rijk geweest. Ze hoefden niet eerst te leren wat rijk zijn betekent, zoals tegenwoordig veel rijk geworden proleten, die niets leuker vinden dan met een hoge hoed op hun kop in een gloednieuwe Amerikaanse auto stappen. Alles aan hen scheen even rustig als de kleur van hun das, maar achter die façade waren ze onverzadigbaar. Ze hadden namelijk de ziekelijke neiging om naar volledigheid te streven. Vandaar dat hun kasten waren volgestouwd met dassen, onderbroeken, ontelbare andere kledingstukken en overbodige schoenen. Mijn man bekommerde zich volstrekt niet om modevoorschriften, maar toch wist hij precies hoe hij zich moest kleden, want hij had een aangeboren smaakgevoel. De oude was wat dit betreft minder zeker van zijn zaak en wist soms niet goed wat een vooraanstaand burger als hij wel en niet kon dragen. Op de binnenzijde van de deur van zijn garderobekast had hij een stuk bedrukt papier geprikt waarop in het Engels stond vermeld welk soort kostuum bij welk weertype paste en welke das daarbij hoorde te worden gedragen. Bijvoorbeeld op een regenachtige aprildag een donkerblauw kostuum en een zwarte das met lichtblauwe strepen. Heus waar, rijke mensen hebben het niet gemakkelijk,

Natuurlijk moest ik, voordat ik daar voor vol werd aangezien, precies leren wat rijk zijn betekent, wat ik met veel energie deed. Ik stampte alle wetenswaardigheden op dit gebied er even vlijtig in als vroeger, op de dorpsschool, de leerstellingen van de catechismus.

Na verloop van tijd begon ik te begrijpen dat deze mensen, als ze iets kochten, niet een nieuw kledingstuk of een nieuwe das begeerden, maar iets anders, namelijk volledigheid. Dat was hun grote passie. En iemand die wil dat alles compleet is, moet als krankzinnig worden beschouwd. Blijkbaar is het een typische rijkeluiskwaal. Die mensen hebben geen kleren nodig, maar een garderobe. En één garderobe is meestal niet voldoende voor ze, want als de huishouding uit meer personen bestaat, moeten ook die anderen hun eigen garderobe hebben. Niet omdat ze die kleren nodig hebben, maar omdat ze willen dat ze aanwezig zijn.

Ik zal je een voorbeeld geven. Op een dag had ik ontdekt dat er op de tweede verdieping van de villa, boven het grote terras, een afgesloten kamer was met een klein balkon, een kamer die nooit werd gebruikt. Vroeger was die kamer de kinderkamer geweest, waar mijn man altijd speelde en waar zijn speelgoed werd bewaard. Jarenlang kwamen alleen wij, personeelsleden, in die kamer, maar niet meer dan één keer per jaar. We gaven die kamer dan namelijk een goede beurt. Achter gesloten rolluiken en een afgesloten deur sluimerde daar alles wat tot de kindertijd van mijn man behoorde.

Het leek wel een museum met gebruiksvoorwerpen en kleding uit vroeger tijden. Mijn hart kromp ineen toen ik voor de eerste keer het interieur van die kinderkamer zag. Het was in het begin van de lente en ik had opdracht de kamer schoon te maken. Er hing een zurige lucht, want de linoleum vloerbedekking was vroeger door het personeel met een desinfecterend middel schoongemaakt, en dat rook je nog steeds. Ooit had in deze bijna steriel gemaakte ruimte een kind geleefd en gespeeld en over buikpijn geklaagd. Op de witte muur had een kunstenaar dieren en sprookjesfiguren als Sneeuwwitje en de zeven dwergen getekend, in vrolijke, speelse kleuren. De meubels in de kamer waren lichtgroen en er stonden een prachtig kinderbedje en een fraaie weegschaal. In de tegen de muren geplaatste kasten, zag ik allemaal prachtig speelgoed: teddyberen, bouwdozen, een elektrische trein en prentenboeken, alles krampachtig geordend, alsof het was tentoongesteld.

Zoals gezegd, mijn hart kromp ineen toen ik dat alles zag. Ik haalde de rolluiken op en opende haastig het raam om frisse lucht tot de kamer toe te laten. Ik kan absoluut niet beschrijven wat ik voelde toen ik voor het eerst die kamer zag, waarin mijn man zijn kinderjaren had doorgebracht. Ik zweer je dat ik op dat moment niet aan mijn eigen kindertijd in de kuilwoning dacht. Zo slecht had ik het daar trouwens niet gehad, al was het leven in de kuil natuurlijk geen pretje. Het was in ieder geval anders dan het leven in dat deftige huis, dat iets onwerkelijks had. Nee, het leven in de kuil had beslist niets onwerkelijks. Armoede wordt door een kind niet ervaren zoals volwassenen veronderstellen, vooral volwassenen die zelf nooit arm zijn geweest. Voor een kind heeft armoede ook leuke kanten, niet alleen onaangename. Een kind wentelt zich met genoegen in de modder en vindt handen wassen absoluut niet noodzakelijk. Alleen voor volwassenen is armoede erg, of beter gezegd: verschrikkelijk. Verschrikkelijker dan wat dan ook, dan schurft of darmkoliek. Toen ik in die kamer stond, benijdde ik mijn man niet. Ik vond het zielig voor hem dat hij zijn jeugd in die steriele ruimte had moeten doorbrengen, en ik begreep dat iemand die zo is grootgebracht, alleen uiterlijk een normaal mens kan zijn, maar niet innerlijk. Ik begreep dat heel goed.

Die kinderkamer was ook te volmaakt, zo volmaakt dat niemand er iets aan had kunnen verbeteren of toevoegen. Hij was even volmaakt als de garderobes of de schoenenverzameling in dat huis. Die lui wilden namelijk van alles een complete verzameling hebben. Waarschijnlijk hadden ze ergens in hun ziel ook een collectie idee-fixen aangelegd, zorgvuldig met naftaline geconserveerd. Van alles hadden ze meer dan noodzakelijk was: twee auto's, twee platenspelers, twee ijskasten in de keuken, verscheidene radiotoestellen en drie verrekijkers. Een van die kijkers, een fraai met parels bezet en geëmailleerd exemplaar, dat in een etui werd opgeborgen, namen ze mee als ze naar de schouwburg gingen; de tweede, een veldkijker, gebruikten ze bij de paardenrennen en de derde hingen ze om hun hals als ze op het dek van een oceaanstomer de zonsondergang wilden bewonderen. Misschien hadden ze ook nog wel kijkers om berglandschappen, zonsopgangen en vliegende vogels mee te bekijken. Als ze iets kochten, deden ze dat om wat volledig was, nog completer te maken.

Hoewel mijn man door de bediende werd geschoren, had hij in zijn badkamer een half dozijn veiligheidsscheermessen van het allernieuwste type liggen. Bovendien bezat hij een zeemleren etui met Zweedse, Amerikaanse en Engelse scheermessen, hoewel hij zich nooit met een echt scheermes schoor. Met aanstekers was het precies eender gesteld: hij kocht voortdurend nieuwe exemplaren, maar gooide die, zonder ze ooit gebruikt te hebben, in een la, waar ze al snel verroestten. Hij gebruikte namelijk veel liever gewone lucifers. Op een dag kwam hij met een elektrisch scheerapparaat thuis, maar ook dat legde hij weg en daarna raakte hij het met geen vinger meer aan. Als hij grammofoonplaten kocht, moest het altijd een complete serie zijn, alle werken van een groot componist, de complete Wagner of de complete Bach, in alle bestaande uitvoeringen. Het was van belang dat het volledige werk van Bach in de kast stond, begrijp je wel?

En dan de boeken. De boekhandelaren wachtten niet totdat ze van hen een bestelling ontvingen, maar ze stuurden eenvoudig alle nieuwe boeken naar hun huis, in de hoop dat ze daarin een keertje zouden bladeren. De bediende moest die boeken opensnijden en ze vervolgens ongelezen in de kasten zetten. Ik wil hiermee niet beweren dat ze nooit een boek lazen, dat deden ze wel degelijk. De oude meneer las vakliteratuur en reisbeschrijvingen, en mijn man, die heel ontwikkeld was, versmaadde zelfs geen gedichten. Maar de ontelbare boeken die de boekhandelaren hun, zogenaamd om attent te zijn, toezonden, had geen mens allemaal kunnen lezen, daarvoor zou een heel mensenleven nog niet genoeg zijn geweest. Niettemin stuurden ze de boeken nooit terug, ze hadden het gevoel dat dat onoorbaar was omdat je de literatuur behoorde te steunen. Intussen koesterden ze de nooit aflatende vrees dat de serie die ze net hadden gekocht, niet compleet was of dat er – God verhoede het! – nog een andere reeks van deze werken bestond, die nog completer was dan de serie die ze de vorige week uit Berlijn hadden laten komen. En ze waren eeuwig bang een boek of voorwerp te bezitten dat tot een uitverkochte serie behoorde, een eenzaam exemplaar, een monster zonder waarde.

Je ziet, alles was volmaakt in orde en compleet bij die lui, alleen hun leven niet.

Wat eraan ontbrak? Rust. Eerlijk, die lui hadden geen moment rust, hoewel ze volgens een gedetailleerd dagschema leefden en er in huis en in de overige vertrekken waar ze hun dagen doorbrachten, altijd een diepe stilte heerste. Nooit klonk er een te luid woord, nooit gebeurde er iets onverwachts, alles was uitgerekend en voorzien: de economische toestand, de waterpokken, het weer, alle wendingen van het lot en zelfs de dood. Desondanks waren ze nooit rustig. Misschien zouden ze tot rust zijn gekomen als ze besloten hadden niet zo behoedzaam te leven, maar daartoe hadden ze niet het lef. Blijkbaar is er moed voor nodig om rustig van dag tot dag te leven, zonder schema's of overbodige bezittingen; om de gebeurtenissen van elke minuut, elk uur en elke dag eenvoudig te aanvaarden; om nergens op te rekenen en alleen maar te zijn. Zij konden dat in ieder geval niet, ze waren niet in staat alleen maar te zijn. Wat ze wel konden, was 's morgens op een grandioze manier toilet maken, zoals vroeger hoogstens koningen deden, die in het bijzijn van hun complete hofhouding hun mond spoelden. Of even omslachtig ontbijten als de paus hier in Rome de mis celebreert. Je weet wel waar hij dat doet, in die kapel waarvan de muren door een of andere oude knakker met naakte lichamen zijn beschilderd. Ik ben daar onlangs geweest. In die kapel van de paus moest ik opeens terugdenken aan de ochtendrituelen van mijn vroegere werkgevers.

Na dat plechtig geconsumeerde ontbijt vingen ze hun uiterst nuttige werkzaamheden aan, die uit de productie en verkoop van de meest fantastische machines bestonden. En uit het ontwikkelen van modernere machines, als die nodig waren. Dit alles ging met veel vergaderen gepaard. Nadat ze de hele dag ordelijk, productief en fatsoenlijk waren geweest, kwamen ze laat in de avond afgepeigerd thuis. Geen wonder, want zo'n leven is natuurlijk dodelijk vermoeiend. Jij bent een kunstenaar, jij weet niet hoe inspannend het is als je al 's morgens vroeg precies weet, wat je tot middernacht gaat doen. Jij doet eenvoudig wat je kunstenaarshart je ingeeft en je weet niet bij voorbaat welke ideeën je zult krijgen als je achter je drumtoestel zit en, meegesleept door het ritme van de muziek en het elan van de saxofonist, je stokjes in de lucht gooit en aan een solo begint. Jij bent een kunstenaar en je gedraagt je spontaan. Mijn vroegere werkgevers waren heel anders, die verdedigden met hand en tand de ideeën en bezittingen die ze hadden gecreëerd. Dat creëren vond niet alleen op de fabriek plaats, maar ook aan het ontbijt en tijdens de middagmaaltijden. Zelfs als ze alleen maar beschaafd glimlachten of hun neus snoten, creëerden ze iets, wat ze met het woord 'cultuur' aanduidden. En ze beschouwden het als hun belangrijkste levenstaak datgene te behoeden wat ze met hun werk, hun goede manieren en hun hele wezen hadden geschapen. Behoeden was voor hen kennelijk nog belangrijker dan scheppen. Ik kreeg de indruk dat de oude en zijn zoon twee levens tegelijk leefden, hun eigen leven en dat van elkaar. Ze schenen geen afzonderlijke, unieke, nooit meer op aarde terugkerende personen te zijn, maar verschillende verschijningvormen van één groot, collectief leven, dat niet door individuen maar door de gezamenlijke burgerlijke familie werd geleefd. Dit verklaart ook waarom ze hun foto's – groepsfoto's van de familie – even zorgvuldig bewaarden als in musea portretten van beroemde personen uit voorbij eeuwen worden bewaard. De verlovingsfoto van hun grootvader en hun grootmoeder; de trouwfoto van hun vader en hun moeder; de foto van hun failliet gegane oom in geklede jas of met een strohoed op zijn hoofd en een opname van een gelukkige of ongelukkige, in elk geval glimlachende tante met parasol en hoed met voile. Al die personen, ook de oude meneer en mijn man, maakten deel uit van het langzaam te voorschijn komende en langzaam verdwijnende geheel dat zelf wel een persoon leek, van de burgerlijke familie. Ik vond dat maar een eigenaardige zaak. Voor mij was familie iets natuurlijks en onontkoombaars. Voor hen was het een opdracht en een taak.

Maar ja, zo waren die lui nu eenmaal. En omdat ze altijd vooruitkeken en niet in jaren, maar in periodes rekenden, waren ze nooit rustig. Rustig is alleen wie bij de dag leeft. Zoals atheïsten rustig zijn, omdat ze de dood niet vrezen. Alleen wie in God gelooft, vreest die namelijk. Geloof jij in God? Wat brom je nu? Aha, je gelooft in God, ik zie het al. Ik heb in mijn leven maar één mens ontmoet van wie ik zeker weet dat hij niet bevreesd was voor de dood. Inderdaad, dat kunstenaarstype. Die geloofde niet in God en daarom was hij nergens bang voor, noch voor de dood, noch voor het leven. Gelovige mensen zijn verschrikkelijk bang voor de dood omdat ze geloven dat ze na hun overlijden doorleven en dan geoordeeld worden. Daarom klampen zich aan alles vast wat de religies beloven. Met dat kunstenaarstype was het anders gesteld, die was niet bang. Hij zei: Als er een God is, kan hij nooit zo wreed zijn dat hij de mens een eeuwig leven geeft. Weet je, al die zogenaamde kunstenaars zijn een beetje geschift. In ieder geval zijn burgermensen gewoonlijk bang voor de dood, en trouwens ook voor het leven. Daarom waren die lui zo gelovig en zo spaarzaam en matig. Omdat ze bang waren.

Ik zie aan je gezicht dat je niet werkelijk begrijpt wat ik zeg. Zij begrepen het misschien wel, maar alleen met hun verstand, niet met hun hart en nieren. In hun hart was het eeuwig onrustig. Ze waren bang dat hun voorzorgsmaatregelen, berekeningen en plannen nutteloos zouden blijken te zijn, dat er op een dag een einde aan iets zou komen. Aan wat? Aan de familie? Aan de fabriek?

Aan hun kapitaal? Nee, die mensen waren te slim om zich over zoiets eenvoudigs zorgen maakten. Ze waren bang dat ze op een dag te moe zouden zijn om het geheel nog langer bij elkaar te kunnen houden. Herinner je je nog wat die Italiaanse automonteur tegen ons zei toen we ons oude, krakkemikkige wagentje bij hem hadden gebracht om te laten nakijken? Weet je het nog? De auto en de motor waren niet defect volgens hem, maar er was sprake van 'materiaalmoeheid'. Welnu, het was alsof mijn voormalige werkgevers daarvoor bang waren, alsof ze vreesden dat er zich materiaalmoeheid begon voor te doen in wat ze in elkaar hadden geflanst. Ze waren bang dat het volledig in elkaar zou storten, en dat het dan afgelopen zou zijn met hun luxeleventje.

Maar nu houd ik over hen op. Ik kan je toch niet alles vertellen. Stel je voor wat ik nog voor geheimen had kunnen vinden in hun laden en brandkasten, waarin ze hun papieren, aktes en sieraden bewaarden! Je haalt je schouders op? Ach, lieve schat, de werkelijkheid is niet zoals wij, proletariërs, denken. Rijke mensen zijn echt heel eigenaardige wezens. Ze zijn bijvoorbeeld nooit volledig berooid omdat ze ook in hun ziel nog een vakje hebben waar ze het een en ander in bewaren. Wat had ik de sleutel van die onzichtbare kluis graag gestolen! Ik zou dolgraag hebben gezien wat er allemaal in was opgeborgen. De rijken zijn op een of andere manier ook dan nog rijk als men hun alles heeft ontnomen. Ik heb de rijken na het beleg van Boedapest uit de kelders zien komen, zowel christenen als joden, dat wil zeggen diegenen van de joden die erin waren geslaagd hun huid te redden. Maar voordat deze rijke mensen te voorschijn kwamen, had men hen zo grondig uitgeschud dat ze geen roestige spijker meer bezaten. Die rijke christenen en joden, van wie de bezittingen waren geroofd, de huizen gebombardeerd en de bedrijven door de oorlog geruïneerd, woonden een paar maanden later weer in villa's en reden weer in auto's, terwijl hun vrouwen net als vroeger met een blauwvos om hun nek en briljanten hangers aan hun oren in Gerbeaud[16] zaten. Zoals je weet, hing de grote verandering toen al in de lucht en was het duidelijk dat de communisten iets in hun schild voerden. Toen ze twee jaar later hun plannen ten uitvoer brachten, was het gedaan met het heerlijke leventje van de rijken.[17] Hoe die lui in 1945 erin slaagden zo snel er weer bovenop te komen? Vraag het me niet. Het staat in ieder geval vast dat ze al na korte tijd weer precies zo leefden als voor de oorlog en evenveel geld uitgaven aan hun voeding en kleding als toen. En toen de eerste internationale trein met hen uit Boedapest vertrok, nadat ze van de plaatselijke Russische commandant toestemming hadden gekregen om naar het buitenland te reizen, waar ze inkopen wilden gaan doen, klaagden ze erover dat alleen nog de bovenste bedden vrij waren in de slaapcoupé die hen naar Zürich of Parijs bracht. Snap je wat ik bedoel? Blijkbaar is rijk zijn een toestand, zoals gezond zijn of ziek zijn dat is. Of je bent rijk, en dan blijf je dat merkwaardigerwijs je hele leven, ook al heb je geen cent, of je bent het niet, en dan mag je geld als water hebben, een echte rijkaard word je nooit. Rijk zijn is kennelijk ook een bepaalde geestelijke gesteldheid, je moet erin geloven dat je rijk bent. Zoals heiligen of revolutionairen erin geloven dat ze anders zijn dan gewone mensen. En je moet bovendien zonder gewetenswroeging rijk zijn, anders wordt het niks. De pseudo-rijke, die schijnheilig aan de armen denkt terwijl hij zich aan biefstuk en champagne te goed doet, zal ten slotte aan het kortste eind trekken omdat hij niet eerlijk is, maar laf en geniepig. Echte rijken zijn onverbiddelijk rijk. Je mag wel milddadig zijn, maar dat is alleen een vijgenblaadje om je onverbiddelijkheid te verhullen. Luister goed, schatje. Als ik er later niet meer ben en je iemand treft die meer sieraden uit haar rijke periode heeft overgehouden dan ik, hoop ik dat je niet te sentimenteel zult zijn. Neem me niet kwalijk dat ik zo openhartig ben. Geef me je artiestenhandje, zodat ik het tegen mijn borst kan drukken en je mijn hart kunt voelen kloppen. Voel je het, proleetje van me? Het klopt voor jou.

Samengevat komt het erop neer dat ik een verstandig meisje was en weldra alle fijne kneepjes kende van de kunst van het rijk zijn. En naarmate ik langer bij die rijkelui werkte, ontdekte ik steeds nieuwe geheimen van hen. Maar op een gegeven moment heb ik ze in de steek gelaten. Waarom? Omdat ik genoeg had van het wachten. Waar ik op wachtte? Natuurlijk op het moment dat mijn man het niet meer uit zou kunnen houden zonder mij. Waarom kijk je me nu zo aan? Ja, ik heb het handig aangelegd met dat wachten en daarbij een heel scala van listen en trucjes gebruikt.

Ja, bekijk die foto maar eens goed. Ik heb hem bewaard omdat ik er indertijd voor heb moeten betalen. Ik heb hem, toen ik nog dienstmeisje was en hij nog met zijn eerste vrouw samenleefde, van een fotograaf gekocht.

Wacht, ik zal je kussen even wat beter onder je hoofd schuiven, zodat je lekker ligt. Rek je maar helemaal uit. Als je bij mij bent, moet je goed kunnen uitrusten, lekkere schat. Ik wil dat je je behaaglijk voelt als je hier bent. Het is inspannend genoeg, wat je daar in die nachtclub doet, al dat gedrum. Hier in mijn bed hoef je niets anders te doen dan van me te houden en uit te rusten.

Of ik zoiets ook wel eens tegen mijn man heb gezegd? Nee, mijn hartje. Ik wilde niet dat hij zich prettig voelde als we samen in bed lagen. Dat was juist het probleem. Om de een of andere reden wilde ik niet toelaten dat hij zich prettig voelde bij me, hoewel de stakker zich werkelijk alle moeite had gegeven en elk denkbaar offer had gebracht om met mij te kunnen trouwen. Hij had met zijn familie, zijn milieu en zelfs met zijn eigen gewoontes gebroken. Ik overdrijf niet als ik zeg dat hij naar mij was geëmigreerd, zoals een wufte jongeman die zijn vermogen heeft verspeeld, naar een exotisch land overzee verhuist om de schande te ontlopen. Misschien was dat de reden waarom hij nooit behaaglijk met mij kon leven: hij voelde zich eenvoudig niet thuis bij mij. Hij leefde met me samen als iemand die naar het opwindende, tropische Brazilië is verhuisd en daar met een inheemse vrouw is getrouwd, waarna hij zich in die vreemde, exotische wereld afvraagt wat hij daar eigenlijk moet beginnen. Als hij bij die inheemse is, denkt hij niet aan haar, maar aan iets anders. Aan zijn vaderland? Misschien. Zijn onrust werkte in ieder geval op mijn zenuwen. Daarom wilde ik niet dat hij zich prettig voelde als hij met mij aan tafel zat of in bed lag.

Wat dat 'vaderland' was waaraan hij altijd dacht? Zijn eerste vrouw? Ik denk het niet. Weet je, het ware vaderland is nergens op de landkaart te vinden. Het is een land dat heel veel omvat. Niet alleen wat mooi en goed was, maar ook slechte en boosaardige dingen. Dat merken wij ook, nu we geen vaderland meer hebben. Denk maar niet dat we het weer terugkrijgen als we straks naar Hongarije reizen om iemand op te zoeken of zo. Natuurlijk, het zal een bewogen weerzien zijn. De een zal hartzeer hebben, de ander zal gaan opscheppen en een derde zal met zijn buitenlandse paspoort zwaaien of zijn travellerscheques te voorschijn halen. Maar het vaderland, het land waar je in je ballingschap aan hebt gedacht, zul je niet meer vinden. Droom je nog wel eens van Zala? Ik droom soms van Nyírség, maar als ik daarna wakker word, heb ik altijd hoofdpijn. Kennelijk is je vaderland niet alleen een streek, een stad, een huis of een groep mensen, maar ook een gevoel. Wat zeg je? Of er gevoelens zijn die eeuwig standhouden? Nee, schatje, ik denk het niet. Je weet dat ik je aanbid, maar als ik dat ooit niet meer zou doen omdat je me had bedrogen of ervandoor was gegaan – onmogelijk, niet waar, maar stel dat het toch gebeurde –, geloof ik niet dat het me veel zou doen als ik je op een dag terugzag. We zouden dan een vriendelijk gesprek voeren en over van alles praten, maar daarover niet, omdat dat voorbij is. Toe, wees niet verdrietig. Het vaderland is er maar éénmaal in je leven, zoals dat ook geldt voor de liefde, voor de ware liefde althans. En het vaderland vergaat, zoals ook de liefde, de ware liefde niet eeuwig is. Het is maar goed dat dit zo is, want anders zouden we beslist te veel heimwee hebben.

De eerste vrouw van mijn man, tja, wat zal ik van haar zeggen… een fijne, voorname dame. Beeldschoon en heel gedisciplineerd. Daarom benijdde ik haar het meest, om haar zelfdiscipline. Die kun je volgens mij niet aanleren, daar word je mee geboren. Misschien zijn de rijken wel daardoor in staat alles zo geconcentreerd te doen; omdat ze veel zelfdiscipline hebben. Van mijn vroegere werkgevers was iedere lichaamscel gedisciplineerd. Ik haatte hen daarom en mijn man wist dat. Zijn eerste vrouw was zowel ontwikkeld als gedisciplineerd en juist daarom liet mijn man haar in de steek. Hij had genoeg van haar zelfbeheersing. Ik was voor hem behalve vrouw ook beproeving en avontuur. Tijgerin, maar ook de opwinding van de jacht. Een vrucht, even verboden als in een net gezelschap spugen op het tapijt. Werkelijk, die rijken zijn niet te begrijpen. Even een cognacje inschenken, ik heb er nog een met drie sterren onder de kurk. Ik heb dorst van het vele spreken gekregen.

Drink maar, liefje. Ja, ik neem zelf zo dadelijk ook een glaasje. Goed, we zullen uit één glas drinken en ik zal mijn lippen op dezelfde plaats aan het glas zetten als jij. Wat een originele en lieve ideeën heb je toch! Als je zoiets verzint, zou ik zo in snikken kunnen uitbarsten. Waar haal je het toch allemaal vandaan? Het is een wonder. Ja, je hebt gelijk als je zegt dat het idee niet helemaal nieuw is en dat andere geliefden het al eerder hebben gedaan, maar voor mij is het toch iets heel ontroerends.

Alsjeblieft, nu heb ik een slok genomen op de manier die je aangaf. Weet je, mijn man bedacht nooit zulke lieve, attente dingen. We hebben nooit uit hetzelfde glas gedronken en elkaar daarbij diep in de ogen gekeken. Als hij me een plezier wilde doen, kocht hij liever een ring. Bijvoorbeeld die mooie ring met turkoois die je laatst zo mooi vond, die heb ik ook van hem gekregen. Hij was nu eenmaal erg saai, mijn man. Wat zeg je, mijn hartje? Goed, ik zal hem je geven, dan kun je hem laten taxeren door die fantastische taxateur van je. We zullen alles doen zoals jij het wilt.

Wil je nog meer over de rijken horen? Het is onmogelijk alles over hen te vertellen. Ik heb jarenlang als een slaapwandelaarster tussen hen geleefd. Timide en overdonderd door wat ik meemaakte. Ik wist nooit of ik iets verkeerd deed als ik hen aansprak of zweeg, of als ik een voorwerp aanraakte. Nee, ze gaven me geen standjes, o nee. Het was eerder zo dat ze me probeerden op te voeden, toegeeflijk en tactvol, zoals de straatzanger hier in de buurt, die zijn aap heeft geleerd op zijn schouder te springen en daar zijn kunstje te doen. Maar hoewel ze vriendelijk waren, onderwezen ze me alsof ik een invalide was, alsof ik niet in staat was te lopen of iets nuttigs te doen. En inderdaad, toen ik bij hen kwam, wás ik ook niet meer dan een invalide. Ik kon werkelijk niets. Noch lopen zoals zij meenden dat het hoorde, noch groeten of spreken, om over eten maar te zwijgen. Van tafelmanieren had ik nog nooit gehoord. Ik geloof dat ik volgens hen niet eens kon zwijgen, althans niet zodanig zwijgen dat het indruk maakt, boosaardig zwijgen. Ik hield alleen maar mijn mond. Maar in betrekkelijk korte tijd heb ik alles geleerd wat ze van me verlangden, want ik was een snelle en ijverige leerlinge, en ten slotte waren ze verbaasd dat ik me al die kundigheden zo snel eigen had gemaakt. Ze konden het bijna niet geloven. Ik wil niet opscheppen, maar ik geloof dat ze werkelijk paf stonden toen ik op een dag examens begon af te leggen.

Bijvoorbeeld het mausoleumexamen. Godallemachtig, het mausoleum! Weet je, het was de gewoonte dat alle personeelsleden stalen. De kokkin verdiende geld als ze boodschappen deed, de bediende liet de wijn- en sigarenhandelaar te hoge rekeningen opstellen en de chauffeur stal benzine uit de tank en verkocht die. Dat alles was heel vanzelfsprekend, meneer en mevrouw wisten het, het hoorde bij de normale gang van de huishouding. Zelf stal ik niet omdat ik alleen maar het meisje voor alles was en dus geen kans had om het te doen. Maar later, toen ik een dame was geworden, herinnerde ik me alles wat ik in de keuken, in het souterrain, had gezien, en het mausoleum was een zo grote verleiding dat ik die niet kon weerstaan.

Op een dag kwam mijn man – de echte – namelijk tot de ontdekking dat er iets ontbrak aan zijn leven omdat de familie geen familiegraf op de begraafplaats van Boeda had. Zijn ouders, de oude meneer en mevrouw, waren nog ouderwetse doden, die onder een gewone marmeren plaat tot stof lagen te vergaan, niet in een grafkelder. Toen mijn man zich dit gemis realiseerde, verviel hij eerst in grote somberheid, maar daarna nam hij een kloek besluit en begon hij samen met mij van hot naar haar te rennen om deze kolossale blunder te herstellen. Ik kreeg van hem de opdracht met een ontwerper en een uitvoerder van dit soort bouwwerken te onderhandelen en ervoor te zorgen dat er voor de twee overledenen een mooi grafgewelf werd gebouwd. In die tijd bezaten we verscheidene auto's, een zomerhuis in Zebegény,[18] een appartement voor de winter in Svábhegy[19] en natuurlijk onze stadswoning in Rózsadomb,[20] verder nog een landgoed met een kasteel in Transdanubië, in de buurt van het Balatonmeer, dat als gevolg van de een of andere zakelijke transactie in het bezit van mijn man was geraakt. We konden ons dus moeilijk over gebrek aan woonruimte beklagen, maar een familiegraf hadden we nog niet. We haastten ons dan ook om in dit pijnlijke gemis te voorzien. Natuurlijk konden we het werk niet aan een gewone architect toevertrouwen. Mijn man zocht uit wie in de stad de beste deskundige op het gebied van familiegraven was. We lieten boeken met voorbeelden en ontwerpen uit Engeland en Italië komen, boeken van dik, glanzend papier. Je kunt je niet voorstellen hoe rijk de vakliteratuur over dit onderwerp is. Want zo maar, in het wilde weg, overlijden en je onder de grond laten stoppen, dat kan iedereen, maar de rijken leven en sterven nu eenmaal anders dan gewone stervelingen. Dus kozen we, geholpen door vaklieden, een ontwerp uit en lieten een wondermooi, goed geventileerd, ruim, droog familiegraf met een koepel bouwen. Ik kreeg tranen in mijn ogen toen ik het voor de eerste keer vanbinnen zag, want ik moest heel even aan onze kuilwoning in Nyírség denken. In dat graf was meer plaats dan waarover wij toen beschikten. Uit voorzorg had men de ruimte voor zes personen berekend, namelijk voor de oude meneer en mevrouw, voor mijn man en nog voor drie andere personen, Joost mag weten voor wie, misschien voor overleden bezoekers, voor iemand die tijdens een bezoek aan de crypte dood neerviel en onmiddellijk ter aarde moest worden besteld. Toen ik die drie extra graven bekeken had, zei ik tegen mijn man dat ik liever door de honden wilde worden verscheurd dan in die grafkelder te gaan liggen. Ik heb hem nog nooit zo zien lachen als toen ik dat had gezegd.

We waren dus op alle eventualiteiten voorbereid. Natuurlijk was er in de crypte ook elektrisch licht, twee soorten zelfs: blauw en wit. Toen alles klaar was, lieten we een priester komen om het luxueuze dodenhuisje in te zegenen. Er ontbrak werkelijk niets aan. Boven de ingang was in gouden letters de familienaam aangebracht en ook, discreet en klein uitgevoerd, het kroontje, je weet wel, dat ze ook op hun onderbroek droegen. In het graf was een voorportaal met bloemen en een zuilengang, een soort vestibule, met een marmeren bank voor bezoekers, voor het geval dat die nog even wilden gaan zitten alvorens te sterven. Via een versierde ijzeren deur kwam je in de salon, die de laatste rustplaats was van de oude meneer en mevrouw. Het was een echt mausoleum, dat familiegraf, geen gebouw om na enkele decennia weer af te breken, ook al worden zelfs de graven van vooraanstaande doden dan gewoonlijk geruimd. Nee, deze grafkelder moest er ook op de jongste dag nog staan, als de deftigste en kapitaalkrachtigste lijken bij het eerste trompetgeschal in pyjama en dressing gown uit hun kisten zouden verrijzen. Achtduizend pengö heb ik aan die grafkelder verdiend, meer wist ik de architect niet af te troggelen. Ik had een bankrekening en was zo dom die kleine bijverdienste daarop te storten. Toen de bank me een paar dagen later een rekeningoverzicht toestuurde, waarin ik over die kleine vermogensvermeerdering werd ingelicht, heeft mijn man per ongeluk de envelop daarvan opengemaakt en het bedrog ontdekt. Nee, hij heeft er niets van gezegd, wat denk je wel? Natuurlijk niet. Maar hij vond het niet leuk, dat kon ik aan hem zien. Hij was van mening dat een familielid niets behoorde te verdienen aan de grafkelder voor zijn ouders. Begrijp je zoiets nou? Ik ook niet en ik zal het wel nooit begrijpen. Ik vertel je dit om je duidelijk te maken hoe raar die rijkelui zijn.

En ik zal je nog iets vertellen. Ik ben, toen ik daar werkte, overal aan gewend geraakt, en ik heb alles zonder morren verdragen, maar die lui hadden één gewoonte die ik niet kon uitstaan. Mijn hart begint nog altijd te bonzen als ik daaraan terugdenk. Ik kan er nu eenmaal niet tegen, en daarmee basta! Ik heb de afgelopen jaren heel wat meegemaakt en ik leer elke dag nog bij. Zo langzamerhand verdraag ik alles en berust ik overal in. Je zult het zien, straks berust ik er zelfs nog in dat ik ouder word. Maar die ene gewoonte van hen kon ik niet verkroppen. Als ik daaraan terugdenk, word ik nog steeds zo rood als een kreeft van woede.

Je denkt dat ik het over slaapkamergeheimen ga hebben, hè? Inderdaad, maar niet in de zin die jij bedoelt. Het had wel iets met de slaapkamer te maken, maar op een andere manier. Het ging om hun nachthemden en pyjama's.

Ik zie aan je dat je me niet begrijpt. Dat is logisch, want het is ook moeilijk uit te leggen. Kijk, ik bewonderde alles in dat huis, het gekleurde wc-papier en de bolhoed van de Zwitserse voetverzorger, al die dingen maakten minstens zoveel indruk op me als de giraffen in de dierentuin. En ik begreep dat zulke voortreffelijke mensen niet op een normale manier kunnen leven, dat je hun maaltijden anders moet opdienen dan gebruikelijk is, en dat je hun lakens anders moet instoppen dan je dat voor normale stervelingen doet. Ik vond het ook vanzelfsprekend dat er anders voor hen werd gekookt dan gangbaar is, immers ook hun spijsverteringsstelsel werkte niet normaal. Het was even afwijkend van het jouwe of het mijne als de darmen van een kangoeroe van die van een kanariepiet verschillen. Hoe het precies zat met die spijsvertering weet ik trouwens niet, maar ze verteerden hun voedsel in ieder geval op een eigenaardige manier. Ze namen namelijk om de haverklap een laxeermiddel in en dienden zichzelf geheimzinnige klysma's toe. Het was allemaal heel raadselachtig.

Ik heb in dat huis werkelijk mijn ogen uitgekeken en dikwijls viel mijn mond open van verbazing of kreeg ik kippenvel van wat ik zag. Blijkbaar is cultuur niet alleen in musea te vinden, maar ook in de badkamers van zulke lieden en in de keukens waar voor hen wordt gekookt. Zelfs tijdens het beleg van Boedapest, toen ze in een kelder zaten, leefden ze anders dan normaal, of je het gelooft of niet. Iedereen at toen niets anders dan bonen en erwten, maar zij hadden tassen vol buitenlandse conservenblikjes, Straatsburger ganzenleverpastei en zo.

Ik heb in zo'n kelder drie weken lang in de buurt van een vrouw gebivakkeerd die met een ex-minister was getrouwd. Meneer was hem uit vrees voor de Russen naar het Westen gesmeerd, maar mevrouw was in Hongarije gebleven omdat ze daar een minnaar had. Zelfs in die kelder, terwijl het buiten bommen regende, ging mevrouw onverstoorbaar door met haar vermageringskuur. Ze paste op haar figuur en bereidde op een spiritusbrander een smakelijke portie vliegenzwammen in Italiaanse olijfolie omdat ze vreesde te dik te worden van de bonen en het zenige vlees waarmee de mensen zich toen in hun angst en verwarring volpropten.

316

Als ik daaraan terugdenk, kom ik altijd tot de conclusie dat cultuur toch maar een eigenaardig verschijnsel is.

Hier in Rome vind je meer prachtige standbeelden, schilderijen en kostelijke stoffen dan in de Boedapester uitdragerijen prullaria uit de vooroorlogse tijd. Maar misschien zijn al die mooie dingen slechts een deel van wat 'cultuur' wordt genoemd en omvat de cultuur in haar totaliteit veel meer. Mogelijk is het ook wel een culturele activiteit als rijke mensen gerechten in boter en olie laten toebereiden volgens ingewikkelde recepten die een dokter voor ze heeft opgesteld. Het lijkt wel of die lui niet het lichaam in zijn totaliteit voeden, maar elk orgaan afzonderlijk, alsof hun lever een speciaal soepje nodig heeft en hun hart een zeldzame vleessoort, hun gal een bijzondere salade en hun alvleesklier een pannenkoekje met rozijnen. En na het eten trekken ze zich met hun raadselachtige spijsverteringsorganen op een rustig plekje terug om het eten te verteren. Dat is toch ook cultuur? Ik begreep dat allemaal en keurde het uit de grond van mijn hart goed, maar dat gedoe met nachthemden en pyjama's heb ik nooit begrepen. En ik vond het ook onaanvaardbaar. De duivel hale degene die dat heeft verzonnen!

Word nou niet ongeduldig, ik zal je uitleggen waar ik het over heb. Het nachthemd of het pyjamajasje moest met de voorzijde op het opgemaakte bed worden gelegd en het onderste deel van het hemd of jasje moest zodanig worden omgeslagen dat het op de rug van het bovenste deel kwam te liggen. Verder moesten de mouwen zo ver mogelijk worden gespreid. Begrijp je wat ik bedoel? Het nachthemd of het pyjamajasje zag er dan uit als een Arabier die met zijn gezicht tegen de grond gedrukt en met gestrekte armen zit te bidden. Waarom die nachthemden zo vreemd moesten worden neergelegd, weet ik niet. Misschien omdat ze die zo gemakkelijker konden aantrekken, het scheelde een beweging, ze konden ze zo aanschieten en dan waren ze klaar voor de nacht. Ze hoefden zich niet in te spannen voordat ze het bed in doken. Mij irriteerde dat pietluttige gedoe mateloos, van dit soort beuzelarijen moest ik niets hebben. Als ik hun bedden opmaakte zoals ik het van de bediende had geleerd, en hun nachthemden of pyjama's klaarlegde, trilden mijn handen altijd van ingehouden woede en van tegenzin.

Zie je, zo vreemd zit de mens in elkaar. Zelfs als hij niet rijk ter wereld is gekomen. Iedereen krijgt er op een gegeven moment de dampen in en gaat dan gekke dingen doen. Zelfs arme mensen, die lange tijd alles verdragen en de wereld eerbiedig en hulpeloos aanvaarden zoals hij is. Bij mij kwam dat ogenblik als ik 's avonds als een goed gedresseerd kamermeisje de nachthemden klaarlegde. Plotseling begreep ik hoe het gebeuren kan dat mensen, enkelingen of hele volken, op een dag beginnen te schreeuwen dat het zo niet langer kan en dat er iets veranderd moet worden. Even later stormen ze de straat op en slaan alles kort en klein, maar dat is alleen maar theater. De echte revolutie heeft dan al plaatsgevonden, en wel in stilte, in de geesten en de harten van de mensen. Kijk me niet zo onnozel aan, heerlijke vent van me.

Het is best mogelijk dat ik nu onzin uitkraam, maar alles wat een mens zegt of doet, hoeft toch niet verstandig te zijn? Dacht je soms dat het verstandig en logisch is dat ik hier met jou in bed lig? Kun je me niet volgen, schatje? Geeft niks. Jij hoeft alleen maar te zwijgen en van me te houden. Als wij met zijn beiden zijn, is dat het meest logisch, ook al heeft het geen enkele zin.

Nu weet je dus wat een gedoe het was met die nachthemden. Ik haatte die lui erom, maar wat kon ik doen? Ze hadden nu eenmaal meer macht dan ik. De mensen die boven je staan, kun je haten of bewonderen, maar je kunt ze niet negeren. Ik heb ze een tijd lang bewonderd, daarna begon ik ze te vrezen, en ten slotte ging mijn vrees over in haat. Ik haatte hen zo erg dat ik ernaar streefde zelf ook rijk te worden en me bij hen aan te sluiten. Ik trok hun kleren aan, legde me bij hen in bed, begon aan mijn lijn te denken en gebruikte ten slotte ook een laxeermiddel. Maar ik haatte hen niet omdat zij rijk waren en ik arm, begrijp me goed. Ik wil dat eindelijk iemand begrijpt hoe ik werkelijk tegenover hen stond.

De laatste tijd worden dergelijke dingen heel vaak aan de orde gesteld in kranten en op volksvergaderingen.[21] Zelfs in bioscopen is hierover van alles te doen, heb ik laatst gemerkt, toen ik het journaal zag. Iedereen heeft het erover, ik weet niet wat de mensen bezielt. Waarschijnlijk voelen ze zich collectief niet lekker en praten ze daarom zo veel over de rijken en de armen en over de Russen en de Amerikanen. Ik heb daar geen verstand van. Ze beweren ook dat er straks een grote oorlog komt en dat die door de Russen – door de armen dus – zal worden gewonnen. Maar toen ik laatst in de nachtclub was, zei een voornaam heerschap – ik geloof een Zuid-Amerikaan, iemand van wie gezegd wordt dat hij een smokkelaar van verdovende middelen is en heroïne in zijn kunstgebit verstopt – dat dit niet waar is en dat de Amerikanen zeker zullen winnen omdat ze meer geld hebben.

Dat heeft me aan het denken gezet. Ook de saxofonist zei zoiets. Volgens hem zullen de Amerikanen uiteindelijk een groot gat in de aarde graven en dat met atoombommen vullen. Daarna sluipt de kleine brillenman die daar overzee president is met een lucifer in zijn hand naderbij, gaat op zijn hurken zitten en ontsteekt de lont van een van die bommen, zodat de hele wereld de lucht in vliegt. Als je zoiets hoort, denk je eerst: wat is dat voor kletskoek, maar ik kan zulke dingen niet meer zo gemakkelijk wegwuiven. Ik heb te dikwijls meegemaakt dat iets wat even onzinnig leek als dit, korte tijd later toch plotseling werkelijkheid werd. Het lijkt zelfs wel of de onzinnigste praatjes die de mensen verkopen, juist het vaakst uitkomen.

Natuurlijk klopt dit laatste niet in alle gevallen. Ik zal bijvoorbeeld nooit vergeten wat de mensen in Boedapest tegen het eind van de oorlog allemaal beweerden. De Duitsers brachten toen in Boeda een groot aantal reusachtige kanonnen en machinegeweren in stelling langs de Donau. Ze braken het asfalt op en groeven de kanonnen voor de bruggen in, terwijl ze de machinegeweren overal langs de met fraaie kastanjebomen omzoomde rivier opstelden. De mensen zagen de werkzaamheden met een zuur gezicht aan, maar er waren alwetenden die verkondigden dat Boedapest niet belegerd zou worden en dat de talloze afschrikwekkende wapens – de zware kanonnen voor de bruggen en de springladingen aan de brugpijlers – alleen maar dienden om de Russen te misleiden. In werkelijkheid zouden de Duitsers de stad niet willen verdedigen. Zulke dingen werden toen beweerd. Nu, als dit werkelijk de bedoeling was van de Duitsers, zijn ze beslist niet in hun opzet geslaagd. Toen de Russen daadwerkelijk de Donau bereikten, hebben ze alles van de nazi's aan flinters geschoten, zelfs die grote kanonnen. Daarom klopt het misschien niet, wat die Zuid-Amerikaan en de saxofonist hebben gezegd, maar toch ben ik bang dat het zo zal aflopen met de wereld, juist omdat het zo onwaarschijnlijk klinkt.

Wat me vooral te denken heeft gegeven, is dat die Zuid-Amerikaan tot die uitspraak kwam omdat de Amerikanen rijk zijn. Dat is volgens hem de reden dat ze iets radicaals zullen doen. Van rijk zijn weet ik alles af, daarover hoeft niemand me iets te vertellen. Ik weet uit ervaring dat je verdraaid goed moet oppassen voor rijke mensen omdat ze ongelooflijk sluw zijn, en ook machtig, God weet, hoe dat komt. Het is kwaad kersen eten met die lui. Dat kun je al zien aan dat gedoe met die nachthemden. Wie verlangt dat zijn nachthemd zo wordt klaargelegd, is geen normaal mens. Zo iemand heeft een sterke wil, die hij dag en nacht laat gelden. De armen die zijn pad kruisen, doen er goed aan een stap opzij te doen. Maar laat ik het nog eens heel duidelijk zeggen: ik heb het nu alleen over de echte rijken, niet over mensen die uitsluitend veel geld hebben. Die laatsten zijn namelijk niet zo gevaarlijk. Die pronken alleen met hun geld, zoals kinderen met een mooie zeepbel die ze hebben geblazen. Het loopt met het geld van dergelijke rijken ook net zo af als met de zeepbel van die kinderen: het spat in hun vingers als een zeepbel uit elkaar.

Mijn man was wél een echte rijkaard en waarschijnlijk was hij daardoor altijd zo zorgelijk.

Schenk me nog eens wat in, maar niet meer dan een vingerhoedje. Nee, laat maar, schatje, deze keer drink ik uit mijn eigen glas. Je moet zulke prachtige ideeën niet twee keer uitvoeren, want dan worden ze afgezaagd. Niet boos worden, hè.

En jaag me niet zo op, ik kan maar één ding tegelijk vertellen.

Mijn man was eeuwig verongelijkt en gekrenkt. Ik begreep dat niet omdat ik in armoedige omstandigheden was opgegroeid.

320

Er is namelijk een merkwaardige overeenkomst tussen de echte armen en de echte hoge heren: ze kunnen geen van beiden worden gekrenkt. Mijn vader, een dagloner in Nyírség die geen geld had om schoenen te kopen, leek wat dat betreft precies op Ferenc Rákóczi II.[22] Mijn man schaamde zich over het vele geld dat hij bezat, en hij probeerde het feit dat hij zo rijk was, zorgvuldig te verbergen. Het liefst had hij in een vermomming rondgelopen, zodat niemand aan hem kon zien dat hij een vermogend man was. En hij had zulke fijne manieren en was zo stil en angstaanjagend beleefd dat je hem niet met woorden of daden kon krenken; beledigingen hadden eenvoudig geen vat op hem, zoals waterdruppels van een lotusblad afrollen. Toch was er één persoon op de wereld die hem wel kon krenken en dat was hijzelf. En naarmate de tijd voortschreed, kreeg die neiging van hem steeds meer de overhand en werd ze een ziekelijke, boosaardige passie.

Later, toen hij begon te vermoeden dat er iets niet in orde was met hem, verloor hij zijn zelfbeheersing, als een ernstig zieke patiënt die op een dag geen vertrouwen meer heeft in de beroemde artsen en professoren die hem behandelen, maar zich tot een kruidenvrouwtje wendt, in de hoop dat zij hem nog zal kunnen helpen. Om die reden zocht hij toenadering tot mij en liet hij zijn vrouw en zijn vroegere leven in de steek. Hij dacht in mij een goed kruidenvrouwtje te hebben gevonden, maar ik kon geen geneeskrachtige aftreksels voor hem toebereiden.

Geef me die foto nog eens aan, ik wil hem nog één keer bekijken. Ja, zo zag hij er zo'n vijftien jaar geleden uit.

Heb ik je al verteld dat ik die foto lang om mijn hals heb gedragen? In een klein medaillon aan een paars lint? Weet je, waarom? Omdat ik er geld voor had betaald. Ik was toen nog dienstmeisje en had die foto van mijn loon gekocht, daarom was ik er zuinig op. Mijn man heeft nooit begrepen hoe geweldig het is voor mensen van mijn soort om geld uit te geven aan iets dat niet strikt noodzakelijk is. Ik bedoel echt geld, een paar pengö van je loon of van een fooi die je hebt gekregen. Later smeet ik even onbekommerd met het geld van mijn man als ik in mijn dienstmeisjestijd het stof uit een bezem sloeg, ik keek niet op een duizendje meer of minder, maar toen ik deze foto kocht, klopte het hart me in de keel, want ik was arm en had het gevoel dat het verkeerd was voor zoiets geld uit te geven. Die foto was voor mij een verwerpelijke luxe, maar toch ben ik stiekem naar de beroemde fotograaf in de binnenstad gegaan en heb hem de volle prijs betaald, zonder af te dingen. De fotograaf lachte en gaf me de foto voor weinig geld. De aanschaf van die foto is het enige offer dat ik ooit voor mijn man heb gebracht.

Hij was flink uit de kluiten gewassen, mijn man, vijf centimeter langer dan ik en zijn gewicht bleef altijd hetzelfde. Hij paste op zijn lichaam even goed als op zijn woorden. 's Winters werd hij een paar kilo zwaarder, maar in mei was hij die weer kwijt en daarna bleef zijn gewicht tot Kerstmis constant. Denk maar niet dat hij dieet hield, dat was niets voor hem. Hij hield zijn lichaam alleen in bedwang, zoals hij ook zijn personeel disciplineerde.

Hetzelfde deed hij met zijn ogen en zijn mond. Die lachten onafhankelijk van elkaar, al naargelang de situatie het vereiste, maar nooit tegelijk. Niet zoals jij lacht, mijn hartje, niet zoals je gisteren hebt gelachen, vrolijk en vrijmoedig, met lachende ogen en een lachende mond, toen je me vertelde dat je die ring zo duur had weten te verkopen.

Zoiets kón hij eenvoudig niet. Ik ben met hem getrouwd geweest en heb hem dus heel goed leren kennen, veel beter dan ik hem kende toen ik in het huis van zijn ouders als dienstmeisje werkte. Daarom durf ik gerust te zeggen dat hij nooit echt hartelijk lachte, want dan had ik het wel gezien.

Zijn lachen was hoofdzakelijk glimlachen. Toen ik in Londen die gehaaide Griek leerde kennen, van wie ik van alles heb geleerd – nee, geen vragen alsjeblieft, ik kan je niet alles vertellen, want dan zou ik morgenochtend nog niet klaar zijn –, zei die dat ik in Engeland nooit in het openbaar moest lachen omdat de Engelsen dat ordinair vinden. Ik mocht hoogstens glimlachen. Ik vertel je dit omdat ik je zo veel mogelijk nuttige dingen wil leren, dingen die je nog van pas kunnen komen in je leven.

Mijn man was een meester in de kunst van het glimlachen. Soms kon ik hem er wel om vermoorden, zo irriteerde dat lachje van hem me. Het leek wel of hij daarin was onderwezen, op een geheime universiteit waar de rijken voor het leven worden klaargestoomd. Hij glimlachte bijvoorbeeld ook als hij werd bedrogen. Ik heb hem wel eens op de proef gesteld door hem zelf ook te bedriegen en dan te kijken hoe hij reageerde. Zelfs in bed heb ik dat gedaan. Dat was niet altijd ongevaarlijk. Je kunt nooit weten hoe iemand reageert als je hem in bed bedriegt.

Indertijd vond ik het spannend, dat gevaar. Ik dacht dat hij misschien wel een mes uit de keuken zou halen om mijn buik open te rijten, zoals men een varken slacht. Dat was natuurlijk alleen maar een droom, een zogenaamde wensdroom. Dat laatste woord heb ik van een psychiater geleerd die ik een tijdje heb bezocht, om mee te doen met de mode, ik was immers rijk en kon het me veroorloven geestelijke problemen te hebben. Die dokter rekende vijftig pengö per uur. Voor dat geld mocht ik in zijn spreekkamer op een divan gaan liggen en hem alles vertellen, al mijn dromen en alle smeerlapperijen die me te binnen schoten. Andere mannen betalen een vrouw om haar zover te krijgen dat ze zich op de divan uitstrekt en onwelvoeglijke dingen zegt, maar hij liet zich ervoor betalen en ik leerde van hem woorden als 'remming' en 'wensdroom'. Ach, jongen, ik heb zoveel geleerd. Ik had het echt niet gemakkelijk tussen die rijkelui.

Maar glimlachen heb ik nooit geleerd. Daar is kennelijk nog meer voor nodig. Misschien moet je dat vermogen van je voorgeslacht erven, van je grootvader of zo. Ik had een verschrikkelijke hekel aan dat glimlachen van die lui, net zoals aan dat gedoe met die nachthemden. Als ik mijn man in bed bedroog – ik deed dan of ik het leuk vond om met hem te vrijen, maar dat was niet zo – en hij dat merkte, trok hij geen dolk, maar glimlachte alleen. Hij zat dan met verwarde haren rechtop in het grote tweepersoonsbed, een gespierde, sportieve man die een beetje naar hooi geurde, en keek me met een starre, glazige blik glimlachend aan. Ik was op zo'n moment in mijn machteloze woede het liefst in snikken uitgebarsten. Toen hij later zijn gebombardeerde huis zag, heeft hij waarschijnlijk ook zo geglimlacht, en nog later, toen hem de fabriek en zijn vermogen werden ontnomen, ongetwijfeld ook.

Dat superieure glimlachen is een van de gemeenste streken die mensen in deze wereld uithalen en ik beschouw het als de kwalijkste zonde van de rijken. Als je het zo vaak hebt meegemaakt als ik, kun je het nooit vergeten. Ik kan me indenken dat iemand geweld gebruikt en moorden pleegt als hij zich in het nauw gedreven voelt, maar als hij alleen zwijgt en glimlacht, wat kun je dan nog doen? Hoe kun je hem dat betaald zetten? Elke straf die ik hiervoor zou kunnen bedenken – ik, die uit een kuil te voorschijn ben gekropen en daarna zijn pad heb gekruist –, zou te licht zijn. Ja, alles wat de wereld hem zou kunnen aandoen, zou niet tegen deze zonde opwegen. Ze hadden hem niet zijn geld, maar dat glimlachje moeten ontnemen. Waarom weten de beroemde revolutionairen dat toch niet? Als je een rijkaard dat aandoet, heb je hem pas werkelijk te pakken, want aandelen en edelstenen plukken die lui bij wijze van spreken zo uit de lucht, zelfs als ze alles kwijt zijn geraakt. Ook als je ze spiernaakt uitkleedt, behouden ze een geheimzinnig vermogen dat geen aardse macht hun kan ontnemen. Werkelijk, als zo'n echte rijkaard, die twintigduizend hectare land of een fabriek met tweeduizend arbeiders bezit, alles verliest, is hij nog altijd rijker dan een arm mens die toevallig in goeden doen verkeert.

Hoe dat mogelijk is? Joost mag het weten. Ik heb de tijd meegemaakt dat de rijken in Hongarije het heel erg moeilijk hadden en alles en iedereen tegen hen samenspanden. Al hun bezittingen werden hun volgens zorgvuldig uitgewerkte plannen ontnomen, niet in één keer, maar met kleine beetjes tegelijk. Eerst alleen het zichtbare vermogen en daarna, sluw en geraffineerd, ook het onzichtbare. En toch zijn die mensen uiteindelijk welgesteld gebleven.

Ik heb dat met grote verbazing, maar zonder verontwaardiging aangezien. Bespot heb ik de rijken niet, hoe had ik dat ook kunnen doen? Ik wil nu niet een jammerklacht over de armen en de rijken aanheffen, begrijp me niet verkeerd. Ik weet dat het goed zou klinken als ik op dit tijdstip, bij het aanbreken van de dag, krijsend zou verkondigen hoezeer ik de rijken heb gehaat vanwege hun geld en hun macht. Natuurlijk heb ik ze gehaat, maar niet omdat ze zo rijk waren. Ik was eerder bang voor ze, maar mijn angst was met eerbied vermengd, zoals een wilde een bijgelovige angst voor donder en bliksem heeft. Ik was wel boos op ze, maar meer zoals de mensen vroeger boos waren op de goden, je weet wel, op die kleine, op mensen lijkende goden met dikke buiken, die een grote mond hadden en vrouwen besprongen. Enorme schelmen waren dat, ze bemoeiden zich met het dagelijkse leven van de mensen, kropen bij hen in bed, drongen zich aan vrouwen op en snoepten in de keuken uit de pannen, kortom, ze gedroegen zich als doodgewone mensen. Toch waren het geen mensen, maar goden, mensachtige goden van lagere rang, die tot taak hadden de belangrijke goden te helpen.

De gevoelens die ik voor de rijken koesterde, waren van vergelijkbare aard. Ik haatte hen niet vanwege hun geld en hun paleizen of vanwege hun edelstenen. Ik was geen opstandig proletarisch meisje of klassebewuste arbeidster, absoluut niet. Waarom zou ik dat ook zijn geweest? Ik kwam uit een laag van de bevolking die zo arm was dat ik meer wist dan de zeepkistredenaars die het socialisme aanprezen. Ik wist dat er geen rechtvaardigheid was in de wereld en dat die er nooit geweest was en nooit zou zijn. Als er ergens een eind wordt gemaakt aan een onrechtvaardigheid, komt er dadelijk een andere voor in de plaats. Bovendien was ik een knappe jonge vrouw die naar de zonzijde van het leven streefde. Is dat soms een misdaad? Als ik dit tegen revolutionairen zou zeggen, tegen lieden wier broodwinning het is de mensheid te beloven dat alles in orde komt met de wereld omdat zij het bestaande slechte systeem door een ander zullen vervangen – dat vervolgens even slecht blijkt te zijn als het vroegere –, zouden ze me waarschijnlijk verachten. Hoe het ook zij, tegen jou wil ik eerlijk zijn. Jou wil ik alles geven wat ik nog bezit, niet alleen mijn sieraden, maar ook mijn levenservaring. Daarom wil ik je verklappen dat ik de rijken alleen haatte omdat ik hen uitsluitend van hun geld kon beroven. Het andere wat zij bezaten – de geheimzinnige eigenschappen die zo veel typerender voor hen waren dan het feit dat ze veel geld bezaten, en die hen zo griezelig anders maakten dan gewone mensen –, kon ik hun niet ontnemen. Dat hadden ze beter verstopt dan hun in buitenlandse bankkluizen opgeborgen kostbaarheden – zo goed dat geen revolutionair in staat was het te vinden.

Ik kon hun bijvoorbeeld niet ontnemen dat ze in staat waren zonder enige overgang van onderwerp te veranderen, ook als datgene waarover ze spraken pijnlijk actueel voor hen was. In situaties waarin ik vuurrood zou zijn geworden of zou zijn gaan gillen, bijvoorbeeld omdat ik woedend of verliefd was, of omdat iemand me had gekwetst, of omdat ik getuige was geweest van iets onrechtvaardigs, bleven zij kalm en rustig en glimlachten alleen maar. Ik kan dit niet goed onder woorden brengen. Uiteindelijk kan een mens heel weinig onder woorden brengen, vooral niet de dingen waar het in het leven om draait; dingen die even belangrijk zijn als leven en dood. Misschien is de muziek in staat het wezenlijke uit te drukken, ik weet het niet. Of een liefdevolle aanraking. Blijf rustig liggen, schat. Die andere vriend van me, die zogenaamde kunstenaar, las tegen het eind van zijn leven niet zonder reden alleen nog maar woordenboeken. Hij was op zoek naar een woord, maar hij heeft het nooit gevonden.

Het is dus niet zo vreemd dat ik dit niet goed onder woorden kan brengen. Ik doe alleen maar een zwakke poging. Ach, hoe ver staat spreken af van iets werkelijk belangrijks zeggen!

Geef me die foto nog eens aan. Ja, zo zag hij eruit, mijn man, toen ik hem leerde kennen. De laatste keer dat ik hem heb gezien, na het beleg, was hij trouwens niet veel anders. Eigenlijk was hij niet meer veranderd dan een gebruiksvoorwerp door slijtage verandert. Hij leek wat afgesleten en een tikkeltje vervaald.

Toch zal ik proberen de juiste woorden te vinden om je mijn verhaal te vertellen. Ik begin bij het eind, misschien begrijp je het dan, zelfs al heb je het begin niet gehoord.

Zijn grootste probleem was dat hij een bourgeois was. Volgens de communisten is zo iemand een boosaardige, dikbuikige kerel, die de godganse dag de beurskoersen in de gaten houdt en de arbeiders uitbuit. Ook ik had dergelijke voorstellingen voordat ik met de bourgeoisie in aanraking kwam. Pas later heb ik begrepen dat hun verhaaltjes over de klassestrijd en het kapitalisme niet helemaal klopten en dat het allemaal wat ingewikkelder was dan ze ons, proletariërs, probeerden wijs te maken.

Mijn man had de idee-fixe dat de bourgeois een belangrijke taak hadden te vervullen in de wereld, en niet alleen als ondernemers. Hij meende dat ze voor een rechtvaardiger wereld behoorden te zorgen en zich niet zo moesten gedragen als de klasse die vóór hen de maatschappij had gedomineerd. Als dat lukte, zouden de aristocraten zich niet meer zo hooghartig gedragen als vroeger en zouden de proletariërs geen bedelaarsvolk meer hoeven te zijn. Hij dacht dat deze twee ver van elkaar verwijderde klassen een stapje naar elkaar toe moesten doen, de ene omlaag, de andere omhoog, zodat ze beide enigszins zouden verburgerlijken, terwijl de bourgeoisie op haar plaats in het midden moest blijven zitten. Een nogal gewaagd idee, en dat in een tijd toen de hele wereld op zijn kop stond. En alsof hij het nog gekker wilde maken, sprak hij me op een dag aan en zei dat hij met mij, het dienstmeisje, wilde trouwen.

Ik begreep niet precies wat hij allemaal tegen me bazelde, maar ik werd zo woedend op hem dat ik hem het liefst in zijn gezicht had gespuugd. Het was Kerstmis en ik zat op mijn knieën voor de open haard om het vuur aan te steken. Dat hij me om mijn hand vroeg, beschouwde ik als de grootste belediging die ik ooit had ondergaan. Ik had namelijk het gevoel dat hij me wilde kopen, zoals je een zeldzame rashond koopt. Daarom heb ik hem onmiddellijk de bons gegeven en gezegd dat ik niets van hem wilde weten.

Ik ben toen dus niet zijn vrouw geworden. Een tijd later is hij met die fijne dame getrouwd over wie ik het heb gehad. Ze hebben ook een kind gekregen, maar dat is heel jong gestorven en ook de oude meneer is overleden, wat me erg speet. Na zijn dood veranderde het huis in een museum, dat alleen af en toe nog werd bezocht. Het zou me niet verbaasd hebben als er 's zondagsochtends schoolkinderen hadden aangebeld die de villa wilden bezichtigen. Mijn man woonde toen al in een ander huis met zijn

vrouw. Ze gingen vaak op reis. Ik was bij de oude mevrouw gebleven. Die was niet dom, de oude mevrouw. Ik was bang voor haar,
maar ik mocht haar ook. Zij bezat nog een gedeelte van de kennis
waarover de vrouwen vroeger beschikten. Ze kende bijvoorbeeld
recepten die heilzaam zijn voor de lever en de nieren. En ze wist
ook wat de beste manier was om kleren te wassen of naar muziek
te luisteren. Wat ik ook merkwaardig vond, was dat ze, zonder
dat ik haar dat had hoeven te vertellen, op de hoogte was van de
affaire tussen mij en haar zoon. Met de verfijnde intuïtie die alleen
vrouwen eigen is, had ze begrepen welke worsteling tussen ons aan
de gang was. Wij vrouwen vangen het geheim van de man die ons
dierbaar is, als radarantennes op.

Ze wist ook dat haar zoon hopeloos eenzaam was omdat de
wereld waarmee hij in al zijn gedachten, dromen en herinneringen
was verbonden, hem niet langer kon beschermen. Die was namelijk uit elkaar aan het vallen, zoals stoffen die door hun ouderdom
verteerd zijn en nergens meer voor gebruikt kunnen worden, zelfs
niet voor sierkleedje of poetslap. Ja, haar zoon was verloren, omdat
hij niet meer aanviel, maar zich enkel nog verdedigde, en wie dat
doet, leeft niet echt meer, die existeert alleen nog maar. De oude
mevrouw had dit gevaar met het instinct van een spinnende en
wevende indiaanse bespeurd. Ze hield het geheim, zoals men een
erfelijke ziekte in zijn familie geheimhoudt omdat het de belangen
van de familieleden kan schaden als buitenstaanders van de kwaal
op de hoogte zijn.

Waarom kijk je me zo aan? Ja, natuurlijk, ook ik ben nerveus,
minstens zo erg als mijn vroegere werkgevers dat waren. Ik ben
het trouwens niet pas geworden toen ik voor hen ging werken, ik
was het al thuis, in de kuilwoning, die ik gemakshalve maar als 'ons
huis' pleeg aan te duiden. Als ik de woorden 'thuis' of 'gezin' hoor,
zie ik niets voor me, maar ruik ik alleen iets: de geur van aarde, en
van modder, en van muizen, en van mensen – geuren die typerend
waren voor het bijna dierlijke leven dat ik als kind heb geleid. En
behalve díe geuren ruik ik nog een andere: die van een kletsnat
bos met paddestoelen. En ik proef ook iets: de smaak van zonlicht
bij een helblauwe lucht, een smaak alsof je met je tongpunt een

metalen voorwerp aanraakt. Ja, ik was een nerveus kind, ik geef het toe. Ook wij die aan de zelfkant leven, hebben geheimen, niet alleen de rijken.

Maar ik wil je over het einde vertellen, over het moment dat ik mijn man voor het laatst heb gezien. Want zo zeker als ik weet dat ik me op dit moment met jou in deze hotelkamer bevind, weet ik ook dat ik hem nooit meer zal ontmoeten.

Wacht, laten we geen cognac meer drinken, maar een kop koffie. Kom leg je hand eens op mijn borst, op de plek waar je mijn hart kan voelen kloppen. Voel je hoe het bonst? Dat doet het 's morgens vroeg altijd. Dat komt niet door de koffie en de sigaretten en ook niet doordat ik bij jou ben, maar doordat ik opeens aan dat moment moest denken.

Denk niet dat mijn hartslag door weemoedige verlangens wordt opgejaagd. Nee, dat bonzen heeft niets te maken met de romantische onzin die je in de bioscoop ziet. Ik heb je al gezegd dat ik nooit van die man heb gehouden. Er is een tijd geweest dat ik op hem verliefd was, maar die was meteen voorbij toen ik met hem ging samenwonen. Verliefdheid en samenwonen zijn namelijk niet te combineren.

Alles ging, zoals ik het met mijn verliefde hoofd had uitgedacht. Ik ging naar Londen en de oude mevrouw stierf. Geef die andere foto eens aan. Kijk, daar heb je mijn Londense vriend, een Griek van middelbare leeftijd. Hij gaf zangles in Soho. Een gehaaide kerel, die zijn vurige, donkere ogen even sentimenteel kon verdraaien als de Napolitaanse tenor die we laatst gezien hebben. Ook als hij tedere woordjes fluisterde, je eeuwige trouw beloofde of extatisch scheel keek, leek hij precies op die Italiaan.

Ik voelde me toen in Londen heel erg eenzaam. Weet je, in die Engelse steenwoestijn is alles zo onbarmhartig en groot. Ook de verveling is daar onbarmhartig. Voor de Engelsen is dat niet zo erg, want die weten hoe ze met hun verveling moeten omgaan, ze zijn er uiterst bedreven in. In die tijd was buitenlands personeel in Londen even gezocht als vroeger Moorse slaven. Liverpool, een van de oudste Engelse steden, is, naar men zegt, op negerschedels gebouwd. Het was mijn bedoeling in Engeland een flinke tijd te blijven werken, maar ik hield het in het grote huis waar ik werd aangenomen, niet lang uit. Het is namelijk heel iets anders dienstmeisje in Londen te zijn dan in Hongarije. Het is enerzijds beter, anderzijds slechter. Het eigenlijke werk was geen probleem voor me. Dat je daar ook moest werken, vond ik niet erg. Een groter probleem was dat ik de Engelse taal alleen gebrekkig sprak, maar het onaangenaamst vond ik toch wel dat ik in huis geen dienstmeisje was, maar een machine; geen Engels huishoudelijk apparaat, maar een machine in een groot bedrijf, dat zich op de import van goederen toelegde. Ik was een geïmporteerd goed. Bovendien was ik niet bij een echt Engels gezin in dienst, maar bij rijke immigranten, joden uit Duitsland, die voor Hitler naar Engeland waren gevlucht. De heer des huizes was fabrikant. Hij vervaardigde dik katoenen ondergoed, dat hij aan het leger verkocht. Hij was zo overduidelijk een Duitse jood dat hij meer weg had van een Duitser dan van een jood. Verder kan ik over hem vertellen dat hij zijn haar in een bloempotmodel droeg en littekens op zijn gezicht had, die hij vermoedelijk – helemaal zeker ben ik er niet van – door een chirurg had laten aanbrengen om er als een Duitse corpsstudent uit te zien. Als ik hem zag, moest ik steeds aan zo'n Duitse studentensociëteit denken.

Het waren overigens fatsoenlijke mensen, die alleen zó krampachtig hun best deden om Engels te zijn dat ze de echte Engelsen, die het allemaal niet meer zo belangrijk vonden, daarin overtroffen. Ze woonden in een fraai huis in een van de groene buitenwijken van de stad. Het gezin bestond uit vier personen, terwijl wij, inwonende personeelsleden, met zijn vijven waren. Bovendien werkte er nog een externe hulp, een werkster. Ik was daar het bellenmeisje. Het personeel bestond verder uit een bediende en een kokkin, zoals dat ook in Hongarije gebruikelijk is, en bovendien uit een keukenmeisje en een chauffeur. Wat dat betreft, was het best een chique familie, met al dat personeel. Zelfs gegoede, patricische Engelse families hadden nog maar zelden zoveel mensen in dienst voor overwegend ceremoniële doeleinden. De grote patriciërshuizen waren toen al voor het grootste deel verkocht en verbouwd om als kantoorpand te kunnen dienen, en nog maar een klein aantal behoudend ingestelde families hield er zoveel personeel op na. De personeelsleden hielden zich strikt aan hun eigen taak, het keukenmeisje stak bijvoorbeeld nooit een vinger uit om me te helpen, en de dienaar had liever zijn handen afgehakt dan de kokkin bij te staan. We waren radertjes van het naarstig tikkende uurwerk dat 'huishouding' wordt genoemd. En weet je wat het onrustbarende was? Dat ik nooit wist in wat voor uurwerk ik een radertje was, in wat voor soort mechanisme. Was het een nauwkeurig lopend Zwitsers horloge of een helse machine, die elk ogenblik de lucht in kon vliegen? Het kalme, verfijnde Engelse leven had namelijk iets onheilspellends. Weet je, een van de eigenaardigste eigenschappen van de Engelsen is dat ze voortdurend glimlachen, zoals je dat in Engelse detectiveromans kunt lezen, waarin de moordenaar en het slachtoffer glimlachend en op beschaafde toon converseren over het feit dat de een het voornemen heeft de ander om het leven te brengen. Ik vond dat onaangenaam. Eigenlijk verdroeg ik dat uitgeloogde en chemisch gereinigde Engelse leven slecht, het was me veel te saai en te steriel. Als ik me in de keuken of in de salon in het gezelschap van die Engelsen bevond en iemand een mop vertelde, lachte ik wel mee, maar ik wist nooit of ik dat op het goede moment deed. In de salon lachte ik natuurlijk alleen binnensmonds, want ik mocht niet hardop lachen als mijn 'typisch Engelse' werkgevers elkaar moppen vertelden. Ook in de keuken wist ik nooit of ik op het goede moment lachte. Het probleem deed zich heel dikwijls voor, want die lui waren dol op moppen, en de bediende was zelfs op een humoristisch blaadje geabonneerd. Tijdens de middagmaaltijden las hij daar moppen uit voor, die ik eerder grof dan geestig vond, maar de kokkin, de chauffeur, het keukenmeisje en de bediende moesten altijd overdreven luidruchtig lachen om alles wat hij voorlas. Terwijl ze het uitschaterden van de pret, loerden ze naar mij om te zien of ik de fantastische Engelse humor wel begreep en voldoende meelachte.

Ik begreep meestal weinig van de moppen, maar had wel door dat ze me voor het lapje hielden en niet om die moppen lachten, maar om mij. De Engelsen zijn bijna even ondoorgrondelijk als de rijken en je moet erg met ze oppassen, want ze glimlachen altijd, ook als ze iets heel boosaardigs denken. En soms kijken ze je heel onnozel aan, alsof ze niet tot tien kunnen tellen, maar ze zijn absoluut niet onnozel en kunnen uitstekend tellen, vooral als ze iemand een loer willen draaien.

Ik, de buitenlandse, de witte negerin, werd natuurlijk diep geminacht door de Engelse dienstbodes, maar misschien respecteerden ze mij toch nog meer dan de geïmmigreerde rijke Duitse joden voor wie ze werkten. Hoe het ook zij, ze keken beslist onbarmhartig op me neer. Maar ze hadden misschien ook meelijden met me omdat ik de grappen in de *Punch* niet begreep.

Ik probeerde me zo goed mogelijk aan hun leefwijze aan te passen en wachtte intussen. Wat had ik ook anders kunnen doen?

Waarop ik wachtte? Op de Lohengrin die op een dag alles in de steek zou laten om me daar weg te halen? Op de man die toen nog met een andere vrouw – een rijke bourgeoise – leefde? Ik wist dat mijn tijd vanzelf zou komen en dat ik alleen maar hoefde te wachten.

Maar ik wist ook dat die Lohengrin nooit vanzelf in actie zou komen, dat ik hem op gegeven moment zou moeten gaan halen. Ik zou hem met twee handen bij zijn haren moeten vastgrijpen en uit zijn leven moeten sleuren, zoals je een drenkeling uit een moeras trekt.

Op een zondagmiddag maakte ik in Soho kennis met die Griek. Ik ben er nooit achtergekomen waarmee hij precies de kost verdiende. Hij zei dat hij koopman was. Wat er van waar was, weet ik niet, maar in ieder geval had hij verdacht veel geld en nog een auto ook, wat in die tijd bijzonderder was dan nu. 's Nachts speelde hij kaart in diverse clubs. Ik geloof dat hij van beroep eenvoudig een Levantijnse levensgenieter was. De Engelsen waren niet verbaasd als iemand daarvan zijn beroep maakte. Ze lachten vriendelijk, knikten met het hoofd en wisten alles van ons, buitenlanders. Maar wat ze bovenal deden, was zwijgen. Alleen als iemand tegen hun zogenaamde beschaafde omgangsvormen zondigde, protesteerden ze nijdig sissend. Je kwam er alleen nooit achter wat ze als beschaafde omgangsvormen beschouwden.

Mijn Griek bewoog zich in Engeland altijd op de grenslijn tussen beschaafd en onbeschaafd. Hij werd nooit gearresteerd, maar als je met hem in een nachtclub of een gerenommeerd restaurant was, hield hij altijd angstvallig de deur in de gaten, alsof hij elk ogenblik de prinsemarij verwachtte. Ja, hij had opvallend spitse oren. Berg die foto maar weer netjes op. Wat ik van hem geleerd heb? Zoals ik al zei, hij heeft me leren zingen. Hij ontdekte namelijk dat ik een goede stem heb. Ja, je hebt gelijk, ik heb ook nog een paar andere dingen van hem geleerd. Tjonge, wat ben je toch een ezelsveulen! Ik heb je toch gezegd dat hij een Levantijnse levensgenieter was. Maar laten we hem liever vergeten.

Nee, onderbreek me nu niet. Ik heb je toch gezegd dat ik alleen over het einde wil vertellen. Het einde waarvan? Nu ja, dat alles tevergeefs was, omdat ik mijn man heimelijk haatte. Maar aanbeden heb ik hem ook, als een waanzinnige.

Dat laatste heb ik pas begrepen toen ik hem na het beleg op een brug tegenkwam. Wat klinkt dat misleidend eenvoudig. Hoewel ik iets wereldschokkends heb gezegd, gebeurt er niets, zie je wel? De hemel valt niet omlaag. Je ligt hier in Rome in een hotelkamer in bed, we paffen Amerikaanse sigaretten, in de koperen Turkse kan pruttelt geurige koffie, het wordt zo langzamerhand licht en je kijkt me, leunend op een elleboog, aan, terwijl je prachtige haar glanzend van de brillantine over je voorhoofd valt. Je wacht erop dat ik doorga met vertellen. Zo wonderbaarlijk veranderlijk is het leven. Maar goed, laat ik doorgaan met mijn verhaal. Ik ging dus na het beleg de brug over en zag opeens dat mijn man me tegemoetkwam. Is dat alles? Ging het zo eenvoudig? Nu ik dit gezegd heb, ben ik er zelf verbaasd over wat een zin van een paar woorden allemaal kan inhouden. Je zegt bijvoorbeeld 'na het beleg'. Dat klinkt heel eenvoudig, terwijl het in werkelijkheid helemaal niet eenvoudig was. Je moet weten dat op het moment van die ontmoeting, eind februari, in Transdanubië de oorlog nog volop aan de gang was. Steden en dorpen stonden in lichterlaaie, mensen werden bij hopen afgeslacht. Maar in Pest en Boeda leefden we al bijna weer zoals je normaal in een stad leeft. Toegegeven, we leefden tegelijkertijd ook als nomaden in de oertijd of als rondtrekkende zigeuners. Tegen midden februari waren de nazi's tot op de laatste man uit de stad verdreven en daarna schoof het front steeds verder naar het westen op. Elke dag was het kanongebulder wat minder duidelijk te horen. De mensen kwamen uit de kelders te voorschijn.

Jij, die je toevlucht had gezocht in het vredige Zala, hebt waarschijnlijk gedacht dat wij, die in Boedapest tussen de Russen en de Duitsers hadden klemgezeten, volkomen kierewiet waren geworden door alles wat we hadden meegemaakt. Je hebt in zekere zin gelijk, en mensen van buiten de stad die gezien hebben wat er in de weken en maanden na het beleg in Boedapest allemaal gebeurde, moeten dit ook wel gedacht hebben. Een buitenstaander kon onmogelijk begrijpen wat wij voelden en waarom we zo spraken als we deden, nadat we uit de hel der hellen waren verlost... nadat we waren bevrijd van angst en schande, en van stank, die ons wekenlang de adem had benomen... nadat we strompelend te voorschijn waren gekomen uit de vervuilde kelders, uit de geur van ongewassen lichamen, uit de viezigheid van tegen elkaar geperste lijven. Maar ik wil je niet met spannende verhalen over het beleg vermaken. Ik zal je vertellen wat er daarna is gebeurd, niet in de juiste volgorde, maar alles door elkaar, zoals het in mijn geheugen is bewaard gebleven. Het is nog steeds verwarrend voor me als ik aan die tijd terugdenk. Ik ervaar dan hetzelfde als wanneer je in de bioscoop naar een film zit te kijken en de filmband breekt. Plotseling is het verhaal onderbroken en staar je verblind naar het lege, helwitte doek. De huizen rookten nog en het leek of heel Boeda, met inbegrip van de Burchtheuvel, die prachtige oude stadswijk, in één grote puinhoop was veranderd. Ik weet dat zo goed omdat ik me op de dag dat de Russen de stad geheel in handen kregen, in Boeda bevond. Het beleg had ik niet in de kelder van mijn eigen huis meegemaakt, want dat had al in de zomer daaraan voorafgaand een voltreffer gekregen. Ik was eerst naar een hotel in Boeda verhuisd en had later, toen de hele stad door de Russische troepen was omsingeld, mijn intrek bij een kennis genomen. Wie die kennis was? Stel nou geen vragen tussendoor. Ik zal het je wel vertellen als ik zover ben met mijn verhaal.

In die tijd was het niet moeilijk in Boedapest onderdak te krijgen. Bijna niemand sliep in zijn eigen huis, zelfs mensen die gerust thuis hadden kunnen blijven omdat ze niets verkeerds hadden gedaan, deden dat niet. Die waren ook bang en hielden zich eveneens schuil, kennelijk omdat ze meenden dat ook zij kans hadden door de Russische militairen of de communisten voor fascisten aan te worden gezien. Het leek wel of iedereen zich vermomd had om maar geen fascist te lijken, alsof een hele samenleving aan een duivelse maskerade meedeed. De mensen waren op spookachtige wijze veranderd.

Maar er was meer dat opviel. Overal zag je aangeschoten mensen die zich hadden bezat met de door de nazi's in de kelders en de magazijnen van de grote hotels en restaurants in beslag genomen flessen drank. Toen de nazi's halsoverkop naar Oostenrijk moesten vluchten, hadden ze geen kans gezien die eerst nog op te drinken. De toestand in de stad was vergelijkbaar met de situatie waarin mensen verkeren die een ernstig vliegtuigongeluk of een schipbreuk hebben overleefd. Als mensen drie of vier dagen op een onbewoond eiland of een bergtop hebben gezeten en de voorraden uitgeput raken, beginnen ze – ook beschaafde dames en heren – elkaar keurend te bekijken om te zien wie hun tot voedsel zou kunnen dienen. Het gaat dan ongeveer zoals in die film waarin dat mannetje met dat rare snorretje, Chaplin, in Alaska door een reus van een kerel, een goudgraver, wordt achternagezeten, die hem wil opeten. De mensen in Boedapest kregen een waanzinnige uitdrukking op hun gezicht als ze iets zagen wat eetbaar leek, of als ze hoorden dat er nog ergens voedsel was te krijgen. Evenals die schipbreukelingen op het eiland, hadden ze besloten de schipbreuk te overleven, ongeacht de prijs die ze daarvoor zouden moeten betalen, ja, al zouden ze mensenvlees moeten eten. En ze verzamelden en hamsterden alles wat ze maar konden vinden.

Na het beleg zag ik de werkelijkheid zoals iemand die, na lang blind te zijn geweest, opeens weer kan zien. De adem stokte me in de keel, zo eigenaardig was wat ik zag.

De huizen op de Burchtheuvel brandden nog toen we de kelders verlieten. Veel vrouwen hadden zich vermomd als oude besjes. Ze gingen in lompen gekleed en hadden hun gezicht met roet ingesmeerd omdat ze hoopten zo geen last van de Russen te krijgen. Uit onze kleren en van onze lichamen walmde de geur van de dood, de lijkengeur van de kelders. Af en toe ontplofte een van de bommen, die overal nog langs de stoeprand lagen. Ik liep over de brede rijbaan en passeerde lijken, puinhopen, kapotte pantserwagens en gammele skeletten van neergestorte jachtvliegtuigen. Het stadsgedeelte waar ik me bevond, was de Krisztinawijk en ik liep in de richting van de Bloedweide.[23] Gewend aan het leven in de donkere, bedompte kelder, was ik lichtelijk duizelig door de frisse lucht en de zon, die zo fel scheen dat het wel voorjaar leek. Hoewel ik ontzaglijk blij was dat ik nog leefde, liep ik onverstoorbaar door, zoals duizenden andere mensen dat ook deden. Ik had gehoord dat er een noodbrug over de Donau was gelegd en wilde met alle geweld naar de overkant van de rivier. De militaire politie van het Russische leger had een aantal arbeiders opgepakt en hun opdracht gegeven die brug te bouwen, een karwei dat ze in twee weken hadden voltooid. Daardoor was het die dag voor het eerst weer mogelijk van Boeda naar Pest te gaan. De brug was erg hobbelig en daardoor moeilijk begaanbaar. Zoals de meeste mensen liep ik bijna op een drafje, want ik wilde zo gauw mogelijk in Pest zijn. Weet je waarom ik zo'n grote haast had? Omdat ik benieuwd was hoe onze vroegere woning erbij stond? Absoluut niet. Alleen maar omdat ik in een oude drogisterij in het centrum van Pest een flesje nagellakverwijderaar wilde kopen.

Waarom staar je me zo verbaasd aan? Ik probeer je echt niets op de mouw te spelden. Boeda brandde nog en in Pest kon je door de gaten in de kapotgeschoten muren het inwendige van de huizen zien. Gedurende de twee weken dat ik in de kelder van een huurkazerne in Boeda opgesloten had gezeten tussen mannen, vrouwen en kinderen die allen vervuild waren omdat er geen stromend water in die kelder was, had ik nergens zo'n last van gehad als van dat gebrek aan een flesje nagellakverwijderaar. Toen het geloei van de sirenes was weggestorven en het beleg elk ogenblik kon beginnen, was ik met roodgelakte nagels de kelder in gegaan. Daarna had ik wekenlang met mijn rode nagels onder de grond gezeten totdat de Russen Boeda hadden veroverd. In die tijd was de lak gedeeltelijk afgesleten en waren mijn nagels vuil geworden.

Want weet je, ook indertijd had ik gewoonlijk keurig gelakte rode nagels, zoals in modetijdschriften afgebeelde vrouwen. Een man begrijpt niet dat zoiets belangrijk kan zijn. Gedurende de lange tijd dat het beleg duurde, ergerde ik me verschrikkelijk omdat ik niet wist wanneer ik eindelijk weer naar die drogisterij in Pest zou kunnen gaan, waar nog ouderwets goede nagellakverwijderaar was te krijgen, spul van voor de oorlog.

De psychiater die elke keer vijftig pengö van me kreeg omdat ik op zijn divan mocht liggen – ik gedroeg me namelijk in elk opzicht als een dame en hield er dus een psychiater op na –, zou beslist hebben gezegd dat ik niet de vuil geworden nagellak van mijn vingers wilde verwijderen, maar de een of andere smet, afkomstig van mijn leven in de periode vóór het beleg. Misschien is dat wel waar. In elk geval hinderde het me verschrikkelijk dat mijn nagels niet meer rood maar vies waren, en ik wilde daar zo snel mogelijk iets aan doen. Daarom ging ik de eerste dag dat het mogelijk was de brug over.

Toen ik in de straat was gekomen waar ik vroeger had gewoond, zag ik een bekende op het trottoir lopen. Het was de plaatselijke loodgieter, een nette, oudere man, die in deze wijk was geboren. Als vele anderen had ook hij een baard laten staan om een *stary papa*, een oud mannetje, te lijken. Op die manier hoopte hij te voorkomen dat de Russen hem naar de Sovjetunie zouden deporteren om dwangarbeid te verrichten. De oude baas torste een groot pakket. Ik was blij toen ik hem herkende. Opeens hoorde ik dat hij een slotenmaker, die aan de overkant van de straat voor zijn zwaar beschadigde huis stond, toeriep: 'Jenö, ga je mee naar het Centraal Warenhuis? Daar is nog het een en ander te halen!'

De slotenmaker, een lange, magere man, antwoordde met schorre stem op geestdriftige toon: 'Goed dat je het zegt, ik ga met je mee.'

Ik stond op dat moment aan de rand van de Bloedweide en keek de twee mannen lang na. Opeens kreeg ik de oude, drankzuchtige Bulgaar in het oog die 's winters altijd brandhout aan de meer welgestelde bewoners van deze wijk verkocht. Hij kwam uit een bijna tot puin geschoten huis te voorschijn en hield met de zorgzaamheid en voorzichtigheid van een priester die tijdens een processie de monstrans draagt, een spiegel met een gouden rand omhoog, die fonkelde in het heldere, winterse licht. De oude man schreed aandachtig met de opgeheven spiegel in zijn handen over het trottoir, alsof een goede fee hem op zijn levensavond geheel onverhoopt iets geschonken had waar hij al sinds zijn kinderjaren naar had gesnakt. Het was duidelijk dat hij de spiegel zojuist gestolen had. Hij schreed tussen de puinhopen door alsof op aarde eindelijk de grote jubeldag was aangebroken en hij een van de bejubelden was op dit toverachtige, geheimzinnige feest. Hij, de Bulgaar met de gestolen spiegel.

Vol verbazing keek ik ook hem enige tijd na. Daarna liep ik, geleid door mijn intuïtie, naar het zwaar beschadigde huis, waar ik de oude man uit te voorschijn had zien komen. Het toegangsportaal was nog helemaal heel, maar als je naar de eerste verdieping wilde gaan, moest je in plaats van de trap een hoop puin beklimmen. Later hoorde ik dat dit huis in Boeda door meer dan dertig bommen, mijnen en granaten was geraakt.

Ook hier woonden kennissen van me, bijvoorbeeld een naaister die soms voor me werkte, en een dierenarts die mijn hond behandelde. Op de eerste verdieping woonden een gepensioneerd raadsheer van het hoogste gerechtshof en zijn vrouw met wie ik wel eens in Auguszt, een ouderwetse theesalon in Boeda, een kopje koffie dronk. De Krisztinawijk had altijd meer weg van een Oostenrijks stadje dan van een grotestadswijk en leek op geen enkele andere wijk van Boedapest. De oorspronkelijke bewoners van de buurt en de nieuwkomers gingen hier bijna op familiale wijze met elkaar om en leken door een subtiele, stilzwijgende samenzwering met elkaar te zijn verbonden – een samenzwering die geen enkel doel had, maar alleen inhield dat iedereen in die wijk tot dezelfde klasse behoorde, namelijk tot de bourgeoisie. De meeste bewoners van de Krisztinawijk waren middenstanders, mensen die dankzij hun noeste arbeid in een bescheiden welstand leefden, maar er woonden ook heel wat gepensioneerden. Wie vanuit een volkswijk hier belandde, leerde van de oorspronkelijke bewoners hoe hij zich diende te gedragen, zodat hij al gauw even keurig en bescheiden was als zij. De loodgieter en de slotenmaker behoorden bijvoorbeeld tot deze groep. Werkelijk, de bewoners van de Krisztinawijk waren één grote familie van fatsoenlijke en gezagsgetrouwe burgers.

Ook in het huis waar ik me bevond en waaruit ik zoëven de Bulgaar met de gestolen spiegel had zien komen, woonden zulke nette mensen. De Bulgaar had een even gehaaste indruk gemaakt als de loodgieter en de slotenmaker die ik elkaar had horen aanmoedigen om zo veel mogelijk van de uitzonderlijke omstandigheden te profiteren. Het was nu of nooit, want Boeda stond in brand, de rechtsorde was opgeschort en op straat was geen politieagent te zien. In het Centraal Warenhuis was kennelijk nog iets te halen wat de Russen en de straatboefjes over het hoofd hadden gezien.

De half kwajongensachtige half misdadige woorden van de roofzuchtige slotenmaker klonken nog in mijn oren na toen ik de puinhoop begon te beklimmen die vroeger de trap was geweest. Op de eerste verdieping gekomen, bleek ik me in het middelste vertrek van de woning van de raadsheer te bevinden, namelijk in de salon. Ik kende deze ruimte, want ik was hier ooit met mijn man op de thee genodigd. Het plafond van de kamer was volledig ingestort. Het was bezweken onder de druk van neerstortend materiaal van de tweede verdieping en van het dak van het huis, dat door een bom was getroffen. In het vertrek stond een laagje modderig water en er lag een reusachtige berg puin: balken, dakpannen, vensterlijsten, bakstenen, brokken cement, een deur van een hoger gelegen woning, versplinterde meubels, een poot van een empire tafel, lampen, een half verbrijzelde vitrine en het front van een kast uit de tijd van Maria Theresia.

Onder het puin was nog net een punt van een Perzisch tapijt zichtbaar. Op de vloer zag ik ook een zilveren fotolijst met het portret van de raadsheer, een oudere man met gepommadeerd haar, die een geklede jas droeg. Ik bekeek het portret met een zekere eerbied, omdat het enigszins op een heiligenbeeld leek, maar na een tijdje kreeg ik genoeg van de aanblik van de raadsheer en schoof ik de foto met de punt van mijn schoen opzij. De kamer, waarin puin en brokstukken van verscheidene woningen waren terechtgekomen, zag eruit als de door een reusachtige hand naar binnen geworpen vuilnisbelt van de geschiedenis. De bewoners van het huis hadden zich nog niet uit de kelder gewaagd of waren daar met zijn allen omgekomen. Ik stond op het punt weer naar buiten te gaan, toen ik merkte dat ik niet alleen was.

Door een opening in een van de zwaar beschadigde tussenmuren, die toegang gaf tot een belendend vertrek, kwam een man moeizaam de salon van de raadheer in gekropen. Hij had een cassette met zilveren messen en vorken onder zijn arm. Toen de man mij zag, groette hij beleefd en zonder een spoor van verlegenheid, alsof hij een kopje thee kwam drinken. Het vertrek waar hij vandaan kwam, was de eetkamer van de raadsheer. Ik kende de onverwachte bezoeker van gezicht en wist dat hij een keurige, rechtschapen ambtenaar was, die in de Krisztinawijk woonde. 'De boeken,' zei hij met een spijtige klank in zijn stem, 'wat vreselijk zonde van de boeken.' We klauterden samen over het puin naar de begane grond, waarbij ik hem hielp met het dragen van de cassette. Intussen converseerden we op luchtige toon. De ambtenaar vertelde dat hij eigenlijk voor de boeken van de rechter was gekomen, die een omvangrijke bibliotheek van literaire werken en juridische handboeken bezat, stuk voor stuk ingebonden pracht-exemplaren. Omdat de ambtenaar een boekenliefhebber was, had hij het plan opgevat de boeken te redden. Helaas was dit onmogelijk gebleken, want ook de plafonds van de overige vertrekken waren ingestort, zodat de boeken drijfnat waren geworden en er weinig meer van over was dan een brijachtige massa, zoals je die in papierfabrieken aantreft. Terwijl hij me dit vertelde, kropen we op handen en voeten over de puinmassa's omlaag. Terwijl we zo moeizaam probeerden weer de begane grond te bereiken, wees de ambtenaar me de weg. Af en toe, bij moeilijke passages, vatte hij me zelfs met een galant gebaar bij de elleboog om me te helpen. Ten slotte waren we weer beneden en konden we het huis verlaten. Toen we weer op straat stonden, bliezen we eerst even uit en daarna namen we afscheid. De ambtenaar, die geboren en getogen was in deze wijk, verwijderde zich tevreden met de cassette onder zijn arm. De drie mannen die ik zo ijverig bezig had gezien, de ambtenaar, de Bulgaar en de slotenmaker, handelden niet in opdracht, maar uit eigen beweging, ze waren als het ware exponenten van het particulier initiatief. Ze hadden het plan opgevat te redden wat de nazi's, de pijlkruisers,[24] de Russen en de heimelijk naar Hongarije teruggekeerde communisten[25] waren misgelopen. Ze beschouwden het als hun patriottische plicht de hand te leggen op alles wat los en vast zat en waren daarom met hun 'reddingsacties' begonnen. En ze redden niet alleen hun eigen spullen, maar ook die van anderen. Er waren niet heel veel van dit soort 'redders' actief, maar degenen die wel bezig waren, werkten met een voorbeeldige ijver. En wij, de overige inwoners van het land, negen of meer miljoen mensen, in die tijd dikwijls als 'het volk' aangeduid,[26] wij keken met de inertie van iemand die net een beroerte achter de rug heeft, hoe deze lieden in naam van het volk alles stalen wat ze te pakken konden krijgen. Zij waren niet de eerste plunderaars, want voor en tijdens het beleg hadden de pijlkruisers wekenlang rooftochten gehouden.[27] Het was een epidemie. De joden waren van alles beroofd, eerst van hun woningen, landerijen, winkels, fabrieken, apotheken en kantoren, daarna van hun werk en ten slotte van het leven. De plunderaars hadden niet maar wat aangeklungeld, maar ze waren op professionele wijze en systematisch te werk gegaan. Daarna waren de Russen gekomen. Ook die hadden dag en nacht geplunderd en waren daarvoor alle huizen langsgegaan. In hun kielzog arriveerden de 'Moskovieten', Hongaarse communisten die in Moskou geleerd hadden hoe je een volk tot op het merg kunt leegzuigen. Het volk? Weet jij wie of wat dat is? Zouden jij en ik het volk zijn geweest? Ik weet het niet, maar ik weet wel dat het volk tegenwoordig, nu alles in zijn naam wordt gedaan, schoon genoeg heeft van de democratie. Jaren geleden, toen mijn man en ik onze zomervakantie op een landgoed doorbrachten – het was in de oogsttijd –, kwam op een dag het zoontje van de landheer, een knaapje met mooie blonde krullen, de kamer in gerend en riep tot mijn stomme verbazing:

'Mammie, weet je wat er is gebeurd? De maaimachine heeft een van de volken een vinger afgesneden!' We glimlachten en zeiden toegeeflijk: 'Kinderpraat', maar nu is het zover en behoort iedereen tot het volk, zelfs de heren. Nooit hebben wij Hongaren, zowel aanzienlijke als eenvoudige burgers, ons zo verbonden met elkaar gevoeld als in de weken dat de communisten de macht overnamen en alle mogelijk zaken in beslag begonnen te nemen onder het motto dat ze aldus de sociale rechtvaardigheid herstelden. Weet jij wat dat is, sociale rechtvaardigheid? Het volk wist het in ieder geval niet. Het zette grote ogen op toen de progressievelingen nieuwe wetten uitvaardigden en beweerden dat je eigendommen niet werkelijk je eigendom waren, maar dat ze aan de staat toebehoorden. Dat soort ideeën begrepen wij niet. Misschien had het volk nog wel meer respect voor de roofzuchtige Russen dan voor de vlijtige herstellers van de sociale rechtvaardigheid, die nu eens een schilderij van een Engelse schilder, dan weer een verzameling kanten kleden van een patricische familie of de gouden tanden van een oud opaatje 'redden'. Alles in naam van het volk uiteraard. Wie van zoiets getuige was, schudde vol verbazing het hoofd of spuugde nijdig op de grond. De Russen, die je overal in de stad zag lopen, vertrokken geen spier van hun gezicht, wat er om hen heen ook gebeurde. Ze hadden het allemaal al meegemaakt in hun eigen land, en bovendien op een veel grotere schaal. Ze lieten zich niet tot discussies over dit soort zaken verleiden, maar stalen alleen. Ze beroofden de mensen zelfs van hun kleren.

Zeg, ik ben helemaal warm geworden van het praten. Geef me de fles eau de cologne eens aan, ik wil even mijn voorhoofd betten.

Jij hebt je na de oorlog een tijdje op het platteland schuilgehouden en kunt dus niet weten hoe het leven in Boedapest toen was. Hoewel alles nog ontbrak of kapot was, kwam de stad op het fluitsignaal van een demon of een fee opeens weer tot leven, zoals in sprookjes, wanneer de boze tovenaar in rook opgaat en de betoverde, schijndode mensen zich plotseling weer beginnen te bewegen. Opeens tikt de klok weer en ruist het water in de bron. De boze geest, de bloedige oorlog, was verdampt; het monster had zich naar het westen gesleept.[28] Wat er van de stad en de samenleving nog over was, begon met onverwoestbare vreugde en taaie sluwheid te leven, alsof er niets was gebeurd. In de weken dat er in Boedapest nog geen enkele brug was hersteld, staken de mensen met boten de Donau over, zoals in vroeger tijden. In de portieken van de Ringboulevard kon je toen al allerlei etenswaren en andere spullen krijgen, zoals toiletartikelen, kleren, schoenen, gouden napoleons, morfine, reuzel en noem maar op. De joden kwamen uit hun met davidssterren besmeurde huizen gestrompeld en een, twee weken later kon je in Boedapest, te midden van nog steeds niet afgevoerde lijken, paardenkadavers en ingestorte huizen, alweer afdingen op wollige Engelse stoffen, Franse parfums, Hollandse jenever en Zwitserse horloges. Iedereen prees zijn waren aan, onderhandelde en deed zaken. De joden legden contacten met chauffeurs van Russische vrachtwagens, die uit alle hoeken van het land goederen naar Boedapest brachten. Ook de christenen ontwaakten uit hun verdoving en er begon een grote volksverhuizing. Wenen en Bratislava waren al gevallen, zodat de mensen zich door Russische chauffeurs een lift konden laten geven naar Wenen om daar reuzel en sigaretten af te leveren of een auto te kopen.

Onze oren waren nog halfdoof van de explosies van de mijnen en bommen, maar in Pest waren de cafés alweer open. Je kon er sterke bonenkoffie drinken en 's middags om een uur of vijf naar de meisjes uit de Józsefwijk kijken, die daar dan met de Russische matrozen dansten. Nog hadden de mensen niet al hun familieleden begraven en zag je hier en daar een voet uit een haastig gedolven straatgraf steken, maar er liepen al weer modieus geklede en zorgvuldig opgemaakte vrouwen op straat, van wie sommigen zich met bootjes naar de overkant van de Donau lieten brengen voor een rendez-vous in een kapotgeschoten vrijgezellenwoning. Ook kon je al fatsoenlijk geklede mensen over de boulevards zien slenteren, op weg naar een café waar je al twee weken na het beleg tussen de middag kalfsgoulash kon eten. Er werd weer geroddeld in de stad en je kon er je handen laten manicuren.

Ik kan je niet beschrijven hoe ik me voelde toen ik twee weken na het beleg in een drogisterij afdong op een fles Franse parfum, in de bezette stad waar geüniformeerde Russische rovers en plunderende matrozen uit de Krim de straten onveilig maakten en je overal de bittere stank van verbrande huizen rook.

Sindsdien heb ik vaak gedacht dat niemand kan begrijpen wat er met ons in die tijd is gebeurd. We hebben allemaal een kijkje in het dodenrijk genomen en zijn op het nippertje teruggekeerd in het land der levenden. Alles wat tot de vooroorlogse wereld behoorde, was ingestort of tot as vergaan en er zou een nieuwe wereld komen, althans dat dachten we. We meenden dat het oude voorgoed had afgedaan.

Een paar weken lang hebben we in die veronderstelling geleefd.

Die weken, de periode onmiddellijk na het beleg, waren een onvergetelijke tijd, maar hij ging snel voorbij. Stel je eens voor wat voor weken dat waren: Er waren geen wetten, er was helemaal niets. Gravinnen zaten op de stoeprand zelfgebakken wafels te verkopen. Een bijna krankzinnig geworden jodin die ik tegenkwam, een kennis van me, was de hele dag met een verdwaasde uitdrukking op haar gezicht op zoek naar haar dochtertje en vroeg elke voorbijganger of hij het kind soms had gezien. Toen ze ten slotte hoorde dat de pijlkruisers het meisje hadden vermoord en in de Donau gegooid, kon ze eenvoudigweg niet geloven dat dat waar was. Je had in die tijd het gevoel dat we een heel ander leven zouden gaan leiden dan vroeger en dat alles anders zou worden dan het was geweest. Over dat 'andere' spraken de mensen met glanzende ogen, zoals verliefden of verslaafden aan verdovende middelen over de opperste zaligheid zwatelen. En inderdaad, alles is ook 'anders' geworden, namelijk precies zoals het vroeger was. Maar dat wisten wij toen nog niet.

Wat mijn verwachtingen waren? Hoopte ik dat we voortaan betere en humanere mensen zouden zijn? Nee, dat niet.

We hoopten en verwachtten in die dagen eerder dat onze ziel radicaal was gezuiverd door alle ellende en verschrikkingen die we hadden meegemaakt, dat ze zo rein was geworden als een wond die met helse steen is bewerkt. En misschien hoopte ik ook wel dat we onze zwakheden en slechte gewoontes voorgoed waren vergeten, dat wil zeggen... Wacht, ik wil je dit vertellen, maar volkomen eerlijk.

Misschien hoopten we ook nog iets anders. Misschien hoopten we dat we ons aan de vooravond van een uiterst wanordelijke tijd bevonden, en dat die tijd zou voortduren tot aan de jongste dag. In die nieuwe tijd zouden er geen dingen meer zijn als politie-agenten, musea, hondenmeppers, sociale verplichtingen, gebazel over mijn en dijn of plechtige trouwbeloften. Wat er dan wel zou zijn? Een enorme chaos, een oorverdovend niets, waarin de mens alleen wat zou rondwandelen, wafels eten en zo veel mogelijk het puinruimen ontlopen, en waarin hij lak zou hebben aan zaken als woningonderhoud, relaties aanknopen en maatschappelijke conventies. Maar die hoop op een nieuwe, volslagen anarchistische wereld durfde niemand uit te spreken. Weet je, die eerste tijd na het beleg was verschrikkelijk, maar hij had ook iets paradijselijks. We leefden bijna zoals Adam en Eva voor de zondeval.

Maar op een ochtend wachtte ons na het ontwaken een onaangename verrassing. Terwijl we ons gapend uitrekten, voer ons een huivering door de leden, omdat we begrepen dat er absoluut niets was veranderd. We begrepen dat dat 'andere' niet bestaat. De mens wordt in de hel geworpen en daar geroosterd. Als hij na een tijd, dankzij het ingrijpen van een wonderbaarlijke hemelse macht, daaruit wordt verlost, staat hij even te knipperen met zijn ogen, maar daarna gaat hij gewoon verder met datgene waar hij voor zijn pijniging mee bezig was geweest.

Ik had het erg druk in die eerste tijd na het beleg, omdat je alles wat je dagelijks nodig had, met je eigen handen moest verwerven. Je kon niet op een belletje drukken om je kamermeisje te ontbieden en haar te gelasten dit en dat voor je te halen, zoals mijn vroegere werkgevers mij hadden ontboden, en zoals ik later mijn eigen dienstmeisjes had gecommandeerd, brutaalweg en vol leedvermaak, omdat het toen mijn beurt was om voor dame te spelen. De belletjes werkten niet meer, want er was geen stroom. We hadden trouwens niet eens een fatsoenlijke woning. De waterleiding functioneerde af en toe, maar vaker niet dan wel, dus meestal hadden we geen water. Met betrekking tot dat water deden we

trouwens interessante ontdekkingen. Op de hoger gelegen ver-
diepingen functioneerde de waterleiding helemaal niet, dus als we
ons wilden wassen of eten wilden koken, moesten we eerst water
van beneden omhoog sjouwen. Voor de oorlog zouden we het
antwoord schuldig zijn gebleven als iemand ons had gevraagd wat
belangrijker was: waswater of kookwater. Wij, de deftige dames,
die nog maar een jaar eerder een woedeaanval hadden gekregen
toen de drogist in de binnenstad niet meer in staat bleek te zijn
het Franse badzout te leveren dat we 's ochtends en 's avonds in
ons badwater strooiden, ontdekten nu dat lichamelijke reinheid
niet zo belangrijk is als we vroeger gedacht hadden. We merkten dat kookwater verreweg het belangrijkst is en dat we er goed
aan deden de op water lijkende, verdacht bruine vloeistof in de
moeizaam naar boven gesjouwde emmer niet voor de dagelijks
wasbeurt te gebruiken maar voor het koken van bijvoorbeeld
aardappels. En doordat we elke emmer eigenhandig naar boven
moesten sjouwen, ontdekten we ook hoe waardevol water was.
Zo waardevol dat je het niet moest verspillen door er je handen
mee te wassen, zelfs al had je vuil werk gedaan. We verfden onze
lippen en daarmee was de verzorging van het lichaam gedaan. Ik
moest er vaak aan denken dat ook in de tijd van de Franse koningen niemand zich regelmatig waste. En dat zaken als deodorant
toen nog niet eens bestonden. Ook de koning waste zich niet,
die werd hoofdzakelijk van top tot teen met parfum besproeid.
Geloof je me niet? Ik weet zeker dat het waar is, want ik heb het
in een boek gelezen. En toch waren ze machtig en voornaam, die
koningen, al stonken ze nogal. Zo leefden wij in die tijd ook, we
verschilden wat dat betreft weinig van de Bourbons. Dat geldt
zeker ook voor mijzelf, want ik had weinig lust om als mijn eigen
dienstmeisje te fungeren. Per slot van rekening was ik lang genoeg
dienstmeid geweest. Ik had geen zin om emmers met water naar
boven te sjouwen. Liever vroeg ik vriendinnen bij wie er nog wel
water uit de keukenkraan kwam, of ik me bij hen mocht wassen,
en als ze daar geen bezwaar tegen hadden, deed ik in hun keuken
een kattenwasje. Heimelijk genoot ik van deze primitieve situatie,
en ik geloof vast en zeker dat ook de klagers die beweerden dat het

ergste probleem van na de oorlog de vervuiling als gevolg van het tekort aan water was, diep in hun hart blij waren dat ze zich niet konden wassen. Zoals kinderen dol zijn op spelen en zich wentelen in de modder, genoot de door het hellevuur van de oorlog gelouterde Boedapester bevolking van de wanorde en de vervuiling in die tijd en van primitieve toestanden als overnachten in andermans keuken. De mensen merkten dat lichaamsverzorging en mooie kleren niet echt noodzakelijk zijn. Niets gebeurt in het leven zonder reden. Voor onze zonden werden we gestraft met het beleg, maar voor het doorstane leed werden we beloond met het recht een paar weken lang onschuldig te stinken, zoals Adam en Eva in het paradijs.

Een ander goed ding was dat je vlak na de oorlog niet op geregelde tijden hoefde te eten. In de chaotische omstandigheden van toen at je waar het je het beste uitkwam, en je maaltijd bestond uit wat je toevallig had weten te bemachtigen. Ik heb een periode meegemaakt waarin ik niets fatsoenlijks te bikken kon vinden, maar die heeft maar twee dagen geduurd. In die periode heb ik alleen maar aardappelschillen gegeten. Maar een dag of wat later at ik kreeft uit blik en ingemaakte varkensribbetjes, en bij wijze van nagerecht een doosje bonbons van Gerbeaud.

De periode van voedselschaarste heeft maar kort geduurd. Op een gegeven moment lagen de etalages, zonder dat iemand dat van tevoren had aangekondigd, weer vol etenswaren en in een handomdraai was ik vier kilo aangekomen. Ik kreeg ook weer last van brandend maagzuur en werd bovendien door nieuwe zorgen gekweld, bijvoorbeeld door de vraag hoe ik zo snel mogelijk aan een paspoort kon komen. En verdrietig was ik ook in die tijd, want ik begreep dat het leven eigenlijk een hopeloze zaak is.

De liefde, zeg je? Ach, wat ben je toch een schat. Een uit de hemel neergedaalde engel. Nee, lieveling, ik geloof dat zelfs de liefde de mens geen hoop kan geven. En ook genegenheid niet. Dat kunstenaarstype heeft ooit gezegd dat die twee woorden – liefde en genegenheid – in het woordenboek door elkaar worden gehaald.[29] Die man geloofde zelf noch aan liefde noch aan genegenheid, alleen aan hartstocht en barmhartigheid. Maar ook daaraan heb je weinig, want barmhartigheid en hartstocht duren nooit erg lang.

Wat zeg je? Dat het dus niet de moeite waard is om te leven? Mag ik mijn schouders niet ophalen? Luister eens, schattebout, iemand die heeft meegemaakt wat ik heb meegemaakt… Jij kunt niet begrijpen wat ik zeg, omdat je een kunstenaar bent. Jij gelooft nog aan iets. Aan de kunst, niet waar? Je hebt gelijk, je bent niet voor niets de beste drummer van heel het continent. Ik geloof trouwens niet dat er op een ander continent nog een betere drummer is dan jij. Luister maar niet naar die akelige saxofonist die beweert dat er in Amerika een drummer is die met vier stokjes tegelijk werkt en Bach en Händel kan drummen. Die vent is alleen maar jaloers op je talent en wil je irriteren. Ik weet heel zeker dat er nergens ter wereld een drummer is die jou kan evenaren. Geef me je hand eens, ik wil er een kus op geven. Ja, die slanke hand, waarmee je de syncopen laat rollen zoals Cleopatra met haar parels speelde. Wacht, ik veeg even mijn tranen weg, ik ben helemaal ontroerd. Zodra ik je hand zie, krijg ik tranen in mijn ogen.

Maar om verder te gaan met mijn verhaal: ik kwam mijn man dus tegen op de brug, toen ik naar de overkant van de Donau wilde gaan. Er was aanvankelijk maar één brug over deze rivier, een noodbrug trouwens, en dat voor zo'n grote stad. De andere bruggen lagen nog in puin. O, je had die brug moeten zien! Jij was niet in Boedapest toen hij werd geopend, daarom kun je niet weten wat het voor ons, de bevolking van de geteisterde stad, betekende toen we hoorden dat Boedapest weer een brug over de Donau had. Ze moeten hem in uiterst korte tijd gebouwd hebben, want we konden al vrij kort na het beleg, tegen het einde van de winter, weer de Donau overgaan. Die brug rustte op de pijlers van een niet geheel vernielde spoorbrug, en bij de bouw ervan had men gebruik gemaakt van de nog bruikbare onderdelen van die kapotte brug. Het was een haastig in elkaar gezet en enigszins slordig geconstrueerd, hobbelig geval, die brug, maar hij was sterk genoeg om zelfs vrachtwagens te dragen. En natuurlijk ook de stoet van honderdduizenden mensen die zich er als een reusachtige rups over voortbewoog, mensen die al vroeg in de ochtend, toen de brug werd geopend, aan de beide oevers van de Donau hadden staan wachten.

Die brug kwam je namelijk niet zo gemakkelijk over. De mensen stonden in lange rijen langs de rivieroever opgesteld en schuifelden langzaam in de richting van de brug en daarna in de richting van de overkant, verheugd en opgewonden als bruiloftsgangers. Elke keer dat ik in die tijd de rivier overging, vond ik het een belevenis en een persoonlijke prestatie, een prestatie waar ik trots op was. Niet zo heel veel later zijn er nog een aantal bruggen bijgekomen, die aanzienlijk sterker waren, bovendien zijn er toen ook pontonbruggen gelegd. Een jaar later reden er al taxi's over de Donaubruggen, maar dat maakte minder indruk op me dan die eerste brug, waarvoor je in de rij moest staan en waarover je alleen langzaam schuifelend kon lopen, beladen met de last van je herinneringen en met een rugzak. Toen er, nog later, weer Amerikaanse Hongaren op bezoek kwamen en in hun dure auto's over de ijzeren bruggen raasden, kreeg ik altijd een bittere smaak in mijn mond als ik zag hoe onverschillig, ja bijna schouderophalend, die vreemdelingen onze nieuwe bruggen bekeken en benutten. Ze waren van ver gekomen om toch even aan de oorlog te kunnen ruiken, er als het ware van een afstand een blik op te werpen, zoals je in de bioscoop naar een film kijkt. Heel fraai zoals jullie hier leven en over jullie nieuwe bruggen rijden, zeiden ze.

Mijn hart kromp ineen, als ik die lui zo hoorde praten. Wat weten jullie eigenlijk van ons, dacht ik dan. En ik realiseerde me dat iemand die in de oorlog niet in Boedapest had gewoond, die in die tijd niet in ons midden had verkeerd, onmogelijk kon begrijpen hoe we ons voelden toen onze wondermooie, oude Donaubruggen de lucht in vlogen – bruggen waaraan wel honderd jaar was gebouwd! En hoe we ons voelden op de dag dat we weer de rivier over konden gaan zonder natte voeten te krijgen. En niet in wankele bootjes, zoals eeuwen geleden de *kuruc*, de *labanc* en de Turken.[30] Wie in dat oorlogsjaar niet onder ons heeft verkeerd, zal onze gevoelens nooit kunnen begrijpen! Mij interesseert het niet dat de Amerikanen veel langere bruggen hebben. Die eerste brug van ons bestond uit vermolmd hout en oud ijzer en ik was een van de eersten die zich in de rij schaarden om naar de overkant van de rivier te gaan. Toen ik eenmaal in die rij stond, hoefde ik eigenlijk niets meer te doen om bij de oprit van de brug te komen, ik werd er eenvoudig naar toe geduwd door de met kleine pasjes voortschuifelende mensenmassa die me omstuwde. Juist op het moment dat ik de brug op wilde gaan, zag ik mijn man uit tegengestelde richting over de brug naderen. Hij kwam uit Pest en was op weg naar Boeda. Op het moment dat ik hem zag, stond hij op het punt de brug te verlaten.

Ik sprong uit de rij, rende op hem af en omhelsde hem. Sommige mensen begonnen woedend tegen me uit te varen en een politieagent trok me opzij omdat ik de menigte de weg versperde.

Wacht even, ik moet even mijn neus snuiten. Wat ben je toch een lieve jongen! Je lacht me niet uit, maar luistert aandachtig, als een jongetje dat graag wil horen hoe een sprookje afloopt.

Maar het was geen sprookje, kleintje, en niets van wat ik vertel, had werkelijk een begin en een eind. Het was een stroom, een rivier, waardoor iedereen die in die tijd in Boedapest woonde, onverbiddelijk werd meegevoerd en omspoeld. Ons leven had geen tastbare grenzen meer, werd nergens meer door besloten. Die grenzen leken op een of andere manier te zijn weggevaagd en alles mondde uit in een oeverloze zee. Zelfs tegenwoordig komt het nog regelmatig voor dat ik niet weet wat het begin en wat het einde is van de dingen die ik meemaak.

Ook op het moment dat ik op mijn man af holde, had ik dat onbestemde gevoel. Het was absoluut geen weloverwogen handeling dat ik begon te hollen, want een ogenblik daarvoor wist ik immers absoluut niet dat degene die vroeger, in voorhistorische tijden, mijn man was geweest, nog in leven was. Het leek zo ongelooflijk lang geleden dat wij hadden samengeleefd. De tijd die werkelijk de jouwe is, die je persoonlijk toebehoort, meet je immers niet met een klok of een kalender. Niemand wist toen trouwens precies wie van zijn familieleden en kennissen nog in leven waren en wie niet. Moeders wisten dikwijls niet waar hun kinderen waren, en verloofden en echtelieden ontmoetten elkaar niet zelden toevallig op straat. Het leven was als in de oertijd, toen er nog geen adreslijsten, kadasters of huisnummers bestonden. We leefden en woonden zoals het mogelijk was en waar het mogelijk was, en zoals het ons het beste leek. Die grote wanorde, die bijna nomadische toestand, had iets eigenaardig vertrouwds. Waarschijnlijk hebben de mensen heel lang geleden ook zo geleefd, in de tijd dat begrippen als 'vaderland' of 'natie' nog niet waren uitgevonden en ze in stamverband leefden. Toen de in hordes verdeelde stammen doelloos over de eindeloze steppen en toendra's zwierven, met hun wagens en hun vee. Het moet geen slecht leven zijn geweest en het kwam ons merkwaardig bekend voor. Kennelijk bewaren we hiervan nog iets in ons geheugen, hoewel het onder het stof van latere herinneringen is begraven.

Op het moment dat ik mijn ex-man op die brug zag lopen – denk erom dat je me niet uitlacht! –, was het alsof er iets in me brak. Geloof me, ik heb me in de oorlog goed gehouden en alles verdragen wat me overkwam, het schrikbewind van de pijlkruisers en het beleg van Boedapest, met de angstaanjagende bombardementen en alle andere vreselijke dingen die er toen gebeurden, maar toen ik hem zag, braken opeens de dammen en kon ik niets anders doen dan naar hem toe hollen en hem omarmen.

Toegegeven, ik ben in de moeilijkste tijd niet alleen geweest. In de maanden dat de oorlog zo krankzinnig heftig en dodelijk serieus was, logeerde ik meestal bij die artistiekeling, je weet wel, dat kunstenaarstype. Begrijp me niet verkeerd, ik heb geen verhouding met hem gehad. Het is trouwens best mogelijk dat hij impotent was, ik weet het niet. We hebben het daarover nooit gehad, maar het lijkt me niet uitgesloten, want als een vrouw en een man in één woning slapen, hangt de verliefdheid als het ware in de lucht. Hoe het ook zij, in de woning van die kaalhoofdige artistiekeling hing niets in de lucht. Toch zou het me niet verbaasd hebben als die kaalkop me op een nacht besprongen had om me te wurgen. Ik sliep bij hem omdat er bijna elke nacht een paar keer luchtalarm was en de tijd tussen de bombardementen te kort was om veilig thuis te komen. Tegenwoordig, nu die man allang niet meer leeft, heb ik het gevoel dat hij zich alles wilde afwennen wat voor normale mensen van belang is. Het leek wel of hij een ontwenningskuur deed om veel genot gevende, maar weerzinwekkende eigenschappen als ijdelheid, alcoholisme of verslaafdheid aan verdovende middelen af te leren. Misschien wel alle eigenschappen. Maar om het nog eens duidelijk te stellen: ik was niet zijn geliefde, eerder zijn verpleegster of kindermeisje.

Ik moet toegeven dat ik op een nogal vrijpostige manier zijn woning en zijn leven ben binnengeslopen. Er zijn insluipende mannelijke dieven, die je van je spullen beroven, maar er zijn ook insluipende vrouwen, die zich in een onbewaakt ogenblik in een mannenleven indringen en zich dan haastig meester maken van alles wat ze daar aantreffen, van alle belangrijke herinneringen en indrukken. Later weten ze niet meer wat ze met dat alles moeten beginnen en dan doen ze het voor een appel en een ei van de hand. Maar ik heb niets verkwanseld van wat hij me heeft gegeven. Ik vertel je dit, omdat ik graag wil dat je alles van me weet, voordat je me verlaat. Of ik jou. Die artistiekeling liet dus toe dat ik, wanneer ik maar wilde, in zijn nabijheid vertoefde, 's morgens, 's middags of 's nachts. Ik mocht hem alleen niet storen. Het was vooral verboden iets tegen hem te zeggen wanneer hij zat te lezen. Of wanneer hij met een boek op schoot zwijgend voor zich uit zat te kijken. Afgezien daarvan mocht ik in zijn woning doen wat ik wilde. Het was een tijd waarin er om de haverklap bommen vielen en iedereen in de stad een geïmproviseerd leven leidde, zonder doel en zonder besef van tijd.

Een vreselijke tijd, zeg je? Wacht, laat me even nadenken. Ik weet niet of je gelijk hebt. Het was meer een tijd waarin iets duidelijk leek te zijn geworden. Waarin iets concreet en tastbaar was geworden waar je in normale omstandigheden niet aan denkt of wat je dan wegwuift. Wat ik bedoel? Nou ja, dat het leven nogal doelloos is en weinig zin heeft. Bovendien was er nog iets anders… De angst was niet het grootste probleem, die zweette je als een ziekte uit. Alles was anders dan vroeger geworden. Je familie was geen echte familie meer, zaken als beroep en werk telden niet meer, verliefden bedreven de liefde alleen nog haastig, zoals een snoepend kind snel zijn mond volpropt als de volwassenen even niet opletten, en dan snel wegholt, de straat op, de chaos in, om te spelen. Alles viel uit elkaar en verging, zowel huizen als menselijke relaties. Soms dacht je dat iets nog waarde voor je had, dat je nog gevoelsmatig met iets was verbonden, bijvoorbeeld met je huis, met je werk of met bepaalde mensen, maar dan volgde er een luchtaanval en werd duidelijk dat dingen die 's ochtends nog zo belangrijk hadden geleken, absoluut geen rol meer speelden in je leven.

Maar niet alleen de bommen vormden een bedreiging. Terwijl de sirenes loeiden, overvalcommando's met arrestanten en geroofde goederen in hun gele auto's door de straten raasden, legereenheden zich van het front sleepten en hele hordes vluchtende mensen met zigeunerachtige huifkarren door de stad trokken, voelden we allemaal dat er in die chaos nog iets anders aan de gang was. Het slagveld was niet meer ver weg, maar heel dichtbij, en het gevolg daarvan was dat de oorlog nu ook in het innerlijk van de mensen woedde. En ook woedde in wat er van het normale leven nog over was, in de keuken en in de slaapkamer. Ten gevolge van de oorlog waren de traagheid en luiheid ontploft waardoor de mensen elkaar waren trouw gebleven. En precies zo ontplofte er in mij ook iets toen ik na het beleg op die hobbelige, haastig gebouwde brug mijn man ontdekte. Het explodeerde als een op straat achtergelaten bom van de Russen of de pijlkruisers. Al het zoetelijke en filmische dat er tussen ons was geweest ontplofte, al het clichéachtige, dat even dom en goedkoop was als het scenario van een slechte Amerikaanse film, je weet wel, zo'n misbaksel waarin de directeur met zijn secretaresse trouwt. Op dat ogenblik begreep ik dat we nooit werkelijk hadden geprobeerd nader tot elkaar te komen, maar dat we alleen het afschuwelijke schuldgevoel hadden afgetast waarmee die man doordrenkt was en waardoor hij rust noch duur had gehad – een gevoel dat hij door met mij te trouwen had geprobeerd weg te toveren. Wat veroorzaakte die onrust bij hem? Het feit dat hij zo rijk was? Vroeg hij zich af waarom er op de wereld rijke en arme mensen zijn? Wat daarover door kaalhoofdige wijzen met hoornen brilmonturen, honingzoet zalvende priesters en langharige, schor sprekende revolutionairen wordt geschreven en gezegd, is allemaal kletskoek. Er is maar één vreselijke waarheid, namelijk dat er op aarde geen rechtvaardigheid is. Verlangde die man naar aardse rechtvaardigheid? Was hij daarom met me getrouwd? Als hij alleen mijn huid en mijn vlees had begeerd, had hij me goedkoper kunnen krijgen. Als hij tegen het milieu waarin hij was geboren, had willen rebelleren, zoals kinderen van rijke mensen, die revolutionairen worden omdat ze van verveling en geblaseerdheid niets anders weten te verzinnen, had hij ook anders kunnen rebelleren, niet op zo'n perverse manier als hij dat heeft gedaan door met mij te trouwen. Wij kunnen dat niet begrijpen, honnepon, wij die uit de armoedige wereld van Nyírség en Zala afkomstig zijn. Het staat in ieder geval vast dat hij een heer was, maar een ander soort heer dan die lui met hun adellijke titels. En hij was op een andere manier burgerlijk dan de weledelgeboren burgerdames en burgerheren die de aristocraten van hun plaats hadden gedrongen.[31] Hij was uit het goede hout gesneden, uit een betere houtsoort dan de meeste vermolmde figuren van zijn klasse.

Weet je, hij was een man, die, als hij vroeger had geleefd, werelddelen zou hebben veroverd. Hij zou in verre, exotische landen, met de bijl over zijn schouder en psalmen zingend, oerwouden zijn ingetrokken en woeste streken hebben doorkruist om bomen te kappen en inboorlingen uit te roeien. Onder zijn voorvaders was zo iemand, een protestant, die met een van de eerste schepen naar Amerika was gevaren, zonder meer mee te nemen voor onderweg dan zijn gebedenboek en zijn bijl. Daarop was mijn man trotser dan op alles wat de familie later had verworven, de fabriek, het vele geld en de op hondenhuid geschreven adelsbrief.[32]

Hij was een man van de goede soort, want hij had zijn lichaam en zijn zenuwen onder controle. Zelfs zijn geld had hij onder controle, en dat is het moeilijkste van alles. Maar één ding kon hij nooit overwinnen: zijn schuldgevoel. En wie last heeft van schuldgevoelens, wil zich wreken. Die man was een christen, maar niet in de betekenis die dit woord in de oorlog had. Het was voor hem geen zakelijk voordeel christen te zijn, zoals voor velen in de nazi-tijd, die met hun doopbewijs zwaaiden omdat ze hoopten dat er dan voor hen wat zou afvallen: oorlogsbuit of geroofd geld. Hij geneerde zich in die tijd voor het feit dat hij een christen was. Maar toch was hij dat tot in het merg van zijn beenderen, zoals anderen kunstenaar of alcoholicus zijn en nooit iets anders zouden kunnen worden.

Maar hij wist ook dat wraak een zonde is. Wraak nemen is altijd een zonde en er is geen rechtvaardige wraak. Wij hebben alleen het recht rechtvaardig te zijn en rechtvaardig te handelen. Tot het nemen van wraak heeft niemand het recht. En omdat hij een rijkaard was en een christen – twee eigenschappen die niet met elkaar zijn te verenigen, maar waar hij zich niet van kon ontdoen –, raakte hij van schuldgevoelens vervuld. Waarom kijk je me aan of ik gek ben? Ik heb het over hem, over mijn man. Die me tegemoet is gekomen toen er in Boedapest weer een brug was. En die ik te midden van een grote menigte om de hals ben gevallen.

Hij verliet de rij waar hij in liep, maar bleef toen stokstijf staan. Toch weerde hij me niet af. Wees maar niet bang, hij kuste me niet de hand ten aanschouwen van al die Kirgiezen[33] en in vodden geklede, blauwbekkende mensen. Hij was zo welopgevoed en beleefd dat hij onmogelijk zoiets smakeloos had kunnen doen. Hij stond daar alleen maar en wachtte tot de pijnlijke scène voorbij zou zijn. Hij was heel kalm. Ik wist dat, want ik kon door mijn halfgesloten oogleden zijn gezicht zien, zoals vrouwen het gezicht van een kind kunnen zien dat ze nog in hun buik dragen. Daar hebben ze geen ogen voor nodig.

Maar op het moment dat ik krampachtig mijn armen om zijn hals sloeg, gebeurde er iets eigenaardigs. Ik werd door een geur overvallen, door de geur van mijn man... Let goed op, want nu ga ik je iets bijzonders vertellen.

Toen ik die geur rook, begon ik te beven. Mijn knieën trilden en ik kreeg kramp in mijn ingewanden, alsof zich plotseling een kwaadaardige inwendige ziekte openbaarde. Stel je voor wat ik bespeurde: de man om wiens hals ik hing, stonk niet. Jij kunt niet begrijpen hoe bijzonder het is wat ik nu zeg, maar in die tijd hadden alle mensen een soort lijkenluchtje om zich heen hangen, zelfs wanneer er op wonderbaarlijke wijze nog een stuk zeep of een flesje reukwater was overgebleven in de geheime vakjes van de tassen die ze de schuilkelder in hadden gesleept. Die geur hadden ze ook wanneer ze erin waren geslaagd zich tussen twee luchtaanvallen te wassen, want de geur van een belegerde grote stad is niet met een handvol zeepschuim te verwijderen. De penetrante geur van riolen, lijken, braaksel, zuurstofgebrek, uitwerpselen, urine, vochtige keldermuren, geïmproviseerde maaltijden en samengedrongen, van doodsangst zwetende mensen kleefde in die tijd onverwijderbaar aan onze huid. En wie niet zo stonk, had een doordringende lucht van eau de cologne of goedkope parfum om zich heen hangen, wat nog walgelijker was dan die natuurlijke stank.

Maar met mijn man was het anders gesteld: hij stonk niet en hij had ook geen parfumlucht om zich heen hangen. Toen ik hem rook, schoten mijn gesloten ogen vol tranen en begon ik te beven.

Weet je waar hij naar rook? Naar hooi! Precies zoals op de dag toen onze echtscheiding werd uitgesproken. En zoals de eerste nacht dat ik bij hem in bed lag en onpasselijk werd van dat bittere mannenluchtje. Ondanks de oorlog rook hij nog steeds zo, en ook in andere opzichten was hij niet veranderd. Zijn lichaam, kleding en lichaamsgeur waren precies zoals de laatste keer dat ik hem had gezien.

Ik liet hem los en veegde met de rug van mijn hand mijn tranen weg. Terwijl ik dat deed, voelde ik me duizelig worden. Ik haalde uit mijn boodschappentas een zakdoek, een spiegeltje en een doosje rouge te voorschijn en begon me met behulp daarvan een beetje op te knappen. Terwijl ik dat deed, sprak geen van ons beiden een woord. Hij bleef staan en wachtte tot ik mijn natte, vlekkerige gezicht enigszins toonbaar had gemaakt. Ik waagde het pas hem weer aan te kijken toen ik me in het spiegeltje ervan had vergewist dat ik er weer min of meer normaal uitzag.

Ik kon mijn ogen nog steeds niet geloven. Hoe was het mogelijk dat die man daar voor me stond, precies op de plaats waar de noodbrug eindigde en Boeda begon, tussen duizenden en nog eens duizenden mensen? In de vervuilde, door bederf aangetaste stad, waar nauwelijks meer een huis was te vinden dat niet pokdalig was door de inslag van geweerkogels of nog ongeschonden ruiten had. En waar ook verder niets meer aanwezig was, geen auto's, geen politieagenten, geen mensen om de wet te handhaven. Waar de mensen zich als bedelaar vermomden, ook wanneer ze geld genoeg hadden, of zich als verwaarloosde grijsaard of haveloze zwerver voordeden door hun haren en baard te laten groeien en in lompen gekleed rond te hangen, in de hoop zo medelijden op te wekken. Waar dames met vuile zakken en rugzakken liepen te sjouwen, zodat ze op de smerige en hoestende pelgrims leken die je soms bij dorpsprocessies ziet. Mijn man – de man die, toen hij begrepen had dat ik geen geschikte geliefde of echtgenote voor hem was, maar een vijandin, op een middag voor me was gaan staan en heel kalm en met een glimlach had gezegd: 'Ik geloof dat we er goed aan doen uit elkaar te gaan' – stond daar in levende lijve voor me en hij zag er nog precies zo uit als zeven jaar geleden, toen ik hem zo gemeen had behandeld.

De manier waarop hij toen gesproken had, was heel kenmerkend voor hem. Als hij iets belangrijks wilde zeggen, begon hij altijd met: 'Ik geloof dat...' of: 'Het komt me voor dat...' Hij zei nooit recht voor zijn raap wat hij je te vertellen had. Mijn vader was wat dat betreft heel anders. Als die zijn buik vol had van iets, begon hij altijd zo: 'Wel godver de kanker!' En dan sloeg hij erop los. Als mijn man zijn geduld verloor, bleef hij heel beleefd en deed hij als het ware een deurtje open door een zinnetje uit te spreken dat een soort veronderstelling inhield. Door dit deurtje kon dan het te nadrukkelijke of kwetsende van zijn uitlating naar buiten sluipen. Het was de manier van speken die hij op zijn Engelse kostschool had geleerd. Hij zei ook graag op zijn Engels: 'Ik ben bang dat...' Op een middag, toen zijn moeder ernstig ziek was, zei hij: 'Ik ben bang dat moeder zal overlijden.' Dat deed ze ook, 's avonds om een uur of zeven. Toen ze blauw aanliep, zei de dokter tegen mijn man dat er geen hoop op herstel meer was. Het gebruik van zinnetjes als 'Ik ben bang dat' was zijn methode om een tragisch bericht te verzachten of zich te pantseren tegen verdriet. Andere mensen zouden, als hun moeder op het punt stond te overlijden, eenvoudig zeggen: 'Moeder ligt op sterven', maar hij probeerde iets onaangenaams of verdrietigs altijd op een beleefde manier te zeggen. Zulk gedrag is typisch voor die rijke lui. Ze zijn nooit helemaal rechtuit.

Ook toen we daar tegenover elkaar op die brug stonden, zeven jaar na de afloop van onze privéoorlog, gebruikte hij zo'n Engelse beleefdheidsfrase. De eerste woorden die hij tot me richtte, waren: 'Ik ben bang dat we hier in de weg staan.'

Hij zei het zachtjes en met een glimlach. Het kwam niet in hem op me te vragen hoe ik het maakte of hoe ik het beleg had weten te overleven, laat staan of hij me ergens mee kon helpen. Hij beperkte zich tot de waarschuwing dat we mogelijk in de weg stonden en gaf me zelfs een wenk, om aan te geven dat we een eindje moesten doorlopen in de richting van de Gellértberg. Toen we op een rustige plaats waren gekomen, bleef hij staan, keek om zich heen en zei, op het wrak van een neergestort Russisch jachtvliegtuig wijzend: 'Ik geloof dat we er goed aan doen hier te gaan zitten.'

Ik vond dat hij volledig gelijk had, daar deden we inderdaad 'goed aan'. De stoelen in de cockpit van het toestel waren heel gebleven, zodat er plaats was voor twee personen. We gingen het wrak in. Ik ging zwijgend op de stoel van de piloot zitten en hij nam naast me plaats, na eerst met zijn hand de zitting van de vliegtuigstoel afgeveegd te hebben. De zon scheen, en het terrein om ons heen, dat met vliegtuigwrakken, zwaar beschadigde auto's en kapotgeschoten kanonnen was bezaaid, was in een onwezenlijke stilte gedompeld.

Een normaal mens zou er behoefte aan hebben gehad een paar persoonlijke woorden tegen zijn ex-vrouw te zeggen als hij haar voor het eerst na het beleg van Boedapest ontmoette. Hij zou bijvoorbeeld geconstateerd hebben dat het een wonder was dat hij haar nog levend terugzag. 'Ik ben bang' en 'het komt me voor' dat ik op dat moment ook zoiets van hem verwachtte, maar mijn man zweeg. We bevonden ons vlak bij de grot en de ingang van het schuimbad.[34] Zwijgend keken we elkaar aan.

Ik nam hem heel grondig op, dat kun je je wel voorstellen, maar al na een paar seconden begon ik te beven. De situatie was ook zo onwerkelijk, iets uit een droom, maar toch werkelijkheid.

Laat ik duidelijk stellen dat ik niet zo van streek was omdat ik een onnozel grietje ben met slechte zenuwen, dat door het weerzien was ontroerd. Nee, ik was niet zozeer ontroerd, maar meer geschokt. Geschokt omdat ik plotseling het gevoel had dat de man die daar tussen de puinhopen van de op sterven liggende miljoenenstad naast me zat, geen mens van vlees en bloed was, maar een geestverschijning.

Mensen met een uiterlijk als hij toen had, zie je eigenlijk alleen maar in een droom. Alleen in een droom kunnen bekende dingen en mensen zo'n vreemde, spookachtige indruk maken. Stel je voor, mijn man was niet in lompen gehuld. Ik weet niet meer of hij het donkergrijze flanellen dubbelknoops kostuum droeg dat hij bij onze laatste ontmoeting aan had gehad, toen hij meende dat 'we er goed aan deden uit elkaar te gaan'. Het was ook moeilijk uit te maken, want hij had meer van die donkergrijze kostuums, maar het pak dat hij droeg, had in ieder geval hetzelfde model en het was, evenals al zijn andere pakken, afkomstig van de kleermaker die ook voor zijn vader had gewerkt.

Iets anders wat me opviel, was dat hij een schoon overhemd aanhad, een lichtgetint hemd van batist, en daarbij een donkergrijze das. Verder droeg hij zwarte lage schoenen met dikke zolen, die nog gloednieuw leken. Ik snap nog steeds niet hoe hij erin was geslaagd die brug over te komen zonder dat er ook maar één zandkorreltje aan zijn schoenen was blijven kleven. Natuurlijk wist ik dat die schoenen niet echt nieuw waren, maar dat alleen leken doordat hij ze weinig had gedragen. Ooit had hij een stuk of tien van dergelijke paren in zijn kast gehad. Ik had ze dikwijls genoeg gezien in de tijd dat het nog mijn taak was ze te poetsen.

Van iemand die er zo uitziet als hij toen, wordt wel gezegd: hij zag eruit alsof hij net uit het ei was gekropen. Dat ei was geen gewoon ei geweest, maar een grafkuil, de grafkuil waarin we met zijn allen hadden liggen vergaan. Uit die kuil was hij gekropen voordat hij de brug was opgegaan. En desondanks geen kreukje in zijn kleren en een smetteloze, lichtgekleurde regenjas, die hij non-chalant over de arm droeg. Die jas was een opvallend wijd, com-fortabel, van dubbele Engelse popeline gemaakt prachtexemplaar, dat ik me nog goed kon herinneren omdat ik jaren eerder de doos had opengemaakt waarin het vanuit Londen was verzonden. Toen ik jaren later, in Londen, op een keer toevallig langs de etalage was gelopen van de winkel die dergelijke regenjassen verkocht, had het hart me in de keel geklopt, omdat ik tussen de uitgestalde regen-jassen ook het type jas van de jongeheer had zien liggen. En nu droeg hij die jas nonchalant over zijn arm omdat het al aangenaam weer was op die vroege voorjaarsochtend.

Ik keek ook naar zijn handen. Handschoenen droeg hij natuur-lijk niet, die gebruikte hij alleen bij extreem koud winterweer. Zijn handen waren wit en schoon, en zijn nagels waren volmaakt gemanicuurd.

Weet je wat het eigenaardigste was? Hoewel die man door zijn uiterlijk bijna vloekte met de moedeloze, in lompen gehulde men-sen die zich over de brug sleepten, was hij toch bijna onzichtbaar. Je kreeg de neiging hem te betasten en door elkaar te schudden om vast te stellen of hij wel echt was. Ik moet opeens denken aan een verhaal over de Franse Revolutie dat ik ooit heb gehoord. In de maanden dat in Parijs de terreur op zijn hevigst woedde en de revolutionairen op aristocraten joegen zoals kinderen met hun luchtbuksen op mussen jagen, verscheen op straat een markies in een paars rokkostuum, met een gepoederde pruik op zijn hoofd, die vriendelijk naar de wagen zwaaide waarmee zijn adellijke vrienden naar het schavot werden gevoerd. Ongeveer die indruk maakte mijn ex-man op dat moment in het door de oorlog geteis-terde Boedapest. Hij contrasteerde zo sterk met alles in zijn omge-ving dat hij niet uit de puinhopen van het vooroorlogse leven te voorschijn leek te zijn gekomen, maar van achter de coulissen van een onzichtbaar podium, gekostumeerd voor een rol in een histo-risch stuk dat nergens meer werd opgevoerd.

Tussen de puinhoopcoulissen van de rokende stad was een man verschenen die in geen enkel opzicht was veranderd, die noch door het beleg noch door de ellende daarna was aangetast. Ik begon me zorgen over hem te maken. In de stad heerste in die dagen een sfeer van woede en wraakzucht, die niet ongestraft geprikkeld kon worden en waar je rekening mee moest houden. De mensen waren werkelijk tot alles in staat en begonnen bij het minste of geringste met van woede fonkelende ogen te razen en te tieren. Iedereen trachtte in die tijd wat voedsel of iets ander waardevols te bemachtigen, een lepel vet, een handvol meel of een gram goud. En intussen hield iedereen zijn medemensen met jaloerse blikken in de gaten, omdat elk mens verdacht was in die tijd. Waarom? Omdat we allemaal op een of andere manier schuldig waren aan wat er was gebeurd. Omdat we iets hadden overleefd wat anderen het leven had gekost.

Maar mijn man zat rustig op die vliegtuigstoel, alsof hij volmaakt onschuldig was. Ik kon dat niet begrijpen.

Ik sloeg mijn ogen neer en wist me geen houding meer te geven. Ik kreeg bijna de neiging om een politieagent te gaan halen om hem te laten arresteren. Maar wat voor reden had ik daartoe? Hij had immers niets verkeerds gedaan. Hij had nooit deelgenomen aan de afgrijselijke misdaden die gedurende de oorlog eerst in de hoofdstad en daarna in het hele land waren begaan. Hij had geen joden vervolgd, geen andersdenkenden opgepakt en geen woningen van gedeporteerde gezinnen geplunderd. Niemand kon beschuldigend met de vinger naar hem wijzen, want hij had zich geen kruimel brood van een ander toegeëigend en geen enkel leven in gevaar gebracht. Ook naderhand heeft niemand hem ooit van zoiets durven betichten, voor zover ik weet. Hij had niet deelgenomen aan de plunder- en rooftochten die toen algemeen gebruikelijk waren. Hij was eerder zelf het slachtoffer daarvan geweest, want de rovers hadden hem grondig uitgeschud. Toen ik hem na het beleg ontmoette, was hij praktisch een bedelaar. Dat heb ik naderhand gehoord. Van al zijn bezittingen was niets overgebleven, behalve een koffer met kleren en zijn ingenieursdiploma. Daarmee is hij geëmigreerd, waarschijnlijk naar Amerika. Misschien is hij daar nu arbeider in een fabriek. Ik weet het niet. De sieraden heb ik veel eerder van hem gekregen, na onze scheiding. Zie je wel hoe goed het is dat die bewaard zijn gebleven? Ik zeg het niet spottend, want ik weet dat je je zelfs niet in je dromen mijn sieraden zou willen toe-eigenen. Je helpt me alleen ze te verkopen, omdat je zo'n schat bent.

Wat zeg je?... Ja, het wordt al licht. Daar heb je de eerste groentewagens. Het is al over vijven. Ze rijden naar de rivier, waar zo dadelijk de markt begint.

Ben je niet moe? Ik zal je toedekken. Het wordt koeler.

Nee, ik heb het niet koud, eerder te warm. Laat maar, schat, ik doe het raam wel dicht.

Ik heb je daarnet verteld dat ik bijna onwel werd toen ik naar mijn ex-man keek. Ik voelde me koud en beverig worden en het zweet stond in mijn handen. Weet je wat daar de oorzaak van was? Dat hij me glimlachend aankeek.

Maar denk nu niet dat hij superieur of spottend glimlachte. Nee, hij lachte meer zoals je uit beleefdheid flauwtjes om een niet erg grappig mopje glimlacht. Het viel me op dat hij erg bleek zag, ongeveer zoals je eruitziet wanneer je een paar weken ziek bent geweest en voor het eerst weer naar buiten mag van de dokter. Vooral rondom zijn ogen was zijn huid erg bleek, en zijn lippen leken helemaal bloedeloos. Je kon wel zien dat hij lang in een kelder had gezeten. Overigens was hij uiterlijk niet veranderd, zo zag hij er in de tijd van ons huwelijk ook uit als hij zich 's morgens had geschoren. Het is natuurlijk mogelijk dat ik die indruk alleen maar kreeg doordat hij zo afstak bij zijn omgeving. Het leek wel of hij een museumstuk was dat vanuit een glazen vitrine in een bedompte achterbuurtwoning was terechtgekomen, bijvoorbeeld zo'n standbeeld van Mozes als wij gisteren in die slecht verlichte kerk hebben gezien. Stel je voor dat je dat opeens in de achterkamer van een postbode zou aantreffen. Nu ja, zo'n kunstwerk als dat standbeeld was mijn ex natuurlijk niet, maar hij was op dat moment toch wel een soort kunstvoorwerp. Een glimlachend kunstvoorwerp zelfs.

Foei, wat heb ik het warm gekregen! Kijk eens, mijn gezicht is helemaal rood, het bloed is me naar het hoofd gestegen. Geen wonder, want ik heb nog nooit met iemand over die ontmoeting met mijn man gesproken. Kennelijk is het iets wat al heel lang door mijn hoofd spookt, en nu ik mijn herinneringen daaraan onder woorden probeer te brengen, krijg ik het warm.

Hij was geen man die je hoefde te helpen. Als hij 's morgens in de kelder zijn voeten moest wassen, kon hij dat wel alleen af, neem dat maar van me aan. En je hoefde hem ook niet met vrome praatjes te troosten of te bazelen dat het allemaal weer goed zou komen met de mensheid. Aan dergelijke flauwe kul had hij geen behoefte. Hij was een man die tot het eind van zijn leven alleen waarde hechtte aan goede omgangsvormen, beleefdheid en afstandelijkheid. De voorschriften van de wellevendheid waren de zin van zijn leven en het belangrijkste middel dat hij gebruikte om zich te beschermen. Het leek wel of de man alleen uiterlijk van vlees en bloed was, maar van binnen van beton. En terwijl we daar zo zaten, ik en die man met zijn betonnen innerlijk en zijn gepantserde ziel, kwamen we geen millimeter nader tot elkaar. Hoewel de aardbeving die we net achter de rug hadden, hele landen in beweging had gebracht en verschoven, was hij kennelijk dezelfde gebleven. Toen hij me aankeek, zag ik aan zijn gezicht dat hij liever ter plekke dood neergevallen zou zijn dan één zin uit te spreken die niet met 'Het komt me voor' of 'Ik heb de indruk dat' begon. Overigens geloof ik niet dat hij me slecht gezind was. Als hij een mond open had gedaan, zou hij beslist gevraagd hebben hoe het met me ging en of ik iets nodig had, en hij zou zelfs bereid zijn geweest me zijn regenjas te geven of zijn polshorloge, dat de Russen over het hoofd hadden gezien toen ze de kelder waarin hij zat, doorzochten. Ja, hij zou me alles glimlachend hebben overhandigd, want hij was niet meer boos op me.

Let goed op, want ik ga je nu iets zeggen wat ik nog nooit tegen iemand heb gezegd. Het is niet waar dat mensen alleen maar egoïstische beesten zijn. Ze zijn ook geneigd om elkaar te helpen, en ze doen dat soms ook werkelijk. Maar niet uit goedhartigheid of medelijden. Ik geloof dat de schrijver gelijk had toen hij zei dat de mensen vooral goed zijn dankzij hun remmingen, omdat die hen beletten het kwade te doen. Hij voegde eraan toe dat de mens niet in staat is tot een hogere vorm van ethiek, en dat de mensen soms ook uit lafheid goed zijn. Iets dergelijks heeft hij gezegd. Ik heb dit nog nooit eerder aan iemand verteld. Alleen nu aan jou, verrukkelijk wezen.

We konden natuurlijk niet eeuwig bij die rotskerk en het schuimbad blijven zitten. Na een tijdje kuchte mijn man even, alsof hij zijn keel wilde schrapen, en toen zei hij dat het 'misschien geen slecht idee was' op te staan en wat tussen de aan puin geschoten villa's over de Gellértberg te wandelen, omdat het zulk aangenaam weer was. Hij vreesde 'de komende tijd' geen gelegenheid te hebben voor een gesprek met mij. Hij bedoelde natuurlijk de rest van zijn leven, maar dat zei hij niet. Dat was ook onnodig, want ik wist zelf ook wel dat we elkaar nooit meer zouden terugzien. We begonnen dus via licht stijgende straten de Gellértberg op te lopen, die met kadavers en puinhopen was bezaaid.

Aldus maakten we een wandeling van een uur. Ik weet niet wat mijn man dacht terwijl we zo samen over de heuvels van Boeda liepen. Hij sprak op kalme toon, zonder veel emotie. Ik vroeg hem voorzichtig wat hij in Boeda kwam doen en wat hem gedurende de oorlog was overkomen. Hij zei dat, gezien de bijzondere omstandigheden, alles redelijk in orde was met hem. Ik maakte daaruit op dat hij volkomen geruïneerd was en naar het buitenland wilde gaan om daar als arbeider een baan te zoeken. In een bocht van de weg bleef ik staan om hem voorzichtig te vragen hoe hij de toekomst zag.

Hij bleef ook staan, keek me ernstig aan en dacht na. Dat deed hij altijd voordat hij antwoord gaf op een vraag, het leek wel of hij dan de tijd nam om een aanloop te nemen. Toen hij me enige tijd zo had aangekeken, zijn hoofd ietwat schuin houdend, wendde hij zijn blik af en keek in de richting van het in puin geschoten huis waar we juist voor stonden. Ten slotte zei hij: 'Ik vrees dat er te veel mensen zijn op de wereld.'

Alsof hij daarmee alle andere denkbare vragen had beantwoord, draaide hij zich om en begon in de richting van de brug de helling af te dalen. Ik draafde ijverig met hem mee, zonder te begrijpen waar dat antwoord op sloeg. Hoezo te veel mensen? In die tijd waren er net God weet hoeveel mensen omgekomen. Maar hij zei niets meer en liep met grote stappen onafgebroken door, alsof hij haast had. Ik vroeg me af of hij misschien een grapje had gemaakt of de draak met me had willen steken. Ik herinnerde me dat ik hem vroeger wel eens een raar spelletje met die kale artistiekeling had zien spelen. Ze deden dan of ze 'normale', dat wil zeggen olie-domme burgermannetjes waren, die alles wat iedereen allang had begrepen trots en met geheven wijsvinger uitlegden. Omdat hij zo'n clichéachtig antwoord had gegeven op mijn vraag, verdacht ik hem ervan dat hij me met een dergelijk spelletje in het ootje had genomen. Niettemin was ik het wel met hem eens, er waren inder-daad te veel mensen – mensen die je overal, als coloradokevers in een aardappelveld, in de straten zag wemelen, het leek wel een plaag. Ondanks zijn kennelijke tegenzin om op mijn vraag in te gaan, gaf ik het niet op en vroeg enigszins beschroomd: 'Maar wat denkt u dat er van u persoonlijk zal worden?'

Je moet weten dat ik hem altijd met 'u' aansprak, hoewel hij mij tutoyeerde.[35] Ik zou het nooit gewaagd hebben je en jij tegen hem te zeggen. Hij deed precies het omgekeerde: hoewel hij iedereen met 'u' aansprak, zijn eerste vrouw, zijn ouders en zelfs zijn vrien-den, en nooit de dwaze, arrogante, maar in zijn klasse gebruike-lijke gewoonte volgde dat mensen van gelijke rang elkaar al bij de eerste ontmoeting tutoyeerden, tutoyeerde hij mij wel. We hadden daarover overigens nooit iets afgesproken, het was gewoon een vaste gewoonte tussen ons.

Hij deed zijn bril af, haalde uit het borstzakje van zijn colbert een schone zakdoek te voorschijn en veegde zorgvuldig zijn bril-lenglazen schoon. Toen hij zijn bril weer op zijn neus had gezet, keek hij in de richting van de brug, waarop de mensen nog steeds in lange rijen voortschuifelden. Daarna zei hij rustig: 'Ik ga weg uit Hongarije, want ik ben hier overbodig.'

Terwijl hij sprak, keek hij me met zijn grijze ogen oplettend en zonder te knipperen door zijn brillenglazen aan.

Hij had niet op hoogmoedige toon gesproken, maar zakelijk, zoals een arts die bij een patiënt een ziekte constateert. Ik vroeg niets meer, omdat ik wist dat hij toch niets meer zou zeggen, al had ik hem op de pijnbank gelegd. We vervolgden onze weg totdat we bij de brug waren gekomen. Daar namen we zwijgend afscheid. Hij liep daarna door in de richting van de Krisztina-wijk, terwijl ik me weer in de rij voegde en me langzaam door de menigte naar de brug liet voeren. Ik zag hem nog één keer in de verte lopen, zonder hoed en met zijn regenjas over zijn arm, langzaam, maar vastberaden, alsof hij precies wist waar hij heen ging: naar het niets. Ik wist dat ik hem nooit van mijn leven meer zou zien. De wetenschap dat je iemand nooit van je leven meer zult zien, heeft zoiets onverdraaglijks dat je er krankzinnig van zou kunnen worden.

Wat hij me had willen duidelijk maken?… Misschien dat een man alleen werkelijk leeft zolang hij een taak heeft. Zodra men hem die ontneemt, leeft hij niet meer, maar existeert hij alleen nog. Jij kunt dat niet begrijpen, omdat jij een heel duidelijke taak hebt op deze wereld, namelijk mij lief te hebben. Nu heb ik zowaar iets gezegd wat ik eigenlijk geheim had willen houden. Kijk me niet zo wantrouwend aan met je sluwe oogjes! Stel je voor dat iemand – laten we zeggen een gemene kerel – ons begluurde en afluisterde. Als hij zou horen wat ik je in deze hotelkamer vlak voor zonson-dergang allemaal vertel, en bovendien zou zien hoe jij als een pasja in bed ligt uit te rusten van de vermoeienissen van het drummen, terwijl ik als een haremvrouw om je heen dartel, zou hij ons mis-schien voor twee louche types houden. Hij zou misschien tot de conclusie komen dat ik een inhalig wijf ben dat erin geslaagd is met rijkelui aan te pappen, en jij mijn gigoloachtige vriendje, dat graag wil horen wat ik met die mensen allemaal heb meegemaakt. Helaas, zo denken de mensen, zo boosaardig is de wereld. Frons niet zo je wenkbrauwen, daar krijg je rimpels van op je voorhoofd. Lach toch om wat ik zeg. Wij weten toch wel beter. Jij bent geen gigolo, maar een begaafd kunstenaar en mijn weldoener, die ik aanbid en die me bijstaat in mijn laatste, eenzame levensperiode. Je helpt me bijvoorbeeld met de verkoop van de sieraden die ik uit mijn huwelijk heb overgehouden. Zo goed en barmhartig ben je. En ik ben geen inhalig wijf en ben dat nooit geweest, ook niet toen ik mijn man zo veel mogelijk bestal. Het was me namelijk niet om zijn geld te doen, maar om sociale rechtvaardigheid, maar dat weten alleen jij en ik. Waarom grijns je nu?

Inderdaad, mijn man was anders dan de meeste mannen. Terwijl ik hem nakeek, voelde ik me steeds nieuwsgieriger worden. Ik had graag geweten wat voor hem belangrijk was in het leven. En waarom hij zich nu overbodig voelde en naar Australië of Amerika ging om daar stoffenverver of monteur te worden. Was de maatschappelijke rol waarin hij had geloofd en die hij met zoveel overgave had gespeeld, soms een farce geweest, een idee-fixe? Ik durf geen antwoord te geven op deze vraag, want ik ben in dit soort dingen niet erg goed onderlegd. Ik lees geen kranten, hoogstens wanneer er met grote koppen wordt vermeld dat er een hoge Piet is vermoord of een bekende filmster gaat scheiden. En van de politiek weet ik alleen dat politici elkaar niet verder vertrouwen dan ze elkaar zien en allemaal beweren de wijsheid in pacht te hebben. Terwijl ik mijn man bij de brug stond na te kijken, kwam er juist een troep Russische infanteristen voorbij, kloeke, rijzige jongemannen met het geweer aan de schouder en de bajonet op het geweer, die naar Hongarije waren gekomen om daar alles te veranderen en niets over te laten van de maatschappij waarin mijn man, althans naar hij meende, zo'n belangrijke rol had gespeeld.

Toen ik met de menigte over de brug schuifelde, boven het vuilgele, gestaag stromende water van de nog winterse Donau, zag ik in het water planken, scheepswrakken en lijken drijven. Niemand bekommerde zich om dat soort zaken, iedereen keek alleen voor zich uit en zeulde voorovergebogen zijn zware rugzak, zodat het leek of de hele mensheid aan een troosteloze pelgrimstocht was begonnen. Zo trokken we over de brug, als een menigte berouwvolle zondaars. Opeens vond ik het niet meer zo belangrijk om naar de Királystraat te gaan en daar mijn vodjes papiergeld voor nagellakverwijderaar te ruilen. Ik was behoorlijk van streek geraakt door die ontmoeting met mijn ex-man en had eigenlijk geen zin meer om naar Pest te gaan. Weliswaar had ik nooit van die man gehouden, maar ik merkte tot mijn schrik dat ik ook niet boos meer op hem was, in elk geval niet meer uit de grond van mijn hart, zoals je je vijand behoort te haten. En daardoor was ik helemaal van mijn stuk gebracht, het leek wel of ik iets waardevols had verloren. Weet je, als twee mensen ruzie hebben gehad, komt er een moment waarop het geen zin meer heeft nog langer boos te zijn op elkaar. Dat is een heel verdrietig moment, neem dat maar van me aan.

Het wordt dag. Kijk eens, hoe warm en schuimend het licht is! In Rome gaat de nacht bijna zonder overgang over in de dag. Zie je de sinaasappelboompjes voor het raam? Er hangen aan elke boom twee sinaasappels. Verschrompelde vruchten, zoals alle sinaasappels die hier in de stad rijpen. Het lijken wel oude mensen, van wie de gevoelens materie zijn geworden.

Doet het licht geen pijn aan je ogen? Ik ben dol op de Romeinse ochtenden, op dat felle licht. Het komt zo plotseling en zo stralend op als een jonge vrouw die haar nachtjapon afwerpt en naakt voor het raam gaat staan. Ze is niet onkuis, maar alleen naakt.

Vind je me poëtisch? Dat is me zelf ook al opgevallen, soms gebruik ik net zulke vergelijkingen als de verzensmeders. Ik zie al wat je denkt: dat ik dat van hem heb geleerd, de kaalhoofdige kunstenaar. In zeker zin heb je gelijk, wij vrouwen zijn goede imitators, we apen de man na die ons interesseert. Laat die albums nu maar met rust. Het heeft geen zin ze allemaal door te kijken, ik heb geen foto van hem.

De straat is nog leeg. Heb je gemerkt dat deze kleine straat, de Via Liguria, ook overdag heel rustig is. Ik begrijp nu waarom hij hier is gaan wonen. Wie? De kaalkop natuurlijk. Schuif eens een eindje op, ik wil naast je gaan liggen.

Geef me dat kussentje eens aan, wil je? En de asbak. Heb je slaap? Ik ben ook niet moe. Laten we gewoon rustig in bed blijven liggen. Het is niet onaangenaam op de vroege ochtend in Rome zo op je rug te liggen en naar het plafond van deze oude kamer te kijken. Als ik 's nachts om een uur of drie wakker word en jij nog niet terug bent van de club, lig ik vaak zo.

Of de kale in deze kamer heeft gewoond? Ik zou het echt niet weten, val me niet met zulk soort vragen lastig. Ga liever naar de portier beneden en vraag hem wat je wilt weten.

Goed dan, het is niet onmogelijk dat hij in deze kamer heeft gewoond. Wat wil je weten? Of ik voor hem naar Rome ben gegaan? Wat heb je toch vreemde gedachten! Die man was al twee maanden dood toen ik naar Rome vertrok.

Wat zeg je nu? Nee, ik heb niet zijn graf proberen te vinden toen ik laatst op het protestante kerkhof was, maar het graf van een dichter, een beklagenswaardige Engelsman. Het enige wat er van je veronderstelling klopt, is dat de kale me ooit het een en ander over die beroemde graven heeft verteld. Maar hij ligt niet daar begraven, maar ergens buiten de stad, op een goedkope begraafplaats. Hij was ook niet protestant, zoals die Engelse dichter. Nee, ook geen jood. Ik weet alleen dat hij niet gelovig was.

Ik zie heus wel dat je met je ogen knippert en niet gelooft wat ik zeg. Je denkt dat ik in werkelijkheid wel degelijk zijn geliefde ben geweest en hem daarom achterna ben gereisd. Het spijt me, maar ik kan je niet met pikante verhalen over onze relatie vermaken. Er is tussen ons nooit iets geweest. Die man leidde een heel eenvoudig leven. Hij was niet zo'n interessante, door goddelijke genade met overvloedig talent begiftigde kunstenaar als jij, mijn hartje. Hij leek eerder een ambtenaar of een gepensioneerde leraar.

Die man was niet avontuurlijk en leefde ook niet avontuurlijk. De vrouwen hadden geen belangstelling voor hem en zijn naam stond nooit in de krant. Misschien dat dat vroeger anders was geweest, maar toen ik hem leerde kennen, speelde hij geen enkele rol in het artistieke leven. Ik heb later inderdaad gehoord dat hij vroeger min of meer beroemd is geweest, maar in die tijd, tegen het einde van de oorlog, had niemand meer belangstelling voor hem.

Echt waar, ik zou niets interessants over die man kunnen vertellen. En ik heb ook geen foto van hem. Hij wilde niet graag gefotografeerd worden. Soms leek hij wel een misdadiger die bang is op een glas zijn vingerafdrukken achter te laten en die zich onder een valse naam schuilhoudt. Als die man iets interessants had, was dat alleen het feit dat hij met elke vezel van zijn lichaam, ja met nagels en tanden, probeerde het gevaar af te weren dat iemand hem interessant zou vinden. Maar laten we over hem ophouden.

Zeur nou niet zo. Ik kan er niet tegen als je zo smekend en dreigend aandringt. Wil je dat ook nog van me hebben, die geschiedenis? Nadat je al de ring en de dollars hebt gekregen? Moet ik je alles geven? Mag ik niets voor mezelf houden? Als ik je dat ook nog geef, heb ik niets meer over. Als je me dan in de steek laat, blijf ik met lege handen achter. Wil je dat?

Nu, goed dan, ik zal je het verhaal vertellen. Maar verbeeld je alsjeblieft niet dat je de sterkste bent van ons tweeën. Ik ben alleen maar zwakker dan jij.

Het is geen gemakkelijk verhaal om te vertellen, want het gaat eigenlijk over het niets. Ik denk dat je eigenlijk alleen maar over iets kunt vertellen, althans in het gewone, dagelijkse leven. Maar weet je, er zijn mensen die niet alleen in de alledaagse werkelijkheid leven, maar ook ergens anders, in een andere werkelijkheid. Die mensen zijn misschien in staat even boeiend over het niets te vertellen als een gewoon mens over iets spannends vertelt. Dat kunstenaarstype zei dat alles werkelijkheid is, niet alleen de dingen die je kunt beetpakken, maar ook de begrippen. En omdat 'niets' ook een begrip is, interesseerde hij zich ook daarvoor. Hij nam het in de hand, draaide het om en om en bekeek het van alle kanten. Knipper niet zo met je ogen, ik zie al dat je me niet kunt volgen. Ik begreep het indertijd ook niet. Later heb ik op een vreemde manier meegemaakt hoe het niets in zijn hoofd en zijn handen tot werkelijkheid werd, hoe het groeide en betekenis kreeg. Dat was een truc van hem. Probeer het maar niet te begrijpen, het is te moeilijk voor ons.

Hoe hij heette?… Tja, voor de wereld zal hij wel een of andere naam hebben gehad. Eerlijk gezegd had ik vroeger nooit een boek van hem gelezen. Toen ik hem leerde kennen, dacht ik dat hij mij ook met een spelletje voor de gek hield, zoals hij met alles en iedereen de draak stak. Ik ben toen zo nijdig geworden dat ik in een hoekje ben gaan zitten om een boek van hem te lezen. Of ik het begrepen heb? In grote lijnen wel. Hij schreef eenvoudig en gebruikte geen moeilijke woorden, in dat boek stonden alleen woorden die ook in het dagelijks leven worden gebruikt. Dat boek ging over allerlei dingen, bijvoorbeeld over brood en wijn, over de vraag wat je moet eten, hoe je het beste kunt wandelen en wat je onder het wandelen moet denken. Het leek een soort leerboek voor zwakzinnigen, die niet weten hoe ze moeten leven. Zo'n soort boek was het. Maar het was ook een sluw boek, want achter de geveinsde natuurlijkheid en het schoolmeesterstoontje grijnsde een boosaardige onverschilligheid. Het was alsof alles – het boek, het schrijven van het boek en de lezer die het boek in zijn hand houdt en onder het lezen ernstig wordt of dromerig of ontroerd of geïrriteerd omdat hij het gelezene niet begrijpt – alsof dat alles door een kwaadaardige jongen op de achtergrond werd gadegeslagen, uit de hoek van de kamer of van tussen de bladzijden, een jongen die vol leedvermaak grijnsde. Zo'n gevoel had ik toen ik dat boek las. Ik begreep elke regel, maar niet het geheel, want het was me niet duidelijk waar de schrijver naar toe wilde. En ik begreep evenmin waarom hij boeken schreef als hij dat niet belangrijk vond, als hij noch aan de literatuur noch aan het lezen van boeken enige waarde hechtte. Ik werd elke keer woedend als ik in dat boek las. Uiteindelijk heb ik het ook niet uitgelezen, maar woedend in een hoek gesmeten.

Later, toen ik bijna voortdurend bij hem was, heb ik hem dat ook gezegd. Hij luisterde ernstig naar me, als een pastoor of een leraar. Toen ik was uitgesproken, knikte hij, schoof zijn gouden brilletje op zijn voorhoofd en zei vol begrip: 'Inderdaad, schandalig', terwijl hij een gebaar maakte alsof hij alle boeken van de hele wereld moedeloos in de hoek gooide. Daarna slaakte hij met een verdrietig gezicht een zucht. Maar hij zei niet precies wat er zo schandalig was. De literatuur? Of het feit dat ik het boek niet begreep? Of dat er dingen zijn die niet beschreven kunnen worden? Ik durfde het hem niet te vragen. Hij ging met woorden namelijk even voorzichtig om als apothekers met vergif. Als ik hem wel eens vroeg wat een bepaald woord betekende, keek hij me wantrouwend aan, precies zoals een apotheker kijkt wanneer een verwilderde vrouw met een verwaarloosd uiterlijk de winkel binnenkomt en om een slaapmiddel vraagt, bijvoorbeeld Veronal. Of zoals de kruidenier wanneer een dienstmeisje met een behuild gezicht een fles loog wil kopen. Volgens hem waren woorden vergif. Een bitter gif, dat je alleen sterk verdund mocht innemen.

Waarover onze gesprekken gingen? Ik probeer me te herinneren wat hij de schaarse keren dat hij sprak, zei. Niet veel in ieder geval.

Op een keer, tijdens een luchtaanval, toen andere mensen in de kelder zaten en met een droge mond en zwetend van angst op de dood wachtten, had hij het erover dat de aarde en het menselijk lichaam uit dezelfde stoffen bestaan. Hij las me de samenstelling voor, ongeveer vijfendertig procent vaste stof en vijfenzestig procent water. Dat had hij uit een Zwitsers boek. Hij vond het fantastisch en sprak er zo vergenoegd over, alsof alles nu volmaakt in orde was. Rondom ons stortten de huizen in en renden de mensen huilend en gillend van de ene schuilplaats naar de andere, maar hij bekommerde zich er niet om. Hij vertelde over een Duitser die lang geleden geleefd heeft, minstens honderd jaar. Er is hier in Rome een café, we hebben er laatst gezeten, het heet Greco, waar die Duitser graag naartoe ging. Doe maar geen moeite, ik weet zijn naam ook niet meer.[36] De kale zei dat volgens die Duitser de planten en de dieren en de hele aarde op dezelfde manier waren gemaakt. Begrijp je zoiets? In de weken dat Boedapest werd gebombardeerd, las hij zo koortsachtig en geconcentreerd dat het wel leek of hij iets in te halen had, iets wat hij had nagelaten te doen, iets heel belangrijks. Het was alsof hij zijn hele leven had verlummeld en nu onvoldoende tijd had om het verzuimde in te halen, om bijvoorbeeld te ontdekken hoe de wereld in elkaar zit. Ik zat stilletjes in een hoekje, keek naar hem en lachte hem uit. Maar daar gaf hij niets om, hij trok zich van mij even weinig aan als van de bommen.

Hij zei altijd 'u' tegen me. Eerlijk waar, hij was de enige uit de wereld van mijn man, uit de zogenaamde bovenlaag van de bevolking, die me ook in vertrouwelijke situaties niet tutoyeerde. Wat zeg je? Dat hij dan geen gentleman kan zijn geweest? Dat hij maar een schrijvertje was en geen echte gentleman? Wat ben je toch slim! Je hebt misschien gelijk, misschien behoorde hij inderdaad niet tot de bovenlaag, want hij sprak altijd vol respect tegen me.

Toen ik nog dienstmeisje was, heeft mijn man me op een keer naar hem toe gestuurd om me door hem te laten keuren. Ik ging zoet als een lammetje naar hem toe, zoals ik ook naar die dokter was gegaan naar wie zijn ouders me hadden gestuurd, omdat ze er zeker van wilden zijn dat ik niet besmettelijk was. Voor mijn man was de kale in die tijd ook een soort dokter, alleen moest hij niet mijn lichaam maar mijn innerlijk onderzoeken. Hoewel de schrijver bereid was dit te doen, ontving hij me tamelijk onvriendelijk. Om de een of andere reden vond hij het idee dat mijn man in zijn radeloosheid had uitgedacht, namelijk dat ik een soort psychiatrisch onderzoek moest ondergaan, nogal gênant en dwaas. Hij bromde iets toen hij de deur opende en bood me een stoel aan. Daarna zei hij niet veel meer, hij keek me alleen af en toe aan.

Meestal keek hij mensen met wie hij sprak niet aan. Hij wendde zijn blik af, als iemand die een slecht geweten heeft en direct oogcontact mijdt. Maar soms begonnen zijn ogen opeens te glanzen en dan merkte je dat hij je aankeek, en niet gewoon, maar heel intens. Hij keek als het ware met kracht. Je hoort wel vertellen dat de communisten zo kijken als ze hun gevangenen ondervragen. Je kon je aan die blik van hem niet onttrekken. Je kon er niets tegen doen, noch kuchen noch je wenkbrauwen fronsen noch onverschilligheid voorwenden. Het leek wel of hij je beetpakte en in bezit nam. Hij was op zo'n moment als een chirurg die zich met een scalpel in zijn hand en een stuk ontsmettend gaas voor zijn mond over een patiënt op de operatietafel buigt en enkele ogenblikken later diens lever of nieren aanschouwt. Hij keek maar zelden zo. En nooit lang. Blijkbaar kon hij die blik maar korte tijd volhouden. Welnu, toen ik die keer bij hem was, bekeek hij me op die manier, mij, de vleesgeworden idee-fixe van zijn vriend. Daarna wende hij zich af en verdween de kracht uit zijn ogen. Hij zei: 'U kunt gaan, juffrouw Áldozó.'

Ik ben weggegaan en heb hem daarna tien jaar lang niet meer gezien. Mijn man en ik ontmoetten elkaar in die tijd niet en daardoor kwam ik ook niet meer in contact met hem.

Ik heb nooit iets concreets gemerkt, maar ik vermoed dat die man iets met de eerste vrouw van mijn man heeft gehad. Toen mijn man en zij waren gescheiden, is die vrouw naar Rome gereisd. Ze heeft een tijdje in die stad gelogeerd, maar daarna is ze naar Boedapest teruggekeerd en heeft ze verder een heel teruggetrokken leven geleid, niemand hoorde ooit nog iets van haar. Ze is een paar maanden voor het uitbreken van de oorlog gestorven. Totaal onverwachts. Een bloedprop was in haar hart geschoten, zodat ze meteen dood neerviel. Later begonnen de mensen over het geval te kletsen, zoals ze gewoonlijk doen wanneer er een jonge vrouw overlijdt die ogenschijnlijk niets mankeert. Ze beweerden onder andere dat ze zelfmoord had gepleegd. Maar niemand wist aannemelijk te maken waarom zo'n knappe jonge vrouw, die nog welgesteld was ook, dat gedaan zou hebben. Ze had een mooie woning, ging regelmatig op reis, verkeerde zelden onder de mensen en leidde een heel rustig leven. Ik heb getracht wat meer over haar te weten te komen, zoals vrouwen doen, wanneer ze door een man met een andere vrouw zijn verbonden, maar ik heb niets bijzonders ontdekt.

Maar over zulke onverwachte sterfgevallen in het algemeen weet ik wel iets te vertellen. Ik heb weinig vertrouwen in dokters, al ga ik dadelijk naar ze toe als ik me in mijn vinger heb gejaapt of last heb van keelpijn. Maar toch heb ik geen vertrouwen in ze, want er zijn dingen die alleen zieken weten en waar de artsen geen idee van hebben. Ik weet bijvoorbeeld dat zo'n plotselinge dood, ook al heeft zich geen enkel voorteken voorgedaan en is iemand op het oog kerngezond, niet geheel uitgesloten is. Mijn eigenaardige vriend de schrijver, die ook een soort kwakzalver was, wist daar het een en ander van. In de tijd dat ik hem leerde kennen, voelde ik me soms heel eenzaam. Ik dacht voortdurend: zo dadelijk zal het wel afgelopen zijn met me, ik maak het vast niet lang meer.

Ik ontmoette de kaalhoofdige schrijver, die ik jaren niet meer had gezien, in een schuilkelder in Boeda, 's avonds om een uur of zes, totaal onverwachts. De grotachtige ruimte waarin we ons bevonden, was volgepakt met honderden mensen. Het leek of we voor een processie waren bijeengekomen, zoals in de Middeleeuwen, toen het volk bij pestepidemieën in grotten bijeenkwam om religieuze liederen te zingen. Hij herkende me en beduidde me met een wenk dat ik naast hem moest gaan zitten. Ik deed wat hij verlangde en luisterde naar het doffe, dreunende geluid van de ontploffende bommen, die ergens in de verte insloegen. Eerst herkende ik hem niet, maar geleidelijk realiseerde ik me dat hij degene was naar wie mijn man me indertijd had gestuurd om onderzocht te worden. Na een poosje zei hij dat ik moest opstaan en met hem meegaan.

Het luchtalarm was nog steeds van kracht, zodat het steegje op de Burchtheuvel waar we doorheen liepen, er verlaten bij lag. Het was doodstil om ons heen. Toen we bij de oude theesalon waren gekomen – je kent hem wel, een fraai gemeubileerde zaak die al meer dan honderd jaar bestaat –, gingen we daar naar binnen.

Het was een spookachtige ervaring de lege zaal binnen te gaan, waar niemand aanwezig was om onze groet te beantwoorden, alsof we een afspraak met een overledene hadden, die onzichtbaar op ons zat te wachten. De eigenaar van de theesalon en de serveerster waren bij het eerste sirenegeloei de kelder in gevlucht. We liepen door de salon met zijn mahoniehouten meubels, in glazen vitrines uitgestalde flessen likeur en met organza afgedekt gebak, dat door de oorlogsomstandigheden uit niet veel meer dan ranzig geworden crèmegebakjes en verdroogde schuimtaartjes bestond, en gingen zwijgend aan een van de tafeltjes zitten om het einde van het alarm af te wachten. Ver weg, aan de overkant van de rivier, in Pest, ratelde het afweergeschut en vielen Amerikaanse bommen met een dof gedreun op de stad. Boven de burcht zweefden zwarte, walmende rookwolken, want de bommen hadden ook een oliereservoir op de linkeroever van de rivier getroffen.

De kale speelde voor gastheer en deed alsof hij in de oude theesalon kind aan huis was. Hij schonk likeur in en legde plakjes notencake en crèmegebakjes op een schoteltje. Het viel me op dat hij zich met een vanzelfsprekend gemak in het etablissement bewoog, alsof hij een stamgast van de zaak was. Toen hij het schoteltje voor me had neergezet, vroeg ik hem of hij wel vaker in die salon kwam.

'Ik?' zei hij verbaasd, met zijn glaasje likeur in zijn hand. 'Welnee. Ik ben hier misschien dertig jaar geleden voor het laatst geweest, in mijn studententijd. Nee,' voegde hij er hoofdschuddend aan toe, nadat hij even om zich heen had gekeken, 'ik kan me niet precies herinneren wanneer dat is geweest.'

We klonken met de likeurglaasjes, peuzelden het gebak op en keuvelden wat. Toen de sirenes het einde van het luchtalarm aankondigden en de bejaarde eigenares en de serveerster uit de kelder terugkeerden, waren we in een levendig gesprek gewikkeld. We hernieuwden die eerste kennismaking van jaren geleden en leerden elkaar nu pas werkelijk kennen.

De natuurlijke manier waarop die hernieuwde kennismaking verliep, verbaasde me toen om de een of andere reden niet. Ook later verbaasde ik me nergens over als ik in zijn gezelschap verkeerde. Als hij zich in mijn bijzijn spiernaakt had uitgekleed en was begonnen te zingen, zoals godsdienstwaanzinnigen op straat wel eens doen, zou ik niet verbaasd zijn geweest. En ook niet als ik hem met een lange baard was tegengekomen, en hij me had verteld dat hij op de berg Sinaï een gesprek met Onze Lieve Heer had gevoerd.

Ik was ook niet verbaasd over het feit dat hij zich in de theesalon niet aan me voorstelde, niet mijn naam wilde weten en met geen woord repte over mijn man. Het was alsof elk woord over dit soort dingen overbodig was en hij het wezenlijke toch al wist. Alsof niets zo saai en onnodig was als elkaar vertellen wie je was en wat je deed. Ook praten over dingen die in het verleden waren gebeurd, zoals het overlijden van de jonge vrouw of onze eerste ontmoeting, toen hij me moest onderzoeken, achtte hij kennelijk geheel overbodig. We converseerden alsof het leven van de mens alleen maar in een eindeloze dialoog bestaat, die alleen door de dood wordt onderbroken, maar slechts heel even, niet langer dan nodig is om één keer adem te halen.

Hij vroeg dus ook niet hoe het met me ging, waar ik woonde en of ik met iemand samenleefde. Het enige wat hij wilde weten, was of ik wel eens gevulde olijven had gegeten.

Eerst dacht ik dat hij gek was geworden. Ik keek hem lang aan, maar kon niets verdachts ontdekken aan de ernstige blik van zijn grijsgroene, vorsende ogen. Hij leek uiterst oplettend en geconcentreerd, alsof ons leven afhing van het antwoord op die vraag.

Ik dacht na, omdat ik de vraag serieus wilde beantwoorden. Ten slotte antwoordde ik dat ik die inderdaad wel eens gegeten had, namelijk in een Italiaans restaurantje in de Londense wijk Soho, waar de Griek een keer met me was gaan eten. Maar over de Griek zelf zei ik niets, dat leek me op dat moment niet noodzakelijk.

'Ik ben blij dat te horen,' zei hij opgelucht.

Ik vroeg schuchter – om een of andere reden durfde ik niet vrijuit tegen hem te spreken – waarom dat zo belangrijk was.

Hij antwoordde haastig en op strenge toon: 'Omdat ze niet meer te krijgen zijn. In heel Boedapest is geen olijf meer te koop. Vroeger kon je ze in de binnenstad krijgen, in de bekende delicatessenwinkel van…' Hij noemde de naam van de eigenaar van de winkel. 'Maar gevulde olijven zijn in Hongarije nog nooit te koop geweest. Dat komt doordat Napoleon nooit verder dan de stad Györ is gekomen.'

Hij knikte en stak een sigaret op, alsof hij niets meer te zeggen had. Aan de wand tikte een oude Weense slingerklok. Ik luisterde naar het regelmatige getik. En ook naar de van ver komende, doffe geluiden van explosies, die klonken als de oprispingen van een wild dier dat zijn maaltijd ligt te verteren. De situatie was zo onwezenlijk dat het leek of ik droomde. Hoewel die droom geen aangename droom was, voelde ik toch een eigenaardige rust. Dat had ik ook later altijd als ik bij hem was. Ik kan je niet uitleggen waarom. Ik heb me bij die man nooit gelukkig gevoeld. Soms haatte ik hem zelfs, want hij irriteerde me vaak bovenmatig. Maar verveeld heb ik me in zijn aanwezigheid nooit. En onrustig of ongeduldig heb ik me bij hem ook nooit gevoeld. Als ik bij hem thuis was, leek het wel of alles wat me bedrukte, van me afviel, ook de last die ik als gevolg van mijn opvoeding met me meezeulde. Ik werd gewoon rustig. De weken na onze hernieuwde kennismaking waren de krankzinnigste van de hele oorlog, maar toch heb ik me nooit zo rustig en vredig gevoeld als in die tijd.

Soms dacht ik wel eens: wat jammer dat ik niet zijn geliefde ben. Niet dat ik ernaar snakte met hem naar bed te gaan. Hij was al tamelijk oud, had gele tanden en blauwe wallen onder zijn ogen. Ik verdacht hem er soms van dat hij impotent was en daarom niet naar me keek zoals een man naar een vrouw behoort te kijken. Of dat hij van jongens hield en geen behoefte aan vrouwenvlees had. Ik weet het niet, ik kan alleen zeggen dat hij, wat dit betreft, weinig aandacht voor me had.

Over olijven zei hij nog: 'In Boedapest zijn nooit gevulde olijven verkrijgbaar geweest, ook niet voor de oorlog. Het enige wat je wel eens in de winkels zag, waren van die kleine zwarte, gedroogde olijven, zonder vulling. Overigens kun je ook in Italië lang niet overal gevulde olijven krijgen.'

Hij schoof zijn bril op zijn voorhoofd en zei met geheven wijsvinger: 'Het is eigenaardig, maar de sappige, enigszins bittere, met paprika gevulde en naar bloemen geurende olijven die ik bedoel, waren alleen in Parijs te koop, en wel tegen het einde van de jaren twintig. In de wijk Ternes, op de hoek van de Rue Saint-Ferdinand, in een Italiaanse delicatessenwinkel.' Nadat hij alles had verteld wat er in de toenmalige ontwikkelingsfase van de mensheid over gevulde olijven viel te zeggen, zweeg hij tevreden en streek met zijn hand over zijn kale schedel.

Er is vast een steekje aan hem los. Ik bevind me, wat je noemt, in een ideale situatie: tijdens een bombardement op de Burchtheuvel, in gezelschap van een krankzinnige die ooit de vriend van mijn man is geweest, dacht ik, de schrijver enigszins geschrokken aankijkend. Maar ondanks deze gedachte voelde ik me volstrekt niet onbehaaglijk.

Ik vroeg hem vriendelijk, op de toon waarop men zich tot krankzinnigen pleegt te wenden, waarom hij dacht dat het voor mij in de nabije of verre toekomst gunstig was dat ik ooit gevulde olijven had gegeten.

Hij hoorde de vraag met ietwat zijwaarts gebogen hoofd aan, dacht enige tijd na en zei toen vriendelijk en geduldig: 'Omdat het gedaan is met de cultuur. En met alles wat daarbij hoort. De olijven waren daar maar een heel klein, smakelijk bestanddeel van, maar al dergelijke kostelijke bestanddelen en ingrediënten zorgden voor de heerlijke smaak van het wonderbaarlijke gerecht dat 'cultuur' wordt genoemd. En dat gaat op het ogenblik allemaal verloren, zelfs al blijven de bestanddelen misschien bestaan.' Terwijl hij zo sprak, hief hij zijn handen, als een dirigent die een fortissimo aankondigt. 'Er zullen straks heus nog wel ergens gevulde olijven worden verkocht, maar het type mens dat de cultuur belichaamde en die werkelijk zijn eigendom mocht noemen, zal dan verloren zijn gegaan. De mensen zullen alleen nog kennis bezitten, maar dat is niet hetzelfde. Cultuur is een ervaring, een onafgebroken ervaring, zoals zonneschijn. Kennis is alleen maar bijzaak.' Hij haalde zijn schouders op en voegde er hoffelijk aan toe: 'Dus daarom ben ik blij dat u nog voor de ondergang van de cultuur olijven hebt gegeten.'

Alsof er een punt achter deze zin werd gezet, schudde het gebouw waarin we ons bevonden, door een hevige ontploffing. 'Betalen alstublieft,' zei hij, terwijl hij pardoes opstond, alsof de reusachtige knal hem erop attent had gemaakt dat er nog wat meer was te doen dan het begraven van de cultuur.

Hij liet me beleefd voorgaan en we daalden zwijgend de verlaten Gemzentrap af, die van de Burchtheuvel omlaag leidt. Toen we beneden waren gekomen, gingen we dadelijk naar zijn woning. Hiertoe moesten we de schitterende brug over die een paar maanden later in stukken gebroken in het water zou liggen.[37] Aan de kettingen van de brug waren springladingen bevestigd, want de Duitsers hadden zich grondig op de komst van de Russen voorbereid. Mijn metgezel bekeek de ladingen met de kalme blik van een deskundige, van iemand die alleen in de juiste plaatsing en verdeling van de explosieven is geïnteresseerd. 'Deze brug gaat er ook aan,' zei hij, toen we midden op de brug stonden, en hij wees op de reusachtige, in een omgekeerde boog hangende stalen banden, die geduldig maar toch met een zeker elan de zware brug torsten. 'Hij gaat er helemaal aan. Waarom? Omdat alles lukt waar mensen zich langdurig en serieus, met veel vakkennis, op hebben voorbereid.' Dit laatste zei hij heel vlug en het klonk alsof hij zichzelf antwoord gaf in een ingewikkelde discussie. 'De Duitsers zijn heel goed in het opblazen van grote objecten,' voegde hij eraan toe, op een toon die een lichte waardering verried. 'Niemand is zo

379

goed in het ondermijnen van bruggen als de Duitse pyrotechnici. Ze zullen de Kettingbrug dus de lucht in laten vliegen en daarna alle andere bruggen, zoals ze ook Warschau en Stalingrad hebben verwoest. Heus waar, ze zullen hun plan op volmaakte wijze volvoeren.' Hij bleef met geheven handen precies in het midden van de ter dood veroordeelde brug staan, alsof hij me nog eens extra attent wilde maken op de betekenis van de wonderbaarlijke pyrotechnische vermogens van de Duitsers.

'Maar dat is verschrikkelijk,' zei ik hijgend van ontzetting, 'die prachtige bruggen...'

Ik kon mijn zin niet afmaken doordat hij me in de rede viel.

'Waarom verschrikkelijk?' vroeg hij met slepende stem, en hij keek me met ietwat zijwaarts gebogen hoofd aan. Hij was lang, ongeveer een hoofd groter dan ik. Meeuwen cirkelden om de bogen van de brug, verder was er geen levende ziel te bekennen op dit gevaarlijke uur van de dag, kort na zonsondergang.

Aan zijn eigenaardige intonatie was duidelijk te merken dat hij verrast was door mijn uitbarsting.

'Waarom?' antwoordde ik geprikkeld. 'Vindt u het dan niet zonde van de bruggen? En van de mensen? En van alles wat vernietigd wordt?'

'Ik?' vroeg hij weer met gerekte stem, alsof mijn vraag hem enorm verbaasde, alsof hij nog geen moment aan de door de oorlog veroorzaakte verwoestingen en menselijke ellende had gedacht. 'Natuurlijk wel,' zei hij op hartstochtelijke toon en met zijn hoed zwaaiend. 'Hoe kunt u van me denken dat ik dat niet zonde zou vinden?' Hij klakte met zijn tong en zijn lippen plooiden zich tot een eigenaardig glimlachje, alsof hij mijn ongerijmde veronderstelling, die eigenlijk op een ruwe beschuldiging neerkwam, nogal vermakelijk vond. 'Ik zal u eens wat zeggen,' zei hij, zich naar mij toe buigend en me recht in de ogen kijkend, als een hypnotiseur, 'ik heb me nooit met iets anders beziggehouden dan met het betreuren dat oorlogsgeweld bruggen en mensenlevens vernietigt!'

Hij ademde zwaar, alsof hij gekwetst was en slechts met moeite zijn tranen kon inhouden.

Hij speelt toneel, dacht ik plotseling, hij is een komediant en een clown. Maar toen ik hem aankeek, constateerde ik verrast dat zijn grijsgroene ogen vochtig waren. Ik kon het niet geloven, maar er was geen twijfel mogelijk, die man huilde. Een ogenblik later liepen de tranen zelfs over zijn wangen.

Hij schaamde zich er absoluut niet voor en deed geen moeite het te verbergen. Het leek of alleen zijn ogen en niet de rest van zijn wezen huilde, en alsof dat geheel buiten zijn wil om gebeurde.

'Arme brug,' mompelde hij, alsof ik niet naast hem stond. 'Arme, fantastische brug! En arme mensen! Arme, zielige mensheid!'

Zo jammerde hij. We stonden roerloos op de brug. Wat later droogde hij met de rug van zijn hand zijn tranen, wreef zijn hand aan zijn jas af en snoof een paar keer luidruchtig. Hij keek weer naar de springladingen, ditmaal hoofdschuddend, alsof hij een grove fout ontdekte, alsof de arme mensheid een bende kwajongens was die hij, de schrijver, noch met goede woorden noch met de rotting tot rede kon brengen en disciplineren.

'Ja, dat gaat er allemaal aan ,' zei hij zuchtend, maar met een stem waarin ook een merkwaardige tevredenheid doorklonk, alsof dit alles al lang van tevoren voorzienbaar was geweest. Alsof hij met papier en potlood van tevoren had berekend dat bepaalde eigenschappen van de Duitsers onverbiddelijk tot het opblazen van bruggen zouden leiden, en nu bleek dat die berekeningen klopten, zodat hij ondanks zijn gesnotter en zijn gejammer in het diepst van zijn hart tevreden was, als een kundig vakman die ziet dat hij bij het rekenen geen fout heeft gemaakt.

'Kom,' zei hij, 'laten we maar naar huis gaan.'

Hij zei 'we', alsof we al hadden afgesproken dat ik met hem mee zou gaan. En weet je wat het vreemde was? Ook ik had het idee dat we dat al besproken hadden, sterker nog: dat we na lang discussiëren en onderhandelen alles hadden geregeld wat er tussen ons geregeld diende te worden. We gingen zwijgend via de ten dode opgeschreven brug naar zijn huis. Hij liep met snelle pas, zodat ik moeite had hem bij te houden. Onderweg nam hij totaal geen notitie van me, alsof hij was vergeten dat ik hem vergezelde. Ik leek wel zijn hond, die braaf achter hem aan draafde, of zijn huishoudster, die hem op een speurtocht naar etenswaren vergezelde. Ik drukte mijn tas, die lippenstift, poeder en levensmiddelenbonnen bevatte, even krampachtig tegen mijn lichaam als ik vele jaren geleden mijn bundeltje had omklemd toen ik in Boedapest was aangekomen en daar een baantje zocht.

En terwijl we zo door de straten snelden, werd ik opeens heel kalm. Ik zal je uitleggen waarom. In die tijd werd ik door de wereld allang als een welopgevoede dame beschouwd. Ik snoot mijn neus zo keurig dat ik niet uit de toon zou zijn gevallen op een gardenparty in Buckingham Palace. Soms dacht ik er wel eens aan dat mijn vader nooit zakdoeken gebruikte. Hij bezat ze niet eens en had er misschien nog nooit van gehoord. Als hij zijn neus wilde snuiten, deed hij dat met twee vingers, die hij daarna aan zijn broek afveegde. Ik had dat vroeger ook zo gedaan, zelfs toen ik al dienstmeisje was. Later snoot ik mijn neus natuurlijk in een zakdoek. Ik was er zeker van dat als ik op dat moment, terwijl ik, achter de kale aan dribbelde en het standbeeld van Széchenyi[38] passeerde, mijn neus op de boerenmanier had gesnoten en mijn hand daarna aan mijn zijden rok had afgeveegd, mijn metgezel daar niet eens acht op zou hebben geslagen. En als hij het toevallig wel had opgemerkt, zou hij niet verontwaardigd zijn geweest en me hebben geminacht, maar zou hij met belangstelling hebben toegekeken hoe een als een dame gekleed vrouwelijk wezen als een boerin haar neus snoot. Die gedachte had iets geruststellends. Daarom voelde ik me op dat ogenblik zo opgelucht. Het was alsof ik, na een aantal inspannende maar overbodige kunsten te hebben verricht, eindelijk rust mocht nemen.

We gingen de trap op die naar zijn woning voerde. Toen hij de vestibuledeur opende en me de donkere, naar kamfer geurende gang in leidde, voelde ik dezelfde rust als vele jaren geleden, toen ik van de poesta naar Boedapest was gegaan en bij de ouders van mijn ex-man een baantje had gekregen. Ik was gerust omdat ik in de wilde, gevaarlijke wereld van de grote stad eindelijk een dak boven mijn hoofd had gevonden.

Ik bleef dus bij hem en bracht daar ook de nacht door. Doordat ik zeer vermoeid was, sliep ik dadelijk in, maar laat in de nacht ontwaakte ik met het gevoel dat ik doodging.

Nee, schatje, het was geen hartaanval. Nu ja, dat was het ook, maar behalve dat nog iets anders. Ik had absoluut geen pijn en voelde me ook niet angstig. Een weldadige rust doorstroomde mijn hele lichaam, de rust van de dood. Ik had het gevoel dat mijn rikketik ermee wilde uitscheiden, dat de veer op het punt stond te breken. Mijn hart had genoeg van het zwoegen en klopte nauwelijks meer.

Toen ik mijn ogen opende, zag ik dat hij naast de divan stond, mijn pols vasthield en mijn hartslag opnam.

Maar hij deed het anders dan een dokter. Hij tastte mijn pols af zoals een musicus de snaren van een instrument onderzoekt of een beeldhouwer een sculptuur aanraakt. Hij drukte alle vijf de vingers van zijn hand tegen mijn pols. Ik had het gevoel dat elke vingertop afzonderlijk mijn huid aftastte, en via mijn huid en mijn bloed ook mijn hart. Hij betastte me als iemand die in het donker kan zien. Als een blinde die met zijn handen kijkt. Vragen stelde hij niet.

Het viel me op dat hij, hoewel het al na middernacht was, nog al zijn kleren aan had. Wat hem rondom zijn slapen en op zijn achterhoofd nog aan haar restte, was pluizig en dun. In de belendende kamer brandde het licht. Blijkbaar had hij daar zitten lezen, terwijl ik sliep en al slapende onwel was geworden. Opeens kwam hij in actie. Hij haalde een citroen, perste die uit, vermengde het sap met suiker en gaf me het zoetzure mengsel te drinken. Daarna maakte hij in een roodkoperen pannetje heel sterke Turkse koffie. Hij deed ook twintig druppels van een of ander geneesmiddel in een glas water en liet me dat ook opdrinken.

Opeens begonnen de sirenes te loeien, maar we sloegen er geen acht op. Hij ging alleen de schuilkelder in als hij op straat door een luchtaanval werd verrast en de politie de voorbijgangers een van de nabijgelegen kelders in dreef. Als hij thuis was, bleef hij in zijn woning en bracht gedurende het luchtalarm de tijd met lezen door. Hij vertelde dat hij juist op dergelijke momenten graag las, omdat het dan heel stil was in de stad. Het was dan zo stil als het waarschijnlijk in het hiernamaals is. Er reden geen trams en auto's meer door de straten en het enige geluid dat je hoorde, was het ratelen van het geschut van de luchtafweer en het dreunen van inslaande bommen. Maar die geluiden stoorden hem niet.

Hij ging weer naast de divan zitten waarop ik lag, en voelde af en toe mijn pols. Ik had mijn ogen gesloten. Hoewel het bommen regende, voelde ik me op dat moment rustiger en veiliger dan ik me ooit eerder had gevoeld. Waarom ik me zo voelde? Misschien omdat ik wist dat hij echt zijn best deed om me te helpen. Zoiets heb je maar heel zelden, zelfs als een dokter je behandelt. De kale was geen arts, maar hij wist hoe hij me kon helpen. Als de zaken echt goed mis gaan, zijn het blijkbaar vooral kunstenaars die nog iets kunnen uitrichten. Misschien zelfs alléén kunstenaars. Ja, schatje, jij ook, jij en alle andere kunstenaars. Op een keer zei hij terloops dat kunstenaars vroeger ook priester en arts waren, dat die beroepen niet gescheiden waren. Je was kunstenaar als je iets bijzonders kon. Dat voelde ik op de een of andere manier, en daarom was ik zo kalm.

Na een poosje merkte ik dat mijn hart weer regelmatig begon te kloppen. Het functioneerde weer even goed als het apparaat dat ik als kind in het wassenbeeldenmuseum van Nyíregyháza had gezien. Er was daar een pop tentoongesteld die een stervende paus voorstelde, en de borst van die pop werd door een apparaat op en neer bewogen.

Ik keek naar de kale en hoopte dat hij iets aardigs tegen me zou zeggen. Zelf had ik nog niet voldoende kracht om te spreken. Hij had kennelijk al gemerkt dat het gevaar voorbij was en vroeg vriendelijk: 'Hebt u soms syfilis gehad?'

De vraag shockeerde me niet. Alles wat hij zei, klonk heel natuurlijk. Ik schudde van nee. Ik wist dat het geen zin zou hebben gehad te liegen als ik die ziekte wel had gehad, omdat hij dat zou hebben gemerkt, maar ik had geen geslachtsziekte gehad. Daarna vroeg hij hoeveel sigaretten ik per dag rookte. Weet je, vroeger rookte ik niet, althans niet zo onmatig als hier in Rome. Daarmee ben ik pas hier begonnen, toen ik die geurige Ameri-kaanse sigaretten ontdekte. Indertijd stak ik hoogstens een sigaretje na het eten op. Ik vertelde hem dat en vroeg, terwijl ik mijn hand op mijn borst legde: 'Wat is er met me aan de hand? Zoiets heb ik nog nooit gehad.' Ik voelde me heel zwak.

Hij bekeek me oplettend en zei: 'Het lichaam heeft bepaalde herinneringen.'

Hij zei niet wat voor herinneringen. Een tijdlang observeerde hij me nog, maar toen stond hij op, liep met langzame, slepende passen, bijna kreupelend, naar het belendende vertrek en sloot de deur achter zich. Ik bleef alleen in de kamer achter.

Ook later trok hij zich dikwijls zo terug in zijn kamer, 's morgens of 's nachts, op allerlei momenten. In die tijd bezocht ik hem ook onaangekondigd. Hij had me de sleutel gegeven, met een nonchalant gebaar, alsof het de natuurlijkste zaak van de wereld was. Zijn woning werd schoongemaakt door een werkster, die soms ook voor hem kookte. Een echte huishouding voerde hij niet. Alles was geïmproviseerd, ook de inrichting van de woning. Die woning was overigens een volkomen normaal, burgerlijk appartement, absoluut niets bijzonders, drie kamers op de vijfde verdieping van een moderne huurkazerne, met een ouderwets, Weens meubilair. Een van de kamers was gevuld met boekenkasten vol boeken. Elke keer dat ik bij hem was, trakteerde hij me op lekkere hapjes die hij uit een onzichtbare provisiekast te voorschijn toverde, bijvoorbeeld zeekreeft uit blik. In een tijd dat iedereen bonen at, verwende hij me met ananas, want hij had ook ingeblikt fruit. Hij bood me ook in het vat gerijpte brandewijn aan. Zelf dronk hij nooit brandewijn, maar voornamelijk wijn, die hij in de provisiekamer bewaarde. Hij verzamelde zeldzame wijnen, niet alleen Hongaarse, maar ook Franse en Duitse, bijvoorbeeld bourgogne- en rijnwijnen, flessen die onder de spinnenwebben zaten. Van die wijnsoorten legde hij een verzameling aan, zoals anderen postzegels of fijn porselein verzamelen. Als hij een van die zeldzame flessen ontkurkte, bekeek en proefde hij de wijn even eerbiedig als een heidense priester die zich op een ritueel offer voorbereidt. Ook mij schonk hij daarvan wel eens een glaasje in, maar niet graag. Op de een of andere manier was ik onwaardig om wijn te drinken. Hij gaf me liever brandewijn omdat wijn volgens hem geen vrouwendrank was.

Hij had meer van die eigenaardige ideeën.

Wat me bijzonder verraste in zijn woning, was de strenge ordelijkheid van alles. Er was orde in de kasten, in de laden en op de planken waar hij zijn manuscripten en boeken bewaarde. Dat was niet te danken aan de inspanningen van de werkster, maar aan die van hemzelf. Hij was bijna maniakaal accuraat. Zo duldde hij bijvoorbeeld geen as en sigarettenpeukjes in de asbakken, maar hij leegde ze voortdurend in een bronzen emmertje, dat hij af en toe eigenhandig in de vuilnisbak leegkiepte. Zijn bureau was even opgeruimd als de tekentafel van een ingenieur. Ik zag hem nooit huishoudelijke arbeid verrichten, maar op welk tijdstip van de dag of de avond ik ook verscheen, de woning zag er altijd piekfijn uit. Die orde was de weerspiegeling van zijn innerlijk, want ook dat was ordelijk, zowel in zijn innerlijke als zijn uiterlijke leven heerste die bijna mathematische orde. Ik heb dit pas naderhand geconcludeerd, en ik weet nog steeds niet of ik het helemaal goed zie. Wat me wel opviel, was dat er geen levende orde heerste in die woning, maar een kunstmatige. Omdat alles in de wereld chaotisch begon te worden, deed hij zijn uiterste best om de orde in hemzelf, zijn persoonlijke orde, te bewaren en te cultiveren. Alsof dat zijn laatste mogelijkheid was om zich tegen het algemene verval te beschermen. Ik vertel je dit, maar zonder dat ik weet of dit juist is. Het is mijn interpretatie van wat ik bij hem in huis heb gezien.

Die nacht kwam mijn hart weer tot rust. Hij had gelijk, het lichaam herinnert zich bepaalde dingen. Wat voor dingen? Toen wist ik het nog niet, maar nu kan ik het je zeggen. Mijn lichaam herinnerde zich mijn man. En dat terwijl ik in die tijd absoluut nooit meer aan hem dacht. Ik had hem al jaren niet meer gezien en ook nooit geprobeerd te ontmoeten. Ik meende dat ik hem was vergeten, maar mijn huid en mijn inwendige organen herinnerden zich hem nog. Zodra ik de woning van de kale was binnengegaan, die jarenlang bevriend met mijn man was geweest, begon mijn lichaam zich mijn man te herinneren. Alles aan de kale deed namelijk aan mijn man denken, niet in de laatste plaats de manier waarop hij uit het niets te voorschijn was gekomen, zwijgzaam als een gemelijke, geblaseerde tovenaar die genoeg heeft van elke magische truc, van elke bovennatuurlijke kunstgreep. Het duurde een tijd voordat ik begreep wat ik bij die kale zocht en in hoeverre mijn herinneringen daarbij een rol speelden.

Het was een vreemde, onwerkelijke tijd, bijna iets uit een droom. Mensen werden als beesten opgejaagd en gevangengenomen. Huizen stortten in. In de kerken verdrongen zich de wanhopigen, het was er even druk als in de openluchtzwembaden 's zomers. Nog maar weinig mensen woonden in hun eigen huis, daardoor viel het niet op dat ik hem regelmatig bezocht en vaak bij hem logeerde.

Ik wist dat ik geen fout mocht maken, omdat hij me anders de deur zou wijzen. Of zelf zou weggaan. Op het hoogtepunt van de oorlog zou hij stilletjes verdwijnen en mij de woning laten. Ik wist ook dat hij me eruit zou gooien als ik me aan hem opdrong en probeerde hem te verleiden. Dan zou het gedaan zijn met onze relatie en kon ik meteen vertrekken. Verder wist ik nog dat ik hem op geen enkele wijze kon helpen, eenvoudig omdat hij niets nodig had. De stakker was van de soort die alles verdraagt, ook vernederingen en ontberingen, maar één ding niet: hulp.

Of hij hoogmoedig was? Ik kan het moeilijk ontkennen. Hij wilde geen hulp omdat hij hoogmoedig en eenzaam was. Maar later heb ik begrepen dat onder die hoogmoed iets anders schuilging. Hij maakte zich ergens zorgen over. Niet over zijn persoon, maar over de cultuur. Lach niet. Jij denkt aan de olijven en daarom lach je zo, niet waar? Wij, proletariërs, begrijpen niet wat cultuur is, lieve schat. Als iemand iets uit zijn hoofd kent of een fijn leventje leidt, niet op de grond spuugt en tijdens het eten geen boeren laat, noemen we dat cultuur, maar dat is het niet. Het is iets anders. Die man maakte zich zorgen over de echte cultuur. En hulp weigerde hij omdat hij niet meer in de mens geloofde.

Een tijdlang heb ik gedacht dat hij zich in die afschuwelijke tijd zorgen maakte over zijn werk. Maar toen ik hem beter leerde kennen, ontdekte ik iets heel verbazingwekkends: die man werkte helemaal niet meer.

Wat hij dan wél deed, wil je weten. Tja, hij deed niets anders dan boeken lezen en wat wandelen. Dat kun jij niet begrijpen omdat jij een geboren kunstenaar en een professioneel drummer bent. Jij kunt je absoluut niet voorstellen dat je niet meer zou drummen, maar deze man was een schrijver die niet meer wilde schrijven omdat hij niet meer geloofde dat het geschreven woord iets aan de aard van de mens kan veranderen. Hij was overigens geen revolutionair of wereldverbeteraar, hij geloofde niet dat een revolutie de wereld beter zou kunnen maken. Op een keer zei hij terloops dat het geen zin had het staatsbestel te veranderen zolang de mensen hetzelfde bleven. Hij wilde iets anders, hij wilde zichzelf veranderen.

Jij begrijpt dat niet, en ik vind het heel logisch dat je dat niet begrijpt. Ik heb het zelf ook lang niet begrepen en ik heb ook niet geloofd dat hij het werkelijk meende. Maar ik heb hem geen vragen hierover gesteld, ik ben alleen zo onopvallend mogelijk in zijn buurt gebleven, verheugd omdat hij me in zijn woning duldde. In die tijd waren er veel mensen die zich in andermans woning schuilhielden, vooral joden die zich voor de pijlkruisers schuilhielden. Rustig maar, wind je niet zo op. Ik geloof heus wel dat je niet weet wat er toen in Boedapest allemaal gebeurde. Jij kunt niet weten dat de mensen toen geluidloos als insecten leefden. Velen sliepen in kasten, zoals 's zomers de motten. Op die manier heb ik me ook in zijn huis opgehouden, geluidloos en zonder een teken van leven te geven.

Hij sloeg geen acht op me, maar af en toe schrok hij op en leek me plotseling waar te nemen. Hij glimlachte dan en stelde een vraag over iets onbeduidends, opgewekt en beleefd, maar altijd op zo'n manier dat het was alsof we al heel lang aan het praten waren.

Op een keer arriveerde ik 's avonds om een uur of zeven bij zijn woning. De lucht rook naar herfst en het werd al vroeg donker. Voordat ik naar binnen ging, zag ik zijn kale hoofd, want hij zat in de schemerdonkere kamer voor het raam. Hij las niet, maar zat met over elkaar geslagen armen in een stoel en keek naar buiten. Kennelijk had hij mijn voetstappen gehoord, maar hij keek niet om. Hij zei alleen over zijn schouder: 'Kent u de tekens waarmee de Chinezen getallen aanduiden?'

Ik was verbijsterd, maar had al geleerd hoe je met hem om moest gaan. Je moest gelijk ingaan op wat hij had gezegd, zonder hem met een onnodige inleiding te vervelen. Het liefst had hij dat je heel korte antwoorden gaf, zoals 'ja' en 'nee'. Ik zei dus braaf dat ik ze absoluut niet kende.

'Ik ook niet,' zei hij kalm. 'Ik ken ook hun schrift niet, ik weet alleen dat ze er geen klanken, maar begrippen mee vastleggen. En hoe ze de getallen noteren, weet ik al helemaal niet. Het staat alleen vast dat ze dat niet met Arabische cijfers doen. Het is ook uitgesloten dat ze het Griekse getallenstelsel gebruiken, want het hunne is ouder. We moeten dus aannemen' – dit laatste was een lievelingsuitdrukking van hem – 'dat ze de getallen aanduiden met schrifttekens die afwijken van de in het Midden-Oosten en het Westen gebruikelijke tekens. En daardoor,' vervolgde hij op plechtige toon, 'hebben ze geen ontwikkelde techniek, want de techniek begint met de Arabische getallen.'

Hij staarde zorgelijk uit het raam naar de stad, die geheel in de sfeer van de grijzige, naar most geurende herfstavond was gedompeld. Kennelijk verontrustte het hem dat het Chinese getallen-stelsel anders was dan het Arabische. Ik keek zwijgend naar hem omdat ik niets over de Chinezen wist te zeggen. Ik wist alleen van hen dat ze zeer talrijk zijn, een gele huidskleur hebben en eeuwig glimlachen. Dat had ik in een geïllustreerd blad gelezen.

Ten slotte vroeg ik schuchter: 'De techniek begint met de Ara-bische getallen?'

Juist op dat ogenblik schoot niet ver van ons vandaan, ergens aan de voet van de Burchtheuvel, een stuk luchtafweergeschut een projectiel af, wat een enorme knal gaf. Hij wierp een blik op de Burchtheuvel en zei op de toon van iemand die dankbaar is omdat hij tijdens een discussie opeens uit onverwachte hoek steun krijgt voor zijn stelling: 'Inderdaad. Hebt u die knal gehoord? Dat is hoogontwikkelde techniek, die ver afstaat van het primitieve buskruit van de Chinezen. Als je dat niveau wilt bereiken, heb je Arabische getallen nodig. Zelfs met de Griekse en de Romeinse getallen was het rekenen geen eenvoudige zaak. Stelt u zich eens voor hoeveel tijd iemand zou nodig hebben om met Griekse getallen uit te rekenen hoeveel tweehonderdeenendertig keer vierduizend driehonderd en twaalf is! Dat is onmogelijk, mijn beste mevrouw, je kunt dergelijke berekeningen niet met Griekse getallen maken.'

Zo redeneerde hij. En hij was zichtbaar heel tevreden met het resultaat van zijn redeneringen. Hoe onontwikkeld ik ook was, ik begreep alles wat hij zei, maar alleen de details, niet het geheel, niet de mens die achter die redeneringen schuilging, niet de manier waarop hij dacht. Wat was hij eigenlijk voor iemand? Een komediant? Iemand die alles en iedereen bespotte? Hij intrigeerde me evenzeer als sommige mensen die geïnteresseerd zijn in geavanceerde apparaten, geraffineerde deursloten of listig uitgekiende rekenmachines. Ik wist niet hoe ik hem moest benaderen. Moest ik hem een kus geven? Of een klap in zijn gezicht? Misschien had hij me wel teruggekust. Mogelijk ook had hij die kus of oorvijg eenvoudig over zich heen laten gaan en daarna rustig iets gezegd, bijvoorbeeld dat giraffen per stap wel zes meter afleggen. Dat had hij me ooit verteld toen we over iets heel anders spraken, zonder enige overgang, vol geestdrift. Hij had eraan toegevoegd dat giraffen de engelen van de dierenwereld zijn omdat ze iets engelachtigs in hun wezen hebben. En dat ze daaraan ook hun naam te danken hebben, want oorspronkelijk werd de giraf 'seraf' genoemd.[39]

Toen hij dit vertelde, liepen we op een weggetje door een bos, waarin we op een herfstdag tegen het einde van de oorlog een wandeling maakten. Hij sprak luid en geestdriftig over de giraf en zijn stem weergalmde door het bos. Hij legde uit hoeveel plantaardig eiwit een giraf nodig heeft om zijn lange hals, zijn kleine kop en zijn reusachtige hoeven gezond te houden. Het leek wel of hij een gedicht opzei, een onbegrijpelijke hymne. En al declamerend scheen hij door de betekenis van de woorden bedwelmd te worden, leek hij in extase te geraken omdat hij in een wereld leefde waarin ook giraffen waren. Op zulke momenten was ik bang voor hem. Eerlijk waar, ik werd onrustig wanneer hij over giraffen of Chinezen begon. Later verdween die angst en raakte ik zelf ook enigszins in een roes door wat hij zei. Ik sloot dan mijn ogen en luisterde naar zijn hese stem. Ik was niet geïnteresseerd in wát hij zei, maar in de manier waarop hij zich uitdrukte, in de krankzinnige, nu eens ingetogen, dan weer uitzinnige extase die in zijn woorden doorklonk. Het leek wel of de wereld één groot feest was en hij de derwisj, die de mensen van de enorme betekenis van dit feest op de hoogte wilde brengen, die hun alles wilde vertellen over de giraffen en de Chinezen, en over het Arabische getallenstelsel.

Weet je wat in dit alles heel duidelijk aanwezig was? Wellust.

Maar geen gewone menselijke wellust. Eerder de wellust die kenmerkend is voor planten – grote varens en geurende lianen – of voor giraffen. Misschien is diezelfde wellust typerend voor schrijvers. Het kostte me enige tijd om te ontdekken dat hij niet gek was, maar alleen wellustig, uiterst wellustig zelfs. En dat het voorwerp van zijn wellust de wereld was, de materie van de wereld, dat hij daarvan opgewonden raakte, van woorden en vlees, van klank en steen, van alles wat bestaat, van alles wat je wel kunt aanvatten maar nooit begrijpen. Als hij zo wellustig had gesproken, keek hij even ernstig als iemand die de liefde heeft bedreven en daarna met gesloten ogen in bed ligt, als iemand die bevredigd is. Precies, schatje, je doet het heel goed voor.

Maar ook de manier waarop hij zweeg, was niet gewoon. Hij zweeg niet als een bloempot, die nooit een gedachte heeft. Jij kunt bijvoorbeeld ook fantastisch zwijgen als je in de club achter je drums zit en als een jonge Griekse god ernstig om je heen kijkt. Maar hoe fantastisch je er ook uitziet in je witte smoking, je kunt aan je gezicht zien dat je eenvoudig zwijgt en nergens aan denkt, terwijl de stakker die ik bedoel, zweeg alsof hij iets te verbergen had. Hij zweeg veelbetekenend, zodat zijn zwijgen even verontrustend was als een schreeuw.

Als hij sprak, vond ik dat nooit vermoeiend. Ik werd dan eerder door een lichte, aangename duizeligheid bevangen, zoals bij het luisteren naar muziek. Maar van dat zwijgen van hem werd ik moe, want dan moest ik met hem meezwijgen en letten op wat hij verzweeg.

Ik heb nooit kunnen raden waaraan hij op zulke ogenblikken dacht. Ik merkte alleen dat hij na zo'n uitbarsting over Chinezen of giraffen plotseling zweeg, alsof de ware betekenis van wat hij had gezegd, pas dan tot gelding begon te komen. En als hij zo zweeg, had ik het gevoel dat hij heel ver van me verwijderd was.

Dat verraste me en ik vond het een beetje griezelig. Hij gedroeg zich als de man met de onzichtbaar makende helm uit het sprookje, die, als hij die helm opzet, geheel in het niet verdwijnt. Precies op die manier verdween de kale in zijn zwijgen. Je hoorde hem met zijn hese stem praten en dingen zeggen die je niet begreep, en een paar seconden later was hij spoorloos verdwenen. Hij deed dit overigens niet met een onbeleefde bedoeling en het ergerde me dan ook nooit. Ik voelde me eerder vereerd dat hij in mijn aanwezigheid ook tot zwijgen in staat was, dat ik hem daar niet in stoorde.

Je wilt weten waarover hij zo goed, zo indrukwekkend en consequent, kon zwijgen? Och, liefje, dat is geen gemakkelijke vraag die je me daar stelt.

Ik ben nooit zo verwaand geweest te denken dat ik zijn zwijgen kon verstaan.

Niettemin waren er kleine aanwijzingen, die me aan het denken zetten. In de tijd waar ik het nu over heb, was die man bezig de schrijver in zich om het leven te brengen. Dat deed hij heel voorzichtig en systematisch, als een moordenaar die zich terdege op zijn daad voorbereidt. Of laat ik zeggen als een samenzweerder, die liever vergif inneemt dan door te slaan. Of als een missionaris, die onder geen beding bereid is het Woord – een heilig, geheimzinnig toverwoord dat hij alleen kent – aan vijandige, heidense wilden te verraden, en die daarom de dood verkiest.

Ik zal proberen je uit te leggen hoe ik geleidelijk aan de weet ben gekomen waarover hij zweeg.

Op een keer zei hij: 'De kunstvorm van de burgerman is de misdaad.'

Zoals altijd wanneer hij zoiets zei, streek hij met zijn hand over zijn kale schedel, als een goochelaar die uit zijn hoge hoed duiven te voorschijn haalt. Later legde hij uit wat hij met zijn raadselachtige uitspraak had bedoeld. Hij ging uit van een paar deelwaarheden en liet vervolgens zien dat die tot een volledige waarheid kunnen worden samengevoegd die overeenkwam met wat hij had gezegd. Hij zei dat in het leven van de kleine burgerman misdaad dezelfde betekenis heeft als in het leven van de kunstenaars inspiratie en creatie. De kunstenaar heeft alleen hogere ambities dan de plebejer: hij wil een geheime boodschap formuleren en die daarna noteren, op doek brengen of met muzieknoten vastleggen – een activiteit die een zekere waarde aan het leven toevoegt. Maar dat verhaal is een beetje te moeilijk voor ons, kleintje.

Hij legde uit hoe zich in de geest van de misdadiger ongewone, afwijkende ideeën vormen. Hoe hij als moordenaar, staatsman of legeraanvoerder met de mogelijkheden speelt om vervolgens, precies zoals de kunstenaar op het moment dat hij inspiratie krijgt, bliksemsnel en met adembenemende handigheid en bekwaamheid een huiveringwekkend kunstwerk te creëren, dat 'misdrijf' wordt genoemd. Op een keer had hij het over een Russische schrijver – zijn naam doet er niet toe, ik ben die trouwens vergeten... frons je marmerblanke voorhoofd niet zo, mijn hartje, ik zie dat je nog steeds humeurig wordt als je het woord 'schrijver' hoort, je mag die lui absoluut niet en je hebt gelijk, hoor, maar ik ga door met mijn verhaal. Hij vertelde dat die Russische schrijver een boek over een moord had geschreven, maar misschien oorspronkelijk niet zozeer over een moord had willen schrijven; hij had er een willen plegen. Uiteindelijk had hij het niet gedaan omdat hij geen plebejer was, maar een schrijver. Het schrijven gaf hem meer bevrediging dan het moorden.

Maar zelf wilde de kale niets meer schrijven. Ik heb hem dat ook nooit zien doen, ik weet zelfs niet hoe zijn handschrift eruitzag. Hij bezat een vulpen, dat heb ik gezien. Die lag op zijn bureaublad, naast een kleine draagbare schrijfmachine. Maar ook die machine gebruikte hij nooit.

Lange tijd begreep ik niet wat er met hem aan de hand was. Ik dacht dat hij uitgedroogd was en geen kracht meer had, noch om de liefde te bedrijven noch om te schrijven. En dat hij komedie speelde. Dat hij gekrenktheid voorwendde en hoogmoedig zweeg, alsof hij de wereld niet meer zijn wondermooie, unieke pennenvruchten gunde. Ik hield de ouder wordende meester voor een opgedroogd talent dat te ijdel was om zijn falen toe te geven, voor een man die niet meer sterk genoeg was om een vrouw vurig te omhelzen of een boek te schrijven, en die daarom de asceet uithing. Die deed alsof hij genoeg had van erotische en literaire successen en te geblaseerd was om zich daar nog langer voor in te spannen. Anders gezegd: ik meende dat de druiven zuur waren en dat dit hem tot het kluizenaarschap dreef. Maar op een dag begreep ik de werkelijke reden van zijn afkeer van het schrijverschap.

Die man wilde niet meer schrijven omdat hij vreesde dat elk door hem op het papier gebracht woord in handen van verraders en barbaren zou vallen. Hij vermoedde dat er een wereld zou komen, waarin alles wat kunstenaars denken, schrijven, schilderen of componeren, zou worden vervalst, besmeurd en verraden. Staar me niet zo ongelovig aan. Ik zie aan je gezicht dat je niet gelooft wat ik zeg. Je denkt dat ik maar wat klets, dat ik mijn fantasie de vrije loop laat. Ik kan me voorstellen dat je dat denkt, mijn liefste, voor jou is dit verhaal onbegrijpelijk omdat je in al je vezels een kunstenaar bent. Je kunt je niet voorstellen dat je op een dag je drumstel zou weggooien, zoals deze man zijn vulpen in een la heeft gegooid om hem daar te laten verstoffen. Jij zou zoiets nooit doen omdat je het soort man bent dat tot zijn laatste snik kunstenaar blijft. Jij zou nog op je sterfbed willen drummen, lieve schat. Maar deze stakker was nu eenmaal uit ander hout gesneden.

Hij vreesde dat hij een verrader en handlanger zou worden als hij iets schreef, omdat er een tijd zou aanbreken waarin al het geschrevene verdraaid en anders uitgelegd zou worden dan het door hem was bedoeld. Hij was bezorgd als een priester die weet dat de blijde boodschap waarvan hij de verkondiger is, als reclame voor mondwater zal worden gebruikt of als politieke boodschap van de soort die luidkeels vanaf zeepkisten wordt verkondigd. Daarom was hij opgehouden met schrijven.

Wat zeg je? Wat dat nou eigenlijk is, zo'n schrijvertje? Een niksnut volgens jou? Een monteur of een vertegenwoordiger is veel meer waard? Het zal wel waar zijn, wat je zegt. Ja, een schrijver is beslist alleen maar een niksnut. Deze maatschappij heeft hem niet meer nodig, zoals ze niemand meer nodig heeft die geen geld en geen macht heeft. Schreeuw toch niet zo, kalmeer een beetje. Je hebt immers gelijk, die man was een niksnut, maar laten we ons toch een beetje in hem verdiepen. Hij was natuurlijk niet zo'n voortreffelijke persoon als een graaf, een regeringsadviseur of een partijsecretaris. En financieel gezien was het maar vreemd met hem gesteld. Of je het gelooft of niet, die man was niet geheel onbemiddeld. Hij was een niksnut die stiekem overal aan dacht, zelfs aan geld. Geen kluizenaar in de woestijn, die van sprinkhanen en wilde honing leefde. Nee, hij had een beetje geld, maar dat bracht hij niet naar de bank, hij droeg het in de binnenzak van zijn jas. Uit die zak haalde hij een stapeltje bankbiljetten te voorschijn als hij iets moest betalen. Een nogal nonchalant gebaar, want een fatsoenlijk mens bewaart zijn bankbiljetten in zijn portefeuille. Dat doe jij ook met ons geld, waar of niet? Maar al haalde hij zijn geld nog zo nonchalant te voorschijn, denk maar niet dat hij zich in de maling liet nemen. Hij wist altijd precies hoeveel geld hij bezat, tot op de laatste fillér.

Die schrijver bezat niet alleen van die waardeloze Hongaarse bankbiljetten, maar ook dollars, dertig biljetten van tien dollar. En Franse gouden napoleons. Die napoleons bewaarde hij in een blikken doosje waarin vroeger Egyptische sigaretten hadden gezeten. Vierendertig gouden napoleons! Hij telde ze met een zorgelijk gezicht in mijn bijzijn. Daarna bekeek hij de goudstukken en rook eraan, waarbij zijn bril tot op het puntje van zijn neus zakte. Hij beet zelfs in enkele munten en liet ze klinken door ze ergens tegenaan te slaan. Het viel me op dat hij elk goudstuk afzonderlijk bekeek. Hij hield de munten bij de lamp en onderzocht ze als geldwisselaars op oude schilderijen: grimmig en met meedogenloze vakkennis.

Hoewel hij geld had, heb ik nooit gezien dat hij dat op de een of andere manier verdiende. Als iemand met een rekening aan de deur kwam, bestudeerde hij die zwijgend en met een ernstig gezicht. Daarna betaalde hij de factuur en gaf de brenger ervan een opvallend hoge fooi. Ondanks die fooien geloof ik dat hij in wezen gierig was. Op een keer, laat in de nacht, toen hij zijn dagelijkse portie wijn al ophad, zei hij dat hij een zekere eerbied had voor geld en vooral voor goud, omdat goud iets magisch heeft. Hij legde dit niet nader uit. Omdat hij zo'n eerbied had voor geld, verbaasde het me dat hij altijd zulke vorstelijke fooien gaf. Hij ging anders om met geld dan de rijken. Ik kan dit weten, want ik heb genoeg rijke mensen gekend en zelfs een rijke man gehad. Nee, niemand van hen gaf zulke fooien als die niksnut van een schrijver.

Ik geloof dat hij eigenlijk arm was en zo hoogmoedig dat hij, als je hem ernaar had gevraagd, niet de moeite zou hebben genomen om dat te ontkennen. Denk maar niet dat ik met zekerheid kan zeggen wat voor man hij was, want dan vergis je je lelijk. Ik heb hem weliswaar geobserveerd, met een bijna ziekelijke belangstelling zelfs, maar ik heb me geen ogenblik verbeeld dat ik die man werkelijk doorgrondde.

Wat is dat nou helemaal, zo'n schrijvertje, heb je gevraagd, en je hebt gelijk. Wat is dat nou helemaal? Wat stelt zo'n mannetje eigenlijk voor? Helemaal niets. Hij heeft geen titel, rang of macht. Een populaire jazztrompettist heeft meer geld, een politieofficier meer macht en een brandweerman een hogere rang dan hij. Dat wist hij zelf ook heus wel. Hij heeft me wel eens gezegd dat de samenleving niet eens weet hoe ze de schrijver moet aanspreken, er is geen aparte titel voor. Zo weinig is de schrijver in tel. Soms wordt er voor hem een standbeeld opgericht of wordt hij in de gevangenis opgesloten, maar eigenlijk beschouwt de samenleving de schrijver als een nul, als een vent van niks, als een pennenlikker. 'Meneer de redacteur' of 'meneer de kunstenaar' wordt hij meestal genoemd. Maar de kale was geen redacteur, hij redigeerde immers niets. En een kunstenaar was hij ook niet, want kunstenaars hebben lang haar en zijn creatief, maar hij had een kale schedel en creëerde niets. En natuurlijk noemde niemand hem 'meneer de schrijver', want een dergelijke aanspreekvorm is ongerijmd. Je bent of meneer of schrijver, maar niet allebei tegelijk.

Het was nooit duidelijk of hij meende wat hij zei. Soms dacht ik dat hij net zo goed het tegendeel had kunnen zeggen van wat hij had beweerd, en dat het dan ook had geklopt. En als hij me in de ogen keek, was het alsof hij niet tegen mij sprak, maar tegen iemand anders. Om je een voorbeeld te geven: op een keer – het is lang geleden, ik was dit vergeten, maar nu herinner ik me het ineens weer – zat ik tussen twee luchtaanvallen in zijn kamer, met mijn rug naar zijn bureau. Omdat ik me een beetje wilde opknappen, nam ik mijn poederdoos uit mijn tas, bekeek in het spiegeltje mijn neus en poederde die zorgvuldig. Ik dacht dat hij niet op me lette omdat hij in een woordenboek zat te lezen, maar opeens hoorde ik hem zeggen: 'U moet voorzichtig zijn.'

Ik schrok, draaide me om en staarde hem aan. Hij stond op en ging met gekruiste armen voor me staan.

'Waarom moet ik voorzichtig zijn?' vroeg ik.

Hij keek me met ietwat zijwaarts gebogen hoofd aan en floot zachtjes.

'U moet voorzichtig zijn omdat u mooi bent,' zei hij half beschuldigend half bezorgd. Ik zag dat hij heel ernstig was.

Ik barstte in lachen uit. 'Waarom moet ik voorzichtig zijn? Vanwege de Russen?'

Hij haalde zijn schouders op. 'Die gaan even boven op u liggen en laten u dan met rust. Maar er zullen anderen komen, mensen die u zullen villen omdat u mooi bent. Ze zullen de huid van uw gezicht stropen.'

Hij boog zich naar me toe, schoof zijn bril op zijn voorhoofd en bekeek met zijn bijziende ogen mijn gezicht. Het was alsof hij nu pas merkte dat ik niet lelijk ben. Voordien had hij me nooit bekeken zoals een man een vrouw behoort te bekijken. Nu deed hij het eindelijk, maar op de manier van een deskundige, als een jager die een goede jachthond bekijkt.

'Mij villen?' lachte ik, maar met een droge mond. 'Wie zou dat dan doen? Een lustmoordenaar of zo?'

Hij antwoordde op strenge toon, bijna als een priester die aan een preek begint: 'Er komt straks een wereld waarin iedereen die mooi, begaafd of karaktervast is, verdacht zal zijn.' Zijn stem klonk hees terwijl hij dat zei. 'Begrijpt u het niet? Schoonheid zal een belediging zijn. Talent een provocatie. Karakter een moordaanslag!... Het duurt niet lang meer voor die lui hier zullen zijn, overal kruipen ze te voorschijn, honderden miljoenen en nog meer. Geen plek uitgezonderd. Ze komen eraan, de karakterlozen. Ze zullen al het schone met vitriool overgieten. En begaafdheid met pek en laster besmeuren. En de karaktervollen met dolken doorboren. Ze zijn al in ons midden... En hun aantal zal snel toenemen. Weest u in godsnaam voorzichtig!'

Nadat hij dit had gezegd, ging hij weer aan tafel zitten en bedekte zijn gezicht met zijn beide handen. Lange tijd bleef hij zo zitten, maar opeens vroeg hij: 'Zal ik een kop koffie maken?'

Zo was hij.

Maar ook anders. Hij begon oud te worden, maar dit scheen hem niet te deren. Het leek soms wel of hij in zijn vuistje lachte omdat hij ouder werd, alsof hij daar vol leedvermaak om grinnikte. Weet je, er zijn mannen die denken dat ouderdom de tijd is om wraak te nemen. Vrouwen zijn op latere leeftijd helemaal in paniek, ze slikken hormonen, plamuren hun gezicht en bedrijven de liefde met mannelijke prostitués, terwijl veel mannen dan juist glimlachen. Zo'n glimlachend ouder wordende man is voor een vrouw gevaarlijker dan een jonge Don Juan. In het steeds opnieuw beginnende en altijd opwindende duel tussen de geslachten is de oudere man de sterkste, omdat hij niet meer door zijn begeerte wordt gedreven. Hij wordt niet meer door het lichaam beheerst, maar is meester over zijn lichaam geworden. Vrouwen merken dat, zoals dieren de aanwezigheid van de jager bespeuren. Wij vrouwen heersen alleen over jullie, mannen, zolang we jullie kunnen laten lijden. Zolang we in staat zijn jullie met vage beloftes te paaien en vervolgens tot een onthoudingskuur te dwingen. Als jullie dan van woede brullen, brieven schrijven of dreigementen uiten, voelen wij ons fantastisch omdat we ons machtig weten. Maar zodra een man ouder wordt, is hij de sterkste. Toegegeven, lang kan hij dit genoegen niet smaken. Na een betrekkelijk korte periode breekt er een andere tijd aan, die van de echte ouderdom, waarin mannen kinderen worden en ons weer nodig hebben.

Toe, lach nu eens een beetje. Ik vertel je wat verhalen om je op deze vroege ochtend te vermaken. Ja, zo wil ik het graag zien. Met dat superieure lachje ben je op je mooist.

De man over wie ik het heb, verouderde sluw en vol leedvermaak. Als hij eraan dacht dat hij ouder werd, klaarde zijn gezicht meteen op. Zijn ogen schitterden dan en hij keek me tevreden aan. Het scheelde maar weinig of hij had zich in de handen gewreven van plezier omdat ik daar bij hem zat maar hem geen leed meer kon berokkenen. Als hij zo deed, had ik hem het liefst een draai om zijn oren gegeven, of de bril van zijn neus gegrist en die op de grond aan stukken gestampt. Waarom? Uitsluitend om hem een reactie te ontlokken. Om hem zover te krijgen dat hij het zou uitschreeuwen, of zou terugslaan, of me bij de arm zou grijpen. Zulke neigingen kreeg ik dan. Maar wat ik ook zou doen, ik kon onmogelijk beletten dat hij ouder werd. Bovendien was ik bang voor hem.

Hij is de enige man in mijn leven geweest voor wie ik bang was. Altijd had ik gedacht dat ik iets van mannen afwist. Ik meende dat ze voor acht tiende uit ijdelheid en voor twee tiende uit nog wat andere ingrediënten bestonden. Wees nou niet zo beledigd, jij bent de uitzondering op de regel. Ik dacht dat ik ze kende en wist hoe ik ze moest hanteren. Want negen van de tien mannen gaan voor de bijl als je naar ze lonkt en doet alsof je hun schoonheid en intelligentie bewondert; als je ze lispelend en bijna fluisterend toespreekt; als je je als een kat tegen hen aan vlijt en hun indrukwekkende bekwaamheden bewondert – bekwaamheden waarvan wij, onwetende en onschuldige wezentjes, met onze beperkte vrouwelijke hersentjes niet eens het belang kunnen inzien. Wij, onnozele vrouwen, zijn immers allang blij als we aan de voeten van de grote denker mogen neerhurken om eerbiedig aan te horen wat voor verbluffende wijsheden hij ons in zijn goedgunstigheid openbaart, bijvoorbeeld hoe intelligent en superieur hij zich op kantoor weet te gedragen. Of hoe hij de Turkse importeurs te grazen heeft genomen door hun ruw leer als veredeld aan te smeren. Of hoe hij de juiste mensen voor zijn karretje heeft gespannen toen hij de Nobelprijs wilde verwerven of uit was op het ridderschap. Dat zijn namelijk het soort kunststukjes waar ze gewoonlijk prat op gaan, die kerels. Ik heb al gezegd dat dit alles niet op jou van toepassing is omdat je een uitzondering bent. Jij bespeelt immers alleen je drumstel en zwijgt verder. En als je zwijgt, weet ik tenminste dat je nergens over zwijgt, en dat is fantastisch.

Maar de anderen zijn niet zo, honnepon. De anderen zijn ijdel. IJdel in bed en ijdel aan tafel, ijdel tijdens wandelingen en ijdel als ze in jacquet de nieuwe machthebber onder de kin gaan strelen of in het café met stentorstem de ober aan hun tafeltje ontbieden. Ze zijn zo ijdel dat ijdelheid volgens mij de belangrijkste ziekte van de mensheid is. Acht tiende deel ijdelheid heb ik gezegd? Misschien eerder negen. Toen ik onlangs in de bijlage van een geïllustreerd blad las dat het aardoppervlak voor een groot deel uit water en slechts voor een klein deel uit land bestaat, kwam de gedachte in me op dat de verhouding tussen ijdelheid en andere eigenschappen bij de man niet veel anders is.

Maar deze man was op een andere manier ijdel: hij was er trots op dat hij alles in zich had uitgeroeid waarop hij trots had kunnen zijn. Zijn lichaam behandelde hij als een knecht. Hij gaf het weinig te eten en als hij at, deed hij dat met regelmatige, afgepaste bewegingen. Als hij wijn wilde drinken, sloot hij zich in zijn kamer op, alsof hij zich in afzondering aan een perverse neiging wilde overgeven. Mij zette hij van alles voor alvorens zich af te zonderen: een fles Franse brandewijn, een schaal met lekkere hapjes en een doos Egyptische sigaretten. Daarna trok hij zich in zijn kamer terug, alsof hij geen vrouw om zich heen duldde wanneer hij wijn dronk.

Hij dronk altijd oude, koppige wijnen, in opperste concentratie en heel ernstig. De beste flessen bewaarde hij in zijn provisiekamer. Als hij er een uitkoos, leek hij een pasja die in zijn harem een vrouw kiest. Bij het inschenken van het laatste glas zei hij altijd luid: 'Op het vaderland!' Ik dacht eerst dat hij een grapje maakte, maar nee, het was geen grap, hij dronk werkelijk op Hongarije.

Je vraagt me of hij vaderlandslievend was. Ik weet het niet. Als mensen het woord vaderlandsliefde in de mond namen, zweeg hij meestal wantrouwend. Het vaderland was voor hem uitsluitend de Hongaarse taal. Het was geen toeval dat hij op het eind enkel nog woordenboeken las. Soms las hij een Spaans-Italiaans of een Frans-Duits woordenboek, 's nachts, als hij wijn zat te drinken, of 's ochtends, tijdens luchtaanvallen, alsof hij hoopte in het onbedaarlijke oorlogsgedruis eindelijk het woord te vinden dat een nooit uitgesproken vraag zou beantwoorden. Maar meestal las hij verklarende Hongaarse woordenboeken, die de betekenis van de Hongaarse woorden in het Hongaars uitlegden. Hij las dan met een verzaligde uitdrukking op zijn gezicht, alsof hij zich in een kerk bevond en daar een wellustige extase, een mystieke verrukking beleefde.

Af en toe koos hij een woord uit het woordenboek, wendde zijn gezicht naar het plafond en sprak het dan uit, alsof het een vlinder was die hij vrijliet. Ik herinner me dat hij op een keer het woord 'pillangó'⁴⁰ uitsprak en het vervolgens nakeek alsof er werkelijk een vlinder voor hem zweefde, alsof hij die in het gouden zonlicht zag wiegelen, zweven en glanzen, terwijl de met stuifmeel bepoederde vleugels van het insect het licht weerkaatsten. Gedurende enkele seconden keek hij naar die hemelse dans, naar de feeëndans van een Hongaars woord, en daarna kwam hij tot bedaren, alsof hij het mooiste en verhevenste had aanschouwd dat het leven hem nog te bieden had. Kennelijk had zijn ziel al het andere al opgegeven. Hij geloofde alleen nog in de Hongaarse taal, die was voor hem het vaderland. Op een keer liet hij me 's nachts, toen hij wijn aan het drinken was, tot zijn kamer toe. Ik ging tegenover hem op de grote divan zitten, stak een sigaret op en keek naar hem. Hij nam geen notitie van me, waarschijnlijk omdat hij een tikkeltje aangeschoten was. Hij schuifelde door de kamer en sprak met luide stem woorden uit.

Zoals: 'Kard.'

Nadat hij dit had gezegd, deed hij nog een paar onzekere stappen en bleef toen staan, alsof hij over iets was gestruikeld. Hij keek naar de vloer en zei tegen het tapijt: 'Gyöngy.'

Vervolgens riep hij: 'Hattyú,' waarbij hij zijn handen op zijn voorhoofd legde, alsof hij pijn had.

Opeens keek hij me verward aan, alsof hij op dat ogenblik pas merkte dat ik me in de kamer bevond. Je zult het misschien niet geloven, maar ik durfde zijn blik niet te beantwoorden en sloeg mijn ogen neer, omdat ik de situatie pijnlijk vond. Ik voelde me alsof ik iets onbetamelijks had gezien, alsof ik een voyeur was, je weet wel, zo'n kerel die door een gaatje in de muur abnormale mensen beloert, bijvoorbeeld mannen die met een schoen de liefde bedrijven omdat voor hen het deel belangrijker is dan het geheel. Hij herkende me door de alcoholdampen heen en knipperde met zijn ogen. Daarna glimlachte hij verlegen, alsof hij zich door me betrapt voelde. Hij spreidde zijn armen, alsof hij zich wilde verontschuldigen, alsof hij wilde zeggen: Zo ben ik nu eenmaal, ik kan er niets aan doen, het is sterker dan ik. Toen stotterde hij: 'Zsurló!... borbolya!'[41]

Hij ging naast me op de divan zitten en pakte mijn hand, terwijl hij met zijn andere hand zijn ogen bedekte. Zo bleven we lang zitten, zonder een woord te spreken.

Ik durfde niets te zeggen, maar op dat moment begreep ik dat ik getuige was van de ondergang van iets. Die man had zijn leven willen geven opdat in de wereld de rede zou heersen, en nu moest hij constateren dat de rede machteloos is. Dat kun jij niet begrijpen omdat je een kunstenaar bent en niets met de rede te schaften hebt, die heb je immers niet nodig bij het drummen. Wacht nou even, word toch niet meteen kwaad, wat jij doet is heus veel belangrijker. Zie je nou wel dat ik niets ten nadele van je zeg. Maar die man was schrijver en had lang in de rede geloofd. Hij had gedacht dat de menselijke rede een kracht was, vergelijkbaar met de werkelijke krachten die de wereld beheersen, zoals licht, elektriciteit en magnetisme. En dat de mens met die kracht over de wereld zou kunnen heersen, zonder andere hulpmiddelen te gebruiken, je weet wel, zoals de held van dat lange Griekse gedicht naar wie hier in Rome onlangs een reisbureau is genoemd, herinner je je het nog? Hoe heet hij ook weer? Precies, Odysseus. Zoiets had hij zich voorgesteld.

Maar uiteindelijk was hij noodgedwongen tot het inzicht gekomen dat de menselijke rede absoluut niets waard is omdat de driften van het bloed sterker zijn. Hartstocht legt veel meer gewicht in de schaal dan redelijkheid. En als hartstochten over techniek beschikken, hebben ze lak aan de rede. Dan maken ze samen een woeste dans, de hartstocht en de techniek.

Daarom had hij zijn vertrouwen in woorden verloren. Hij geloofde niet meer dat op intelligente wijze aan elkaar geregen woorden de mensen en de wereld nog zouden kunnen redden. En inderdaad, de woorden zijn tegenwoordig zo eigenaardig verwrongen, ook de eenvoudige woorden die gewone mensen als wij gebruiken. De woorden lijken zinloos en overbodig te zijn geworden, zoals monumenten. Eigenlijk zijn de menselijke woorden tot een soort gebrul geworden, tot iets wat luid knetterend uit luidsprekers komt.

Hij geloofde dus niet meer in woorden, maar genoot er toch van, proefde ze, nam er slokjes van. Hij bedronk zich aan sommige Hongaarse woorden, 's nachts, in de verduisterde stad, hij slurpte ze op, zoals jij gisteren de Grand Napoléon die die Zuid-Amerikaanse hasjiesjhandelaar je aanbood. Ja, je hebt die kostbare vloeistof met evenveel kennis van zaken en aandacht tot je genomen als die schrijver woorden als 'gyöngy' en 'borbolya' uitsprak. Voor hem bestonden de woorden uit eetbaar materiaal, uit vlees en bloed. En als hij op zijn eigenaardige manier, zonder daarmee iets te willen zeggen, bijna in extase, woorden hardop zei, vooral zeldzame woorden, leek hij geen normaal mens meer, maar een dronkenman of een krankzinnige. Hij stamelde en schreeuwde de eigenaardige woorden van een Aziatische taal. Ik luisterde met een zekere afkeer naar hem, alsof ik getuige was van een vreemde, oosterse slemppartij. Het was alsof ik in de krankzinnige wereld was verdwaald en opeens, in de verduisterde nacht, een volk, of beter gezegd, wat ervan was overgebleven, zag... een man en een paar woorden die al dolend in Boedapest waren terechtgekomen, van heel ver weg.[42] Tot dan toe had ik er nooit over nagedacht dat ik Hongaarse ben, hoewel dat werkelijk zo is, ik zweer het je, al mijn voorouders stammen uit Kunság.[43] Ik heb ook zo'n eigenaardige vlek op mijn rug, waarvan wordt gezegd dat het geen moedervlek is, maar een stamteken.[44] Wat zeg je? Wil je hem zien? Goed, maar nu nog niet, schatje.

Als ik hem zo bezig zag, moest ik denken aan wat mijn man ooit over een beroemde Hongaar had verteld, over een graaf die bovendien minister-president was. Duna of Tisza heette hij, meen ik.[45] Mijn man kende een vrouw op wie die graaf verliefd was geweest. Van die vrouw had hij gehoord dat de baardige graaf zich soms met een paar vrienden in een zijzaaltje van Hotel Hungária terugtrok en de kleine zigeunerviolist Berkes liet halen. Zodra hij er was, sloten ze de deuren en dan luisterden ze zwijgend naar de zigeunermuziek, zonder veel te drinken. En tegen de ochtend ging die ernstige, strenge graaf, die meestal een geklede jas droeg, midden in het zaaltje staan en begon hij op langzaam gespeelde zigeunermuziek te dansen. De andere aanwezigen keken daarbij ernstig toe. Niemand lachte, wat heel bijzonder is, want het moet toch een merkwaardig gezicht zijn als een man die minister-president is, in de ochtendschemering met langzame bewegingen in zijn eentje op zigeunermuziek danst. Daaraan moest ik denken toen de kale 's morgens vroeg die woorden uitriep en door de kamer drentelde, waarin verder niets aanwezig was, alleen ik en de boeken.

Over die boeken gesproken, je had ze eens moeten zien! Een onvoorstelbare hoeveelheid! Ik heb ze nooit geteld, want hij had niet graag dat je aan zijn boeken zat. Ik heb dus enkel met een steelse blik kunnen schatten hoeveel boeken er op de planken stonden. Planken die aan alle vier de wanden tot het plafond reikten en onder hun last doorbogen als de buik van een drachtige ezelin. Natuurlijk zijn er in de openbare bibliotheek nog veel meer boeken aanwezig, honderdduizend of een miljoen. Ik weet niet wat de mensen met al die boeken moeten. Zelf heb ik mijn leven lang genoeg gehad aan de heilige schrift en aan een romannetje met een fraai gekleurde kaft waarop een graaf is afgebeeld die voor een gravin knielt. Dat romannetje heb ik als jong meisje in Nyíregyháza cadeau gekregen van de districtsbestuurder, die, omdat hij een oogje op me had, me op zijn kantoor liet komen. Die twee boeken heb ik altijd bewaard, voor de rest heb ik alleen gelezen wat ik toevallig in handen kreeg. In de tijd dat ik een dame was, heb ik natuurlijk ook boeken gelezen. Of je het gelooft of niet, het is echt waar, kijk me niet zo wantrouwend aan. In die tijd moest ik boeken lezen, in bad gaan, mijn teennagels lakken en dingen zeggen als: Bartók heeft de ziel van de volksmuziek van haar kluisters ontdaan. Vooral dat laatste irriteerde me bovenmatig, want ik wist ook het een en ander van het volk en zijn muziek, maar daarover mocht je in voorname gezelschappen niet spreken.

Al die boeken in zijn woning! Na het beleg ben ik er nog één maal stiekem een kijkje gaan nemen. De schrijver was toen al naar Rome vertrokken. Ik trof een grote puinhoop aan en in een hoek een brijachtige massa, die ooit een grote hoeveelheid boeken was geweest. De buren vertelden me dat het huis door veel bommen en granaten was getroffen, die alles hadden vernield, ook de boeken. Ze lagen in wanordelijke stapels op de vloer van de verwoeste kamer, zoals hun eigenaar ze na het beleg had achtergelaten. Een van de buren, een tandarts, vertelde dat de schrijver niet één van zijn boeken had gered. Hij was vanuit de kelder rechtstreeks naar de stapel gegaan en had er met gekruiste armen naar staan kijken. De buren hadden zich medelijdend om hem heen geschaard, in de verwachting dat hij zou gaan klagen en jammeren, maar de man leek heel tevreden te zijn. Begrijp je nou zoiets? De tandarts zwoer dat de schrijver bijna opgewekt was geweest en had geknikt, alsof alles volmaakt in orde was en een grote zwendelzaak eindelijk tot klaarheid was gekomen.

Hij had met zijn hand over zijn kale schedel gestreken en met een blik op de brijachtige massa boeken gezegd: 'Hè, hè, eindelijk.'

De tandarts herinnerde zich dat verscheidene aanwezigen die dat hadden gehoord, verbolgen waren geweest, maar daar had de schrijver zich niets van aangetrokken. Hij had zijn schouders opgehaald en was weggegaan. Een tijdje had hij nog in de stad rondgehangen, zoals iedereen deed in die tijd, maar in de omgeving van zijn woning had hij zich niet meer laten zien. Blijkbaar had hij met dat 'Hè, hè, eindelijk' een punt achter iets gezet. De tandarts zei me nog dat de schrijver zich misschien alleen daarom groot had gehouden, omdat hij niet wilde laten zien hoeveel pijn het verlies hem deed. Maar andere aanwezigen, vertelde hij, hadden achter de laconieke reactie van de kale eerder een politieke reden vermoed. Misschien was de man wel pijlkruiser, communist of anarchist, en had hij daarom zo opgewekt naar de stapel staan kijken. Maar niemand wist enig bezwarend feit tegen hem in te brengen. De boeken bleven liggen zoals ze daar lagen, totdat ze volledig waren vergaan. Het is eigenlijk merkwaardig, in die tijd werd er van alles gestolen in Boedapest, Perzische tapijten, gebruikte kunstgebitten en zelfs gebarsten nachtspiegels, kortom, alles wat los en vast zat, op één ding na: boeken. Het was alsof die taboe waren, niemand raakte ze met een vinger aan.

Korte tijd nadat de Russen de stad waren binnengetrokken, verdween de schrijver voorgoed uit de stad. Iemand vertelde dat hij een plaatsje had weten te bemachtigen op een Russische vrachtwagen en zo naar Wenen was gereisd. Ongetwijfeld had hij voor het vervoer met zijn zuinig bewaarde napoleons of dollars betaald. De mensen hadden hem in de laadbak van de vrachtwagen boven op een stapel gestolen goederen zien zitten, zonder hoed, met zijn bril op zijn neus en lezend in een boek. Misschien wel in een woordenboek. Zou hij werkelijk in een woordenboek lezend zijn vertrokken? Wat denk jij? Ik weet het niet. In ieder geval heeft hij op deze manier de stad verlaten.

Maar ook dat is niet zeker. Op een of andere manier past dit niet bij het beeld dat ik in mijn geheugen van hem bewaar. Ik geloof eerder dat hij in een slaapwagen naar het buitenland is gereisd, in de eerste slaapwagen die na de oorlog uit de stad vertrok. En dat hij op het station kranten heeft gekocht en zijn handschoenen heeft aangetrokken toen hij in de trein stapte. En hij heeft vast niet uit het raam gekeken toen de trein wegreed, maar met zijn gehandschoende hand de gordijntjes dichtgeschoven om de verwoeste stad niet te hoeven zien. Hij had namelijk een hekel aan rommel.

Zoiets stel ik me voor. Om een of andere reden bevalt deze gedachte me beter. Gek eigenlijk dat maar één ding werkelijk vaststaat: dat hij dood is, al het andere is op vermoedens en gissingen gebaseerd.

Voor mij was hij in ieder geval de laatst overgebleven mens uit de vroegere wereld, uit de wereld van mijn man en de hoge

406

heren. Hoewel de schrijver eigenlijk niet echt tot die wereld behoorde, want hij was rijk noch aanzienlijk en had ook geen titel. Hij behoorde er op een andere manier toe. Weet je, zoals de rijken hun vele spullen in verschillende opslagruimtes bewaarden, bewaarde hij ook wat, maar iets van een heel andere aard. Hij bewaarde de cultuur, althans wat hij als cultuur beschouwde. Je moet namelijk weten, lieve schat, dat cultuur iets anders is dan wij, proletariërs, denken, iets anders dan een mooi huis, boeken in de kast, een beschaafde conversatie en gekleurd wc-papier. Er is behalve dat nog iets anders, en dat zullen de hoge heren ons nooit geven, zelfs nu niet, al is tegenwoordig alles anders dan vroeger en begrijpen de rijken dat ze alleen rijk kunnen blijven als ze de proletariërs alle prullaria opdringen die kortgeleden alleen zij mochten bezitten. Maar één ding houden ze nog steeds achter. Want er bestaat nog steeds een soort samenzwering tussen de heren. Niet dezelfde als die vroegere, want nu behoeden ze niet meer hun boeken, schilderijen, kleren, geld, aandelen, sieraden en tradities, maar iets anders – iets wat hun moeilijker te ontnemen is. Waarschijnlijk heeft de schrijver lak gehad aan alles wat voor de hoge heren belangrijk was. Hij heeft ooit gezegd dat hij enkel van appels, wijn, aardappels, spek, brood, koffie en sigaretten zou kunnen leven en behalve dat niets nodig had. En als kleding zou hij voldoende hebben aan twee kostuums, wat verschoningen en de versleten regenjas die hij bij alle weersomstandigheden, 's winters en 's zomers, droeg. Dat waren geen loze beweringen van hem, ik wist dat hij de waarheid sprak toen hij dat zei. Want op den duur was hij niet de enige meer die kon zwijgen, maar kon ik het ook. Ik had geleerd hem zwijgend aan te horen en te doorgronden. Ik ontraadselde die man, zoals je een kruiswoordpuzzel oplost. Niet met mijn verstand, maar op de manier waarop wij vrouwen observeren en kennis verwerven: met mijn onderlichaam. Ik ben gaan geloven dat inderdaad niets op de wereld belangrijk was voor die man, althans niets wat andere mensen als belangrijk beschouwden. Hij had inderdaad voldoende aan wat spek, wijn en brood. En aan een paar woordenboeken. Uiteindelijk had hij van alle woorden van de wereld alleen een paar Hongaarse woorden nodig, die hij in zijn mond kon laten smelten en die een goede smaak achterlieten. Uiteindelijk gaf hij zwijgend alles op wat voor de mensen zo belangrijk is.

En de zon, daar was hij ook dol op. Toen de burgers en de militairen angstig in de kelders samenhokten – eigenaardig trouwens dat soldaten altijd banger zijn voor bommen dan gewone burgers –, zat hij in het herfstzonnetje over zijn woordenboeken gebogen. Hij had zijn leunstoel bij het raam geschoven en scheen in de dodelijke stilte tussen het alarm en het sein 'veilig' met zijn half geopende mond de zonnestralen van de late herfst te proeven. Onder zijn ogen had hij blauwe wallen, maar hij glimlachte en was gelukkig. Toen ik hem zo zag zitten, voelde ik dat hij niet meer lang te leven had.

Want al nam hij zelfs de cultuur niet serieus en liep hij bij voorkeur in een versleten regenjas rond, toch behoorde hij tot een wereld die voor zijn ogen uit elkaar viel en ophield te bestaan. Wat voor wereld? De wereld van mijn man? Van de rijken? Van de uitverkorenen? Nee, de rijken waren enkel nog de parasieten van datgene wat vroeger als cultuur werd aangeduid. Zie je wel, ik word helemaal rood als ik dat woord uitspreek, alsof het iets onfatsoenlijks is. Alsof de schrijver of zijn geest hier aanwezig is en hoort wat ik allemaal zeg. Alsof hij hier in Rome op de rand van het bed zit en, zodra ik het woord cultuur uitspreek, plotseling het hoofd heft, me doordringend aankijkt met zijn eigenaardige blik, die me altijd door merg en been ging, en dan vraagt: 'Wat zegt gij daar, mevrouw? Cultuur? Wat een groot woord.' En ik zie dat hij zijn wijsvinger heft, me ernstig aankijkt en met een peinzende, belerende intonatie zegt: 'Weet gij eigenlijk wel wat dat is, mevrouw? Gij pleegt uw teennagels rood te lakken, nietwaar? En gij zijt ook gewoon 's middags of voor het slapen gaan wat te lezen. Een goed boek, niet? En soms behaagt het u op de klanken van een muziekstuk weg te dromen, nietwaar?' 'Maar dat is allemaal geen cultuur, mijn waarde mevrouw, cultuur is iets anders. Cultuur is een reflex.' Hij vond het soms vermakelijk om zo ouderwets en spottend te spreken, alsof hij een personage was uit een negentiende-eeuwse feuilletonroman.

Ik zie hem alsof hij daar werkelijk zit. Onderbreek me niet. En ik hoor hem alsof hij werkelijk tegen me spreekt. Dat over de cultuur heeft hij ooit tegen me gezegd. Weet je, de laatste tijd hoor je zo vaak zeggen dat het gedaan is met de heerschappij van de hoge heren en dat wij nu aan de beurt zijn, dat alles van ons is omdat wij het volk zijn, maar ik weet niet wat daar van waar is. Ik heb het onbehaaglijke gevoel dat het allemaal toch een beetje anders is. Ik ben bang dat die rijke lui nog iets hebben, wat ze ons niet willen geven. Iets wat je hun niet met geweld ontnemen kan. En wat je ook niet met door de overheid gesubsidieerde leegloperij op de universiteit kunt verwerven. Zoals gezegd, ik weet niet goed wat het is, maar ik ben er bijna zeker van dat die lui nog wat achterhouden. Als ik daaraan denk, krijg ik kramp in mijn darmen en een zure smaak in mijn mond. De kale noemde datgene wat de heren nog achterhouden een reflex. Weet jij wat dat is, een reflex?

Laat mijn hand los. Hij beeft alleen zo omdat ik nerveus ben. Het gaat al over.

Weet je, als hij iets zei, begreep ik het nooit onmiddellijk, maar ik had wel altijd een vermoeden. Ik begreep het in grote lijnen.

Later heb ik een arts gevraagd wat dat eigenlijk is, een reflex. Zijn antwoord was: een reflex is wat er gebeurt als je met een rubberhamertje op iemands knie tikt. Zijn been schiet dan omhoog. Maar de schrijver moet een andere manier van omhoogschieten bedoeld hebben.

Toen hij was verdwenen en ik tevergeefs in de stad naar hem op zoek was, begon ik te vermoeden dat hij zelf die reflex was geweest. Hij, de volledige mens, met huid en haar, in zijn regenjas. Niet wat hij had geschreven. Dat kan niet zo belangrijk zijn, er zijn immers genoeg boeken in de bibliotheken en de boekwinkels. Soms denk ik wel eens dat er zo veel boeken en zo veel woorden zijn dat er geen plaats meer is voor gedachten. De woorden hebben te veel plaats in de boeken ingenomen, elk stukje vrije ruimte, en nu kunnen de gedachten er gewoon niet meer bij. Nee, wat hij had geschreven, was zeker niet belangrijk meer. Zelf vond hij het absoluut niet meer belangrijk dat hij ooit boeken had geschreven, hij geneerde zich er eerder voor. Als dat ter sprake kwam tussen ons, want een enkele maal begon ik er wel eens over, voorzichtig en tactvol, glimlachte hij verlegen. Het leek wel of hij dat schrijven als een jeugdzonde beschouwde. Toen ik dat merkte, kreeg ik medelijden met hem. Het was alsof er een grote emotie – boosheid of woede – in hem gistte en woelde, waardoor hij soms krampachtig reageerde, zoals kikkers krampachtig reageren als je ze met zout bestrooit, iets wat men vroeger heeft gedaan om de elektriciteit uit te vinden.[46] Zo krampachtig reageerde hij ook... soms alleen met een grijnslach, met een gekwelde trekking van zijn lippen en oogleden, alsof een bijtend zuur op zijn ziel was gedropen.

Het lijkt wel of de grote standbeelden, de beroemde schilderijen en de wijze boeken niet los van elkaar stonden, alsof ze onderdeel waren van een groter geheel... en alsof de schrijver zelf ook een klein, levend onderdeel was van wat ten onder is gegaan. Hij is samen met het geheel ten onder gegaan. Maar standbeelden en boeken kunnen na het verdwijnen van de cultuur blijkbaar toch nog een tijdlang voortbestaan. Ik mag een boon zijn als ik dat begrijp.

Toen ik tijdens het beleg bij hem zat en naar hem keek, bedacht ik hoe dom ik was geweest gedurende mijn kinderjaren in de kuilwoning, en later, toen ik als dienstmeisje in een voornaam huis werkte, en nog later in Londen, waar de Griek me allerlei kunstjes leerde. Ik dacht namelijk al die tijd dat rijke mensen cultureel ontwikkeld waren. Tegenwoordig weet ik dat de rijken zich alleen te goed doen aan de cultuur, dat ze zich daarmee volproppen, maar zoiets ontdek je pas op latere leeftijd, en je betaalt voor dat inzicht een hoge prijs. Wat ik heb ontdekt? Dat cultuur betekent dat een mens of een volk tot het ervaren van vreugde in staat is. Men zegt dat de oude Grieken cultureel ontwikkeld waren. Ik weet niet wat daar van waar is. De Griek die ik in Londen heb ontmoet, was volgens deze definitie niet erg cultureel ontwikkeld. Hij had veel zorgen, die overigens voornamelijk betrekking hadden op geld en op wat je voor geld kunt kopen, zoals aandelen, oude schilderijen of vrouwen, bijvoorbeeld mij. Maar men zegt dat de Grieken in de Oudheid wel cultureel ontwikkeld waren, omdat toen het hele volk tot het ervaren van vreugde in staat was. Dat gold voor alle Grieken, voor de pottenbakkers, die kleine beeldjes maakten, voor de handelaren in olijfolie, voor de soldaten, voor de andere mensen en natuurlijk ook voor de wijze mannen die op de markt discussies voerden over de vraag wat het schone en het goede is. Stel je dat eens voor, een volk dat een leven leidt waarin plaats voor echte vreugde is. Op een gegeven moment is dat volk verdwenen en zijn er mensen overgebleven die Grieks spreken, maar dat is niet hetzelfde.

Hoe zou je het vinden om samen met mij een boek over de Grieken te lezen? Er schijnt hier ergens een bibliotheek te zijn, in de buurt van het paleis van de paus. Kijk niet zo beledigd. De saxofonist beweert dat hij daar wel eens heen gaat om te lezen. Natuurlijk, lieve schat, je hebt gelijk, die kerel schept alleen op. In werkelijkheid leest hij alleen detectiveromannetjes. Maar in ieder geval zou ik hier in Rome graag eens een kijkje nemen in een bibliotheek waar ze boeken hebben waarin je kunt lezen hoe, eerst in Griekenland en daarna in andere landen, de cultuur ten onder is gegaan. Want weet je, schatje, tegenwoordig zijn er alleen nog maar deskundigen. En die zijn kennelijk niet meer in staat mensen tot vreugde te inspireren. Dat interesseert je niet? Goed dan, ik wil je niet plagen. Het allerbelangrijkste is dat jij het naar je zin hebt en je prettig voelt. Ik zal je niet meer zulke rare dingen voorstellen.

Waarom kijk je nu zo wantrouwend? Ik kan aan de punt van je neus zien dat je me niet gelooft. Je verdenkt me ervan dat ik eigenlijk niet zo geïnteresseerd ben in de Griekse cultuur, maar dat ik wil weten waarom die man is gestorven.

Wat een slimmerik ben je toch! Goed, ik geef het toe, maar ik zou toch graag een boek willen lezen waarin uitgelegd wordt hoe het komt dat het culturele leven van de mens op een gegeven moment is achteruitgegaan. Hoe het komt dat de hersencellen van de mens zijn afgestorven waarin veel gedachten van vroegere mensen waren opgeslagen – gedachten die hem van tijd tot tijd te binnen schoten en het gevoel gaven dat hij meer was dan alleen een zoogdier.

Men zegt dat hier in Rome vroeger ook een bloeiend cultureel leven is geweest. Zelfs mensen die lezen noch schrijven konden en alleen op de markt pompoenpitten zaten te kauwen, waren cultureel ontwikkeld. Ze waren vuil, maar gingen af en toe naar een van de openbare badhuizen om zich daar te wassen en over hogere zaken te discussiëren. Zou die vreemde schrijver soms daarom naar Rome zijn gegaan, wat denk je? Wilde hij hier misschien sterven omdat hij wist dat alles wat vroeger 'cultuur' werd genoemd, ik bedoel de cultuur waaraan de mensen vreugde beleefden, weliswaar verdwenen is, maar dat hier in Rome, waar alles geleidelijk aan een vuilnisbelt begint te worden, toch nog een glimp van die vroegere cultuur is op te vangen, zoals je op de Bloedweide in Boedapest een glimp van de haastig onder de grond gestopte doden kon opvangen doordat hun gelige voeten uitstaken boven het laagje aarde van dertig centimeter waaronder ze lagen. Kwam hij daarom hierheen? Naar deze stad, naar dit hotel? Omdat hij op het ogenblik van zijn dood toch nog een vleugje cultuur wilde proeven?

Ja, hij is hier gestorven, in deze kamer. Ik heb het de portier gevraagd. Ben je tevreden nu je ook dit nog weet? Zie je wel, ook dit heb ik je gegeven. Nu heb ik helemaal niets meer. De sieraden heb je goed verstopt, nietwaar? Je bent mijn weldoener, lieve schat.

Waarschijnlijk heeft hij, toen hij stierf, gedacht – hij is trouwens in dit bed gestorven, heeft de portier me verteld, ja in het bed waar jij op dit moment in ligt –, waarschijnlijk heeft hij gedacht: hè, hè, eindelijk! En hij zal ook wel hebben geglimlacht. Vreemdsoortige figuren als hij, mensen die een beetje zonderling zijn, lachen op het laatst altijd.

Wacht, ik zal je even toedekken.

Slaap je al, liefje?

*Posillipo, 1949 – Salerno, 1978*

# NOTEN

1 János Arany (1817-1882), een van de beroemdste klassieke dichters uit de Hongaarse literatuur. *Oszikék* betekent Herfstbloempjes.

2 Rozenheuvel: dure, op een heuvel gelegen wijk in Boedapest.

3 Áldozó is het tegenwoordig deelwoord van het Hongaarse werkwoord áldozik, dat 'ter communie gaan' en 'offeren' betekent.

4 De auteur doelt hier op de wijziging van de Amerikaanse neutraliteitswetgeving in november 1939 die het mogelijk maakte dat de oorlogvoerende landen onbeperkt voorraden en wapens konden kopen in de Verenigde Staten.

5 Kovács is een van de meest voorkomende achternamen in Hongarije. De naam symboliseert hier de middelmatige mens die zich graag van gemeenplaatsen bedient.

6 Vlak na het einde van de Tweede Wereldoorlog vonden in Hongarije democratische hervormingen en vrije parlementsverkiezingen plaats en maakte het land voor het eerst in zijn geschiedenis een korte periode van democratie door. Hieraan kwam in 1947-1948 een eind door de machinaties van de communisten. De Hongaarse Republiek werd toen een stalinistische 'volksrepubliek'.

7 Op 25 december 1944 had het oprukkende sovjetleger Boedapest volledig omsingeld. In de stad bevonden zich behalve de bevolking ca. 100 000 Duitse en Hongaarse militairen, die de stad hardnekkig verdedigden. Na zes weken, op 13 februari 1945, namen de Russen de stad in. De gevechten gingen echter nog bijna twee maanden door in Transdanubië (het gebied ten westen van de Donau).

8 Hongaarse provincie in het uiterste westen van het land.

9 Volgens de overlevering bestond het Hongaarse volk uit zeven stammen toen het zich in 896 in zijn huidige woongebied vestigde. Het werd daarbij geleid door Árpád.

10 Troetelnaam voor meisjes die Judit heten.

11 Beroemd bedevaartsoord in de streek Nyírség, waar Judit vandaan komt. Tijdens de processies daar worden op straat heiligenbeelden geplaatst.

12 K.u.k.: afkorting van *kaiserlich und königlich*. Frans Jozef (1848-1916) was keizer van Oostenrijk en koning van Hongarije.

13 De dubbelmonarchie Oostenrijk-Hongarije had in de tijd van keizer Frans Jozef bijna vijftig miljoen inwoners.

14 Aan het eind van de Eerste Wereldoorlog viel het Habsburgse Rijk (Oostenrijk-Hongarije), dat de oorlog had verloren, uiteen in diverse staten, een situatie die door de hierna gesloten vredesverdragen werd bekrachtigd. Bij dit proces verloor Hongarije maar liefst 75% van zijn grondgebied en 66% van zijn bevolking. Wat overbleef, is het huidige Hongarije.

15 Deze Engelse term werd voor de Tweede Wereldoorlog in Hongarije gebruikt om

een verarmde of landloze edelman aan te duiden. Het woord had vaak een pejoratieve betekenis.

16 Beroemde en extravagant dure theesalon in Boedapest, genoemd naar een van de vroegere eigenaren van het bedrijf, de in Genève geboren banketbakker Emil Gerbeaud.

17 Dadelijk na de oorlog begonnen de Hongaarse communisten, geholpen door de sovjetbezetters, voorbereidingen te treffen om de prille Hongaarse democratie omver te werpen en de staatsmacht aan zich te trekken. In 1947 slaagden ze hierin en begon het aan de macht gekomen stalinistische regime de aristocratie en de vermogende inwoners van het land van hun bezittingen te beroven en te terroriseren.

18 Badplaats ten noorden van Boedapest aan de Donau.

19 Op een heuvel gelegen wijk van Boedapest.

20 Zeer voorname op een heuvel gelegen wijk van Boedapest.

21 Door de communisten georganiseerde massale bijeenkomsten die tot doel hadden de bevolking politiek te indoctrineren.

22 Transsylvaans vorst die van 1703 tot 1711 een van de belangrijkste Hongaarse vrijheidsoorlogen tegen Oostenrijk heeft geleid.

23 Park in Boedapest in de buurt van de Burchtheuvel. De Hongaarse naam is: Vérmezö.

24 Hongaarse fascisten.

25 In het kielzog van de sovjettroepen keerden veel Hongaarse communisten naar Hongarije terug die in de periode tussen de beide wereldoorlogen naar de Sovjet-Unie waren gevlucht en daar vaak langdurig hadden gewoond. Uit hen werden de nieuwe bestuurders van het land gerekruteerd.

26 Vooral de communisten gebruikten dit woord graag.

27 Op 15 oktober 1944 trachtte admiraal Horthy, de regent van Hongarije, uit de oorlog te stappen, maar dit werd door de Duitse troepen, die het land in het voorjaar van 1944 hadden bezet, verijdeld. Horthy werd gedeporteerd en ter vervanging van zijn regime hielpen de Duitsers de pijlkruisers aan de macht, die tot het einde van de belegering van Boedapest een waar schrikbewind in de stad uitoefenden.

28 De oorlog ging in West-Hongarije nog enkele maanden door.

29 Waarschijnlijk een toespeling op het feit dat in het Hongaars de begrippen 'erotische liefde' (*szerelem*) en 'genegenheid' (*szeretet*) door woorden worden aangeduid die wat hun vorm betreft veel op elkaar lijken en uit hetzelfde grondwoord (*szer*) zijn afgeleid.

30 De *kuruc* waren opstandelingen tegen de Habsburgse vorsten in de vrijheidsoorlogen tegen Oostenrijk aan het einde van de zeventiende en het begin van de achttiende eeuw. Hun tegenstanders werden *labanc* (= voor Oostenrijk strijdende huursoldaat) genoemd. De Turken hebben in het midden van de 16e eeuw een gedeelte van Hongarije bezet en zijn pas omstreeks 1700 uit het land verdreven.

31 In de tijd waar de auteur op doelt, de periode tussen de beide wereldoorlogen, was de politieke en maatschappelijke rol van de aristocratie in Hongarije al beperkt en grotendeels overgenomen door de bourgeoisie.

32 In plaats van perkament werd in Hongarije vroeger geprepareerde hondenhuid gebruikt om adellijke titels e.d. te documenteren.

33 Spotnaam voor de Russische militairen.

34 Grot in een rots aan de oever van de Donau waar een rooms-katholieke kerk in is gevestigd. Het schuimbad is in het vlakbij gelegen Hotel Gellért.

35 In Hongarije was het vousvoyeren tussen echtgenoten, familieleden en vrienden in die tijd veel gebruikelijker dan in Nederland.

36 De schrijver doelt op Goethe.

37 Bedoeld wordt de beroemde van 1842 tot 1849 gebouwde Kettingbrug, die met de andere bruggen over de Donau op 18 januari 1945 werd opgeblazen door de Duitse bezettingsmacht om het naderende Russische leger tegen te houden.

38 Graaf István Széchenyi (1791-1860), schrijver en staatsman. Hij stimuleerde en organiseerde o.a. de bouw van de Kettingbrug.

39 Seraf, of serafim in het Hebreeuws, betekent 'engel van de hoogste rang'. De term komt in het Oude Testament voor. In werkelijkheid is de oorsprong van het woord giraf onbekend. Men vermoedt dat het aan een inheemse Afrikaanse taal is ontleend.

40 Hongaars voor 'vlinder'.

41 *Kard*: zwaard; *gyöngy*: parel; *hattyú*: zwaan; *zsurló*: paardenstaart (plantk.); *borbolya*: zuurbes.

42 Een toespeling op het feit dat het Hongaarse volk uit een gebied ten oosten van het Oeralgebergte stamt en duizenden jaren heeft rondgezworven voordat het zich in 896 in zijn huidige woongebied vestigde.

43 Landstreek in de omgeving van de rivier de Tisza.

44 In Kunság, een gebied, bewoond door een volk dat oorspronkelijk uit Midden-Azië afkomstig is (Koenen of Koemanen), maar dat zich in de Middeleeuwen in Hongarije vestigde, zou de zogenaamde mongolenvlek, die zelden bij Europeanen, maar tamelijk vaak bij Mongolen wordt aangetroffen, relatief veel voorkomen. Ondanks hun andere oorsprong voelen de bewoners van Kunság zich echte Hongaren.

45 Waarschijnlijk doelt de auteur op graaf István Tisza, minister-president van Hongarije van 1902 tot 1905 en van 1913 tot 1917.

46 Verwijzing naar de experimenten van Luigi Galvani (1737–1798), die bij zijn onderzoekingen van het fenomeen elektriciteit kikkers gebruikte. Hij constateerde o.a. dat een kikkerspier zich samentrekt als deze met twee verschillende metalen in contact wordt gebracht.